사랑 이후의 부부,
플라이시먼

Fleishman Is In Trouble

사랑 이후의 부부,
플라이시먼

태피 브로데서애크너 장편소설

오세원 옮김

왼쪽주머니

클로드에게

각자 증인들을 소환하시오.

- 아이스킬로스

차례

일러두기

본문에 있는 모든 주와 각주는 옮긴이의 주석입니다.

1부

플라이시먼은
이제 큰일 났다

아침에 눈을 뜨니 토비 플라이시먼이 어른이 되고부터 내내 살았던 그 도시는 그를 원하는 여자들로 득실거리고 있었다. 그냥 아무 쉬운 여자들이 아니라 자기주도적이고 독립적이며 자신이 원하는 바를 분명 아는 여자들로 말이다. 애정에 굶주려 있거나 불안해하거나 자기 회의에 빠진 여자들이 아니라, 오래전 그가 젊었을 때 꿈꾸었던 여자들, 즉 연애를 하고 싶었지만 그에게 눈길조차 주지 않던 여자들 말이다. 그녀들은 의욕적이고, 언제든 만날 수 있으며, 흥미롭고, 그에게 흥미를 보이며, 만나면 흥분되고, 흥분해 있는 여자들이었다. 이들은 만난 지 하루나 이틀 혹은 3일쯤, 적당히 뜸을 들이면서 전화가 올 때까지 기다리기보다는, 자신들이 먼저 은밀한 부위들의 사진을 보내는 여자들이었다. 무엇에든지 마음이 열려 있고 기꺼이 무엇이든 할 준비가 되어 있으며, 자신의 욕구와 필요를 솔직하게 말하는, "솔직히 까놓고 말할게", "책임지지 않아도 돼", "10분 안에 끝내. 발레 교실에서 벨라를 데려와야 해" 같은 말을 하는 여자들이었다. 우리의 친구 세스의 표현을 빌리면, 그들은 마치 몸으로 빚을 갚기라도 하려는 듯 달려드는 여자들이었다.

그렇다, 마흔한 살인 토비 플라이시먼의 휴대폰에 아침부터 저녁까지 도착하는 문자들로 화면 불빛이 항상 환하게 켜져 있을 줄(밤에는 특히 불빛이 눈부셨다) 누가 알았겠는가? 문자메시지들은 G-스트링과 엉덩이 골, 젖가슴을 아래, 옆, 정면에서 찍은 사진 등 그가 3차원—종이나 컴퓨터 화면에서가 아니라 진짜 3차원의 공간— 에서 만날 수 있으리라고는 꿈도 꾸지 못했던 여자들의 모든 신체 부위들을 담고 있었다. 이 모든 것이, 젊은 시절에 딱지만 맞았던 그에게 벌어진 것이다! 한 여자에게만 그의 삶을 다 쏟아부은 후에 말이다! 누가 이런 것을 예상이나 할 수 있었을까? 그에게 이런 삶이 기다리고 있다는 것을 누가 예상할 수 있었겠는가 말이다.

하지만 이 모든 것이 아직 그에게는 어리둥절할 뿐이라고 토비는 내게 말했다. 레이철은 이제 떠났고, 그녀의 부재는 그가 계획했던 것과는 달리 낯설게 느껴졌다. 그가 여전히 그녀를 원하는 것은 아니었다—아니, 그는 절대 그녀를 원하지 **않았다**. 그는 절대 그녀가 아직 자신과 함께 있기를 바라지 **않았다**. 다만, 결혼이 남긴 매연이 가라앉기를 기다리면서, 결혼으로부터 자신을 떼어내기 위해 필요한 서류 절차를 밟으면서, 아이들에게 설명을 하고, 짐을 싸서 집을 나오고, 직장 동료들에게 자신의 상황을 알리면서 너무 많은 시간을 보내느라, 그 이후의 삶이 어떨지에 대해 그는 제대로 생각해보지 않았다. 물론 그는 이혼을 거시적으로는 이해했다. 하지만 미시적으로는 휑하게 빈 침대의 반쪽이나, '오늘은 늦었네'라고 말하는 사람이나, 귀속감을 느낄 사람의 부재에 그는 아직 적응하지 못했다. 여자들이 그의 휴대폰에 **기꺼이** 그리고 **자의로** 보낸 사진들을 눈치 보지 않고 제대로 들여다볼 수 있기까지도 꽤 오랜 시간이 걸렸다. 그가 생각한 것보다는 빠르긴 했지만, 적어도 즉시 그럴 수 있었던 것은 아니었다. 분명 즉시 그렇게 한 건 아니었다.

그는 결혼 생활 동안 다른 여자를 한 번도 쳐다보지 않았을 정도로 레이철을 사랑했다. 그는 어떤 종류의 제도나 시스템이든 존중하는 사람이었다. 어떤 사람이 보더라도 그들의 고통이 그저 지나가는 단계가 아니라는 것이 분명해진 후에도, 그는 아내와의 관계를 회복하기 위해 진지하고 성실하게 노력했다. 그런 노력은, **고통은** 고결하다고 그는 믿었다. 그리고 그것이 끝났다는 것을 확실히 깨달은 후에도, 그는 이렇게 사는 것이 옳지 않다고, 그들은 너무 불행하고, 아직 젊고, 상대가 없이도 좋은 삶을 살 수 있다는 것을 그녀에게 설득하기 위해 또다시 몇 년을 보내야 했다―그때조차도 그는 1밀리미터도 다른 곳에 눈을 돌리지 않았다. 왜냐하면 그는 너무나 슬픔에 빠져 있었기에, 항상 자신이 쓰레기처럼 느껴졌기 때문이다. 하지만 사람은 항상 자신을 쓰레기처럼 느껴서는 안 된다. 게다가, 자신이 쓰레기처럼 느껴질 때 성욕을 느껴서도 안 된다. 성욕과 낮은 자존감이 만나는 때는 포르노를 볼 때뿐이다.

하지만 이제는 정조를 지켜야 할 사람이 없었다. 레이철은 더 이상 거기에 없었다. 그녀는 침대에 있지도 않았고, 화장실에서 눈꺼풀이 눈썹을 만나는 곳에 액체 아이라이너를 내시경 로봇처럼 정밀하게 바르고 있지도 않았다. 그녀는 체육관에 있지도 않았고, 평소보다 덜, 확연히는 아니고 아주 약간 덜, 우울한 기분으로 체육관에서 돌아오고 있지도 않았다. 그녀는 끝없는 불면증의 까마득한 심연에 괴로워하며 한밤중에 오뚝 일어나 앉아 있지도 않았다. 그녀는 아이들이 다니는, 아주 배타적인 웨스트사이드의 사립학교임에도 동시에 진보적인 학교의 교육 과정 설명회에 참석해서 작은 의자에 앉아 그들의 딱한 아이들에게 새로 부과되고 있는, 지난해에 비해 훨씬 더 많아진 요구 사항들을 듣고 있지도 않았다. (사실 그녀는 교육 과정 설명회에 참석하는 일이 드물었다. 다른 날 저녁들과 마찬가지로 그런 저녁들에도, 그녀는 사무실에서 일을 하거나 고객과 저녁 식사를 하고 있었다. 기분이 좋을 때는 그녀는 그렇게 일을 하는 자신이 "아내로서 자신의 몫을 하는 것"이라고 말했고, 그렇지 않을 때는 "집에 돈을 가져오기 위해 소처럼 일하는 것"이라고 했다.) 그러니까, 그녀는 거기에 없었다. 그녀는 한때 그의 집이기도 했던 다른 집에 살고 있었다. 매일 아침마다 그는 이런 생각에 잠깐 허둥대곤 했다. 공황 상태 속에서 그의 머릿속에 처음 떠오른 생각들은 이런 것들이었다. '뭔가 잘못됐어. 문제가 생겼어. 난 이제 큰일 났다.' 이혼을 요구한 사람은 그였지만, 여전히 그런 생각들이 머릿속을 떠나지 않았다. '뭔가 잘못됐어. 문제가 생겼어. 난 이제 큰일 났다.' 매일 아침, 그는 이런 생각들을 떨쳐버려야 했다. 그는 지금이 건강하고 적절하며 자연스러운 과정이라는 것을 스스로에게 상기시켰다. 그녀는 더 이상 그의 곁에 있으면 안 되었다. 그녀는 자신의 별도의 더 좋은 집에 있어야 했다.

이날 아침에도 그녀는 그의 곁에 없었다. 새로 이케아에서 사온 침실용 스탠드 위로 몸을 기울여 휴대폰을 집어 드는 순간, 그는 이런 사실을 깨달았다. 휴대폰의 진동을 느낀 후에도 그는 잠시 눈을 감고 있었다. 휴대폰에는 그가 다운로드한 데이팅 앱을 통해 밤사이에 도착한 7, 8개의 메시지들이 쌓여 있었지만, 그의 눈은 자동적으로 그들 가운데 있는 레이철의 문자로 향했다. 신체 부위나 야한 팬티 사진들을 담고 있는 문자들보다 그녀의 문자는 뭔가 색깔이 달라 보였다. 다른 문자들과는 달리 그의 눈을 잡아끄는 구석이 있었다. 주말 동안 크리팔루 요가원에 들어가. 아이들은 당신 집에 있어. 알려줘야 할 것 같아서. 그녀가 새벽 5시에 그에게 남긴 문자였다.

메시지의 내용을 이해하기 위해 그는 반복해서 읽어야 했다. 자위에 도움이 될 많은 사진들이 휴대폰에 쌓여 있으리라는 생각에 힘차게 일어섰던 아랫도리를 무시하고, 그는 침대에서 벌떡 일어났다. 복도로 달려나간 그는 두 아이가 그들의 침실에서 잠들어 있는 것을 발견했다. 아이들이 이곳에 있는 것을 **알려줘야** 할 것 같다고? **알려줘야?** 알려줘야 할 것 같다는 말은 뒤에 덧붙인 말이었다. 그것은 중요한 내용이 아니었다. 비상시에만 사용하라고 맡긴 열쇠를 이용해 레이철이 그들의 자녀를 예정에 없던 시간에 어둠을 틈타 그의 집에 떨구고 갔다는 통보가 중요한 내용이었다.

그는 침실로 돌아와 레이철에게 전화를 했다. "이게 무슨 짓이야?" 그가 목소리를 낮추어 으르렁거리며 물었다. 목소리를 낮추어 으르렁대는 것이 아직 익숙하지는 않았지만 매일 조금씩 더 나아지고 있었다. "만에 하나라도 내가 아이들이 여기 있는 줄 모르고 외출을 했으면 어쩌려고?"

"그래서 **문자**를 보냈잖아." 그의 으르렁대는 낮은 목소리에도 그녀는 흐트러짐 없이 대답했다.

"자정이 지난 후에 아이들을 이곳에 떨구어놓은 거야? 자정이 지나서야 내가 잠자리에 들었으니까."

"4시에 데려다놓았어. 주말 동안 집에 그냥 들어앉아 있으려고 했는데 갑자기 자리가 났다고 연락이 왔어. 요가 프로그램은 오늘 9시에 시작이야. 날 좀 한 번 봐줘, 토비. 내가 얼마나 힘든 시간을 보내고 있는지 알잖아. 정말 나만의 시간이 필요하다고." 마치 그녀의 모든 시간들이 완전히, 전적으로 자신의 시간이 아니기라도 하듯 그녀가 말했다.

"이런 미친 짓거리를 하면 안 돼, 레이철." 이제 그는 말이 끝날 때에야 그녀의 이름을 불렀다.

"뭐가 문제지? 어차피 주말에 아이들과 함께 있을 거잖아."

"하지만 그건 내일 아침이잖아!" 토비는 그의 손가락으로 콧등을 문질렀다. "주말은 **토요일**에 시작되는 거라고. 그것도 내가 아니라 당신이 만든 규칙이고."

"주말에 뭐 할 일이라도 있었어?"

"그게 무슨 말 같잖은 소리야. 만약에 불이라도 났어봐, 레이첼. 아니면, 내 환자 중 한 명이 응급 상황이어서 아이들이 여기 있는지도 모르고 내가 뛰쳐나가기라도 했으면 어쩔 뻔했어?"

"하지만 그런 일은 없었잖아. 미안해. 당신을 깨워서 아이들을 데려왔다고 말을 했어야 하는 건데 그랬나 봐." 그녀가 자신을 깨우는 장면을 떠올린 토비는, 그것이 그가 요즘 아침에 잠에서 깨었을 때 그녀가 없다는 것에 꽤 익숙해진 일상에 얼마나 큰 혼선을 주었을지 생각만 해도 아찔했다.

"이런 짓은 아예 하지 말았어야 했어."

"글쎄, 만약 당신이 어제 한 말이 진심이었다면 이런 일이 벌어질 거라고 충분히 예상했어야지."

그들이 가장 최근에 나눈 증오에 찬 대화가 무엇에 관한 것이었는지 흐릿한 머릿속을 뒤지던 토비에게 갑작스러운 깊은 두려움과 함께 그녀가 서부에 회사 사무소를 하나 열겠다며 말도 안 되는 소리를 떠들어대던 게 생각났다. 지금 충분히 바쁘지 않기 때문에 더 많은 일이 필요하다고 했던가? 하지만 정직히 말하자면 그건 그저 희미한 기억이었다. 이제 생각하니, 그녀는 울먹이는 내내 그에게 악을 쓰다가 대화를 끝냈고, 그때까지 그는 그녀가 무슨 말을 하는 것인지 잘 이해할 수 없었다. 한참 후에야 그는 그녀가 일방적으로 전화를 끊었다는 것을 깨달았다. 결혼 생활 중 타성에 젖어 하던 사과 대신 이것이 지금 그녀와의 대화가 끝나는 방식이었다. 사랑한다는 것은 미안하다는 말을 할 필요가 없는 것이라는 말을 토비는 듣고 또 들었었다. 하지만 그것은 사실이 아니었다. 미안하다는 말을 할 필요가 없다는 것은, 사실, 이혼한 것을 의미했다.

"요즘 내가 얼마나 힘들었는지 알아, 토비?" 그녀는 말했다. "내가 일찍 집에 갔다는 건 알아. 하지만 당신은 애들을 캠프에 떨궈주기만 하면 돼. 만약 당신이 다른 할 일이 있다면 모나에게 부탁해. 왜 우리가 아직도 이런 얘기를 하고 있는지 모르겠지만."

어떻게 그녀는 이것이 작은 문제가 아니라는 것을 모를 수 있을까? 사실 그는 그날 밤 데이트 약속이 있었다. 그는 아이들을 모나에게 맡기고 싶지 않았다. 그것은 레이철의 만병통치식 해결책이지 그의 해결책은 아니었다. 그는 자신이 살과 피가 있는 사람이고, 그녀의 지시를 기다리는 깜박이는 커서가 아니며, 그녀가 그와 함께 방에 없을 때에도 여전히 존재하는 사람이라는 사실을 그녀에게 납득시킬 수 없는 것 같았다. 이 모든 합의들을 지키려는 시늉도, 그러지 못했을 때 그것에 대해 사과조차 하지 않으려면, 애초에 왜 그녀는 이런 합의들에 동의한 것인지 그는 이해할 수 없었다. 이런 엉뚱한 짓거리를 하라고 자신의 새 아파트 열쇠를 그녀에게 준 것이 아니었다. 아직도 둘의 관계가 원만하다는 것을 보여주는 뭔가가 있어야 할 것 같아서였다. 원만, 원만, 원만. 당신은 '원만한'이란 단어가 이혼과 관련해서만 사용된다는 것을 알아차린 적이 있는가? 이혼과 관련해서 너무 자주 쓰이는 말이어서 다른 어떤 용도로 사용하기에 꺼림칙해서일까? '악성'이라는 말을 암이 아닌 다른 것들에 대해서도 사용할 수 있지만, 좀처럼 그러지 않는 것과 마찬가지일까?

아이들이 잠을 깬 기척이 들렸지만 어차피 발기도 허망하게 꺼진 마당이라 신경이 쓰이지 않았다.

아홉 살인 솔리는 자리에서 일어났지만, 열한 살인 해나는 침대에 더 누워 있고 싶어 했다. "미안하구나, 하지만 어쩔 수 없어." 토비가 딸에게 말했다. "우리는 20분 안에 문밖으로 나가야 해." 아이들은 멍한 눈으로 비틀거리며 부엌으로 갔고, 토비는 그날 캠프에 입혀 갈 옷들을 찾기 위해 아이들이 가지고 온 가방 속을 뒤적여야 했다. 해나는 아빠가 옷을 잘못 골랐다고, 레깅스는 내일 입을 거라고 짜증을 부렸고, 그가 다시 해나의 빨간 반바지를 집어 들자 감정적인 표현에 관한 한 적정한 정도를 모르는 사람의 혐오감으로 그의 손에서 그것을 낚아채갔다. 해나는 콧구멍을 벌름거리며 입술을 내밀고 이빨을 앙다문 채 자신은 아빠가 콘첵스가 아니라 콘플레이크를 사놓길 바랐노라고 말했다. 속내로는 어떻게 저렇게 멍청한 사람을 자신이 아버지로 두었는지 모르겠다고 말하는 것 같았다.

반면에 솔리는 콘첵스를 기분 좋게 먹었다. 아이는 눈을 감고 기쁜 듯 고개를 저으며 말했다. "누나, 이거 한번 먹어봐, 정말 맛있어."

토비는 솔리의 애틋한 연대의 노력이 가상했다. 솔리는 이해하고 있었다. 솔리는 알고 있었다. 이제까지의 모든 일들이 그럴 만한 가치가 있는지 결코 의심하지 않는다는 점에서 솔리는 그를 닮았다. 모든 것이 원만하기를 바라는 토비의 내적 욕구를 솔리도 지니고 있었다. 솔리는 토비처럼 평화를 원했다. 그들은 심지어 생긴 것도 비슷했다. 두 사람은 검은 머리와 갈색 눈동자를 가지고 있었고(비록 솔리의 눈이 토비보다 약간 더 컸기 때문에 항상 약간 겁을 먹은 것 같은 인상을 주었지만), 쉼표 모양의 코, 미니어처 같은 외모—키가 작았지만 몸의 비율은 정상이었다―를 지니고 있었다. 그들은 가냘프거나 왜소해 보이지는 않았다. 그들의 키를 견주어 짐작할 수 있는 사물들이 주위에 없다면, 그들이 얼마나 작은지 사람들은 깨닫지 못했다. 이건 그나마 다행이었는데 키가 작은 것만으로도 충분히 괴로웠기 때문이다. 하지만 비교할 대상이 없는 상태에서 그들을 보고 나서 그들이 더 크리라고 생각했던 사람들에게는 실망스러운 일이기도 했다.

해나 역시 그의 자식이었다. 레이철의 곧은 금발 머리, 좁고 파란 눈과 날카로운 코를 가졌다는 것만 빼면. 해나의 얼굴은 제 엄마처럼 언제라도 남을 정죄할 준비가 되어 있었다. 하지만 해나는 일말의 아빠의 빈정거리는 성격도 가지고 있었다. 적어도 한때는 그랬다. 부모의 별거가 해나를 데면데면하거나 쉽게 분노하는 성격으로 바꾼 것처럼 보였지만, 어쩌면 그것은 부모가 너무 자주 그리고 너무 치열하게 싸우는 것을 보았기 때문이거나, 10대로 접어든 아이의 호르몬이 내부에서 분노를 일으키고 있는 것일지도 몰랐다. 아니면 렉시 레퍼는 가지고 있는 휴대폰을 해나는 가지고 있지 않기 때문일 수도 있었다. 혹은 거실의 컴퓨터에서만 페이스북을 할 수 있기 때문일지도 몰랐지만, 사실 페이스북은 나이 든 사람들을 위한 것이라며 그 애는 페이스북 계정을 애초에 원하지도 않았다. 아니면 지나친 소비주의에 휩쓸리지 말라며, 단지 뒤축에 파란 꼬리만 붙어 있지 않을 뿐 케즈 운동화와 똑같이 생긴, 하지만 12달러나 더 싼 다른 운동화를 토비가 해나에게 권했기 때문일지도, 아니면 해나가 나름의 이유로 좋아하던 슬픈 로맨스에 관한 오래된 인기곡을 라디오로 듣고 있을 때 토비가 병원과 통화 중이라며 그 애에게 스피커의 볼륨을 줄여달라고 부탁했기 때문일지도, 혹은 나중에 그 애가 아빠에게 노래를 들려주며 왜 그 노래가 그렇게 자신에게 특별한지를 설명했지만, 어떻게 남자친구도 한 명 없는 아이가 그런 아련한 감정을 가질 수 있는지 기적처럼 바로 이해를 하는 대신에 토비가 전혀 공감하지 않는 표정을 보였기 때문일지도, 혹은 해나의 치마가 자리에 앉기에는 너무 짧지 않냐고 물었기 때문일지도, 아니면 그 애의 반바지의 엉덩이와 허벅지 사이의 주름이 잡힐 정도면, 혹은 바지의 주머니 라이닝이 바지 밖으로 삐져나올 정도면 너무 짧은 게 아니냐고 그가 걱정했기 때문일지도, 아니면 그가 머리빗을 어디에 두었느냐고 물은 것이 해나에게는 왜 머리가 그렇게 엉망이냐는 비난의 뜻으로 들렸기 때문일지도, 혹은 토비가 〈프린세스 브라이드〉나 기타 자신의 취향에 맞는 구닥다리 영화들을 같이 보자고 했기 때문일지도, 어쩌면 그가 어느 날 다정함을 표한답시고 머리를 쓰다듬는 바람에 해나가 10분 동안 공들여 타놓은 가르마를 망쳤기 때문일지도, 아니면 아빠가 가지고 있던 《프린세스 브라이드》나 다른 구닥다리 책들을 읽어보라고 권했기 때문일지도 몰랐다. 해나의 부모에 대한 경멸심이 레이철과 토비, 두 사람 모두를 대상으로 했을 때는 그럭저럭 감당할 수 있었지만, 지금처럼 오롯이 아빠인 자신에게만 향하자 토비는 마음이 초토화되는 것 같았다. 그는 해나가 레이철에게도 그런 식으로 구는지 전혀 알 수 없었다. 토비가 알고 있는 것은 해나가 그를 쳐다볼 때는 언제나 호숫물 같은 눈을 레이저가 나올 만큼 좁게 뜨고, 코는 더 뾰족하게, 입술은 하얗게 질리도록 뾰로통하게 내민다는 것뿐이었다.

그들은 피곤했기 때문에 느릿느릿, 짜증 나고 멍한 상태로 캠프를 향해 걸어가고 있었다. (레이철, 이게 당신이 원했던 거야? 그래?)

"나는 캠프가 싫어. 그냥 집에 있으면 안 돼요?" 해나가 말했다. 해나는 여름 내내 집에서 멀리 떨어진 캠프에 가고 싶어 했지만, 바트미츠바(유대교에서 12~14세 된 소녀에 대한 성인식-옮긴이)가 10월 초에 예정이 되어 있었기 때문에, 그때 필요한 하프타라(유대인들이 매주 토라와 함께 읽는 선지서-옮긴이)를 배우기 위해서는 6월과 7월이 필요했다.

"이제 고작 일주일만 지나면 캠프로 떠날 거잖아. 수업도 하나 더 남았고."

"난 지금 떠나고 싶어요."

"그럼 그동안 지낼 아파트를 하나 빌려줄까?" 토비가 물었다. 아빠의 농담에 웃는 사람은 솔리밖에 없었다.

그들은 '요가와 보드카' 또는 '먹고 자고 스피닝 하라' 따위의 글귀가 쓰인 밝은 무늬의 레깅스와 운동 셔츠를 입은 엄마들과 함께 92번 가에 있는 Y 캠프에 도착했다. 이곳은 집에서 멀리 떠나는 정식 캠프만큼이나 비용이 많이 들었다. 해나는 계속 캠프 학생으로 그곳에 다니는 대신 일종의 진행 보조원으로 그곳에 있을 수 있는지 물었지만, 그것은 10학년이 되어야 가능했다.

"진행 보조원으로 캠프에 참석해도 여전히 돈은 내야 해." 봄에 Y 캠프 웹사이트를 살펴보던 토비가 해나에게 말했었다. "그들이 너를 진행 보조원으로 일을 시킬 텐데 내가 왜 돈을 지불해야 하지?"

"그럼 왜 병원에서는 아빠한테 실제로 의사 일을 시키면서 의사가 되는 법을 가르친다고 돈을 받죠?"라고 해나가 대답했다. 일리가 있었다. 토비는 해나가 얼마나 영리한지 알고 있었지만, 그 뛰어난 머리를 자신에게 대드는 용도로만 쓰지 않으면 얼마나 좋을까 생각했다. 그의 눈에 해나는 아주 피곤한 부류의 소녀가 되어가고 있는 것 같았다.

그들은 6분 정도 여유를 두고 도착했다. Y 캠프는 매일 아이들을 팰러세이즈의 한 캠퍼스로 데려갔다. 만약 아이들을 너무 늦게 데려오면, 아이들은 하루 종일 아주 어린 아이들의 교실에서 시간을 보내야 했다. 모이는 교실로 데려다주겠다는 아빠의 제안을 해나가 거절했기 때문에, 토비는 솔리를 모임 장소로 데려갔다. 솔리가 슬라임(미국 장난감 제조업체 마텔에서 만든, 질척한 젤리 형태의 장난감-옮긴이)을 이용한 아침 실험에 참여하는 것을 지켜보던 토비가 막 현관을 나서려던 순간 누군가가 그의 이름을 불렀다.

"토비." 저음의 숨소리가 섞인 여자 목소리였다.

몸을 돌린 토비는 레이철의 친구이자 해나와 같은 학년인 딸을 둔 신디 레퍼를 발견했다. 그녀는 잠시 그를 살폈다. 아, 또 시작이군. 그는 무슨 일이 일어나고 있는지 알 수 있었다. 그를 바라보는 상대의 20도쯤 기울어진 머리, 과장되게 내민 입, 추켜올렸다가 좁혀진 눈썹.

"토비, 계속 연락하려고 했었어요. 당신을 전혀 찾을 수가 없더군요." 신디가 말했다. 그녀는 위쪽 허벅지에 보라색 발톱 문양이 있는 청록색 스판덱스 레깅스를 입고 있었는데, 마치 보라색 호랑이들 한 무리가 그녀의 가랑이 쪽으로 올라가는 것처럼 보였다. 그녀는 '정신깡패'라고 쓰인 탱크톱을 입고 있었다. 신디(Cyndi)라는 이름은, 딸들의 이름 가운데 들어 있는 y자를 i로 바꾸거나, 끝부분의 i를 y로 바꾸어 평생 다른 사람들의 놀림감이 되게 하는 부모들이 있더라던 레이철의 말을 떠오르게 했다. "어떻게 지내요? 아이들은 어떻게 지내고요?"

"우리는 잘 지내요." 그가 말했다. 그는 그녀를 따라 머리를 기울이지 않으려 했지만, 너무 잘 발달되어 있는 그의 거울신경세포들 덕분에 그만 머리를 기울이고 말았다. "우린 별일 없이 잘 지내요. 물론, 아이들에게는 큰 변화이긴 하죠."

그녀의 머리카락은 아래쪽은 어두운색이지만 끝으로 갈수록 금발로 바뀌는 새로 유행하는 방식으로 염색되어 있었다. 그러나 뿌리 쪽 짙은 부분의 색은 너무 어두웠다—그것은 젊은 여인의 머리 빛깔이었다. 덕분에 더 뚜렷해진 이마의 경계는 아래쪽 그녀의 피부를 더욱 늙어 보이게 만들었다. 그는 몇 주 전에 같이 잤던 물리치료사가 생각났다. 신디와 같은 나이인 그녀도 역시 같은 헤어스타일을 하고 있었지만, 그녀의 짙은 머리는 좀 더 따뜻한 빛을 띠고 있었고, 신디의 경우처럼 피부를 황량해 보이도록 만들지 않았다.

"얼마나 오랫동안 그렇게 상황이 안 좋았던 거예요?" 그녀가 물었다. 제니. 그 물리치료사의 이름은 제니였다.

"충동적으로 벌인 일은 아니에요, 그게 궁금한 거라면."

토비와 레이철은 1학기가 끝난 직후인 6월 초에 헤어졌다. 거의 1년에 걸친 과정의 결말. 아니, 어쩌면 14년 전 그들의 결혼식이 끝난 직후부터 시작된 과정의 결말이었을지도 몰랐다. 그것은 누가 그것을 바라보는지, 또는 어떻게 그것을 바라보는지에 따라 달라질 수 있었다. 이혼으로 끝나는 결혼은 처음부터 그렇게 될 운명이었을까? 결코 풀 수 없는 문제들이 시작되었을 때, 아니면 그들이 마침내 그 문제들을 해결할 수 없다는 것에 동의했을 때, 혹은 다른 사람들이 마침내 그런 것을 알게 되었을 때 결혼은 끝나는 것일까?

당연히 신디 레퍼도 내막을 알고 싶어 했다. 다들 그랬다. 질문은 언제나 막무가내식이었고, 언제나 똑같았다. 사람들이 가장 먼저 알고 싶어 한 것은 결혼 생활이 얼마 동안이나 원만하지 못했는가였다. 학교 자선 파티 날 밤, 보란 듯이 레이철과 스윙댄스를 추고 있었을 때, 사실은 그때부터 행복하지 않았던 거예요? 바트미츠바에서 사람들이 연설을 하는 동안 그녀의 손을 잡고 있다가 아무 생각 없이 손에 뽀뽀했을 때 행복하지 않았던 거예요? 학부모 간담회 때 당신은 커피 테이블 옆에 서 있었고 그녀는 사무실 옆에 서서 휴대폰을 들여다보고 있었을 때 사실 두 사람은 싸우고 있었다는 내 추측이 맞았던 거죠? 누군가 나쁜 상황에서 탈출하는 것을 보는 것처럼 사람들을 동요시키는 것은 없다. 사람들은 뻔뻔스럽게도 모든 사사로운 것들을 궁금해하며 질문을 해댔다. 실망스러운 눈으로 남편 론을 오랫동안 쳐다보는 경향이 있던 토비의 사촌 누나 체리는 "부부 상담은 해봤니?" 하고 물었었다. 그의 두 번째 부인이 간의학 병동에서 간호사로 일했던 그의 상사 도널드 바턱은 "딴짓을 한 거 아니야?" 하고 물었었다. 부모가 막 별거에 들어갔기 때문에 아이들이 캠프 생활 초기에는 약간 힘들어할지도 모른다고 설명하자 Y 캠프의 책임자는 물었었다. "결혼 후에도 매주 아내분과 데이트를 하셨나요?"

이 질문들은 사실 그에 대한 것이 아니었다. 그것들은 사람들이 얼마나 다른 사람들을 쳐다보기 좋아하는지, 그들이 무엇을 놓쳤는지, 누가 자신들의 이혼을 곧 발표하려고 하는지, 그들 자신의 결혼 저변에 흐르고 있는 긴장감이 결국 결혼의 종말로 이어질지에 대한 질문이었다. 지난 결혼기념일에 특별히 아내와 심하게 싸운 것이 결국 우리가 이혼하게 되리라는 뜻이었을까? 우리는 너무 많이 다투나? 우리는 충분히 섹스를 하고 있나? 다른 사람들은 더 많이 섹스를 하고 있을까? 바트미츠바에서 아내의 손을 잡고 있다가 아무 생각 없이 손에 뽀뽀를 한 후 6개월 안에 이혼을 할 수 있는 것일까? 얼마나 괴로워야 너무 괴로운 걸까?

얼마나 괴로워야 너무 괴로운 걸까?

언젠가는 이혼의 기억도 옛일이 될 날이 있겠지만, 사람들이 실제로는 자신들을 챙기면서도 그를 아끼는 척 퍼부었던 질문들을 그는 결코 잊지 않을 것이다.

그는 자기 삶의 모든 측면들이 예전과 약간 다르면서도 엄청나게 다른 이 낯선 세계에서 발판을 찾으려 허우적거리며 혼란 속에서 초여름을 보냈다. 그는 다른 침대에서 혼자 잠을 잤다. 그는 언제나처럼 아이들과 함께 식사를 했다. 레이철은 벌써 몇 년 동안 평일 밤에는 8시나 9시 전에 집에 돌아오지 않았다. 하지만 저녁 식사 후에 그는 아이들을 이전에 살던 아파트에 데려다주고 열아홉 블록을 걸어 그의 새 아파트로 돌아왔다. 음흉한 도널드 바턱은 그에게 자신이 내과 원장으로 승진할 것이라며, 현재 소화기내과의 간장 파트 과장 자리를 차지하고 있는 필리파 런던이 자신의 후임이 되기 위해 자리를 비우면 토비를 그 자리에 앉힐 것이라고 말했다. 그는 그런 기쁜 소식을 당연히 알려줄 사람이 아무도 없었다. 나나 세스에게 전화를 할까 생각했지만, 그런 소식을 알려줄 실제 가족이 자신에게 없다는 것이 너무나 처량해 보였다. 로스앤젤레스에 있는 부모님에게 전화를 걸 뻔했지만 거긴 아직 새벽이라는 것을 깨닫고 그만두었다. 그는 이것이 레이철에게 알려주어야 할 소식일지 잠깐 망설였다. (나중에 아이들을 데려다줄 때 그녀에게 소식을 알려주었다. 그녀는 입으로는 미소를 지었지만 눈은 웃지 않았다. 그녀는 더 이상 그의 직장에 관심 있는 척할 필요가 없었다.)

하지만 여름이 2루로 접어든 7월 하순이 되자 그는 다시 안정감을 느꼈다. 적어도 그는 일상이 생겼다. 그는 잘 지내고 있었다. 그는 적응하고 있었다. 요리를 할 때는 한 사람 몫을 덜 요리하고, 이전처럼 빈번하지는 않지만 간간이 바비큐나 칵테일파티에 초대를 받으면 참석 여부를 알려줄 때 '우리는'이라는 말 대신 '나는'이라는 말을 쓰기 시작했다. 그는 다시 긴 산책을 하기 시작했고 누군가에게 그의 소재를 알려주어야 할 것 같은 부담감을 떨쳐버리기 시작했다. 정말로, 가끔 신디 같은 사람들과 대화를 해야 하는 것 외에는, 그는 잘 해나가고 있었다. 그는 이 일이 있기 전에는 이 세상의 신디 레퍼 같은 사람들에게 투명한 공기 같은 존재였다. 그는 그의 가족에 따르는 합병증 같은 존재였다. 레이철이라는 성공한 여인의 남편, 아니면 해나라는 사교적인 아이의 아버지, 귀여운 솔리의 아버지. 아니면, 잠깐, 당신 의사죠? 맞죠? 일주일 동안 여기 뭐가 혹처럼 솟아 있는데 좀 봐주겠어요? 하지만 이제 그는 사람들이 대화를 하고 싶어 하는 사람이 되었다. 그의 이혼은 그에게 영혼을 돌려주었다.

신디는 대답을 기다리고 있었다. 그녀의 눈은 광고가 시작되기 직전에 드라마 배우들이 얼어붙은 채 서로를 쳐다보듯 그의 얼굴을 탐색하고 있었다. 그는 그녀가 자기에게 무엇을 기대하는지 알고 있었다. 그는 멈추어진 대화의 빈 공간을 채우지 않으려 했다. 자신에게서 무엇이라도 캐내려 하는 사람들에게 어색한 침묵의 불편함을 느끼게 만들고 싶었다. 그의 심리 치료사인 칼라는 그가 어색한 침묵을 견디는 법을 배워야 한다고 말했다. 이제 그는, 거꾸로, 아무 정보라도 캐내기 위해 그를 펌프질하는 사람들에게 불편한 느낌을 견디는 법을 배우게 하고 싶었다.

게다가, 결혼 생활을 같이 한 상대에 대한 끔찍한 것을 암시하지 않고 이혼에 대해 이야기할 방법이 없었고, 그는 그렇게 하고 싶지 않았다. 그는 지금 이상하게도 예의를 차려야 할 것 같았다. 학교는 전쟁터이므로 사람들을 자기편으로 끌어들이기는 매우 쉬울 것이다. 그는 그것을 알고 있었다. 그는 레이철의 광기, 분노, 히스테리를, 그녀가 자식들의 삶에 자신을 온전히 몰입시키지 않으려 하는 태도를 슬쩍 언급할 수도 있었다. 그는 '내 말은, 그녀가 '스템* 교육의 밤'에도 참석한 적이 없다는 것을 알고 계시잖아요?' 같은 말을 할 수도 있었다. 하지만 그러고 싶지 않았다. 그는 학교에서 레이철의 위상을 떨어뜨리고 싶지 않았는데, 아마도 아직까지 벗어버리지 못한 그녀에 대한 오랜 보호 의식 때문일 것이다. 물론 그녀는 괴물이었다. 하지만 그녀는 항상 괴물이었고, 아직 그녀를 차지할 사람이 나타나지 않았기에, 법적인 절차가 아직 남아 있었기에, 아직도 그를 괴롭히고 있었기에 여전히 그의 괴물이었다.

신디는 한 걸음 더 다가섰다. 키가 겨우 165센티미터인 그에 비해 그녀는 머리 하나는 더 컸고 필요 이상으로 살집이 없었다. 그녀의 얼굴은 이목구비가 큼직큼직했고 필러와 보톡스로 가득 채워진 것 같았다. 머리를 천천히 앞뒤로 흔들고 입을 과장되게 내밀어 걱정을 표현하던 그녀의 심각한 분위기는, 숱이 하나도 없는 눈썹 때문에 힘을 잃었다. 그녀의 눈썹은 그가 그녀를 처음 알았을 때부터 쭉 그랬다. 그것은 또한 그녀가 행복해할 때의 모습이기도 했다. "토드와 저는 소식을 듣고 너무 슬펐어요." 그녀가 말했다. "우리가 도울 수 있는 일이 있다면 뭐든지 말하세요. 우린 **당신들의** 친구니까요."

그 말과 함께 그녀는 **한 걸음 더** 다가섰다. 그것은 그의 아내와 친구였던 유부녀와 캠프 로비에서 같이 서 있기에는 너무 가까운 거리였다. 그때 그의 휴대폰이 울렸다. 그는 화면을 들여다보았다. 그날 밤 늦게 그가 처음으로 만나기로 한 여자, 테스였다. 그는 그녀의 허벅지와 검은 그물망 팬티가 삼각주를 형성하는 비옥한 초승달의 클로즈업 사진을 보기 위해 눈을 가늘게 찡그려야 했다.

---

* STEM: 과학(S), 기술(T), 공학(E), 수학(M)의 줄임말.

"병원이에요. 조직 검사를 해야 하거든요." 토비가 말했다.

"아직 병원에 계세요?"

"아, 네." 그가 말했다. "사람들이 여전히 병에 걸리는 한 말이죠. 수요와 공급의 문제죠."

신디는 웃음을 터뜨렸지만, 동정심이랄까? 야릇한 표정으로 그를 바라보았다. 학교의 모든 학부형들이 그랬다. 의사는 더 이상 선망받는 직업이 아니었다. 지난해 학부모-교사의 밤 모임에서 만났던 신디의 남편 토드는 교실 밖에서 이름이 불릴 때를 기다리는 동안 (레이철은 그날도 고객과 저녁 약속이 있어서 시간에 맞추어 참석할 수 없었다) 그를 진지하게 바라보며 물었다. "만약 당신의 아이들이 의사가 되고 싶다고 말한다면, 어떻게 조언을 해주겠어요?" 토비는 모임을 마치고 집으로 걸어갈 때에야 문득 그 질문의 의미를 깨달았다. 금융계에 종사하는 토드가 의사인 토비를 딱하게 여기고 있었던 것이다. 의사인 자기를 말이다! 토비는 의사가 존경할 만한 직업이라고 생각하며 자랐다. 그리고 그것은 사실 존경할 만한 일이었다. 그날 밤 레이철이 집에 돌아왔을 때, 얼간이 토드가 자신에게 한 말을 전하자 그녀는 말했었다. "글쎄, 뭐라고 할 말이 없었겠네." 그들은 모두 그를 몰아세웠다.

"그럼 어서 가보셔야겠네요." 신디가 말했다. "우리, 내일 밤 해나를 보는 거죠?" 그녀는 몸을 기울여 머리, 가슴, 골반이 토비와 부딪는 전면적인 포옹을 했다. 포옹은 그가 이전에 신디 레퍼와 했었던 어떤 신체 접촉보다도 약간 더 오래 지속된 느낌이었는데, 생각해보니 이제까지 그녀와 신체 접촉을 한 적이 한 번도 없었다.

그는 Y 캠프를 떠나면서 신디에게서 느꼈던 느낌, 그녀가 그를 위로하고 싶어 한다는 것, 또한 그와 섹스를 하고 싶어 한다는 것이 진짜일지 의아했다. 그럴 리가 없었다. 하지만, 그럼에도 불구하고. 그렇지만, 그럼에도 불구하고 그녀는 분명 그와 섹스를 하는 것이 어떤 느낌일지 궁금해하고 있었다.

아니야, 그럴 리가 없어. 그는 그녀의 젖꼭지가 어울리지 않는 탱크톱 밑에서 병사들처럼 빳빳이 서 있던 것을 생각했다. 그는 흥분하고 있었다. 분명히 그리고 확실하게 밤새도록 그와 뜨거운 섹스를 하고 싶다고 주장하는 여자들의 욕망이 그의 휴대폰에서 뚝뚝 떨어질 때는 쉽게 그럴 수 있는 일이었다.

그가 받는 각각의 작은 호출들—각각의 작은 〔윙크를 하는 이모티콘〕이나 〔보라색 악마 이모티콘〕, 혹은 브래지어 셀카나 엉덩이 윗부분 골의 실제 사진들—은 그가 젊었을 때 품었던 중요한 질문들을 다시 생각해보게 만들었다. 지금까지 그가 눈이라도 마주쳤던 모든 여인들의 무수한 거절에 의해 그가 믿게 된 것만큼 자신이 그렇게 혐오스럽지만은 않은 것일까? 어쩌면 그가 **매력적일** 수도 있는 걸까? 그의 외모나 체격 때문이 아니라, 섹스할 기회라면 불나방처럼 뛰어들던 당시의 절박함이 실제보다 그를 덜 매력적으로 만들었던 것은 아니었을까? 아니면 지금 그의 현재 상황, 막 이혼을 했다는 것과 약간의 상처를 입었다는 것이 그를 그렇게 매력적으로 만들었을지도 모른다. 혹은 거울신경세포와 페로몬 등은 휴대폰 화면에 옮길 수 없기 때문에, 그것이 옮길 수 있는 것이라고는 그의 성적 흥분과 그것의 만족을 위해 언제라도 시간을 낼 수 있다는 뜻뿐이지만, 그것이 언제라도 시간을 낼 수 있는 다른 어떤 사람의 성적 흥분과 매치될 때, 짜잔, 사건이 벌어지는 것이다. 그는 섹스에 있어 더 이상 매력이 중요치 않다는 생각은 마음에 들지 않았지만, 그럴 가능성이 없다고 말할 수는 없었다. 그는 결국 과학자였으니까.

그는 레이철을 의대 1학년 때 만났다. 그는 요새 부쩍 그때를 생각했다. 그는 자신이 내렸던 결정들에 대해서 생각을 했고, 그때 이미 경고의 징후들을 볼 수는 없었던 것인지 생각했다. 도서관 파티에서 만난 그녀의 눈에서 그는 섹스의 가능성을 보았고, 그녀의 머리는 앞으로도 영원히 변치 않을 금발의 클레오파트라 스타일이었다. 그녀의 기하학적 머리 모양의 광택이 얼마나 그의 눈을 가득 채웠었는지, 그녀의 푸른 눈은 얼마나 차갑고 뜨거웠는지, 그녀의 이중 활꼴 윗입술이 꼭 등정하고 싶은 이슬방울의 산으로 느껴졌는지, 어떻게 그것이 턱의 움푹 들어간 곳과 절묘하게 대칭을 이루었는지─과학은 이런 완벽한 대칭이 남성의 성적 욕구를 유발하고, 시각적 만족과 행복이라는 호르몬 감정을 만들어낸다고 했다─어떻게 그녀의 날카로운 인상이 그가 어려서부터 품어왔던 유대인 소녀들의 모습과 다르게 보였는지(그녀의 아버지는 유대인이 아니었고, 그녀의 외할머니 얘기와 그가 남긴 몇 안 되는 사진들에 의하면 그녀는 아버지와 똑같이 생겼는데, 전통적 유대인 가정에서 자란 토비가 집을 나간 비유대인 아버지와 똑같이 생긴 여인을 사랑한다는 것 또한 그의 집에서는 못마땅하게 여겼었다), 그가 얼마나 마음이 들떴었는지, 무언가를 결정하려고 할 때는 살짝 엉덩이를 내미는 그녀의 습관 때문에 그가 얼마나 욕정에 가득 찼었는지, 어떻게 그를 안 지 4주 만에 그녀가 그의 할머니 장례식에 참석하기 위해 함께 캘리포니아로 갔는지, 그의 할머니 장례식이라는 이유로 차 뒷자리에 앉은 그녀가 얼마나 슬퍼 보였는지, 장례를 마친 후에도 그녀가 집에 와서 모든 음식들을 쟁반에 담는 것을 도왔는지 그는 생각했다. 그녀가 그의 옷을 벗기던 방식─아니, 이제 그런 생각은 하면 안 되었다. 그런 생각은 그의 치유에 해가 될 것이다.

요점은 그녀가 그를 원했다는 것이다. 누군가가 토비 플라이시먼을 원했다는 것이다. 우리는 그가 물끄러미 그를 지나쳐가는 세상을 쳐다보는 것을 지켜보곤 했다. 아무도 자신에게 반하게 만들지 못하는 자신의 무능을 당혹스러워하는 그를 지켜봤었다. 그는 진짜 여자 친구라고는 한 명만 사귀었었고, 그 외에는 파티에서 함께 바닥에 나뒹굴던 술 취한 여자애들 몇 명뿐이었다. 그는 레이철을 만나기 전에 단 두 명의 여자와만 섹스를 했다. 하지만 곧 대학 시절은 끝났고 의대 여학생들은 거의 모두 예전부터 알던 남자애들과 짝을 이루었다. 하지만 그에게는 레이철이 있었고 그녀는 그가 너무 작거나 딱하다는 듯 쳐다보지 않았다. 비록 그가 작고 딱한 것이 사실일지라도. 그는 그 파티에서 방을 가로질러 그녀를 바라보았고, 그녀는 그를 맞받아보며 미소를 지었다. 그 후로 많은 시간이 흘렀지만, 그에게는 그때의 레이철이 그의 레이철이었다. 그는 이후 숱하게 다른 모습을 보여온 레이철에게서 그때의 레이철을 찾기 위해 수많은 시간을 보냈다. 지금 이 순간에도 그녀를 생각하면 처음 떠오르는 것은 그때 그 버전의 레이철이었다. 그렇지만 않으면 그는 세상을 훨씬 더 잘 살 수 있을 것이라고 생각했다.

토비가 45분 후에 조직 검사를 해야 하는 것은 사실이었지만, 그는 앱을 쳐다보며 시간을 좀 더 보내고 싶었다. 그래서 토비는 거리로 나오면서 앱을 실행하고 서쪽을 향해 걸었다. 날씨는 이미 너무 따뜻했고, 예보된 대로 섭씨 34도 정도에 폭풍우 구름이 몰려오고 있었지만 아직 그렇게 험하거나 위협적인 징후는 없었다.

공원에서는 아름다운 젊은이들이—그들은 모두 아름다웠다. 심지어 그렇지 않은 사람들까지도—이렇게 이른 시간에도 머리를 태양 쪽으로 향한 채 담요를 깔고 누워 있었다. 그들 중 몇몇은 자고 있었다. 레이철이 그와 함께 긴 산책을 하던 때, 그들은 공원에서 잠자는 사람들을 흉보곤 했다. 노숙자들이나 약물에 취해 공원에 누워 있는 사람들이 아니라, 추리닝 차림으로 공원에 와 담요를 펼쳐놓고 세상이 그들의 편한 휴식만을 소망하는 안전한 장소인 척 행동하는 사람들이 그들의 조롱의 대상이었다. 토비나 레이철, 둘 중 누구도 맨해튼의 공원 한가운데서 잠들 수 있을 정도로 불안이 없는 삶은 상상할 수 없었다. 그 불안이야말로 그들이 마지막까지 같이 지니던 공통점이었다. "나는 공공장소에서 추리닝을 입는다는 것은 상상할 수도 없어." 레이철은 말하곤 했다. 그녀는 다른 엄마들은 운동할 때만 입는 레깅스와 탱크톱들('우선, 커피부터', '브런치를 좀 과하게' 같은 글귀들이 쓰여 있었다)을 평소 즐겨 입었지만 그것들은 나름 직업 정신을 보여주고 있었다. 그녀는 지금 여자들이 바지 대신 입을 수 있는 것들, 즉 요가 바지, 레깅스 등 다양한 대안들이 있는데도 추리닝을 입는 것은, 비록 소극적이기는 하지만, 명백히 여자의 정신 상태를 보여주는 것이라고 생각했다. 그녀는 항상 말하곤 했다. "추리닝을 입는 건 그냥 모든 걸 포기하는 거야."

걸어가면서, 그는 화면의 검색 버튼을 눌렀다. 그러자 금요일 아침 9시임에도 손가락만 사용하는 성행위와 유두 자극, 수음과 기타 성행위가 가능한 근처에 사는 여자들의 샘플 사진들이 나타났다. 아기를 안고 있는 40대 후반의 인도 여자, 검은색 매니큐어에 게슴츠레 눈을 뜬, 롤리팝을 빨고 있는 40대 중반의 백인 여자, 오렌지색 선탠을 한 피부에 파스텔 보라색 머리카락과 거북껍질테 안경을 쓴 여자, 고무젖꼭지를 입에 문, 나이를 짐작하기 어려운 백인 여자(성인임에는 틀림없었다), 주근깨가 박힌 가슴골 사진(그게 다였다), 백인 여자의 엉덩이 골 사진(역시 그게 다였다), 버튼다운 셔츠를 입고 짙은 파운데이션을 제대로 바르지 않아 벽 보수용 회반죽을 뒤집어쓴 것 같은, 겁먹은 눈의 마맛자국이 있는 여자—그녀의 꽉 다문 입술은 사진을 찍는 데 대한 불안감을 보여주고 있었다. 스위스 처녀처럼 머리를 땋은 후 한쪽 머리끝을 콧수염처럼 입술 위에 올려놓은 흑갈색 머리의 백인 여자, 마티니 잔을 들고 있는, 그의 어머니뻘은 되어 보이는 은발 여자의 사진에는 완전히 잘라내지 못한 남자의 어깨가 일부 보였다. 무심히 조카들을 안고 있는 여자들의 사진도 많이 있었다. 의식적이건 아니건 사진을 보는 사람들이 손가락 삽입 따위보다는 좀 더 오래가는 관계를 찾고 있을 경우를 고려한 모성성의 전시였다. 그는 사진을 기울여놓아서 마치 제6 등뼈 부위로 침대에 매달려 있는 것처럼 보이는 여자를 카메라가 내려보며 찍은, 식염수 보형물이 가득 찬 젖가슴 사이의 골짜기가 그랜드캐니언의 계곡 같은 사진을 손가락으로 넘겼다.

그에게는 데이팅 앱이 보여주는 대로의 세상 모습을 마음에 들어하는, 뉴욕을 그저 끊임없이 섹스를 원하는 사람들로 가득한 도시라고 생각하고 싶어 하는 구석이 있었다. 상호 동의만 한다면 그것이 누구든 그 날 만날 수 있는 첫 번째 사람과 섹스, 혹은 만지거나 핥거나 빨거나 삽입하거나 뜨거운 숨을 불어넣으려는 단 한 가지 충동만 가지고 배회하는 사람들, 섹스나 불장난에 빠진 사람들, 어쩌면 자신처럼 얼마 동안 죽은 것 같은 삶을 살았지만 여전히 살아 있고, 겉으로 보기에는 평범해 보이지만 마음속 깊은 곳에서는 편의점이나 요가 수업, 회의에 가는 길에서 만난 낯선 이의 다리에 강아지처럼 매달려 아랫도리를 문지르고 싶은 충동을 간신히 참고 있는 사람들 말이다. 그의 인생에서 매우 늦은 시기처럼 느껴지는 때에도 아직 힘이 남아 있다는 것을 깨닫는 것은 기뻤다. 이것은, 그가 그렇게 어린 나이에 레이철과 결혼했을 때 놓쳤던 것들이, 그것이 무엇이든, 여전히 그곳에 남아 그를 기다리고 있었다는 희망을 주었다. 그것은 다른 사람들도 실패를 했다가 다시 시작하고 있다는 뜻이었다. 아주 젊은 사람들만의 일이라고 치부했던, 섹스할 상대를 찾기 위해 많은 시간을 들이는 짓거리에 참여할 수 있을 만큼 그가 충분히 젊다는 뜻이었다. 전에 알고 있던 뉴욕의 이면에 존재하는, 이혼과 **자유**라는 안경을 쓰고서야 볼 수 있는 이 새로운 뉴욕의 모습을 알게 되자 그는 기쁨과 평화 그리고 위안을 느꼈다. 이곳은 섹스 상대를 찾아 헤매는 좀비들의 도시였다.

그가 가장 선호하던 데이팅 앱 Hr은 아침에 눈을 뜨면 제일 먼저 확인을 하는 일과가 되었다. 페이스북을 볼 때마다 자신의 이혼 소식을 아직 모르는 많은 사람들의 존재에 부담을 느낀 그는 페이스북 대신 데이팅 앱을 사용하기 시작했다. 하지만 페이스북은 그가 택하지 않았던 길들을 보여주었고, 진짜든 연출된 것이든, 행복의 순간들을 보여주고 있었다. 평범해 보이는 결혼 생활과, 인생의 의미 있는 성취들이 아닌 그저 무난한 삶을 보여주는 별로 특이할 것 없는 게시물들을 보면서 토비는 가슴이 아렸다. 토비는 자신의 결혼에서 거창하고 다른 것들을 넘어서는 어떤 것을 꿈꾸지 않았었다. 그는 부모가 있었고 바보로 태어나지도 않았다. 그는 단지 안정과 정서적 지지 그리고 소박한 만족 같은 흔하고 시시한 것들을 원했다. 왜 그는 그런 평범하고 시시한 것들을 가질 수 없었을까? 그의 전 인턴이었던 사리는 남편과 함께 학교 기금 모금 행사에서 볼링을 하는 자신의 사진을 올려놓았다. 그녀는 분명히 세 번 연속해서 스트라이크를 친 것 같았다. '정말 멋진 밤이야.' 그녀가 쓴 글이었다. 토비는 그것에 '당분간은 삶을 즐겨' 또는 '모든 욕망은 죽음이다'라고 댓글을 달고 싶은 거부하기 힘든 욕망을 느끼며 응시했었다. 페이스북은 거리를 두는 것이 상책이었다.

페이스북에 들이는 시간을 줄인 만큼 다른 곳에 시간을 쓸 수 있게 된 그는 네 가지 데이팅 앱들을 사용했다. Hr, 그리고 원래는 유대인들을 위한 데이팅 앱이었지만 약간의 아시아 여자들과 가톨릭 신자들도 간혹 눈에 띄는 추즈(Choose), 원래는 웹사이트였지만 스마트폰 사용자들을 위해 앱으로 업데이트된, 전자기기들을 잘 사용하지 못하는 사람들—그도 그들 중 하나일 것이다—을 위한 포리지(Forage), 처음 관계를 시작하는 단계에는 여자들만 연락을 할 수 있는 리치(Reach)—그는 이 점에 관한 한 아무 문제도 없었다. 왜냐하면 지금 그가 처한 상태 그대로 그가 얼마나 여자들에게 인기가 있을지 정확하게 알아보고 싶었기 때문이다—가 그것들이었다. 그의 키는 165센티미터밖에 안 됐지만 아직 탈모가 시작되지 않았고 입가에는 약간의 잔주름이 있고 눈 밑 살도 조금 처지기는 했지만 그는 여전히 날씬했다. 다시 말하지만 그의 머리카락은 아직 건재했다.

그가 가장 좋아하게 된 앱은 Hr이었는데, 로딩이 되는 동안 '호랑이의 눈!'이나 '가서 그녀들을 차지해요, 보스!'처럼 힘을 북돋워주는 경구들을 보여주었다. 간의학 병동에서 그가 가르치고 있는 전임의들 중 한 명인 조니가 그를 위해 다운로드해준 앱이었다. 토비는 레이철이 아동 양육비(그녀는 '위자료'라고 쓴 후 잘못 적었다고 했지만, 토비가 그녀의 속마음을 모를 리 없었다)에 관해 보낸 문자 때문에 화가 나 있었다. 기분이 상해 있던 토비는 다른 전임의인 로건이 MRI를 잘못 판독했을 때 필요 이상으로 화를 냈다. 누구나 할 만한 실수였고, 그것은 학생들을 가르칠 수 있는 기회였지 화를 낼 일이 아니었다. 로건은 무척 놀란 것 같았다. 결국 토비는 그들에게 자신이 처한 상황을 사실대로 말할 수밖에 없었다. 그와 레이철은 별거를 시작했고 곧 이혼을 할 것이다. 신경이 날카로워 그만 화를 냈다. 미안하다. 10초 정도 침묵을 지키던 로건이 "괜찮으신 거예요?" 하고 물었다. "괜찮아. 충분히 시간을 두고 결정한 일이야." 토비가 대답했다. 아무리 잘 봐줘도 좀 이상한 코에, 탈색한 머리로 얼굴을 덥다시피한 조니가 입가에 미소를 지으며 말했다. "그럼, 이거 한번 해보세요. 재미있을 거예요."

그는 그녀가 말하는 동안 미소 짓지 않으려고 애썼다. 마치 환자를 상담할 때처럼 심각하게 눈을 뜨려고 했지만 미소 짓지 않을 수 없었다. 그는 자신의 소식이 비극이 아닌 다른 어떤 것으로 받아들여질 수 있다는 생각은 하지도 못했다. 자신의 이혼 얘기가 나올 때마다 일종의 예의상 슬픈 눈으로 자신의 발치를 내려다봐야 한다고 생각했다. 하지만 그는 이혼에 이르기까지 실패와 자기희생의 연옥에서 이미 수년간 충분히 고통을 받아왔다. 그래! 재미있겠군! 그때 그는 창밖을 보았고 계절이 여름임을 알았다. 여름이었다!

그는 자신의 휴대폰 화면, 조니가 가리키는 곳을 들여다보았다. 화면 속의 여자들은 바로 그 시간 자신들의 데이트 가능성을 표시해주는 숫자를 구석에 보여주고 있었다.

"그럼 지금 만날 수 있다는 뜻인가?" 토비는 휴대폰에 얼굴을 바싹 대고 물었다.

"얼마나 뿅 갈 준비가 되어 있는지 알려주는 거죠!" 로건이 말했다.

"뿅 갈 준비?" 그가 물었다.

전임의들이 모두 큰 소리로 웃음을 터뜨렸다. "맙소사, 그녀들은 모두 발정이 나 있군!"로건이 말했다. 토비는 듬직한 턱을 가진 로건의 잘생긴 얼굴을 쳐다봤다. 토비가 젊었을 때에는 저런 말을 하는 친구는 음탕한 변태 취급을 받았다. 그는 조니가 수치심을 느끼거나 불편해하는지 그녀 쪽을 살펴보았지만 조니는 웃고 있었다. 이제는 성적인 대화는 공개적으로 행해졌고 그가 지금 다운로드를 하고 있던 앱처럼 편하게 접할 수 있는 것이었다. '그녀들은 모두 발정이 나 있군!' 토비가 마음속으로 다시 되뇌었다. 자신이 전문적인 환경에서 일하는 전문가임을 잊지 않은 토비는 이 말을 마치 의학 자료를 대하듯 생각해본 후 아랫도리에 힘이 들어가는 것을 막기 위해 조직 검사를 떠올렸다.

나중에, 의사 휴게실에서 그는 무심히 이메일을 확인하는 척했지만, 사실은 그의 새로운 앱을 살펴보고 있었다. 하지만 그것은 그가 다루기에는 너무 벅차다는 사실이 곧 드러났다. 회원 프로필에 입력해야 하는 정보가 너무 많아서 그는 곧 정신이 혼미해졌다. 그 질문들은 터무니없었고, 그에 대한 답들은 세상에 내놓기엔 너무 진부하거나 너무 추했다. 그는 멍하니 앉아서 사실대로 답을 해봤자 별 의미가 없을 질문들을 쳐다봤다. 만약 당신이 현재의 직업이 아닌 다른 일을 하고 있다면 어떤 일일 것 같습니까? (출판 비평가는 어느 정도 사실이면서도 좋은 대답일 것 같았다, 아닌가?), 그의 영적인 동물은? (뭐라고? 이게 무슨 뜻이지?), 그가 가장 좋아하는 음식은? (후무스 (병아리콩 으깬 것과 오일, 마늘을 섞은 중동 지방 음식-옮긴이)라고 사실대로 써도 좋을까? 하지만 그것보다 덜 섹시한 음식은 없을 것 같았다), 그가 가장 좋아하는 영화는? (〈애니 홀〉이라고 적고 싶었지만 아직도 그런 영화가 통할지 확신을 할 수 없었다), 비 내리는 오후를 어떻게 보내고 싶은가? (야한 책을 읽거나 포르노를 보면서 자위하기).

그는 좌절감을 느꼈다. 신청 양식을 채우기 어려워서도, 데이트를 할 준비가 되어 있지 않아서도 아니었다—사실, 결혼이 끝나고 그것에서 떠날 때쯤이면, 그는 기꺼이 새로운 삶을 찾아 나설 것이다. 하지만 그 지루한 일들을 다시 해야 하다니. 사랑을 찾는 뉴욕 시민들을 샅샅이 살피는 일은 그 자체로 실존적 악몽일 것이다. 그는 젊었을 때 이 일을 끝냈었다, 그렇지 않은가? 자신은 그 문제를 해결하지 않았었나? 결혼을 통해 이런 헛짓거리를 끝내지 않았던가?

레이철의 집을 떠난 지 2주 후 어느 토요일 아침, 잠에서 깬 토비는 새삼 자신이 혼자라는 것을 깨달았다. 그의 새 아파트는 필요하거나 원해서 산 것이 아니라 단순히 공간을 채우기 위해 구입한 물건들이 놓인 우울한 연극의 휑한 무대처럼 보였다. 플루트 연주회, 댄스 리사이틀, 아이들의 놀이 데이트(부모들끼리 잡는 자녀들의 놀이 약속-옮긴이), 생일파티 등에 시간을 맞추기 위해 바삐 서두르던 가족들로 항상 생기 있던 그의 옛 아파트와는 달리 어느 곳도 흐트러진 곳이 없었다. 갈색 마이크로파이버 소파와 요처럼 펼칠 수 있는 회색 의자, 가장자리가 이미 진흙탕처럼 갈색으로 변해가는 물결무늬의 깔개, 연결된 케이블이 어지럽게 드러나 있는 TV, 싸구려 합판으로 만든 너절한 책꽂이, 모든 것들이 매일 똑같은 상태였다. 아무것도 움직이지 않았다. 아이들이 오고 갔지만 그들도 잠시 머물다 갈 뿐, 아무것도 바뀌지 않았다. 매일 아침 들어오는 빛은 파란색, 노란색, 흰색, 그리고 다시 파란색으로 바뀌었지만 변하는 것은 없었다. 방과 후 돌아온 아이들과 저녁을 먹고 숙제를 한 후 다시 레이철의 집으로 바래다주고 돌아와 보면 아이들이 왔다 간 것이 실감이 들지 않았다. 마치 가짜 삶을 살고 있는 것처럼 느껴졌다.

사방이 너무 조용했다. 가끔씩 그것을 느낄 수 있을 때에는 그는 정적을 좋아했다. "이 소리가 들려?" 아이들이 학교나 캠프에 가거나 놀이 데이트에 갔을 때 그는 레이철에게 묻곤 했다. 아무것도 일어나지 않는 상태는 그 자체만의 소리를 가지고 있었다. 지금은 그런 상태가 예외적인 때가 아니라 환경이었다. 이제는 공허가 그의 룸메이트가 되었다.

솔리에게 사준 빈 백 의자에 앉은 그는 오른손으로는 자신의 가슴털을 잡아당기며 왼손으로 과학적으로 계산된 답들을 Hr 가입 양식에 마침내 채워 넣었다. (직업: 출판 비평가, 영적인 동물: 슈나우저, 음식: 치킨 시저 샐러드, 영화: 〈록키 2〉, 비 내리는 오후에 하는 일: 크로스워드 퍼즐, 박물관, 산책. '비가 온다고 실내에만 있을 이유는 없지.') 시저 샐러드를 제외하고는 대부분 사실이었다. 지방을 먹지 않으려는 토비의 결심은 애국심이나 종교적 원칙처럼 흔들림 없이 지켜졌다.

그는 전송 버튼을 누르고 자신의 프로필이 로딩되는 것을 지켜봤다. 전송 완료라는 메시지와 거의 동시에 여자들의 메시지가 쏟아져 들어오기 시작했다.

안녕, 자기.
안녕.
잘 지내요?
[혓바닥 이모티콘]
[보라색 악마 이모티콘]
궁금해서 옆구리를 찔러봄.

[쳐다보고 있는 눈 이모티콘]

[웃는 얼굴 이모티콘]

[가지 모양의 이모티콘]

[뿔이 두 개 달린 악마 이모티콘]

[탐정 이모티콘]

[이브닝 가운을 입고 삼바에 맞추어 춤을 추는 것 같은 여자 이모티콘]

섹스할까요?

세상에, 그는 주말 하루 온종일을 휴대폰을 들여다보는 데 바쳤다. 아니면 그 이상이었을까? 하루 반 정도? 이틀? 우리의 친구 세스가 그동안 그에게 두 번이나 전화를 했고 그것은 곧장 음성 메일로 넘어가지는 않았지만, 그것이 세스의 전화임을 확인한 토비에 의해 음성 메일로 보내졌다. 해가 뜨고, 해가 지고, 그는 한 시간 동안이나 오줌이 마려운 것을 참아가며 메시지들을 읽었고 어느 순간 중국 음식을 배달시킬 생각이 났다. (찐 닭고기와 채소 부탁합니다, 마름 열매는 빼주세요.) 그러는 대부분의 시간 동안에도 그는 자기가 받고 있는 메시지들의 바람을 타고 하늘을 날고 있었다―그의 모든 농담에 LOL*로 화답을 하고, 윙크하는 이모티콘들을 보내고, 자신들의 사진을 보내고, 그의 지친 심장을 의미심장한 말들로 다시 불타오르게 하고 싶어 하는 여자들. 어떤 여자들은 [웃는 얼굴 이모티콘]이나 [윙크를 하는 이모티콘]을 보냈다. 어떤 이들은 [손을 드는 여자 이모티콘]과 [건축현장 인부 이모티콘], [남녀가 같이 있는 이모티콘], 그리고 [욕조 이모티콘]까지, 가히 이모티콘들의 오페라를 보냈다. 욕

---

* Laugh Out Loud, 채팅 약어로 '너무 웃겨'라는 뜻.

조 이모티콘을 본 그는 얼마나 흥분을 했던지. 그는 엄청난 사진들의 양에 압도된 채 화면을 넘기고 넘겼다. 얼굴, 얼굴, 얼굴, 얼굴, 전신, 얼굴, 쇄골, 얼굴, 얼굴, 얼굴, 얼굴, 얼굴, 엉덩이 골, 얼굴, 혀, 옆에서 찍은 젖가슴, 입술, 얼굴. 그와 대화를 나눈 몇 명의 여자들에게 행동을 취해야겠다는 생각이 든 것은 둘째 날, 날이 어두워졌을 때였다. 그가 그것을 깨달은 것은 메시지를 주고받던 여자가 **그래서 당신의 귀여운 얼굴을 곧 볼 수 있는 건가요?** 하고 문자를 보냈기 때문이었다. 그는 지금 액정에 줄무늬가 보이고 손으로 만지기 뜨거울 정도인 자신의 휴대폰에서 일어나고 있는 일들이 현실에서도 일어나고 있는 일이라는 것을 깨달았다. 그는 고개를 들어 뻑뻑한 눈으로 자기 방을 둘러보았다. 그는 몇 시간 동안 미소를 짓고 있었지만, 주위를 둘러보고 방이 어두워진 것을 깨닫고는 약간의 공포와 함께 이 세상에서 이렇게 정지해 있는 곳은 흔치 않으리라는 것, 오직 앞으로 나가려는 의지만이 그를 무기력에서 끄집어낼 것이라는 것을 깨달았다.

그는 처음에는 원하는 연령대에 있어 민주적이었다. 아직 숨이 붙어 있는 사람들 중 25세 이상이라면 누구나 만날 수 있다고 생각했다. 하지만 그는 젊은이들을 쳐다보는 것에 금방 싫증이 나기 시작했다. 그들의 젊음을 지켜보는 것이 고통스러운 것은 아니었다. 그들의 피부는 빛이 나고 팽팽했으며 엉덩이 주름은 허벅지 꼭대기에 스프링처럼 접혔다─물론 그런 것들을 보는 것은 확실히 고통스러웠다. 그들이 항상 젊을 것이라고 믿거나, 혹은 그럴 수 없다는 것을 알기에 즐길 수 있을 때 즐기기로 결정을 했기 때문도 아니었다. 만약 젊음이 유지되지 않을 것이라는 것을 알기에 그들이 작정하고 젊음을 즐기는 것이라면, 그것은 그에겐 더 견딜 수 없는 상황일 것이다. 토비가 젊었을 때에는 아무도 그런 분별력을 가지고 있지 않았다. 그보다는 아직 진정으로 자신들의 행동의 결과를 이해하지 못하는 사람들과 함께 있는 것을, 아무리 신중하게 인생 계획을 세운다 하더라도 세상이 제멋대로 우리의 삶을 끌고 간다는 것을 참을 수 없었다. 하지만 인생을 어느 정도 살기 전에는 그런 것을 배울 방법이 없었다.

토비는 결과에 대해 알고 있었다. 그는 그것을 살고 있었다. 여자들과 관계를 맺기 전, 후에 대화를 하곤 했는데, 토비는 곧 그것이 자신을 죽고 싶게 만들 수 있는 잠재력을 가지고 있다는 것을 알게 됐다. 40세 미만의 사람들은 낙천주의자들이었다. 그들은 미래에 대한 낙관론을 가지고 있었다. 그들은 자신들의 미래가 놀랍게 구체적일 정도로 지금과 별반 다를 것이 없으리라는 것을 받아들이지 않았다. 그들은 빨리 움직였다. 그는 그런 그들을 견딜 수 없었다.

그리고, 사실상 그들은 대부분 아이를 원했다. 심지어 무슨 바보 같은 이유에서인지는 모르겠지만 근사하게, 야생적으로 보이고 싶거나, 강하게, 남자처럼 보이고 싶다는 이유로 아이를 원하지 않는 척하는 여자들도 마치 남자들이 원하기 때문에 자신들도 어쩔 수 없다는 듯 행동했다. 이 젊은 여자들은 친절을 베풀면 쉽게 딴 생각을 품었기 때문에, 토비는 그들을 잘 대우해줌으로써 어떤 식으로든 그들이 위로, 앞으로 나아가는 삶의 궤도를 기대하게 하고 싶지 않았다. 위로, 앞으로의 궤도는 고사하고, 그는 지금 자신이 어떤 궤도를 그리고 있는 것인지조차 알 수 없었다. 그는 그것이 자신과 같은 위치에 있는 사람에게는 호응을 얻을 수 없는 관점이라는 것을 알고 있었다. 우리의 친구 세스는 그가 이런 사실을 털어놓으면 그를 미친 사람처럼 취급할 것이다. 세스도 우리처럼 마흔한 살이었지만 그가 Hr에서 검색하는 연령대는 20세에서 27세까지였다.

"왜, 아예 열아홉 살 여자애들을 찾지?" 토비가 물었다. "아니, 열

여덟 살은? 그것도 합법이잖아."

"나는 변태가 아냐." 세스가 대답했다. 비록 그를 기꺼이 변태로 분류했을 수백 명의 여자들이 있음에도 불구하고 말이다.

그래서 토비는 그의 검색 범위를 38세에서 41세로, 그다음에는 40세에서 50세까지로 바꿨다. 그리고 거기서 그는 금광을 발견했다. 한없이 육감적이고 항상 새로운 것을 찾는, 성적 호기심으로 넘치는 여자들. 그들은 자신들의 가치를 알고 있었고, 그들의 얼굴은 젊음과 책임에 대한 실존적인 질문을 떠오르게 하지 않았다. 그녀들은 대부분 이혼한 여자들이었는데 제2의 거친 에너지가 몰려올 때 결혼의 의무에서 놓여난, 그래서 새로운 기회에 대한 호기심이 그들의 임파선을 휘몰아치는 여자들이었다. 토비는 휴대폰을 통해 마치 페로몬 같은 그녀들의 냄새를 맡을 수 있었다.

토비 나이 또래의 여자들과 데이트하는 것에는 다른 이점이 있었다. 그들의 아바타는 젊은 여자들처럼 포르노를 연상시키지 않았다. 아마도 이 이상한 밀레니얼 세대들만이 살짝 깨문 입술이나 벌려진 입, 반쯤 감은 눈이나 완전히 뒤로 젖혀진 자세(그녀의 손은 어디에 있는 거지?)가 매혹적이라고, 반쯤 죽은 것 같은 복종만이 남자를 흥분시킬 수 있는 유혹이라고 생각할 것이다. 아마 어떤 사람들에게는 사실일지도 모른다. 포르노를 통해 처음으로 성에 눈을 뜬 젊은 남자들은 그런 것들에 흥분할지 모르지만, 그는 그렇지 않았다. 미소와 함께 제대로 된 사진을 찍은 여자들, 교묘한 꾸밈없이 카메라를 똑바로 쳐다보는 여자들, 그런 여자들이 그에게는 흥미로웠다. 그들은 토비 자신처럼, 처음으로 돌아가 다시 시작하는, 둥지에서 갓 태어난 새처럼 눈을 뜨고 있는 사람들이었다. 서서히, 아주 서서히, 그는 그들의 사진과 프로필을 통해 그가 행동해야 할 방법을 간파할 수 있었다. "마치 그들이 길을 가르쳐주는 것 같아." 그는 내게 말하곤 했다. "내가 다음에는 어떤 모습이어야 하는지 알려주는 것 같거든." 그는 이 여자들, 그리고 그들의 신뢰를 통해 세상에 다시 들어갈 방법을 찾기 시작했다.

여기에서 얻을 수 있었던 교훈? 두려움이 들더라도 가입 양식을 작성하라. 또 다른 교훈이 있다면? 으레 당신이 원할 것이라고 사람들이 생각하는 것 대신에 당신이 원하는 것, 그것을 하라. 그의 주변에는 어떤 차를 운전해야 하는지, 섹스하고 싶은 마음이 드는 칵테일 여종업원들의 유형은 어떤 것인지 따위를 논하는 중년을 위한 지침서가 널려 있었다. 하지만 그는 그런 것들로부터 점차 자신을 차단하고, 자신이 처한 특별한 상황에서 자신이 무엇을 필요로 하는지 생각해야 한다는 것을 알게 되었다. 그것은 스포츠카나 칵테일 여종업원이 아니었다.

그날 아침 그가 공원에 들어서서 동료 뉴욕 시민들이 점심시간 전까지 오르가슴을 느끼지 않고는 견디지 못하는, 욕망에 몸부림치는 광기에 찬 무리들이라는 것을 재삼 확인했을 때 그의 전화벨이 울렸고 그것은 그를 잠시 당황하게 만들었다. 병원 내부 발신자 앱을 통해 조니의 신분증 사진이 떠올랐다. 비키니를 입은 개인 트레이너의 사진을 보며 욕망을 준비시키던 그의 두뇌의 초고속 도로에 잠시 혼선이 빚어졌다.

"응급실에서 자문 요청이 들어왔어요. 의식이 없는 여자 환자래요." 조니가 말했다.

"알았어, 20분 안에 가지." 토비가 그녀에게 말했다. "예상치 않게 아침에 애들이 집에 왔거든."

그는 전화를 끊고 도착한 문자메시지를 확인했다. 테스가 보낸 문자였다.

오늘 밤에 보기로 한 약속 아직 바뀌지 않은 거죠?

그는 아이들만 남겨두고 집을 나가는 것이 싫었다. 특히 금요일 밤에는. 하지만 무엇보다도, 그는 레이철이 싫었다. 그의 주말은 내일 아침에나 시작되기로 그녀와 약속이 되어 있지 않았던가? 제기랄, 그는 생각했다.

물론이죠, 벌써부터 기대되네요.

진심이지만, 우리 중 아무도 토비가 이렇게 되리라고는 예상한 적이 없었다. 우리가 대학 3학년 해외 프로그램으로 이스라엘에서 만났을 때 우리는 스무 살이었다. 우리는 아직 불안감에도 다양한 종류가 있다는 것을 알지 못했다. 우리는 모두 미래에 대해 극도로 불안감을 느끼고 있었고, 그러한 불안감은 다양한 형태를 취했지만, 우리는 모두 그것 때문에 고통을 받고 있었다. 하지만 우리 모두는 결국 그것을 극복할 수 있을 것이라고 믿고 있었다. 우리에게 행복한 미래가 보장되어 있지 않다는 것, 그것이 우리의 권리가 아니라는 것을 우리는 아직 알지 못했다. 그러나 특히 토비에 대해 말하자면, 어렸을 때 작고 뚱뚱했던 것이 처음에는 어머니의 눈에, 다음에는 그의 눈에, 그다음에는 자기 충족적인 예언처럼 다른 모든 사람들의 눈에 달갑지 않게 받아들여졌다는 것, 그래서 그 스스로도 자신을 인정하지 못하고 있다는 것을 그는 알지 못했다. 우리는 그가 더 이상 자라

45

지 않을 것이라는 것을 아직 알지 못했다. 그는 어디에선가 가끔 20대 초반에도 몇 인치씩 키가 자라는 사람들이 있다는 글을 읽은 적이 있었다. 무엇보다도, 그가 욕망을 가지고 있고 또 욕망의 대상이 되고 싶지만, 그런 것을 경험하지 못한 것이 그에게 얼마나 큰 상처를 입혔는지 우리는 알지 못했다.

20년 전 우리가 만난 밤, 그는 '엘릭시르의 집'이라는 곳의 바닥에 앉아 있었다. 그곳에서는 설탕을 잔 가장자리에 묻힌 따뜻한 와인을 팔았는데, 지금 생각하면 역겹지만 당시엔 그것이 이국적으로 느껴졌었다. 밥 말리의 음악이 흘러나오고 있었는데, 그것이 그들이 가진 유일한 CD였기 때문에 항상 그 음악만 나온다는 것을 우리는 아직 모르고 있었다. 토비는 벽에 기대어 앉아 자신의 왼쪽에서 세스가 여종업원 중 한 명에게 수작을 거는 것을 지켜보고 있었다. 세스는 키가 크고 운동도 잘했고, 예비 학교 학생들의 찰랑찰랑한 헤어스타일을 하고 있었다. 토비의 머리는 기른다 해도 결코 찰랑거리지 않고 위쪽, 바깥쪽으로만 뻗칠 것이다. 그와 세스는 새로 만난 룸메이트였다. 사흘 전에 만난 그들은 매일 밤 함께 밖으로 나왔고 그동안 토비는 매일같이 이런 광경을 지켜보았다. 둘째 날 밤쯤에는 세스를 룸메이트로 만난 것이 큰 행운인지, 아니면 이미 누더기가 된 자신의 자아에 일어날 수 있는 최악의 일인지 더 이상 궁금해하지도 않았다.

여종업원은 이미 한 시간 동안 자신에게 추근대는 세스를 무시하고 있었는데, 아마도 최근에 그곳에 도착한 미국 학생들에게 그녀가 미치는 최면 효과에 이미 익숙했기 때문이었을 것이다. 하지만 그녀는 세스 같은 남학생은 만난 적이 없었다. 그는 계속 그녀에게 영어로 된 메뉴에 있는 음식 이름들을 히브리어로 어떻게 말하는지 물었는데, 그것은 단지 사실에 입각한 질문들일 뿐이었으므로 그녀가 대답을 하지 않을 이유가 없었다. "좀 알려줘요." 그는 말했다. "그냥 말해주면 되잖아요? 나는 이곳이 처음이에요. 제발요, 우리는 친구, 우리는 친구잖아요, 우리는 동포예요." 마치 바다가 달에게 이끌리어 밀물로 일어서듯 서서히 그녀가 세스에게 이끌리는 것을 토비는 지켜보았다. 그녀는 점점 긴장을 풀고 몸을 세스에 가까이 기댄 채 그가 손가락으로 가리키는 것들을 읽어준 후 따라 하는 그의 얼굴을 쳐다봤다. 사람들이 세스에게 녹아들어 가는 것을 지켜보는 것, 이 세상의 여자들이 이 세상의 세스 같은 남자들에게 녹아드는 것을 지켜보는 것은 놀라운 경험이었다. 토비는 그때까지 벌써 2년 동안 대학 생활을 했고, 고등학교나 대학교가 자신에게는 별 차이가 없다는 것을 진즉에 깨달았다. 그는 자신이 세스 같은 남자들의 들러리 위치로 영구히 밀려났다는 것을 알고 있었다. 그것은 그의 키 때문이거나, 키에 대한 그의 감정, 혹은 그가 정말로 매력이나 잘생긴 외모, 카리스마가 부족했기 때문이었는지도 모른다. 그게 무엇이든, 그는 세상의 세스들이 그로서는 감히 할 수 없는 방식으로 공공연히 짝짓기 춤을 추는 것을 지켜보았다.

나는 텔아비브에서 룸메이트인 로리와 함께 버스를 타고 이곳에 왔었다. 로리는 미주리주의 세인트루이스가 아닌 지역 출신인, 뻐드렁니가 난 빨간 머리 여자애였다. 그때는 우리가 이스라엘에서 함께 놀러 나온 첫날 밤이자 유일한 밤이었다. 우리는 바다에 토비 옆에 앉았고, 로리가 주위를 둘러보는 동안, 나는 여종업원을 바라보는 세스, 그리고 그를 지켜보던 토비를 유심히 쳐다봤다. 그런 우리들의 모습은 가히 내셔널지오그래픽 방송에 나올 만한 광경이었을 것이다. 여종업원은 이제 세스와 함께 바닥에 앉아 있었다. 나도 팔짱을 낀 손으로 드러난 배꼽 부위를 가린 채 앉아 있었다. 포도주를 마시려고 몸을 돌리던 토비는 내가 자기를 보고 있는 것을 눈치챘다.

"이스라엘인들은 군 복무를 할 때 방어 기술을 배우는 줄 알았는데." 그가 여종업원 쪽을 향해 중얼거렸다.

그는 로스앤젤레스 출신으로 프린스턴 대학에서 생물학을 전공하고 있었다. 의사 집안 출신으로 어려서부터 늘 의학 관련 일을 하고 싶어 했다. 나는 브루클린 출신으로 여자들로 가득한 가정에서 자랐고, 우리들은 유년의 침실에서 곧장 남편 집의 침실로 옮겨가는 것이 여자들의 당연한 삶이라고 생각했다. 나는 뉴욕대학교로 통학을 하고 있었는데, 어머니가 허락한 나라로 3학년 해외 프로그램을 가는 것만이 집에서 벗어날 수 있는 유일한 길이었다. 토비와 나는 세스가 여종업원을 유혹하는 것을 지켜보면서 우리가 스포츠 방송 해설자라도 되듯 논평을 했다. 채 다섯 마디를 나누기도 전에 나는 우리가 서로를 이해하고 있다는 것을 알았다. 우리의 방어 체계는 똑같았다. 빈정거림, 옹졸함, 우리가 남들보다 똑똑하다는 것을 과시함으로써 우리를 함부로 대하지 못하게 할 박식함. 난 그가 좋았다. 그에게 반할 수도 있을 것 같았다.

하지만 두 시간 후, 로리는 텔아비브로 가는 마지막 버스가 15분 후에 떠난다고 말했다. 토비가 버스 정류장까지 나를 바래다주겠다며 일어섰다. 그를 따라서 나도 일어섰지만 그가 다 일어선 후에도 나는 8센티미터 높은 곳에서 그를 내려다봐야 했다. 토비는 자신의 키가 작은 것에 익숙해 있었지만, 나는 내 키가 크다는 것을 그때까지 느끼지 못했다. 나는 겨우 176센티미터였고 여자 키로는 다소 크다고 할 수 있을지 몰라도 거대하달 정도는 아니었다. 하지만 누가 내 옆에 서 있느냐에 따라 그렇게 느낄 수도 있다는 것을 나는 처음 느꼈다. 토비와 사귀게 되면 내가 거대하다는 느낌을 떨쳐버릴 수 없을 것이고, 내 몸에 자신감이 없던 나는 그것을 견딜 수 없었을 것이다. 나보다 작은 남자와 침대에 눕거나 극장이나 식당엘 가거나, 아니, 더 솔직하게 얘기를 하자면, 전화 통화를 하는 것도 생각할 수 없었다. 나는 거대하고 둔하고 뒤뚱뒤뚱 걸어 다니는 약 450킬로그램이나 되는 살덩어리처럼 느끼고 싶지 않았다. 그의 손이 내 셔츠 아래로 들어올 때마다 그런 생각과 싸우고 싶지 않았다. 나는 나 자신이 이미 너무 안 풀리고 있다고 생각했다. 나는 즉시 그에게 "내 기숙사 룸메이트랑 네가 잘 어울릴 것 같은 느낌이 들어"라고 말했다. 혹시라도 그가 나에 관심을 가질까 봐, 혹은 남자친구로서의 가능성을 즉시 거절한 것에 대한 양심의 가책 때문이었을 것이다. 그는 주머니에 손을 넣고 입으로만 미소를 지었다. 우리는 문을 나가 버스로 향했고, 어두운 쪽에서 세스가 여종업원에게 키스하는 것을 보았지만 우리는 그것을 무시하고, 섹스라는 주제가 떠오르지 않도록 수업에 대해서만 이야기했다. 토비는 마음이 상하지 않았다. 그도 나를 원하지 않았다. 우리 둘 다 누군가 다른 사람을 원하고 있었다.

그날 밤 이후, 토비와 나는 예루살렘에서 가끔 만났다. 우선 바로 다음 주에 엘릭시르의 집을 다시 찾았고 여전히 서로가 반가웠다. 그 후에는 기숙사의 전화기로 다음 만남을 계획했다. 세스도 토비와 함께 시내로 오곤 했는데, 거기서 그는 모든 바람기 있는 날씬한 여자애들을 쫓아다니곤 했다. 토비와 나는 서서 그들을 한낱 캐리커처처럼 보면서도, 그 모든 것이 그들에게 얼마나 쉽게 이루어지는지 황당해서 고개를 저었다. 나는 그해에 텔아비브 해변에서 팔을 벌린 채 〈레미제라블〉 사운드트랙을 노래하길 좋아하는, 나와 함께 디젠고프 센터로 보습제를 쇼핑하러 가는 것을 좋아하는 한 남자―마크―를 만났다. 아마 당신은 이 관계가 어떻게 진행될지 이미 짐작할 수 있을 것이다. 그는 어느 날 갑자기 나를 아무렇지도 않게 차버렸다. 토비는 내게 매력을 느끼지 않는 남자보다는 내가 더 좋은 사람을 만날 자격이 있기에 마크가 나를 놓아준 거라고 말했다. 하지만 다른 기숙사 방에서 그가 다른 여자아이를 다정하게 품에 안고 누워 있는 것을 목격한 나는, 토비를 만나서 울기 위해 예루살렘으로 왔다.

"나는 왜 이렇게 멍청하지?" 나는 그에게 물었다.

토비는 내가 왜 마크를 좋아하는지 처음부터 이해할 수 없었다고 했다. "이유를 모르겠어. 너는 정말 특별하지만 마크는 너무 멍청하고 평범해."

그의 말은 위로가 되었지만, 그럼에도 나는 골드슐라거(과실 브랜디-옮긴이)를 두 잔이나 마셨는데 그것은 내 적정 음주량을 한 잔 반이나 초과한 것이었다. 우리는 차들이 출입하지 못하는, 포석이 깔린 벤 예후다 거리의 연석에 앉아 있었다. 나는 그의 어깨에 머리를 기대고 있었는데, 그의 어깨가 내 어깨보다 한참 아래쪽에 있어서 등과 목을 C자 형태로 한껏 구부려야 했다. 그는 우리가 행인들에게 얼마나 우스꽝스럽게 보일지 생각하며 내 정수리를 토닥였다.

그때 벤 예후다 거리를 가득 채운 술에 취한 미국 학생들 무리 가운데 혼자 걷던 세스가 다가왔다. 그는 우리를 보고 내 맞은편에 앉았다.

"무슨 일이라도 있어?" 그가 물었다.

"마크가 날 찼어. 걔는 사실 나를 그렇게 좋아하지는 않았대."

"그건 네가 페니스가 없기 때문이야." 세스가 대답했다. "이렇게 어린 나이에 벌써 선택의 가능성을 차단하기에는 너는 너무 예뻐." 나는 눈물과 콧물 범벅 사이로 미소를 지으며 세스에게 몸을 기울였다. 우리가 나란히 앉았을 때 세스의 어깨는 나보다 높았고 그래서 이번에는 좀 더 품위 있게 몸을 기댈 수 있었다.

그때는 추수감사절 직전인 11월이었고, 그때 이후로 우리는 뻔한 삼총사가 되었다. 매주 목요일 밤과 토요일 밤, 휴일에는 항상 만났다. 유월절 휴일 동안, 동료 학생들 반이 가족을 만나기 위해 미국으로 돌아갔을 때, 우리는 외국 학생 게시판을 통해 하이킹을 조직한 한 무리의 사람들과 함께 갈릴리로 하이킹을 갔다. 우리는 해가 뜰 때 폭포수를 통과해 길을 걸었고, 해 질 무렵에는 비둘기를 닭인 줄 알고 먹었다. 우리는 어느 날 밤 바닷가 둑에 앉아 유대교로 개종하는 기독교 목사가 자신의 인생에 관해 이야기하는 것을 들었다. 세스를 통해 내가 담배, 그다음에는 마리화나를 배운 것이 그 여행이었다. 나는 마치 인생의 해결책을 발견한 느낌이었다. 우리는 마리화나와 술에 취해 이스라엘에서 마지막 광란의 밤을 함께 보낸 후 다음 날 각자 비행기를 탔다. 우리 셋은 집으로 돌아온 후에도 대학 생활 내내, 토비가 의대를 졸업한 후에도, 어느 치어리더 잡지에 처음으로 내 글이 실린 후에도, 세스가 증권거래위원회에 첫발을 디딘 후에도 친하게 지냈다. 지금 생각해보면 토비가 결혼한 후에야 우리는 서서히 멀어진 것 같다.

약 12년 전에, 나는 한 변호사와 결혼해서 아이들을 낳고 교외의 고급 주택가로 이사했다. 나는 오래전에 토비의 삶에서 희미해져 있었다. 내가 결혼한 이후로 우리는 거의 만날 기회가 없었다. 나는 가끔 슬픔에 잠겨 그를 생각했다. 때로는 몇 달이 지나도록 그를 한 번도 생각하지 않았다.

그런데 지난 6월, 내 전화벨이 울렸다. 나는 저녁 식사 후에 부엌에서 설거지를 하고 있었고 남편 애덤은 아이들을 재우고 있었다. 토비의 전화번호는 몇 년 전과 똑같았다. 마치 아무 일도 아닌 것처럼, 일상적으로 흔히 있는 일이기라도 하듯 그의 이름이 휴대폰 화면에 떠올랐다.

"토비 플라이시먼." 나는 수돗물을 잠그고 손을 말린 후 싱크대에 기대어 몸을 돌려 섰다.

"엘리자베스 엡스타인." 그가 말했다.

"누구신지 모르지만 전화 잘못 거신 것 같은데요." 내가 말했다. "제 이름은 꽤 오랫동안 엘리자베스 슬레이터였거든요."

"그래요? 당신 잡지에는 늘 엡스타인이라고 쓰여 있던데요."

"전화 잘못 거신 것 같아요." 내가 대답했다. "잡지 일을 그만둔 지 꽤 오래되었거든요."

"그래요?"

"토비! 토비, 웬일이야?"

그는 자기가 이혼 수속을 밟고 있는데 그의 심리 치료사가 연락이 끊긴 친구들과의 관계 회복을 권했다고 말했다. 그의 '삶을 회복하는' 수순의 일부로서 말이다. "그건 그녀의 표현이지 내가 한 말은 아니야, 정말이야." 아니, 그가 처한 상황은 놀랄 일은 아니었다. 비록 오랜 시간이 걸리기는 했지만. 그는 정말 위와 비장에 큰 구멍이 나 있었고 내버려둘 수 없는 속도로 체액을 흘리고 있었다. 그렇다, 그의 아내는 아파트와 자동차를 차지했고 그리고 햄튼 집도 가져갔다.

"도대체 어떻게 된 일이야?" 내가 물었다.

"알고 보니 그녀는 미친 인간이었어. 미치지 않은 사람을 찾기 위해 그렇게 열심히 노력했는데 결국 미친 사람과 만난 거지. 부부 상담사를 찾아갔더니 그녀가 너무 과한 경멸감을 품고 있다고 말하더군. 그는 멀시가 부부 사이를 망치는 네 명의 적기사들 중 하나라고 하더라고."

"다른 세 기사들은 뭔데?" 내가 물었다.

"아마 소통의 문을 닫는 것, 그리고, 아, 맞아, 방어적이 되는 것, 그리고 네 번째가 있었는데. 솔직히 기억이 안 나."

"왕재수도 그것들 중 하나 아냐?" 아들의 침실에서 애덤이 "쉬, 조용해"라고 말했다. 밤에 내 부엌에서도 마음 놓고 웃을 수 없다면 도대체 교외 주택가에 큰 집을 가지고 있을 이유가 뭐지? 나는 속삭이듯 다시 말을 했다. "왕재수도 그 네 명의 기사 중 하나가 틀림없을 거야."

내가 마지막으로 그를 본 것은 몇 년 전, 애덤과 내가 저녁 식사 초대를 받아 그들의 집에 방문했을 때였다. 그것은 악몽이었다. 상냥한 성격의 애덤은 레이철의 에이전시 사업에 대해 대화를 나누려고 했고, 레이철은 마치 미스 아메리카 선발대회에 나오기라도 한 듯 그의 질문에 주어, 동사가 있는 완전한 문장으로 답을 했다. 계속 대화를 이어가기 싫다는 뜻 같았다. 식사 코스들도 서둘러 진행됐다. 저녁 식사가 끝나고 집을 나설 때 애덤은 작별 인사와 감사의 말을 잊지 않았지만 나는 아무 말도 하지 않았다. 그냥 토비를 한번 쳐다보고 그 자리를 떠났었다.

어쨌든, 내게 전화했던 날 밤, 토비는 자신이 겪은 일에 대해 장황하고 눈물겨운 연설을 준비했다. 내가 품고 있을―**마땅한** 이유가 있는―모든 분노를 풀어서 다시 친구로 돌리기 위해서 말이다. "화는 나중에 내줘." 그가 말했다. "네가 화난 게 당연하지만. 나는 지금은 친구가 필요해." 아마도 그가 '친구'라고 말하는 대목에서 목소리가 갈라졌던 것 같고, 나는 그가 진심을 토로하고 있다는 것을 알게 되었을 것이다.

하지만 그게 다가 아니었다. 휴대폰에 그의 이름이 떠올랐을 때 나는 그가 마지막으로 나를 떠난 곳으로 시간을 거슬러 올라갔다. 그의 목소리에 담긴 불안감을 듣자, 사랑과 안도감으로 가득 찬 나는 내 불만 사항들 목록일랑 훗날을 위해 미루어두었다.

사실, 나도 그때 편하지만은 않았다. 나는 약 2년 전에 한 남성 잡지의 전속 기자 일을 그만두었고, 전업주부라고 불리는, 승진의 가망 같은 것은 전혀 없는 임시 직종에 종사하며 사실상 가택연금 상태에 처해 있었다. 물론 나는 카풀을 해서 가게에 가는 일 같은 것은 할 수 있었다. 내가 처한 상황을 사람들에게 말하면 그들은 으레 "원래 엄마라는 직업이 가장 힘든 일"이라고 말하곤 했다. 하지만 그것은 틀린 말이었다. 가장 힘든 일은 엄마이면서도 바지를 입고 아침이면 허겁지겁 통근 열차 승차권, 펜과 립스틱을 챙겨 나가야 하는 **실제** 직업을 갖는 것이었다. 직장을 다닐 때는 아무도 내게 "실제로 일을 하면서도 엄마 노릇도 해야 하는 것이 가장 힘든 일이죠" 같은 말은 하지 않았다. 우리는 전업주부들에게 투영되던 모든 무능력의 감정들을 슬쩍 에둘러 피하기 위해서라도 그런 말들을 할 수 없었다. 실제로 집에서 살림을 하는 것으로 생각되는 여인에게 어색하지 않게 그것을 확인할 방법도 없었다. ("당신은 일을 하시나요?" 아직 직장에서 일할 때 나는 한 여인에게 질문한 적이 있었다. "물론 일하죠. 나는 엄마예요." 그녀가 대답했다. 나도 엄만데, 그럼 난 뭐지? 하는 생각이 들었었다.) 하지만, 일을 하면서도 엄마 노릇도 하는 것이 더 힘들다고 아무도 내게 말할 필요가 없었다. 그것은 **분명**했으니까. 그것은 두 개의 풀타임 **직업**이었다. 그것은 일 더하기 일처럼 뻔한 것이었다. 일을 해야 한다는 사실이 엄마의 일을 부실하게 하는 핑계가 될 수는 없었다. 일을 하더라도 엄마의 일은 온전히 다 감당해야 했으니까. 직장을 다니며 아이들을 챙기기는 어렵다. 그렇다고, 그 일 밖에는 다른 일은 할 줄 아는 게 없어서 아이들을 돌보는 타인에게 자녀들을 온전히 내맡기고 신뢰와 안도의 감정을 느끼기는 힘들다. 직장에서 일도 해보았고 집에서도 지내봤기 때문에 나는 이제 이 모든 것을 자신 있게 말할 수 있다. 이제 전업주부이니까 떳떳하게 말할 수 있다. 문제는, 지금은 내가 일을 하지 않으니까 아무도 내 말을 듣지 않는다는 것이다. 아무도 전업주부의 말 같은 것은 듣지 않는다. 우리가 그들의 감정에 대해 그렇게 조심했던 이유가 바로 이런 것 때문이었는지도 모르겠다.

어쨌든.

그렇다고 내가 한가하다는 것도 아니다. 나는 아이들 학교의 학부모회 간부였고, 지구의 환경이야 어떻든 내 편의를 위해 차도 따로 가지고 있었다. 나는 개인 퇴직연금 계좌와 직장 다닐 때부터 부어온 퇴직연금도 가지고 있었고, 휴가를 가서 돌고래와 함께 수영을 즐기기도 했고, 아이들에게 스키를 가르치기도 했다. 학교의 운영기금에 기부도 했고, 하루에 두 번 치실로 이를 닦았고, 1년에 두 번 치과의사를 찾았다. 팹 테스트(자궁암 진단에 사용되는 세포진 검사 방법—옮긴이)를 받았고 피부에 생긴 점들을 검사받았다. 독서클럽에서는 억압받는 소수자들에 대한 책을 읽었고, 오래전 입은 무릎 부상 때문에 물리치료를 받으면서 반복적인 부상을 당하지 않도록 하고 싶은 운동들을 포기했다. 나는 아침 식사 준비를 했고, 엄마들과 밤 외출을 즐겼으며, 그런 곳에 갈 때는 꽉 끼는 청바지와 유행하는 옷, 하이힐을 신고서 가족들과 함께 갔던 식당들 바로 옆에 있는 식당들로 갔다. (남편들은 항상 자신들의 삶을 살아가고 있다고 생각되었기 때문에 내 남편에게 아빠들의 밤 같은 것은 없었다. 하지만 우리들은 우리에 갇힌 동물들이었기에 가끔 동네 술집을 돌아다니도록, 그리고 자유로운 사람들의 고혈을 마시도록 허락되어야 했다.) 나는 Y나 JCC, 둘 중 어느 곳에서 더 나은 수영 교습을 받을 수 있는지 투표로 엄마들의 의견을 물었고, 보통 엄마들이라면 아이들을 축구 교실에 등록시킬 생각도 하기 몇 달 전, 시즌이 끝나기도 전에 아이들을 축구 리그에 등록시켰다. 그러고 나서는 아이들을 데리고 다니기 위해 카풀을 조직했고, 아이들의 놀이 데이트들을 잡았고, 바비큐 파티에 사람들을 초대했고, 아이들과 남편을 위한 치과 검진 예약을 했고, 동네의 늙은 내과의사들과 늙은 소아과의사들을 만났고, 미용실에서 머리를 했고, 아이들에게 교육을 위한 시험을 치르게 했고, 축구화를 샀고, 미술 수업에 데리고 갔고, 아이들과 남편을 위한 안과 검진 예약을 했고, 갑자기 유방조영술까지 받았다. 점심을 준비했고, 저녁을 차렸고, 아침을 차렸고, 점심을 준비했고, 저녁을 차렸고, 아침을 차렸고, 점심을 준비했고, 저녁을 차렸다.

"왜 그동안 소식이 없었어?" 내가 토비에게 물었다.

"우리는 밖에서도 싸우곤 했어. 너무 창피했지. 그녀는 누구 앞이든 신경 쓰지 않았어." 그가 말했다.

"나는 나 때문인 줄 알았어!" 내가 그에게 말했다. "지금까지 내내 나는 어쩌면 그녀가 완벽하게 정상적인 좋은 사람일지도 모른다고 생각했어. 그런 그녀가 내가 마음에 들지 않아서 널 내게 등 돌리게 만들었다고 말이야." 갑자기 나는 내가 그런 터무니없는 생각을 했었다는 것이 믿기지 않았다. "레이철은 정말 끔찍한 사람이었어. 그녀를 만난 순간 그녀가 미워졌거든."

그날 밤, 토비는 나를 저버린 대가를 치르거나 다친 새끼 고양이처럼 대접받지 않아서 너무 고마워했고, 그래서 약간 들떠 있었다. 그는 많이 웃었고, 나도 많이 웃었다. 웃음 속에서 우리는 오래전 우리의 젊음을 들을 수 있었다. 중년의 문턱에 서서 인생의 교착 상태에 빠진 때에 갑자기 오래전 젊은 시절의 소리를 듣는 것은 위험한 일일 수도 있었다.

○

첫 번째 대화 후, 토비가 의대에 다닐 때 만나 식사를 하던 그리니치빌리지의 식당 자리에 새로 들어선 레스토랑에서 우리는 점심을 먹기 위해 만났다. 그의 얼굴에 세월이 남기고 간 자국을 보는 것은 마음이 편치 않았다. 내 마음속에서는 〈제국의 역습〉의 마지막에서 한솔로가 그랬던 것처럼 그는 시간 속에 얼어붙어 있었다. 슬프고 패닉에 빠진 채 인사를 하던 그의 얼굴 모습이 마지막이었다.

"그녀는 항상 화가 나 있었어." 그는 내게 말했다.

나는 그가 싫어하는 질문을 했다. 그래서 무슨 일이 있었던 거야? 결혼 생활을 끝내는 것은 아주 극단적이고 어려운 일이잖아. 무슨 일이 있었던 게 틀림없어. 그녀가 바람을 피웠어? 아니면 네가 바람을 피운 거야? 그녀의 친구들 때문이니? 아이들 때문에 그녀의 성욕이 사라졌어? 하지만 결혼은 광대하고 신비롭고 사적인 일이다. 두 사람이 무엇을 견뎌낼 수 있는지를 포함한 모든 변수들을 고려하여 두 쌍의 결혼을 과학적으로 비교할 수 있는 방법은 없다. 나는 옛날 잡지사에서 인터뷰할 때처럼 호기심을 보이지만 편안한 얼굴 표정을 지었다. 사실은 상대의 대답에 온 신경과 촉각을 곤두세우고 있으면서도 마치 매일 그런 이야기들을 듣는다는 듯이 말이다.

"하지만 그보다는 지금 내가 어떻게 지내는지 물어봐야 하는 거 아냐?" 그는 말하며 휴대폰을 꺼내서 열어 내게 디밀었다. 맙소사. "이 여자들을 좀 봐." 토비 플라이시먼의 관심을 끌기 위해 줄을 선 여자들을 말 그대로 줄줄이 훑어볼 수 있었다. 다른 사람도 아닌 토비 플라이시먼의 관심을 끌기 위해서! 나는 멍하니 바라봤다.

"지금 이렇게 지내는 거야?" 내가 물었다.

"그래, 지금 이렇게 지내. 거절당하는 수모를 겪기 위해 집을 나설 필요도 없어. 수모를 겪을 필요조차 없다고. 선택만 하면 돼. 거기 있는 사람들은 모두 자기가 원해서 하는 거니까."

토비와 성적으로 교감을 나누고 싶어 하는 여자들의 목록은 끝이 없는 듯했다. 사진들, 문자들. 토비 플라이시먼과!

"이건 마치 「디커플링」 같지? 그땐 그게 실제로 벌어지는 일의 설명서라는 걸 누가 알았겠어?" 그가 말했다.

오래전 1979년에, 내가 일하던 성인 남성을 대상으로 한 잡지사는 「디커플링」이라는 제목의 이혼에 관한 유명한 기사를 실은 적이 있다. 기사를 쓴 아처 실반은 우리 회사의 전설적인 인물로서 마치 회사의 로고처럼 그 잡지를 대표했던 사람이었다. 나는 어릴 때부터 (어쩌면 너무 어릴 때부터) 그의 글을 읽었고, 이스라엘에서는 그의 책들을 침대 옆 탁자에 올려놓았었다. 토비는 그 책들 중 한 권을 빌려 봤고, 그다음, 그다음, 계속 그의 책들을 빌려 갔다. 나는 자라면서 내 또래들이 읽던 베이비시터와 예쁜 금발 쌍둥이에 관한 청소년 소설들을 읽는 것이 허락되지 않았다. 엄마는 청소년 소설들을 퇴폐적인 애들을 겨냥한 쓰레기로 생각했고 그런 책들이 청소년들의 임신과 약물 사용을 부추긴다고 생각했다. 그래서 나는 학구파인 언니가 집으로 가져온 아처 실반의 책들—《디커플링과 다른 이야기들》

《뒤집힌 도시》《모두 수영장으로》—을 읽었다. 아처의 책 표지들에는 제목들이 커다란 헬베티카 블록체 글자로 쓰여 있어서 마치 문학 서적처럼 권위가 있어 보였다. 하지만 그런 표지들 안에는, 나체주의자 정착촌, 섹스 파티, 사파타주의자들, 공산주의자들, 주술 클럽에 속한 정치가들, 비독점적 다자 연애를 하는 과학자들에 관한 이야기 등 내가 상상할 수 있는 한 가장 지저분하고 음울한 내용들이 들어 있었는데, 아마 6학년은 그런 내용들을 읽기엔 너무 어려웠을 것이다. 당신은 아처가 무엇을 발견했는지, 아니 우리가 사는 세상이 어떤 것들로 이루어져 있는지 믿을 수가 없을 것이다. 한번은 그가 칠레에 있을 때 어떤 이상한 불교 철학 때문에 똑같은 요리를 절대로 반복해서 만들지 않는 요리사를 만난 적이 있었다. 그는 살아 있는 염소의 머리를 잘라내지도 않은 채, 부러진 턱을 통해 두개골 속으로 직접 손을 넣어 뇌를 날것으로 먹었다. 그는 아처에게도 조금 먹어보라고 권했고 아처는 주저하지 않고 바로 그곳에서 그것을 맨손으로 먹었다.

전업 기자가 되었을 때, 나도 아처처럼 글을 쓰고 싶었다. 분노의 밸브를 천천히, 긴장감 있게, 아름답게 열어서 분노의 프리즘을 거친 그의 공감의 소용돌이가, 현명하고 생각하는 사람이라면 도달할 수밖에 없는 유일한 결론—세상의 상태에 대한 일반화된 혐오감—을 만들어내는 방식을 따라 하고 싶었다. 나도 세상이 역겨웠고 세상에 대해 화가 났었다. 하지만 나는 결코 분노를 할 수 없었다—아마 그것이 내가 기자로서 실패한 이유였을 것이다. 나의 공감은 단지 더 많은 공감을 만들어냈을 뿐인데, 그것은 일견 그럴듯하게 들릴지는 몰라도, 사실은 본질적으로 비겁함의 소산이었다. 나는 분노로 글을 맺기가 두려웠다. 나는 내 글의 대상들에 대해 온전히 혐오감을 느끼는 것이 두려웠다. 그들은 내게 시간을 내주었고 나를 믿었으며 내 전화번호까지 가지고 있던 진짜 사람들이었다. 나는 그들이 나를 싫어하든 말든 그것은 별로 신경 쓰이지 않았다. 그들을 다시는 볼 일도 없었으니까. 하지만 나는 계속 화가 나 있는 것이, 모든 것을 해결되지 않은 상태로 내버려두는 것이 두려웠다. 나는 너무 증오에 가득차 있는 것처럼 보이는 것이 두려웠고, 결국 나는 그런 것에 너무 신경을 쓰는 나 자신을 미워하는 것으로 귀착했다. 내가 글을 잘 쓰지 못했다는 뜻은 아니다. 나는 글을 잘 썼고, 사람들은 내 글을 좋아했으며, 내가 동정심이 많다고, 나의 따뜻한 글을 읽는 것이 좋다고 말했다. 하지만 사실 용기와 의지가 부족했기 때문에 내가 그렇게 사람들에게 연민의 눈길을 보냈다는 것을 아는 사람은 나밖에 없었다.

나는 다른 면에서도 아처 실반과 달랐다. 나는 그처럼 글을 쓸 기회를 얻지 못했다. 아처는 관광버스에서 밴드들과 잠을 자거나, 사막에서 배우와 캠핑을 했고, 정치가와 함께 아야와스카(남미 아마존 원주민들이 사용해온 환각성 음료-옮긴이)를 마시다 문득 현재의 아내와 이혼하고 자신의 조수—12번째 전생에서 알았던 여인—와 결혼해야 한다는 사실을 깨닫기도 했다. 은둔한 록스타를 기다리다가 며칠씩 연락이 두절되기도 했다. 한번은 스트리퍼에게 팁을 주기 위해 7000달러를 쓴 후 (언제나 그렇듯) 영수증도 없이 비용을 청구했으며, **결국 기사에는 스트리퍼가 한 번도 나오지 않았는데도** 변제를 받았다. 한번은, 내가 배우 한 사람을 인터뷰하기 위해 유럽으로 가는 비행길에 가방을 하나 더 회사 경비로 부친 적이 있었는데 분노에 찬 편집국장으로부터 전화로 힐난을 들어야 했다. 물론 그때 이후로 같은 일을 반복한 적은 없었다.

아처는 1979년에 「디커플링」을 잡지에 실었는데, 1만 4000 단어 분량으로, 마크라는 가명—이름조차 기사에 맞게 골랐다—의 한 남자가 이혼하는 과정을 기록했다. 인터넷이 생기기도 전이었지만 그 이야기는 사람들 사이에 널리 회자되었다. 그 글은 여성들이 그들의 지루한 여성해방운동과 멍청한 성적 각성 때문에 아무런 경고도 없이 남성들에 대한 규칙을 바꾼다고 비난함으로써 가히 스캔들을 일으켰다. 여성들의 성적인 각성은 남성들의 즐거움을 향상시키는 것 이상으로 확장되어서는 안 된다는 것이었다.

그 기사는 분명 부인할 수 없을 만큼 훌륭한 이야기였다. 그것은 자극적이고 예리했다. 그것은 논픽션에서 아무도 실제로 하지 못한 방식으로 관찰한 것들을 대담한 추론으로 확대해냈다. 그것은 누구든 어떤 글을 새로운 보도 방식과 비교할 때마다 인용하는 이야기가 되었다. 사람들은 "이것은 기본적으로 「디커플링」과 같은 방식이야", 혹은 "글쎄, 「디커플링」과는 다른데"라고 말을 하곤 했다. 토비와 함께 있던 레스토랑에서 그의 휴대폰에 저장된 여자들의 사진들을 넘기다가 비키니 차림으로 말을 타고 있는 50세의 여자에게 내 시선이 멈췄다. 그녀는 자신이 유두를 자극하는 것을 특히 즐긴다는 것을 토비에게 알리고 싶어 했다. 그녀를 보자 「디커플링」의 한 줄이 떠올랐다. '그의 불행의 안개는 완전히 새로운 기회의 땅을 약간 가렸지만 전체를 가리지는 못했다. 그가 깨닫지 못한 것은 기회의 땅이 훨씬 더 강력한 무언가를 가리고 있다는 것이었다.'

나는 토비의 휴대폰에서 고개를 들었다. "나는 네가 왜 그녀와 결혼했는지 도무지 이해할 수 없었어."

그는 몸을 뒤로 젖히고 습관적으로 가슴 털을 잡아당기기 시작했다. "사랑에 빠져서 결혼했어."

그 후, 우리는 며칠에 한 번씩 만났다. 나는 내 크고 둔중한 SUV를 몰고 어퍼웨스트사이드로 가서 그의 병원 옆 식당에서 그를 기다리거나, 아니면 펜 역으로 기차를 타고 가서 그를 만나 식사를 하면서 지난 일들을 되돌아보곤 했다.

두 번째 점심:

"어쩌면 우리가 결혼할 때, 우리는 '영원히'가 얼마나 오래 갈 수 있는지 알지 못했을 거야." 토비가 에그 화이트 오믈렛을 먹으면서 말했다. "어떤 것이 영원히 지속되는 것같이 느껴졌을 때를 생각해 봐. 고등학교 시절은 영원처럼 느껴졌지만, 그것은 단지 4년이었어. 하지만 우리가 그때까지 16년 동안만 살았기 때문에 4년은 우리 인생의 4분의 1에 해당하는 아주 커다란 덩어리였지. 우리가 남은 평생 동안 한 사람과만 살겠노라 결정을 내릴 때쯤, 그게 언제지? 스물다섯 살? 서른 살쯤? 우리는 아직 애송이들이었어. 우리는 우리가 무엇을 하고 있는지도 몰랐던 거야. 그렇게 오랫동안 올바른 행동만 하며 산다는 것이 어떤 것일지 우리가 상상이나 할 수 있었겠어? 아니면 그때는 재미있거나 매력적이었던 것들이 미래에는 견딜 수 없게 될 것이라는 것을 알 수 있었겠어? 우리에게 무엇이 필요할지 어떻게 알 수 있었겠어? 그땐 TV 프로에 대한 내 취향도 아직 바뀌기 전이었어. 어렸을 때는 시트콤 〈프렌즈〉를 좋아했고 20대 때도 〈프렌즈〉 재방송을 즐겁게 봤지. 지금은 그 오프닝 음악 소리만 들려도 역겨워 죽을 것 같거든."

"네가 그런 말을 하는 건 네 결혼이 잘 안 풀려서야." 나는 블린츠를 먹으며 말했다. "네가 행복한 결혼 생활을 했다면 그냥 괜찮다고 생각할걸."

"너는 행복한 결혼 생활을 하니까 그렇게 말하겠지."

"네가 내 결혼에 대해 뭘 안다고." 나는 말했다.

"적어도 지속되고는 있지. 지속되는 결혼이 행복하지는 않더라도,

그건 여전히 행복한 결혼으로 분류되니까."

세 번째 점심:

"결혼은 오셀로게임*의 보드판과 같아." 토비가 기름을 넣지 않고 구운 닭 가슴살을 먹으며 말했다. "처음에는 보드는 압도적으로 흰색 말들로 가득 차 있지. 하지만 누군가가 충분한 수의 검은 말들을 옳은 자리에 놓으면 모든 말들을 검은색으로 뒤집을 수 있어. 결혼은 하얀 말들로 가득 찬 보드로 시작하지. 검은 말이 몇 개 있어도 여전히 전반적으로 보드는 흰색이야. 티격태격 싸워? 결국은 모든 게 잘 해결되고 웃음의 소재가 하나 더 생긴 것뿐이야. 왜냐하면 오셀로 판은 여전히 흰색이기 때문이지. 하지만 마침내 일어나지 말아야 할 일들이 일어나고 외도, 잘못된 돈 관리, 권태, 중년의 위기 등등 그것이 무엇이든 간에 결혼 생활을 해치는 검은 말들이 보드를 차지하기 시작하면 보드판은 검게 변해가지. 그때 결혼을 바라보면, 심지어 이전에는 좋은 기억으로 생각되던 것들도 처음부터 흠이 있고 썩어 있던 것으로 보여. 신혼여행에서 벌어졌던 그 사랑스러운 논쟁은 사실 앞으로의 일에 대한 전조였고, 해나의 이름을 뭐라고 지어야 하느냐를 두고 말싸움을 했던 것은 그녀가 원하는 작은 가정을 그녀에게 주지 않으려는 내 속마음의 발로였던 거지. 순전히 좋은 기억들까지도, 삶을 그렇게 아름답게 바라보고 행복의 왕국이 마치 내 것인 양 생각을 하다니 내가 멍청했었다는 생각으로 끝나게 돼." (나는 그에게 그의 비유가 무슨 말인지 이해하기는 하지만, 오셀로게임은 그렇게 하는 것이 아니라고 알려줬다.)

네 번째 점심:

---

* 보드게임의 한 종류. 두 명이 가로 세로 8칸의 오셀로 판 위에 흑백 표리로 된 동그란 말을 한쪽은 검은색, 다른 한쪽은 흰색 말을 번갈아 놓으며 진행된다.

"그건 마치 집단 심리 치료 같아." 그는 코티지치즈를 한 수저 떠먹으며 그동안 데이트했던 모든 사람들에 대해 말했다. 그들 중 많은 사람들은 비슷한 일들을 겪었다. "집단 치료와 똑같아, 단지 치료가 끝날 때 심리 치료사가 내 페니스를 그녀의 입에 넣는 것만 다르지."

다섯 번째 점심:

"그게 꼭 나 때문은 아닌 것 같아." 빵 없이 겨자만 올린 칠면조 조각 네 개를 먹으면서 토비는 말했다. "자녀와 배우자가 잘되기만을 원하는 사람들이 아주 많아. 하지만 가끔, 자신은 결혼 재목이 아니라는 것을 깨닫지 못한 사람과 결혼을 하게 되지. 내 말은, 이걸 좀 한번 봐."

그가 휴대폰에서 사진을 한 장 끌어냈다. 보조개가 있는 아주 사랑스러운 여자가 수영복을 입고 햇빛 아래 눈을 찌푸리고 있었다. 나로서는 상상할 수 없는 것들을 담고 있던 그의 휴대폰 속 사진들을 보는 것을 나는 좋아했고, 그가 벌어진 일들을 차근차근 내게 설명을 해주어서 그가 무슨 말을 왜 했는지, 얼마나 시간이 지난 후에 그녀와 잠자리에 들었는지 등을 물어볼 수 있게 해주는 것도 좋았다. (내가 토비의 휴대폰에 있는 사진들을 보는 동안 우연히 레이철이 보내오는 문자메시지를 보는 것도 좋았다. 나는 그녀가 얼마나 괴물 같은지 감탄할 수밖에 없었다. 나도 좋은 인간은 아니지만 결코 그 정도는 아니었으니까.)

"어떻게 이 여자를 보고 실패자라고 말할 수 있겠어?" 그는 사진을 가리키며 물었다. "때로는 그저 일이 잘 풀리지 않을 때도 있는 거야. 모든 것을 그렇게 이분법으로 생각하면 안 돼. 결혼 생활이 원만하지 않은 게 항상 나 때문만은 아니잖아. 내 삶이 순탄하지 않더라도 그게 항상 내 탓만은 아니라는 거지. 그냥 그게 나의 삶일 수도 있는 거야." 그건 그렇지.

그때쯤 그는 온 도시를 걸어 다녀서 햇볕에 그을려 있었다. 그는 최근에 자신이 생기가 넘친다는 생각으로 가득했다. 그는 자신이 젊다고 느꼈고, 그것은 이상하게 나 자신이 더 늙은 것처럼 느껴지게 만들었다. 마치 신경 써서 스스로를 지켜보지 않았더니 갑자기 내가 어디론가 사라져버린 느낌이었다. 나는 다시 토비의 얼굴을 똑바로 올려보았지만, 그는 이미 내게서 도로 가져간 휴대폰에 도착한 새 문자에 답신을 쓰고 있었다.

성 다대오 병원은 한때 뉴욕시가 소유하고 있던 정신병원이었는데, 그 후 컬럼비아 대학이 인수하여 일반 병원으로 개조하려 했지만 어설프게 일을 하는 바람에 1980년대 중반까지도 여전히 정신병원처럼 보이고 느껴지고 냄새까지 났다. (아무리 노력해도 냄새를 없앨 수 없었다.) 그것은 공립 병원이 아니었지만, 레녹스 힐이나 시나이 산 병원에 갈 수 있는 여유가 있는 사람들은 누구도 그곳에서 수술을 받으려 하지 않았다. 1988년, 한 금융그룹이 컬럼비아 대학으로부터 그 병원을 인수하여 1억 달러를 투자해 현대적인 경이로움이 느껴지는 시설로 변모시켰다. 유리, 금속, 스테인리스강, 모든 최첨단 시설로 이루어진 건물에서는 마침내 정신병원 특유의 냄새도 사라졌다. 그 병원에 들어가 있으면 마치 미래에 들어가 있는 것 같았다. 하지만 그것은 20세기 후반 공상과학 영화들에서 상상한 미래였고, 우리가 결국 겪게 될 실제의 미래, 모든 것이 더 작아지고 얇아지는 그런 곳은 아니었다.

의식을 잃은 한 여성이 응급실에서 토비를 기다리고 있었다. "캐런 쿠퍼, 44세입니다. 도착 후 의식 반응이 없었고, 남편 말에 따르면 병원에 오기 전에 약간의 정신착란이 있었다고 해요. AST/ALT 수치가 상승되어 있고요." 클레이가 전했다. 클레이는 전임의 동기들 중에서 가장 왜소했다. 그의 한쪽 눈은 약시였는데, 한참 동안 상대를 쳐다본 후에는 마치 자신은 할 일을 다했으니까 이제 돌아갈 시간이라고 몸의 다른 부분들에게 암시라도 하듯 시선이 옆으로 벗어났다. 자신의 얼굴에 난 흑여드름들이 얼마나 심각한지도 깨닫지 못하고 있는 듯했다.

그 환자는 10대 때 너무 일찍 성형한 콧기둥이 무너져내리는 금발머리의 여인으로 완전히 의식이 없었다. 그녀는 잠옷이나 몸에 붙는 이브닝드레스였을 새틴감으로 만들어진 옷을 입고 있었고, 그녀의 머리카락은 잠자는 숲 속의 공주처럼 베개 전체에 펼쳐져 있었다. 토비는 누가 머리를 그렇게 해놓았을지 잠시 궁금했다.

그녀 옆에는 토비의 나이쯤 되어 보이는 한 남자가 두 손을 머리 위에서 맞잡은 채 의자에 앉아 있었다. 토비가 들어오자 그는 일어서서 손을 내밀었다. 그의 이름은 데이비드 쿠퍼로, 여자의 남편이었다. 면도기로 민 듯한 머리에 키는 적어도 183센티미터는 돼 보였다. 아니, 186센티미터가 맞을 것이다. 하지만 키가 183센티미터를 넘어가면 약간의 차이는 별 의미가 없을 것이다. 그는 키가 컸다.

"닥터 플라이시먼입니다. 무슨 일이 있었는지 말씀해주시겠습니까?" 토비가 말했다.

가장 친한 친구에게 축하할 만한 일이 생긴 캐런 쿠퍼는 친구와 둘이 라스베이거스에서 주말을 보냈다. 광란의 시간을 보낸 후 돌아왔을 때 그녀는 정신이 멍해 보였다. 그게 일주일 전 일이었다. "아내는 평소보다 훨씬 더 굼떠 보였어요." 데이비드가 말했다. 그녀는 자빠지거나 물건에 걸려 자주 넘어졌고, 심지어 가만히 서 있을 때도 몸이 기울었다. 그녀는 아직도 술이 깨지 않았다고 농담을 했다. 그리고 어제 아침, 그녀는 "역시 평상시보다 훨씬" 불분명한 발음으로 실성한 듯 헛소리를 하기 시작했다.

"무슨 헛소리요?" 토비가 물었다.

"갑자기 말이 안 되는 일들, 가령, 카풀 하는 사람들에게 부탁해서 직장에서 나를 데리고 오게 할 거라는 둥, 운전하는 엄마에게 고맙다고 꼭 인사를 하라는 둥 종잡을 수 없는 말을 하더군요. 우리 아이들은 카풀을 하지 않아요. 아이들을 위한 기사가 따로 있거든요. 아내는 우리가 참가한 볼링 시합에 대해서도 말을 했는데 우리는 20년 동안 살면서 볼링을 쳐본 적이 두 번도 안 돼요."

"부인이 다른 약을 복용하고 있는 게 있었나요?"

"졸로프트를 먹고 있습니다. 아마 1년 전쯤에 기분이 가라앉는다고 병원에 간 적이 있었는데, 우울증이라며 졸로프트를 처방해줬죠. 그건 그렇고, 선생님이 보시기에도 그녀가 노랗게 보이나요?"

그녀는 형광펜으로 칠을 한 것처럼 샛노란 색이었다. "황달이에요." 토비가 말했다. "그래서 제가 불려온 거죠. 저는 간 전문의입니다. 잠시 오늘 아침으로 돌아가보죠. 그녀가 언제 당신에게 반응을 보이지 않았죠?"

"제가 잠에서 깨어나 봤을 때에는 창백해 보였지만 이내 **노랗게 변**하더군요. 뭔가 멍해 보이기도 했어요. 그래서 그녀를 차에 태워 응급실로 데려온 거죠. 이 침대에 눕히자마자 잠에 빠지더군요. 그런데 지금은—" 그는 아내의 몸을 훑어보았다. "자고 있는 건지 의식이 없는 건지 모르겠어요. 저분들은 의식을 잃었다고 하는데 제가 보기엔 그냥 피곤해서 잠이 든 것 같아요. 말을 하다가 중간에 갑자기 정신을 잃거나 그런 것은 아니거든요." 말을 하던 그는 갑자기 공황 상태에 빠지기 시작했다. "어느 쪽이죠? 의식을 잃은 건가요? 아니면 그냥 자고 있는 건가요?"

"우리가 검사를 해볼게요." 토비는 말했다. "그녀는 우리에게 맡기세요. 괜찮으시다면 여기 클리프턴 박사를 따라 가족 휴게실로 가 계세요. 부인에게 무슨 일이 벌어지고 있는지 알아보겠습니다."

"여기 있으면 안 돼요?"

"검사를 해서 무슨 일이 벌어지고 있는 것인지 빨리 알아보는 것이 급선무입니다. 커피 한 잔 드시면서 진정하시는 게 좋을 것 같습니다."

클레이가 그를 데리고 나갔다.

"무슨 일이 벌어지고 있는 것인지 말할 수 있는 사람 있나?" 토비가 물었다.

로건이 첫 번째로 대답을 했다. "알코올성 간경변이죠? 너무 간을 혹사했어요. 아마 몇 년 동안 남몰래 술을 마셔왔을지도 모르고요."

"확실한가?" 토비가 물었다.

조니가 뭐라고 말했지만 아무도 제대로 듣지 못했다.

"뭐라고?" 토비가 물었다. 슬그머니 방으로 돌아온 클레이는 그동안 자신이 혹시 놓친 거라도 있는지 방 안 사람들의 얼굴을 살폈다.

"그럴 리가 없다고 말했습니다." 조니가 말했다. 펜을 입술에 부드럽게 누른 채 그녀는 백일몽을 꾸는 사람의 독백처럼 말했다. 조니는 이런 상황을 정말 좋아했다. 올바른 진단을 내리기 위한 그녀의 열정은 외모, 자아, 실패, 평판 등에 대한 평소의 걱정들을 뒤로 제쳐놓았다. 클레이는 너무 힘들이지 않고 빨리 내용을 알고 싶었다. 로건은 그의 지식을 자랑하고 오후 8시 테니스 시합에 늦지 않게 가고 싶었다. 조니는 이런 일들의 기적을 이해하고 숭배하고 싶어 했다. 그녀는 경탄하기를 원했다.

조니는 벽에 기대어 서 있었다. 그녀의 머리카락은 세피아빛이었는데, 어느 각도에서 보면 붉은빛도 감돌았다. 그녀는 무릎까지 오는 양말, 미션스쿨 학생들이 입는 스타일의 스커트와 카디건 등 어린 소녀들이 입을 만한 옷들을 즐겨 입었는데, 토비에게는 매력적으로 비치기에는 너무 싸구려 티가 나는 옷들이었다. 무언가를 생각할 때에는 그녀의 두 눈이 안경 뒤에서 천천히 깜박거렸다. 그녀는 무언가를 기억하려고 할 때는 조심스럽게 조용히 말을 했다.

"그가 **정확히** 뭐라고 했지?" 토비가 그들에게 물었다. 그는 캐런 쿠퍼에게 걸어가서 몸을 굽혀 그녀의 심장 소리를 듣고 그녀의 눈을 벌려보았다.

"그녀가 굼떠 보였고 어눌하게 말을 했다고 했습니다. 신경외과적인 징후들이죠." 클레이가 말했다. "그녀의 간이 기능을 못하고 있는 겁니다."

토비는 자세를 바로 하고 그들을 바라보았다. "우리의 친구 윌리엄 오슬러 경은 뭐라고 했지?"

"당신의 환자 말을 들으라. 그는 자신의 진단을 말해줄 것이다." 로건이 말했다.

"그렇다면 쿠퍼 부인은 우리에게 무슨 말을 해주고 있는 거지?"

클레이는 캐런 쿠퍼를 바라보았다. "환자는 아무 반응이 없는데요, 플라이시먼 박사님."

토비는 천천히 숨을 들이마신 후 말했다. "그녀의 **남편**이 한 말 기억하나? 혼수상태에 빠지기 전 그녀의 **행동**은 무얼 말해주고 있지?"

"그녀가 굼뜨고 말이 어눌했다고 했어요. 그건 모두 정확히―"

"그래, 클레이, 아무도 그녀가 신경외과적 증상을 보인다는 데에는 이의를 제기하지 않아. 그녀가 아무 반응을 보이지 않는 것은 누구나 알 수 있지. 하지만, 남편이 한 말, **정확히** 기억할 수 있나? 그는 그녀가 **평소**보다 더 굼떴다고 말했어. 이 말은 지난주보다 더 오래전부터 무슨 일이 벌어지고 있었다는 뜻이야. 그녀에게 아이가 있나?"

클레이가 차트를 확인하고 말했다. "열 살짜리 쌍둥이 아들들이 있습니다."

"좋아." 토비가 말했다. "그 말은 적어도 그녀가 출산했을 때까지는 그녀의 피가 깨끗했다는 것을 의미하지. 아마 그랬을 거야." 그는 이불을 그녀의 허리로부터 조금 아래까지 끌어내린 후 잠옷을 약간 위로 들춰보았다. "제왕절개를 했군. 그녀에게 혈액 응고 문제가 있었다면, 그녀는 그때 그것을 알게 되었을 거라는 뜻이야."

"맞아요." 조니가 말했다. "그러니까 10년 내에 생긴 문제군요."

"그녀의 AST/ALT 수치가 높아진 적이 있었는지 담당 내과의사의 기록을 좀 보지." 그는 그녀의 차트를 보았다. "그녀는 1년 전쯤부터 졸로프트를 복용하기 시작했군. 어떤 여자든 병원에 와서 뭔가에 대해 불평을 하면 보통은 항우울제 처방을 받게 되지. 아마 내과의사는 이런 징후를 놓친 것 같아. 그때만 알아챘어도 신경학적 문제가 생기기 전에 도움을 줄 수 있었을 텐데 말이지. 의료보험은 진찰 시간을 15분 이상 허락하지 않지만, 그래도 환자의 말을 들어줘야 해. 환자가 말해주지 않는 빈칸을 채우기 위해서지. 스스로 질문을 해야 하는 거야. 자, 그녀의 눈을 뜨게 해봐."

조니는 캐런의 눈꺼풀을 올렸다. 그녀는 놀라움과 전율로 고개를 들었다. "윌슨병이에요!" 클레이와 로건이 그녀의 뒤를 따라 각각 잠시 캐런의 눈을 들여다보았다. 조니는 마치 난생처음 별을 본 사람처럼 토비를 쳐다보았다.

환자의 눈을 들여다보기 위해 토비가 그쪽으로 갔다. 윌슨병은 간에서 제대로 처리하지 못한 구리가 뇌로 올라가 독소로 작용하는 질환이었다. 그 병의 가장 쉽게 나타나고 가장 눈에 띄는 징후는 안구의 홍채를 둘러싸고 구릿빛의 고리가 생기는 것이다.

"맞았어." 토비가 말했다. "로건, 그녀의 내과의사를 전화로 호출해." 토비는 실험용 장갑을 벗었다. "어때, 여러분? 환자의 말을 들으라고. 항상 잘 들어야 해. 환자가 말을 하지 못하는 경우라도 대부분의 경우 답은 우리 눈앞에 있는 법이야."

○

토비는 회진을 돌았다. 그에게 10대 환자를 넘긴 소아 간질환 전문의와 이야기를 나누었고, 응급실에서는 지저분한 문신 시술소에서 C형 간염에 걸린 한 대학생에 대해 자문을 해주었다. 그는 간암에 걸린 자기 또래의 여자를 보았다.

그는 1년 전에 혈색소 침착증(沈着症, 청동색 피부 · 간경변 · 심한 당뇨병 등의 증상을 유발함-옮긴이) 진단을 내렸던 지하철 공사 직원에게 초음파 검사를 했다. 그의 간은 조금 흉터가 있긴 했지만 전보다 훨씬 상태가 나았다. 간은 재생되고 있었고 이제는 거의 새것 같았다. 토비는 탐촉자를 남자의 간 부위에 대고 사방으로 문대었다. 그는 이 일을 특히 좋아했는데, 초음파와 조직 검사는 매번 처음 하는 느낌을 주었다. 당신은 간이 무엇을 할 수 있는지 믿을 수 없을 것이다. 이것은 토비에게는 항상 경이의 대상이었다. 그가 의대 교과서에서 치유되는 간을 시간의 경과에 따라 찍은 사진을 처음 본 이후로 항상 그랬다. 모든 장기들이 그러하듯이, 간도 나름의 특이한 작동 방식이 있었다. 하지만 그것의 치유 방식이 가장 독특했는데, 간은 용서할 줄 아는 장기였다. 제대로 된 삶을 살기 전에 몇 번의 기회가 필요하다는 것을 간은 이해했다. 그것은 단지 당신을 용서할 뿐 아니라 사실상 당신의 잘못을 잊어버릴 것이다. 그것은 당신 삶의 다른 모든 국면에서는 사실이라고 믿을 수 없을 정도로 새로 시작할 수 있는 기회를 당신에게 줄 것이다. 우리는 모두 간처럼 되어야 한다고, 상처를 받았을 때 그것처럼 새로워져야 한다고 그는 생각했다. 결혼 생활이 가장 힘들었던 날, 토비가 병원에서 일할 때, 그의 눈 한구석에서는 언제나 그에게 속삭이는 간이 있었다. 언젠가는 이 모든 손상의 흔적은 남아 있지 않을 것이라고 간은 속삭였다. 그도 새로워질 수 있다고.

토비는 뒤에서 누군가가 그의 어깨에 손을 얹는 것을 느꼈다. 조니였다. 실험실 가운을 통해 느껴지는 그녀의 손은 따뜻하고 작고 가늘었다. 그가 돌아서자 그녀는 캐런 쿠퍼가 일인실로 옮겨졌다고 그의 귀에 속삭였다. 그는 자리에서 일어섰다. 조니는 왜 그에게 그 소식을 속삭였을까? 너무 사적인 의사소통 방식이었다. 그의 어깨에 올린 손도 마찬가지였다. 모두 이상하게 섹스를 한 후의 친밀함이 느껴졌다. 그녀가 손을 뗐을 때도 그는 여전히 그녀의 손이 그곳에 남아 있는 것 같았다.

그들은 회진 후에 캐런의 입원실을 방문했다. 조니는 캐런에게 가서 다시 눈꺼풀을 올렸다. "우리가 윌슨병을 맡았다는 것이 믿기지 않아요." 그녀는 말했다.

"나도 이제껏 한 번밖에 다뤄본 적이 없어. 아주 드문 질환이지." 토비는 말했다.

"눈동자 주위의 고리 때문에 그녀의 눈이 너무 예뻐 보여요." 조니가 말했다.

"그렇지." 토비가 말했다. 그는 조니의 어깨 너머로 캐런 쿠퍼의 반응이 없는 눈을 바라보았다. "위중한 질병치고는 예쁜 질병이야."

그날은 우리들이 다시 만나는 날이기도 했다. 나는 토비와 점심을 먹기로 예약한 후 페이스북 메시지로 세스를 초대해야 했다. 그의 전화번호가 바뀌어서 문자를 보낼 수가 없었다. 그는 몇 년 전 싱가포르로 이사를 가면서 원래 사용하던 전화번호를 잃었고, 다시 뉴욕으로 돌아왔을 때 새로운 전입자들의 지역 번호를 얻어야 했기 때문에 겸연쩍어했다. 젊은 시절과 철저히 단절된 삶을 살고 있던 나머지 나는 그 시절의 가장 주목할 만한 인물 중 한 명의 전화번호가 바뀐 것도 모르고 있었다. 뉴욕에서의 생활로부터 멀리 동떨어진 삶을 살고 있던 나는, 정착하여 자손들을 낳고 식민지를 만들라는 임무를 받고 다른 행성으로 보내진 사람 같은 느낌이 들었다.

세스와 나는 토비가 도착하기 10분 전에 약속 장소에 도착했다. 그는 여전히 날씬했다. 돈으로 만든 그을린 피부와 눈부시게 흰 치아는, 전에 비해 숱이 줄은 머리의 옅은 갈색을 빨아들인 듯한 부리부리한 녹갈색 눈에 잘 어울렸다. 그의 얼굴에는 이틀 동안 자란 턱수염이 자리 잡고 있었다. 무심하게 내버려둔 것 같지만 사실은 정성 들여 균일한 길이로 가꾼, 잡지사에서 화보 촬영을 위해 섭외한 스타들에게 길러달라고 부탁하는 수염이었다. 그는 여전히 눈부신 외모를 자랑하고 있어서 그를 똑바로 쳐다보기가 민망스러울 정도였다.

그렇다고 해서 그가 이전의 모습에서 조금도 달라지지 않았다는 것은 아니다. 그의 머리숱은 이마 중앙에서 관자놀이 사이가 휑해져

서 숱이 많이 줄었지만 그럼에도 흉하지는 않았다. 그의 눈은 나에게 섬광처럼 느껴졌고, 나는 눈길을 돌리고 싶었지만 그는 그것을 허락하지 않았다. 우리는 포옹을 했고, 그의 가슴에 뺨을 가져다 댄 순간 재회의 기쁨이 내 몸을 감싸는 것을 느꼈다. 그는 내 어깨에 손을 얹고 밀어낸 후 내 얼굴을 바라보며 말했다. "아주 좋아 보이십니다, 엡스타인 부인." 그는 거짓말을 하고 있었다. 나는 그가 이스라엘에서 나를 처음 만났을 때처럼, 몸무게가 많이 빠지기 전의 통통한 모습이었다. 문제는 내 두 번째 임신이었다. 아무리 애를 써도 이전의 모습으로 돌아갈 수가 없었다.

우리는 자리에 앉았다. 그는 내가 일하던 잡지를 구독했는데, 최근에는 내 글을 하나도 볼 수 없었다고 말했다. "그 잡지에서 네 이름을 보면 언제나 자랑스러웠거든. 내가 아는 사람 모두에게 네 글을 보여줬어. '어때, 이 글을 쓴 사람이 바로 내 친구야'라고 말이야."

나는 2년 전에 그 잡지사를 그만두었다고, 지금은 내 청춘 시절에 관한 성장소설을 쓰고 있다고 말했다. 하지만 어떤 진전이 있을 만큼 충분히 오랫동안 그것에 내 관심을 기울이지 못하고 있다는 것은 말하지 않다. 나는 그 글을 플롯 형태로 컴퓨터에 저장해두었지만, 몇 주마다 한 번씩, 미뤄둔 일에 대한 부담감이 견딜 수 없을 정도가 되면 다시 열어 끄적댈 뿐이었다. 책은 당신의 고통을, 당신의 내면에서 요동치고 있는 것에 대해 이야기해야 한다. 나는 훌륭한 청소년 소설을 통해 이 일을 이룰 수 있을 거라고 생각했지만, 요즘의 청소년 소설은 모두 늑대 인간과 바다에 사는 존재들, 그리고 반인과 반수들에 관한 환상적인 이야기들뿐이었다. 그들에 비하면 내 이야기는 스케일도 작고 따분했다. 내 이야기에서는 사실 벌어지는 일도 별로 없다.

"아이들하고 지내는 게 힘들긴 하지." 그가 말했다. 그의 셔츠는 지금 막 입기라도 한 것처럼 산뜻하고 잘 다려져 있었다. 다림질이 필요한 옷을 입어본 적이 언제인지 모르겠다.

바로 그때 토비가 부스 안쪽 내 옆자리에 앉았다. "도대체 이게 얼마 만이야?" 그가 말했다. 통로 건너편에는 요가 바지를 입은 여자 둘이 앉아 있었는데, 그중 한 여자는 유모차에 탄 아기에게 음식을 먹이고 있었다. 마치 자신이 선택한 삶에 대해 머릿속에 생기는 잡음을 없애기라도 하려는 듯 과장된 표정으로 요란하게 한 숟갈, 한 숟갈 아기에게 음식을 떠먹이고 있었다. 여종업원이 테이블로 다가왔다. 토비는 치즈와 드레싱을 뺀 치킨 시저 샐러드를 주문했다.

"그럼 닭고기와 상추만 달라고 하시는 건가요?" 그녀가 물었다.

"그렇죠, 맞아요."

"혹시 다이어트용 상추도 있으면 갖다주세요." 세스가 말했다. 어리둥절한 표정을 짓고 있는 여종업원에게 세스가 웃음을 터뜨리자 더욱 혼란스러워진 그녀는 이내 더 물어보길 포기하고 자리를 떴다.

우리 둘을 바라보는 세스의 얼굴이 상기되었다. "맙소사, 너희를 다시 만나다니, 정말 반갑다." 그가 말했다. "버네사를 데려왔어야 했는데. 너희도 정말 그녀를 좋아할 거야."

"드디어 상대를 찾은 거야?" 토비가 물었다.

"그럴지도 몰라." 세스는 말했다. "모든 여자들이 내 상대일지도 모르고."

"너는 제니퍼 알콘이 그 사람이라고 생각했었잖아." 내가 말했다.

"내가 제니퍼 알콘을 다시 보고 싶지 않을 거라고 누가 말할 수 있겠어?" 세스는 손톱을 다듬기라도 하려는 듯 내려다보다가 눈썹을 추켜올렸다. "그리고 내가 그녀를 다시 만나지 않았다고 누가 말할

75

수 있겠어?"

나는 세스를 제니퍼 알콘에게 소개해줬었다. 그녀는 나와 같은 기숙사에 있었다. 세스는 그녀에게 초대권들과 꽃과 편지를 쏟아부으며 2월 한 달을 온전히 그녀에게 미쳐 보냈다. 마지막 데이트 때 그들은 이스라엘 박물관 아래층 화장실에서 은밀한 짓거리를 하고 있었다. 종교 유물과 사해 두루마리가 가득한 신성한 장소에서 말이다! 세스가 약속의 땅에 제대로 도착하지 못하자 제니퍼 알콘은 그 앞에 무릎을 꿇고 최선을 다했지만 역시 별 효과가 없었다. 욕정에 사로잡힌 세스—그는 정통파 부모에 의해 길러졌기에 단지 한 가지 종류의 욕망을 가졌지만 그것을 충족시키는 데 광적이었다—는 그녀가 지켜보는 동안 스스로 자위를 해서 절정에 도달했다. 몇 시간 안에 세스는 이 이야기를 모든 사람들에게 떠벌렸고, 그날 밤 늦게 기숙사로 돌아온 제니퍼는 화가 나서 그에게 결별을 통보하기 위해 전화를 걸었지만 그는 전화를 받지 않았다. 전후 사정을 모두 들은 여자애들은 그가 헤어지기 싫어서 전화를 받지 않는 것이 분명하다고 말했지만, 반면에 남자애들은 세스가 그녀 앞에서 사정을 함으로써 그녀라는 영역을 정복했기 때문에 이제 흥미를 잃은 것이라는 것을 알고 있었다.

"정말이야?" 토비가 물었다.

"응. 엄청났지. 5루까지 갔거든!" 그는 손을 들어 토비와 하이파이브를 하려 했다.

"5루라니?" 내가 물었다.

"항문." 토비가 말했다.

하지만 그는 너무 당황스러워 세스와 하이파이브를 할 수 없었다. "잠깐, 언제 그런 일이 있었던 거야?" 토비가 물었다. "그녀는 한참 전에 결혼했는데."

"결혼은 사회적 구조물일 뿐이야, 토비."

"그녀에게 그렇게 말한 거야? 그럼, 너 버네사한테도 그렇게 말할 거냐?"

이야기가 버네사 얘기로 돌아가자 세스의 눈이 부드러워졌다. "너희들, 그녀를 만나봐야 해." 세스가 말했다. "오늘 밤에 무슨 할 일들 있어?"

"아이들 보러 집에 가야 해." 내가 말했다.

"난 데이트도 있고, 아이들도 봐야 해." 토비가 말했다. "레이철이 한밤중에 애들을 떨궈놓고 갔어. 하루 일찍. 이렇게 평화로운 공동 양육도 찾아보기 힘들걸."

"그거 정말 엿 같군." 세스가 말했다.

"글쎄, 원래 그런 여자야." 토비가 말했다. "괜찮아. 나는 사실 아이들 돌보는 게 좋거든."

화제가 점점 세스에게는 음울한 주제로 바뀌고 있었다. 세스는 파티를 열고 언제 음악을 바꾸거나 디저트를 내놓아 분위기를 살리는지에 대해서는 대단한 노하우를 가지고 있었다. "그렇군." 세스가 말했다. "우리, 레이철에 대한 저주를 생각해보자."

토비가 웃었다. "저주라고!"

저주. 우리가 이스라엘에 있던 해 11월에 우리는 구걸을 하는 여인을 만난 적이 있다. 나는 추수감사절을 함께 보내기 위해 그들의 기숙사로 갔었다. 저녁 식사 후, 우리는 술에 취한 채 긴 산책을 하다가 결국 구시가지까지 이르렀다. 우리는 발길 가는 대로 거리를 걸었고, 통곡의 벽이 눈에 보이기 직전에 한 노파가 우유 상자에 앉아 있는 것을 보았다. 그녀의 주름진 손과 얼굴은 갈색이었고 햇볕에 오래

노출된 피부는 비늘처럼 보였다. 우리가 그녀 곁을 지나갈 때, 그녀는 우리에게 돈을 달라고 히브리어로 소리쳤다. 토비는 주머니 속을 더듬어 5셰켈짜리 동전을 찾아냈고, 세스는 2아고라를 가지고 있었는데 미화로 치면 1센트도 되지 않았다. 나는 방금 일주일치 용돈을 환전했기 때문에 100셰켈짜리 지폐밖에 없었다.

토비는 거지 여인에게 다가가서 돈을 주었다. 그러자 그녀는 열렬히 고개를 끄덕이며 연극을 하듯 흐느끼는 소리를 내기 시작하더니, 두 손을 하늘로 들어 신에게 간청했다. "내게 생기를 주시고 안전하게 지켜주시는 이시여, 복을 받으소서! 내가 당신을 섬길 수 있도록 해주는 당신의 참된 종들에게 복을 주소서! 이 작은 사내에게 복을 주소서. 그는 그의 친절함으로 세상을 치유할 사람입니다! 그가 주위의 사람들보다 더 크게 서게 하시고 자신의 질투심을 극복하게 하소서!"

토비는 그녀에게 목례를 하고 다시 우리 쪽으로 돌아왔다. 세스도 그런 축복을 받고 싶었는지 자신의 아고라를 들고 그녀 쪽으로 갔다. 여인은 세스가 자기 손에 올려놓은 가치 없는 동전을 혐오스럽게 응시했다. 그러나 세스는 그녀의 혐오감을 알아채지 못했고, 그녀가 그의 존재에 대해 신에게 감사하고 축복해주기를 기다렸다. 그녀는 주름진 코로 숨을 몰아쉬며 분한 듯 눈을 가늘게 뜨고 그를 올려다보며 말했다. "절대로 결혼하지 못할지어다. 그래도 너의 코골이와 방귀를 참아줄 여자를 만나게 된다면 그녀를 만나기 전에 머리가 다 빠질지어다. 너의 진정한 자아는 언제나 거짓되기를!"

"어이쿠." 세스가 말했다.

토비와 나는 가던 길을 계속 가기 위해 세스를 뒤로 끌어당기려 했지만, 여인은 내가 그녀에게 아무것도 주지 않으려는 것을 깨닫고는—고액권밖에 없었기 때문에 나는 그녀에게 돈을 줄 수 없었다!—말했다. "네 딸이 문란한 여자로 동네에 소문이 다 난 까닭에 그녀가 안식일을 위해 음식을 사러 장에 가면 마을의 랍비들이 모여 그녀의 머리에 썩은 야채들을 던지기를! 그래서 네가 그녀의 결혼식에서 춤을 추는 일 같은 것은 생각도 할 수 없기를! 너는 결코 만족을 모르기를! 너를 살피시는 여호와께서 네게 아무런 만족도 없는 장수를 허락하시길! 마시고 또 마셔도 항상 목이 마르기를!" 우리는 달음박질로 그녀에게서 도망을 쳤다. 통곡의 벽에서 기도하기 위해 늦게 나온 순례자들은, 허겁지겁 자갈에 걸려 넘어지며 달리는 우리에게 못마땅하다는 시선을 보냈다.

나중에 우리는 이 이야기를 주위의 모두에게 들려주었지만 아무도 재미있다고 생각하지 않았기 때문에, 우리는 서로에게만 그 이야기를 되풀이하곤 했다. 이내 우리는 서로를 향한 저주를 만들기 시작했다. 우리의 선생님들을 위한 저주를 만들었고, 헤어진 연인들과 룸메이트를 향한 저주를 만들었다. 우리는 우리를 이해하지 못하거나, 우리가 사랑받을 자격이 있다고 느끼는 방식으로 우리를 사랑해주지 않는 사람들에 대한 저주를 만들었다.

식당에서 세스는 목청을 가다듬고 말했다. "좋아, 나부터 할게. 그녀가 다음에 화장실에 볼일을 보러 갔을 때 그녀의 치모들이 모두 티끌로 변한 것을 발견하기를. 그녀의 아랫도리를 찾을 다음 남자가 그곳의 티끌 때문에 재채기를 해서 그녀의 몸에 침방울을 가득 채워 그녀에게 색전증(혈관이 폐색되는 병증-옮긴이)이 생기기를."

"색전증이 그렇게 생기지는 않아." 토비가 말했다.

"내가 언제 사실 확인을 부탁했어?" 세스가 대답했다. 그는 나를 바라봤다. "네 차례야."

"앗." 나는 말했다. "좋아. 그녀가 오랜 하루 일과를 마치고 지하철을 타고 퇴근해서 집으로 돌아갈 때, 개찰구에 부딪치면서 단순한 뾰루지로 생각했던 고름 주머니가 감염되었다는 것을 알게 되기를."

"잠깐, 뾰루지가 어디 있다고?" 토비가 물었다.

"골반쯤." 내가 대답했다.

'넌 거기에 뾰루지가 생겨?'

"피부가 있는 곳이면 어디든 뾰루지가 생길 수 있어!"

"정말 역겹네." 세스가 말했다.

"그건 너무 구체적이잖아." 토비가 말했다. "게다가, 너무 복잡해. 저주의 효과가 지하철에 타고 있을 때, 아니면 집에 있을 때, 언제 나타나야 하는지까지 생각을 하냐?" 하지만 그는 웃고 있었다.

나는 혼자 기차역 쪽으로 걸어갔다. 내가 그 잡지사를 떠나기 전에 마지막으로 소개 글을 썼던 두 배우는 50대 초반이었다. 그들 두 사람은 어렸을 때 여배우들과 첫 결혼을 했고, 아이를 낳은 후 그들과 이혼했다. 여배우들의 경력은 엉망이 되었다. 그들의 몸은 변했고 아이를 키우는 일상이라는 현실에 적응해야 했다. 그들의 일에는 적령기가 있다는 것을 알고 있기에 얼마나 일을 해야 하는가에 대해 힘든 결정도 내려야 했다. 하지만 남자들은 가정을 돌보기보다는 마음 내키는 대로 생활을 했고, 그 결과 둘 다 이혼을 하게 되었다. 10년 후 그들은 자신들보다 훨씬 젊은 여배우 또는 메이크업 아티스트와 결혼했고 두 명의 아이를 더 낳았다. 아이들에게 많은 시간을 투자하지 않은 것에 대한 후회가 어떤 의미인지 이제 알게 되었을 그들에게는 완전히 새로운 두 아이들과 함께 아버지 역할을 새로 시작할 수 있는, 아니, 자신의 삶을 다시 살 수 있는 기회였을 것이다. 그것은 다시 청춘을 얻는, 후회를 없앨 수 있는 기회이기도 했다. 그리고 여기 세스가 있었다. 그는 만나는 모든 여자들의 모든 구멍을 탐하는 삶을 살다가 그것에 물리면(물리는 게 가능하다면) 젊은 여자를 하나 찍어서 아이를 낳게 함으로써 **그녀의** 인생을 송두리째 날릴 것이다.

나는 방탕한 삶을 살지 않았다. 나는 늦게까지 밖에 머물지 않았고 인사불성이 되도록 취해본 적도 대여섯 번밖에 없다. 나는 함부로 몸을 굴리지도 않았다. 나는 보수적인 욕망을 가지고 있었다. 나는 밤늦게 영화—졸작들을 포함한 모든 영화들, 심지어 이전에 본 영화들까지도—보러 가는 것을 좋아했다. 먹는 것도 많이 좋아했다. 아파트에서 혼자 마리화나와 담배를 피우는 것도 좋아했다. 그것은 어쩌면 어른이 되는 것의 가장 심한 모욕이었을지도 모른다. 당신의 순진하고, 생명을 위협하지 않는, 저질스럽지 않은 욕구들조차도 일상과 성숙함에 삼켜져 영원히 당신의 삶에서 서서히 밀려나간 것이다. 펜 역에 도착했지만 나는 걸음을 멈추지 않고 지나쳐 시내의 안젤리카 영화관까지 걸어갔다. 나는 베이비시터에게 오늘은 아주 늦을 거라고 문자를 보냈다.

그날 밤, 토비는 별거하기 전에 매주 금요일 밤에 했던 것처럼 아이들을 회당에 데려갔다. 레이철이 아이들과 금요일 밤을 보낼 때의 문제는 아이들을 회당에 데려가지 않는다는 것이었다. 그래서 아이들의 머릿속에 은연중 금요일 밤 예배를 드리러 가는 것과, 저녁을 먹으며 집에서 가족과 보내는 것 사이에 선택이 가능하다는, 예배를 드리러 가는 것은 순전히 아빠의 개인적인 취향으로서 논의의 여지가 있다는 생각이 싹트기 시작한 것이다. 아이들은 원래 회당을 좋아하지 않았지만(누군들 좋아하랴) 특히 캠프에 다녀온 후엔 더욱 그랬다. 옷을 갈아입고 아빠가 설교를 듣고 기도하는 동안—물론 그도 타성에 의해 하는 일이었지만—나란히 서 있어야만 하는 것은 고역이었다. 해나는 책을 무릎에 놓지 않고 얼굴에 바싹대고 호전적인 태도로 읽으며 앉아 있었다. 솔리는 그 애가 찾을 수 있는 모든 아홉 살짜리 아이들과 함께 통로를 뛰어다녔다.

토비가 레이철을 처음 부모님께 데려왔을 때, 오후 늦게 비행기로 로스앤젤레스에 내린 그들은 금요일 저녁 식사 시간에 맞춰 셔먼오 크스에 있는 토비의 집에 도착했었다. 토비는 꽤 전통적인 유대인 가정에서 자랐고, 그래서 금요일 밤에는 무슨 일이 있어도 모두가 집에 모여 함께 자리를 했다. 그의 지친 여동생은 스카프로 머리를 감싼 채 두 아이와 함께 자리에 앉아 있었다. 빈약한 그의 매제는 사람들이 조용해지기를 기다렸다가 포도주와 찰라(유대인들이 전통적으로 안식일에 먹는 빵-옮긴이)에 축복을 했다. ("찰라 좀 들려무나. 모두가 **조금씩** 먹고 있잖니." 그의 어머니가 말했다. 하지만 토비는 어렸을 적 살이 쪘다는 이유로 걸핏하면 찰라를 먹지 못하게 한 어머니에 대한 반감으로 찰라에는 손도 대지 않았다.) 토비의 이모와 이모부가 회당의 캔토어(유대교 의식에서 찬양을 이끄는 사람-옮긴이) 부부를 동반하고 함께 참석했다. 자연스럽게 닭고기를 돌리면서 서로를 향한 가벼운 농담과 함께 지난 일주일 동안의 동정을 주고받는 가족의 모습이 레이철에게는 경이로웠다. 그들이 모두 시간을 내어 모이고 한자리에 앉아 있는 것, 그것이 자연스럽고 편안해 보이는 것, 모두가 레이철에게는 새로운 광경이었다. 아주 오랫동안 이렇게 모여왔기에 그들의 처신은 자연스러웠다. 나중에 레이철이 한 말에 따르면, 그들이 얼마나 안락하고 편안해 보이던지 거의 오만해 보일 지경이었다.

"그들은 거기에 앉아서 어떻게 행동해야 하는지를 모두 잘 알고 있었어." 그녀가 말했다. "마치 그것이 그들의 타고난 권리인 것처럼 말이야."

"그게 왜 불쾌하다는 거야?" 토비가 물었다.

레이철은 그것을 설명할 수 없었다. 나중에야 그는 그녀가 무엇엔가 질투를 하며 짜증을 부릴 때, 사실 그녀는 그것을 원하고 있다는 것을 알게 되었다. 레이철의 부모가 이혼하고 난 후 외할머니가 그녀를 길렀는데, 외할머니는 그녀를 손님처럼 대했고 그녀의 독립심을 키워주려 했다. 레이철의 아버지는 그에 대한 기억이 채 자리 잡기도 전에 집을 나갔고, 어머니는 레이철이 세 살 때 돌아가셨다. 할머니는 아무런 전통이나 의식도 지키지 않았기에 레이철은 자신의 종교를 거의 의식하지 못하고 자랐다. 할머니는 찰스 디킨스 소설의 한 장면처럼 고아가 된 딸의 자식을 꼼짝없이 떠맡았다는 사실에 연민과 짜증이 뒤섞인 감정으로 그녀를 키웠다.

"그럼 **매주** 이렇게 한다는 거야?" 그녀가 토비에게 물었다.

"언제나." 토비가 대답했다.

"만약 네가 어디 멀리 나가 있으면?"

"그런 곳이 어디 있겠어?"

"아버지가 일을 하고 계시면? 환자에게 위급 상황이 생겼다면?"

"다른 사람에게 일을 맡기실 거야."

레이철은 이 모든 것을 제대로 이해할 수 없었다. "나도 이렇게 살고 싶어."

"나도 그래"라고 그가 대답했다. 그들은 그때까지 8개월째 사귀는 중이었다. 그는 그로부터 4개월 후에 정식으로 그녀에게 청혼했지만, 그는 항상 그날 밤 그녀가 먼저 청혼한 것처럼 느꼈다.

그들이 막 결혼했을 때, 레이철은 금요일마다, 늦든 이르든 회사에서 집에 돌아오는 대로, 토비가 자라면서 해온 일들, 촛불을 켜고, 포도주와 찰라에 축복하는 의식을 빼먹지 않았었다. 하지만 아이들이 태어났을 무렵에는 그녀는 이미 그녀만의 '딴 길'을 가고 있었고, 그래서 금요일 밤은 토비와 레이철이 치킨게임을 하는 날이 되었다. 로스버그나 레퍼나 헤르츠 가족이 금요일 저녁 만찬에 초대를 하면 그녀는 기적적으로 시간이 나곤 했다. 그렇지 않을 때는, 그녀는 으레 집으로 전화를 걸어 일 때문에 회사에 더 있어야 한다고 통보를 하곤 했다. 그녀도 자신의 말이 완전한 거짓이라는 것을 잘 알고 있었다. 마쳐야 할 일이 있는 것이 아니라 아이들과 시간을 보내는 것, 엄마로서 당연한 역할을 수행하는 것에 부담을 느껴서 일을 하고 싶은 마음이 더 간절했을 뿐이었다. 레이철은 일을 잘했고 좋아했다. 일은 그녀를 힘들게 하지 않았다. 그것은 그녀의 의지와 논리 감각에 복종했다. 하지만 엄마로서의 위치는 힘들었다. 아이들은 그녀의 직원들처럼 그녀에게 경의를 표하지 않았다. 아이들은 말하자면 그녀의 비서인 시몬처럼 끝까지 그녀의 화를 참아주지 않았다. 그게 두 사람 사이의 큰 차이였다. 토비는 아이들을 부담으로 여기지 않았다. 그는 아이들을 채울 수 없는 요구의 무저갱으로 여기지 않았다. 레이철, 알겠어? 그는 아이들을 좋아했다고.

6월에 레이철이 혼자 아이들을 데리고 있던 첫 금요일 밤, 그는 아이들에게 그들이 아직도 가족이라는 띠로 묶여 있다는 것을 보여주기 위해서 저녁이라도 같이 먹을까 하는 생각으로 그녀에게 전화를 했었다. 그녀는 고객인 극작가 알레한드라 로페즈가 협상 문제를 겪고 있고, 그래서 그녀의 기분을 풀어주기 위해 긴급히 저녁 식사 자리를 마련해야 했기 때문에 아이들을 유모인 모나에게 맡겨놓아야 했다고 말했다. "제발. 당신이 내가 일하는 것에 싫은 소리를 하기 전에 내가 다 알아서 하려고 하고 있어. 지금처럼 비용이 많이 발생한 적이 없어. 당신은 이혼 중재 과정 때문에 내가 얼마나 희생을 해야 하는지 알아?" 하지만 그녀가 실제로 그에게 하고 싶은 말은 이랬을 것이다. '이 멍청한 인간아. 내가 무슨 말을 하는지 모르겠어? 우린 더 이상 가족이 아니라고. 이 모든 서류 절차는 우리 가족의 공식적인 해체 외에 다른 의미가 없다고.'

그날 밤 회당 밖에는 비가 내리기 시작했다. 토비는 우산을 가지고 가지 않았는데, 비가 그렇게 심하게 내리지도 않았고 비를 좀 맞는다고 죽을 정도는 분명 아니었기에 별 문제는 아니었다. 하지만 골프 우산을 든 어떤 얼간이가 톰 포드 양복에 빗방울이라도 묻을까 봐 인도를 독차지하고 걷는 바람에 그는 차도로 떨어질 뻔했다.

"내년 여름 내내 집을 떠나서 캠프에 가 있어도 돼요?" 해나가 물었다.

"그럼."

솔리는 말이 없었다. 그 애는 집을 떠나 지내는 캠프에 대해서 말하고 싶지 않았다. 레이철은 봄이 시작되자 "네 모든 친구들처럼" 한 달 동안 캠프에 가서 지내라고 열심히 솔리를 설득했지만, 아이는 계속 자기는 아빠, 엄마와 함께 있는 것이 더 좋다고 말했다. "아빠하고 엄마도 내 친구예요." 아들의 말을 듣고 토비는 눈물이 나올 것 같았다.

솔리는 "내년에 Y 캠프에는 다시 오고 싶지만 골프 캠프에도 가고 싶어요"라고 말했다.

"그렇게 하자." 토비는 대답을 했지만 혹시 자신이 골프광을 키우고 있는 것은 아닌가 하는 생각이 들었다. 그의 어머니는 항상 그에게 이웃 주민들을 살펴보고 자식들이 그들처럼 되기를 바라는지—

왜냐하면 그건 틀림없는 사실이었기에—자문해보라고 말했었다. 어머니는 아이들에게는 이웃들이 부모보다 훨씬 더 강력한 영향력을 끼치며 어떤 동네에 사느냐에 따라 아이의 미래가 결정된다고 했다. 그러나 토비는 그 말을 심각하게 여기지 않았다. 뛰어난 유전자를 지닌 흠 없는 가문들로 이루어진 앵글로·색슨계 백인 신교도가 대부분인 그의 이웃들과 그들은 왕래가 없었고, 그의 아이들은 그의 목소리의 반향 안에서만 생활을 하고 있는데, 어떻게 아이들이 이웃처럼 될 수 있다는 말인가?

그들은 집으로 돌아와 저녁을 먹었다. 토비는 식품 판매점에서 수프와 닭고기를 사왔는데, 평소에 레이철이 얼마나 아이들에게 그런 음식을 먹이는지 알고 있었기에 마음이 좋지 않았다. 그들은 식사를 했고, 토비는 솔리의 일과 보고에 귀를 기울였다. 많은 아이들이 다음 주가 지나면 주간 캠프로 돌아오지 않고 집을 떠나는 캠프로 떠난다고 했다. 식사가 끝나자 그는 모나가 도착할 때까지 아이들이 각자 하고 싶은 일을 하도록 방으로 돌려보냈다. 그는 설거지를 하고 샤워를 하면서 그동안 사진들을 통해 이제는 아주 친숙하게 된 하체의 주인공을 위해 몸과 마음을 준비하기 시작했다. 그는 허리에 타월을 두른 채 침대에 걸터앉아 휴대폰 앱에 있는 그녀의 아바타를 보며 실제 얼굴을 떠올려보려 했다. 잠깐이라도 그녀를 인간으로 되돌리기 위해서였다.

처음에, 그는 아이들을 맡은 밤에 데이트를 나갈 때는 '약속'이 있다고 아이들에게 말했다. 해나는 도대체 무슨 약속이 토요일 밤에만 계속 있는지, 왜 약속 때문에 나가는데 옷을 갈아입어야만 하는지 질문을 하기 시작했다.

"아빠, 다시 결혼할 거야?"

"그럴 것 같지는 않아. 한 번으로 충분한 것 같거든." 그는 대답했다.

그는 항상 솔리와 해나에게 똑같은 말을 했다. "나도 가끔 너희처럼 놀이 데이트를 한단다. 너희가 알아야 할 사람이 생기면 그때는 말해줄게. 그런 사람이 생긴다면 아마 너희도 좋아하게 될 사람일 거야. 지금은 외로워서 새 친구들을 사귀고 있을 뿐, 그들이 모두 다 내 여자친구가 되지는 않을 거야. 하지만 몇 명은 여자친구들이 될 수도 있겠지."

그는 아이들에게 말했다. "너희 엄마도 언젠가는 놀이 데이트를 하게 될 거야."

"이번에도 의사들과 놀이 데이트를 할까요?" 솔리가 물었다.

"아니, 나와는 다른 사람들과 할 거야. 그들은 브래드라는 이름의 남자인데, 포르쉐를 가지고 있고, 보트 슈즈(주로 배를 탈 때 배 위에서 미끄러지지 않기 위해 신는 신발-옮긴이)를 신고 다니고, 너희 축구 시합에 오고 싶어 할 거야." 아이들이 웃었다. "자, 그러면 지금, 나는 누구와 데이트를 할 거지?"

이런 질문이 나올 때마다 그가 반복해서 가르친 대로 아이들은 입을 모아 대답했다. "우리가 좋아할 사람이요!"

"그럼 엄마는 누구랑 사귈까?" 그가 물었다.

아이들은 다시 한 번 이구동성으로 말했다. "포르쉐를 가지고 있고, 보트 슈즈를 신고 다니고, 우리 축구 시합에 오고 싶어 하는 브래드라는 남자요." 솔리는 그때쯤이면 항상 웃다가 숨이 넘어갈 지경이었기 때문에 마지막 부분을 말할 수 없었다. 심지어 해나까지도 그런 솔리를 보고 미소를 지을 정도였다.

"엄마가 그런 남자를 사귀면 너희도 그를 좋아하게 될 거야." 하지만 토비는 그것이 사실이라고 생각하지 않았다. 정직히 말하자면, 그

87

는 레이철이 다시 데이트를 할지도 알 수 없었다. 그녀는 결혼의 테두리 안에 갇힌 것을 너무나 지겨워했고, 그녀와 동등한 발언권, 아니 자신의 독자적인 의견이라도 가지려는 다른 존재에 의해 자신의 삶이 망가졌다고 생각했기 때문이다.

토비의 평상시 데이트 차림은 회색 트월 능직 바지와 담청색 버튼다운 맞춤 셔츠였다. 그 옷들은 레이철이 제발 입으라고 부탁했던 것들로, 3번가의 바나나 리퍼블릭 매장의 옷들보다 더 좋은 재료로 만들어졌다. 레이철은 토비가 부유해 보이는 것을 좋아했다. ("너는 부자잖아"라고 내가 말하면, "그래, 하지만 얼마 못 갈 거야"라고 그는 대답하곤 했다. 나는 그가 이 세상 대부분의 사람들보다 더 부자라는 의미였지만, 그는 자신의 25만 5000달러의 연봉으로는 그가 사는 동네에서 극빈자층에 속한다는 의미였다.) 그는 셔츠가 해어지기 시작했다는 것을 알아차렸다. 새 셔츠들을 살 때였지만 그는 계속해서 결정을 미뤘다. 오랫동안 65번가의 이탈리아인 재단사에게 가서 셔츠를 맞추어 입는 것에 익숙해진 후 어떻게 다시 바나나 리퍼블릭으로 돌아갈 수 있을까? 그는 맞춤 셔츠를 입을 만큼의 여유는 있었다. 그것은 사실이었고 그는 아마도 계속 그것을 입을지도 몰랐다. 하지만 이제 그것은 그가 결정을 해야 할 선택사항이었다. 겨울방학에 아이들을 데리고 휴가를 갈 것인지, 또는 언젠가 다시 아파트를 사야 할 것인지 그가 결정해야 할 것들이 있었다. "나는 이혼하느라 많은 돈을 지불해야 했어." 그는 자신의 상황을 아는 사람들에게 말하곤 했다. 돈보다 평화가 자신에게 훨씬 더 중요하다는 뜻이었다.

그는 2번가에 있는 도리안이라는 바에서 테스를 만나기로 되어 있

었다. 토비는 한 번도 가보지 않은 곳이었는데 80년대에 사립 고등
학교에 다니던 아이들이 아지트처럼 사용하다가 살인사건이 있었던
곳이다. 만날 장소로 도리안을 고른 것은 테스였다. 금발로 염색해서
땋은 머리에, 가슴골이 다 드러나는 랩 드레스를 입고 바에 앉아 있
는 여자. 그가 들어가서 그녀를 발견했을 때 그녀는 이미 술잔에 칵
테일용 빨대를 꽂고 마시고 있었다. 그것에는 전체적으로 분명 누아
르적인 분위기가 느껴졌지만, 올리브를 여섯 개나 집어넣은 마티니
잔은 생소해 보였다. 하지만 토비는 그녀의 취향에 대한 판단을 유보
하기로 했다.

그녀가 그를 받아들일지 여부를 기다리는 기간이 한 달 정도 흘렀
다. 그에게는 여자들이 바로 딱지를 놓을 만큼 눈에 띄게 흠이 될 만
한 것은 없었다. 그의 유일한 단점이라면 키뿐이었다. ("그리고 당신
의 분노"라고 레이철은 말했을 것이다.) 165센티미터가 실제로 얼마
나 작은지 그녀가 깨닫고 그에 대해 어떤 즉각적인 반응─놀라움?
걱정? 반발?─이라도 보이는지 살피기 위해 그녀의 눈을 주시했지
만 그는 거기에서 아무것도 발견할 수 없었고 그래서 안심했다. 그
는 가망이 없는 만남인지 판단하는 데 익숙해지고 있었다. 실망을 반
영하는 눈은 생기를 잃었다. 그다음에는 그것을 감추기 위해 겉치레
예의가 등장한다. 우리가 처음 만났던 날 밤, 그의 작은 키를 견딜 수
없어 내가 쌓았던 바로 그 예의의 벽을 여자들도 쌓았다. 그는 다른
사람들의 시간을 낭비하고 싶지 않았고, 무엇보다 자신의 시간을 낭
비하고 싶지 않았다. 베이비시터에게도 쓸데없이 돈을 낭비하고 싶
지 않았다.

그는 스카치 한 잔을 주문했고 그녀는 자신의 이야기를 들려주었
다. 그녀는 드와이트에 살고 있었고 세 아이가 있었으며 남편은 은행

원이었다. 3년 전, 남편은 주말을 이용해 인생 상담 코칭 생존 기술을 배우러 갔었다. 그녀가 그의 생일 선물로 1만 달러를 내고 등록시켜준 프로그램이었다. 그것은 최근 무속인이 된 유명한 인생 상담 코치이자 치료사가 운영하고 있었는데, 그녀의 남편이 왜 항상 우울한지 원인을 깨닫는 데 어쩌면 도움이 될 수 있을 것 같았다. 남편은 자신의 전용기에서 뛰어내리고 싶은 충동을 느끼곤 한다고 했다. 그는 빵이나 새집 같은 것들을 직접 자신의 손으로 만들고 싶다고도 말했다. "좋아, 좋아요." 테스가 말했다. "어서 갔다가 온전하게 회복되어서 행복한 사람으로 돌아와요." 그는 주말 동안 집을 비웠고 과연 집으로 돌아왔을 때는 그의 눈에 다시 온기가 느껴졌다. 그는 웃고 떠들었다. 그녀가 주말에 스스로에 대해 무엇을 배웠는지 묻자, 그는 자신이 최근 결혼 생활에 질식감을 느끼고 있었다며 구속감을 덜기 위해 스리섬을 하고 싶다고 말했다. 결혼 생활을 하다 보면 가끔 예상하지 못한 일들에 맞닥뜨려야 할 때가 있었고 그래서 그녀는 그의 요구를 정색을 하고 들었다. 하지만 그게 최악이 아니었다. 그녀가 그러자고 막 승낙을 하려는 순간, 남편이 "하지만 당신하고는 아냐"라는 말을 덧붙였다.

"무슨 뜻이에요?" 그녀가 물었다.

"나는 내가 여러 파트너들에게서 얻을 수 있는 성적 자유를 원한다는 것을 깨달았어." 그는 말했다. "다른 여자들과 함께 나를 어떻게 창조적으로 표현할 수 있을지 알아보고 싶어. 내가 지금 겪고 있는 일들 중 많은 부분이 젊은 시절에 성적으로 억압받았던 데서 비롯되었다고 생각해." 이것은 그녀로서는 처음 듣는 이야기였다. 그녀에 의하면, 그는 성적으로 억압된 것과는 거리가 멀었다. 그는 최소한 일주일에 다섯 번은 그것을 원했고, 때때로 좀 이상한 방식을 원했지만, 그녀는 항상 그의 요구에 따랐다. 그게 문제였을까? 그가 그것을 더 원하도록 만들었어야 했을까?

"인생 상담 코치가 이게 좋은 생각이라고 했어요?" 1만 달러나 받고서?

"그녀는 내가 이것을 깨닫도록 도와줬어. 맞아."

"스리섬이 당신의 기분을 더 낮게 만든다고 깨닫도록?"

"그래. 그 프로그램에서는 아무도 의식할 필요 없이 내가 원하는 것을 다 토로할 수 있었어."

그녀는 처음에는 이것이 곧 지나가는 하나의 과정일 뿐이라고 생각했지만 그는 매일 밤 그 얘기를 꺼냈고, 결국 그녀는 남편이 그저 다른 여자와 잠자리를 하겠다는 것이 아니라, 기본적으로 자신을 제외한 **두 명의** 다른 여자들과 함께 자려 한다는 사실을 정면으로 다루어야 했다. 그가 그 짓을 하는 동안 그녀는 모른 척 눈을 다른 곳으로 돌릴 수 있을까? 마침내 그녀는 마지막 자존심을 지키기 위해 이혼을 요구했지만 혼전 계약의 벽에 부딪치게 되었다. 그녀는 그가 이혼을 제안할 때만 무언가를 얻을 수 있었지만 그는 이혼을 원하지 않았다. 그는 이혼이라는 말 자체에 이의를 제기했다. 정말 어처구니없는 일이었다. 그는 바람을 피우고 싶은 것이 아니라 결혼의 외연을 **확대하고** 싶을 뿐이라고 말했다. 그게 정확히 그가 한 말이다. "네, 나를 제외한 모든 사람들을 포함하겠다는 거였죠." 그녀는 말했다. 그녀는 그럴 수 없다고 말했다. 간신히 버티고 있는 그녀의 마지막 자존심이 그것을 허락하지 않았다. 남편은 그녀가 그를 그렇게 사랑하지는 않는 것이라고 말했다. 이제 그녀는 토비를 바라보았다. "당신은 누군가에게 꼼짝없이 당하는 것이 어떤 것인지 도저히 이해할 수 없을 거예요." 토비는 스카치를 크게 한 모금 삼켰다.

그는 말하는 그녀의 모습을 지켜봤다. 눈 주위의 다크서클을 감추기 위해 컨실러를 좀 과하다 싶게 사용했지만, 그녀는 적당한 구릿빛 피부를 지니고 있었다. 아마도 그녀는 컨실러를 겨울에 구입했을지도 모른다. 그것은 마치 그녀가 커다란 선글라스를 끼고 선탠 침대에 누워 있었던 것처럼 보이게 만들었다. 그녀는 검은색 매니큐어를 칠한 긴 손톱을 가지고 있었는데 끝이 바늘처럼 뾰족했다. 그녀의 손에는 커다란 반점들이 있었다. 토비는 그녀가 절대 마흔한 살은 아니라고 확신했다.

그녀는 아래를 내려다보며 마티니의 작은 빨대를 이리저리 옮기다가 고개를 숙인 채 그를 빤히 올려다보았다. 그녀는 그에게 추파를 던지고 있었다. 벌써 수도 없이 여러 번 떠올랐던 생각이지만, 이미 자신의 가랑이를 다 들여다본 사람에게 이상하게도 여자들은 자신들이 어떤 사람인지 이야기를 하려 했다. 그도 당장 잠자리에 드는 것을 선호한다는 것은 아니었다. 단지 속이 훤히 들여다보이는 속옷을 입은 그녀를 이미 본 마당이기에 그쯤 어디에서 시작하는 것이 더 말이 되리라고 생각했을 뿐이다. 어쩌면 그녀가 들려준 이야기와 고백, 그리고 '그가 나에게 한 짓을 믿을 수 있어요?'라는 하소연이 그쯤 어디였는지도 모르겠지만.

테스와 그녀의 남편은 부부 상담 치료를 받으러 갔었다. "나는 남편이 이런 얘기를 타인에게 하다 보면 그게 얼마나 미친 소리로 들릴지 깨닫게 될 거라고 확신했죠. 18년 동안 지속된 결혼이 무엇 때문에 위기를 맞았다고요? 스리섬을 원해서? 부인이 아닌 **다른** 여자들과? 나는 상담사에게 말했어요. '저게 **정상**이라고 생각하세요? 남편이라는 사람이 자신은 한 여자가 아니라 두 여자와 바람을 피우고 싶다고 말하는 게? 아내도 이 일에 끌어들이면서요?' 하지만 상담 비용을 지불하는 사람이 누구였겠어요? 그였죠. 상담사도 그것을 알고 있었고요."

그녀는 바텐더가 잔을 치울 때 칵테일 빨대를 옆에 빼놓고 두 번째 잔을 주문했다. 그녀는 두 번째 잔에 빨대를 꽂고 잔에서 이쑤시개를 집어서 유리잔 가장자리에 올리브들을 떼어내려고 했다. 올리브들은 쉽게 빠지지 않았고 그녀는 송곳 같은 손톱들로 올리브들을 꿰어 떼어냈다.

토비는 동정하며 고개를 끄덕였다. "살다 보면 사람들이 변하죠."

테스는 고개를 들었다. "아니요, 그 사람은 변하지 않았어요. 그는 항상 스리섬을 좋아했죠. 우리도 그렇게 만났고요."

"스리섬을 하다가 남편을 만났다고요?"

"맞아요. 대학원에서요. 어느 늦은 밤, 저와 제 룸메이트가 그와 함께 스리섬을 한 적이 있었어요. 우리는 다음 날 아침 모두 함께 아침을 먹으러 나갔죠. 완전히 세련 그 자체였죠. 그때 그는 여자친구가 있었는데 그녀도 아침 식사를 하러 왔었어요. 제 룸메이트와 저도 그건 감당할 수 없을 것 같더군요. 어느 날 그가 전화를 해서 여자친구와 헤어졌다고, 다시 나를 만나고 싶다고 하더군요." 테스는 어깨를 으쓱하고는 다시 빨대로 돌아갔다. "하지만 누가 이런 일을 예상이나 할 수 있었겠어요?"

데이트가 항상 이런 식이었나? 이렇게 많은 이야기들이 오고 갔었나? 그는 이전에 이야기를 했던 기억이 없었지만, 아마도 그것은 그가 아직 어렸을 때였고, 그래서 아무것도 할 만한 이야기가 없었기 때문일지도 모른다. 모든 흥미로운 일들은 과거가 아닌 바로 그때 일어나고 있었다. 그가 이혼한 여자들에게 들은 이야기들은 세부 사항들은 달랐지만 주제들은 대동소이했고 이런 이야기였다. 그저 일시적인 기분이라고 생각했던 것이 실은 남편의 정체성의 중요한 일부분이었고, 그 때문에 아주 놀랐다. 그들이 예전에도 항상 해왔던 일들을 지금까지 계속 해오고 있지만 그럼에도 내게는 충격이었다. 내가 얼마나 순진했는지, 내 배우자가 얼마나 잔인한지 한번 내 이야기를 들어보라.

그는 다른 사람이 자신의 이야기를 들으면 마찬가지로 들릴지 궁금했다. 자신이 악당으로 등장하는 버전의 이야기가 있을까? 그는 레이철이 어딘가 아시람(힌두 교도들이 수행하며 거주하는 곳—옮긴이)에 앉아 자신이 얼마나 그의 희생양이었는지 사람들에게 말할 수 있을까 궁금했다. 희생양이라. 자기 직업은 제쳐두고 아이들—두 사람이 원해서 낳은 아이들—을 키우면서 그들에게 한결같은 관심을 주어온 남편의 희생양. 그녀가 직장에서 성취해온 모든 성공에 응원을 아끼지 않아온 남편의 희생양. 그녀는 그에 대해 뭐라고 말할 수 있을까? 그가 '야심이 없었다'고? 그는 허용된 한에서만큼은 야심이 있었다. 한 사람이 모든 산소를 독차지하고 있는 결혼에는 두 사람이 설 공간이 있을 수 없다. 두 사람 중 한 명은 아이들 학교에서 전화가 올 때 받아야 했다. 두 사람 중 하나는 아이들의 백신 접종 기록이 어디 있는지 알아야 했다. 둘 중 한 사람은 염병할 설거지를 해야 했다. 여러분이 들어본 이런 이야기들은 희생을 감수하고 그로 인해 배우자로부터 존중을 받으리라 생각했지만 그렇지 못해 상처받은 사람들에게서 나오는 것이라고 생각할 수 있을 것이다. 그들은 결과적으로 배우자들에게 더 많은 것을 당연시하도록 만들었을 뿐이다. 분명하다. 테스의 남편은 지금 어딘가에서 한 여자는 그의 얼굴에 앉히고 다른 여자에게는 펠라치오를 받고 있겠지만, 테스가 어떻게 그를 실망시켰는지에 대해서는 말하고 있지 않을 것이다.

"그런 그렇고, 당신의 사연은 뭐죠?" 그녀가 물었다.

나중에, 그녀의 아파트에서 그를 타고 앉은 그녀가 몸을 위아래로 움직이며 샴푸 광고에 나오는 것처럼 두 손을 자신의 머리카락에 넣고 과장된 절정감을 표시하기 위해 머리를 돌리고 있을 때—섹스는 그럭저럭 괜찮았지만, 글쎄, 그렇게까지 굉장하지는 않았다—그는 이즈음 새로운 여자들과 관계를 맺을 때마다 느껴온 것을 다시 느꼈다. 그가 그곳에 있다는 것은 그녀에게 별로 중요하지 않다는 것이었다. 그녀에게 그는 그저 따뜻한 몸덩이였다. 그 성행위가 자신 때문에 가능했다고 상상하는 것은 본질을 놓치는 것이었다. 요점은 그와의 섹스에 관심이 있는 여자들이 꾸준하게 많았다는 것이다. 그는 그것을 즐기고 있었다. 그가 구태여 그런 말을 할 필요가 있을까? 그는 **그것을 즐기고 있었다.**

결혼 생활을 끝내고 따로 집을 얻은 94번가에 있는 아파트에서 솔리에게 사준 빈 백 의자에 앉아서 그의 인생에서 휴대폰이 맡은 새로운 역할을 처음 이해한 이후, 그가 성적으로든 다른 면에서든 교제를 해온 여자들은 다음과 같다.

그의 첫 데이트 상대는 롱아일랜드 출신으로 세 아이의 엄마인 이혼녀였는데, 퀸스에 사는 그의 사촌인 체리가 주선한 만남이었다. 로렛은 예쁘고 착해서, 토비가 자신이 누구고 무슨 일을 하고 있으며 그의 삶이 어떤지 설명을 하는 동안 리드미컬하게 고개를 끄덕이고 얼굴을 찡그려 공감을 표했다. 저녁 식사 후 그는 공원을 지나 그녀의 차까지 바래다주었고, 그동안 그녀는 키스해도 괜찮다는 모든 신호를 보내고 있었다. 그녀는 가까이 서 있었고, 기다리고 있는 것 같았으며, 열쇠 같은 것을 찾으려고 부산을 떨지도 않았다. 그는 그녀에게 키스했다. 1998년 이후 처음으로, 심지어 금세기, 아니 이번 천년 간 처음으로, 그는 다른 여인에게 입술을 갖다 댔고 그녀는 그의 키스에 응답을 했다.

다른 입에 입맞춤을 하다니, 와우. 그와 레이철은 오래전에 키스를 멈췄다. 가장 관계가 좋았을 때조차도 레이철은 섹스에 관한 한 실무적이었다. 그녀는 필요한 일 외에는 시간이 없었다. 전희를 할 시간도 거의 주지 않았다. 하지만 이것은 달랐다. 섹스가 아니었기 때문만은 아니었다. 몇 시간 동안 스케이트를 타다가 스케이트화를 벗고 나서 평지를 걷는 이상한 느낌이었다. 평지는 항상 걸어왔지만 그땐 느낌이 달랐다. 그냥 '와우'라는 생각밖에 들지 않았다. 그와 로렛은 5분 동안 서로를 탐했다. 토비는 그녀의 얼굴을 집어삼킬 듯 키스를 했다. 그 후, 토비는 거의 깡총 걸음으로 기차역으로 갔다. '원, 세상에.' 그는 생각했다. 15년 동안 남자이기를 포기하고 살면서 그것의 바닥에 다다랐을 즈음, 마치 이 모든 것에 대한 보상이기라도 하듯 이런 날이 기다리고 있었다.

그와 로렛은 다음에 데이트를 했고, 그리고 또다시 데이트를 했다. 세 번째 데이트 때, 그들이 식사를 하고 있던 스테이크 하우스에서 디저트가 나오자 그녀가 몸을 기울여 테이블 너머로 말했다. "저기요, 나는 곧 다시 결혼할 것을 생각하고 있는데, 당신은 방금 이혼을 했어요. 우리는 처한 상황이 너무 달라요." 그는 그녀의 통보를 듣고 상심하기보다는 놀랐다. 남녀 관계가 아무런 목적지를 가지고 있을 필요가 없고, 심지어 인간관계일 필요도 없다는 전혀 새로운 개념에 놀란 것이다. 그것은 그가 키스한 여자와 결혼해야 할 어떤 도덕적 의무도 없다는 깨달음이었다. 그는 순간 자신이 느끼고 있는 해방감으로 전소해버릴지도 모른다는 생각이 들었다. 이 모든 새로운 기회라니! 하루가 24시간만으로는 너무 부족해!

그가 앱을 통해 처음 만난 사람은 할렘의 공립학교 교사로 일하는 36세의 리사였는데 그녀는 자신의 직업을 아주 자랑스러워했다. "네, 물론 중요한 일이죠." 그는 계속 호응을 해줬다. 토비가 묻지도 않았지만 그녀는 자신이 한 번도 결혼하지 않았다는 사실에 대해 계속 방어적으로 이야기했다. 두 사람은 그리니치빌리지에 있는 이탈리아 식당에서 저녁을 먹었다. 그가 살던 동네 근처에서 다른 여자를 만나 사람들의 눈에 띄는 것이 왠지 어색하면서도 무례한 행동으로 느껴졌기 때문이다. 동네에는 그와 레이철의 친구들, 아이들 학교 학부모들이 빈번히 오갔고, 최악의 경우에는 레이철 그리고 아이들과도 마주칠 수 있었다. 리사는 토비의 삶에 대해 물었고 토비는 사실대로 자신이 처한 새로운 상황이 당황스럽다고, 아이들과 함께 이 모든 것을 어떻게 처리해나가야 할지 모르겠다고 말했다. 그러자 그녀는 화가 나서 말했다. "뭐야. 그럼 결혼했었잖아요?" 토비는 저녁을 먹은 후 디저트도 주문하지 않고 집에 가서 자위를 했다.

게이샤는 27세의 직업 상담사로, 그들의 약속 장소인 머레이 힐 바로 건들대며 들어와서는, "아니, 난 안 마실게요, 술은 별로 내 취향이 아니라서"라는 그의 말에도 불구하고 가미카제 칵테일을 두 잔 주문했다. 그녀는 두 잔을 모두 혼자 비우고는 "와우!"라고 탄성을 질렀다. 그 후, 네 잔을 추가로 주문해 마시고 난 그녀는 그의 목에 팔을 감고 한쪽 다리를 그의 허리에 두른 후 집에 데려다달라고 말했다. 그는 그렇게 할 수 없었다. "왜죠? 여기에 뭐 문제라도 있나요?" 그녀는 그에게 안겨 있다시피한 자신의 몸을 내려다보며 말했다. 그도 그녀를 강하게 원하고 있었지만 도저히 그럴 수는 없었다. 완전히 술에 취한 젊은 여자를 이용해 자신의 욕망을 채울 수는 없는 일이었다. 그는 집에 가서 자위를 했지만 절정에 이를 수 없었다.

스테이시는 38세의 치과의사로, 자신의 아파트에서 저녁 식사를 대접하고 싶어 했다. 그는 승낙했지만 레이철이 갑자기 아이들을 그에게 맡기는 바람에 약속을 취소해야만 했다. 그는 신경을 써서 사과 문자를 써 보내고 아이들을 데리러 갔다. 나중에 그가 휴대폰을 보았을 때 그곳에는 스테이시에게서 온 악의로 가득한 열한 개의 문자가 쌓여 있었다. 그녀는 자신이 또 한 번 개자식들 중 하나에게 속았다는 게 믿기지 않는다며 '넌 인간쓰레기야'라고 문자를 보냈다. 그리고 거울에 비친 자신의 목 아래 부분만 찍은 셀카 사진을 보냈다. 그녀는 알몸에 앞치마와 그물망을 입은 채 푹신한 슬리퍼만 신고 있었다. 사진을 본 그는 오히려 안도감이 들었다. 첫 만남치고는 너무 부담스러운 상황이었을 게 뻔했기 때문이다.

박사 과정 학생인 헤일리도 있었는데, 그녀는 그의 손을 잡아 그녀의 다리 위쪽에 올려놓았고, 나중에 본격적인 애무 단계에 이르자 그에게 자신의 목을 가볍게 졸라달라고 했다. 의식이 흐려질 때 느껴지는 강력한 쾌감을 원하는 것 같았다. 그는 어쩌면 그것은 히포크라테스 선서를 위반하는 일일지도 모른다고 그녀의 부탁을 거절했다. 당황을 한 것인지 그에게 혐오감을 느낀 것인지 그녀는 퇴짜를 놨고, 집으로 돌아온 토비는 자신에 대한 혐오감에 빠져 맹렬히 자위를 했다.

쇼핑 대행인이라는 콘스턴스는 오랜 꿈이었다며 레스토랑 테이블 밑으로 자신을 만져달라고 말했다. 그는 아버지인 신분 때문에라도 공공장소에서 외설적인 행위를 하는 것은 너무 불안하다고 거절했고, 나중에 집에 돌아와서는 그것을 후회하고 자기혐오 속에서 자위를 했다.

자리에 앉은 순간부터 울음을 터뜨린 시본느도 있었다. "오늘 처음으로 데이트를 하는 거예요." 그녀가 말했다. 토비는 앉아서 그녀의 손을 잡고 자기도 몇 번 데이트를 해보지 않았고 이런 식으로 데이트를 하는 것에 그녀만큼 두려우면서도 확신이 들지 않는다고 말했다. "오늘 밤은 술은 마시지 않는 게 어때요?" 그는 그녀에게 물었고, 그들은 아이스티를 주문했고 파스타를 먹었다. 그는 집에 가서 자위하기에는 너무 배가 부르다고 느꼈지만 어쨌든 자위를 했다.

로빈은 28세였는데, 그의 검색 기준에서 그 나이 또래의 여자들을 삭제하기 전 마지막으로 만났던 20대였다. 그녀는 컬럼비아 대학의 간호학과 학생이었는데 나이 든 남자들을 좋아했다. 그들은 그리니치빌리지에 가서 술을 마시고 난 후 라이브 재즈를 들으러 갔다. ("재즈는 왜 들으러 가?" 세스가 물었다. "왜냐하면 그게 사람들이 하는 일이니까." 토비가 대답했다. "요샌 누구도 그러지 않아. 재즈를 좋아한다고 말하는 사람들은 다 거짓말을 하는 거야." 세스가 말했다.) 클럽에서 토비는 자신이 그곳에 있는 모든 사람들의 아버지인 것처럼 느꼈고, 클럽에 앉아 있는 얼마 안 되는 나이 든 사람들에게서는 자포자기의 기분이 느껴졌다. 그는 여기 있는 어떤 사람의 아버지가 될 수 있을 만큼 자신이 늙지 않았다는 것을 계속 상기시켜야만 했다. 엄밀하게 말하자면 그럴지도 모르지만 사실은 그렇지 않았다. 즉, 그에게 그런 연령대의 아이들이 있기 위해서는 그의 삶에 뭔가 끔찍한 일이 벌어졌어야 했다. 어쨌든 로빈은 왜 그들이 거기 있는지 이해하지 못했다. 그녀는 데이트가 두 가지 코스로 이루어져 있는 것을 이해할 수 없었다. 두 번째 순서는 왜 계획을 한 거지? 결국 무슨 일이 그들을 기다리고 있는지 두 사람은 이미 뻔히 알고 있지 않나? 그녀는 그에게 키스를 하기 시작했고, 그녀의 손은 그의 무릎 위에서부터 점점 더 위쪽을 향해 움직였다. 그는 그녀의 손을 향해 일어서는 자신의 페니스가 싫었다. 하지만 그것은 그의 뜻과 상관이 없었다. 그가 얼마나 흥분했는지 그녀가 알아차리기 전에 몸이 좋지 않다고 핑계를 대고, 집에 가서 잠들 때까지 〈형사 서피코〉를 보면서 자위를 하고 싶은 마음이 생기기를 바랐다.

제니는 변호사였다. 그는 집을 나서기 전에 머리에 젤을 바르면서 세스의 조언대로 이번에는 그녀가 이끄는 대로 따르기로 다짐했다. "최고를 얻게 될 거라고 생각을 하면 최고를 얻게 되는 법이야." 세스는 말했다. 저녁 식사가 끝나고 그는 그녀를 집까지 바래다주어도 좋은지 물었고, 두 블록을 걸어간 후 그녀는 그의 손을 잡았고 세 블록째에는 그의 손목을 쓰다듬기 시작했다. 그들이 그녀의 아파트 엘리베이터에 도착했을 때 그녀는 그에게 혀를 이용한 긴 키스를 했다. 그가 집 안으로 들어서자 그녀는 그를 침실로 끌어당겼다. 전희 동안 그녀는 "부릉, 부릉" 하고 자동차 엔진 소리를 냈고, 섹스를 하는 동안은 고양이가 우는 것 같은 소리를 냈다. 그의 삶은 이제 새로운 시작을 맞았다.

오리건주 출신의 사라는 화가가 되고 싶어 했고 그에게 수음을 해줄 때 엄청난 아귀힘을 사용했다. 예전에 포르노에 출연한 적이 있다는 벳은 실은 어쩌면 예전에 전 남자친구가 집에서 만든 비디오를 퍼뜨린 것일 수도 있었다. 그녀는 케이프 코드를 두 잔 마시는 동안 네 번이나 음탕한 농담을 늘어놓았다. 레즈비언을 그만두고 데이트하러 나온 에밀리도 있었다. 레이철이란 이름을 가진 여자도 있었는데 그는 차마 그녀의 이름을 부를 수가 없었다. 퀸스 프로젝트의 아파트 건물에 본거지를 둔 컬트 안에서 자란 라리사는 항문 성교에 대해 아무 거부감이 없다고 그에게 말했다. 토비는 그런 성적인 메뉴에는 익숙하지 않고 그런 곳에 자신의 남성을 집어넣고 싶은 마음도 없다는 뜻을 표현할 적당한 방법을 찾아야 했다. 그는 그것에 대해 생각할 시간을 달라고 말했다. (그는 베이비시터에게 전화가 온 척하고 그것을 핑계로 일찍 집으로 갔다.) 철저한 유대교 전통을 지키며 자란 샤론도 있었다. 바버라라는 여인도 있었는데, 그녀의 말을 10분쯤 듣던 그는 자신이 그녀의 증조부 쪽과 친척인 것을 깨달았다. 키가 크고 통통했지만 동그란 엉덩이에 꽉 끼는 청바지와 빨간 립스틱으로 그런 몸매를 더욱 돋보이게 하던 서맨사도 있었다. 눈을 반쯤 감고 입술을 약간 벌린 그녀의 무표정한 얼굴은 욕정을 드러내고 있었다. 그는 그녀가 고른 40년대풍의 바에서 닭 날개를 먹은 후 그녀를 집까지 데려다주었다. 그녀는 문간에서 그를 집 안으로 잡아당겼다. 어둠 속에서 그녀는 그를 취했다. 사실이었다. 그를 취한 것은 그녀였다. 그는 어떤 결정도 내릴 필요가 없었다. 그는 '안 돼'라고 얘기하지만 않으면 되었고, 그래서 그렇게 하지 않았다.

음모는 없지만 겨드랑이 털은 있는 여자들이 있었다. 그를 빤히 바라보면서 말할 수 없을 정도로 음탕한 말을 하는 여자들도 있었다. 섹스 후에 우는 여자들도 있었다. 꼬집거나 때리거나 볼기를 치거나 뺨을 때려달라는 여자도 있었는데, 그는 그런 요구가 몹시 불편했다. 그가 자신의 위에 있기를, 아래에 있기를, 네 발로 기기를 원하는 여자들이 있었고, 커닐링구스를 격렬하게 해달라는 혹은 부드럽게 해달라는 여자들도 있었다. 그의 볼기를 때려줄지 묻는 여자들도 있었다. ("아니요, 괜찮아요." 그는 대답했다.) 그가 강렬한 클라이맥스를 느끼고 있는지 알고 싶어 하는 여자들도 있었다. ("나, 지금 사정할 것 같아요!" 그는 소리 질렀다.) 여자들은 "엄마에게 어서 온"이라고 말하거나, 그를 "아빠"라고 부르기도 했다. 매일 밤, 그는 더욱 사랑에 빠졌다.

세월이 흐른 후 그들이 다시 만났을 때 토비는 이 모든 일들을 세스에게 말했다. 그는 자신이 이혼한다는 사실을 알리기 위해 내게 전화를 한 것처럼 세스에게도 전화를 했다. 세스는 여자친구가 마침 저녁 약속이 있어 나간다며 5시 반쯤에 만나 한잔하자고 말했다. 토비네 아파트 근처 스포츠 바에서 토비는 자신의 슬픈 결혼 생활에 대해 말했고 세스는 잠자코 그의 이야기를 들었다. 세스는 토비를 불편하게 만들지 않았다. 왜 연락을 하지 않았느냐며 힐난을 하지도 않았다. 세스는 그저 친구를 다시 보게 되어 기뻤을 뿐이다.

"친구, 세상은 이제 **네 거야**. 마음대로 요리해 먹으라고." 세스는 말했다. 당신이 어렸을 때부터 가장 좋아했던 친구들이 가끔 길에서 만나면 피하고픈 사람이 되어 있다는 것은 정말 딱한 노릇이다. 세스가 아이디어를 내놓았다. "아파트로 돌아가서 반바지로 갈아입고 와."

"왜?"

"요가 교실에 가게."

"지금은 토요일 밤이야."

"아직 밤은 아니고 늦은 오후야. 시키는 대로 해, 토비."

"난 방금 술을 마셨어."

"나를 믿어, 친구. 나는 비크람 밑에서 직접 훈련을 받았고 인도의 정치 체제를 거의 무너뜨릴 정도로 영향력이 있었던 분파를 창시한 남자가 운영하는 요가 교실에 다녀. 내 아파트 근처에 있지." 세스는 혼자였을 때 데이트 상대들의 대부분을 거기서 만났다고 했다. 마음을 넓게 먹고 섹스를 좋아한다 해도 그가 말하는 '데이트 상대들'은 섹스 파트너를 찾기 위한 오디션의 연속으로 생각해야 할 것이다. 그는 토비에게 능력과 상관없이 요가 교실에 다니는 것은 그가 얼마나 깨어 있는 사람인지, 얼마나 강한지, 여성들이 그토록 혐오하고 두려워하는 가부장제를 유지하는 데 그가 얼마나 관심이 없는지를 그들에게 보여주는 지름길이라고 설명했다.

"버네사도 너와 함께 요가 교실에 다녀?"

세스가 당치도 않다는 듯 머리를 저었다. "요가는 우리를 위한 것이 아니야. 나를 위한 거지." 그 말은 그는 여전히 요가 교실에 가서 더 나은 가능성이 있는지 살펴본다는 뜻이었다.

하지만 세스는 그저 호색한만은 아니었다. 그리고 멍청하지도 않았다. 그는 모든 친구들이 결혼하고 난 후에도 오랜 기간 동안 홀로였는데 그 이유는 다음과 같았다. "결혼은 시간 개념이 없는 젊은 치들이나 하는 거야. 결혼을 함으로써 삶이 눈에 띄게 좋아질 사람들이 해야 하는 건데 말이지." 그는 토비에게 결혼한 직장 동료들과 그들의 불평 때문에 혼란스럽다고 말했다. 바가지를 긁는 아내들, 뭐 하나 잘하는 것이 없는 아이들, 휴가라 봐야 비참한 여행에 불과하고, 외모는 점점 볼품없어지고, 자기만의 시간을 찾아볼 수도 없게 되고, 똥배는 점점 튀어나오고. 세스는 토비에게 추수감사절이나 기타의 경우에 직장 동료들의 집에 가서 부엌 벽에 걸려 있는 그들의 결혼사진을 볼 때가 있는데, 그들이 아직도 자신들이 그렇게 생겼다고 생각하거나, 그때의 감정을 여전히 지니고 살고 있다고 생각하거나, 그들이 사진 속의 사람들이라고 생각하는 모습이 비극인지 혹은 운이 좋은 건지 모르겠다고 했다.

"고작 이게 결혼의 목표야?" 그가 토비에게 물었다. "어떻게 이 사람들은 세계의 역사를 보고도 스스로 이것을 원할 수 있는 거지?"

토비는 어떻게 대답을 해야 할지 몰랐다. 그는 결혼한 것을 후회하지 않았다. 심지어 레이철과 결혼한 것도 후회하지 않았다. 그의 아이들은 완벽했다. 그는 한동안 행복했다. 적어도 그는 자신이 한동안은 행복했던 것을 기억한다고 생각했다. 자신이 가진 행복을 알지 못하는 이 세상의 세스들을 연민으로 바라본 적이 실제로 있었을지도 모른다.

세스는 20대 초반에 한 번 약혼한 적이 있었다. 그는 토비가 레이철에게 청혼하기 4개월 전쯤 니콜이라는 여자에게 결혼하자고 프러포즈를 해서 그녀의 승낙을 받았었다. 어느 날 니콜의 부모가 그를 저녁 식사에 초대했다. 그가 약속 장소에 갔을 때 니콜은 보이지 않았고 그녀의 아버지는 세스와 상의할 것이 있어서 그만 불렀다고 말했다. 그들은 세스와 니콜에게 그들이 원하는 집을 사주겠다고 말했다. 하지만 결혼한 후 롱아일랜드에 살아야 하고 자신들이 다니는 회당에 같이 출석해야 하며 아이들은 정통파 유대교 학교에 보내야 한다고 말했다. 세스도 그런 학교엘 다녔으니 아무 문제도 없으리라고 생각한다고도 했다. 그들은 세스가 자신들의 가업인 부동산업을 잇기를 바라고 있었다. 만약 세스가 그들의 요구를 받아들인다면 그는 평생 아무 걱정 없이 살게 될 것이었다. 그것을 원하지 않을 사람이 세상에 있을까?

곧 정신을 수습한 세스는 자신이 매복 공격을 받았다는 것을 깨달았고, 니콜의 아버지가 말을 마칠 때까지 기다렸다가 그를 10초 동안 응시한 후 일어서서 밖으로 걸어 나왔다. 그는 택시를 타고 곧장 니콜의 아파트로 가서 문을 열어준 그녀를 지나쳐 들어가 자신의 짐을 챙기고 난 후 반지를 돌려달라고 했다. 토비는 전혀 이해할 수 없었다. 그 당시 20대의 젊은 시절, 그들 모두의 꿈은 롱아일랜드 같은 곳에 집을 산 후 담보 대출금을 다 갚는 것, 아이들을 좋은 사립학교에 보내고 안정적인 직업을 갖는 것이었다. "맞아. 단지 그것은 **내가** 생각한 것이어야 해." 세스가 말했었다.

그는 그런 것을 원하도록 자라지 않았다. 그는 절대로 그런 생각을 하지 않았다. 세스가 왜 항상, 누가 보더라도 끔찍하게 결혼하기를 두려워했는지 누가 이유를 알 수 있겠는가? 그건 아마도 그의 부모님이 비참해 보였기 때문일 수도 있었다. 아니면 제도화된 종교를 싫어하는 그가 늙고 감상적이 되면 예배에 참석을 해야 한다고 고집할 사람과 결혼을 해야 할지 두려워 결정을 못하는 것일지도 몰랐다. 아니면 밤에 집에 돌아오면 헤드셋을 쓴 채 누구의 간섭도 받지 않고 게임을 하면서 자신이 외계인들을 죽이기 위해 징집된 전투기 조종사 행세를 할 수 있기 때문일 수도 있었다. 친구들이 그의 집에 올 때는 그 게임박스를 옷장 속에 숨겨두었는데, 게임이 부끄러워서가 아니라 그것이 방에 있을 때에는 다른 어떤 것에도 집중할 수가 없었기 때문이었다. 아니면 그의 월가 친구들과의 하룻밤 외출이 그에게 어떤 경험을 안겨줄지 알아보는 것이 여전히 너무 재미있었기 때문일지도 몰랐다. 아니면 그다음 날 아침 아내가 아닌 여자들로부터 수음을 받은 친구들의 얼굴에 나타난 수치, 상실감의 표정을 보았기 때문일 수도 있었다. 그게 왜 죄책감을 느껴야 하는 것인지 그는 이해할 수가 없었다. 아니면 그의 어머니가 그가 아주 어렸을 때 귀에 대고 '너는 너무 완벽해서 제대로 어울리는 여자가 없을 것'이라고 속삭였기 때문일지도 모른다. 혹은 모든 사람들은 그가 결혼하기를 기대했고, 만약 그가 그들의 기대에 부응을 하면 다른 모든 기대들, 즉 니콜의 아버지가 그를 빨리 몰아넣으려 했던 바로 그런 일들에도 엮이게

105

될 것이라고 예상했기 때문일지도 모른다. 아니면 결혼 후에도 두 여자와 스리섬을 하기는 아주 어려울 텐데, 중년에 이르러 많은 악덕을 포기해야 할지라도 세스는 그것만은 포기할 수 없기 때문일지도 몰랐다. 아니면 일요일 아침에, 다른 남자들이 축구를 보는 것처럼 그와 함께 누워 포르노를 볼 여자를 아직 만나지 못했기 때문일지도 몰랐다. 또는 여자에게 보내는 외설적인 문자메시지가 어느 순간 '언제 퇴근해? 우유는 샀어?' 같은 생활에 관련된 문자들로 채워지고, 그래서 위험하거나 자극적이지 않게 되는 시점이 있기 때문인지도 몰랐다. 아니면 연애를 시작할 때는 기꺼이 항문을 핥게 하거나 반대로 핥아주다가 일단 살림을 합치게 되면 언제 그런 생각을 한 적이 있었느냐는 듯 행동하는 여자들이 아주 많았기 때문인지도 모른다. 아니면 가끔, 아마도 6개월마다 한 번씩 안젤로 피자를 주문해서 혼자 한 판을 다 먹고 난 후 밤새도록 윗몸일으키기를 하며 유튜브의 운동 비디오와 80년대의 에어로빅 비디오들을 보기 때문인지도 몰랐다. 혹은 그의 가장 큰 두려움은 그의 속마음을 알려준 후 거절당하는 것이고, 인간으로서 그가 거절당하는 것을 막을 유일한 방법은 결코 자신의 본모습을 사람들에게 알리지 않는 것이기 때문인지도 몰랐다. 그러면 거절을 당하더라도 자신이 거절당한 것이 아니라, 사람들에게 투영된 그의 모습이 거절당한 것일 테니까.

토비는 그날 밤 세스와 요가 교실에 갔지만 어떤 여자도 만날 수 없었다. 그들은 어렸고 그와 눈도 마주치지 않았으며, 그들이 입고 있는 '케일'이나 '너의 운동은 내겐 준비운동' 같은 글귀들이 쓰인 탱크톱들은 그에게 필요 이상으로 레이철을 상기시켰다. 그들은 어쨌든 그에게 관심이 없었다. (아마도 그는 세스처럼 페로몬을 풍기지 않거나, 그를 만날 여자들은 미리 데이팅 앱 프로필을 통해 그의 키가 작다는 사실을 받아들일 마음의 준비가 필요하다는 그의 이론이 옳았거나, 마흔이 넘은 세스가 주장하는 그의 인기는 상상 속에서만 존재할 뿐이라는 그의 생각이 옳았을지도 모른다.) 하지만 토비는 그 날 이후 계속 요가 수업을 들으러 갔다. 왜냐하면 움직이는 것이 좋았고 저항력으로써 다른 아무것도 아닌 자신의 체중을 이용하는 것, 발밑에 딛고 있는 땅이 그가 생각했던 것보다 더 견고하다는 것을 알게 되었기 때문이었다. 그가 요가를 마음에 들어한 것은 때때로 그들이 꼬박 1분 동안 그냥 서 있는 산 자세(Mountain Pose) 같은 것 때문이었다. 전체 자세가 그저 서 있는 것이었다! 요가는 정말 그가 처한 상황을 이해하는 것 같았다.

"성공률이 얼마나 되지?" 토비가 새로 데이트를 시작한 지 거의 한 달이 되는 날 밤에 세스가 물었다.

"한 60퍼센트 정도 되는 것 같은데? 아니, 30퍼센트? 헷갈려. 한 달 만에 18세부터 62세까지의 모든 여자들을 잠재적 섹스 파트너로 여기는 사람이 된 것 같아. 아이들을 의사에게 데려갈 때도 접수 직원이 나와 섹스를 하고 싶어 하지 않으면 실패자처럼 느껴지니까."

"친구, 너는 백 퍼센트여야 해. 지금은 너의 전성기라고. 너는 금덩어리야."

"말처럼 쉽지는 않아."

"너는 너무 까다로워."

"까다롭다고?" 토비가 물었다. "지금 당장 남자처럼 생긴 레즈비언에게라도 내 물건을 집어넣고 싶어. 그런데 내가 까다롭다고?"

"그럼 도대체 왜 그래?"

"나는 변기 앞에 서서 오줌도 누지 못하게 하는 여자와 15년 동안 살다가 이제 막 나왔어. 나도 정신을 추스를 시간이 필요하다고."

세스는 고개를 가로저은 다음 테이블 너머로 몸을 숙여 토비의 팔뚝에 손을 얹고 그의 온몸을 흔들어댄 후 말했다. "정말 보고 싶었어, 친구."

문제는 레이철이 여전히 섹스를 원한다는 것이었다. 토비는 이것을 아무에게도 말하지 않았다. 그는 레이철을 제외하고 지난 한 달 반 동안 아홉 명의 여자와 성관계를 가졌다. 이제까지 그가 살아오면서 성관계를 가졌던 사람 수보다 여섯 명이 더 많았다. 하지만 레이철은 가끔 주중에 밤 10시 넘어서 뭐 하느냐고 문자를 보내곤 했다. '아무것도 안 해'라는 그의 대답은 그녀에게 모종의 신호를 보내는 것이었고, 그녀는 다시 '잠깐 들르면 어때'라는 문자를 보냈다. 그러면 그녀에게 가지고 있던 어떤 증오와 결심이든 즉시 녹아 사라지고, 대신 그 자리에 들어선 자기혐오와 욕망이 그로 하여금 열쇠를 움켜쥐고 그녀에게 가도록 만들었다. 이전에는 그렇지 않은 때도 있었지만 지금 그들의 섹스는 조용했다. 몸이 부딪는 소리와 뒤척이는 소리는 있었지만 더 이상 한숨도, 신음 소리도 들리지 않았다. 말은 당연히 없었다. 언제나처럼 서로에 대한 아무런 긴장감 없이 행해지는 섹스였다. 그들은 일처럼 그것을 해치웠다. 그는 그녀가 무엇을 원하는지 알고 있었다—그녀가 명상을 하는 듯한 호흡을 하고 있는 동안 젖꼭지를 얼마간 자극해주고 그녀가 몸을 돌려 배를 깔고 눕게 한 후 그가 그녀 위에 올라갔다.

오랫동안, 그는 병원에서 같이 근무하는 결혼한 의사들로부터 그들이 얼마나 원하는 만큼 성관계를 못하고 있는지에 대한 농담과 불평을 들어왔다. 그중 한 명인, 이제 36세인 앨런 켈러는 아내와 마지막으로 섹스를 한 것이 4개월 전이라고 말했다. 앨런은 아내가 그 것을 알아주기를 계속 기다렸지만, 그녀는 아무 문제도 느끼지 못하는 것 같았다. 할 수 없이 그가 그 문제를 꺼냈을 때, 그녀는 밤이면 피곤하다며 왜 그가 자신만의 스케줄을 강요하는지 모르겠다고 했다. "당신은 일을 하지 않잖아?" 앨런 켈러가 대답하자 아내는 잠들 시간에 너무 가까이 섹스를 하면 그녀는 불안감으로 꼬박 밤을 새울 것이라고 말했다. "도대체 그게 무슨 말이죠?" 앨런이 토비에게 물었다. "그건 사실이 아니죠, 그렇잖아요?"

토비는 그런 이야기를 들으면 잠시 우쭐하는 기분이 들었다. 그들의 관계가 최악의 상황일 때도 그와 레이철은 일주일에 **적어도** 세 번은 항상 섹스를 했다. 그것은 어쩌면 그들에겐 아무 문제가 없을지도 모른다고 생각하게 만들었다. 어쩌면 우리가 다른 평범한 사람들보다 더 나은 삶을 살고 있는지도 몰라. 일주일에 세 번이나 섹스를 하잖아! 이 기준으로 보자면 그들의 관계는 괜찮았다. 이 기준으로 볼 때 그들의 관계는 **동경의 대상**이 될 수도 있었다. 생각해보면, 어느 집인들 때때로 삶에 약간의 긴장감이 없는 집이 있을까? 그들 모두 좋은 부모가 되려고 노력하면서 일도 제대로 하려다 보면 필경 다툼이 일어나게 되는 법이다. 어쩌면 매일 그럴지도 모른다. 아니, 하루에 한 번 이상일 수도 있을 것이다. 혹은, 함께 있을 때마다 잔인하고 포악하게 싸울 수도 있을 것이다. 그렇지 않을까?

그들의 결혼 생활 동안, 레이철은 항상 애정 어리거나 부드러운 방식으로 섹스를 요구하는 법이 없었다. 그가 응할 기분이 아니면 그녀는 분노했다. 멕시코에서 휴가를 보내고 집에 돌아온 날 밤 너무 피곤해서 그녀의 요구에 응하지 못했을 때 그녀는 그가 바람을 피우는 게 분명하다고 비난했다. 그녀가 회사 크리스마스 행사에서 술에 취해 부하 직원에게 소리를 지르는 것을 처음 보았을 때, 그는 그녀에게 정나미가 떨어졌고 그녀는 토비를 쪼다라고 불렀다. 병원 연례행사 후에 그가 너무 만취했을 때 그녀는 그를 잔인하게 비웃었고 그를 늙은이라고 불렀다. 한번은 어떤 행사 후 늦게 집으로 돌아온 뒤에 그녀가 한밤중에 그를 깨웠고, 마치 고물 서랍에서 건전지라도 찾듯이 이불 밑에서 그의 팬티를 더듬어 찾기 시작했는데, 그곳에 아무 반응이 없는 것을 본 그녀는 말했다. "이제 끝이군." 그는 그녀의 말이 무슨 뜻인지 전혀 알 수 없었다. 그녀는 자신이 얼마나 비참한지 아냐며 울고 소리 지르기 시작했다. "당신이 지금 왜 이러는지 모르겠지만 이건 전혀 상황에 도움이 되지 않아"라고 토비는 애원했다. "상황을 더 나빠지게 만들고 있어." 그는 그녀가 술에 취했다는 것을 깨달았고, 한밤중에 아이들이 히스테리를 부릴 때 잠에 들게 하는 방식으로 그녀를 다독여 잠들게 할 수 있었다. 다음 날, 그녀는 그것에 대해 한마디도 하지 않았다. 사과도, 다른 어떤 말도.

토비가 짐을 싸서 집을 나오기 전 마지막 날 밤, 솔리는 아빠가 혼자 아파트에 있다가 심장마비나 발작을 일으켰는데 아무도 도와줄 사람이 없으면 어떻게 하느냐고 울다 지쳐 잠이 들었다. 하지만 솔리가 마침내 잠들었을 때에야 비로소 토비는 자신이 마침내 원하는 것을 얻었고, 실제로 솔리의 걱정대로 이제부터 혼자 지내야 한다는 것을 깨달았다. 그는 그것에 대해 말하고 싶지 않았다. 그는 자신이 얼마나 그들의 침대 시트와 침대와 아파트를 좋아했는지, 그리고 아이들 곁에 있으면서 매일 아침 식사를 만들어주는 것을 좋아했는지 생각하고 싶지 않았다. 그는 아직 자신이 레이철에게 거부감을 느끼지 않는 것에 대해서도 생각하고 싶지 않았다. 차라리 그랬다면 얼마나 좋을까, 그는 생각했다. 그래서 그는 몸을 돌려 이번이 마지막일 거라고 생각하면서 그녀를 포옹했다.

하지만 그것이 마지막은 아니었다. 그것은 결코 끝나지 않았다. 그가 아이들을 집에 늦게 데려다주면 그녀는 화를 내곤 했다. 하지만 일단 아이들이 침대에 들어가면 그녀는 침실에 와서 뭔가를 좀 봐달라고 부탁을 하곤 했다. 그가 어두운 방 안에 들어가면 그녀는 문을 닫고 그에게 안겨왔다. 그들은 익숙하면서도 낯설고 금지된 것이지만 환상적인 섹스를 아무 소리도 내지 않고 서둘러 치르곤 했다. 하지만 이런 밤들은 그의 치유에 도움이 되지 않았다. 그런 날 밤이면, 행위가 끝난 후 그들은 나란히 누워, 서로를 만지지도 않고 천장을 응시했다. 그가 일어나려고 몸을 움직여도 그녀는 아무 반응도 보이지 않고 몸을 돌려 눈을 감았다. 그는 옷을 입고 문으로 걸어갔고 레이철은 침대에 누워 잠든 척했다.

토요일 아침, 해나와 솔리는 거실에서 바나나와 부추가 주인공인 만화영화를 보면서 토비가 만든 팬케이크를 먹었다.

토비는 레이철에게 문자를 보냈다.

내일 몇 시에 데리러 올 거야? 나 약속이 있어.

그는 약속이 없었다. 그는 대답을 기다렸지만 레이철은 아무 응답도 없었다. 그는 자신이 점점 폭발점에 가까워지는 것을 느꼈고, 그녀가 그때 전화를 걸어 그의 목소리를 듣지 않기를 바랐다. 그녀는 그가 화난 것처럼 들릴 때를 좋아했다. 그럴 때면 그녀는 자못 평화로운 척하며 토비가 안쓰럽다는 듯 말하곤 했기 때문이다. "토비, 토비, 당신 너무 화가 났구나. 언제 이렇게 화가 난 거야?"

하지만 그는 화가 난 것이 아니었다. "난 화나지 않았어." 그는 말하곤 했다. "그저 좌절감이 들 뿐이야." 그건 정확한 말이었다. 그녀가 또 한 번 그를 골탕 먹인 것이다. 그는 그녀처럼 악랄하지 못했다. 그는 의지의 지구력 게임을 견뎌낼 힘이 없었다. 그녀의 전투력은 끝이 없었다. 그녀의 직업은 빌어먹을 탤런트 에이전트가 아니었던가. 싸움 기술은 그녀의 **직업**에 필수적이었다. 그녀는 의미 없는 말씨름을 영원히 할 수 있었다. 그녀가 그를 계속 엿 먹이는 데 대해 거듭 놀라고 있다고 해서 그가 화가 났다는 뜻은 아니었다. 그것은 그가 바보라는 뜻이었다. 토비는 1분 더 휴대폰을 응시했다. 역시 아무 응답도 오지 않았다. 그가 거실로 걸어가도 아이들은 고개를 들지 않았다. "하루 종일 TV만 보고 있으면 어떡해." 토비는 TV를 껐다. 그들은 건물을 나와 베이글 가게에 들른 다음 서쪽으로 방향을 틀어 공원으로 향했다. 솔리는 전동 킥보드를 타고 따라왔다. 해나는 이젠 창피하다고 전동 킥보드를 가져가고 싶어 하지 않았다.

"공원에 도착할 때까지 내가 들어다주면 어떨까?"

"됐어요." 해나가 말했다. 딸의 쌀쌀맞은 대답이 아빠를 얼마나 섭섭하게 만드는지 그 애는 알까? "오늘 휴대폰을 사주면 안 돼요?" 해나는 열두 살 생일 때 휴대폰을 받기로 약속 받았지만, 생일까지는 아직 3주 남았다.

"아니." 토비는 그 주에 네 번째로 대답했다. "너는 앞으로도 3주 동안 내 아가로 남아 있어야 해. 나는 그 편이 훨씬 좋아." 해나는 눈을 굴렸다.

"우리 영화 보러 갈까?" 그가 물었다.

해나는 대답하지 않았다. 그가 해나를 쳐다보는 순간 아이는 갑자기 가던 걸음을 멈추고 근처의 건물 쪽으로 발걸음을 돌렸다.

"왜 그래?" 토비가 물었다. 그는 솔리에게 외쳤다. "솔리, 잠깐만 기다려."

"아무것도 아니에요." 해나가 속삭였다. "제발 아무 말도, 아무것도 하지 마세요."

그는 해나 또래의 소년이 농구공을 튕기며 다가오는 것을 보았다. 아는 아이냐고 해나 쪽을 쳐다봤지만 딸애의 얼굴은 이미 붉게 상기되어 있었다. 하얀 이가 가지런한 소년은 부터 나는 운동선수의 분위기를 풍겼다. 그 애는 토비의 딸에게 "안녕, 해나"라고 알은체를 했다.

해나는 미소를 지으며 "안녕" 하고 인사했다.

소년은 아무 일도 없었다는 듯 계속 공을 튕기며 사라졌다.

"누구니?" 토비가 물었다.

해나는 화가 나서 그에게로 돌아섰다. 아이의 눈은 젖어 있었다. "왜 우리는 다른 사람들처럼 택시를 타지 않아요?"

"뭐? 갑자기 왜 그래?"

"왜 우리는 항상 아기들처럼 공원까지 걸어가야 하는지 모르겠어요. 공원에 가고 싶지 않아요. 집에 갈래요."

"왜 그러는 거야? 우린 항상 이렇게 공원에 갔잖아?"

좌절감에 사로잡힌 듯 신음 소리를 낸 해나는 두 팔을 뻣뻣하게 하고 주먹을 꼭 쥔 채 앞장서서 걸었다. 토비는 뜀걸음으로 솔리가 서 있는 곳까지 갔다. 솔리는 아빠가 말한 대로 얌전히 자리를 지키고 서 있었다. "누나가 왜 저렇게 화를 내는 거죠?" 솔리가 킥보드에 다시 올라타며 물었다.

"글쎄다." 토비는 점점 더 미궁에 빠져드는 기분이었다.

해나는 그날 밤 친구네 집에서 파자마 파티를 하기로 되어 있었다. 토비가 아는 한 그런 모임들은 한반 친구들이 모여 밤새도록 편을 갈라서 사소하게 서로의 신경을 건드리는 공격을 하면서 냉전을 벌이는 것이 주 내용이었다. 어처구니없게도 아이들은 자발적으로 이런 일들을 했다. 그것은 해나가 4학년이었을 때, 혹은 아마도 그 전에 시작된 일이었는데 그때 벌써 목소리가 큰 여자애들은 견고한 먹이 사슬 체계를 세우기 시작하고 있었다. 그들은 자리싸움을 벌이기 시작했다. 아이들은 자신이 친구들 사이의 관계망에서 꼭대기 층에 있지 않다는 것을 알게 되면 상처를 핥는 강아지처럼 마음을 추스르는 법을 배웠고, 자신이 가장 바닥이 아니라는 것을 알게 되면 그나마 다행으로 생각했다. 11월에 플라이시먼네 아파트에서 파자마 파티가 벌어진 적이 있었다. 레이철은 소녀들일랑 무시하고 노트북을 가지고 침대에 걸터앉아 있었지만, 토비는 복도의 작은 책상에 앉아 청구서들을 정리하면서 해나의 침실에서 무슨 일이 벌어지고 있는지 귀를 기울이고 있었다. 그들은 드래더라는 게임을 하고 있었다. 가령, '이 남자나 저 남자, 둘 중 누가 더 좋겠니?' 하고 상대에게 묻는 게임이었다. 무엇을 하기에 좋다는 것인지, 토비는 이해를 할 수 없었다. 결혼? 아니면 데이트? 아니면, 제발, 그럴 일은 없겠지만, 섹스? 벌써 섹스?

아이들 중에 우두머리 격인 렉시 레퍼가 먼저 나섰다. 토비가 네 살 때부터 알아왔던 베킷 헤이스가 두 명의 TV 스타를 그녀에게 지명했다. 렉시는 둘 중에서 머리카락으로 눈을 덮은 10대 시트콤 스타를 선택했다. 토비는 실망했지만 놀랍지는 않았다. 그는 진작부터 렉시 레퍼의 영혼이 플라스틱으로 만들어졌다고 생각하고 있었으니까.

다음은 해나 차례였다. 그는 딸애의 사생활을 보호하기 위해서는 그 자리를 떠야 한다는 것을 알고 있었지만 발걸음을 뗄 수 없었다. 이번에는 렉시가 문제를 내야 했다. 토비는 처음 들어보는 두 명의 소년들 이름이 불렸다. 렉시가 그들의 이름을 말하자 베킷이 "오오오오오!" 하고 호들갑을 떨었고, 해나는 "그건 말도 안 돼!" 하고 비명을 질렀다.

"대답해야 해, 아니면 벌칙을 받든지······"

"벌칙이 뭐야?" 해나가 물었다.

"벌칙은······" 그녀는 잠시 생각을 했다. "······각각의 남자애들에게 전화를 걸어 오늘 어떻게 지냈냐고 물어보기."

"말도 안 돼!" 베킷은 두려움에 가득 차 속삭였다.

해나는 대답을 쉽게 하지 못하고 꾸물거렸다. 토비는 책상에 얼어붙은 채 눈앞에서 펼쳐지고 있는 악몽을 지켜보았다. 게임의 내용이 무엇인지 알 수 없었기에 그는 어떻게 해나를 응원해야 할지도 알 수 없었다. 해나가 둘째 소년을 고르자, 렉시는 "좋아. 내 남자친구를 골랐다 이거지? 왜 안 그렇겠어"라고 말했다. 잠시 정적이 흘렀고, 그는 해나가 자신이 무슨 잘못을 저지른 것인지도 모른 채 멍뚱멍뚱 렉시를 쳐다보고 있는 장면이 눈에 보이는 듯했다. 토비는 일어서서 아이들의 게임을 중단시킬 만한 이유를 생각하려 했지만, 만약 그렇게 했다가는 해나가 나중에 길길이 날뛸 것이다. 그는 그 자리를 떠나 솔리에게 가서 함께 TV를 보았다. 렉시 레퍼는 잔인했다.

토비는 더운 밤거리를 거닐어 79번가 쪽, 신디와 토드 레퍼가 살고 있는 파크 아파트까지 아이들을 데리고 갔다. 가는 동안 내내 해나는 그를 무시했고, 솔리는 왜 〈인디아나 존스와 죽음의 신전〉을 다시 봐야만 하는지 그를 설득하려 했다. 그들은 바로 3주 전 계단통에서 한 여자가 토비에게 펠라치오를 해준 기억이 아직도 선명한 건물을 지나갔다.

레퍼네 가족이 살고 있는 아파트의 도어맨은 견장이 붙어 있는 외투를 결코 벗는 법이 없었다. 그는 이미 침낭을 든 한 무리의 소녀들이 올 것이라는 말을 들었는지, 대리석 로비 바닥을 가로질러 거울이 붙은 엘리베이터들 쪽으로 가라고 플라이시먼 가족에게 손을 흔들어 보였다. 그들은 황동으로 만들어진 엘리베이터를 타고 맨 위층인 29층까지 올라갔다. 오랜 세월 사용해서 문제가 있을지도 모르는 작은 기계 상자 안에 갇혀 있자니 토비는 가벼운 공포심으로 등줄기에 살짝 땀이 배는 것을 느꼈다. 전에는 엘리베이터를 타도 아무렇지도 않았지만, 최근에는 시스템에 대한 그의 믿음이 흔들리고 있었다. 애초에 왜 그는 그렇게 엘리베이터를 신뢰했던 것일까? 다른 사람들은? 이 하늘로 뻗은 도시 전체가 제대로 기능하는 이유는 엘리베이터 시스템 때문이었다. 이 도시에 사는 천만 명의 멍청이들은 이 케이블들 중 하나가 끊어질 가능성(충분히 그럴 수 있을 것처럼 느껴졌다)이나 엘리베이터에 몇 시간 동안 갇혀 있다가 산소 부족으로 죽을 가능성 같은 것은 생각하지도 않았다. 그들이 29층에 도착할 무렵 솔리가 말했다. "아빠가 내 어깨를 너무 눌러요."

엘리베이터 문이 열리자 아파트 로비가 나왔고—집 자체에 **로비**가 있었다—토드가 폴로셔츠와 무릎까지 오는 반바지를 입고 그를 만나러 나와 있었다. 그의 키는 아마도 178센티미터쯤이었을 것이다. 그래, 좋아, 토비는 생각했다. 하지만 당신은 계단에서 펠라치오를 받아본 적은 없겠지?

"의사 선생, 잘 지냈소?" 그가 손을 내밀어 토비의 손을 잡고 힘차게 흔드는 바람에 토비의 몸이 파도에 맞서 싸우는 것처럼 흔들렸다.

"잘 지냈습니다." 레이철은 토비가 부드러우면서도 남들의 눈치를 보지 않는 토드를 닮기 원했다. 레이철은 그보다 토드가 더 마음에 들었을 것이다. 토비로서는 전혀 이해할 수 없는 일이었다.

솔리는 그의 손을 잡고 옆에 서 있었고, 렉시 레퍼는 카프리 바지와 '천사'라고 쓰인 딱 달라붙는 탱크톱을 입은 엄마와 함께 부엌에서 나왔다.

"토비." 신디 레퍼가 새삼 걱정스러운 표정으로 그에게 다가왔다.

"신디, 잘 지냈어요?" 레이철은 그들 부부를 동경했지만 그럼에도 신디는 천박하고 토드는 머저리라는 것에 동의했다. 그럼에도 불구하고, 그들은 그녀가 학부모 모임에서 되고 싶었던 모든 것들을 의미했고, 뉴욕 최고의 병원에서 잘나가는 의사였지만, 그 동네에서는 무능력에 가까운 토비의 처지 때문에 토비와 그녀가 될 수 없었던 모든 것들을 의미했다. "레퍼네는 크리스마스를 보내러 메인주에 간대", "레퍼네는 만약을 위해 차를 두 대 가지고 있대", "레퍼네는 무슨 일이 있어도 1년에 두 번 해외여행을 꼭 간대" 하고 레이철은 말하곤 했다. 매년 12월이면 신디와 토드는 그들이 한 해를 어떻게 보냈는지, 어떤 파티들을 열었었는지 보여주는 사진들을 콜라주로 만들어 크리스마스카드로 보냈는데, 레이철은 토비와 자신이 초대받지 못한 파티들을 확인하고 절망에 빠져 잠자리에 들곤 했다. "우리도 분장파티를 한번 여는 게 어때?" 그녀는 투덜거리곤 했다. 한번은, 초대받은 저녁 식사 자리에서 레퍼 부부가 독일어 가정교사를 구했노라고 말했다. 그들은 아이들과 독일어를 배우고 있고 내년 크리스마스 휴가를 독일에서 보내면서 제3제국의 군인처럼 말할 때까지 새로 배운 언어를 사용할 것이라고 말했다. 신디는 목소리를 낮추어 "언어를 배우는 데는 그런 **몰입식** 방법이 최고예요"라고 말했고, 레이철은 단호하게 고개를 끄덕이며 "정말 그렇겠네요. 전 이제까지 그런 생각을 해보지 못했어요"라고, 마치 그런 방식으로 언어를 가르치는 큰 회사들을 이제껏 한 번도 들어보지 못한 사람처럼 대꾸했다.

"다음 주에 클럽에서 점심 식사를 같이하자고 초대할 생각이었어요." 신디가 말했다. "하지만 토드가 당신이 골프를 치지 않는다고 하더군요."

"나는 농구를 해요."

토드는 두 손을 머리 뒤로 젖히고 오른쪽, 왼쪽으로 몸을 돌렸다. "고등학교 때 농구를 하다가 등이 나갔어요. 포인트가드로 뛰었나요?" 엿 먹어, 토드.

"토드는 일 때문에 너무 **스트레스**를 받고 있어요." 신디가 검은 매니큐어칠을 한 거대한 손톱을 남편의 어깨에 얹으며 말했다. "이 사람은 일을 너무 열심히 해서 허리가 안 좋아요. 한 사람이 감당하기엔 너무 큰 **부담**이죠." 그녀는 그를 향해 미소를 지었다. "어쨌든, 우린 당신이 와주었으면 좋겠어요. 우린 아직 **당신의 친구**예요, 토비."

"고마워요"라고 말하며 그는 솔리 쪽을 향해 약간 고개를 끄덕여 보였다. 지금은 그가 처한 새로운 사회적 상황에 대해 이야기하기가 좀 불편하다는 암시였다.

그와 솔리는 집으로 돌아오는 길에 서점에 들러 《우주에 관한 4000가지 사실》이라는 책을 샀다. 솔리는 책을 읽으며 걸었고, 건널목에서 토비는 아이를 멈춰 세웠다. 가로등 불빛 아래 솔리가 운동에너지에 관한 챕터를 읽는 동안, 토비는 레이철에게 문자를 보냈다.

해나를 파자마 파티에 데려다줬어. 내일 네이선과 마지막 교리 수업을 할 거야. 늦으면 안 돼. 신디네로 해나를 데리러 올 거야? 아니면 내 아파트로?

두 시간 뒤, 그는 그녀에게 다시 문자를 보냈다.

???

○

그가 밤늦게까지 브루클린에 살고 있는 한 더빙 전문 여배우와 선정적인 문자를 주고받지 않았더라면, 그러다가 돈을 받고 일하는 목소리는 과연 어떤 것일지 궁금한 마음이 들지 않았다면, 그런 의문이 결국 그녀에게 전화를 걸게 만들고 이제껏 생각하지도 못했던 가장 에로틱한 폰섹스를 한 시간이나 하게 만들지 않았더라면, 다음 날 아침 해나를 신디네 집에서 데려오면서 그렇게 기분이 나쁘지 않았을 것이다.

아파트에 원래 달려 있던 블라인드가 싸구려인데다 반투명해서 빛을 그대로 통과시키는 바람에, 그는 주말이면 느긋하게 두어 시간 더 늦잠을 자던 행복을 누릴 수 없었다. 하지만 세 들어 사는 집에 얼마나 투자를 해야 할 것인지 그는 결정할 수 없었다. 퇴근하고 집에 돌아오면 보금자리에 돌아온 느긋함을 느끼고 싶었지만 사실 그곳은 그의 집이 아니었다. 그럼에도 불구하고, 그곳을 안식처로 만들어야만 집에 돌아온 편안함을 느낄 수 있을 것이기도 했다. 그는 자신에게 너무 돈을 아껴서도 안 되었다. 그의 심리 치료사인 칼라는 새 블라인드를 사는 것도 자기 관리의 하나라고 말할 것이다. 그는 그런 그녀에게 경제력이 있는 것, 더 나은 곳으로 이사하기 위해 절약을 하는 것이 자기 관리이고, 블라인드를 달기 위해 창문의 크기를 재고 사온 블라인드가 맞지 않으면 다시 반품을 하며 시간을 낭비하지 않는 것이 자기 관리라고 말할 것이다. 그녀는 그를 참을성 있게 바라볼 것이다. 자기 관리가 무엇인지 말하는 것은 심리 치료사가 할 일이기 때문이다.

그들이 렉싱턴가를 가로지를 때 토비는 "아파트에 달 새 블라인드를 사야겠어"라고 말했다.

"하지만 난 너~무 피곤해요." 해나가 우는 목소리로 말했다. "그냥 집에 가면 안 돼요?"

그는 싸우고 싶지 않았다. 그냥 집에 가는 편이 낫겠다고 결정했다. 해나가 레이철과 함께 월요일에 햄튼으로 떠나기 전에 마지막 하프토라 수업을 하러 회당에서 신학생이 집으로 방문할 예정이었다. 레이철이 여느 때와 마찬가지로 집에 늦게 돌아오면 큰 혼란이 일어나리라 생각한 토비는, 신학생에게 레이철의 아파트가 아닌 그의 집으로 와달라고 문자를 보냈다. 스물세 살로 어딘가 어색한 몸가짐에 학구적으로 보이는 신학생이 도착하자, 머리를 빗고 새 옷을 입은 해나가 미소를 지으며 자기 방에서 나왔다. 맙소사, 토비는 어처구니가 없었다.

솔리는 토비가 몰래 휴대폰을 보는 동안 토비의 침실에서 〈오즈의 마법사〉를 보았다. 그 음성 대역 여배우는 그에게 두 개의 나비 이모티콘과 어깨 사진을 보냈는데, 그곳에도 두 개의 나비 이모티콘 문신들이 있었다. 문신들은 밝은 파란색의 야한 브래지어 끈을 가로지르고 있었다. 좋아, 이제 시작이군, 그는 생각했다.

테스도 답장 문자를 보냈다. 그녀는 언제 다시 데이트를 할지 알고 싶어 했고, 아주 가까운 거리에서 찍어서 모양을 알아보기 어려운 자신의 사진을 한 장 보냈다. 여자들이 그에게 보낸 사진들 중 일부는 그가 5학년 때 정기 구독을 했던 〈오늘날의 과학〉이라는 잡지의 뒤

표지를 떠올리게 했다. 그곳에는 근거리에서 촬영을 해서 정체를 알아보기 어려운 일상적인 물건들의 사진들이 있었다. 반창고, 토마토, 손톱의 반달, 모두 친숙하지만 언뜻 알아보기 힘든 것들이었다. 하지만 곧 그 물체들의 뻔한 모습을 알아볼 수 있었고 그러면 알 수 없는 안도감이 몰려오곤 했다. 처음 볼 때는 그런 사진들에서 어떤 것도 알아볼 수 없었다. 사진들을 알아보기 위해서는 추론 도구들이 필요했다. 그것은 끈이고 이쪽이 볼록하니까 브래지어와 젖가슴임에 틀림없어. 아니면 이쪽에 그늘이 있고 천 조각이 있으니까 엉덩이 골과 끈 팬티의 가장자리겠군. 그는 눈의 힘을 푼 뒤 테스의 사진을 다시 바라보았다. 돌기들과 새틴천이 보였다. 그것은 테스의 유륜이었다. 그의 머리가 베개 속으로 더 깊이 가라앉았다.

학교에서 돌아온 해나가 그의 방으로 머리를 들이밀었다. "이제 짐을 꾸릴게요." 딸애가 말했다. "하지만 수영복이 엄마 집에 있어요."

도대체 어디 있는 거야? 그는 레이철에게 문자를 보냈다.

그는 다시 한 줄 덧붙였다. **당신이 오겠다고 약속한 곳에 절대 나타나지 않을 때는 도대체 어떤 마음이지?**

그는 일요일 저녁 식사가 끝나고 그녀에게 다시 문자를 보냈다. **이번 주에는 캠프가 없어. 이번 주는 당신이 아이들을 데리고 있을 차례야. 내일 햄튼에 데려간다고 당신이 아이들에게 약속까지 했으니까.**

레이철은 종종 그가 아이들을 데리고 있는 주말을 월요일 오전까지 늘리곤 했다. 그들이 동의한 일정을 지키라고 요청해봤자 잘 듣지를 않았다. 그녀는 가끔 출장을 가서 문자를 보내곤 했다. **마쳐야 할 일이 있어. 내일 아이들 좀 학교에 데려다줄래? 고마워.** 그들이 아직 이혼하지 않았을 때도 그녀는 "일을 마무리 짓기 위해" 가끔 하루나 이틀 내내 출장을 가곤 했다. 그때는 적어도 그에게 **물어보거나,** 물어보는 시늉이라도 했었다.

하지만 지금은 대답조차 없었다.

어쩌면 그것은 그녀가 요가 수련회에 갔기 때문인지도 몰랐다. 거기서 휴대폰을 압수했을지도 모른다. 어쩌면 전화에서 해방되는 것도 그런 곳에 가는 큰 이유 중의 하나일 것이다. 그도 그런 사치를 누리고 싶었다. 한 주 동안 전화를 받지 않고 산다면 얼마나 좋을까? 아니면, 휴대폰과 보내 오는 음탕한 메시지들과 사진만 즐길 수 있는 주말도 괜찮을 것이다.

해나와 솔리가 잠자리에 들자 그는 모나에게 문자를 보내서 다음 날 와달라고 부탁을 했다. 그녀는 아들이 에콰도르에서 오기 때문에 쉬기로 되어 있다고 답장을 보냈다. 그는 그녀에게 정말 도움이 필요하다고 말했다. 모나는 레이철에게 3년 동안 보지 못했던 아들과 함께 시간을 보내고 싶다고 몇 달 전에 레이철에게 허락을 받았다며 거절했다. 토비는 그녀의 사정을 이해하지만, 그래서 매우 미안하지만 위중한 환자들이 있어서 그녀가 몇 시간 만이라도 아이들을 봐줄 수 있으면 좋겠다고 사정했다. 충분히 보상을 하겠다고도 했다. 그는 그녀에게 레이철이 다시 사라졌다고 설명했고, 레이철이 무슨 일을 저지를 수 있는지 이해할 사람이 세상에 한 명 있다면 그것은 모나일 것이라고 말했다. 마침내 모나는 승낙을 했고 3시까지는 집에 있을 수 있지만 그 후에는 곤란하다고 말했다. 그는 그녀에게 감사하다는 이모티콘을 천 개 보냈다.

다음 날 아침, 그는 아이들을 위해 크림치즈로 토스트를 만들고 있었다. 해나가 요란하게 방문을 닫고 나오는 바람에 놀란 토비는 손가락을 데었다.

"제기랄!" 그가 비명을 질렀다.

솔리는 "그건 나쁜 말이에요!"라고 소리를 질렀다.

"우리가 엄마랑 같이 있는 날 아니에요?" 해나가 물었다.

"원래는 맞아." 그는 덴 손가락을 찬물에 담갔다. "엄마는 좀 늦게 도착할 예정이래."

"무엇 때문에요?" 해나의 목소리에서 공포가 느껴졌다. "우리는 햄튼에 가야만 해요. 이번 주에는 모두들 햄튼에 간다고요."

"무슨 말을 해야 할지 모르겠구나. 엄마한테 전화해서 그렇게 말해 볼래?"

"그러고 싶지만, 내겐 휴대폰이 없어요."

테스트 결과 최종적인 결론은 윌슨병이었다.

토비는 그가 지도하는 전임의들이 도열해 있는 앞에서 데이비드 쿠퍼에게 "간이 구리를 처리하지 못하는 병"이라고 설명해주었다. "부인의 간은 기능을 하지 못해요, 그래서 구리를 처리하지 못하는 거죠. 그녀의 눈 색깔의 변화를 주목해 보신 적 있나요?"

토비는 그녀의 눈꺼풀을 들어 데이비드에게 보여주었다. 데이비드는 그것을 응시했다. "아니요."

"그녀의 홍채 주위에 있는 고리가 보이죠?" 그녀에게는 얼마 동안 증상이 있었다고 토비는 설명했다. "하지만 그 증상들을 눈치채기는 어렵습니다." 그녀의 어설픈 동작과 얼빠진 듯한 행동은 중년기에 일어날 수 있는 흔한 질환들의 일부처럼 보였을지도 모르지만, 그녀는 걱정이 되어 의사를 찾아갔었다. 하지만 그녀의 내과의사는 그 질환의 신호를 놓쳤다. 그 후 그녀는 라스베이거스에 갔고 그곳에서 술을 진탕 마셔서 상황을 악화시켰다. 그녀는 간 이식 수술을 받아야 할

123

것이다.

"아내는 깨어날까요?"

"수술 직후에 깨어날 겁니다. 하지만 수술이 시급해요."

"누구의 간을 이식하죠?"

"그녀를 대기 명단에 올린 후 얻을 수 있을, 성공 가능성이 있는 첫 번째 간이죠."

그는 데이비드 곁에 조용히 서서 그가 다른 질문들을 생각할 기회를 주었다. 사랑하는 사람들의 죽음을 알려주는 것이 그의 직업에서 가장 힘든 일이냐고 누군가 그에게 물어본 적이 있었다. 물론, 그건 힘든 일이죠, 그가 말했다. 하지만 그건 사람들에게 그들이 또는 그들의 가족이 병이 있다고 말하는 것만큼 끔찍하지는 않았다. 사망은 진단이었고, 결정적인 것이었다. 사람들도 그것에 대해 알고 있었고 그것에는 나름의 준비들이 되어 있었다. 그러나 질병은 엄청난 심연이었다. 환자와 그 환자를 사랑하고 필요로 하는 사람들은 누구나 절박감을 느꼈고, 그럴 때 그는 의사로서의 권위를 이용해 모든 것이 괜찮다고 말하거나, 앞으로 모든 것이 좋아질 거라고 암시하고 싶은 유혹을 느낄 때가 많았다. 그것은 충분히 할 수 있는 일이었고 상황을 정면으로 직면하는 어려움을 피할 수 있게 해줄 것이었다. 그들의 눈에도 상황이 분명해질 때까지 말이다. 희망을 주는 것은 윤리적으로는 괜찮은 일이지만 옳은 일은 아니었다. 관련된 사람들에게 얼마나 많은 희망을 허용해야 할지를 고려하는 것이 옳은 일이었다. 희망을 갖는 것이 도움이 될 수 있다는 것은 주지의 사실이었다. 그것은 그들의 스트레스를 줄일 수도 있고, 치료 내내 그들이 제대로 살아갈 수 있도록 힘을 줄 것이다. 그러나 희망이 거의 없는 상황에서 사람들에게 얼마나 많은 희망을 주는 것이 적정한 것인지는 생각을 해보아야만 하는 것이다.

데이비드는 과호흡을 하기 시작했다. 그는 눈을 휘둥그레 뜨고 사방을 쳐다보았고, 토비는 그의 어깨에 손을 얹어 의자 쪽으로 안내했다. 그는 자신의 전임의들을 훑어보았다. 세 사람 모두 바삐 메모를 하며 클립보드를 내려다보고 있었다.

토비는 데이비드와 같은 남자들을 알았다. 말끔하게 면도를 하고 멋진 정장에 부드러운 가죽 구두를 신은 그들을 태워가기 위해 언제라도 출발할 준비가 된 차들이 아래층에서 기다리고 있었다. 누구나 이런 상황에서 그렇겠지만 데이비드 쿠퍼는 두려워하고 있었다. 하지만 그는 나쁜 일들로부터 격리된 삶을 살아온 사람들이 느끼는 특별한 놀라움도 동시에 느끼고 있었다. 그는 행운의 별 아래서, 부와 건강의 행운을 가지고 태어났다. 이 세상에서 그를 해칠 수 있는 것들과 그 사이에는 겹겹의 보호막이 있었다. 그럼에도 이것은 그가 무엇으로도 막을 수 없었던 일이었다. 바깥에서 다가오는 모든 것들에 대해서는 보호 장치들이 있었지만, 이것은 안에서 생겨난 것이었다.

"누구한테 연락을 좀 해드릴까요?"

데이비드는 고개를 들었다. "아니요, 회사에 전화를 해야겠어요. 이건 회사를 좀 쉬어야 할 일 맞죠?"

"맞아요." 토비가 말했다. "회사엔 휴가를 내시고, 아이들을 돌봐줄 사람도 수배하셔야 할 거예요. 친구와 가족들에게 전화해서 지금 처한 상황을 알리세요. 일이 어떻게 진행되든, 도움이 필요할 겁니다. 간 이식을 위한 서류 작업을 시작해서 아내분을 대기 명단에 올려놓겠습니다."

"여기서 밤을 지내도 될까요?"

"얼마든지요." 데이비드는 캐런의 손을 잡고 그녀를 바라보며 잠시 그 위에 입을 갖다 댔다. 그는 그녀의 손에 얼굴을 묻고 울기 시작했다. 토비는 그들을 지켜보며 질투의 비수가 그의 지친 가슴을 찌르는 것을 느꼈다. 한 남자는 하느님께 그의 아내가 낫기를 간청하고 있었고, 다른 남자는 그의 아내가 도대체 어디에 퍼질러 있는지, 왜 그녀가 문자에 대꾸조차 않는지 궁금해하고 있었다.

토비는 방을 나와 문밖에서 그를 기다리고 있는 전임의들을 발견했다. "도대체 모두들 왜 그래?" 그가 물었다. 전임의들은 그의 뜻밖의 질책에 놀라는 표정이었다.

"플라이시먼 박사님, 무슨 말씀이세요?" 로건이 물었다. 조니와 클레이는 서로를 쳐다보았다.

"저 남자가 **울고 있을** 때 여러분은 메모를 하고 있더군." 토비가 걷기 시작하자 그들도 따라 걷기 시작했지만, 토비는 다시 걸음을 멈추고 몸을 돌려 그들을 마주 보았다. "여러분은 사람들의 눈을 똑바로 들여다볼 줄 알아야 해. 환자들은 그저 병든 신체 기관들이 아니야. **사람들**이라고." 그는 계속 걸어가서 그의 사무실에 도착했다. "당신들에게 오는 사람들은 단순히 건강검진을 받으러 온 게 아니야. 그들이 여러분에게 올 때쯤이면, 그들은 뭔가 잘못되었다는 것을 알게 된 사람들이라고. 그들은 병이 들어 **두려워하고** 있어. 평생을 가지고 살아온 몸이 갑자기 자신에게 반기를 드는 것이 얼마나 무서운지 아나? 평생 동안 당연하게 의존해왔던 시스템이 그렇게 망가지면 말이야. 눈을 감고 그것이 어떤 기분일지 좀 생각해보라고." 그는 그들 세 사람이 어리둥절해하는 모습에 심한 혐오감을 느꼈다. "그렇게 깨어 있는 사람이 싫으면 모두 수술실에나 들어가든가." 사무실로 들어간 그가 유리문을 닫기 전에 말했다. "아주 실망했어."

죄책감으로는 충분하지 않았다. 그는 그들이 스스로를 채찍질하기를, 가슴을 치며 반성하기를 원했다. 그들은 이렇게 일찍 감정의 문을 닫으면 안 되었다. 세상에, 이 멍청한 아이들을 어쩌면 좋을까. 왜 그들은 인생에 대해 아무것도 배우지 못한 걸까? 그들은 고통에 대해 무엇을 알고 있을까?

○

토비는 사무실에서 유리벽에 등을 돌린 채 창밖을 응시하고 있었다. 그의 전임의들은 복도에서 지시를 기다리며 서성이고 있었다. 그는 휴대폰을 들여다보았다. 레이철에게서는 아직 아무 문자도 없었다. 그는 그녀의 휴대폰 번호를 눌렀다. 몇 차례 울리던 신호음은 이내 음성 메일로 넘어갔다. 그는 크리팔루 요가원으로 전화를 걸기로 결심했다.

전화를 받은 히피 같은 여자는 크리팔루 요가원이 얼마나 아름다운 날을 맞고 있는지, 전화를 주신 분의 목소리에 깃들어 있는 신성함 때문에 그녀가 얼마나 고무되고 감사한지, 자신의 이름은 세이지이고, 어떻게 그녀가 전화를 주신 분에게 도움을 드릴 수 있을지를 길게 숨도 쉬지 않고 떠벌렸다.

토비는 귀에서 휴대폰을 떼고 그것을 쳐다본 후 다시 귀에 갖다 댔지만 그녀는 아직도 지껄이고 있었다. "제 아내가 거기 있는데 통화를 좀 해야겠어요. 아니, 그녀가 거기 **있는**지부터 알아야겠군요. 지금쯤 집에 왔어야 하는데 도착을 하지 않았거든요. 문자를 보내봤지만 그쪽에는 전파 수신이 잘 안 되는지 답장도 없고요."

"아내분 성함을 말씀해주시겠어요?"

"레이철 플라이시먼입니다."

순간 잠시 정적이 흘렀다.

"그녀와 얘기를 할 수 있을까요? 내 아내와 통화할 수 있을까요?"

"잠시 기다려주시겠어요?"

"아니요." 하지만 그의 대답에도 불구하고 이미 승려들의 합창이 대기 음악으로 흘러나왔다.

꼬박 7분이 지나서야 세이지가 다시 전화로 돌아와 예의 장황한 인사를 늘어놓기 시작했다.

토비가 "신성함"이란 단어에서 그녀의 말을 잘랐다. "정말 오래 기다리게 하는군요."

"저는 그저……" 세이지의 목소리에서 당황스러움이 느껴졌다.

"그래서, 그녀가 거기 있나요?"

"죄송합니다만, 손님들의 체크인 상태에 대해서는 제가 마음대로 말씀드릴 수가 없습니다. 사생활 보호 문제 때문이죠."

"난 궁금해서 묻는 게 아닙니다." 그가 말했다. "나는 그녀의 남편인데다 금요일부터 소식이 없어서 물어보는 거예요. 아내가 걱정돼서요." 두 번이나 그는 역겨움을 참으며 자신이 그녀의 남편이라고 강조했다. 그것은 또한 사실이기도 했다. 그는 아직은 여전히 그녀의 남편이었다.

"정말 죄송합니다"라고 그녀가 말했다. "하지만 그런 정보를 알려줄 권한이 제겐 없어요." 그는 그녀의 목소리에 담긴 결연함을 눈치챘다. 그녀는 이런 전화들을 많이 받았을 것이다. 그런 질문들에 아무 대답도 하지 않는 것이 그녀의 일이었다.

그는 눈을 감고 한 손으로 목에 감긴 청진기의 양쪽 끝을 잡아 아래로 끌어당겼다. 그는 접근법을 바꿨다. "보세요, 말해도 괜찮아요. 그녀는 바람을 피우고 있는 게 아니에요. 우리는 헤어졌어요. 서류 작업만 빼고요. 그녀가 누군가와 함께 있어도 괜찮아요."

"죄송합니다만, 전 말씀을 드릴 수—"

"좋아요. 괜찮아요." 그는 전화를 끊었다.

그는 사무실에서 얼마간 더 서성거렸다. 사무실 벽은 유리로 되어 있었고 바로 간호사실을 내다보고 있었다. 외과 간호사 중 한 명이 그를 보고 있었다. 그는 심호흡을 하고 다시 휴대폰을 내려다보았다. 그는 레이철에게 또 다른 문자를 보냈다.

이봐, 걱정돼서 그래. 그냥 살아 있다고, 언제 집에 올 거라고만 말해줄 수 없어?

그는 메시지 상태를 보여주는 세 개의 점들을 기다렸다. 수신, 통화 중, 수신 불능. 하지만 끝내 신호는 오지 않았고, 그의 전임의들은 밖에서 그를 기다리고 있었다.

마음속 깊은 곳에서는 그는 레이철이 그가 일하는 동안에 집에 나타날 것이라고 믿었다. 할 수만 있었더라면 그는 결코 딱한 모나를 그곳에 그렇게 오랫동안 붙잡아두지 않았을 것이다. 그와 대면하는 것을 피하기 위해 낮에 아이들을 데리러 오는 것은 레이철이 하고도 남을 짓이었다. 그가 그렇게 많은 문자를 보낸 데 대한 보복으로 그가 퇴근해서 집에 왔을 때 아이들이 몇 시간 전에 그녀와 함께 집을 떠난 것을 발견하기를 원하고 있는 것인지도 몰랐다. 하지만 그것은 그의 희망이었을 뿐, 아이들은 여전히 그의 집에 있었다.

그는 퇴근길에 사온 식료품을 풀었다. 솔리가 좋아하는 미트로프

조리법을 찾기 위해 거실에 있는 컴퓨터로 갔지만 인터넷 속도가 너무 느렸다. 라우터를 껐다 켰지만 속도는 빨라지지 않았다. 그는 검색 기록을 확인했다. 때때로 솔리가 게임을 하기 위해 컴퓨터를 바이러스로 가득 채우는 어린이용 사이트들을 방문하곤 했기 때문이었다. 그는 가끔 캐시를 확인하고 쿠키를 삭제하곤 했다. 검색 기록을 확인하던 그는 자기 눈을 의심해야 했다.

지난 세 시간 동안 방문한 열 개의 사이트들이 모두 하드코어 포르노 사이트였다. 혼음, 연상의 여인들, 갓 성인이 된 소녀들. "맙소사." 자신도 모르게 입에서 탄식이 흘러나왔다. 이런 검색의 초기에는 '소녀 성기'라는 검색어가 있었다. 그것을 확인한 토비는 놀라서 의자에서 뒤로 자빠질 뻔했다. 그는 검색 기록에 남아 있는 마지막으로 방문한 사이트를 찾아냈다. 그곳은 다양한 파일 포맷들과 요동치는 형체들의 만화경이었다. 기뻐 죽을 것 같다는 표정의 여자들의 얼굴에 끝없이 사정을 하는 페니스, 후배위를 하는 사람들. 그는 자신이 채 흥분하기도 전에, 자신이 해야 할 일을 정확히 기억했고, 바이러스 검사를 한 후 그날의 검색 기록들을 지웠다. 그는 그것들을 찾아본 사람이 모나이기를, 그녀가 아이들을 모두 TV 앞에 앉힌 후 느긋하게 오후 몇 시간을 컴퓨터에 앉아 마음껏 포르노를 보았기를 바랐지만, 이내 그것이 얼마나 터무니없는 일인지 깨닫고 그런 상상을 한 자신이 한심했다. 아이들이 태어났을 때부터 그들을 도왔던 온화한 성격의 경건한 기독교 신자인 에콰도르 여성 모나. 그녀는 그들의 집에서 가장 한결같은 존재였다.

물론, 그의 이론은 그녀가 적어도 성기라는 말의 철자는 제대로 알 것이라는 것을 깨달았을 때 무너졌다. 그녀의 설명을 들어야 했다.

그는 그녀에게 전화를 걸었다. 그녀는 세 번째 수신음에 전화를 받았다. "여보세요."

"저기요, 모나, 내가 방금 컴퓨터를 보았는데, 누군가가 지난 몇 시간 동안 정말 부적절한 웹사이트들을 보았던 것 같아요."

"그럴 리가요, 내가 거기 줄곧 있었는데요."

"그랬군요……."

"해나는 TV를 보기 전에 친구들과 통화를 했어요. 솔리는 게임을 하고 있었고요."

어쩌면 결국은 바이러스의 장난이지 않을까? 제발, 하느님, 바이러스 때문에 벌어진 일로 해주세요.

"나는 애들이 몇 시간 동안 화면 앞에 있었다는 사실이 그리 탐탁지는 않네요." 그는 그녀에게 말했다.

모나는 조용했다.

"솔리는 어떤 게임을 하고 있었죠?" 그가 물었다.

"컴퓨터 게임요."

"모나는 아이들을 자주 밖으로 데리고 나가야 해요."

"솔리는 하루 종일 밖에 있었어요."

"내 말은, 모나, 그 애를 지켜봐야 한다는 말이에요. 왜 모나가 아이를 지켜봐야 하냐고 내게 따지는 건가요? 내 말은 솔리가 거실 한복판에서 몇 시간 동안 포르노를 봤다는 거예요."

모나는 전화를 끊었다. 어쩌면 토비가 한참 동안 말을 하지 않자 그것이 그의 질책의 끝이고, 그 상황에 적절한 인사말이며, 그녀도 그의 요청을 이의 없이 받아들인다는 의미로 아무 말 없이 전화를 끊었는지도 모른다.

"해나, 솔리, 이리 좀 나와볼래?"

아이들이 그의 앞으로 왔다.

"오늘 누가 컴퓨터를 사용했지?"

"저는 아이패드를 보고 있었어요." 해나가 말했다. 솔리를 건너다 보니 두 눈을 휘둥그레 뜬 아이의 꽉 다문 입이 두려움으로 떨리고 있었다.

"해나, 다시 TV를 보러 가도 좋아."

솔리는 눈을 감았다. 토비는 소파에 앉아 "이리 오렴. 괜찮아"라고 말했다.

"내가 한 게 아니에요." 솔리가 말했다.

"솔리."

아이는 흐느끼며 울기 시작했다. "내가 그런 게 아니에요. 어떻게 그런 일이 일어났는지 모르겠어요. 그런 장면들이 그냥 막 튀어나왔어요."

"솔리, 그건, 우선 여기 앉아보렴, 두려워할 것 없어. 그냥 여자아이들에 대해 궁금해서 그런 거지?"

"그냥 아래가 어떻게 생겼는지 알고 싶었을 뿐이에요."

토비는 고개를 끄덕였다. "알아. 네 또래 아이들을 위해 그런 걸 그림으로 설명해주는 책을 사줄까?"

솔리의 눈이 휘둥그레졌다. 아이는 "아니요"라고 대답했다. "아니요, 다시는 보고 싶지 않아요."

토비는 솔리의 머리가 무릎에 오도록 어깨를 끌어안고 아이가 우는 동안 머리를 쓰다듬어주었다. 솔리는 아홉 살이었다. 토비 자신도 아홉 살 무렵 성에 대한 호기심이 생겼지만 그때는 인터넷이 없었기에 예술 책들을 보기 위해 도서관에 가야 했다. 그가 아는 다른 아이들은 생물학 책을 찾아보았지만 그것들은 너무 임상적이었다. 그는 부모님과 박물관을 방문하면서 예술이 과학보다 훨씬 음란하다는 것을 알았다. 어느 날은 피카소의 그림책을 몰래 들여다본 적이 있었는데, 신체에 대한 전체적인 이해를 위해서는 잘못된 선택이었다. 그는 그 책에서부터, 쿠르베와 오키프의 그림들로 넘어갔고, 마침내 그가 보아온 모든 것을 현실과 부합시키기 위해서 해부학 책을 한 권 볼 때까지 아주 오랫동안 여성의 신체에 대해 혼란스러움을 느꼈다.

마침내 열 살 무렵, 그는 포르노를 발견했다. 그의 부모님은 어느 날 밤 그를 샌 페르난도 계곡에 있는 그의 큰 사촌 매튜의 집으로 데려갔다. 저녁 식사 후, 그는 매튜를 따라 방으로 갔는데, 열다섯 살인 매튜는 포르노 잡지들과 비디오테이프를 가지고 있었다. 한 테이프에는 잠에서 깨어나 아래층으로 내려가 보니 자기 엄마가 섹스 파티를 벌이고 있는 어떤 청년의 이야기가 담겨 있었다. 애초에 그가 잠에서 깬 것도 사람들의 요란한 신음 소리 때문이었다. 그는 졸음에 겨운 눈으로 아래층으로 내려왔고, 파티를 주최하는 입장이어서 아직 전라가 아닌 홀터를 입은 상태였던 그의 엄마는 그를 보고 다시 위층으로—네가 볼 만한 일은 이곳에는 아무것도 없단다, 애야—데려갔다. 하지만 그는 이미 흥분을 피할 수 없을 만큼 많은 것을 보았고 그녀의 홀터 아래로 계속 손을 뻗어 젖가슴을 찾았다. 이제는 그녀 역시 흥분해 있었지만, 그게 잘못이라는 것을 알고 있었고, 그래서 계속 그의 손을 만류하면서 그녀의 흩어진 젖가슴을 다시 옷 안에다 집어넣지만, 결국 그녀는 무너져내리고 그의 뜻대로 행위를 하기 시작했다. 그 순간 갑자기 매튜의 엄마가 "또 시작이니? 또 시작이야?"라고 외치며 방 안으로 불쑥 뛰어 들어왔고, 열 살밖에 안 된 꼬마 토비는 허둥지둥 밖으로 나가 아무 일도 없었던 것처럼, 그의 아랫도리에서 느껴지는 이상한 근질거림도 느껴지지 않는 척 행동을 했다. 그는 몇 달 동안 이모가 어머니에게 고자질을 할 것이고 어머니는 자기를 미워할 것이라고 겁에 질려 있었다. 그 이후로 그는 몇 년 동안 이모의 눈을 똑바로 쳐다볼 수가 없었다. 몇 년 동안 그는, 왜인지는 이해할 수 없었지만, 하필 처음 본 포르노물이 근친상간을 다룬 것이어서 자신이 망가졌다고 걱정했다. 그의 안에는 커다란 혐오감이 자리 잡고 있었지만, 그것은 동시에 약간의 성적인 흥분감을 동반했다. 그는 그게 걱정스러웠다. 그는 이것들이 합쳐져 그에게 영향을 미칠까봐 걱정을 했다. 어쩌다 성적인 생각과 그의 어머니(모난 나뭇조각 같은 어머니)에 대한 생각을 같은 주에 한 번이라도 하게 되면 자신이 변태는 아닐까 고민했다. 그런 고민은 처음 몇 번 성관계를 가졌을 때 사정을 한 즉시 어머니를 떠올리게 만들었다. 지나친 불안감이 그의 걱정을 현실화시켰다.

솔리의 머리칼을 쓰다듬으면서 그는 그런 생각을 했다. 아직 어린 뇌가 이해하기엔 너무 이른 성인물과의 만남으로 아이가 얼마나 충격을 받았을지, 거의 치명적인 역겨움을 느끼지는 않았을지 생각했다. 솔리는 앞으로 오랫동안 여자의 얼굴에 사정을 하는 것이 정상인지, 또 그가 그렇게 한다면 여자가 정말 기뻐 소리를 지를지 궁금해할 것이다. 그는 성장한다는 것이 얼마나 힘든 일인지를 생각했다. 그렇다고 어린 시절을 피할 길은 없었다. 그의 아버지는 그때가 인생에서 최고 시절이라고 말하곤 했다. 그런 말을 들을 때마다 그는 마음속으로 생각하곤 했다. 지금 장난해요? 차라리 날 지금 죽이시지. 그는 성장에 동반되는 수많은 충격, 또다시 사라지고 있는 자신의 한 조각 순수를 지켜봐야 하는 끔찍한 혐오감 등 성장한다는 것이 말 그대로 얼마나 역겨운 것인지 생각했다.

그의 휴대폰이 윙윙 진동했다. 레이철이군, 그는 확신했다. 그의 아파트로부터 뻗어나간 핵에너지의 광선이 그녀가 있는 산꼭대기까지 미처 그녀의 얼마 남지 않은 빈약한 모성 본능이나마 작동을 시킨 게 틀림없었다. 그녀는 가족이 어떻게 지내는지 알고 싶어 애가 탔을 것이다. 어쩌면 세이지에게서 연락을 듣고 그를 안심시키기 위해 부랴부랴 전화를 했을 것이다. 사흘 동안 명상에 잠겨 있다가 이제 막 깨어난 참이라며 무척 미안해할 것이다. 그녀는 지난 며칠간의 깨달음이 그녀에게 유익했고, 이제껏 자신의 행동이 모두 잘못이었다며 토비에게 집으로 돌아와달라고 서둘러 말할 것이다. '난 이제 당신이 도서관 파티에서 처음 만났던 그 레이철이야. 난 다시 그녀가 되었어.' 그는 그녀를 고분고분 받아주지는 않을 것이다. 지난 수년간 그에게 너무 많은 상처를 주었으니까. 하지만 그는 결국 그러겠다고 대답할 것이다. 물론 그렇게 대답할 것이다. 그녀를 그리워해서가 아니라, 그간 일어난 모든 일들이 큰 오해에서 비롯된 것으로 드러날 수 있다면, 그럴 수만 있다면, 자신의 무엇이라도 내어주었을 것이기 때문이다. 그는 "미안해, 친구, 병원에서 온 것일지도 몰라"라고 솔리에게 속삭이며 조심스럽게 주머니에서 휴대폰을 꺼냈다.

화면에는 퇴근길에 그가 문자를 주고받던 파리 출신 여자 나히드의 레이스로 덮인 젖꼭지가 떠올랐다. 젖꼭지들은 꼿꼿하게 서 있었다.

그는 휴대폰을 내려놓고 다시 솔리의 머리를 두 시간 동안 쓰다듬었다.

"나쁜 소식이 있어." 해나가 화요일 아침에 가방을 싸 들고 방에서 나오자 토비가 말했다. 해나는 비록 하루 늦었지만 이제 햄튼에 갈 것이라고, 그동안 보이지 않던 엄마가 자기를 데리러 올 것이라고, 자신이 여행을 위해 짐을 싸면 그런 일들이 벌어질 것이라고 생각하고 있었다.

해나의 얼굴이 굳어졌다. "안 돼." 딸아이는 강아지를 꾸짖듯이 말했다.

"엄마가 전화했어. 일 때문에 갑자기 출장을 가야 한다는구나. 정말 미안하다고 전해달래."

해나는 몸을 부들부들 떨면서 이것이 얼마나 불공평한 일인지 소리 지르기 시작했다. "아빠는 **이해 못해요.**" 아이는 배가 아프기라도 하듯 배를 움켜쥐고 몸을 구부렸다. 그의 요가 선생이 '우타나사나'라고 부르는 자세였다. "나는 거기서 친구들을 만날 거예요. 애들이 나를 **기다리고** 있어요. 모두들 이미 거기에 와 있다고요."

그는 해나에게 다가가려 했지만 아이는 사납게 으르렁거리며 콧구멍을 벌렁거렸다. 해나는 레이철처럼 아름다웠고 엄마만큼이나 제멋대로였다.

어젯밤 늦게 그는 레이철에게 전화를 세 번 걸어보고, 문자들을 여러 개 보냈지만 아무 답신도 받지 못했다.

제발, 레이철. 이래서는 안 돼.

나한테도 내 삶이 있다고.

아침이 되자 그는 애원하는 문자를 보냈다.

걱정이 돼서 그래. 제발 전화해줘.

그 후 한 시간 동안 속을 끓인 후에 그는 메시지를 하나 더 보냈다.

그것을 보내며 구역질이 났다.

어떤 질문도 하지 않을게. 그냥 전화만 해줘.

그러고 나서 그는 나히드에게 문자를 보냈다. 그녀는 계속해서 그에게 자신의 신체 부위 사진들을 보냈고 그와 데이트 일정을 잡고 싶어 했다. 그녀의 요청은 그의 마음을 쓰리게 만들었다. 그는 전처의 바쁜 일정 때문에 당장은 아이들을 돌봐야 한다고, 이번 주 말쯤 만날 수 있을지 물었다. 나히드는 [보라색 악마 이모티콘]을 하나 보낸 뒤 [천사 이모티콘]을 보냈다. 화가 나지만 그녀는 결국 그의 충실한 친구라는 의미일지도 몰랐다. 혹은 그는 지옥에 있지만 자신은 천당에서 그를 지켜본다는 뜻? 그는 알 수 없었다. 그 멍청한 [보라색 악마 이모티콘]은 어디에나 등장했다. 무슨 뜻으로 그것을 사용하는 것일까? 여성 참정권 운동을 하던 시절부터 억눌려온 여성들의 욕망을 디지털로 표현한 것일까? 그가 며칠 전 구강성교를 암시하는 음탕한 메시지를 보내던 여자에게 [헐떡이는 혓바닥 이모티콘]으로 답장을 하자 그녀는 [입 없는 이모티콘]을 보냈다. 그것은 무슨 의미였을까? 기분이 상했다는? 이모티콘 그대로 그녀가 방금 제안한 것을 보류하겠다는 의미였을까? 충격을 받았다는 뜻이었을까? 그는 항상 그 이모티콘을 말문이 막히거나 충격을 받았다는 뜻으로 여겼었다. 하지만 그는 알 수 없었다. **그로서는 알 수 없는 일이었다.** 어쨌든 나히드에게 이해해주어서 고맙다는 인사를 하고 나자 역겨움이 밀려왔다. 목요일에도 오늘과 똑같은 입장에 처해 있을지, 화요일은 어떨지 궁금했다. 그럴 리는 없을 것이다. 레이철은 성공적인 사업가였다. 사람들은 그녀를 믿었다. 고객들은 자신에게 의지한다고 그녀는 늘 말하곤 했다. 하지만, 사람들은 나에게도 의지해, 레이철. 자신들의 **목숨**을 위해 말이야.

그는 자정에 휴대폰을 다시 들여다보았다. 그가 그녀에게서 무엇을 앗아갈 수 있을까? 어떻게 그녀를 아프게 할 수 있을까? 그는 알 수 없었다. 어떻게 그녀를 불편하게 만들 수 있을까? 역시 그에게는 답이 없었다. 그가 다음에 한 일은 이런 생각과는 아무 관련이 없다고 그는 맹세했지만, 분노한 그는 적의를 품고 모나에게 다음과 같이 문자를 보냈다.

내 아홉 살짜리 애가 오늘 당신 곁에서 몇 시간 동안 컴퓨터로 포르노를 봤어요. 더 이상 우리 집에 일하러 오지 않아도 됩니다. 행운을 빕니다.

레이철은 그런 결정에 대해 나름의 생각이 있을지 모르지만, 그녀가 그런 의견을 표하고 싶다면 여기 있어야만 했다, 그렇지 않은가? 토비는 모나에게 지시를 할 수 없었다. 두 명의 상사를 두는 것은 경영상 좋지 않다는 것이 레이철의 생각이었다. 모나가 "개학하기 전에 해나를 데리고 가서 새 신발을 사줘야 하지 않을까요?" 하고 물었을 때도 토비는 어떻게 대답을 해야 할지 몰랐다. 레이철이 이미 신발들을 주문했는지, 아이를 직접 신발 가게에 데려갈 계획인지 알 수 없었기 때문에 괜히 함부로 지시를 했다가 나중에 질책을 받는 위험을 무릅쓰고 싶지 않았다. 레이철은 언젠가 "모나는 내 조건을 있는 그대로 받아들여주는 유일한 사람이야"라고 말한 적이 있다. "나는 그녀에게 돈만 지불하면 돼. 일일이 그녀에게 설명할 필요도 없고 그녀는 어떤 헛소리도 떠벌리지 않아."

지금은 그는 아이들을 병원 회의실에 있게 해야 했고, 해나는 그것에 분노하고 있었다. 솔리는 오히려 그런 상황이 마음에 드는 것 같았다. 그 애는 덕분에 실컷 게임을 할 수 있게 된 것을 큰 횡재로 생각하고 있는 듯했지만, 해나는 무슨 이유에선지 그에게 화를 냈다. 토비는 해나에게 엄마가 그들을 아무 생각도 없이 내팽개쳤다고 말할 수는 없었다. 그는 차마 해나에게 엄마가 입에 담을 수 없는 어떤 일을 벌이고 있는 것 같다고 말할 수 없었다.

그는 원장실로 향했다.

"원장님을 좀 뵐 수 있을까요?" 토비가 묻자 비서가 들어가라고 손짓했다.

그는 법학도서관처럼 나무판자로 벽을 두르고 서가마다 1980년 대부터 받아온—연구, 공동체에 대한 공헌과 환자를 대하는 자세를 치하하는—상으로 가득한 원장실로 들어갔다. 도널드 바턱은 간병학 부장이었고, 미국 내과의사 협회장을 역임했다. 그는 훌륭한 의사였지만, 보는 사람마다 윙크를 날리며 사람들과 악수하기를 좋아하고 그들의 아내들 이름을 잘 기억해서 애초에 행정직이 될 운명을 가지고 태어난 사람이었다. 지금 토비가 자신의 전임의들에게 가르쳐주는 것은 바턱이 그의 사수였을 때 그에게 배운 것들이었다. 그것이 지금 관리직에 치중하는 바턱의 행보를 토비가 못마땅하게 여기는 이유였다. 관리직이 그렇게 좋으면 왜 그것과는 상반되는 일을 하는 것일까? 기금 모금을 하고 서류를 만지는 것이 그렇게 좋다면, 세스처럼 처음부터 금융업에서 뛰어들어서 좋아하는 일을 하며 막대한 보수를 받는 편이 위험한 의학적인 의사 결정들을 내리며 그럭저럭 괜찮은 보수를 받는 것보다 나았을 것이다.

바턱은 두꺼운 검은 테 안경 너머로 서류 봉투에 들어 있는 무엇인가를 바라보고 있었다. 그는 테드 케네디를 늘려놓은 것처럼 보였다. 2미터에 가까운 키의 호리호리한 근육질 체격에 풍성한 흰머리, 우울한 표정의 얼굴에는 볼살이 바다코끼리처럼 늘어져 있었다. 방을 가로질러 그의 곁에 섰을 때 토비는 그들이 얼마나 서로 다른 존재—걸리버와 소인—인지 밖에는 생각이 나지 않았다. 그의 책상 위에는 두 번째 아내인 매기와 세 자녀가 모두 흰색 테니스복을 입고 찍은 사진이 놓여 있었다. 책상 저편에는 전직 대통령과 함께 찍은 사진이 있었다. 토비가 털썩 가죽 의자에 주저앉자 풍선에서 바람 빠지는 것 같은 소리가 났다.

"토비, 어서 오게."

"잠깐 시간 있으세요?"

바턱은 보고 있던 서류를 내려놓았다.

잠시 뜸을 들인 후 토비는 조금 목소리를 높여 말했다. "하루 이틀 좀 쉬어야겠어요. 개인 사정으로요."

바턱은 두 손을 깍지 끼고 책상 앞으로 몸을 기울였다. "이상적인 시기는 아니군. 캐런 쿠퍼의 남편은 매년 우리 병원의 골수 기금 모금을 주관하는 헤지펀드에서 일하고 있어." 골수 기금 모금을 주관하는 헤지펀드라는 말을 듣자 토비는 대학 시절 동호회에서 빵 자선 판매 행사를 하던 것이 떠올랐다. 양심의 가책을 없애기 위해서 벌이던 행사였다.

"알고 있어요. 꼭 필요한 사정이 아니라면 이렇게 부탁도 하지 않았을 거예요."

바턱은 더 설명을 기다리기라도 하는 듯 말이 없었다. 모든 사람들이 쇼를 원했다.

"레이철이 출장을 갔다가 바로 돌아오지 못할 사정이 생겼어요."
토비가 말했다. "돌아와서 일주일 동안 아이들을 데리고 있을 차례였
는데 그럴 수 없게 된 거죠. 보모는 해고를 했고요."

제길. 그는 모나를 해고했다. 그는 설사가 나올 것 같았다. '어디, 계
속 설명해봐'라고 말하기라도 하듯 바턱은 말이 없었다. "보모가 어
제 제 아들에게 포르노를 보도록 놔두었거든요." 모나, 그는 모나를
해고했다.

"후우. 그럼 아이들과 함께 그냥 집에 있을 건가?" 바턱이 물었다.

"저렇게 회의실에 두는 것보다는 낫겠죠. 전화는 항상 받을게요.
필리파도 여기 있고, 제 전임의들도 있으니 문제없을 거예요." 그는
햄튼에 가야 한다는 말은 하지 않았다. 자의식이 강한 토비로서는 자
신이 얼마를 버는지 아는 사람 앞에서 '햄튼'을 들먹일 수 없었다. 물
론, 미국 평균 기준으로 보면 그가 받는 보수는 아주 괜찮은 액수였
지만 햄튼을 언급할 만한 돈은 아니었다. 바턱도 햄튼에 집을 가지고
있었다. 바턱은 파티를 열어 기부자들을 접대해야 했다. 그에겐 그들
의 입에서 무슨 말이 나오든 비위를 맞추어야 할 사람들이 있었다.
그는 자신의 학위들을 늘어놓으며 사람들에게 깊은 인상을 심어주고
자신이 많은 의사들을 관리하는 중요한 사람임을 어필해야 했다.

"후우." 바턱이 입을 열었다. "그럼 좋아. 이틀 쉬게나. 하지만 자네
팀원들이 항상 캐런 쿠퍼를 신경 쓰도록 해야 하네. 나도 가끔 그녀
를 들여다보겠지만. 나는 데이비드 쿠퍼에게 자네가 우리 병원에서
최고의 의사라고 말했어."

"고맙습니다, 원장님."

토비는 사무실을 나와 회의실로 들어갔다. 해나와 솔리가 아이패
드에서 고개를 들어 그를 바라봤다.

"롱아일랜드에 가고 싶은 사람이 누구였지?" 토비가 물었다. 솔리가 환성을 질렀고 해나의 얼굴에 드리웠던 비탄의 표정은 어느새 눈 녹듯 사라졌다.

토비에게서 점심때 만날 수 없다는 문자를 받았을 때 나는 펜 역을 막 지나쳤다. 레이철이 그 염병할 요가 수련원에 며칠 더 머물기로 일방적으로 결정을 했어, 그가 문자를 보냈다.

아직도 그래? 내가 물었다.

이게 그녀가 하는 짓이야. 묻지도 마.

한쪽 다리의 반이 없는 남자가 목발을 짚고 절뚝거리며 지나갔다. 광대 복장을 차려입은 열네 살짜리 아이가 휴대폰에 대고 울먹이고 있었다. 댄스 리사이틀 의상을 똑같이 갖춰 입은 아홉 살짜리 여자애들을 롱아일랜드에서 인솔해 온 여자가 아이들 중 한 명에게 "나는 걔한테 그런 말 한 적 없어!"라고 소리를 질렀다. 펜 역은 최악이었다. 나는 기차 시간표를 올려다봤다. 뉴저지로 돌아가는 다음 열차는 14분 후에 출발할 예정이었지만 도저히 그것을 탈 마음이 생기지 않았다. 지금 기차를 타면 버드 라이트 라임 맥주를 병째로 마시는 쓰레기 같은 사람 옆에 다시 앉게 될 것 같았다.

대신 잠시 시내를 걷기로 했다. 레이철은 어디에 있는 걸까? 요가 수련원? 토비를 벌주기 위한 어떤 장소? 토비를 생각하지 않아도 되는 곳? 우리 엄마는 몇 시간은 훔칠 수 있지만 며칠을 훔칠 수는 없다고 말하곤 했다. 하지만 레이철은 예전에 내가 그랬던 것처럼 며칠의 시간을 훔쳤다. 잡지사는 나를 외국 도시의 멋진—나 혼자서는 절대로 가볼 일이 없을—호텔들로 출장을 보내곤 했는데, 한번은 런던에서 두 시간 동안의 인터뷰를 마친 후 차마 바로 비행기를 타고 돌아올 마음이 들지 않아 이틀을 더 머무른 적이 있었다. 당시 내 딸은 생후 8개월이었다. 피곤해서 그런 것도 아니었고, 뉴욕에서 유럽까지 이틀 만에 다녀오라는 요구가 비합리적이어서도 아니었다. 내가 이틀을 더 런던에 머물렀던 이유는 호텔, 도시, 혼자 있는 시간이 좋았기 때문이었다. 그곳에서는 온전하게 나를 다시 느낄 수 있었다. 나는 나를 얽어맨 아무것도 없이—유모차나 내 손을 잡고 있는 남자 없이—다시 존재했다. 그런 여행길에는 반지를 끼지 않았다. 마음대로 놀아나고 싶어서가 아니었다. 비행기를 타면 손가락이 시리고 살이 빠졌기 때문에 반지가 빠져나오기 쉬웠고, 그래서 반지를 잃어버릴까 염려가 되어서였다. 하지만 어쩌면 그것은 다른 이유, 어떤 맥락에서 나온 행동일 수도 있었다. 모르겠다. 이렇게 표현하면 어떨까? 나는 참으로 오랜만에 내 존재를 느낄 수 있었고, 그 순간 갑자기 손가락 주위를 감싸고 있는 반지의 존재가 느껴지면서 그 무게를 차마 견딜 수 없었노라고.

애덤은 내가 사실대로 말했어도 이해했을 것이다. 그것은 진실이다. 하지만 나는 인터뷰가 연기되었다고 말했다. 나는 성들과 박물관들을 찾아보았고 템스강을 따라 걸었다. 나는 갑자기 인상주의가 마음에 들었다. 나는 저녁 식사를 하기 위해 식당을 찾는 대신 갑자기 술집에 앉아 있고 싶었다. 갑자기 우유를 넣지 않은 에스프레소가 땡겼다. 내가 우유 없이 커피를 마시다니! 한번은 리스본행 비행기 안에서 어떤 사업가 옆에 앉은 적이 있었다. 대충 입은 옷에 안경을 쓴 나는 그와 애들에 대한 이야기를 나누었지만 그럼에도 그는 내게 관심을 보였다. 그는 도착지에서 같이 식사를 하겠냐고 물었다. 우리는 더운 날 밤 골목 카페에서 식사를 했다. 나는 내 몸속에서 무엇인가가 의식의 창문을 두드리는 것을 느꼈다. 그것은 강한 두드림이 아니라 둔탁한 울림이었다. 도저히 말이 되지 않는 일이었다. 그 남자는 애덤과 똑같았다─책임감 있고 친절하지만 약간 멍한 구석이 있는. 그런데도 그 순간 내가 원했던 것은 그가 내게 키스를 하게 하는 것뿐이었다. 애덤은 내게 키스를 하고 싶어 했다. 왜 그것으로 충분하지 않았던 것일까? 나는 카페를 박차고 나왔다. 나는 그것에 대해 말하고 싶지 않다. 이 작은 반항은 정말 웃겼다. 나는 정말로 웃기는 인간이었다. 나는 그것에 대해 더 이상 말하고 싶지 않다.

나는 어느덧 그리니치빌리지의 카민가로 이어지는 6번가의 작은 길목에 서 있었다. 지금은 새 영화관이 된 옛 농구장과 영화관 자리를 지났다. 내 부모님도 나처럼 뉴욕대학교에 다녔는데, 아버지가 나를 학기 중에 방문할 때면 으레 어떤 상점이 예전에는 어떤 상점이었는지에 대해 설명을 하곤 했다. 나는 그게 세상에서 가장 지루했다. 하지만 학생회 건물이 지금은 종교학 센터로 바뀐 것을 보니 어처구니가 없었다.

나는 카민가를 잠시 어슬렁거리며 향수나 그런 비슷한 것을 느끼려 했다. 대학 졸업 후 처음으로 얻은 아파트가 바로 그곳에 있었다. 엄마는 그곳이 배달음식 용기들이 뒹구는, 〈미스터 굿바를 찾아서〉에 나오는 모든 죄의 온상(즉, 내가 결혼하지 않은 사람과 섹스를 하는 것을 의미했다)이 될까 봐 걱정했다. 한번은 〈로렐 캐넌〉의 시사회가 열렸던 안젤리카 극장에서 한 남자를 만났었는데, 결국 내 아파트에서 그와 섹스를 했다. 그 한 번이 다였다.

대학을 졸업한 후 내 첫 직장이었던 〈TV 투나잇〉 잡지사에서 편집장인 글렌과 사랑에 빠졌을 때 나는 여전히 카민가에 살고 있었다. 글렌은 세 명의 자녀를 둔 유부남이었다. 우리 사무실에서 가장 잘생긴 남자는 아니었지만, 지루한 삶을 살고 있던 내게 그의 안정된 모습은 섹시하게 다가왔다. 퇴근 후 그와 함께 아파트로 오던 날 밤이면 우리는 섹스를 했고, 그가 일어나 웨스트체스터로 돌아갈 때면 나는 매번 울곤 했다. 나는 그때 담배를 피웠다. 이스라엘에서부터 담배를 피우기 시작했다. 엄마는 내가 기억하는 한 항상 담배를 피웠다. 난 절대 담배를 피우지 않을 생각이었다. 하지만 내가 스무 살이 되었을 때, 이제는 분명히 그것에 중독될 위험에서 벗어났기 때문에 한번 그것을 시도해봐도 괜찮으리라고 생각했다. 그것이 그렇게 달콤하고 만족스러울 것이라고 누가 예상을 할 수 있었을까? 내가 그동안 그렇게 안절부절못했던 것이 결국 담배를 발견하기 위한 것이었다는 것을 누가 알았으랴. 나는 완전히 그것에 푹 빠졌다. 담배는 아마도 내가 태어날 때부터 내 손가락과 입이 찾던 것 같았다. 글렌은 사실 바람둥이는 아니었다. 그는 젊은 사람, 즉 내가 그에게 주는 관심에 속절없이 무력했을 뿐이다. 처음 만났을 때, 그는 역광을 받으며 문간에 서서 편집 시험으로 내가 손본 잡지 교정쇄를 읽고 있었다. 그때 나눈 무해한 대화, 그가 내 책상에 원고를 내려놓으며 건넨 친절한 몇 마디 말에서 나는 나를 사로잡는, 나를 흥분시키는 무엇인가를 발견했다. 나는 매번 그를 찾았다. 필요 없을 때도 그의 도움을 청했다. 나 자신을 통제할 수 없었다. 나는 주변의 모든 사람은 의식하지도 않은 채 그의 책상을 빙빙 싸고돌았다. 그가 내 옆을 스쳐 지나갈 때는 숨이 막혔다. 그는 그렇게 잘생기거나 흥미롭지 않았다. 정말 이해를 할 수 없는 일이었다.

하지만 그때는, 나는 내 몸을 느낄 수 있었다. 나는 내 몸이 그에게 열리는 것을 느낄 수 있었고, 그것이 어떻게 작동하는지 보았다. 진화, 매력, 생육하고 번성하라는 명령. 나는 처음으로 내가 이런 힘들에 무력하다는 것을 깨달았다. 전에도 다른 사람들에게 홀딱 반한 적이, 사랑에 빠진 적이 있었다. 하지만 이번만큼 충만한 느낌은 처음이었다. 나는 생각했다. 이래서 사람들이 시를 쓰고 이래서 모든 노래가 사랑을 얘기하는군, 이제 이유를 알겠어. 어느 날 밤, 엘리베이터에서, 그는 나 때문에 정신이 산란하다고 말했다. 나는 저녁을 같이 먹으면서 그 문제에 관해 이야기를 해보자고 말했다. 그는 내가 보는 앞에서 공중전화로 아내에게 전화를 걸어 몇 시간 동안 시내에 있어야 할 일이 생겼다고 말했다. 그게 시작이었다.

나는 그 시절에 대해, 침대에서 그를 기쁘게 해주기 위해 내가 얼마나 노력을 했었는지에 대해 생각했다. 하지만 가엾은 애덤 생각을 떨쳐버릴 수 없었다. 그는 내게 안정이라는 선물을 주었다. 그 결과 그는 생기를 잃은, 덜 의욕적이고 덜 매력적인 나를 갖게 되었다.

어쨌든.

글렌이 내 침대에 있을 때, 나는 담배에 불을 붙여 연기를 그를 향해 불곤 했다. 그가 집에 갔을 때 담배 냄새가 나도록, 그래서 그의 아내가 낌새를 채서 그들의 상황에 뭔가 변화가 생기기를 바랐기 때문이다. 나는 그나 그들 부부에게 무슨 일이 생기기를 상상하면서 수많은 날들을 보냈다. 보통은 이혼을 포함한 비극적인 상황들이었는데, 그것으로 인해 내가 그의 집으로 들어가 그의 아이들을 돌보게 되는 시나리오였다. 나 자신의 일을 상상하는 대신 다른 사람의 삶을 대신하는 상상을 하며 살았다. 맙소사, 나는 얼마나 빌어먹을 멍청이였던가. 내 꿈은 아주 작았고 나의 욕망은 너무나 기본적이었으며 상상력이 부족했다. 나는 신부가 빨간 드레스를 입은 결혼식에도 갔고,

여러 사람과 관계를 가지는 사람들도 만나곤 했다. 그러면서도 정작 나는 왜 그렇게 창의적이지 못했을까. 나는 인생의 다른 모든 면에서는 매우 창의적이었다. 그런 내가 어떻게 그렇게 관습적이고 **기성세대** 같은 행동을 하게 된 것인지 황당할 뿐이다.

카민가를 걷다가 문득 나는 내가 원하던 삶을 얻은 거라는 생각이 들었다. 결국 나는 글렌의 아내처럼 되었다—결혼해서 교외의 고급 주택 지역에 살며 길들여진 채 남편이 퇴근해 집에 오기만을 기다리는 삶. 나는 애덤도 일하면서 만났다. 기독교인 전용 데이트 서비스 회사를 상대로 한 소송에 관한 취재를 하던 중 법무법인에서 내 담당자로 배정해준 젊은 변호사인 그를 만났다. 그는 키가 컸고, 친절한 눈과 두꺼운 검은 테 안경을 쓰고 있었다. 언더셔츠를 입었고 굽이 낮은 납작한 구두를 신었으며 항상 니트 넥타이나 다른 평범한 넥타이를 매고 다녔다. 그는 일을 위해 옷을 갖춰 입어야 하는 세상에 살고 있었고 그래서 항상 브룩스 브라더스 콤비 상의를 입고 있었다. 그는 부유한 집안 출신이었고, 가족들은 당연히 그도 부유하게 되리라 생각했다. 부유한 사람들 사이에서는 부의 영속성이 당연한 것으로 여겨졌기 때문에, 그런 생각은 그에게도 자연스러운 것이었다.

취재하는 동안 그와 점심 식사를 하면서 그에게서 정보를 짜내려고 했지만 그는 아무것도 알려주려 하지 않았다. 하지만 그는 침착하고 명랑했으며 한 번도 짜증을 부리지 않았다. 어두운 구석이라곤 전혀 없고 일을 하면서도 스트레스를 받지 않다니, 정말 이상한 사람이었다. 뜨거운 열탕을 거친 내게 그의 단순함은 시원한 샤워처럼 느껴졌다. 내 감정은 그렇게 논리적으로 움직이지 않았다. 아마도 그것이 내가 애초에 그에 끌린 이유였을지도 모른다. 그의 평화로움이 나를 교정할 수 있을 것이라는 생각이 배후에 있었을 것이다. 하지만 나는 그런 생각은 이해하지도 못하는 사람에게 나의 어두운 성격과 불만을 평생 이해시키면서 살게 될 줄은 생각도 하지 못했다.

우리는 처음에는 아주 뜨거운 성생활을 즐겼고, 그 후 정기적인 성생활의 단계를 거쳐, (지금처럼) 황무지에 처해 있었다. 일주일에 한 번 규칙적으로 하던 섹스가 격주에 한 번으로 바뀌었지만, 가끔 일주일에 두 번을 하는 경우도 있으니 우린 아직 괜찮은 거겠지 하는 자기 위안의 단계도 거쳤다. 하지만 문제는 그것이 아니었다. 우리는 우리에게 없는 것만을 갈구한다. 애덤과 나는 서로를 가지고 있었다. 그것은 분명하다. 우리 둘 다 다른 사람을 흘깃흘깃 곁눈으로 쳐다보지 않는다. 애덤과 내가 결혼하고 나서 세상으로 나갔을 때 나는 내가 끌리는 사람들이 리스본에서 만난 그 남자처럼 거의 애덤의 복제품이라는 것을 알게 되었다. 나는 다른 것을 원하지 않았다. 그저 갈급함이 그리울 뿐이었다. 우리는 목말라해서는 안 되지만 그것은 엄연히 존재한다. 그래서, 어쩌자는 것인가? 그만두자, 이런 일에 대해 말해봤자 아무 소용이 없다. 아무리 말해봤자 나아질 게 없다.

전화벨이 울려서 나는 길모퉁이에 있는 교회 앞 벤치에 가서 앉았다. 애들한테 저녁으로 뭘 먹여야 할지 베이비시터가 물었다. 나는 시간을 보았다. 벌써 5시였다. 나는 여섯 시간 동안이나 떠돌아다니고 있었다.

전화를 끊은 후에도 나는 이어폰을 끼고 있었는데 갑자기 휴대폰이 음악을 재생하기 시작했다. 별도의 조작을 하지 않았지만 내 휴대폰은 가끔 노래를 재생하곤 했다. 그것이 연주한 곡은 내가 고등학교를 마칠 때쯤 U2가 발매한 앨범에 들어 있던 노래로, 나는 CD 붐박스로 그 노래를 틀어놓고 침대에 누워 천장을 올려다보며 내가 어떤 시작 단계의 끝에 있다는 것, 그리고 그것은 동시에 다음에 오는 마지막 단계의 시작이라는 것을 생각했었다. 나는 6번가 모퉁이에 있는 매점으로 걸어가서 담배 한 갑을 샀다. 나에게 담배를 건네준 남자는 내게 이상한 눈길을 던지지 않았다. 그는 내가 이런 철없는 짓을 하기에는 너무 나이가 많다고 말하지도 않았다. 나는 다시 벤치로 가서 담배에 불을 붙이고 연기를 한 모금 들이마셨다. 연기는 내 몸속으로 들어와 독으로, 그리고 다른 무엇인가로 채웠다.

이스트햄튼의 집은 더 이상 토비의 집이 아니었다. 실질적으로는 이전에도 마찬가지였다. 하지만 이혼 절차가 공식적으로는 마무리될 때까지는 그의 이름도 등기 서류에 올라 있을 것이다. 차도 마찬가지였다. 그가 옛 아파트의 차고로 차를 가지러 갈 때는 혹여나 차가 거기 없을까 봐, 그래서 우스운 꼴을 당할까 봐 식은땀을 흘려야 했다. 차고에서 일하는 직원이 그의 이혼 사실을 들먹이면 그는 범죄를 들킨 사람처럼 슬그머니 그곳을 빠져나와야 할 것이다. 그러나 직원은 "어디 좋은 데 가시나 봐요?" 하고 말을 건넸고, 토비는 차에 짐을 싣고 난 후 차를 빼냈다. 청명한 저녁 하늘은 이내 어두워지기 시작했고 아이들은 창밖을 내다보았다. 토비는 핸들을 움켜잡았다. 한참 동안 침묵이 흘렀고, 차고 직원과의 대화가 계속 마음속에서 밟혔다.

갑자기 뒷좌석에서 "엄마는 어디 있어요?" 하고 솔리가 물었다. 아이가 그 질문을 하기까지 나흘이 걸렸다.

"말했잖아, 엄마한테 일이 생겼다고." 토비가 말했다.

"엄마하고 영상 통화를 해도 돼요?"

토비는 백미러로 아이를 바라보았다. "아마 시차 때문에 어려울 거야, 친구. 엄마는 아마 자고 있을지도 몰라." 그의 말은 유럽 어딘가의 호텔에서 잠든 그녀의 이미지를 마음에 떠올렸다. 그는 잠시 당혹감을 느꼈다.

그는 라디오를 켰다. 무심코 라디오를 켜는 것이 모든 게 정상이라는 것을 아이들에게 납득시킬 수 있는 가장 좋은 방법이라고 느꼈기 때문이었지만 그것은 사실이 아니었다. 그의 눈은 다시 도로 위를 향했지만 속이 쓰리기 시작했다. 그는 잠시 동안 그의 내장에 레이철이라는 돌이 들어 있다고, 차를 세우지 않고도 그 자리에서 자신에게 수술을 해서 돌을, 그녀를 헤집어낼 수 있을 것이라고 상상했다. 그런 후 모든 것을 창문 밖으로 던져버리면, 그녀라는 독성이 품고 있는 산(酸)은 고속도로에 싱크홀을 파고 지구 중심부로 내려가서 중국으로 건너갔다가, 다시 속도를 높여, 아시아를 넘어 우주로 나아가고, 모든 종류의 암흑 물질을 통과한 후 전화가 수신되지 않는 평행 우주로 가서 다시는 그녀의 빌어먹을 목소리를 들을 필요가 없게 될 것이다.

그는 레이철의 꿈이자 그의 두려움의 대상인 햄튼의 사치스러운 광경들을 마주칠 마음의 각오를 새로이 하며 70번 출구에서 고속도로를 벗어났다. 서서히 특수 조명들과 잔디밭―고속도로에서 멀리 떨어진 집들일수록 잔디밭보다는 운동장에 가까웠지만―을 갖춘 세련되고 웅장한 저택들이 나타나기 시작했다.

햄튼은 그 자체가 모욕이었다. 경제적 정의에 대한, 인간의 존엄을 위해 무엇을 희생하면서 살아야 할지 고민하며 인간다운 삶을 사는 것에 대한 모욕이었다. 이만하면 충분히 소유한 것이라는 생각에 대한 모욕이었다. 대리석 기둥들이 떠받치고 있고 넓은 잔디들이 깔려 있는 집들 안에는 그들의 선행 덕분에 행운이 따른 친절하고 선한 사람들이 아니라, 족함을 알지 못하는 약탈자들이 살고 있었다. 아무리 돈이 많아도, 물건들과 옷, 안전, 보안, 클럽 회원권, 오래된 포도주들이 충분해도 그들에게는 족함이 없었다. 어느 누구에게도 이 정도면 '나는 만족할 만한 삶을 살고 있다. 이제 다른 사람들도 만족스러운 삶을 살도록 도와야겠다'라고 말할 수 있는 금액이 없었다. 이들은 범죄자들, 진정으로 살아 숨 쉬는 범죄자들이었다. 해외에 계좌들을 가지고 있거나, 직원들에게 급여를 제대로 지급하지 않거나, 가정부들에 대한 세금을 제대로 내지 않거나, 전미 총기 협회의 회원들이었고, 감옥에 갇힐 만한 죄들은 아니라 해도 분명 도덕적으로 끔찍한 범죄를 저지르는 이들이었다.

그중에서도 최악의 모욕은 이 모든 것이 자리 잡고 있는 위치였다. 햄튼은 맨해튼에 붙어 있는 롱아일랜드의 끝자락에 있었다. 햄튼 대부분이 그랬지만 그중에서도 호화로운 선단 부분은 물로 둘러싸인 채 험한 날씨에 노출되어 위태롭게 자리 잡고 있었다. 그것이 역겨운 이유는 그렇게 취약한 지역에 막대한 부를 쏟아놓았다는 것이다. 한번 심한 폭풍이 몰아치면 집들은 모두 날아가버렸다. 그곳에 사는 악당들은 그에 대해 어떻게 느낄까? 그들은 조금도 개의치 않았다. 해 보려면 해봐, 신이 수치심과 파괴의 분노를 우리에게 불어 내리게 하라고. 걱정 없어, 들어놓은 보험으로 오히려 큰돈을 벌 테니까. 그리고 아스펜에도 집이 있으니까 걱정 없어!

토비는 집 진입로로 차를 몰았다. 레이철은 자신이 이제 햄튼에 집을 가질 자격이 있다고 그를 설득했고, 그는 그녀에게 그들이 살 능력이 있는 것보다 조금 소박한 것을 사자고 설득했다. 그녀는 아무 말 없이 그의 주장을 따라주었다. 그럼에도 그 집은 여전히 거대했다. 다섯 개의 침실과 차 세 대를 들일 수 있는 차고, 거실과 서재와 응접실, 선룸과 바다를 굽어보는 테라스. 그 집은 잡지 편집장들이 부자가 될 수 있었던 시절, 〈베너티 페어〉 편집장의 소유였다. 그는 시대에 뒤떨어진 인물이었고, 그의 죽음을 끝으로 그런 사람들은 멸종했으며, 이제 언론인들이 햄튼을 찾는 유일한 때는 가끔 우리가 우아한 별종들로 인정을 받거나 우리가 과거에 아주 흥미롭고 강력했던 존재들이었기에, 혹은 고급 시계 회사의 광고 의뢰를 받은 잡지 홍보담당자가 해변가 집을 빌려 12월 호에 실릴 선물 가이드를 위한 흥미진진한 정보를 제공하기 위해 우리를 초대할 때였다. 〈베너티 페어〉 편집장의 아들은 아버지가 돌아가시자 집을 물려받았지만, 그 후 그가 내부자 거래 혐의로 감옥에 가는 바람에 급매물로 나온 집을 레이철이 입찰로 샀다. 그녀는 사람들에게 급매물로 나온 집을 샀다고 말하기를 꺼렸다.

그가 진입로에 차를 주차하자 아이들이 집으로 뛰어 들어갔다. 갈매기 한 마리가 차 위로 날아갔다. 그는 레이철이 1월에 이혼에 동의했던 날 밤 이후 그곳에 가지 않았었다. 제철은 아니었지만 그들은 주말을 그곳에서 보냈는데, 해나가 흥미를 보이던 연극 캠프의 설명회에 참석하러 딕스 힐스에 갔다가 눈보라를 만났기 때문이었다. 그들은 월요일까지 그곳에서 머물기로 했다. 그들은 그날 밤 최근 몇 년 동안 행해온 것처럼 기계적이고 무미한 섹스를 했다. 토비가 처음으로 이혼을 요구한 지 벌써 1년이 지났었다. 그의 요청은 분노에서가 아니라 스스로에게 거짓말을 할 때 그것이 당신의 가슴에 뚫는 구멍의 고통 때문이었다. 그가 그 화제를 꺼낼 때마다 레이철은 히스테리를 부리며 그를 협박했다. 그녀를 떠나면 그는 다시는 아이들을 볼 수 없을 것이고, 결국 무일푼 신세가 될 거라고 소리를 질렀다.

"하지만, 왜 계속 이렇게 살아야 하는 거지?" 그가 물었다. "당신도 이렇게 살면서 행복할 수는 없어."

그녀는 대답이 없었다. 계속 협박만 할 뿐이었다. 결국 그가 물러났지만 그는 겁이 났고 더 슬퍼졌다. 그러나 그들의 침실로 쏟아져 들어오는 하늘에 눈이 내리고, 북적대던 여름 동안에는 결코 느낄 수 없던 정적이 찾아오자 그녀에게도 마음의 평화가 찾아오는 것 같았다. 그들은 침묵 속에 누워 있었다. 공기는 차가웠지만 침대는 따뜻했다. 그녀는 천장에 대고 말을 했다. "우리 이혼해야 할 것 같아." 그는 그녀를 마주 보기 위해 옆으로 돌아누웠고, 그는 그들이 파괴한 것에 대한 뼈아픈 사랑이 자신을 채우는 것을 느꼈다. 그녀의 얼굴을 따라 흘러내리는 눈물을 그가 엄지손가락으로 닦아냈다. "모든 게 괜찮아질 거야." 그가 말했다.

그날 밤 이후 몇 주, 몇 달은 그들의 결혼 생활에서 가장 행복한 시간들 중 하나였다. 그들은 함께 웃었고 분위기는 경쾌했다. 그들은 몇 년 전에 그들을 웃게 만들었던 시트콤의 에피소드들을 다시 보았다. 그들은 해나가 짜증을 부릴 때마다 서로를 바라보며 눈썹을 추켜올리고 깊은 숨을 들이마셨다. 그들은 솔리가 석관(石棺)이라는 어려운 말을 써보려고 하루 종일 애를 쓸 때 웃지 않으려 애쓰며 서로의 눈을 쳐다봤다. 그들이 사랑의 친밀감을 느껴본 것은 아주 오래전이었다. 최근 몇 년 동안, 그들은 증오를 드러낼 때만 서로의 속 깊은 곳까지 가닿는 느낌을 느꼈는데, 싸울 때에 오랜 기간 결혼 생활의 경험으로부터 얻은 가장 구체적으로 잔인한 것들을 상대에게 말할 수 있었다는 의미에서다. 그는 그녀의 모순된 모성애를 짓밟았다. 그녀는 경동맥을 노리는 동물처럼 그의 남자답지 못함을 공격했다. 하지만 싸우지 않을 때는 그런 내밀한 느낌은 사라졌다. 그들의 대화는 너무나 차갑고 건성이어서, 그들이 억지 데이트를 하는 날 밤 누가 우연히 그들의 대화를 들었다면, 서로 알고 지낸 지 몇 주 안 된 사람들이라고 생각했을 것이다. 하지만 이제 다시 친밀감이 되살아났다. 레이철은 저녁 식사를 준비하는 날이지만 일찍 퇴근하지 못하면 집에 오는 길에 저녁을 사서 들어왔다. 그녀가 몇 년 동안 괜찮은 치킨 만두를 먹어보지 못했다고 말하자 그는 뛰어나가다시피 아파트를 나가 만두를 사 왔다. 그들은 몇 년 동안 하지 않았던 일이지만, 때때로 손도 잡았다. 하지만 토비는 그것이 완전히 역효과를 가져오는 퇴행적인 일이라는 것을 깨달았다. 고요함이 감돌았고, 그것과 함께 안도감이 찾아왔는데, 그것은 그의 몸에서 엔돌핀처럼 작용을 했다. 그는 최근에 벌어지는 일들을 자신이 사랑으로 착각하는 것은 아닌지 걱정이 됐다. 결혼의 마지막 나날들을 보내고 있을 때 서로의 존재에서 행복을 찾을 수 있다면, 그들이 진짜로 결혼 생활을 했을 때는 왜 행복하지 못했던 것인지 그는 이해할 수 없었다.

그들은 아이들의 학기가 끝난 후에 그가 집을 나가는 것으로 결정했지만, 토비는 4월부터 아파트를 찾기 시작했고, 95번가와 렉싱턴가가 만나는 곳에서 북쪽으로 다섯 블록 떨어진 곳에서 한 곳을 발견했다. 그는 온라인으로 가구를 샀다. 임대 관련 서류에 서명을 하고 주문 확인 버튼을 클릭할 때마다 그는 끔찍한 구멍에 빠져드는 기분이 들었다. 수 라 테이블(시애틀에 본사를 둔 주방용품 판매 회사─옮긴이)에서 밝은 파란색 에나멜 냄비 세트를 주문하기 전까지는 그는 겁에 질려 허둥거리고 있었다. 냄비의 주문 확인 단추를 클릭했을 때 기분이 괜찮아졌고 배송 확인 이메일이 왔을 때는 갑자기 그는 그 냄비들을 주문한 것이 신나기 시작했다. 레이철은 직접 식사를 준비한 적이 한 번도 없었지만, 토비가 좋아하는 밝은 파란색 에나멜은 너무 화려해서 부엌을 서커스장처럼 보이게 만든다며 스테인리스 냄비만을 고집했다. "세련된 농가 부엌을 원하는 거야, 토비?" 그녀는 말했다. "이 집에는 20세기 중반의 모던 디자인이 어울린다고." 그는 그녀가 실내 장식가("사실 사람들은 저를 인테리어 디자이너라고 부르죠")를 고용했을 때가 기억났다. 뢱이라는 이름의 두꺼운 팔뚝이 달린 펭귄 같은 여자가 와서는 아파트 디자인의 전체적인 상황을 평가했었다. 그녀는 가지고 온 바인더를 넘기며 토비와 레이철에게 설명을 했지만, 곧 (a) 토비는 그 문제에 관심도, 아무 권한도 없고 단지 아이들이 방해하는 것을 막기 위해 그곳에 있었고, (b) 일련의 준비된 질문 후에 레이철이 선호하는 스타일은 20세기 중반의 모던 디자인이라고 결론지었다. "당신은 20세기 중반의 모던 디자인을 원하는군요!"라고 인테리어 디자이너가 말하자 레이철은 마치 자신의 조상들이 지구 어느 쪽에서 왔는지 이제야 막 알게 된 사람처럼, 그녀의 의식이 생겼을 때부터 품게 된 궁금증과 삶의 수수께끼를 이제 막 풀게 된 사람처럼 두 손을 모아 쥐었다. 이제야 비로소 그녀 인생의 모든 것들이 착착 아귀가 맞아떨어질 것이다.

"하지만 레이철은 모든 것을 새것으로 채우기를 원해요." 토비는 딴에는 이것이 재미있는 농담이라고 생각하며 말했지만, 레이철과 뢱은 그저 눈만 껌뻑이며 서 있을 뿐이었다.

그는 다시는 이 문간을 넘을 일이 없을 거라고 생각했었다. 한 시간 동안 예의 있게 앉아 대화를 나누면 꼬리뼈에 금이 갈 것 같은 임스 라운지 체어에도 다시 눈을 줄 필요가 없다고 생각했었다. 그는 새로운 르크루제 그릇들이 배송 중이라는 이메일을 받았을 때 기쁨으로 몸이 증발해버릴 것 같았다. 레이철의 아파트를 영원히 떠나면 매일 이런 느낌을 느낄 수 있을 거라고 생각했다. 앞으로는 항상 이럴 거야, 그가 선택하는 것으로 이루어진 삶. 그의 선택으로 세워질 가정과 나날. 자갈길 진입로를 따라 햄튼의 집 문을 향해 걸어가면서 그는 아이들의 머리에 손을 얹었다. 소금물 가까이에 온 탓인지 아이들의 머리는 금방 끈적거리는 느낌을 주었다. 그는 자신도 모르게 어쩌면 레이철이 이곳에 있으리라는 생각을 하고 있음을 깨달았다. 그가 문을 열면 그들을 기다리고 있던 그녀를 발견하게 될 것이다. 그녀가 왜 여기에 있을지 그는 알 수 없었다. 아마 진탕 술을 마시고 있거나, 어떤 남자랑 자고 있거나, 어떤 여자랑 자고 있거나, 욕조에서 울고 있거나, 아니면 테라스에 죽어 있을지도 몰랐다. 바로 저기에.

하지만 그가 불을 켰을 때 그는 집 안에 사람이 없다는 것을, 그녀가 거기 없다는 것을 알았다. 그는 그녀가 거기 있을 거라고 생각하지 않았었다. 그런데 왜 그는 새삼 허전함과 배신감을 느끼는 걸까?

그날 밤, 그가 처음으로 그곳의 침대에 혼자 누웠을 때, 보통은 잠에서 깰 때나 느꼈던 두려움이 엄습했다. '뭔가 잘못됐어, 플라이시먼. 문제가 생겼어. 큰일 났다.' 2만 6000달러를 주고 산 침대와 7500달러짜리 매트리스가 그의 몸을 어머니처럼 감싸고 있었다. 그는 몸을 오른쪽으로 돌리고 다른 사람이 있어야 할 넓은 빈 공간을 바라보았다. 캘리포니아 킹사이즈 침대는 지나칠 정도로 광활했다. 그들은 이 정도의 공간이 필요하지 않았다. 그는 천장에 낸 채광창을 통해 별들을 올려다보았고, 대기권 너머, 광대하고 무한한 우주의 별들 너머에는 무엇이 있을까 생각했다. 그런 생각은 그를 더욱 작아지게 만들었다.

휴대폰에서 문자메시지가 도착했음을 알리는 증기 기차 소리가 나자 누구의 메시지인지 확인하기 위해 손을 뻗었다. 나히드였다. 휴대폰을 통해 그녀의 몸 구석구석을 익히 알게 되었지만 두 사람이 섹스는커녕 만나지도 않은 사이라는 것이 어떤 때는 믿기지 않을 정도였다. 그는 자신의 아랫도리가 딱딱해지기 시작하는 것을 느꼈다. 그가 지금 할 수 있는 일이라고는 레이철의 침대에서 그를 즐겁게 해주길 원하는 다른 여자, 그를 기쁘게 해주길 **원하는** 여자들의 사진을 보며 자위를 하는 것뿐이었다. 그는 왼손에 휴대폰을 들고 잠이 들었다.

아침 식사 때, 그는 지난여름에 사용하고 남은 가루로 아이들에게 팬케이크를 만들어주었지만, 해나는 먹고 싶어 하지 않았다. 해나는 친구들을 만나는 것에만 온 신경이 쏠려 있었다.

"하지만 네 친구들 중 아무도 아직 일어나지 않았을 거야." 토비는 말했다.

아이는 쌩하니 자기 방으로 들어가버렸다.

토비는 서재―집을 살 때부터 서재라고 알고 있었지만 녹색 가죽 소파와 TV만 덩그러니 놓여 있을 뿐 레이철은 그 방 안에 책 한 권을 넣어두는 적이 없었다―로 들어갔다. 자리에 앉은 그는 레이철의 비서 시몬의 휴대폰으로 전화를 했다. 신호가 한 번 울리자 전화는 바로 음성 메일로 넘어갔다. 그는 휴대폰을 잠시 응시했다. 불안한 느낌이 들었다. 지금에 와서 그가 두려워할 것이 뭐가 있을까? 제기랄, 이 겁쟁이 같은 놈, 그는 혼잣말을 중얼거렸다. 그는 다시 전화를 걸었지만 역시 신호가 울리자마자 음성 메일로 넘어갔다. 그는 문자를 보내기로 했다.

긴급 상황이에요, 전화 받아요.

그는 휴대폰을 응시했다. 하지만 아무 전화도 걸려오지 않았다. 마침내 그가 서재 밖으로 나가려는 순간 전화벨이 울렸다.

"안녕하세요, 토비." 시몬이 말했다. 그녀의 목소리에는 어쩔 수 없이 전화를 한 티가 느껴졌다.

"레이철은 어디 있어요?" 그가 물었다.

"무슨 긴급 상황이에요?"

"혹시 레이철이 거기 있나요?" 그는 가능성들을 고려하기 시작했다. "레이철에게 전화 좀 하라고 해줄 수 있어요? 그녀는 **며칠째** 집에 오지 않았어요. 나도 병원에서 힘든 환자를 맡아서 이제 그녀가 아이들을 좀 맡아주어야 해요. 이제 그녀의 차례, 그녀가 합의한 대로 그녀의 차례라고요. 나를 가지고 노는 것은 좋지만 애들한테 이래서는 안 돼요."

"긴급 상황이 아니라면, 그럼—"

"시몬. 아이들이 그녀를 기다리고 있어요. 그 여자 어디 있어요?"

"전화하셨다고 메모 남길게요."

시몬은 전화를 끊었다. 레이철은 그녀에게 심하게 대했다. 그녀는 레이철의 팀에 4년 동안 있었다. 보통은 두 사람이 같이 일을 했는데 레이철은 시몬이 비서 역할을 잘하지만 너무 소심하고 착해서 승진을 시키기에는 부적합하다고 그에게 말했었다.

"그럼 언젠가는 승진할 거라고만 믿고 기다리게 하겠다는 거야?" 토비가 물었다.

"그녀에게 딱 부러지게 **거짓말**한 적은 없어." 레이철이 대답했다.

해나는 렉시 레퍼와 소심한 베킷 헤이스, 그리고 스카일라라는 아이를 만나기로 미리 약속을 해놓았는데, 스카일라의 엄마는 딸을 광고 오디션에 보내곤 했다. 그들은 카페 앞에 차를 세웠다. 해나는 그에게 절대로 따라 들어오지 말라고 신신당부했다. 딸애는 그가 내민 20달러는 쳐다보지도 않고 다른 아이들은 모두 100달러씩 가지고 올 것이라며 60달러를 달라고 했다. 물론 자신을 데리러 올 시간이 되면 그에게 알려주겠지만, 지구상에 유일하게 휴대폰이 없는 자기가 어떻게 그 일을 할 수 있을지 모르겠다는 말도 잊지 않았다. 해나가 아직 카페에 들어서지 않았을 때 같은 또래의 남자아이들이 딸애의 이름을 불렀다. 그들을 돌아보는 해나의 얼굴은 어느새 환하게 웃는 예쁜 표정이었다. 레이철이 하는 행동과 판박이였다.

"남자애들이 있을 거란 얘기는 없었잖아?" 토비가 누구에게랄 것도 없이 말했다.

"아마도 우연일 거예요." 솔리가 말했다. 아이는 우주에 관한 책을 읽고 있었다.

토비는 차 안에 잠시 앉아 앞을 바라보고 있었다.

"아빠, 괜찮아요?"

토비는 몇 초 동안 백미러를 통해 솔리를 바라본 후에야 아이의 질문이 귀에 들어왔다. 그는 기어를 넣고 차를 운전하기 시작했다. "아니, 그래, 괜찮아. 저녁을 뭘 먹어야 하나 생각하고 있었어."

"아빠, 블록 우주가 뭐예요?"

"블록 우주 이론? 블록 우주 이론은 어디서 들었어?"

"책에 나와요."

"그건 꽤 복잡한데. 좋아, 들을 준비됐어? 물리학 이론이야. 끝없는 차원들에는 무한한 우주가 존재한다는 이론인데, 모두 동시에 벌어지지. 무슨 일이 벌어지건 그 순간은 여전히 영원히 존재하는 거야. 시간은 앞으로 진행하는 게 아니고 모든 것이 동시에 일어나는 거야. 무슨 말인지 이해가 되니? 이해가 안 가겠지."

"그렇다면 이 자리에서 과거에 무슨 일이 벌어졌든 그것이 지금도 일어나고 있다는 말이에요?"

"그래. 그리고 앞으로도. 우리가 미래라고 생각하는 시간에서도 말이야."

"그럼 어째서 우리는 그것을 볼 수 없죠?"

"글쎄, 우리는 우리의 차원만 볼 수 있지. 우리 뇌는 그것을 이해하기 어려워."

"우리가 어떤 차원에 있는지 어떻게 알 수 있어요?"

"이론에 의하면 우리는 모든 차원들 안에 있어."

솔리는 아랫니로 윗입술을 깨문 채 몸을 뒤로 젖히고 눈을 감았다.

"괜찮아, 친구?"

"나는 스트레스를 받고 있어요."

"왜?"

"글쎄요. 언제나 모든 차원에서 동시에 일들이 일어나고 있다니, 너무 **복잡해요.**"

"알아. 하지만 너는 지금 당장만 생각하면 돼."

"하지만 지금은 괜찮아요!"

"지금 당장 말고는 너는 상황을 통제할 수도 없어."

"하지만 모든 차원에 있는 '나'들은 그들의 '지금 당장'을 통제해야 하는 거죠."

"그들은 모두 자신들의 상황을 알아서 처리할 수 있어." 그는 아이에게 몸을 돌렸다. "이건 단지 이론일 뿐이야. 아마 사실이 아닐지도 몰라."

토비는 더 이상 블록 우주에 대해 이야기하는 것을 견딜 수가 없었다. 자신이 상대하고 있는 것이 절대적인 현실이 아니라는 어떤 삶의 이론에 대해서도 말하고 싶지 않았다. 만약 그것들에 대해 생각하기 시작하면 그를 정말로 짓눌러버릴지도 모르는, 후회와 다른 기회들 그리고 다른 선택들의 범위들을 견딜 수 없었다. 그는 후회 없이 살기로 선택했었다. 그는 후회할 것이 없다고 믿기로 선택했었다. 그에게는 기회도 많이 다가왔지만 지켜야 할 가치들도 있었다. 결혼 생활 내내, 그가 자신의 가치관을 지키려 했기 때문에, 주위 사람들과 함께 욕망의 소용돌이에 빨려 들어가려 하지 않았기 때문에 그는 계속해서 벌을 받았다. 그는 더 이상 기회에 대해 생각하고 싶지 않았다. 기회는 함정이었다.

4년 전, 플라이시먼 부부는 미리엄과 샘 로스버그의 두 번째 집에서 열린 신년 파티에 초대되었다. (집이 네 채나 있을 때는 무슨 기준으로 어느 집을 두 번째 집이라고 부르는 것일까?) 솔리는 잭 로스버그와 친했고, 레이철은 미리엄과 함께 필라테스를 하러 다녔다. 미리엄은 레이철의 모든 사교적 야망의 궁극적 목표였다. 미리엄은 로스버그 가문 사람이어서 부유하고 영향력이 있었지만, 작센 가문에서 태어났기 때문에 유럽의 두세 개 작은 나라에도 재산을 가지고 있었다. 작센 가문은 학교의 건축 기금에도 가장 많은 돈을 기부했는데, 이 때문에 적어도 학교 내 다섯 군데 장소들과 학교 문구류에 그들의 이름이 표시되었다. 새로 지어지는 뉴욕 현대미술관 별관에도 그들의 이름이 붙여질 것이었다.

그 집은 주 북부, 새러토가스프링스의 경마장 근처에 있었다. 토비에게는 이 집이 어떻게 보였을까? 그에게는 그 건물이 몬티셀로(버지니아주 샬러츠빌에 위치한 미국 역사 기념물-옮긴이)―현관 입구 홀에 필요도 없는 두 개의 계단이 있는 거대한 식민지 시대 건물―처럼 보였다. 건물 밖은 끝이 보이지 않았고, 안쪽도 마찬가지였다. 침실이 아홉 개나 있다고 레이철이 말했다. 초대받은 가족마다 각자 침실을 배정받았는데, 그 침실들은 사실 부모들을 위한 침실, 아이들이 함께 쓸 수 있는 침실 한 칸, 욕실이 딸려 있는 스위트룸들이었다. 그러나 초대받은 가족들이 스무 가정이 넘었기 때문에 그 집에 숙박할 수 없는 가족들은 샘 로스버그가 길 아래쪽에 있는 유서 깊고 매력적인 호텔에 방들을 잡아주었다.

"우리는 왜 호텔이 아니라 집에 있는 거지?" 토비가 차를 타고 주 북부로 올라가는 동안 중얼거렸다.

운전대를 잡고 있던 레이철이 어깨를 으쓱했다. "누가 알겠어?"

"우리가 저택에 머무는 집으로 분류된 것이 이상해서."

"아마 아이들이 같이 놀 수 있게 하려고? 그리고, 어, 토비, 사람들은 나를 좋아해."

토비는 똑바로 앞을 응시했다. 적어도 호텔에서라면 그는 사람들로부터 좀 떨어져 있을 수 있을 것이다. 그는 솔리를 데리고 자연 속으로 산책을 갈 수도 있을 것이고, 사람들과 어울려 먹는 식사를 건너뛸 수도 있을 것이다. 하지만 현실은 달랐다. 그들은 휘장을 드리운 침대가 있고 직물 벽지로 장식된 방에 묵었는데, 방 안은 모두 단조로운 퀸 앤 양식으로 꾸며져 있었다. 토비는 가방을 내려놓으며 이번 주말이 그에게 얼마나 무자비한 시간이 될지 생각했다.

다음 날 아침, 아침 식사 때 샘은 토비에게 아이들을 데리고 시내로 볼링을 치러 가겠냐고 물었다. 토비는 잠깐 마음속으로 거절을 할 방법을 찾았지만, 눈썹을 찡그려 그에게 애원을 하고 있는 레이철을 보았다.

"그러죠"라고 그는 대답했다.

볼링장에서 거구의 샘은 대리석 무늬의 붉은 공을 골라서 기름칠한 레인에 가볍게 던지고 백조처럼 착지하여 세 번 연속 스트라이크를 득점했다. 샘은 보통 기준으로도 키가 컸고 머리숱도 풍성해 보였지만, 금발 남자들인 경우 급격히 탈모가 되는 경우도 많았다. 그의 턱도 겉으로 보기에는 다부져 보였지만 앞니가 반대 교합(咬合)이 되어 있어서 실제로는 그렇게 튼튼하지 않고 심지어 약할 수도 있었다. 그가 웃을 때면 단지 그의 턱만 마치 꼭두각시 인형처럼 위아래로 움직였다. 잭이 두 번째 스트라이크를 치기 위해 일어설 때 샘이 토비 옆에 앉았다. 그는 "아직 병원에 근무하죠? 우리는 대마초 프로그램을 총괄할 사람이 필요해요" 하고 말했다.

"펜던트사가 마리화나 사업에도 진출하는 건가요?"

샘은 크게 웃었다. "맙소사, 아니에요. 우리는 새로 만드는 중요한 부서를 이끌 수 있는 사람을 찾고 있어요. 그것은 대체 요법을 둘러싼 헛소문을 잠재우고 의학이 최선이라는 것을 세상에 상기시키는 일을 할 겁니다. 세상에는 많은 잘못된 정보들이 횡행하고 있어요. 물론 더 잘 아시겠지만."

"글쎄요." 토비가 말했다. "저는 많은 암 환자들이 마리화나와 침술로 도움을 얻는 경우들도—"

"침술이 얼마나 엉터리인지에 대해서는 할 얘기가 엄청나게 많아요." 샘이 대답했다.

"—내 말은, 치료를 시켰다는 게 아니라 마음의 평정? 그런 걸 준다는 거죠."

"그렇다 하더라도, 진정한 마음의 평정은 곧 치료가 아닐까요?" 토비는 보조금과 모금에 적극적인, 〔눈에 달러 표시가 있는 이모티콘〕을 연상시키는 바턱의 얼굴이 떠올랐다. 토비는 역겨웠지만, 그가 할 수 있는 일은 아무것도 없었다. 그런 종류의 탐욕은 토비가 자신의 일을 할 수 있도록 하는 데 필수적이었다. 그런 기금이 없다면 토비는 일을 할 수 없었다. 의료계에 종사하는 모든 사람들에게 뭔가를 지급하기 위해서는 그런 돈이 필요했다. 그는 그것을 이해하고 있었다. 그러나 이것은 전혀 새로운 이야기였다. 바턱은 적어도 환자들을 치료하는 데 관심이 있는 척이라도 했다. 그리고 적어도 한때는 실제로 사람들을 치료했다. 하지만 토비는 지금 사람들을 치유하는 데는 아무 관심이 없고, 진전을 방해하는 데 관심이 있는 사람과 대화를 하고 있는 것이었다.

"난 의사예요"라고 토비가 말했다. "내가 가장 잘하는 일은 환자들을 치료하는 거죠." 그는 샘이 보수를 언급하기 전에 이것으로 대화가 끝나기를 바랐지만, 그런 희망은 부질없는 것이었다. 토비는 볼링공을 던지기 위해 일어났다. 그는 가장자리에 있는 핀 하나만을 넘어뜨렸다.

"아주 큰 부서예요, 토비. 보너스를 제하고도 큰 거 한 장을 받게 될 겁니다. 팀 전체를 관리하는 거죠. 근무 시간도 얼마 안 되고 일도 재미있을 거예요."

토비는 어느 정도로 돈과 친해야 액수를 큰 거 한 장이라고 줄여서 말할 수 있을까 상상하려 해봤다. "정말 좋은 일이긴 한데, 내가 할 수 있는 일은 아닌 것 같군요."

"레이철은 당신이 이 일을 거부할 거라고 했어요. 내가 보너스를 언급했나요? 근무시간은? 우리는 체어마트에 당신 가족이 스키를 타러 갈 때 사용할 수 있는 별장도 있어요. 국장급은 모두 사용할 수 있죠. 난 지금 진지하게 묻는 거예요."

"레이철과 언제 이런 이야기를 나누었죠?"

샘이 볼링공을 던질 차례였다. 그가 또 한 번 스트라이크를 치고 돌아왔을 때 토비는 다시 그 질문을 하고 싶었지만, 놀라 허둥지둥하는 편집증적인 자신의 모습을 보이게 될까 봐 그만두었다.

토비는 그들이 집으로 돌아올 때까지 레이철과 이 문제를 상의하지 않겠다고 다짐했다. 말다툼을 할 조용한 장소도 없었고, 저녁 식사 장소에서 그녀가 그의 직업에 대해 심한 말을 하기 시작하면 자신도 아무 일도 없이 모든 게 괜찮은 척 넘어가지 못할 것이라는 것을 알고 있었다.

하지만 레이철에게는 다른 계획이 있었다. 새해 첫날밤 만찬에서는 정장 차림의 웨이터들이 오르되브르와 샴페인을 날랐다. 11시쯤 되자 소파에 혼자 앉아 있던 토비에게 솔리가 와서는 무릎을 베고 잠이 들었다. 그는 자신도 솔리와 함께 침대에서 잠이 들어도 좋을지 생각하며 솔리를 안고 방으로 올라갔는데 레이철이 그들을 따라 방으로 들어왔다.

"자, 말해봐." 그녀가 속삭였다. "당신이 이야기하기를 기다리고 있었어."

"무슨 얘기?"

"샘과 무슨 얘기를 나눴어?"

"우리가 무슨 얘기를 했는지 알잖아. 내 뒤에서 결탁해서 모든 일을 꾸민 거잖아."

"결탁이라! 너무 거창한 말이네. 그가 몇 주 전에 그 일을 언급했어. 나는 당신이 그 기회를 맘에 들어할지도 모른다고 생각했고!"

"사실, 기회랑은 정반대야. 그것은 내가 하는 일과 정반대거든. 그는 아픈 환자들에 대한 합법적인 치료 방안들을 빼앗는 일을 하는 부서를 나보고 이끌라고 하더군."

그녀는 침대에 걸터앉아 그를 올려다보았다. "알고 있어. 하지만 당신은 일을 너무 잘해왔어. 이제는 보상을 받아야 해. 어려운 일에서 조금 휴식을 취해야 한다고."

"휴식 같은 것은 필요 없어. 내 일은 고되지 않아."

"왜 소리를 지르고 그래?" 그녀가 이를 악물고 말했다. "사람들이 들을까 봐 창피해."

"나를 창피하게 만드는 것은 괜찮고? 마치 내가 내 일에 최선을 다 하고 있지 않기라도 하듯 말이야."

"최선? 말 그대로 연봉을 네 배나 더 받고 우리 삶을 더 낫게 만들 기회가 있는데도 당신 일을 고집하는 것이 최선이라고 생각하는 거야? 당신이 해야만 하는 일은 하지 않고 하고 싶은 일만 할 수 있도록 내가 힘에 부치게 일을 하다가 일찍 무덤에 들어가게 하는 게 최선이야?"

"뭐가 문제야? 나는 완벽하게……"

"당신은 아직 일반 의사잖아."

"환자를 치료하는 일이 좋아서 일반 의사를 하고 있는 거야."

"당신은 연구비 제공 담당자들도 완전히 열 받게 만들었어."

"맙소사. 또 연구비 얘기야?"

그녀의 립스틱, 언제나 사용하는 빨간색 립스틱이 왠지 이빨에까지 묻어 있었다. 그것은 그녀를 지하철에서 마주치는 미치광이처럼 보이게 했다. "당신은 항상 당신만 옳고 다른 사람들은 모두 나쁘다는 생각에 너무 빠져 있어. 돈을 원하는 건 **나쁜** 일이 아니야. 티스푼만큼 야망을 갖는 것은 **나쁘지** 않다고. 가족의 행복을 위해 최선을 다하는 건 **나쁜** 일이 아니라고."

솔리가 눈을 비비며 문간에 나타났다.

"왜 싸우는 거예요?"

레이철이 일어서서 말했다. "우리 아기, 괜찮아, 다시 돌아가서 잠을 자렴."

"왜 싸우는 건데요?"

"가서 자."

토비는 일어서서 말없이 솔리의 손을 잡고 다시 침대로 데려갔다. 토비는 모로 누워 아이를 마주 보았다. 그가 솔리의 뺨에 손을 얹자 솔리도 토비의 뺨에 손을 얹었다.

"나도 커서 의사가 되고 싶어요, 아빠."

"그래?"

"환자가 생기면 병을 낫게 해주고 싶어요."

"너는 아주 훌륭하게 잘할 거야. 어서 눈을 감고 자렴."

얼마 후 문이 열렸고 토비는 레이철이 부글부글 끓는 채로 문지방에 서 있는 것을 느낄 수 있었다. 그는 눈을 감고 잠든 체했다.

일주일 후, 갑자기, 아니 어쩌면 갑자기가 아니었을지도 모르지만, 레이철은 70번가에 있는, 도어맨이 딸린 그들의 완벽하게 좋은 방 세 개짜리 아파트에서 더 이상 살 수 없다고 선언했다. 솔리는 그곳에 있는 엘리베이터가 뉴욕시 전체에서 가장 멋있다고 생각했었다. 그녀는 혼자서 새 아파트를 보러 다니기 시작했다. 그녀는 해나를 데리고 가곤 했는데 해나는 저녁을 먹으면서 새로 본 집에 곁방이 없다거나 부엌문이 곧장 거실과 연결되어 있다거나, 추가 창고가 없다거나, 주차장이 없다거나, 거실만 있고 서재가 없었다는 등의 보고를 하곤 했다.

당시 75번가에 새 건물이 하나 들어서고 있었다. 86번가와 79번가에도 새로운 건물들이 지어지고 있었는데, 유리와 금속으로만 만들어지던 빌딩들의 비계 위에는 테니스 코트, 자쿠지, 커뮤니티 룸 등 각종 편의시설과 함께 그곳에서의 삶이 얼마나 편하고 매력적일지에 대한 광고가 붙어 있었다. 그것들은 정확히 레이철이 원했던 것들이었지만 그녀는 그 빌딩들은 마음에 들어하지 않았다. 레이철은 편의 시설은 없겠지만 75번가의 건물에 더 관심이 있었다. 그것은 조상 대대로 부유한 그녀의 친구들이 살고 있는 건물들처럼 아르데코풍으로 지어지고 있었다. 청동 아치와 높은 천장, 금속문이 있던 그곳은 '골든'이라는 이름이 붙을 예정이었다. 플라이시먼 가족은 어느 날 밤 저녁 식사 후 그곳을 보러 갔다.

레이철은 "이곳은 아직 공식적으로 사람들에게 공개를 하지 않지만 샘 로스버그가 건설업자를 알고 있는 덕분에 우리가 구경하게 들여보내 주는 거야"라고 말했다.

그는 "왜 이렇게 큰 집이 필요한 건지 모르겠네"라고 말했다.

"이건 큰 게 아니야. 4인 가족에 딱 맞는 크기지."

"저쪽 현대식 건물들이 훨씬 더 멋져. 수영장도 있고."

"그런 거라면 우린 클럽 회원권이 있잖아. 그리고 나는 유리 벽 속에서 살고 싶지 않아. 여긴 고색창연하고 아주 낭만적이야."

"아마 여기에도 체육관이 있을 거야." 해나가 말했다.

"없어." 레이철이 아파트의 크라운 몰딩을 바라보며 대답했다.

"당신이 그걸 어떻게 알아?" 토비가 물었다. 그들은 아직 모델 아파트에서 안내원도 만나지 않았었다.

레이철은 잠시 말을 멈추었다. "샘에게 물어봤어."

"두 사람이 전에 여기에 같이 와본 적이 있어?"

"물론 없어. 내가 어떻게 그런 일을 하겠어?"

그는 그녀가 거짓말을 하고 있다고 거의 확신했다.

그들은 3주 후에 그 아파트를 계약했다. 물론 그녀는 그의 의견을 묻지 않았다. 그는 일방적으로 통보를 받았다. 그것은 그가 샘 로스버그의 제안을 거절한 것에 대한 벌이었다. 그는 옮길 박스들에 꼬리표를 붙이는 것을 도우며 아무래도 좋다고 생각했다. 그것으로 둘이

비긴 것으로만 한다면.

토비는 문득 자신이 그들의 집, 아니 레이철의 집으로 한참 전에 돌아왔다는 것을 깨달았다. 차는 아직 시동도 끄지 않은 상태였다.

"아빠?" 솔리가 물었다.

토비는 눈을 껌벅였다. 여기에 어떻게 왔는지 전혀 기억이 나지 않았다. 그는 그들이 동등하다고 생각했지만, 그들은 그렇지 않았다. 그들은 앞으로도 절대 그렇지 않을 것이다. 그는 열일곱 살 때 부모님의 볼보 자동차로 교통사고를 낸 적이 있었다. 그다음 3일 동안, 그가 할 수 있었던 것은, '내가 딱 1분만 일찍 출발했더라면 어땠을까?', '만약 내가 기름을 넣기 위해 멈추지 않았다면?' 같은 생각들뿐이었고 그것은 그를 미치게 만들었다. 사실 그것은 아무 의미도 없는 짓이었다. 그것은 그가 살고 있는 현실이 아니었기 때문에 중요치 않았다. 만약 그가 그 일을 수락했더라면? 혹은 그가 그것에 대해 허심탄회하게 솔직히 말했더라면? 만약 그의 연구실이 큰 성과를 거두어 그가 연구비를 새로 받을 수 있었다면? 만약 그가 레이철을 만났던 파티에 가지 않았더라면? 그런 질문을 하는 것이 도대체 무슨 소용이 있는 것인가? 그것이 그가 더 이상 블록 우주에 대해 이야기하기를 원치 않는 이유였다. 왜냐하면 어느 차원에선가, 그는 여전히 이 모든 일들이 다가오는 것을 보지 못하는 절망적인 바보이기 때문이었다.

그들이 햄튼에서 보낸 다음 날은, 해나가 그에게 이곳저곳으로 데려다달라고 요구한 후 친구들의 휴대폰을 빌려 그곳에 더 오래 머물며 놀다 가겠다고 문자로 그와 실랑이를 한 것 외에는 느릿느릿 시간이 흘러갔다. 그는 해나를 친구들과 약속한 장소로 데려다준 후, 돌멩이를 수집하기 위해 솔리를 데리고 해변으로 내려갔다. 그는 병원에 전화를 걸었고 병원에서 걸려오는 전화를 받았다.

토비와 솔리는 풀장 옆의 비싼 긴 의자에 앉았다. 솔리가 아이패드로 마인크래프트 게임을 하는 동안 토비는 햇볕이 내리쬐는 물을 물끄러미 바라보았다. 그는 더 이상 참을 수 없다는 생각이 들었다. 노트북을 꺼낸 그는 2년 전에 만나본 적이 있는 변호사의 이름을 찾았었다. 그때 그는 이혼을 해야겠다는 생각에 그녀를 만났지만, 상담을 하는 과정에서 그들이 소유한 모든 것이 레이철의 수입으로 이루어진 것임을 깨달았다. 병원에서 다른 의사의 이혼을 맡았던 50대 후반의 여자 변호사는 그가 소송을 제기할 수는 있지만, 토비가 가정에 유입한 자원이 레이철의 지분보다 훨씬 못 미치는 것을 고려한다면 그녀의 모든 요구에 동의할 수밖에 없을 것이라고 말했다.

"하지만, 우리가 평소 끔찍하게 여기는 사람들도 이혼할 때는 꽤 상대에 너그러워지죠." 그녀는 말했다.

"글쎄요, 그렇게 될지는 잘 모르겠네요." 토비가 대답했다.

그녀는 45분간의 상담료로 그에게 750달러를 청구했다. "중재는 두 분 모두에게 훨씬 더 인간적인 접근법이에요. 만약 그녀가 그것을 제안한다면, 나라면 그것을 받아들일 거예요. 그녀에게서 얼마라도 위자료를 얻지 않는 한, 새집을 마련하려면 당신도 돈이 필요할 테니까요."

몇 달에 걸친 평화로운 기간 때문에 15년 가까운 세월의 타성이 다시 자신의 발목을 잡게 할까 봐, 자신이 다시 생각을 바꾸게 될까 봐 걱정하게 했다면, 그들의 주 2회에 걸친 중재 모임은 토비를 그런 걱정으로부터 해방시켜 주었다. 중재 모임에서 레이철은 냉혹하게 자신의 것들을 챙겼다. 그녀는 집을 원했고, BMW를 원했고, 주식과 뉴욕 농구팀의 티켓들—그녀는 도대체 왜 닉스 팀의 티켓을 원했을까?—그리고 클럽 회원권들을 원했다. 그는 그것에 대해 아무 이의도 없었다. 어차피 그는 그런 장소들에 자주 가지 않았다. 그녀는 많은 것을 가지고 있었지만 그것들을 모두 다 갖고 싶어 했다. 그녀는 자기 자식들의 아버지에게 지난 15년간의 어떤 유물도 주고 싶어 하지 않았다. 하지만 그것은 가장 나쁜 부분이 아니었다. 이것에 관한 최악의 부분은 토비가 자신이 무엇을 원하는지 실제로 생각해야 하는 위치에 처했다는 것이다.

그가 받는 꽤 괜찮은 의사 봉급의 15배 정도를 벌어들일 뿐만 아니라, 그녀가 벌어들이는 돈이 그의 봉급을 능가한 순간, 그의 경제력에 역겨움을 느끼기 시작한 아내와의 결혼 생활에서 살아남을 수 있던 유일한 방법은 돈이 주는 특혜를 그가 간신히 참고 있는 척하는 것이었다. 그는 레이철이 햄튼의 집을 사는 것을 **허락했고,** 레이철이 대대로 부자들이 사는 고색창연한 아파트를 모방한 거대한 골든 아파트를 사도록 **허락했고,** 컨버터블 자동차를 사도록 **허락해주었다.** 그는 이용을 하기는 했지만, 레이철의 물건들이 **자신의** 것이기도 하다는 것을 의식적으로 인정하지 않았다. 그는 중재 과정이 진저리가 났다. 지금 그가 아무 물건이라도 원한다는, 그것에 대한 소유권을 주장하려는 뜻을 표하려면, 사실 그가 그런 물건들에서 만족을 느껴왔다는 것을 인정하는 꼴이 되었기 때문이다. 그는 아주 작은 것들도 다 양보를 했다. 좋아, 다 가져가, 다 가져가라고.

그렇게 토비가 다 포기한 듯 일사천리로 모든 것을 받아들일라치면, 귀 언저리에만 머리가 좀 남아 있고 숄 칼라를 걸친 중재자 프랭크는 "천천히, 토비, 천천히 해요"라고 말하곤 했다.

그는 물건들을 잃는 것에 대해서는 담담할 수 있었다. 차와 햄튼의 집과 클럽은 하룻밤 사이에 그의 삶에서 사라질 것이지만, 그는 애초에 부자가 될 운명이 아니었기 때문에 적응할 것이다. 하지만 지금 그는 아이들을 돌보며 양육해온 가정주부 취급을 받고 있었고, 프랭크는 아마도 어느 주부라도 그런 상황들에서 그렇게 할 것이라며 그에게 자기 것을 지키기 위해 싸우라고 권했다. 사실 프랭크가 옳았다. 그에게는 받을 빚이 있었다. 그녀는 늦게까지 일해야 한다고, 꼭 지금 해야 할 전화가 있다고 항상 주장함으로써 그가 자신의 일에 몰두할 수 없도록 만들었다. 그는 그로 인해 체신이 깎이고 사람들과 어울리지 못했다. 항상 그녀의 그림자 아래에서 위축된 채 비참하게 느끼며 살아야 했고, 매일 밤 그녀와 치열하게 싸워야만 했다. 그가 걸핏하면 화를 냈다고? 그는 화나 있지 않았다. 그는 단지 무언가를 설명하고 있었을 뿐이다.

프랭크가 말하려던 것은 애초에 토비가 원했던 것을 얻을 방법이 없다는 것인데, 그것은 행복한 결혼이었다. 그는 확실히 그들의 관계가 틀어진 것에 대해 어떤 사과나 이해도 받지 못할 것이었다. 이런 경우 물질적 보상만이 유일한 희망이었다. 프랭크는 이것을 알고 있었다. 그는 이런 일을 수도 없이 많이 봐왔다. 다른 게 다 사라졌다는 걸 깨달았을 때 위로해줄 건 그것뿐이니까. 그러나 토비는 차마 싸울 수가 없었다. 애당초 그가 원하지 않았던 것들을 구걸하는 것은 너무나 굴욕적인 일이었다. 물건들에 익숙해지고 즐기는 것은 그것들을 원하는 것과는 다른 것이었다. 그렇지 않은가?

중재는 끝났고, 그 후 다시 변호사들이 개입했지만, 이혼 변호사들은 참여하지 않았다. 이번에는 서류를 담당하는 변호사들과 공증인들이 마치 그가 언제라도 다시 물건들에 대한 소유권을 주장하기라도 할 것처럼 소유 증서들에서 그의 이름을 지우는 일을 맡았다. 이 것은 더욱 굴욕적인 것이었는데, 이 모든 일을 겪은 후에 두 사람이 서로를 신뢰하는 사람들로 헤어질 수 없다는 것을 증명했기 때문이다. 그가 언제든 절박한 상황에 처할 때 그녀의 아파트에 찾아와 점 거를 하거나, 그녀의 차를 차지하기 위한 소송을 제기할지도 모를 가 능성을 없애기 위한 절차였다. 그들에게 그는 결국 가난한 의사일 뿐이었다. 25만 달러 이상 버는 불쌍한 의사.

그는 모터보트처럼 입 밖으로 숨을 뱉어냈다. 그는 레이철의 친 구 중 누구에게도 연락해서 그녀의 소식을 물어볼 용기가 없었다. 이 번 일은 너무 창피해서 아무에게도 그것을 알릴 엄두가 나지 않았다. 그렇다, 이혼은 추악한 것이고 사람들은 그것을 이해했지만, 사람들 이 보는 곳에서 부부 싸움을 벌이고 그녀가 공개적으로 그의 세련되 지 못함을 조롱한 이후에도, 이미 헤어진 아내에게서 다시 버림을 받 는 것은 그에게 너무 굴욕적인 것처럼 보였다. 그가 **세련되지 못하다** 니. 그가 말이다. 그는 퓰리처상 최종 후보에 오른 책들을 읽었고, 박 물관 네 곳의 회원권을 가지고 있었으며, 새로운 문화 행사들을 알아 보기 위해 매주 〈타임아웃〉지를 살펴봤고, 센트럴파크 관리위원회에 기부를 하면서 그곳에서 오페라, 첼로 콘서트 그리고 무멘산츠(스위스 의 팬터마임 극단-옮긴이) 공연을 제안하는 사람이었다.

그는 컴퓨터에 새 창을 열고 레이철과 공유했던 은행 계좌에 로그 인했다. 그들은 프랭크가 시키는 대로 그들의 계좌를 분리했고, 토 비는 그의 새 아파트 모퉁이에 있는 은행의 새 계좌로 그의 돈을 이 체했다. 하지만 그의 컴퓨터는 여전히 구계좌에 자동 로그인을 할 수 있었다. 레이철이 어디에 돈을 쓰고 있는지 볼 수 있다면 그녀가 어 디에 있는지, 무엇을 하고 있는지 알 수 있을 것 같았다. 페이지를 불러 계정 로그인을 클릭하자 암호나 사용자 이름이 틀렸다는 안내 화면이 나왔다. 그는 다시 시도했다. 계좌가 잠기기 전에 두 번 더 시도할 기회가 남았다는 경고가 떠올랐다. 그는 한 번 더 시도했고, 화면에는 시도할 기회가 한 번 남았다는 메시지가 떠올랐다. 그는 신용카드 중 하나를 시도해봤다. 역시 마찬가지의 안내문이 떠올랐다.

그는 컴퓨터를 끄고 머릿속으로 '빌어먹을, 레이철'이라고 외쳤다. 그의 심리 치료사인 칼라는 내면의 독백은 독이 될 수 있다고, 마음속으로 '빌어먹을, 레이철'을 외치는 것은 문제를 해결하기보다는 문제를 만들어낼 것이라고 단호히 주장했었다. 그녀의 말이야 어쨌든 그는 '빌어먹을, 레이철'을 다시 머릿속으로 되뇌었다. 시원한 물을 한 잔 들이켜는 기분이었다.

○

밤이 되자 나히드로부터 젖꼭지와 입술, 배를 찍은 사진들과 외설적인 의미들을 숨기고 있는 메시지들이 계속 도착했다. 아내가 도대체 어디에 있는 것인지 불안과 걱정으로 정신적인 고문을 받으면서도 아이들에게는 그런 기미를 보이지 않기 위해 미소를 지어 보이는 한편, 마치 모든 것이 다 잘 되어가고 있는 것처럼 한 번도 만나보지 못한 여자와 섹스팅을 하고 있다니, 그는 자신이 얼마나 미친 세상을 살고 있는 것인지 알 수 없었다. 그는 그해 여름 한 사람이 어떻게 이렇게 동시에 비참하고 당황스러울 수 있는지, 그러면서도 성적으로 흥분할 수 있는지에 대해 수백만 번 경탄했다. 인간이란 얼마나 대단한 존재인가.

그는 낮 동안에는 해변을 응시하며 집 앞에 펼쳐져 있는 작은 땅

조각의 블록 우주를 생각하곤 했다. 그 블록 우주에서는 6년 전 여름 그들이 이 집을 사기로 결정한 날, 그가 아이들을 바닷가로 데리고 갔고, 레이철이 부동산 중개인과 대화를 마치고 밖으로 나오자 그녀와 포옹을 하고 키스를 했었다. 그는 아이들에게 읽어주던 시드 호프의 동화책을 생각했다. 바다표범 새미는 세상을 탐험하기 위해 동물원을 떠난 후 학교에도 가보고, 식당에도 간다. 모두 괜찮기는 했지만 마음에 꼭 들지는 않았다. 마침내 새미가 우연히 욕조를 발견한 순간 그는 "아, 바로 여기야!"라고 소리친다. 토비가 그날 해변에서 느꼈던 생각도 그랬다. '그래, 바로 여기야!' 그 순간 그녀도 그것을 느꼈을지 모른다. 그래서 그들은 키스를 했다. 그리고 블록 우주의 다음 장면에서 그는 해나와 해변에서 원반을 던지고 있었고 그는 다시 한 번, '그래, 바로 여기야!' 하고 생각하고 있었다. 그때 레이철이 나와서, 샤워를 하고 난 후 다시 모래투성이가 된 그들에게 그 꼴로 어떻게 저녁을 먹으러 나갈 거냐며 악을 썼다.

금요일엔 해나를 초대한 친구 집에 데려다주었다. 해나를 초대한 소녀의 어머니 록산느 헤르츠는 작은 입과 백금색 머리, 70년대 인디록풍의 앞머리를 한 여인이었다. 그녀가 여름 내내 들은 정보에 의하면 레이철이 그 집을 가지기로 돼 있었는데 왜 토비가 그곳에 와 있는 것인지 궁금해했다.

"저는 레이철이 이번 주에 아이들과 함께 있는 줄 알았어요." 록산느가 말했다.

"그랬죠, 하지만 갑자기 출장 갈 일이 생겼어요." 토비가 대답했다.

록산느는 아무 말 없이 서 있었다. 그녀는 미소를 지은 채 메트로놈처럼 머리를 앞뒤로 흔들었는데, 그 몸짓은 뭔가 최면적이어서 토비도 그것을 따라 하도록 만들었다. 안 돼, 그는 강인해야만 했다. 그는 고개를 꼿꼿이 들었다.

"그건 그렇고, 여름은 잘 보내고 계시나요?" 그가 말했다.

그녀는 얼굴 반쪽만으로 연민에 찬 미소를 지었다. "지금 두 사람 모두 너무 힘드시겠죠. 제가 언제나 하는 말이지만 변화는 언제나 어려워요."

"맞아요." 그는 입술을 뾰족하게 내밀어 그것들이 더 이상 말을 꺼내놓지 못하도록 했다. 록산느는 이 치킨게임에서 질 것이었다.

록산느는 자신이 졌다는 것을 깨달았는지 한숨을 쉬었다. "새로운 관계를 맺는 것이 어떤 건지 우리 모두 잘 알죠. 하지만 틀림없이 곧 모든 것이 일상이 될 거예요."

제기랄, 이 대화는 도대체 언제쯤 끝나는 거지? 그때 복도에서 록산느의 아들인 3학년생 맥스가 나타났다.

"오, 안녕, 맥스." 토비가 말했다. "솔리는 차에 있는데. 가서 인사할래?"

맥스는 록산느를 쳐다봤다. 록산느의 분노한 눈이 아들을 향했다. "가서 인사하렴." 그녀는 다시 토비에게 말했다. "솔리를 데리고 오셔서 잠시 여기 있게 하시죠? 솔리와 해나는 여기서 저녁을 먹일게요. 해나와 브리엘은 밀린 얘기가 많은 것 같아요!" 그녀는 짐짓 자애로운 미소를 지었는데, 그것은 토비를 잠깐 언짢게 만들었다. 그 미소의 의미는 그가 자신의 아이들을 데리고 있는 것을 힘들어하고 있다거나(허위), 그가 힘든 시간을 보내고 있는 것이 모든 이들의 눈에 확연하다는 것(사실)을 암시하는 것이었다. 토비는 솔리에게 물어보겠다고 말하고 밖으로 나간 후 1분 정도 기다렸다가 솔리를 차에서 내리게 한 후 맥스와 놀다 오라고 말했다.

토비는 록산느에게 "아이들이 집에 올 때가 되면 문자 보내주세요"

라고 말했다.

"해나는 아직도 휴대폰이 없어요?" 그녀가 물었다. "토비, 그 애는 휴대폰이 필요해요!" 그녀는 그루초 막스의 목소리라도 흉내 내는 것처럼 말했다. 그는 언젠가 레이철이 록산느에 대해 "그녀는 사람들에게 따지거나 뭔가를 요구할 때는 이상한 목소리를 내"라고 말했던 것이 기억났다.

"생일 선물로 사주려고 생각하고 있어요." 그는 록산느에게 고맙다고 미소를 지으며 인사한 후 다음번에는 그가 호의에 보답하겠다고 말했다.

"천만의 말씀이에요!" 그녀가 걸어가는 그의 등에다 소리쳤다. "우리는 해나와 솔리가 우리 집에 오는 게 좋아요!"

그는 차에 올라타서 정면을 응시했다. 록산느는 '새로운 관계'라고 말했다. '새로운 관계란 어렵죠'라고 했던가? 그는 그 말을 들으며 고개를 끄덕이며 미소를 지었는데, 그녀가 마치 걱정을 해주는 것처럼 느꼈기 때문이었다. 그는 서둘러 그곳에서 벗어나고 싶었다. 하지만 그녀의 말이 그의 머릿속을 간지럽혔다. 새로운 관계? 그녀가 그에게 뭔가 암시를 하고 있는 것이었을까? 차 안이 갑자기 참을 수 없을 정도로 뜨거워졌다. 그는 문득 차에 아직 시동을 걸지 않았다는 것을 깨달았다.

지정 시속 25마일의 속도로 듄 로를 따라 내려오면서, 그는 레이철과 특별히 친하지도 않은 록산느가 이번 주에 그녀가 여기 올 것을 어떻게 알았을까 생각했다. 그들은 틀림없이 딸들이 함께 시간을 보낼 수 있도록 계획을 세웠을 것이다. 어쩌면 이제 싱글맘인 레이철과 해나의 새로운 관계가 힘들다는 뜻이었을까? 아니면 레이철과 토비의 관계를 말한 것이었을까? 혹은 토비와 해나? 그는 백 가지 시나리오를 생각해보았다. 하지만 다시 생각해보니 록산느의 눈에는 아주 명백한 암시가 있었다. 그녀의 용광로 같은 분노와 얼음처럼 냉혹한 냉담함은 또 다른 사실을 알려주고 있었다. 레이철은 사라졌을 뿐만 아니라 남자와 함께 사라진 것이다. 그 불쌍한 녀석, 토비는 생각했다.

하지만 그의 팔에 난 털들이 곤두섰다. 뭔가 진짜 일이 일어나고 있었다. 항상 그들과 그녀를 연결하고 있던 가늘고 느슨한 끈이 마침내 끊어져 그녀는 우주의 어딘가에서 표류하고 있을지도 몰랐다. 그녀는 더 이상 그에게 대답하지 않았다. 전혀. 공포가 그를 휩쓸고 지나갔다. 그녀는 이제 그의 균형감각에 영향을 미치는 내이(內耳)의 문제가 되었다. 그의 몸의 각 부분들이 따로 노는 것 같았다. 그는 더 이상 자신의 목표를 어디로 향해야 할지 알 수 없었기 때문에, 그녀에 대해 어떻게 생각해야 할지 알 수 없었다. 그는 그녀가 어디에 있는지 몰랐고, 그녀가 무엇을 할 수 있는지에 대해서도 더 이상 알지 못했다.

그는 진입로에 차를 댔다. 집은 죽은 것처럼 보였다. 안은 텅 비어 있었고 조용했다. 그는 문간에 잠시 동안 가만히 서 있었다. 그는 어렸을 때 부모님과 여동생이 모두 잠들면 어둠 속에서 끔찍한 두려움을 느끼곤 했다. 만약 물을 마시기 위해 일어나거나 화장실에 가야 하면, 그는 가능한 한 빨리 움직이며 내내 혼자 콧노래를 흥얼거려서 적막의 소리를 듣지 않으려 했다. 그는 너무 사위가 조용해지면 적막 아래에 있는 소리들—유령이 신음하는 소리들 같은 것—을 들을까 봐 두려웠다. 그는 그런 것들을 알고 싶지 않았다. 하지만 지금 전처 집에 서 있는 그는 용감했다. 그는 충분히 조용하면 왠지 그녀가 나타날 거라고 생각하면서 가능한 한 가만히 있었다. 그는 족히 5분 동안 그렇게 그곳에 조용히 서 있었다. 그러고는 바로 거실에서 옷을 벗고 밖으로 나가서 반짝이는 물속으로 벌거벗은 채 뛰어들었다. 엄밀히 말하자면 그는 가택침입을 하고 있는 셈이었다.

일요일 아침이 되자 토비는 주말에는 교통이 점점 더 나빠진다는 것을 알고 있었기 때문에 (이것은 아마도 그의 점점 커지던 두려움의 부분적인 원인이었을 수도 있을 것이다) 아이들에게 짐을 챙기게 한 후 집으로 차를 몰았다. 그는 꼼꼼하게 부엌과 침대를 정돈해놓은 자신에 대해 혐오감이 느껴졌다.

"어디로 가는 거예요?" 그들이 퀸스 미드타운 터널을 통과할 때 솔리가 물었다. "우리 토니스 식당에서 저녁 먹어도 돼요?"

"이제이스로 가자." 토비가 말했다. 이제이스는 3번가에서 20달러짜리 팬케이크를 파는 간이식당이었다.

"저녁으로 팬케이크를 먹는다~!" 솔리가 신나서 외쳤다.

그는 백미러로 솔리를 바라보며 아이를 행복하게 하는 것이 얼마나 쉬운 일인지 지켜봤다. 해나는 팔짱을 끼고 창밖을 노려보고 있었다. "하지만 우선 네 누나한테 휴대폰을 사주고 가자." 토비가 말했다. 그는 다시 한 번 백미러를 들여다보며 해나가 그에 대한 애정을 품은 모습으로 피어나는 것을 보았다. 아내와 치열한 다툼으로 얻어낸 돈으로 사는 싸구려 애정이었지만 그는 상관하지 않았다. 그는 그것을 받아들일 것이다.

토비는 밤에 해나에게 휴대폰을 사용하는 법을 가르쳐주어야겠다고 생각했지만, 물론 그 애는 이미 모든 것을 알고 있었다. 해나는 이미 인스타그램 계정을 가지고 있었는데, 토비는 열한 살짜리 아이가 그런 것들을 갖고 있는 것이 좋은 일인가에 대해 누군가와 토론을 하고 싶었다. 하지만 레이철은 그와 함께 있을 때조차도 결코 그런 것을 물어볼 사람이 아니었다. 토비는 해나의 인스타그램을 구독했다. 딸애가 올리는 글들은 언제나 자신감이 결핍되어 있었다. 그것들은 칭찬을 갈구했고 거짓으로 자랑을 했다. 그는 해나를 그의 무릎 위에 앉혀 끌어안고 딸애를 조용히 흔들어주며 자장가를 불러주며 재우고 싶었다.

나히드에게서 새로운 문자가 도착했다. 그녀는 마침내 그들이 만나게 되는 것인지 묻고 있었다. 첨부한 사진에서 그녀는 금빛 구슬 목걸이를 하고 있었다. 얼굴 사진을 보낸 적은 없었지만, 적어도 그 사진에는 그녀의 목과 턱의 일부가 들어 있었다. 그녀의 목걸이는 그녀의 젖가슴과 하얀 브래지어에 달린 레이스 장식 둘레에 드리워져 있었다. 제기랄.

난 아직 애들하고 있어요. 그가 답신을 보냈다.

나히드는, 남편인 우드로 윌슨 대통령이 뇌졸중으로 쓰러지고 난 후 그 대신 비밀리에 국정을 이끌었던 이디스 윌슨에 관한 뮤지컬 〈프레지던트릭스〉에서 알레한드라 로페즈가 눈물을 흘리는 움짤을 답장으로 보냈다. 알레한드라 로페즈는 이 뮤지컬로 퓰리처상을 받았다. 움짤에서 이디스 윌슨은 도전적으로 베르사유 조약을 찢어버리며 남편의 침대 위에서 비참하게 흐느꼈다.

알레한드라는 레이철의 고객이었다. '웁, 게시물이 유해할 수 있다는 경고를 해주었어야죠'라고 토비는 답장을 쓰고 싶었다.

그는 나히드와의 약속을 다시 취소하려고 했다. 집에 아이들만 남겨두는 것은 옳지 않은 행동 같았다. 그는 그녀와의 약속을 취소하려고 했다. 하지만 그는 다시 그녀의 사진을 보고는 '제기랄, 나도 모르

겠다' 하고 스스로에게 중얼거렸다. 그로 하여금 명료한 생각을 가능
하게 하는 그의 이성조차 화가 나서 욕정을 느끼고 있었다. 나히드가
보낸 움짤은 그의 모든 행동에 레이철이 아직도 얼마나 얽혀 있는지
를 새삼 생각나게 만들었다. 아니, 그는 그렇게 내버려두지 않을 것이
이다. 레이철이 어디에 있든, 무슨 짓을 하든, 그녀는 더 이상 그의
인생에 재를 뿌리지 못할 것이다.

그는 그들이 마침내 만나게 될 거라고 답장을 썼다. 내일 어때요?
그녀는 괜찮다고 답신을 보냈다.

그:　3번가에 새로 생긴 프랑스 식당으로 갈까요? 아니면 렉스에 있는
　　　오래된 프랑스 식당?
그녀: [보라색 악마 이모티콘]
그:　보라색 악마 이모티콘은 3번가라는 뜻? 아니면 렉스?
그녀: 그냥 당신 집은 어때요?

순간 그의 머릿속에 이런 생각들이 번갯불처럼 스쳐갔다.

오 마이 갓, 그래, 좋아
우리 집을 털려는 수작일까?
엿 먹어, 레이철
섹스만큼 쉬운 것도 없군

그것은 그가 항상 하는 생각이었다. 섹스만큼 쉬운 게 없었다. 그
는 첫 데이트에 바로 여자들과 섹스를 했다. 그는 여자들과 음담패설
을 하다가 전화나 영상 통화로 섹스를 했다. 하지만 이제까지 이렇게

노골적으로 섹스에 초대된 적은 없었다. 그녀는 어쩌면 매춘부일까? 혹은 이 모든 게 사기일까? 그는 자신이 그녀의 얼굴을 보지 못했다는 것을 깨달았다. 이게 누군가의 짓궂은 장난이라면? 만약 이 사람이 정체를 숨긴 그의 동료라면? 아냐, 그렇지 않아. 그는 마음을 가라앉혔다. 그럴 리는 없었다. 그는 머릿속이 빙빙 돌았다.

> 그: 아, 내 아이들이 집에 있을 거예요. 그럴 수만 있다면 나도 좋겠어요. 정말로.

잠시 침묵이 흘렀고 그는 심장이 널뛰기하는 것을 느꼈다. 그때 그녀에게서 답신이 왔다. 우리 집으로 와요. 9시. 늦지 마세요.

그녀는 웨스트사이드 77번가에 있는 주소를 알려주었고, 그는 그녀의 [보라색 악마 이모티콘]을 돌려주었다. 알아요? 누군가 집 안에서 당신을 털 수도 있어요.

> 그녀: 설마 날 털 생각은 아니겠죠?

하지만, 만약 그가 누군가를 강탈할 계획이라면 그는 정확히 그가 보낸 문자와 같은 문자를 보낼 것이다. 그렇게 먼저 선수를 칠 것이다. 그는 그녀의 사진을 다시 본 다음 그녀의 메시지를 닫았다. 그는 조니에게 문자를 보낼까 생각을 했다. 조니는 전에도 그의 아이들을 봐준 적이 있었다. 의사가 자기 레지던트나 전임의들에게 아르바이트 삼아 아이들을 맡기는 것(혹은 조사를 시키거나 개인적인 심부름을 시키는 것)은 이상한 일이 아니었다. 하지만 왜 그런 짓을 하는지는 모르지만 최근에 조니는 그를 성이 아니라 이름으로 부르는 등 너무 스스럼없이 대했고 그는 그것이 걱정스러웠다. 그래서 그는 전에 몇 번 아이들을 돌봐준 요가 선생이자 공연 예술가에게 문자메시지를 보냈다.

그는 마침내 자신의 가슴속에서 계속 그를 괴롭히던 소리로 얼굴을 돌렸다. 그에게는 계속 그를 위해 일해줄 베이비시터가 없었다. 그는 아이들을 주간 캠프에 보낼 수도 있었다. 하지만 캠프는 3시면 끝났기 때문에 그 후 누군가 아이들을 돌봐주어야 했다. 그는 모나에게 전화를 하고 싶었다. 그는 모나가 지금 어디에 있든지(퀸스? 스태튼 섬?) 그녀에게 가서 자신에게 무슨 일이 일어나고 있는지, 그가 얼마나 그녀에게 미안한지, 그녀가 어떻게 그의 가족을 결속시켜주는 접착제 같은 존재였는지 말하고 싶었다. 그녀는 이해할 것이다. 그녀는 레이철이 얼마나 사람을 미치게 만드는지 알고 있었다. 그녀는 거의 12년 동안 그들을 위해 일해왔다.

그러나 그는 그럴 수 없었다. 이건 모두 레이철 때문에 벌어진 일이었다. 그녀가 그를 그렇게 성마르게 만들었기 때문에 벌어진 일이었다. 그리고 모나를 해고한 것은 옳은 일이었다. 그렇지 않은가? 아이가 몇 시간 동안이나 포르노를 보았다! 그에게 갑자기 아이디어가 하나 떠올랐다. 그는 침실로 들어가 숙박 캠프 책임자에게 전화를 걸어 4학년 아이를 위한 자리가 남아 있는지 알아보았다. 캠프 책임자는 자리가 있긴 하지만 등록하기에는 너무 늦었다고 말했다.

토비는 "하지만 좀 참작해줄 만한 사정이 있어요"라고 말했다.

캠프 책임자는 대답하지 않았다.

"아내와 이제 막 별거를 시작했는데, 아이들에게 어느 정도 집에서 거리를 두게 하는 게 좋을 것 같아서요."

"설명회에서 아드님을 만났어요. 그때는 꽤 완강하게 캠프에 가고 싶지 않다고 하더군요. 우리는 난처한 상황을 만들고 싶지 않습니다. 캠프에 올 준비가 되어 있는 아이들도 많지만 그렇지 않은 아이들도 많죠. 캠프에 오고 싶다는 생각조차 하지 않는 아이들을……"

"설명회는 4월에 있었잖아요. 상황은 항상 변하는 법이죠."

"그럼 아이가 지금 오고 싶어 한다는 건가요?"

"난 아이에게 선택할 수 있는 기회를 주고 싶어요."

"총책임자하고 의논해보겠습니다. 결정되는 대로 다시 전화드리겠습니다."

그는 수화기를 내려놓고 잠시 동안 침실 창문을 내다보다가 일어서서 어두컴컴한 거실로 나왔다. 해나의 얼굴만이 새 휴대폰에서 쏟아져 나오는 불빛을 받아 환하게 허공에 떠 있었다. 매일 밤 읽어주던 동화책을 읽기 위해 그는 솔리의 방으로 들어갔다. 선생들에게 납치된 한 소년에 관한 이야기였는데, 알고 보니 선생들은 모두 외계인이었다.

"정말 이런 일이 일어날 수도 있어요." 솔리가 말했다.

"세상에는 별별 일이 다 일어나니까."

토비는 솔리의 스탠드 불을 끄고 아이의 등을 긁어주기 시작했다. 그는 심호흡을 한 번 하고 용기를 내어 천천히 말했다. "캠프에 가면 정말 재미있을 텐데." 솔리는 어둠 속에서 숨을 멈추었다. 조심해, 플라이시먼, 토비는 스스로에게 주의를 주었다. "네가 가기 싫다니, 참 아깝네."

"아빠랑 엄마하고 떨어져 있고 싶지 않아요."

"물론 괜찮아. 넌 집에 있어도 돼. 난 절대 억지로 가라고는 하지 않을 거야." 토비는 솔리가 좋아하는 대로 팔도 긁어주기 시작했다. "하지만 정말 멋지대. 밤에 영화를 보기도 하고 말이지. 맥스도 가고 조나도 간대. 딱 한 달 동안이야. 하지만 네가 하고 싶은 대로 하면 돼. 누구의 말도 들을 필요는 없어."

"맞아요."

"거기 양궁 교실이 있는 거 알아?"

"응." 솔리가 해보고 싶다는 듯 말했다. "설명회 때 봤어요."

"그래, 보통은 고학년을 위한 건데, 올해는 4학년 아이들도 할 수 있게 해준대."

"정말요? 하지만, 뭐, 너무 늦었어요."

이것은 잘못하는 일이었다. 끔찍한 짓이었다. 그는 이런 짓을 아이에게 해서는 안 되었다. 하지만 만약 그가 솔리를 잠시 떠나게 할 수 있다면, 레이철은 집으로 돌아올 것이고, 아이들은 무슨 일이 일어난 건지 전혀 알지 못할 것이다. 그리고 만약 그녀가 한 달 안에 돌아오지 않으면, 그때 가서 그는 그 문제를 처리할 것이다. 하지만 그는 시간을 좀 벌 필요가 있었다. 이것은 솔리에게도 유익한 일이었다.

"물론 결정은 네가 하는 거야. 아이들이 모두 캠프에서 돌아와서 그곳에서 보낸 이야기를 하면 너는 혼자 외톨이가 된 것처럼 느낄지도 몰라."

솔리는 잠깐 그것을 생각해보는 듯했다. 아이는 어둠 속에서 토비를 올려다보았다. "어쩌면 가야 할 것 같아요. 아빠는 내가 그곳에 가야 한다고 생각해요?"

"내 생각엔 네가 그곳을 좋아할 것 같구나. 너를 대신해서 어떤 결정도 하고 싶지 않지만, 내 생각엔 네가 좋아할 것 같아."

"그런데 내가 전화해서 그곳이 싫다고 말하면?"

"내가 데리러 갈게. 마음에 들지 않는 곳에는 있지 않아도 된단다. 하지만 누나도 거기 있을 거고, 무섭거나 집에 오고 싶으면 언제든지

185

누나에게 가서 얘기할 수도 있을 거야."

"아마 캠프에 가야 할 것 같아요." 솔리가 말했다.

솔리는 이내 잠이 들었지만 토비는 계속 아이의 팔을 긁어주었다.

월요일 아침까지는 캐런 쿠퍼가 간 이식 대기 명단에서 12번째 환자에 올랐지만, 그녀는 여전히 반응이 없었다. 토비는 자기 방 밖에 있는 간호사실에서 전임의들을 만났다. 그들은 오늘은 그의 기분이 어떤지 알아보기 위해 얼굴을 뚫어지게 바라보았다. 토비는 즉시 그것을 깨닫고는 그가 그들에게 그렇게 화를 냈던 것에 대해 마음이 쓰였다. 학생들에게 그렇게 소리를 지르는 건 그들을 가르치는 방법이 아니었다.

"우리 환자는 어떤가?" 토비가 물었다. 그들은 긴장을 풀었다.

"아무 변화도 없어요." 로건이 말했다. "계속 급성 간 기능 장애 상태이고 뇌에는 정상적인 활동 징후가 나타나지만 그 이상은 아무것도 없어요."

"휴가는 잘 다녀오셨어요. 플라이시먼 박사님?" 클레이가 물었다.

"휴가도 아니었어. 애들만 보다 왔지." 침묵. 그들도 복수를 원했다. 하지만 그것은 언감생심이었다. "그래도 좋았어."

그들은 쿠퍼 부인의 입원실로 들어갔다. 그녀는 전보다 더 노래져 있었다. 방구석에는 해나 또래의 남자아이 두 명이 있었다. 조니는 그 애들이 환자의 쌍둥이 아들인 재스퍼와 제이콥 쿠퍼라고 소개했다. 아이들은 아이패드를 가지고 놀고 있었지만 우울해 보였다. 데이비드 쿠퍼는 아이들을 일어서게 한 후 토비와 악수를 하게 했다. 데이비드는 주말 내내 의학 잡지들을 읽고 윌슨병을 앓고 있는 사람들의 유튜브 동영상을 보면서 그의 조수들을 시켜 그 병에 대한 문서들 목록을 작성하게 했다. 그러나 그는 여전히 윌슨병이 까다롭고 희귀한 병이라는 것을 이해하지 못했다. 진단이 어렵기 때문에 많은 사람들은 뒤늦게야 그 병에 걸린 사실을 알게 되었고, 그때쯤에는 이미 돌이킬 수 없는 지경에 처해 있는 경우가 많았다. 하지만 그들은 이미 간이 회복 불가능한 상태로 손상되었다는 말은 흘려들었다. 그녀가 살게 된다면 그것은 기적일 것이고, 이전 그대로의 모습을 되찾는 것은 바랄 수 있는 가능한 결과가 아니었다.

토비는 "그녀가 예전 모습을 되찾을 수 있도록 최선을 다할 것"이라고 말했다. "아마도 라스베이거스에서 보낸 주말 때문에 더욱 악화되었을 테지만, 그 병이 어느 정도 진행되었느냐에 따라 그녀가 신경증상을 보이게 될 수도 있습니다. 확실한 여부는 아직 알 수가 없어요. 그런 증상이 생길지도, 심지어 더 나쁠 수도 있어요. 하지만 우리는 그런 증상들이 진행되는 것은 막을 수 있습니다."

그의 휴대폰이 울렸다. 해나의 숙박 캠프 책임자였다.

솔로몬 나이대에 자리가 하나 있습니다.

그는 데이비드 쿠퍼를 돌아보며 그에게 집중하려고 노력했다. "우리는 제대로 잘 해낼 거예요"라고 그는 말했다.

그는 솔리에게 좋은 소식을 전하기 위해 회의실로 돌아갔다.

몇 달 전 레이철은 솔리가 여름 동안 숙박 캠프에 가기를 바랐고 토비는 아이를 집에 남아 있게 하기 위해 싸웠다.

"빌어먹을, 말도 안 돼." 어느 날 밤 그녀가 말했다. "걔는 배워야 해. 벌써 여덟 살이잖아. 해나도 그 나이에 갔었고, 솔리도 이제 갈 때가 됐어."

"하지만 아이가 가고 싶어 하지 않잖아."

"우리는 항상 우리가 원하는 대로만 할 수 있는 것은 아니잖아. 우린 애들을 성인으로 자라게 해야 해, 토비."

"오, 그게 우리가 해야 할 일이라고?"

이 모든 일에 대한 레이철의 짜증은 최근에 솔리가 디즈니 채널에서 쌍둥이 남자아이들이 피겨스케이트 선수로 나오는 프로그램을 보고, 자기도 피겨스케이팅 수업을 들을 수 있는지 물어본 일 때문에 가중되었다. "그래? 그럼 내가 알아볼게." 토비가 솔리에게 말했고, 레이철은 침묵으로 그들을 지켜보았다. "그쯤이야 식은 죽 먹기지." 토비는 자신의 내면 의식에 자막이 지나가는 것을 느꼈다. 그날 밤 늦게 솔리가 잠들었을 때 레이철이 말을 꺼냈다. "올해는 걔에게 농구를 시키기로 우리가 동의했었지?" 그녀는 직원들과 이야기를 할 때 꼭 그런 식으로 시작을 했었다. 자신이 양보할 수 없는 요구를 할 때는 "우리가 동의했었는데"라는 말로 말문을 열었다.

"아이가 스케이트 타기를 원해. 그게 왜 나쁘지?"

레이철은 말도 할 필요가 없다는 듯이 그를 응시했다.

"레이철, 생각을 좀 해봐."

"애가 스케이트 타기를 원한다고?" 그녀가 말했다. "그건 좋은 스포츠가 아니야. 그 애에겐 평생 할 수 있는 훌륭한 스포츠가 필요해. 걔가 다양한 경험을 하게 만들어주는 것이 우리의 일이라고."

"'다양한 경험'이 에이전트에게는 중요한 덕목인가 보지? 하지만 그것은 실제의 삶과 관련된 얘기는 아냐."

"당신이 모든 걸 당신 마음대로 결정할 수는 없어, 토비. 나는 개 엄마야."

"당신이 돈을 낸다고 해서 당신 맘대로 결정할 수는 없어! 난 당신 비서가 아니야."

레이철이 벌어오는 돈은 그녀만의 돈이라는 것을 두 사람이 인정하기 시작한 것은 지난해부터였다. 그녀가 알푸즈에서 보조로 일하고 있을 때 토비는 레지던트 초봉만으로도 그녀의 급여를 앞질렀지만, 그의 급여는 두 사람 공동의 것으로 여겨졌다. 그 돈은 그들 둘다 사용할 수 있는 공동 계좌로 들어갔다. 몇 년이 지난 후에도 계속 그렇게 유지되었지만, 변화도 있었다. 그녀가 일을 하면 할수록 돈이 더 많이 들어왔는데, 그녀가 새 회사를 차린 지 6개월밖에 되지 않았을 때 그들은 벌써 저축예금 계좌에 두 달치 생활비를 예금으로 가지고 있게 되었다. 1년이 지나자 토비의 의대 대출금은 거의 절반으로 줄어들었다. 4년이 지난 후에는 그들은 방학이면 유럽과 남아메리카로 여행을 갔고, 아이들의 대학 진학을 위한 돈을 저축하고 있었다. 그들의 선택은 쉬워졌고 절박함은 그들을 떠났다. 그녀가 휴가를 가고 싶어 하면 그들은 휴가를 갔고, 여름 별장을 빌리고 싶으면 그렇게 했고, 집을 리모델링하고 싶으면 그렇게 했다. 그는 그런 그녀가 애초에 자신이 결혼했던 강한 의지의 여인일 뿐이라고 확신했다. 그는 바턱의 아내도 그렇게 가정의 모든 결정들을 내리고 있을 거라고 장담했다. 그러나 최근에 그녀의 주장은 더욱 노골화되었다. 이 돈은 이렇게 사용할 것이다. 만약 당신이 이런 결정을 내리고 싶다면 당신도 이런 액수의 돈을 벌어야 한다. 그녀는 그런 주장을 결코 입 밖으로 말하지 않았다. 하지만 그것은 말로 할 수 없는 이야기였고, 그것이 실제 입 밖으로 나오면 그는 참을 수 없을 것이라는 것을 알고 있었고(그녀도 틀림없이 알고 있었을 것이다). 그래서 그는 발끝으로 가장자리만 맴돌 뿐 결코 그 나락으로 뛰어들지는 않았다.

"나는 우리 아이들을 기르면서 무엇이 그 애들에게 최선인지 우리가 알 수 없다는 식의 접근 방식이 터무니없다고 생각해." 그녀가 말했다.

"그 애는 자기가 하고 싶은 일을 할 수 있어야 해." 아드레날린이 솟구치기도 전에 그는 분노가 치밀었고 눈앞이 어찔했다.

"나는 아이가 놀림을 당하지 않았으면 좋겠다고." 레이철이 두 주먹을 쥐고 이를 악문 채 말했다. "걔가 피겨스케이팅 캠프에 갔다는 것을 아이들이 알게 되면 애한테 무슨 짓을 할지 알아?"

"그래도 솔리는 그걸 좋아하잖아. 체육 선생님도 그 애를 전신의 유연성을 길러주는 스포츠에 등록시켜야 한다고 말했었고. 기억나? 마지막 학부모-교사 모임에서 말이야. 아, 잠깐, 당신은 참석하지도 않았지."

"그래, 내가 열심히 일을 해서 우리가 이런 삶을 살게 해주었다고 나를 얼마든지 핍박해도 좋아. 우리 모두 당신처럼 5시에 퇴근할 수는 없어. 그러고 보니 마치 내가 5시 정각에 퇴근하는 은행가와 결혼하기라도 한 것 같네, 물론 그건 사실이 아니지만."

"그 말을 하고 싶어서 얼마나 오래 기다렸어?" 그가 물었다.

"나는 아이가 자신이 어떤 일에 휘말려드는지조차 이해하지 못하는 게 두려워. 내가 그런 게 아니라 세상이 그래. 그리고 세상은 걔를 제대로 이해하지 못해. 걔가 다른 애들처럼 친구가 많기나 해?"

하지만 그건 헛소리였다. 솔리는 친구가 없지 않았다. 아이는 단지 가족과 함께 있거나 《스타 트렉》 책을 읽는 것을 더 좋아했을 뿐이다. "걔는 친구들이 있어. 맥스는 친구 아냐?"

"맥스는 내가 개 엄마와 친하니까 솔리와 친한 것뿐이야."

"맥스는 솔리가 좋은 아이니까 친구가 된 거야."

"물론 우리 솔리는 좋은 아이야. 하지만 그것 때문만은 아니야. 내가 록산느에게 시간을 투자하기 때문에 개들이 친구로 지내는 거라고. 부모는 그들의 아이가 악몽 같은 부모를 가진 아이들과 사귀는 것을 원하지 않아. 내가 록산느와 시간을 같이 보내기 때문에 그녀가 맥스를 우리 아이와 놀게 하는 거야. 그래야 우리가 함께 시간을 보낼 수 있으니까 말이야."

"당신이 록산느와 시간을 보내는 이유는 당신이 출세를 지향하는 사람이고, 그래서 부자들 집에 초대받고 싶기 때문인 거야."

레이철은 그를 2초 동안 냉랭한 시선으로 응시했다. "솔리는 독립심을 기르기 위해 숙박 캠프에 가야 해."

"레이철, 왜 그렇게 애들을 치우지 못해 안달이지? 우린 아이들을 원했잖아, 기억나?"

"이것은 그런 것과는 상관이 없어. 다른 아이들이 독립심을 기르는 동안 왜 우리 아이들은 자궁 속으로 기어 들어오려 하는 건지 이유를 정확히 파악하자는 거야. 맙소사, 당신은 나를 괴물로 만들고 있어."

그날 밤 늦게, 그들이 싸움 뒤에 따라오는 냉랭한 화해 국면에 있을 때, 그는 누가 먼저 나서서 사태를 평상시의 정상적인 긴장 상태로 되돌릴 것인가 생각하고 있었다. 레이철은 부엌 식탁에 앉아 노트북으로 일을 하고 토비는 저녁을 만드는 동안, 해나가 부엌으로 들어왔다. "두 분 다 계셔서 다행이에요." 아이가 쭈뼛대며 말했다. "내가 아는 모든 아이들처럼 나도 인스타그램 계정을 갖고 싶어요. 모든 애들이 인스타그램에서 벌어지는 일들을 얘기하면서 학교에 오는데 나만 아무것도 모르고 있어요."

"너는 아직 인스타그램이 필요 없어." 토비가 오븐을 예열시키며 말했다. "그건 아주 스트레스가 쌓이게 만들고 너는 평생 그것에서 놓여나지 못할 거야. 우리는 더 이상 손쓸 수 없게 되기 전에 널 지켜 주려는 것뿐이야." 그는 닭 다리 몇 개를 물에 헹구고 손을 씻었다. "언젠가 너는 우리에게 감사할 거야."

해나는 소리 치기 시작했다. "나만 바보 취급을 받는데, 이건 너무 불공평해요."

레이철이 마침내 컴퓨터에서 고개를 들었다. "어쩌면 우리가 다시 생각해봐야 할지도 몰라."

토비는 그녀 쪽으로 휙 몸을 돌렸다. "레이철!"

"쟤 말도 일리가 있어!" 레이철이 말했다. "나도 맘에 들지는 않지만 우리가 쟤를 밀어 넣은 세상에서 소외감을 느끼게 해서는 안 돼."

토비는 레이철을 빤히 쳐다보았다. "해나는 1년도 못 되어 열두 살이 될 거야. 열두 살이 되어야 인스타그램 계정을 가질 수 있다고 항상 말해왔잖아." 그는 해나에게 말했다. "이러는 데에는 그럴 만한 이유가 있단다."

"그래요, 그래야 내가 친구가 없을 테니까. 그게 아빠가 원하는 거예요."

"아니야." 그가 말했다. "네 또래의 아이들이 느끼는 불안과 소셜 미디어의 관계를 다룬 연구들이 많이 있어. 인스타그램은 네게 해로워. 너는 그것을 원한다고 생각하겠지만 그것 때문에 마음을 다치게 될 거야."

"아이가 뭘 원하는지 당신이 함부로 말하지 마." 레이철이 말했다. "쟤는 자기가 무엇을 원하는지 알고 있어. 아기가 아니라고."

"당신, 우리가 이미 합의한 것을 둘러엎으려는 거야?"

해나가 끼어들었다. "나만 빼고 모두가 어울려 다니는 것을 보고 내가 얼마나 불안한지 생각해보셨어요? 생각해보셨냐고요."

레이철은 잠깐 해나의 말을 생각해봤다. "쟤 말이 사실일지도 몰라. 있잖아, 미리엄 로스버그도 아이들이 소셜 미디어에는 손도 대지 못하게 할 거라고 말했었어. 하지만 다른 모든 사람들이 그것을 가지고 있다는 불안감이 그것을 사용하면서 생기는 불안감보다 더 심하다는 글을 읽었대."

토비는 닭 다리를 손에 들고 "우리는 로스버그네가 아니야"라고 말했다.

레이철은 콧방귀를 뀌었다. "어련하시겠어." 그녀는 해나를 건너다보았다. "아빠한테 조용히 따로 얘기를 해볼게." 레이철의 목소리에서 비웃는 기미를 느낀 토비는 조금의 망설임도 없이 몸을 돌려 손에 들고 있던 생닭 다리를 레이철의 컴퓨터에 던졌다. 화면에 부딪힌 닭 다리는 자국을 남기며 키보드 위로 미끄러져 내렸다.

레이철과 해나는 윗입술을 말아 코끝에 댄 채 역겨워서 뒤로 물러났다. 그는 그 순간 해나가 자신의 적으로 자랄 준비를 갖추고 있음을 깨달았다. 그는 그 꼴을 그저 지켜보고만 있지는 않을 것이다.

"당신은 짐승이야." 레이철은 싱크대 밑 캐비닛에서 클룩스 와이퍼를 꺼내어 자기 컴퓨터에 생닭이 남긴 자국을 닦았지만 다리는 바닥에 그대로 놓아두었다. 레이철은 돌아서서 밖으로 나갔고, 해나도 엄마와 똑같이 거위걸음으로 부엌을 나갔다.

어쩔 수 없었다. 짐을 싸기 위해서는 레이철의 집에서 아이들 옷을 가져와야 했다. 아이들에게 새 옷을 사줘야 할 이유는 댈 수 있다고 해도, 새 여행용 가방에 돈을 낭비하고 싶지는 않았다.

해나는 내내 입을 삐죽거렸다.

"솔리를 나와 함께 캠프에 보내면 안 돼요." 해나는 불쾌한 표정을 지었다. "쟤는 나를 **부끄럽게** 만들 거예요."

"해나. 쟤는 네 동생이야."

그들은 골든 아파트에 도착했다. 전쟁 영웅처럼 배지들을 달고 땋은 머리를 한 채 감청색 유니폼을 입은 말끔한 차림의 도어맨은 배달원을 기다리게 한 채 전화를 걸고 있었다. 토비는 처음 보는 사람이었다. 새로 온 사람임이 틀림없었다. 이제는 도어맨이 방문하는 아파트에 전화까지 걸어야 하나? 하지만 지금 당장은 그런 문제에 구애되고 싶지 않은 그는 엘리베이터를 향해 자신만만하게 걷기 시작했고, 도어맨은 아무런 제지도 하지 않았다.

그는 아이들에게 열쇠를 들려 위층으로 보내고, 가방을 가지러 지하 창고로 내려갔다.

그는 서두르지 않았다. 그는 그녀의 아파트에 들어가고 싶지 않았다. 그 집을 보고 싶지 않았다. 그는 펭귄처럼 생긴 실내 장식가 뤽이 고른 흰색과 베이지색 색조의 가구 위에 앉고 싶지 않았고, 미술 컨설턴트인 르네가 고른 연분홍과 회갈색 톤의 대형 현대화를 쳐다보고 싶지도 않았다. 그러나 그가 너무 시간을 지체하면 아이들이 불안해할 것이기 때문에, 마침내 9층으로 올라가서 사형장으로 끌려가는 기분으로 현관으로 걸어갔다.

그때 갑자기 문이 열려서 놀란 토비가 펄쩍 뒤로 물러났다. 해나가 "왜 이렇게 오래 걸렸어요?"라고 말하며 그에게서 여행용 가방을 낚아챘다. 토비는 그 애에게 여행 가방을 두 개 다 싸야 한다고 당부하고는, 자신은 병원에서 온 전화를 받아야 하기 때문에 아래에서 기다리고 있겠다고 말했다.

나히드와의 대화는 다른 모든 여자들과 같은 방식으로 시작되었다. 그녀는 데이팅 앱을 통해 그에게 먼저 손을 내밀었다. 토비는 세스가 알려준 섹스팅의 규칙들을 사용했는데, 그것은 다음과 같았다.

1. 명심하라. 여자들은 언제나 자기 자신을 철저하게 단속한다.
2. 그러므로 여자가 중학교 남학생도 성적인 뜻으로 해석할 수 있는 말을 하면, 그것은 섹스 토크를 하자는 노골적인 초대다.

토비와 나히드의 이틀째 문자메시지는 이렇게 흘러갔다.

그녀: 오늘 하루 뭐 했어요?
그: 뉴욕 현대미술관에 갔다 왔어요.
그녀: 거기서 영화 의상 전시회가 열리고 있어요.
그: 평이 좋던데요?
그녀: 언제 한번 같이 홍콩에 가요.
그: 그럴게요.
그녀: 아니, 정말로요. 당신과 홍콩 가면 좋겠어요.

이거였어? 이게 그의 기회일까? 그는 거의 답이 뻔히 보이는 문제를 앞에 둔 기분이었다. 그는 변태로 보이고 싶지 않았지만 그녀가 무엇을 원하는지 분명히 알 수 있었다. 그는 다음 30초 동안 그가 취할 다음 행동을 생각했다. 그러고는,

그: [당혹스러운 얼굴 이모티콘]

그녀의 다음 반응을 기다리는 25초 동안(혹은 3분이나 2초, 어느게 맞는지 그는 알 수 없었고, 열병에 걸린 기분이었다) 그는 후회, 수치심, 역겨움, 자기혐오를 느끼고 있었다. 그때 그녀에게서 응답이 왔다.

그녀: 홍콩에 가자는 데 무슨 문제? [보라색 악마 이모티콘]

그의 경험—물론 얼마 되지 않지만—에 따르면, 문자메시지와 앱이 더 섹시하고 후끈할수록, 실제 상대방과 직접적인 만남으로 이어질 가능성은 줄어든다. 이 정도의 수치심이 여전히 존재한다는 것은 일종의 안도감을 주기도 했다. 이마저도 없으면 뉴욕에 사는 모든 독신자들은 서로를 붙잡고 길거리에서 몸을 비벼대면서 헐떡거리게 될 것이다. 그의 동물적인 뇌는 실제 데이트로 이어지지 않더라도 더 섹시한 상호작용을 선호했다. 그렇다, 실제 만남이 좋긴 하다. 사람들은 항상 실제 만남을 더 선호해야 할 것이다. 끝없는 자위행위로 손목 인대를 다 닳아 없애지 않는 이상 말이다. 하지만 전화를 통한 관계도 나름 섹시했다. 그는 그것을 좋아했다.

나히드가 스마트폰을 통해 토비와 즉시, 적극적인 성관계를 원하는 것처럼 행동하는 것을 볼 때 그들이 실제로 만날 가능성은 많지 않을 것 같았다. 수치심을 가진 인간이라면 어떻게 저런 것을 표현할 수 있을까? 그녀는 자신의 욕구를 끊임없이 말했다. 표현들도 아주 절절했다. 그녀는 그가 자신을 욕실 싱크대 위로 몸을 굽히게 한 후 행위를 함으로써 약장 캐비닛 거울을 통해 자신이 절정에 이르는 것을 둘 다 지켜볼 수 있게 해주기를 원했다. 그녀는 아이들이 함께 노는 동안 화장실 전구를 좀 갈아달라고 그를 불러들인 후, 그가 사다리에 있는 동안 그의 바지 지퍼를 푸는 것을 이야기했다. 그때 아이들은 간식을 달라며 욕실 문을 두드릴 것이다. "애들아, 잠깐만, 여기 좀 조여야 할 게 있어." 그녀는 자신이 전투기 조종사로 나라를 구하기 위해 비행기를 조종해야 하지만 그의 남성을 타고 있지 않으면, 그가 마치 탈출용 좌석처럼 그녀 밑에 앉아 있지 않으면 임무를 완수할 수 없을 정도로 호색적인 전투 조종사라는 상황을 말했다. 그녀의 이상한 창의력, 기괴한 요청들, 그러면서도 전혀 부끄러움이 없는 모습에는 묘한 매력이 있었다. 그러나 또한, 그의 논리와 이성의 밖에는 진화생물학적인 요소들이 작용하고 있었다. 그것들이 그가 요가 선생이자 공연 예술가인 여자를 베이비시터로 부르도록 만든 요인이었다. 그것들은 그로 하여금 셔츠를 몇 번이나 갈아입게 하고, 양복 상의를 입을까 망설이게 만들었다. 문득 거울 속 자신이 어른 흉내를 내는 아이처럼 우스꽝스러워 보인다고 생각하면서도 셔츠 단추를 하나 더 풀었다. (그런 후 다시 단추를 잠갔다가 다시 푸는 일을 반복했다.)

"아빠, 어디가요?" 휴대폰을 만지작거리며 낭만적인 저녁 시간을 보내기 위해 소파에 자리 잡은 해나가 물었다.

"나도 놀이 데이트하러 간다." 토비가 대답했다. 그는 거울에 비친 머리를 매만지고 있었다. 그는 초인종이 울리고 솔리가 베이비시터에게 인사하는 소리를 들었다.

"여자랑요?" 해나가 물었다.

"그래."

"징그러워."

"알아. 하지만 언젠가는 너도 이해하게 될 거야."

"여자에게 키스를 해서가 아니에요. 아빠가 내 아빠니까 그렇지."

"누가 키스에 대해서 뭐라고 얘기를 해주디?" 토비는 딸애의 이마에 살짝 손을 대고 떠났다.

그는 웨스트사이드로 뛰어가다시피 걸어갔다. 그는 아이들처럼 깡충깡충 뛰었다. 그는 사실상 날았다. 나를 좀 보라고, 그는 공원에 앉아 있는 게으른 커플들을 쳐다봤다. 나는 섹스하러 간다고. 그는 그녀의 아파트 도어맨에게 자신이 누구인지 말했다. 도어맨은 그녀가 기다리고 있다고 말했다. 14층에 도착한 그는 대화를 어떻게 시작하는 것이 좋을지 궁리를 했다. 지금 장난해요? 실제로는 13층에 살면서 왜 14층이라고 한 거죠? 그것이 그가 생각할 수 있는 가장 재미있는 농담이었다. 하지만 그가 노크도 하기 전에 문이 열렸고, 문턱을 넘자마자 그의 바지는 발목으로 떨어졌고, 그의 손은 그녀의 몸을, 그녀의 손은 그의 몸을 구석구석 탐하고 있었다. 그의 입이 그녀의 젖꼭지 위에 머무는 동안 그녀의 손가락이 그의 항문을 헤집고 들어왔다. 그것은 그가 원하는 방식이 아니었지만 그런 것을 트집 잡기에는 아직 너무 새로운 관계였다. 그는 처음으로 그녀의 얼굴을 보기 위해 몸을 잠시 그녀에게서 떼었다. 그녀가 문자로는 그에게 보여주지 않으려 했던 유일한 부분이 얼굴이었기 때문이다. 그녀는 통통한 분홍빛의 입술, 모든 방향으로 뻗친 머리카락과 검은 눈동자, 올리브색보다 조금 짙은 피부를 가지고 있었다. 그녀는 사랑스러웠고, 무엇보다도 그를 강탈하려고 음모를 꾸민 남자들도, 그에게 짓궂은 장난을 치는 10대 소년도 아니었다. 그는 더 이상 질문이 없었다. 그는 눈을 감고 그녀에게 몸을 맡겼다.

그는 택시를 타고 집에 가지 않았다. 집에 늦게 도착하면 베이비시터가 화날 수도 있다는 것을 알면서도 말이다. 아니, 대신 그는 거대하고 당당하고 남성미가 넘치는 기분으로 공원을 힘차게 거닐며, 마치 자신이 이 도시를 소유하고 있는 것처럼, 그리고 다시 한번 어떤 심오하고 새로운 것, 햇살 냄새가 나는 것의 시작에 서 있는 것처럼 느꼈다.

그는 침대 위, 시트 위에 누운 나히드를 생각했다. 그녀의 손가락이 그의 어깨선을 따라 내려왔다.

"하루 종일 뭐 해요?" 그가 그녀에게 물었다.

그녀는 웃었다. "그게 당신이 침대에서 하는 이야기예요?"

"아, 미안해요." 그가 당황해서 말했다.

"그럴 필요 없어요. 이런 상황에서 무슨 말을 해야 할지 누가 알겠어요? 난 일 안 해요."

그는 목소리를 이상한 외국 억양으로 만들어 물었다. "누구의 숨겨놓은 애인이나 그런 건가요?" 그 말을 하는 순간 자신이 바보처럼 느껴졌다.

그녀는 손가락을 멈추었다. "지금 내가 취업 면접을 하고 있는 건가요?"

그는 베이비시터에게 돈을 지불할 때 그가 하고 온 짓의 냄새가 너무 나지 않기를 바라면서 힘 있게 아파트 문으로 들어갔다. 샤워를 마친 그는 나히드에게 새로 온 메시지가 있는지 휴대폰을 확인했다. 허리에 수건을 둘러메고 침실로 들어간 그가 휴대폰에서 눈을 떼자 해나가 잠에서 깨어 침대에 앉아 있는 것이 보였다.

"아침에 캠프 가야 하잖아."

해나는 휴대폰을 가슴에 부여안고 있었다. 휴대폰은 이미 아이의 수족 같은 느낌이 들었다. 그는 해나를 자세히 바라보았다. "너 우는 거니?"

"엄마한테 문자를 보냈어요."

그는 침대 끝에 걸터앉았다. "그런데?"

"엄마가 아무 답장도 안 보내요."

해나가 태어난 날, 외과의사들이 레이철의 상처를 꿰매는 동안 토비는 해나를 안고 있었다. 그는 아이에게서 눈길을 돌릴 수 없었다. "넌 영원히 내 거야." 그가 아기에게 속삭였다. "너를 항상 돌봐줄게." 레이철은 십자가에 못 박힌 것처럼 양팔을 벌린 채 울고 있었지만, 그는 아기에게서 눈을 뗄 수 없었다.

다음 날 레이철은 아기를 낳았다는 것만 제외하고는 모든 면에서 일이 잘못 돌아갔던 지옥 같은 35시간의 산고 후의 불쾌감, 광기(狂氣) 속에서 토비와 아기를 바라보며 자신이 속은 것 같은 기분이 든다고 말했다. 이제까지의 모든 일은 결국 토비와 해나, 두 사람이 함께 있을 수 있도록 그녀가 아기를 낳게 하는 게 목적이었고, 이제 자신은 버려질 수 있다는 것을 갑자기 깨달았다고 말했다. 그녀는 병원 침대에서 이런 이야기들을 미친 듯 떠들어댔고, 그 후 몇 주, 몇 달에 걸쳐 육체적, 감정적으로 서서히 회복되면서도 그녀는 이 모성의 첫 경험에 대해 여전히 자신이 속은 것처럼 느껴진다고 이야기했다. 사람들이 아기를 보러 올 때마다, 그녀는 어떻게 산고를 겪었느냐는 그들의 의례적인 인사에 예의 있게 대답을 할 수가 없었다. 그녀는 그것이 얼마나 무서웠는지, 자신이 얼마나 외로웠는지를 세세하게 설명했고, 토비가 아기 해나를 품에 안고 있는 것을 보고 그녀의 결혼이 토비에게 자신의 아기를 안겨준 후 자신은 퇴장시키기 위한 계략이었다는 음모론으로 끝을 맺곤 했다. 그런 태도는 평소의 그녀와는

200

달랐다. 그녀는 보통 낯선 사람들과 속 깊은 이야기들을 나누지 않았고, 남들의 이목에 신경을 많이 썼다. 그는 해나가 화가 나거나, 겁이 나거나, 다치거나, 아무 때에도 엄마를 판박이처럼 빼닮았다는 것 외에는 지금 왜 그런 생각이 떠올랐는지 알 수 없었다. 해나는 웃을 때만 토비를 닮았다.

"엄마는 네게 휴대폰이 생긴 것을 몰라." 그가 말했다. "네 전화번호를 모르니까 받지 않은 걸 거야."

"하지만 내가 '해나예요'라고 썼어요. 그리고 전화도 걸었어요."

"그런데?"

"바로 음성 메일로 넘어갔어요."

지난번에 그가 그녀에게 전화를 했을 때도 전화는 음성 메일로 바로 넘어갔었다.

"엄마는 회의 중일지도 몰라. 자고 있을 수도 있고. 아니면 그저 휴대폰을 보지 않고 있을 수도 있어."

"아마 생일이 되기도 전에 휴대폰을 선물 받은 것 때문에 화가 난 건지도 몰라요."

"아니, 그건 아니야. 엄마는 자고 있을 수도 있고, 우리가 잘 모르는 것뿐이야. 잘 시간이야."

그가 해나의 손을 잡으려고 손을 뻗었지만 아이는 손을 뿌리쳤다.

"아빠. 엄마가 죽었을까요?"

"오 하느님, 아냐, 해나. 엄마는 죽지 않았어. 완전히 괜찮아. 엄마는 일하고 있어. 엄마가 어떤지 잘 알잖아. 엄마는 우리와 깨어 있는 시간이 다른, 시차가 다른 곳에 가 있을 수도 있고."

"엄마하고 말한 적 있어요?"

"그래, 물론이지. 엄마는 널 사랑한다고 전해달랬어."

해나는 이불 위에 있는 무늬를 계속 손가락으로 따르고 있었다.

"자러 가야지." 그가 말했다. "일찍 일어나야 하고, 버스 가방도 안 챙겼잖아."

해나는 이불에서 손가락을 떼고 일어서서 자기 방으로 돌아갔다.

솔리가 어깨를 흔드는 바람에 토비는 잠에서 깨어났다. "아빠." 아이가 토비를 내려다보며 말했다.

토비는 놀라서 침대에서 벌떡 일어나 내려왔다. "왜 그러니?" 밖은 여전히 어두웠다.

"캠프로 가는 버스 타러 가야 해요. 버스를 놓칠 거야."

토비는 잠시 주위를 둘러보다가 침대에 앉았다. "좋아, 우선 커피 좀 마실게." 솔리는 제자리에서 깡충깡충 뛰고 있었다.

"초조한가 보구나, 괜찮아." 잠깐 휴대폰을 확인한 그는 나히드의 문자가 와 있는 것을 보았다. 지난밤의 기억이 생생히 살아났다. 시간은 겨우 4시 30분밖에 되지 않았다. "이봐, 친구, 버스가 출발하기까지는 두 시간 남았어. 잠깐 다시 자러 갈까?"

하지만 솔리는 전혀 그의 말을 들으려고 하지 않았다. 아이는 커피 메이커로 토비의 손을 잡아끌며 방금 코카인을 과다 복용한 사람처럼 떠들었다. "내 《그린 랜턴》 만화책들을 다 가지고 갈래요. 가벼우니까. 또 내가 만화책을 보는 것을 보면 다른 애들도 보고 싶어질 거고, 그럼 모두에게 한 권씩 보여줘야 하니까요."

"그 책을 다 가져간다고? 너한테 아주 특별한 책들이잖아?"

"내 생각엔 그렇게 하는 게 좋을 것 같아요. 또, 스텔스 버니도 데려갈 거예요." 스텔스 버니는 처음에는 버니라고 부르던 솔리의 아기

담요였다. 레이철은 솔리가 여섯 번째 생일을 맞자 이젠 그만 아기 담요를 버리라고 말했다. 만약 친구들이 집에 와서 그것을 보게 되면 파자마 파티에 초대하지도 않을 거고, 또 놀릴 거라고 말했다. 솔리는 자기 방으로 가서 레이철이 찾을 수 없도록 담요를 숨겼다. 나중에 레이철이 거실에서 노트북으로 일을 하고 있을 때, 토비는 가위를 들고 솔리의 방으로 몰래 들어갔다. 그는 솔리에게 버니 담요 한 조각을 잘라 가지자고 말했다. 솔리가 오랫동안 그것에 많은 사랑을 쏟아부었으니까 그 조각은 담요의 나머지 부분의 모든 힘을 가질 것이고, 무엇보다 들고 다니기도 더 쉬워질 거라고. "이것을 스텔스 버니라고 부르자." 토비가 조심스럽게 담요 중앙을 잘라내며 말했다. "스텔스가 뭐예요?" 솔리가 지켜보면서 물었다. "이걸 알고 있는 사람은 너밖에 없다는 뜻이야."

"스텔스 버니를 어디에 둘 거니?" 토비가 물었다.

"그냥 가지고 다닐래요. 내 주머니 속에. 언제나."

"그게 좋은 생각일까? 잃어버리면 어떡해?"

"나는 결코 스텔스 버니를 잃어버리지 않을 거예요."

그들은 그 후 30분 동안 체스를 두었다. 토비는 자기 몸에서 언뜻 나히드의 냄새가 느껴지자 한 번 더 샤워를 했다. 토비는 샤워 중에도 해나가 소리 지르는 것을 들을 수 있었기 때문에 솔리가 누나를 깨우고 있다는 것을 알 수 있었다. 아침을 먹으면서 흥분한 솔리가 퍼붓는 모든 질문에 토비는 대답을 해주었다. 그는 시무룩한 표정의 해나가 평소처럼 시무룩한 것일 뿐, 엄마를 생각하고 있는 것이 아니기를 바랐다.

나히드가 오늘 밤 아이들이 잠든 후에 **엘리베이터에서 섹스를 하기 위해 그를 방문하면 어떻겠냐고 메시지를 보냈다. 아무도 모를 거예요.**

[보라색 악마 이모티콘, 왼쪽 이모티콘을 쳐다보는 두 눈알들] 어젯밤 일이 아주 오래전처럼 느껴졌다.

그는 해나에게 휴대폰을 보여달라고 말했다.

"왜요?"

"나는 네 아버지니까."

"싫어요."

"이건 부탁하는 게 아냐. 이건 애초에 우리 계약의 일부였어."

해나는 화가 나서 휴대폰을 건네주었고, 토비는 아이들과 기술을 주제로 다룬 〈컨슈머 리포트〉 특별호에서 읽은 대로 확인해야 할 사항들을 점검하면서 딸애의 인스타그램을 살폈다. 포스팅된 내용들은 약간 지루하긴 해도 모두 괜찮고 순수해 보였다. 그 애의 프로필 사진은 요새 아이들 사이에서 유행하는 대로 평화를 뜻하는 손가락 표시를 거꾸로 치켜든 자신의 사진이었다. 그건 어쩌면 남성 밴드의 멤버나 운동선수가 하는 제스처일지도 모른다. 그로서는 알 수 없었다. 그는 최근에 올려진 글들을 살펴보았다. 해나에게는 22명의 친구가 있었는데, 그 애가 올린 유일한 두 개의 글은 '캠프에 간다, 짱 흥분했음'과 '이것 좀 봐 LOL'라는 글에 선글라스를 낀 고양이 사진을 붙여놓은 것이 다였다. 고양이 사진에는 '나는 아침 알레르기가 있는 것 같아'라는 굵은 글자가 덧씌워져 있었다. 딸애는 자신이 뭘 먹는지에 대해 하루에 한 번씩 글을 올리고 난 후 친구들이 '좋아요'를 눌러주기를 기다렸고, 다른 아이들이 거의 똑같은 게시물을 올리면 찾아가서 '좋아요'를 눌렀다. 도대체 하루 종일 그게 뭐 하는 짓인지 토비는 이해할 수 없었다. 세상은 공모하여 아이들이 쓸데없이 강한 자의식을 갖도록 만들었고, 토비는 그런 세상에서 자라가는 해나와 친구들을 생각하니 울적한 마음이 들었다.

"아빠는 게슈타포 같아요." 해나가 그에게 소리쳤다.

"아마도 넌 2차 세계대전에 대해 제대로 배우지 못한 것 같구나."

"아니, 맞아요, 아빠는 게슈타포야."

"비밀 경찰이 더 정확한 말이겠지만 그것도 그리……"

토비는 솔리에게 눈을 돌렸다.

"넌 정말 캠프에 가는 게 기분이 좋니, 솔?" 토비가 물었다.

"정말 신나요. 그런데 아빠는 우리 없이 외롭지 않겠어요?"

토비는 설거지를 하기 위해 일어섰다. "아주 보고 싶겠지. 하지만 해야 할 일들도 많고, 어쩌면 네가 돌아오면 깜짝 선물이 있을지도 몰라."

솔리는 그 말을 듣고 펄쩍 뛰었다. "그게 뭔데요, 아빠?"

"깜짝 선물의 뜻을 모르는 거 아니니?"

"말해줘요!"

"내 입술은 납땜이 되었습니다. 기다리셔야 할 겁니다."

버스 정류장에서 솔리를 안아주면서 토비는 아이의 작은 몸을 관통하는 흥분을 느낄 수 있었다. 토비는 몸을 구부려 아이의 눈을 똑바로 바라보았다. "거기서 잘 지낼 거다. 아빠는 네가 너무 보고 싶을 거야."

솔리는 토비에게 얼굴을 들이밀었다. "부모 초청의 날에 올 거예요?" 솔리가 아빠의 목에 대고 물었다.

"그럼."

"그리고 엄마도 오겠죠? 엄마는 이메일도 보낼 거야."

"엄마는 최선을 다할 거야."

"그리고 만약 내가 집에 오고 싶으면……"

"내가 데리러 갈게. 아빠는 항상 네 전화를 받을 거야. 캠프는 그렇게 멀지 않아."

자기 차례가 왔을 때 해나는 마지못해 팔을 떨어뜨리고 고개를 돌린 채 자신을 껴안게 했다. 그는 그 애의 얼굴을 두 손으로 잡고, "나는 너를 사랑하고 네가 나를 사랑한다는 것도 알고 있어. 네가 아무리 너 하고 싶은 대로 행동해도 넌 내 딸이고 난 네 아빠야"라고 말했다. 해나는 그의 손에서 머리를 빼낸 후 그를 쳐다보지도 않은 채 버스에 올라탔다. 솔리가 누나를 따라갔다.

그는 선팅을 너무 진하게 해서 아무것도 보이지 않는 버스 뒤쪽 창문을 향해 손을 흔들며 한참 동안 버스를 바라보고 서 있다가, 자신이 무슨 짓을 한 것인지 생각하지 않으려고 애썼다. 버스는 출발했고, 그는 아이들이 그를 보려야 더 이상 볼 수 없을 때까지 손을 흔들었다. 그는 집으로 돌아가면서 나히드에게 문자를 보냈다.

우리 애들이 방금 캠프 버스에 탔어요.

빠르게 답신이 왔다.

어서 이리 와요.

그는 그녀의 말대로 했다. 그럼에도 병원에는 단지 1시간 30분만 지각했다.

○

그날 밤, 그는 우주에 있고 레이철도 거기에 있는 꿈을 꾸었지만,

그는 그녀가 행성인지 별인지 알 수 없었다. 그녀의 궤도도 확인할 순 없었지만, 그것은 약간 뻔한 궤도처럼 보이기도 했다. 그렇다고 그가 무엇을 할 수 있겠는가? 그는 세 번 잠에서 깼다. 처음은 공황 상태에서였다. '너에게 문제가 생겼어. 플라이시먼, 너 이제 큰일 났다.'

그는 분노한 상태로 두 번째 잠이 깼다. 벌써 일주일이 넘었고 그 것은 긴 시간이었다. 하지만 이런 짓은 전형적으로 그녀다웠다. 그녀는 이런 짓거리를 이렇게 오랫동안 끌어본 적이 없었지만 그는 그녀를 너무 잘 알고 있었다. 그녀는 나중에야 사과를 하게 되든, 그가 마뜩해하지 않는 일을 하고 있었다. 아니면 아닐지도 모른다! 그에 관한 한 그녀가 사과를 할 수 있는 시점은 이미 지났다.

세 번째 잠에서 깨어났을 때 그는 다시 공황 상태였다. 그는 전처의 죽은 모습이 자신에게 '왜 나를 구하지 않았어요, 토비?'라고 말하기 전에 침대에서 일어났다. 그는 레이철이 사라진 것, 그리고 아이들이 캠프에 가 있는 것으로부터 자유 비슷한 한 가닥 위안을 느낄 수 있을 거라 생각했지만 그렇지 못했다. 그는 줄이 풀린 나룻배처럼 느껴졌고 방향을 잃은 것 같았다. 그는 아이들이 생각났다. 해나가 아기였을 때 집 근처에 풍선을 나눠주는 식료품점이 있었다. (이것은 풍선이 갈매기들을 질식시킬 수도 있다는 것을 사람들이 깨닫기 전이었다.) 그들은 아파트로 들어오기 전에 풍선을 놓아주며 그것에 작별을 고하곤 했다. 그들은 풍선이 둥둥 떠올라 가는 것을 지켜보곤 했는데, 그런 때면 토비는 방향감각을 잃었고, 해나가 헬륨으로 가득 차기라도 한 듯 아이를 더 꼭 껴안곤 했다.

4시 30분이었다. 그는 낡은 스테어마스터 하나와 아령, 두 개의 러닝머신이 있지만 그마저 하나는 손쓸 수 없을 정도로 망가져 있는 아파트 체육관으로 운동을 하러 갔다. 샤워를 하고 밖으로 나와 그날의 날씨가 그를 얼마나 힘들게 할지 휴대폰을 확인해보려던 그는 시몬에게 전화가 왔던 것을 보았다.

시간은 이제 6시 45분이었다. 왜 시몬이 그에게 전화를 했을까? 가슴이 철렁한 그는 벌거벗은 채 침대에 걸터앉아 부재중 전화번호를 바라보았다. 시몬에게 전화를 했지만 신호가 한 번 울린 후 음성 메일로 넘어갔다. 방금 샤워를 했는데도 진땀이 흐르기 시작했다.

제기랄, 그는 생각했다. 토비를 상대하지 않으려고 시몬을 시켜 아이들을 데려갈 시간을 정하게 하는 것은 전형적으로 레이철다웠다. 그는 레이철이 아이들을 데리러 왔다가 그들이 여기 있지 않아 허탕을 치는 장면을 상상하며 고소해했다. 한술 더 떠, 아이들과 다른 도시로 이사를 가서 레이철이 그들을 찾아 헤매는 것을 상상하며 즐거워했다.

드디어 출근하기에 적당한 시간이었다. 그는 일찍, 하지만 이상하지 않을 만큼 일찍 출근했고 그동안 적조했던 사람들과 대화를 나누었다. 필리파 런던은 매일 아침 7시에 병원에 도착했다. 그는 일부러 그녀의 사무실을 지나쳤다. 그녀가 승진을 하면 당연히 토비가 그녀의 자리를 차지할 것이라고 바턱이 말했기 때문이다. 그는 항상 그녀를 좋은 의사, 즉 환자들 치료에 헌신적이고 헛짓거리는 조금도 용납하지 않는 의사로 생각했었다. 그러나 지금 그녀는 바턱의 자리를 노리고 있었고 결국 그녀도 다른 사람들과 마찬가지일지도 몰랐다. 사람들은 의료업의 위기는 보험이 큰 원인이라고 생각했지만, 그것은 또한 의사들이 일보다는 현금을 움켜쥐는 데 더 관심을 두는 것에도 원인이 있었다. 그는 필리파와 한담을 나누기 위해 잠깐 그녀의 방에 들렀다.

"잘 지냈어요, 필리파?"

그녀는 책상에 앉아 있었고, 베이지색 직모는 당겨져 뒤통수에 딴 딴한 매듭으로 묶여 있었다. 그녀는 읽고 있던 병상 기록에서 고개를 들었다. 그녀는 은빛 블라우스와 펜슬스커트에 진주 목걸이를 하고 큰 안경을 쓰고 있었다.

"토비, 어서 와요." 그녀의 코는 약간 끝이 올라간 느낌이어서 앉아 있을 때에는 아주 예뻐 보였지만 서 있을 때는, 글쎄, 그녀는 적어도 177센티미터, 아니 어쩌면 180센티미터는 족히 돼 보였기 때문에 토 비로서는 잘 알 수 없었다.

"윌슨병 환자가 있어서 한번 의견을 들어보려고 했어요." 토비는 허둥대고 있었다. "실험실 결과를 먼저 봐야겠지만요."

그때 그녀의 전임의 네 명이 문 앞에 나타났다. "런던 박사님, 중환 자실에서 의견을 듣고 싶다고 연락이 왔습니다."

그녀가 토비에게 미소를 지었다. "호출이 떨어졌네요."

그녀의 사무실을 나온 토비는 어디로 향해야 할지 암담했다. 필리 파의 전임의들은 그녀를 런던 박사라고 불렀다. 그녀에 대해 그가 알 아야 할 것은 그것으로 충분했다. 어쩌면 토비의 전임의들이 그를 지 나치게 편하게 대하고 그에게 음란한 앱을 알려주는 게 이상적이지 는 않을지 모르지만, 그는 그들이 쉽게 질문을 할 수 있을 만큼 편안 한 환경을 조성해주고 싶었었다. 그는 필리파의 사무실 밖에 서서 휴 대폰을 확인했다. 부모로서 당장 해야 할 일도, 퇴근 후 집에 가서 저 녁을 준비해야 할 의무도 없는 지금 그는 표류하고 있었다. 그는 아 이들이 그리웠다.

그는 데이비드 쿠퍼에게 캐런이 간이식 희망자 대기 명단에서 3위 로 올랐다고 말해주었다. 그러나 토비의 인내심은 고갈되고 있었다. 그는 자기 눈앞에 보이는, 완전히 정상적인 결혼에 대한 격한 질투심에 휩싸여 있었다. 그것은 그가 가지기 위해 그토록 열심히 노력했던 것이었다. 뭔가 나쁜 일이 일어날 때까지는 배우자를 당연하게 여길 수 있다는 것은 엄청난 특권이었다. 그저 터벅터벅 살아가면서 1년에 한 번 서로의 생일을 기억하고, 매일 지쳐서 침대에 쓰러져 자면서 우리의 섹스 생활은 괜찮은 것일까 생각하면서 지내다가, 어느 날 **쾅!** 당신이 얼마나 그 사람을 필요로 하는지 갑자기 깨닫게 되는 것, 그것이 인생이었고, 그것은 아름다웠다. 이런 위기들은 당신이 배우자를 얼마나 사랑하는지 깨닫게 만든다. 토비가 원했던 것은 그것뿐이었다. 항상 손을 잡고 다니고, 외식할 때, 심지어 그들만 있을 때도 테이블에 나란히 앉는, 서로를 열렬히 사랑하는 것처럼 보이는 커플들을 볼 때가 있다. 레이철은 그런 사람들이 쇼를 하고 있다고 말하곤 했다. 그녀는 그들이 자신들의 관계에 존재하는 독(毒)을 포장하고 있을 뿐이라고 말했는데, 토비가 그녀를 자기편인 것처럼 느낀 것은 그때뿐이었다. 두 사람의 비참함을 정상으로 보이도록 하기 위해 그녀도 그만큼 열심히 노력하고 있었던 것이다.

그는 잠시 생각할 시간이 필요했기 때문에 사무실로 들어가 휴대폰을 보는 척했다. 이 병원에는 혼자 조용히 앉아 있을 수 있는 곳이 없었다. 심지어 자기 사무실에서 잠시 멍하니 앉아 있고 싶을 때에도, 모든 사람이 그를 볼 수 있었다. 사람들은 그가 말하고 행동하는 모든 것에서 그의 의도보다 더 깊은 의미를 찾고 가슴 아프게 받아들일 것이기에, 이혼 절차를 밟는 동안 내내 아무 일도 없는 것처럼 행동하는 것이 중요했다. 사무실 한가운데 홀로 서서 정신을 놓고 있는 것은 안정된 모습이 아니었다.

그가 문득 고개를 들어보니 밤새 당직 근무를 섰던 조니가 곁에 있었다. "피곤해 보여요, 토비." 그녀는 그의 어깨에 손을 얹었는데, 그것은 우정의 표시일 수도 있었지만 다른 것을 의미할 수도 있었다. 그녀는 그의 눈을 뚫어지게 쳐다보며 생각을 읽으려 하고 있었다. 그는 한 달 전—그게 불과 한 달 전이었다고?—을 회상했다. 그가 아직 젊고 힘이 있다고 느꼈을 때, 그리고 새로운 인생이 이제 펼쳐질 거라고 느꼈을 때, 수업이 끝난 후 그가 가르치던 강의실에 앉아 있는 동안 조니는 그의 휴대폰을 빼앗아서 웃음을 참으려고 애쓰며 데이팅 앱을 다운로드해주었다. 그때 막 여름이 시작되고 있었고 그 계절은 결코 끝나지 않을 것 같았다. 그는 다시는 고통을 느끼지 않을 것 같았다. 하지만 지금, 그는 더위 때문에 숨이 막힐 지경이었다.

"괜찮아요, 토비?" 조니가 물었다. 왜 그녀는 그를 이름으로 부르는 것일까? 그는 조니가 친밀하게 대하는 것이 걱정스러웠다. 그가 학생들에게 거인처럼 굴지 않은 것에 대한 후회가 밀려왔다. 그들은 그의 사생활의 너무 많은 면들을 보아왔다. 최근만 해도 그는 지나치게 우울하고 걱정에 빠진 모습을 그들에게 보였다. 그는 어느 순간 그들을 가르치는 것도 멈추었다. 그는 형편없는 선생이었다.

그는 그녀에게 이제부터는 자신을 플라이시먼 박사라고 부르라고 말할까 잠시 생각했다. 하지만 그는 어색하지 않게 그 말을 할 말투를 생각해낼 수 없었다. 농담처럼? 꾸짖으면서? 권위적으로?

"별일 없어, 괜찮아." 그가 말했다.

그녀는 그를 향해 한 발짝 더 내디뎠고, 그녀가 더 다가오는 것에 대해 그가 취할 수 있는 행동은 그녀를 내버려두거나 자신이 뒤로 물러나는 것이었다. 그는 뒤로 물러섰다.

"걱정돼요"라고 그녀가 말했다. "저는 선생님이 무슨 일을 겪고 계신지 알고 있어요."

"뭘 아는데?" 그는 웃으려고 했다. "뭘 안다고 생각해?"

조니는 무엇을 하고 있는 것일까? 그는 그녀에게 이런 대담한 구석이 있다는 것을 알지 못했다. 이번 전임의들과 한 해를 보낸 후 그것을 기념하기 위해 그는 그들을 첼시 부두의 공중그네 훈련장에 데려갔다. 그것은 팀워크를 기르기 위해 병원 밖에서 모임을 갖자는, 1년 동안 그들이 반농담조로 해온 이야기들의 결실이었다. 조니는 너무 두려워서 시도하지 못했지만 다른 사람들이 배우는 것을 지켜봤다. 자신의 순서를 마친 토비는 그녀 옆에 앉아 이야기를 나누게 되었고, 그녀가 대부분 막스 브라더스를 좋아하는 노인들로 이루어진 클럽의 회원이며, 즉흥 스탠드 업 코미디를 하고 브리지를 배우고 있다는 것을 알게 되었다. "저는 평생 노년을 위해 훈련을 받아왔어요"라는 그녀의 말에 그는 웃음을 터뜨렸다. 그는 그녀가 이렇게 재미있는 줄 깨닫지 못했었다. 그녀는 단지 조용하고 공부만 열심히 하는, 사람들의 이목을 끌지 않는 별난 이웃 같은 존재라고 생각했었다. 동료들과도 어울리지 못하면서 어떻게 인생을 살아가며 제구실을 할 수 있을지, 그는 그녀를 안쓰러워했었다. 하지만 전임의 과정이 시작된 지 1년쯤 지났을 때, 그녀의 조용한 태도나, 배경 속으로 희미하게 사라지고 싶어 하는 명백한 소망에도 불구하고, 그녀는 진정 이 세상에 존재하는 사람이라는 것을 깨닫게 되었다. 그녀는 사람들이 모두 볼 수 있는 곳에서 자신을 숨겨왔을 뿐이었다. 그는 그녀가 하는 모든 일을 의미 있는 행동으로 보기 시작했고 더 이상 그녀를 딱하게 여기지 않았다. 대신에, 조용하고 똑똑한 사람들이 존재만으로 사람들을 멍청하게 느껴지게 만들 수 있는 것처럼, 그는 자신이 멍청하게 느껴졌다.

그녀는 한 걸음 더 다가왔다. 그녀는 무릎에 닿는 격자무늬 스커트와 헐렁한 반팔 옥스퍼드 셔츠, 새들 슈즈 차림이었다. 그녀가 그의 손을 향해 손을 뻗었지만 손가락 하나가 스치듯 지나간 게 다였다. 마침 그녀 뒤쪽의 유리 벽 건너편에서 수간호사 길다가 그 장면을 보고—호기심도 놀라움도 아닌, 토비라면 당연히 그럴 줄 알았다는—못마땅하다는 표정으로 입술을 삐죽거리며 지나갔다.

만약에 그가 한 발짝 뒤로 물러서지 않고 오히려 그녀를 향해 한 발 앞으로 내디뎠다고 해보자. 그런 다음 그와 조니가 그윽한 눈으로 서로를 바라보았다면 그는 그것을 사랑이라고 말할 수 있을까? 이건 순전히 그가 상상으로 만들어낸 가능성은 아니었을 것이다. 매기 바턱은 도널드 바턱이 첫 번째 부인과 살고 있을 때 간호사로 일하고 있었다. 모든 사람들은 당시 무슨 일이 벌어지고 있는지 알고 있었다. 그의 첫 번째 부인은 가끔 나이에 비해 너무 검은색으로 염색한 머리에 뚱한 얼굴을 하고는 병원에 오곤 했다. 매기는 수술복을 입을 때도 포대자루처럼 입지 않았다. 그녀는 자신의 몸매가 드러나도록 수술복의 허리를 팠다. 당시 토비와 함께 전임의 과정을 밟고 있던 마르코 린츠는 바턱의 비서에게 들은 이야기를 전해주었다. 언젠가 엑스레이 영상실에서 바턱이 엑스레이 필름을 보면서 앞에 서 있는 매기의 수술복 엉덩이에 발기를 한 바지 앞 춤을 문지르고 있더라는 것이었다. 그로부터 한 달 후, 바턱은 이혼을 발표했고, 불과 2주 후에 다시는 수술복을 입지 않을 매기와 약혼했다.

토비는 월도프 애스토리아 호텔에서 열린 결혼식에서 레이철에게 "정말 진부한 짓거리야"라고 말했었다. 그들은 초콜릿으로 덮인 딸기를 먹고 있었다. 바턱의 대학 시절 클럽 회원들은 그리스 노래를 축가로 불렀다. 바턱의 첫 번째 결혼식에서도 그들이 축가를 불렀다고 누군가가 토비에게 말했다.

"글쎄, 사람들은 자신을 행복하게 해주는 사람과 함께 살아야 해. 모두에게 그런 사람이 틀림없이 존재하지 않아?" 레이철은 말했다.

"그래, 하지만 그런 사람들이 모두에게 두 명씩 있는 것은 아니야."

"그걸 어떻게 알아?" 그녀가 말했다. "내 이빨에 뭐 묻었어?"

조니는 젊었지만 어린애가 아니었다. 스물다섯 살이라는 나이는— 잠깐, 내가 지금 뭘 하는 거지? 그는 다음 생각을 막았다. 아니, 플라이시먼, 아니, 그만해. 이렇게 해서 끓는 물에 삶긴 개구리 신세가 되는 거야. 한순간 조니를 학생으로 생각하다가 갑자기 그녀가 어린애가 아니라고 생각하고, 어느새 조니와 데이트를 하면서 술을 마시다가, 퀸스에 있는 더러운 그녀의 아파트에서 같이 잠을 자게 되는 거야. 아니면 그들은 구식 커플들처럼 진짜 데이트를 시작할 수도 있겠지. 몰래 데이트를 하다가 그녀가 전임의 과정을 마친 후 몇 달 기다린 뒤 약혼을 한 다음 결혼을 하는 거야. 그들이 모호하고 비공식적인 연인 상태를 유지하기보다 약혼을 통해 그들의 관계를 발표한다면 누구도 감히 그들을 비난할 수 없을 거야.

그의 휴대폰에서 문자 수신음이 울렸다. 그는 휴대폰을 내려다보았다. 바턱의 비서가 가능한 한 빨리 사무실로 와달라고 메시지를 보내왔다.

"바턱 박사와 면담이 있어서." 그는 조니에게 말했다.

"괜찮아요. 하던 얘기는 나중에 하면 되죠. 저는…… 로건과 저는 헤어졌어요."

그는 발걸음을 멈췄다. "어쩌다가, 유감이네." 그는 말을 덧붙였다. "그 일에 대해 얘기할 수 있는 사람들이 자네에게 있으면 좋겠군."

"저는, 모르겠어요, 전, 선생님이 방금 이혼하셨기 때문에, 똑같은 건 아니라는 건 알지만, 저도 슬프고 선생님도 슬프시고, 저도 모르겠어요."

"인간관계라는 게 쉽지 않아."

그녀는 몸을 앞으로 내밀었다. "사랑은 쉽지 않아요."

그녀의 목소리와 풀 죽은 미소는 그를 감질나게 만들었다. 여인들은 그를 놀라게 만들었다. 그들은 자신들이 지배적인 성이 아니라고 생각했지만, 그는 뒤쪽 창문을 통해 쏟아져 들어오는 햇빛에 비친 그녀의 얼굴을 보며 앉아 있었다. 그녀의 피부는 너무나 생기 있고 팽팽했다. 그녀의 젊음은 너무 압도적이어서 부담스러울 지경이었다.

"바턱 박사를 만나러 가야겠어." 토비가 말했다.

도널드 바턱이 그를 흘끗 보고는 입술을 삐죽 내밀고 고개를 끄덕이자 그의 볼살이 떨렸다.

"토비, 들어와. 집안 문제는 모두 잘 해결되었나?"

"네, 고맙습니다. 며칠간 좀 힘들었어요. 애들은 오늘 아침에 숙박 캠프로 떠났어요."

"내일 우리가 자네 때문에 회의를 한다는 것을 알고 있으라고. 나는 필리파가 내 추천을 받아줄 거라고 생각하네."

"좋은 소식이군요." 토비가 일어서서 그와 악수를 하려고 손을 내밀었다.

"자네가 힘든 시간을 보내고 있다는 것을 알고 있어. 모든 문제가 잘 풀리기를 바라네. 필리파의 자리는 꽤 중요한 직책이지. 내 꼴이 우스워지게 만들면 안 되네."

바턱은 70년대에 병원에서 인턴으로 일을 시작했는데, 뛰어난 언변으로 사람들로부터 호감과 신임을 얻는 타입이었다. 그의 아버지는 당시 그가 일하던 과의 전설적인 수장이었다. 하지만 바턱이 병원에서 승승장구를 한 이유는 단지 그의 혈통 때문만이 아니라, 사람들이 그를 신임했기 때문이었다. 사람들은 바턱에게 앞다투어 책임을 넘겨주려 했고, 그는 그것들을 넘겨받아 망치지만 않으면 되었다. 그는 그러지 않았다.

그는 좋은 의사였다. 심지어 훌륭했다. 그것이 바턱을 생각하면 가장 찜찜한 부분이었다. 그는 토비의 훌륭한 멘토였기 때문에 그가 그렇게 능글능글 돈만 밝히는 인간이 되리라고는 예상할 수 없었다. 아니면 그가 좋은 의사와 돈을 밝히는 사람 둘 다 될 수 있었음에도 후자로 남기를 선택했다는 것을 토비로서는 받아들이기 힘들었는지도 모른다. 어느 쪽이든 슬픈 사실이었다. 토비가 그의 전임의 중 한 명이었을 때, 바턱은 그에게 자신이 치른 전쟁 이야기들을 들려주었고 그들의 힘든 하루가 끝날 무렵이면 그의 사무실에서 위스키를 따라주었다. 토비는 위장병학과 과장이었던 마틴 루가 췌장암으로 죽었을 때를 기억했다. 빠르고도 슬프게 진행된 시적인 과정을 통해 토비는 자신이 하는 일이 선량하고 가치 있는 일이라는 것을 재확인할 수 있었다. 토비와 바턱은 마지막 몇 주 동안 마틴 루의 방에 몇 시간씩 앉아 있었고, 토비는 그들이 병원에서의 옛 시절 이야기를 나누는 것을 들었다. 토비 이전의 의료 기록은 모두 컴퓨터에 들어가 있어서 그에 대해 토비는 아는 것이 없었다. 그들은 닥터 루가 지쳐서 휴식을 취해야만 할 때까지 함께 웃었다.

토비와 바턱은 닥터 루가 숨을 거둘 때 그의 병실에 있었다. 그의 호흡이 점점 약해지기 시작하자 그들은 그를 아내와 아이들에게 남겨두기 위해 일어서려 했다. 그러나 마틴의 아내는 그때까지 사흘 동안 의식을 잃고 있던 마틴이 그들이 머물기를 바랄 것이라고 말했다. "당신들도 우리처럼 그의 인생의 큰 부분을 차지하고 있었어요." 마침내 그가 숨을 거두자 그의 아내는 그의 이마에 자기 이마를 대고 "잘 가, 내 사랑"이라고 말했고, 토비는 마틴 루가 이른 죽음에도 불구하고 행운아라고 느꼈었다. 그건 토비도 마찬가지였다. 바로 그 순간 그가 이 사람들을 알고, 그들과 함께 뭔가를 시도한다는 이 모든 것이 그에게 얼마나 특권인가를 생각하지 않을 수 없었다.

그 후 바틱은 토비를 사무실로 데리고 들어가 스카치를 한 잔 따라주었다. 토비는 여전히 마틴 루의 죽음에서 헤어나지 못했고 아주 오랫동안 그 끔찍한 순간의 아름다움을 바틱과 연관시키곤 했다. 한참 후에야 토비는 바틱이 얼마나 말만 번지르르한 속물인지, 어떻게 그가 연민의 감정과 동료애를 자신의 성공을 위한 전시물로 사용하는지를 깨달았다.

바틱은 토비에게 관심을 가져왔었다. 필리파 런던이 아닌 그에게 말이다. 토비는 집에 가서 레이철과 그날 벌어진 일들을 얘기하곤 했다. "멘토를 잘 만나면 정상도 어렵지 않아"라고 그녀는 말하곤 했는데, 그것은 알푸즈 앤 릭턴스타인의 우편물실에서 직원들이 사용하는 바보 같은 동기부여 멘트였다. 바틱이 토비에게 관심을 보이기 전에는 레이철은 토비가 피부과를 전공해야 한다고 생각했었다. 피부과 의사들은 수입도 많고 8월 한 달을 휴가로 보낼 수도 있고 근무 시간도 자유로우며 응급 상황도 전혀 생기지 않는다는 이유에서였다. 그러나 토비는 병을 고치는 의사가 되고 싶었고, 피부과에서도 성형수술이 아니라 병을 치료하는 데 관심을 가지는 의사는 돈을 벌지 못할 거라고 생각했다.

"하지만 당신은 여름 동안 아프리카나 아시아, 어디든지 의료봉사

활동을 가서 언청이 수술을 해줄 수도 있잖아?" 그녀는 말했다.

그는 "1년 중 한 달을 남은 열한 달 동안 하는 일에 대한 사과로 살고 싶지는 않아"라고 말했다. "나는 매일 좋은 삶을 살고 싶어."

"안 그런 사람이 어디 있어." 그녀가 격앙된 목소리로 말했다. "하지만 자기 하고 싶은 대로만 하면서 사는 사치를 누리는 사람이 어디 있어? 나도 언젠가는 아파트를 사고 싶다고, 알아?"

토비의 아버지는 의사였고, 삼촌도 의사였고, 지금은 모든 것을 때려치우고 결혼해서 애를 낳고 살고 있지만 여동생도 심리학자가 되려 했었다. 플라이시먼 집안은 고통을 겪는 사람들에게 위로와 평화와 치유를 주는 흰 가운을 입은 사람을 모델로 아이들을 키웠었다. 주말에 동네 아이들이 무릎을 다치거나 열이 오르면, 동네 부모들은 내과의사인 시드 라피스의 집이 더 가까운 경우에도 플라이시먼네 집 대문을 두드리곤 했다. 토비의 생각에는 그것이 좋은 인생이었다. 그 안에는 가치와 용기가 있었다. 그렇게 해도 돈을 벌 수 있었고 지금도 마찬가지였다. 하지만 단지 돈이 전부는 아니었다.

좋아, 레이철이 말했다. 간 전문의가 돼. 하지만 가능한 한 최고 수준의 의사가 되어야 해. "나는 당신이 뉴욕에서 가장 유명한 간 전문의가 될 걸 알아. 아니, **전 세계에서.**" 그녀는 계량적이고 경쟁적인 용어를 사용하지 않으면 말을 하지 못했다.

그는 그렇게 할 준비가 되어 있었다. 그는 레이철의 주장에 동의했다. 승진을 하기 위해 말만 번지르르한 개자식이 될 필요는 없었다. 그는 그저 자신의 일을 잘할 것이다. 그는 파트장으로 진급할 것이고, 필리파가 다시 승진을 하면 그는 부서장 자리를 제안받을 것이다. 하지만 그는 그 제안은 거절할 것이다. 그 정도 이상의 자리에 이르게 되면 위로 올라갈수록 제대로 된 의사로서의 한계효용이 줄어들 것이기 때문이다. 그는 그들과 같지 않았다. 그는 출세를 위해 적절한 클럽에 가입하고, 권력이 있는 사람들과 함께 골프를 치고, 그런 사람들과 함께 위원회와 운영회에 몸담고 일하고 싶지 않았다. 도널드 바턱은 그의 전시용 와이프인 매기 바턱을 시켜 사람들을 저녁 식사에 초대해 사교 활동을 하고 모금 활동을 하게 하고 있다. 그것은 토비가 결혼한 사람이 할 일이 아니었다. 그런 사람이라면 애초에 그가 결혼하고 **싶지도** 않았을 것이다.

토비의 어머니는 항상 그에게 "모든 관계에는 한 개의 별을 품을 자리밖에 없단다"라고 말했다. 그에 대해 토비가 자신은 운명의 마차를 제대로 된 별에 묶었다고 농담을 하면 레이철은 장난스레 흘겨보며 "빌어먹게 맞는 말이네"라고 말하곤 했다. 하지만, 토비는 어머니의 말이 사실일지, 그들의 관계에서 과연 레이철이 별인지 확신이 들지 않았다. 그는 자신이 하고 있는 보잘것없는 일이 너무 좋았기 때문에 세상에 큰 영향을 미치게 될 사람이 별 같은 존재라고는 생각하지 않았다. 바턱이 승진할 무렵, 레이철은 그녀를 성공하게 해준 에이전시 알푸즈 앤 릭턴스타인에서 자신이 관리하던 고객들을 데리고 나와 자신의 에이전시를 만들었다. 고객들은 아무 의심 없이 그녀를 따라갔다. 그들은 자신들의 성공을 위해서는 못할 것이 없는 사람을 알아보는 능력이 있었다.

몇 주가 지나기도 전에 그녀에게 수입이 생기기 시작했다. 몇 달도 지나지 않아 그녀는 충분한 재정 능력을 갖게 되었다. 그것은 토비를 매우 자랑스럽게 만들었다. 어떤 남편이라도 자랑스러워했을 것이다. 그러나 그녀는 오래 일을 해야 했고, 회사가 정말 성공하기를 원한다면 그녀가 좀 더 편한 일정을 갖기까지는 몇 년이 걸릴 것이라는 것을 두 사람 다 알고 있었다. 둘 중 누구도 이제 막 태어난 해나를 전적으로 보모에게 맡겨서 기르고 싶지 않았기 때문에, 토비는 무슨 일이 있어도 매일 저녁 5시 30분에는 병원에서 집에 돌아올 수 있도록 근무 일정을 짜기 시작했다. 같은 12시간 교대근무지만, 더 일찍 일을 시작했고, 근무 중에는 결코 미적거리지 않았으며, 일이 끝난 후에는 바턱의 사무실에서 술을 마시며 지체하지 않았다.

그는 그녀가 그립다고 불평했다. 그는 돈이 그녀가 해나에게 줄 수 있는 것만큼, 아니 솔직히 말하자면, 그에게 줄 수 있는 것만큼 중요하지는 않다고 투덜댔다. 그는 밤에 홀로 앉아 시트콤의 옛날 에피소드들을 보았고, 해나를 데리고 72번가의 놀이터로 가서 그네에 앉힌 뒤 "가라!" 하며 밀어주고 "와라!" 하며 아이를 받았다. 그는 해나가 배를 좋아했다가 싫어하게 되고 다음에는 다시 배를 사랑하게 된 다음, 이제는 가끔만 배를 먹고 싶어 하는 아이로 구체화되는 것을 지켜보았다. 그는 아처 실반의 새 컬렉션 선집을 읽었고 산책을 하며 아이팟, 그다음에는 아이폰으로 롤링 스톤스, 화이트 스트라입스 밴드의 노래를 들었고, 해나와 함께 시간을 보내는 것도 좋아했지만, 대화 그리고 그를 선택한 누군가의 존재가 그리웠다. 해가 뜨고 해가 지고 달력 페이지들이 벽에서 떨어져나갔다. 해나는 몸을 뒤집었고 일어나 앉았다가 기기 시작하는가 싶더니 어느 순간 아장아장 걷기 시작했다. 해나는 웃고 울었다. 해나는 '꼬마 돼지' 동요를 좋아했고 스스로 식사를 하기 시작했다. 해나는 작은 숙녀처럼 유모차에 다리를 꼬고 앉았다. 해나는 엄마를 흉내 내며 토비의 휴대폰을 들고 걸어 다니며 휴대폰에 대고 뜻 모를 소리를 재잘거렸다. 해나는 '꼬마 돼지' 동요를 졸업하고 말을 하기 시작했다. 해나는 숫자를 세는 법을 배웠고, 학교를 다니기 시작했다. 토비는 해나가 너무 사랑스러워서 아이 앞에서는 심장이 녹는 기분이었다.

그의 수입은 가계에 부수입처럼 되었지만 토비는 일을 그만둘 생각은 없었다. 그건 말도 안 되는 소리였다. 그리고 레이철도 감히 그런 것을 제안하지는 않았다. 그러나 그는 계속 아이들의 양육을 전담하는 쪽이 되었다. 그는 해나가 학교에서 열이 날 때, 혹은 솔리의 기저귀 발진이 잘 낫지 않을 때 전화를 받는 사람이었다. 그는 아이들의 음악 수업을 같이 공부했고, 비록 수업 이름이 '엄마와 나'('보모와 나'라고 부르는 게 더 실상에 맞을 것이다)였음에도 음악 수업에 참석하기 위해 병원에서 몰래 빠져나왔다. 그는 해나를 선행학습 과정에 등록시켰고, 나중에는 스포츠 프로그램과 방과 후 수업, 캠프들, 중국어 수업과 테니스 교습까지 받게 하는 한편 치아 교정까지 시켰다. 그는 도서 전시회 자원봉사자였고 히브리 학교 기금 모금 행사에서는 브라우니를 구웠다. 그는 검색창에 '저녁을 만들기 귀찮을 때'를 입력해서 '재료들을 섞어' 입맛을 '새롭게' 해주는 조리법 일정을 알려주는 웹사이트를 발견하기도 했다. 그가 모임에서 질문을 하면 다른 엄마들은 "저기 미스터 엄마 좀 봐요!"라고 자기들끼리 소곤대곤 했는데, 처음에는 그런 말이 불쾌해서 '아니, 나는 엄마가 아니에요. 나는 아빠고 이것들은 나의 의무입니다'라고 말을 하고 싶었지만, 그는 곧 그런 말을 하는 여성들이 사실은 자식들이나 가사에 대한 남편의 무관심 때문에 그를 부러워하는 것이라는 것을 깨달았고, 그래서 그저 [웃는 얼굴 이모티콘] 표정을 지었다. 그는 보모가 아플 때는 집에 있어야 했고, 동료들에게 대신 수업을 맡아달라거나 환자를 봐달라고 부탁해야 했다. 그는 멘토의 후원에 힘입어 승승장구하는 마르코 같은 주치의들의 상대가 되지 못했다.

그는 선택의 여지가 없었다. 레이철은 항상 어딘가에서 일을 하고 있어야 했고, 그다음에는 스트레스 때문에 요가 수업을 들어야 했고,

출세를 위한 인간관계의 밑천을 만들기 위해 미리엄 로스버그와 필라테스 수업을 같이 들어야 했고, 그녀는 빨리 이메일을 보내야 할 곳이 있었고, 진행 상황을 확인하기 위해 다시 이메일들을 보내야 했고, 그럴 필요가 없는 사람들과도 상냥하게 이야기를 나누어야 했고, 그리고 그런 모든 것들이 제대로 돌아가지 않을 때에는 그것들과 아무 관련도 없는 토비와 아이들에게 자신의 분노를 마구 퍼부었다.

하지만 그는 그 모든 것을 좋아했고, 그것이 그의 비밀이었다. 그는 그것이 얼마나 덧없을지, 아이들이 얼마나 빨리 다양한 성장 단계들을 지나는지, 그리고 그런 사소한 것들이 한번 사라지면 다시는 돌아오지 않을지 알고 있었다. 걸어 다니는 아이가 다시 기는 일은 없었다. 그래서 그는 괜찮았다. 레이철은 아이들을 사랑했고, 토비도 그것을 확신했지만, 그녀는 아이들 주변에서 편안하지 않았다. 그녀는 대부분의 경우 아이들과 혼자 있는 것이 두려웠다. 그녀는 아이들이 그녀에게 매달리거나 너무 오래 말을 하면 짜증이 났고, 다른 곳에 있고 싶은 마음이 들었다. 토비는 몇 시간씩 아이들 중 한 명 또는 둘 모두를 무릎 위에 앉히고도 그것을 깨닫지 못할 때도 있었다. 직장에서는 환자들을 진료하는 일이 자신의 다음 삶을 위한 디딤돌이 아니라 삶 그 자체라고 생각했다. 그렇게 젊은 나이에 자신이 가고 싶은 곳에 도착한 것이 어떤 것인지 상상할 수 있을까? 그것이 그녀가 결코 이해하지 못한 것이었다. 야망은 항상 오르막길을 달리는 것은 아니었다. 때때로, 당신이 행복할 때, 그것은 제자리 뛰기를 할 수도 있었다.

"다음 주에 좋은 소식이 있을 거야. 가서 환자들 보게나." 바턱이 말했다.

하지만 토비는 환자들에게 가지 않았다.

그는 그렇게 할 수 없었다. 그곳에는 숨을 곳도, 머리를 두 손에 묻거나 잠깐 눈을 붙일 곳도 없었다. 레이철로 인한 그의 괴로움은 미움과 걱정의 바람이 더해져 요동치는 폭풍으로 바뀌었고, 그는 다른 것들에 집중할 수 없었다. 그는 회진을 마쳤고, 어쨌든 시간은 흘러 어느덧 4시였다. 그는 일찍부터 병원에 있었다. 괜찮은 하루였다.

공원을 가로질러 걷다가 중간쯤에 이르렀을 때 그는 오솔길을 어슬렁어슬렁 걷기 시작했고, 문득 자신이 얼마나 피곤하고 더운지를 깨닫고는 벤치에 앉았다. 그는 습관대로 가슴 털을 잡아당기며 휴대폰을 들여다보았다. 그는 자신의 데이팅 앱을 들여다봐야 했다. 그는 이 끔찍한 감정을 씻어낼 여성호르몬과 남성호르몬을 섞은 뜨거운 칵테일 한 잔이 필요했다.

그날 데이팅 앱에는 별다른 활동이 없었다. 그는 아무 감정도 느끼지 못한 채 오래된 음탕한 메시지들을 훑어보았다. 그는 다시는 결혼하지 않을 것이다. 결혼은 바보들을 위한 것이었다. 그것은 그는 소유하지 못했던 재산 문제에 대한 구식 해결책이었다. 그것은 종교인들이 (그들이 주장하는 다른 가치들을 그는 대부분 거부했다) 발명한 사회적 구조물로서 그것을 만들 당시 사람들의 평균 수명은 서른을 넘지 않았었다. 아니, 그는 다시는 그 함정에 빠지지 않을 것이다. 그는 이성과 사귀고 흥분을 즐기겠지만, 다시는 그런 식으로 누군가의 손에 자신의 정서적인 만족을 맡기지 않을 것이다.

「디커플링」의 후반부에서 아처 실반은 마침내 마크가 이혼하려던 여자와 만난다. 그녀는 자신의 이혼에 대해 잡지사에서 기사를 쓰고 있다는 이야기를 들었고, 그녀도 자기 입장에서 할 말이 있다고 느꼈다. 그녀는 아처에게 편지를 썼다. '이 일에 대해 쓸 거면, 양쪽의 이야기를 다 들어봐야 해요.' 그 이야기에 그녀의 실명은 나오지 않았다. 그녀는 '마크의 여인'(두 사람의 사이가 좋았던 시절)과 '그 여자'(그 후 상황이 나빠졌을 때)라고 번갈아 일컬어졌다. 이 이야기에서 그녀와 아처는 집사 복장을 한 종업원들이 한쪽에 도열해 있는 매디슨가의 고급 찻집 중 한 곳에서 만났다. 그녀는 마크가 그의 비서와 저질렀던 불륜에 대해 그에게 말해주었다. 마크는 그녀에게 그 일로 사과를 했지만 그럼에도 여비서를 해고하지는 않았다. 그녀는 그가 불륜을 부인하던 몇 달 동안 미칠 것 같았지만 결국 그의 말을 믿기로 했었다. 그러나 마크는 그녀 모르게, 하지만 모든 사람들이 보란 듯 출장 길에 다시 여비서를 동반했다. 아처는 한 시간 동안 그녀와 함께 앉아, 모든 결혼은 복잡하고 남들이 모르는 사정이 있으며, 결혼이 끝날 때는 양쪽이 모두 각자 완전히 정당한 불만을 주장할 수 있을 것이라는, 미묘한 사정들을 모두 고려해달라는 합리적인 요청에 귀를 기울인다. 오셀로게임 판이 검게 변하면, 결국 참여한 두 사람 모두에게 검은 판이 되는 것이다.

그러나 아처가 그 여인과의 대화를 기록한 글은 그 후 오랜 세월에 걸쳐 언론학 수업에서 몇 시간에 걸친 토론의 주제가 되곤 했다. 그런 토론의 분위기는 시대에 따라 달라졌다. 80년대 사람들은 그가 얼마나 정직한 리포터였는지, 그가 마음에 있는 것을 정치적으로 말하는 대신에 얼마나 솔직하게 말했는지를 칭찬했다. 90년대에는 편견 없이 글을 쓸 수 있는 방법이 있을까를 두고 토론이 벌어졌다. 2000년대에는 그 글은 여성 혐오에 관한 절절한 호소의 소재가 되었고, 그런 일이 다시 일어나지 않도록 하기 위해서 나 같은 사람, 즉 여성들이 남성 잡지에 고용되게 되었다. 그날 토비가 공원에 앉았을 때쯤에는 「디커플링」은 더 이상 수업에서 다루기 적절한 소재로 여겨지지 않았다. 그렇게 글을 써서는 안 된다는 예로 사용된 경우에도 그 글은 트리거 워닝*과 여성들의 안전 공간의 필요성에 대해 각 대학교 학생처장들에게 보내진, 그리고 그 후에 페미니스트 웹사이트에 공개적으로 게시된 강한 어조의 항의 편지들의 홍수를 불러왔다. 2007년 이후, 예를 들어, 내가 저널리즘 수업에서 초대 강사로 강연을 갔을 때도 나는 수업 중에 그 이야기를 꺼내지 말라는 경고를 받았다. 그 이야기를 언급하는 것 자체가 얼마나 터무니없는 짓인지 학생들로부터 지적을 받지 않기 위해서였다.

그가 쓴 글, 그리고 바로 그때 토비의 머리에 떠오른 글은 다음과 같았다. '그녀의 눈물로 젖은 내 손수건을 가지고 레스토랑을 떠나며, 나는 그 계집이 매번 어떻게 사람들의 마음을 움직이려고 할 것인지를 생각했다.'

날씬한 정장 차림에 구릿빛 피부의 남자가 토비 옆에 앉았다. 태양은 뜨거웠고 공원은 그곳에서 즐기려는 사람들로 가득했다. 그는 그들이 모두 미웠다. 그를 제외하고는 아무도 문제가 없어 보였다. 옆의 남자가 담배에 불을 붙였다. 그들 옆에는 '금연'이라고 적힌 커다란 표지판이 붙어 있었다. 바로 그들의 지척에 말이다. 참을 수 없는 분노가 토비의 혈관과 림프계를 미끄러지듯 지나, 그 밑의 근골 속으로 새 들어가 뼛속까지 침범했다. 토비는 남자 쪽으로 몸을 돌려 "이봐요, 여기서는 담배를 피우면 안 돼요"라고 말했다.

사내는 그를 바라보았고, 토비는 눈으로 표지판을 가리켰다. 남자는 그가 가리키는 곳을 바라보고는 담배를 껐다. 토비는 왜 그가 그렇게 신경이 쓰였는지 알 수 없었다.

---

* '이 글에는 트라우마를 유발할 수 있는 요소를 포함하고 있습니다' 같은 경고.

120초 후 그 자식이 담배를 하나 더 꺼내 바로 그 앞에서 불을 붙였을 때 그는 그 문제를 좀 더 깊이 심사숙고하던 참이었다.

"이봐, 여기서 담배 피우면 안 돼." 그 남자는 눈알을 조금 굴렸을 뿐 토비의 말을 못 들은 척했고 다시 한 모금 깊이 담배를 빨았다.

토비는 자리에서 일어섰다. 그의 목소리는 증오에 찬 고함 소리처럼 들렸다. "경찰을 부르겠어, 이 개자식."

그 남자는 좀 놀란 것 같은, 하지만 재미있다는 표정으로 그를 한참 바라보았다. 개자식이 웃어? "너는 미친 새끼야." 남자가 말했다. 토비는 휴대폰으로 911을 눌러 전화를 걸기 시작했다. 사내는 한 번 더 담배를 빨아들인 후 손가락으로 꽁초를 풀밭으로 튕겨버린 뒤 유유히 사라졌다.

토비는 잠시 벤치에 앉아 휴대폰을 보는 척했지만 좀처럼 분노를 가라앉힐 수 없었다. 남자가 시야에서 보이지 않자 그는 일어나서 대충 이스트사이드 쪽을 향해 걷기 시작했다. 왜 그쪽을 향한 것인지 그도 알 수 없었다. 그를 기다리는 사람은 아무도 없었다. 시간은 겨우 5시였다. 그는 간절하게 솔리가 보고 싶었다. 그가 교묘하게 아이의 마음을 조종한 것, 레이철의 실종으로 생긴 문제를 다른 곳으로 떠넘긴 것을 생각하니 마음이 찢어지는 것 같았다. 그 문제가 해결되리라는 확신도 할 수 없었다. 아들과 함께 〈구니스〉를 보면서 아이의 똑똑하고 사랑스러운 평을 듣고 아이의 질문에 대답하고 싶은 마음만이 간절했다. 달리 갈 곳도 없었기 때문에 그는 집으로 향했다.

만약에, 만약에 그가 레이철의 실종을 실수로 심각하게 받아들이지 않은 것이라면?

여자들한테는 그런 사고들이 벌어지곤 했다. 그 결과 그들은 죽거나 납치되었고 강간당하거나 성 노예로 갇혀 지냈다. 혹은 아무도 눈여겨보지 않을 때 익사를 하기도 했다. 그는 경찰에 전화를 걸려고 전화기에 손을 뻗을 뻔했지만 그것은 너무 미친 짓 같았다. 그가 본 모든 경찰 드라마들을 생각해볼 때, 첫 번째 용의자로 지목될 사람은 바로 자신이었다. 왜냐하면 그는 전남편이고 살해의 이유를 뒷받침할 증오에 찬 문자메시지들이 증거물로 존재하고 있기 때문이다.

아직 해가 남아 있는 여름 거리는 퇴근 후 쏟아져 나온 젊음으로 붐비기 시작했다. 아니, 젊음이 아니라 행복, 아니 행복이 아니라 일상이 맞는 말일 것이다. 계획과 목표와 친구가 있는 사람들. 그는 요가 수업에 갈지, 아니면 세스에게 전화를 할지 생각했다. 휴대폰에 있는 데이팅 앱의 신상 프로필을 조금 바꿀까도 생각해보았다. 그러면 그의 프로필이 시스템에 재로딩되면서 모든 회원들에게 다시 한번 그의 정보가 뿌려질 것이다. 그는 기운이 없었다. 그는 다시 강인함을 느낄 필요가 있었다.

과일. 그는 과일이 필요하다고 결정했다. 그는 전날 밤에 마지막 남은 사과를 먹었다. 그는 괴혈병이 시작되는 것처럼 느껴졌다. 확실했다. 그는 빛나는 비타민C 정을 원했다. 그는 마그네슘도 필요했다. 지난 3일 동안 그의 눈꺼풀이 간헐적으로 경련을 일으켰기 때문이다. 육안으로도 눈꺼풀의 경련이 눈에 띄는지 확인하기 위해서 그는 오전에 화장실에 갔다. 확실했다. 그는 홀푸드 식품점의 낙관적인 분위기를 원했다. 그는 87번가의 가게로 가서 식품 코너의 통로들을 돌아다니며 정성 들인 갈색 포장들이 그에게 일종의 회복될 희망을 불어넣도록 했다. 그는 보습제들이 진열된 통로를 걸었다. 아마도 그는 이제까지 써오던 피부 관리법을 바꿔야 할 필요가 있을지도 모른다.

어쩌면 야생화 방향요법이 필요할지도 몰랐다. 삼베 기름은 어떨까? 코코넛 화장수는? 그건 아닐 것 같다. 하지만 방향요법은 한번 시도해볼 수도 있을 것 같았다. 디퓨저를 이용해 오일 입자들이 밤 동안 그의 주위를 떠돌게 한다면? 새로워진 세포와 넘실대는 호르몬으로 가득 차서 아침에 깨어나면 명상을 시작할 것이고 그의 삶은—

"토비."

그는 돌아섰다. 신디 레퍼와 미리엄 로스버그가 그를 쳐다보고 있었다. 땀투성이인 그녀들의 머리는 뿌리 부분만 곱슬거렸다. 미리엄은 '타든지 죽든지(RIDE OR DIE)', 신디는 '립스틱 앤 런지스'라고 적힌 탱크톱을 입고 있었다.

"플라이시먼 가족을 하루에 두 번이나 만나네요." 미리엄이 말했다.

"아, 안녕하세요. 과일이나 좀 살까 해서요." 토비가 말했다.

"나는 아직 햄튼에 있는 줄 알았어요." 신디가 말했다.

"네, 여러 가지 일이 좀 있어서요." 토비가 말했다. "병원에서 말이죠. 환자들 때문에요. 하지만 햄튼에는 가지 않을 거예요. 레이철이 이혼하면서 그 집을 가져갔거든요. 이젠 그곳에 갈 일이 없죠."

"록산느에게 들은 얘기와는 다르네요." 신디는 마치 그것이 섹시하다고 생각이라도 하는 듯 선정적인 저음으로 말했지만, 그게 어울리기에는 나이가 너무 많아 까마귀 울음소리처럼 들렸다.

"맞아요, 레이철이 스케줄이 꼬여서 내가 아이들을 데리고 갔어요. 해나도 렉시를 보고 싶어 했고요."

"우리는 7월의 마지막 주는 언제나 유럽에서 보내죠. 혹시, 제가 보낸 문자들 보셨어요? 해나가 베개를 우리 집에 두고 갔어요."

신디가 산더미처럼 보내온 별 의미 없는 문자들이 그제야 희미하게 생각났다.

"그건 그렇고, 아이들하고 저녁 먹으러 오세요." 미리엄이 말했다. "우리는 어느 편도 아니니까요. 샘의 부모님도 이혼하셨기 때문에 우리는 그런 문제에 아주 조심을 하죠. 아직도 요가를 하세요? 몇 주전에 매트를 들고 가시는 걸 본 것 같은데."

토비는 그녀의 말에 집중할 수 없었다. "네? 아, 그래요. 가끔요."

"샘도 좀 데리고 가세요. 얼마 전에 요가 수련원에 갔어요. 그 사람은 요가에 푹 빠졌죠."

"요가 수련원이요?" 토비가 물었다.

"네, 매사추세츠에 있는 수련원으로요. 유명한 곳이죠. 잠깐만요, 뭐였더라? 항상 이름을 잊어버리네요."

"크리팔루." 토비가 말했다. 그는 '크리팔루'를 입 밖에 내는 순간, 문득 그것이 '너를 불구로 만들겠다(cripple you)'와 비슷하게 들린다는 것을 깨달았다. 어떻게 그때까지 그것을 깨닫지 못했던 걸까?

"그래요! 크리팔루! 그는 그곳에서 한번 주말을 보낸 후 매일 아침 요가를 해요. 우리는 아예 강사를 고용해 집에 오게 했죠. 나는 몇 년 동안이나 그 사람을 러닝머신에서 내려오게 할 수 없었어요. '제발 다른 것도 좀 해요, 할 것들이 쌔고 쌨는데'라고 말해도 그이는 눈만 뜨면 달리려고 했으니까요. 고등학교 때는 크로스컨트리도 했대요."

나중에, 토비는 눈곱만치도 신경이 쓰이지 않는 이 사람들 앞에서 왜 자신이 그렇게 점잖은 척한 것인지 이해를 할 수 없었다. 아무리 다시 생각을 해보아도, 그 순간 그의 목표는 레이철이 어떤 인간인지, 그리고 그녀가 무슨 짓을 했는지를 그들에게 정확히 까발리는 대신, 그녀의 출세를 위한 노력을 보호하는 것이었다.

그때 그는 갑자기 자신이 미리엄이 처음에 한 말을 완전히 놓치고 있었다는 것을 깨달았다. 레이철의 실종이 그의 마음을 가득 채우고 있는 까닭이었다. "죄송합니다, 좀 전에 플라이시면 가족을 두 번 보았다고 했나요? 레이첼을 만났어요?"

"좀 이상했어요." 미리엄이 말했다. "그녀를 봤어요. 공원에서, 담요 위에 누워서, 잠들었더군요. 한낮에 말이에요. 나는 '여기서 아주 열심히 일하고 있군요'라고 말했죠." 미리엄이 웃었다.

"솔직히, 그녀는 항상 너무 열심히 일해서 그렇게 잠시 쉬는 것을 보니 좋았어요." 신디가 말했다. "그녀를 한참 동안 보지 못했거든요, 두 주? 그새 머리도 잘랐더라고요."

미리엄이 뭐라고 말하자 신디가 한 시간 동안인지 1분간이었는지 그 말에 대꾸를 했지만 토비의 귀에는 아무 소리도 들리지 않았다. 피가 얼어붙고 내이는 출혈을 시작했으며 뇌는 물렁한 반죽으로 변해 코로 새어나오기 시작했고 얼굴은 두개골에서 녹아내렸다. 그의 삶은 이제까지와는 전혀 다른 방향으로 흘러갈 것이었다. 그는 앞으로 자신이 세상의 어떤 것도 제대로 이해하지 못하리라는 것을 알았다.

2부

맙소사, 그는
얼마나 멍청했던가

토비가 레이철을 만난 날 밤, 그는 성에 눈뜬 성인이 된 후 가장 긴 금욕적인 기간을 순교자적인 고통과 용기로 견뎌내고 있었다. 이스라엘에서 지내는 동안, 토비는 빼드렁니가 난 내 룸메이트 로리와 술에 취해 요란하게 일을 치른 적이 있었는데, 토비는 그 일이 일어났다는 사실, 그래서 적어도 그가 동정으로 죽지는 않게 되었다는 것을 제외하면, 그 일이 차라리 그의 공상이었기를 바랐다. 그는 그해에 스무 살이 되었고 세스가 말한 대로 "처녀막을 그대로 지닌 채" 10대 시절을 벗어나는 수치는 참을 수 없었다. 그는 그날 밤 전쟁터에서 집으로 금의환향하는 병사처럼 자랑스러우면서도 약간 겁먹은 모습으로 숙소로 돌아왔다. 기숙사 로비를 가득 채운 동료 남학생들은 그를 그들의 어깨 위로 떠메고 다녔다. 그것은 섹스 그 자체처럼 창피하면서도 끝내주는 기분이었다.

그 뒤 토비가 4학년이 된 후 6개월이 지났을 때 제닌이라는 밍밍한 성격의, 항상 초조해하는, 사회학을 전공하는 여학생과 실제 연애라 할 만한 첫 연애(사실은 두 번째)를 하게 되었다. 제닌은 교수가 하는 말을 모두 다 받아 적고, 그 모든 것을 다시 읽고 외우며 공부를 했지만, 결코 질문을 하거나 비판적인 생각은 하지 않는 그런 학생이었다. 그녀는 아무것도 실제로는 배우려고 하지 않았다. 그녀는 단지 주어진 자료만 소화하려고 노력했다. 그녀는 자신이 낙제를 할 거라고 전전긍긍하면서 지내다가 B⁺의 평점을 받았다. 그녀는 자신을 "책으로만 모든 것을 배우는" 사람이라고 말했다. 토비는 마음속으로 '책으로만 모든 것을 배우는' 것은 전혀 똑똑한 것이 아니라고 생각했다. 그는 그녀에게 지성이 사람의 가장 중요한 측면은 아니라는 것을, 그것은 우리가 원한다고 얻을 수 있는 것이 아니라는 것을 확신시키고 싶었다. 그녀 자신이 얼마나 열심히 노력하는지, 그리고 얼마나 제대로 처신하는지, 그것에 대해 행복해야 한다고 말하고 싶었다. 하지만 그녀처럼 열심히 공부하는 프린스턴 대학생에게, 그것도 방금 자신이 "책으로만 모든 것을 배우는" 사람이라고 말한 사람에게 그런 말을 할 방법은 없었다. 그가 할 수 있는 말이라고는 "아니, 너의 타고난 지성에 난 정말 놀랐어"뿐이었다.

"너의 타고난 지성에 난 정말 놀랐어"라고 그는 말했고, 가끔 그런 말을 들은 그녀는 토비에게 수음을 해주곤 했다.

그는 그녀가 무수한 스터디 모임을 끝내고 집에 돌아온 후 혹시 그와 섹스를 할 마음이 있을지 알아보기 위해 수많은 밤을 지새웠다. 그러나 종종 그녀는 섹스를 하고 나면 숙면을 취할 수 없고 그것이 그녀의 최우선 목표(시험, 리포트에서 높은 점수를 받는 것)들에 방해가 되기 때문에 상냥하게 거절을 하곤 했다. 여자를 만날 기회가 전혀 없던 그로서는 얼마 안 되는 가능성이지만 그녀와 잠자리를 갖는 것이 그녀와의 관계에서 주된 목표가 되었고, 이것이 그녀와의 교제가 의미하는 전부인지, 심지어 그가 그녀를 좋아하는 것인지에 대해 결코 자문하지 않았다. 그것은 위험한 질문이었고, 게다가 그는 그것을 물어볼 수 있는 입장에 있지도 않았다. 그는 자기 어깨 위로 그녀가 아무렇게나 올린 팔이나 그녀의 키스가 섹스를 해도 좋다는 청신호인지 해석하는 데 온 에너지를 써야 했다.

두 사람의 관계는 넉 달 만에 속절없이 끝났다. 어느 날 아침, 그녀가 자신과의, 아니 자신에게 일방적인 섹스를 하도록 허락한 후에, 자신의 부모는 가톨릭 신자나 이탈리아 사람이 아닌 다른 남자와 데이트하는 것을 허락하지 않을 것이라며, 이런 가망 없는 연애에 잠을 잃고 싶지 않다고 말했다. 그는 자신이 실제로 그녀를 좋아하는 것인지 그리고 그녀와의 관계가 계속되기를 원하는지에 대해서 생각하지도 않고 큰 소리로 반대했다. 그가 딱했던지 그녀는 한 번 더 '이별의 섹스'를 해도 좋다고 말했고 그는 그에 응했다. 그는 섹스할 기회를 찾으면서 평생 동안 굴욕을 느꼈지만, 행위 중에는, 그가 끝나기를 기다리는 그녀를 바라보는 동안에는, 결코 굴욕을 느낀 적이 없었다. 적어도 그때까지는.

그는 그해 6월에 뉴욕으로 이사했다. 그는 뉴욕대 의과대학에 입학했다. 컬럼비아 대학에도 합격했지만 그는 변화가 필요했다. 캠퍼스 안에 갇혀서 지내고 싶지 않았다. 그는 자신 같은 얼간이들에게 둘러싸이고 싶지 않았다. 그는 젊은 여인을 만나는 환상을 품고 있었는데 의대 여학생은 아니었다. 그가 어딘가에서 공부를 하고 있을 때, 그녀는 그곳에서 아마도 필립 로스나 솔 벨로, 어쩌면 버지니아 울프의 책을 읽고 있을 것이다. 그가 그녀에게 다가가서 가벼운 농담을 하면 그녀는 웃을 것이고, 그렇게 그들의 연애는 시작될 것이다.

그는 컬럼비아 대학에서 열린 한 파티에서 레이철을 만났다. 하지만 원래는 그곳에 갈 생각이 없었다. 세스는 그보다 한 학년 뒤처져 있었는데, 이스라엘에서 한 해 더 머물렀기 때문이다. 그들이 이스라엘을 떠나려 할 때, 그는 막 군대를 제대한 스물한 살의 여자를 만나

다하브로 내려가 함께 마리화나를 피우며 휴가를 보낸 후, 다음 학기 동안 이스라엘에서 군대를 제대한 사람들이 통과의례처럼 여행하는 곳인 인도, 태국, 그리스 등지로 그녀와 여행을 했다. 그는 그리스에서 그녀와 헤어졌다. 여행을 시작한 지 4개월째 접어들자 그녀가 결혼하고 싶다는 말을 너무 많이 하기 시작했기 때문이다. 그는 아테네에서 이렇게 쓴 엽서를 토비에게 보냈다. '여자들은 항상 다음 단계를 생각해. 그녀들은 그냥 있을 수가 없어. 너도 분명 여자와 자고 싶겠지만, 나는 이제야 알았어. 어떤 오르가슴도 공짜로 주어지지는 않는다는 걸 말이야.' 이런 내용이라면 엽서 대신에 아무도 볼 수 없는 편지로 써서 보냈더라면 좋았을 것을, 토비는 생각했었다. 세스는 그때 컬럼비아 대학에서 4학년 생활을 마치고 있었다. 어느 날 밤 저녁을 함께 먹다가 세스가 식사 후에 도서관에서 열리는 연례 문학회 파티에 함께 가자고 말했다. 하지만 토비는 컬럼비아 대학에서 열리는 파티들과 컬럼비아 대학생들을 싫어했다. "가면 여자랑 잘 수 있을지도 몰라." 세스가 꼬셨다.

토비는 그것이 사실이 아니리라는 것을 알고 있었다. 하지만 그의 부모님이 모레 로스앤젤레스에서 와서 그를 방문할 예정이었고, 부모님이 도착하기 전에 그의 난장판인 아파트에서 포르노 잡지들과 악취를 씻어내야 했고, 그의 자존감에 쏟아질 어머니의 기관총 사격에도 마음의 준비를 해야 했다. 비록 그가 여자와 잘 가능성이 3퍼센트에 불과하더라도 그것은 적어도 힘든 일정을 앞둔 자신에게 위안이 될 수 있을 것이라고 생각했다. 파티에서 그는 세스의 기숙사에서 알게 되었던, 그가 짝사랑했던 메리라는 여자애를 만났고, 그는 이것이 아마도 자신에게 온 기회가 아닐까 잠시 생각했다. 그는 이야기를 나누기 위해 그녀 쪽으로 건너갔고 족히 5분 동안 이야기를 나누었다. 그녀는 그가 한 말에 모두 웃음을 터뜨렸고, 토비가 마침내 기회가 온 것처럼 느끼기 시작할 무렵, 그녀의 데이트 상대라는 멍청이가 화장실에서 나왔다. 스티브라는 이름의 와튼 대학생이었는데, 토비에게 그가 방금 변기에 떨어뜨린 똥 덩어리의 크기를 추측해보라고 했다. "여기 배관 시설이 그놈을 감당할 수 있어야 할 텐데 말이죠." 스티브가 말했다. 메리는 그 말을 듣고 웃었고, 그것은 토비가 그녀에 대해 알고 있거나 바라던 모든 것에 대한 배신처럼 느껴졌다. 저런 치들도 애인이 있는데 토비는 자기가 왜 혼자인지 도저히 이해할 수 없었다.

하룻밤에 견딜 수 있는 굴욕과 혼란스러움의 할당량을 채운 그는 파티장을 떠나기 전에 마지막으로 방을 한번 둘러보았다. 창가 옆에 서 있는 한 여자애가 술에 취해 남자에게 매달려 있는 다른 여자애와 이야기를 나누고 있었다. 눈에 띄는 외모를 지니고 있었음에도, 그는 이상하게도 그때까지 그녀를 보지 못했다. 일자로 자른 앞머리, 유대인이 아닌 여자에 대한 숨겨진, 위험한 동경을 불러일으키는 금발 머리, 창백한 피부, 붉은 입술. 그녀가 레이철이었다. 그녀는 아래를 바라보며 술 취한 여자애가 떠드는 말을 예의 있게 들어주고 있었다. 그녀는 자신에게 향한 시선을 느끼고 고개를 들어 그를 정면으로 바라보고는, 억지웃음을 웃으며 시선을 돌리고 입을 삐죽 다물었다. 그녀는 최근에 모든 여자애들이 입는 것처럼 골이 지게 짠 셔츠와 레깅스를 입고 있었고, 플란넬 셔츠를 허리에 묶고 있었다. 그녀는 항상 다른 대학생들이 입는 격식을 차린, 어른스러운 방식으로 예쁘게 입은 옷차림을 하기에는 자신이 너무 세련됐다는 인상을 풍겼다.

토비는 그녀에게 말을 걸 기회를 끝까지 기다려보기로 했다. 그녀는 지금 세스의 옛 룸메이트 중 한 명인 오토와 그가 추파를 던지고 있던 남자와 이야기를 나누고 있었다. 토비는 펀치를 약간 따라 들었다. 그것을 들고 있던 그는 비록 술의 칼로리는 어쩔 수 없다 해도 그 안에 들어간 과일 펀치의 칼로리는 마실 수 없다는 것을 깨닫고 그것을 배수구에 쏟아 버렸다. 하지만 그는 펀치로 그녀에게 접근할 수 있는 구실을 삼아야겠다고 생각했다. 그는 펀치를 좀 따라서 오토에게 가져다주었고, 그녀를 향해 몸을 돌렸다. 수줍은 듯한 그녀의 미소는 약간 어색한 빛을 보이다가 진짜 미소로 바뀌었다.

"과일 펀치 없이 서 있는 게 눈에 띄어서요. 꽤 마실 만한데요." 토비가 말했다.

그녀는 그를 보고 미소를 지었다. 그녀는 그를 상대하기엔 너무 예뻤다. "확실해요? 왜냐하면 난 당신이 방금 배수구에 그걸 쏟아 버리는 걸 봤거든요."

"사실 좀 단맛이 많이 나네요." 그가 말했다. "누가 약을 좀 타지 않았나 걱정되었거든요." (1990년대 사람들은 이런 농담을 했다.) "그리고 펀치의 자주색도 좀 의심스럽기도 하고요."

"그래요? 난 그게 펀치를 마시는 유일한 이유인데요?"

"나도 언제나 자주색 냄새가 나는 아이들을 원해왔어요."

그녀는 헌터 대학에서 영어를 전공하고 있지만, 사업을 하고 싶다고 말했다. 그녀는 아이들을 키우는 동안 잠시 쉬더라도 뒤처지지 않을 수 있는 직업을 갖고 싶어 했다. 자신은 현실적인 사람이라고, 아마 마케팅이나 광고업에서 일하게 될 것이라고 생각했다. 그런데 지난여름 그녀는 컬럼비아 경영대학원에서 열린 협상에 관한 심포지엄에 참석했는데, 할 수만 있다면 평생 협상하는 일을 하고 싶다는 것을 깨달았다고 했다.

"알았어요." 그가 말했다. 그녀의 눈은 낚싯바늘처럼 가느스름해졌다. "나하고 협상을 해봐요."

"좋아요. 두 개 값으로 네 개 주세요." 그녀가 말했다.

"죄송합니다. 네 개 다 계산하셔야 합니다."

"두 개 값만 낼 거예요."

그는 팔짱을 끼고 완강한 자세를 취하며 고개를 돌렸지만 곁눈으로는 그녀를 보았다. "그럼 거래는 없어요. 여기가 무슨 중동의 노천시장인 줄 아세요?"

그녀는 웃으며 어깨를 으쓱해 보이더니, 처음에는 한 발짝, 다음에는 두 발짝 내디뎠다. 그녀는 정말로 떠나가고 있는 것이 분명했다. 그녀는 방 건너편에 있는 소파로 가서 그에게 등을 보이고 앉았고, 소파에 앉아 있던 남자와 대화를 나누었다. 토비는 놀라면서도 **흥분**을 느꼈다. 그가 두려움뿐만 아니라 흥분을 동시에 느낀 것이 마지막으로 언제였던가? 그는 방을 가로질러 걸어가 그녀 뒤에 웅크리고 앉아 그녀의 귀에 속삭였다. "여섯 개 줄게요. 그것도 다 공짜로요."

그들은 그의 아파트에 가서 밤새도록 이야기를 나눴다. 레이철은 볼티모어에서 자랐고 부모를 기억하지 못했다. 검은 머리의 여인이 소파에 누워 있던 기억이 있는데, 그녀는 이 기억이 어머니에 관한 것이라고 생각했다. 그렇지 않다면 그것이 누구였겠는가? 그녀는 형제자매가 없었다. 아버지는 그녀가 아기였을 때 어머니를 떠났고, 그 후 어머니는 그녀가 세 살 때 암에 걸려서 죽었다. 외할머니가 대신 그녀를 키웠지만 사랑보다는 의무 때문이었고, 그녀는 가끔 추수감사절에만 볼티모어에 있는 집으로 돌아갔다. 그녀는 3학년이었고, 한 학기 동안 학교를 떠날 기회를 놓친 것이 속상했지만, 그해 여름에 일과 학습을 병행하는 프로그램으로 브라질이나 부다페스트로 갈지도 모른다고 생각하고 있었다. 그녀가 그 말을 하자 언젠가 그녀를 그의 침대에서 떠나보내야만 할 거라는 생각에 그는 뱃속에서 슬픈 역류가 출렁이는 것을 느꼈다.

그날 밤 그들은 최고의 섹스를 했는데, 그녀가 그를 친구로 생각하는지, 아니면 실제 연애 상대로 생각하는지에 대해 그가 스스로와의 자존심 싸움을 포기했기 때문이었다. 그는 계속 '그녀는 진짜 여자야'라고 생각했다. 그것은 성차별주의자의 입장에서가 아니라 〈피노키오〉에 나오는 맥락에서였다. 비록 그가 그렇게 구체적으로 자신의 짝을 위해 기도한 적은 없었지만 그녀는 그가 여인에게 찾았던 모든 것의 구현이었다. 그녀는 항상 빨간 립스틱을 발랐고, 그게 얼마나 이상하게 들릴지 전혀 개의치 않고 닐 다이아몬드의 노래를 좋아했고, 10분 동안 물구나무서기를 할 수 있었고, 영화 〈베스트 키드〉에 나오는 대사를 하나도 빠짐없이 모두 외웠고, 여주인공이 정말로 죽는지 알아보기 위해 그녀가 좋아하는 미스터리 시리즈의 12번째 책이 나오기를 기다리고 있었고(물론 여주인공은 죽지 않았다), 테니스를 배우고 싶지만 자신의 형편없는 실력을 탓하지 않을 파트너를 어떻게 찾아야 할지 알 수 없었다. 그녀 코의 충격은 약간 비뚤어졌지만 밑에서 들여다보아야만 알 수 있었는데, 그녀는 잠잘 때 코를 약간 왼쪽으로 밀어서 양쪽 콧구멍으로 숨을 쉴 수 있도록 조처했다. 그녀는 외로웠고 친구가 그리 많지 않았는데, 그 이유는 단지 하루라도 그녀를 양육하는 짐을 덜어내고 싶어 하는 할머니 밑에서 자랐기 때문일지도, 혹은 그녀가 예민해서 모든 애매함을 자신에 대한 거부로 받아들였기 때문일지도, 아니면 어떤 것이 그녀가 가지고 있는 것보다 조금이라도 더 나은지 항상 궁금했기 때문일지도 몰랐는데, 그것은 사업을 하기에는 좋은 태도였지만 삶의 다른 부분들에서는 그렇지 않았다. 혹은 그녀가 부유하게, 아니 제대로 된 가정에 태어나지 않았기에 항상 다른 사람들을 따라잡아야 할 것처럼 느꼈기 때문일지도, 아니면 사람들은 그녀처럼 그렇게 노골적으로 야심을 가진 여자들을 싫어했기 때문일지도 몰랐다. 그녀는 사람들이 진실을 알고 싶어 한다고 믿었고, 그래서 누군가가 목표를 달성하지 못하거나 그들이 공언하는 대로 살지 않는 것을 보았을 때 그것에 대해 자신의 의견을 숨기지 못하고 말해야만 했기 때문일지도 몰랐다. 아니면 그녀가 항상 이상하게도 대중문화와는 엇박자였기 때문에, 심지어는 그녀가 그 도시에서 최고의 에이전트 중의 한 명이 된 후에도 계속 그랬기 때문이었을지도 모른다. 아니면 우정이란 찾기 어렵고, 그것에 대해 끊임없이 생각하지 않을 때에야 찾아오는 것이기 때문일 수도 있었다. 그녀는 끊임없이 우정에 대해 생각했다.

새벽이 되어서야 서로에게 허락한 세 시간 동안의 단잠에서 깨어났을 때 그는 그녀를 몇 분 동안 지켜봤다. 아침 햇살 속에 그녀의 얼룩진 마스카라와 입가에 떡이진 침까지 그녀는 여전히 너무나 예뻤다. 그는 아침을 사러 나갔다. 베이글과 커피를 사기 위해 줄을 섰고, 평생 그렇게 평범하고 미국인 같은 느낌을 느낀 적이 없었다. 아파트에는 여인이 기다리고 있었고, 토요일 아침이었고, 그는 베이글과 커피를 사갈 것이다. 그렇게 단순한 감정이 그의 가슴을 먹먹하게 했다. 그를 위해 이 순간이 있도록 만들어준 모든 지난 순간들에 대한 감사와 행복, 그저 순전한 행복으로 그의 가슴은 가득했다. 그는 이 나라를 사랑했다! 그는 곧 베이글을 먹을 것이다!

그들은 베이글을 먹었다. 그것은 아주 평범하고도 평범했다. 그들은 그리니치빌리지를 돌아다니다가 5번가를 지나 서쪽으로 갔다. 그들은 헬스 키친을 지나 대각선으로 미드타운까지 걸어 올라갔다가, 대각선으로 다시 공원을 지나 서쪽으로 돌아섰는데, 그때, 3월 초인데도 부드럽고 조용히 눈이 내리기 시작했다. 그들은 손을 잡고 더 천천히 걸었다. 토비는 산책하는 것을 좋아했다. 뉴욕은 미국에서 가장 큰 도시이지만 자신의 두 다리로 걸어서 돌아다닐 수 있다는 것이 그에게는 늘 새로웠다. 이제 그에겐 같이 걸어 다닐 사람이 생겼다. 그녀의 머리에 눈의 하얀 박편이 계속 내려앉아도 그녀는 말을 멈추지 않았고 눈이나 날씨에 대해 유난을 떨지도 않았다. 토비는 그때 자신이 얼마나 사랑에 빠졌는지를 깨달았다. 그들은 공원을 지나 어퍼이스트사이드로 갔고, 눈이 그치자 그는 헌터 대학 바로 근처에 있는 그녀의 아파트로 그녀를 데려다주었다. 그들은 비에 젖어 기진맥진했고 발도 아팠기 때문에 저녁 식사로 인도 음식을 주문했고, 저녁을 먹은 후에도 토비가 집을 나서지 않자 레이철의 룸메이트는 하룻밤 그곳을 비워줘야 하는 것에 짜증을 부렸다. 두 사람은 그녀의 트윈베드에서 잠을 잤고, 침대에 누워 뒤척이면서 그는 이제껏 더 행복했던 적이 없었다는 것을 깨달았다. 어쩌면 이것이 연애일 수도 있었고, 그에게 마침내 그 일이 일어나고 있었으며, 단지 24시간밖에 되지 않았지만, 겉으로 보이는 것만큼이나 내면적으로도 좋았다.

다음 날 아침, 그는 모든 성적인 만남의 흔적들을 없애기 위해 집으로 달려가서 아파트를 청소했고, 그러고 나서 그의 부모님이 드실 베이글을 사기 위해 밖으로 나갔다. 그는 레이철에게 와서 그들을 만나고 싶은지 물어볼까 잠시 생각했지만, 혹여 그녀가 겁을 낼까 봐 그만두었다. 그는 느긋하게 연애에 임해야 했다.

부모님이 와서 그의 아파트를 시찰하면서, 다시 한번 그가 UCLA 대신에 뉴욕대를 선택했다는 것에 실망감을 드러냈다. ("이왕 뉴욕에 있을 거면 왜 컬럼비아 대학이 아니라 뉴욕대를 선택한 거지? **도대체 누가 그런 짓을 해?**" 어머니가 말했다.)

어머니는 토비를 주의 깊게 훑어보더니 말했다. "다행히 체중은 그대로 유지하지만, 얼굴은 늙어 보이는구나."

"섭식장애의 흔적이죠, 뭐." 그가 대답했다.

어머니는 그의 아버지에게 구슬프게 울부짖었다. "얘가 아직도 내게 벌을 주고 있어요!" 어머니는 다시 토비에서 힐난을 퍼부었다. "그래서, 뚱뚱했을 때가 더 좋았니? **뚱뚱했을 때가 더 행복했어?**"

그는 대답하지 않았다. 웨스트빌리지로 점심을 먹으러 갔을 때 그는 염소 치즈나 드레싱이나 설탕에 절인 호두를 넣지 않은 근대 샐러드와 닭가슴살을 주문했다. ("그럼 그냥 접시에 근대만 드려요?"라고 여종업원이 물었다. "네, 닭과 함께요." 그가 대답하자, 어머니는 그의 옆얼굴을 송곳으로 뚫는 것처럼 날카로운 눈으로 쳐다봤다.)

나중에, 그는 부모님과 함께 택시를 타고 미드타운에 있는 호텔로 가서 그들을 내려준 후, 그 택시를 계속 타고 도시 외곽에 있는 레이철에게 갔다. 레이철은 활짝 웃으며 문을 열었다. "보고 싶었어요." 그녀가 말했다. 그는 그녀에게 진한 키스를 했다. 그녀는 전날 밤에 신었던 낮은 힐을 신고 있었지만, 그녀는 그보다 1.5센티미터 정도 더 컸다. 그는 두 사람의 키가 둘에게 아주 맞는다는 것을 깨달았다. 그의 윗입술에 그녀의 아랫입술이 닿았다. 그것은 정말 대단한 것이었다.

9개월 후, 그는 부다페스트로 가는 비행기에 타고 있었다. 레이철은 4학년 여름 동안에 그곳에 갔어야 했지만 기회를 놓쳐 가을 학기를 그곳에서 보내고 있었다. 토비는 그녀가 두 사람의 새로운 관계의 낙원에 빠져 있는 바람에 여름에 그곳에 갈 수 없었던 것이라고 믿고 싶었다. 몇 달 동안, 그는 그녀를 필름 포럼*에서 상영하는 영화들과 뉴욕 현대미술관, 프릭**에 데리고 다녔다. 그녀가 자라면서 박물관이나 영화관에 가본 적이 없다고 말했기 때문이었다. 그들은 주말에 우드스톡에 가서 홀치기염색을 한 티셔츠를 샀다. 카페와 식당에 앉아 눈을 맞춘 채 테이블 밑에서 서로의 발을 눌렀다.

그도 레이철에게 배우고 있었다. 그들은 스키를 타러 갔다. 그는 전에 스키를 타본 적이 없었지만, 그녀는 고등학교 시절 매년 스키 여행을 했기 때문에 스키를 탈 줄 알았다. 그리고 마침내 그녀가 4학년이 되었을 때, 그녀의 할머니는 250달러를 건네주고 그녀를 놓아주었다. 그녀는 그가 의과대학에서 좋은 성적을 얻는 것 이면에서 벌어지는 낯설고도 놀랍고 정치적인 권모술수들을 잘 헤쳐나가도록 도왔다. 그의 레지던트 멘토는 그가 비꼬듯 말하는 것을 마음에 들어하지 않았다. 그와 프린스턴 대학 동창일 뿐만 아니라 로스앤젤레스에서 고등학교를 같이 다녔던 누런 피부의 비둘기처럼 생긴 에런 슈워츠도 같은 의대에 다니고 있었는데, 수술 시에 계속 에런이 토비보다 선호를 받았다. 레이철은 토비에게 사람들과 대화하는 법을 가르쳐주었다. 그녀는 그가 선천적으로 유머감각이 있다는 사실은 동시에 충동적으로 신랄한 면이 있다는 것을 의미하고, 그것은 그다지 좋은 일이 아니라고 가르쳐주었다. 그녀는 그에게 사람들의 얼굴을 천천히 살피라고, 이것이 모든 협상에서 가장 중요한 일이라고 가르쳤다. 결국 그는 그렇게 했다. 사람들의 말을 듣고 그들의 눈을 들여다보는 법을 배웠다. 당연한 얘기지만, 그가 마침내 이러한 기술을 사용할 수 있게 되었을 때, 그는 환자들의 고통을 더 구체적으로 이해할 수 있었고, 단서를 찾기 위해 더 자세히 그들의 말을 들을 수 있는 더 나

* 맨해튼 그리니치빌리지에 있는 비영리 영화관.
** 피츠버그의 창업자였던 헨리 클레이 프릭(1849~1919)이 모아들인 컬렉션을 중심으로 1935년에 개관한 미술관.

은 의사가 되었다. 그는 그의 감수성과 직관으로 인해 담당 의사들과 그의 선생님들로부터 칭찬을 받으며 에런 슈워츠를 앞질렀다. 토비는 의대 시절 내내 아무도 가르쳐주지 않았던 기술을 가르쳐준 그녀를 항상 칭찬하곤 했다. 그러면 그녀는 "그것은 그들이 당신이 성공하기를 바라지 않기 때문이야"라고 대답하곤 했는데, 그것은 그녀가 자신을 더 나은 사람으로 만들려는 것이 아니라 그를 출세시키는 데더 관심이 있다는 뜻이었다. 하지만 토비는, 그녀가 그를 이미 충분히 훌륭한 사람이라고 생각하기 때문에 그런 것이라고 스스로를 납득시켰다.

그는 추수감사절 휴가를 보내기 위해 부다페스트에 도착해 레이철의 생일날 그녀를 놀라게 했고, 성을 개조해 만든 그녀의 숙소에서 룸메이트들이 보는 앞에서 한쪽 무릎을 꿇고, 가지고 온 할머니의 약혼반지로 청혼을 했다.

그들은 모두 공원에 함께 가는 것으로, 또 다른 버려진 성 밖에서 반복해서 에이스 오브 베이스(Ace of Base)의 CD를 틀어놓고 스케이트를 타는 것으로 축하했다. 레이철은 스케이트를 탈 줄 몰랐으므로 그에게 매달려 스케이트를 탔다. 그녀는 코트를 입지 않았다. 그녀는 너무 행복해서 추울 틈이 없다고 말했다. 스케이트를 탄 후, 그들은 시내로 나가 유대인 주거지역에서 밤새도록 춤을 추었는데, 그곳에서는 해가 질 무렵이면 거리의 상점들이 신기하게도 클럽으로 변했다. 어른이 되어 약혼자와 함께 있는 것뿐만 아니라, 대체로 유대인들에게 적대적인 도시의 유대인 주거지역에서 춤을 추는 것은 통쾌하면서도 위험하게 느껴졌다. 주말에 그는 부다페스트에서 미국의 햄튼과 가장 비슷한 곳인 벌러톤 호수로 그녀를 데리고 갔다. 한창 강세였던 달러의 힘으로 집을 통째로 빌린 그는 매 끼니마다 요리사들을 고용했다. 평생 동안 그는 태어나기 전에 모든 사람들을 위한 계획이 이미 있다는 것을 믿어야 했을 때도 걱정을 했었다. 하지만 신뢰하지 않는 것도 계획의 일부였다. 하느님을 찬양하라! 주님을 찬양하라! 그분의 무한한 지혜를 찬양하라! 그는 그때 체제의 평화를 느꼈다. 그는 중산층이 되어가는 길의 견고함을 느꼈다. 세상은 마침내 그의 발아래에서 견고하게 느껴졌다.

그들은 로스앤젤레스에서 결혼했다. 토비의 어머니는 회당에서 오랫동안 운영위원회에 속해 있었기 때문에, 토비의 결혼식은 유대인 공동체에 자신들이 어떤 집안인지 보여줄 수 있는 좋은 기회였다. 특히 얼마 전에 토비의 누이동생이 그리스정교회식 결혼을 하고 난 후였기 때문에 더욱 그랬을 것이다. 그녀의 결혼식은 남녀를 따로 앉힌 채 진행되었고 파레브 디저트*와 질 낮은 코셔 와인**을 내놓았었다.

토비의 어머니는 결혼식 전날 방문객들을 위해 마련한 오찬에서 접시를 치우며 토비에게 "걔 할머니는 손녀가 결혼하는데도 신경조차 쓰지 않는 것 같구나"라고 속삭였다. 결혼식에서 레이철의 할머니는 손가방을 무릎 위에 놓고 앉아 있었고, 예의 있게 처신을 하기는 했지만 손녀가 결혼하는 가족에 대해 전혀 궁금해하지 않았다.

"어쩌면 그녀는 어머니가 이 수선을 떨고 있는 것에 대해 그저 예의를 지키고 있는 것인지도 모르죠." 토비가 어머니에게 쏘아붙였다. "솔직히, 우리는 그냥 야반도주를 했어야 했어요."

하지만 그는 어머니의 마음을 상하게 하려고 그런 말을 했을 뿐이다. 그는 레이철을 모두에게 자랑하고 싶어 견딜 수가 없었다. 그는 모든 사람들에게 그가 자기 삶에서 성취한 것을 한시라도 빨리 보여

* 어떤 짐승 고기도, 우유도 재료로 쓰지 않은 디저트.
** 유대교 율법에 따라 만든 와인.

주고 싶었다. 토비 플라이시먼입니다! 남편과 아내로서 처음으로 인사드립니다. 토비와 레이철 플라이시먼 부부입니다!

그들은 결혼식 후에 산타크루스로 간단한 예비 신혼여행을 갔다가 9번가에 있는 토비의 빈 아파트로 돌아왔다. 그들은 긴 산책을 하다가 마음에 드는 커피 테이블 하나를 발견했고, 그것을 머리 위에 이고 열두 블록 떨어진 아파트까지 옮겼다. 그들은 항상 섹스를 했다. 비가 올 때도, 날이 맑을 때도, 저녁을 먹으러 나가기 전에도, 저녁을 먹고 집에 온 후에도, 아침에 샤워하기 전에도, 일을 마치고 집에 왔을 때에도 섹스를 했다. 그들은 저녁 식사 후에 TV를 보면서도 섹스를 했는데, 때로는 그들이 보고 있던 장면을 놓치지 않으려고 자세를 잡기도 했다. 좋았다! 평범했다!

토비는 자신의 전문분야를 선택해야 했고 간을 전공하기로 했다. 그는 에런 슈워츠가 상부 위장관을 선택했다는 소식을 듣고 하루 종일 내시경 검사나 하고 있을 그를 생각하니 한심했고, 그런 녀석에게 위협을 느꼈던 자신도 한심하게 생각되었다. 그는 자신이 크고 강하게 느껴졌다. 그는 더 이상 과거나 현재의 어떤 것도 달라지기를 원하지 않았다. 그는 이제 볼보 자동차의 사고조차도, 심지어 몇 년이 지난 후까지, 여러 가지 상황을 만들어냈고, 그로 인해 그가 레이철을 만나게 되었고, 그녀가 불가사의하게도 그를 사랑하게 되었다고 생각했다.

한편, 레이철은 에이전시의 우편물실을 나와 매트 클라인이라는 젊은 친구의 팀원이 되었는데, 그는 영화 〈월 스트리트〉에 나온 마이클 더글러스의 머리를 하고 있었고, 피개 교합으로 인해 윗니가 아랫입술보다 튀어나와서 항상 상대를 성희롱하는 것처럼 보였다. 매트는 거의 매일 그녀를 점심에 데리고 나갔고 그가 아는 모든 것을 그녀에게 가르치기로 결심한 것 같았다. 그는 그녀를 "나의 제자"라고 불렀다. 토비는 매트가 이전의 후배들도 그렇게 직접 가르쳐왔는지, 혹은 다른 남자 팀원에게도 그렇게 직접 가르치는지 내심 궁금했다.

레이철은 일정을 바꿔야 하거나 저녁 식사에 늦는 것을 마다하지 않았다. 그녀는 한밤중에 전화를 하는 것을 좋아했고, 거래가 이루어지지 않았을 때는 전화에 대고 욕을 퍼부어댔다. 그녀는 에이전시 일을 하는데 따라오는 거친 행동들을 "나의 심혈관 운동"이라며 좋아했다. 그녀는 좋은 소식을 기다리는 것과 "레이철 플라이시먼입니다"라는 짧은 인사로 전화 받는 것을 좋아했다. (토비는 여전히 자신의 성이 그녀의 이름 뒤에 따라 나오는 것을 들으면 성적인 흥분을 느꼈다. 레이철은 누구인지도 잘 알지 못하는 남자에게서 물려받은, 그녀의 결혼 전 성에 애착이 없었다.) 그녀는 매트가 감독 계약을 맺었던 쇼의 초연에 토비를 데리고 갔고, 그리고 불과 3년 후, 두 명의 팀원이 있는 자신의 팀을 갖게 된 그녀는 브로드웨이 외곽의 소규모 공연장들을 돌다가 극작가이자 여배우인 알레한드라 로페즈를 발굴하여 계약을 맺었다.

레이철은 결코 재개발이 되지 않을 브루클린의 저소득층 주거지역 주민센터에서 알레한드라를 처음 만났다. 우드로 윌슨의 아내인 이디스 윌슨을 소재로 한 1인 쇼를 공연하는 여배우가 있다는 정보를 얻은 레이철은 토비를 데리고 그녀의 공연을 보러 갔었는데, 그들을 포함해 총 여섯 명이 관객의 전부였다. 다른 네 명은 매우 늙은 사람들이었는데, 아마도 어디엔가 앉을 자리가 필요했는지도 모른다. 알레한드라는 〈빅 윌슨〉(후에 〈하프 윌슨〉, 〈여통령〉이라는 제목을 거쳐, 최종적으로 〈프레지던트릭스〉라는 블록버스터가 되었다)이라는 제목의 연극을 몇 주 동안 무료로 공연하고 있었다. 낮에는 스타렛

시티 외곽의 펜실베이니아 애비뉴에 있는 주유소에서 일했고, 손님이 없을 때는 일부분이 오페라로 구성된 이 연극을 연습했다. 그녀는 도서관에서 빌려온 '하루 몇 시간 투자로 오페라 노래 독학하기' 테이프를 들으며 클래식 노래를 하는 법을 배웠다. 레이철은 제대로 된 신인, 스포트라이트를 비추었을 때 제대로 된 능력을 보여줄 대스타를 찾아서 키우는 데 자신의 성공이 달려 있다는 것을 알고 있었다. 그녀는 지역사회의 공지사항들을 읽고 멀리 떨어진 장소에서 공연되는, 주류에서 멀리 떨어진 연극들을 보러 다녔다. 알레한드라의 공연 일정도 〈카나시 정보지〉 구직란 옆에서 찾은 것이었다.

이 연극은 남자―이 연극에서는 이디스 윌슨의 남편 우드로 윌슨―를 통해야만 여자들이 실제로 자신의 이야기를 할 수 있는 것에 관한 것이었다. 이디스는 남편이 뇌졸중으로 쓰러진 후 배후에서 나라를 다스렸고 훨씬 후에야 그 공을 인정받았다. 우드로 윌슨의 침실로 인터뷰를 하러 들어간 기자는 이디스 윌슨의 말을 우드로에게 들은 것처럼 받아 적어 나온다. 그녀는 자신의 계획이 성공해서 모두가 속아 넘어가는 것에 기뻐하지만, 그녀의 마음 한구석에는 메울 수 없는 구멍이 있다. 실제로 남편을 대신해 나라를 운영할 정도로 뛰어난 능력을 지녔지만, 자신이 진정 어떤 사람인지, 얼마나 훌륭한 아내인지 제대로 평가를 받지 못했기 때문이다. 토비는 배우가 노래하는 동안 레이철을 건너다보았다. 그녀는 눈물을 글썽이며 입을 벌린 채 믿을 수 없다는 듯 고개를 저었다.

토비와 레이철은, 지팡이를 껴안은 채 앞줄 벤치에 누워 잠들어 있는 한 남자 뒤에 앉아 있었다. 토비는 레이철이 알레한드라에게 다가가는 것을 보았다. 알레한드라도 관중석에 앉아 있던 낯선 여피족인 그들을 인지하고 있었다. 그녀는 레이철이 말하는 동안 잠시 토비를 훑어보았다. 레이철은 떨어지는 눈물을 닦지 않고 자신의 말을 강조하기 위해서 두 손을 가슴에 갖다 댔다. 토비는 알레한드라의 얼굴 표정이 혼란스러움에서 행복을 거쳐, '오 하느님, 드디어 내게도 기회가 왔어!'로 바뀌는 것을 지켜보았다.

〈빅 윌슨〉은 바워리에 있는 극장에서 공연하는 동안 매진을 기록했지만, 아무도 그 공연에 투자하려 하지 않았다. 왜냐하면 그 인기의 원인이 알레한드라 개인에 달린 것처럼 보였기 때문이다. 사람들은 그녀가 공연을 떠나거나 병에 걸려 눕기라도 한다면 어떤 다른 사람도 그녀를 대신할 수 없을 거라는 불안감을 느꼈다. 그녀의 영혼에서 바로 나오는 독특한 연기는, 다른 사람들이 그것을 맡을 경우 기껏해야 그녀를 모방하는 것처럼 보일 것이다. 그런 이유로 그 연극을 순회공연하는 것은 거의 불가능했다. 하지만 그 연극은 레이철을 정식 에이전트 지위로 승격시킬 만큼 충분히 성공을 거두었다. 다음으로 알레한드라는 1970년대를 배경으로 한 라틴계 레즈비언이 동성애를 혐오하는 인종차별적인 회사에서 성공하기 위해 고군분투하는 것을 내용으로 하는 HBO 드라마의 각본을 썼다. 두 시즌이 방영되는 동안은 소수의 열정 팬들을 제외하면 별 인기를 끌지 못했지만, 시즌이 끝난 후에야 드라마는 뒤늦게 인기를 얻었다. 그때쯤에 레이철은 알푸즈 에이전시를 떠났다.

(5년 전쯤, 레이철은 결혼하고 아이를 낳은 뒤 슬럼프에 빠져 있던 알레한드라에게 〈빅 윌슨〉을 다시 꺼내 다른 식으로 좀 만져보면 어떻겠냐는 권유를 했다. 그때 그녀가 생각해낸 결과물이 다른 배우들과 댄서들을 참여시켜 뮤지컬로 만든 〈프레지던트릭스〉였다. 그 뮤지컬은 공연 준비 중에 이미 장안의 화젯거리가 되었다. 〈프레지던트릭스〉는 브로드웨이에서 데뷔한 해에 토니상을 모두 휩쓸었다. 그

사운드트랙은 당시의 정치적 혼란과 페미니즘 운동의 사운드트랙이 되었다. 티켓은 7년 동안 매진되었고 레이철은 〈할리우드 리포터〉와 〈버라이어티〉 잡지의 표지에 등장했다.)

토비와 레이철은 가끔 싸웠다. 어떤 커플이라고 싸우지 않을까? 그녀의 상사와 부부 동반 저녁 식사 계획이 있었다는 것을 잊어버리고 토비가 이미 식사를 준비했을 때 (그는 "괜찮아. 냉장고에 넣어놓으면 돼. 별문제 아냐"라고 말했다) 어쩌면 레이철이 필요 이상으로 좀 공격적이었을지도 모른다. 하지만, 엄밀히 말하자면 그 상황에서 좀 더 짜증이 날 사람은 토비였을 것이다. 그녀는 '왜 당신은 내 말을 귀담아듣지 않는 거야?'라는 거대한 제목 아래, 화가 나는 상황들을 모두 때려 넣었다. 화가 나서 이야기하는 그녀의 얼굴은 토비에게 그가 보아온 임종을 맞는 사람들의 얼굴을 떠올리게 했다. 생기가 빠져나간 그들의 얼굴은 완전히 다른 사람들처럼 보였다. 그것이 그를 두렵게 만들었다.

하지만, 이것 또한 그녀의 모습이었다. 그녀는 자신의 일에 있어서 저돌적이었고, 상사들에게 뒤처지지 않기 위해 그녀의 호르몬은 멈출 줄 몰랐다. 그는 그것을 이해했다.

결혼 3주년 기념일에 그들은 이제 아기를 가질 때라고 결정했고, 처음 시도에 레이철이 임신을 하자 토비는 아주 기뻤지만 정작 레이철은 일종의 충격에 빠졌다. "나는 이렇게 빨리 임신하게 될 줄 몰랐어." 그녀는 계속 그렇게 말했다. 그녀의 기분이 수시로 바뀌고 부쩍 더 화를 잘 낸다는 사실에도 불구하고, 토비는 그들이 여전히 축복을 받았다고 생각했다. 직장에서 받는 스트레스 때문이지, 뭐. 그는 스스로에게 말했다. 나쁜 일들은 모두 예외적인 것처럼 보였다. 심지어 레이철이 짜증을 부리는 경우가 차분하게 대화를 나누는 때보다 더 많아지기 시작했을 때에도 말이다.

어느 여름날 밤, 토비는 창밖에 쏟아지는 폭우를 바라보며 그녀가 집에 돌아오기를 기다리고 있었다. 레이철은 임신 5개월이었고, 한 시간, 두 시간, 그녀가 집에 온다고 한 시간보다 늦어지고 있었다. 그는 그녀를 위해 수프를 끓여놓았다. 그녀는 보통 늦을 때에는 그에게 전화를 했었다. 전화를 걸었지만 그녀는 받지 않았고 그는 걱정되기 시작했다.

그녀는 8시에 도착했다. 마침내 그녀가 집에 도착했을 때, 셔츠는 젖어 속이 비쳤고, 그녀는 토비가 수프를 준비한 채 기다리고 있는 아파트로 요란스럽게 들어왔다.

"어디 갔다 온 거야?" 그가 물었다. "몇 번 전화를 했었어. 무슨 일 있는 거야?"

"그냥 어딘가 좀 걷다 오면 안 돼? 당신이 게슈타포야?"

그는 부엌을 나왔다. 그곳은 의대를 다니던 시절 살았던 아파트 이후 그들이 처음 이사한 곳으로 웰즐리라고 불리는 72번가의 건물에 있었다. 토비가 이제껏 살았던 곳 중 가장 멋진 곳이라고 생각했던 그 아파트는 누가 보더라도 결코 작은 공간이 아니었다. 아파트가 아주 마음에 들었기 때문에 솔리가 생기자 그들의 집보다 좀 더 큰 평형인 18층으로 이사를 했다. 토비는 수건과 가운을 레이철에게 가져다줬다. 그녀는 멍해 보였다. 그는 동료 의사 중 한 명이 준, 거의 새 것이나 다름없던 갈색 벨벳 소파 위에 그녀를 앉혔다. 그녀가 옷을 벗도록 도와주려고 했지만 그녀는 그를 물리쳤다.

"무슨 일이야?"

그녀는 그를 쳐다보지 않았다. "승진을 놓쳤어. 파트너가 되지 못했다고."

토비는 잠시 뜸을 들인 후 다시 물었다. "뭐? 그럼 누가?"

"물론 해리지." 그녀는 일어서서 침실로 갔고, 침대에 걸터앉아 신발 한쪽을 벗다가 멈췄다.

그는 그녀를 따라 들어갔다. "말도 안 돼. 당신은 충분히 자격이 있었어. 그들이 당신에게 무슨 말이라도 했어?" 그는 그녀를 부드럽게 서서히 밀어 침대에 누인 후 몸을 옆으로 살짝 굴려 축축한 바지를 벗겼다. 그녀는 물에 젖은 인형처럼 지쳐 있었다. 그는 그녀의 상의와 셔츠도 계속 벗겼다. 그는 문고리에서 걸어놓았던 그녀의 가운을 가져왔다. "여기, 이거 입어."

갑자기, 그녀는 아래를 내려다보았고 자신이 거의 벌거벗은 것을 보았다. 토비는 그를 올려다보는 그녀의 눈에서 다른 사람들에게 화가 났을 때의 눈빛을 보았다. "뭐 하는 거야? 난 아기가 아니야, 토비. 옷은 나 혼자서도 입을 수 있어."

그녀는 일어서서 그의 손에서 자기 가운을 낚아챈 후 침실 문을 요란하게 닫고 욕실로 갔다.

10분 후에 그녀가 다시 침대에 돌아와 앉았을 때 토비는 쟁반에 받쳐 수프를 가져다주었다. 그녀는 수프는 쳐다보지도 않은 채 그에게 자초지종을 말했다.

그녀는 아직 파트너들이나 매트에게 자신이 임신했다는 사실을 말하지 않았다. 새로 생긴 주니어 파트너 자리 후보자로서 자신의 입지를 불리하게 만들고 싶지 않았기 때문이었다. 물망에 오른 후보자들이 평가되는 동안 그녀는 임신 사실을 숨기기 위해 갖은 노력을 다했다. 하지만 그녀는 걱정하지 않았다. 그녀처럼 사람들의 재능을 알아보는 안목을 가진 파트너는 없었다. 다른 후보자들이 이제껏 발굴해낸 모든 고객들을 통틀어도 알레한드라 한 명에 미치지 못했고, 게다가 레이철에게는 알레한드라 외에 다른 고객들도 있었다. 그녀는 자신의 승진 축하 만찬에서 할 말까지 준비해놓았다. 그녀는 전략적으로 행동하고 있었다. 그것이 바로 아이러니한 점이었다. 그녀가 나중에 한 말에 따르면 그녀는 바로 그들에게서 배운 대로 치밀하게 전략적으로 행동했을 뿐이었다.

그녀는 사무실에 있으면서 유리 벽(벽이 유리로 되어 있으면 사무실이 도대체 무슨 의미가 있는 것일까?) 밖을 내다보다가 사람들이 해리 색스와 하이파이브를 하는 모습과 샴페인을 터뜨리는 소리를 듣고 가슴이 철렁 내려앉았다. 바쁜 일이 있다는 핑계를 대고 일찍 집에 가라는 내면의 목소리를 무시한 채, 그녀는 부당함을 따지기 위해 매트 클라인의 사무실로 들어갔다.

"레이철! 어서 와요!" 그가 말했다.

"제가 임신했기 때문이죠?"

매트는 멍한 표정을 지었다. "뭐라고요? 무슨 소리죠?"

"사실대로 말해봐요. 고소하지 않을게요. 그저 사실을 알고 싶을 뿐이에요."

"해리의 승진을 말하는 건가요?"

침실에서 그녀는 뭔가를 결심하는 사람처럼 토비를 쳐다보고는 말했다. "2년 전에 매트가 내게 추근거린 적이 있었어. 물론 나는 싫다고 의사표시를 했고."

토비는 고환을 돌멩이로 맞은 것 같았다. 매트 클라인이? 그녀의 상사가?

"그래." 그녀가 말했다.

"그 사람이 당신에게 수작을 걸었다고?"

"2년 전에."

"언제? 어떻게?"

"우리가 골든글로브상 수상식 때문에 LA에 갔을 때였어."

그녀가 결혼한 지 1년이 지났을 때, 아직 그의 팀원이었을 때였다. (매트는 결혼한 지 5년째였다.) 하지만 그녀가 매트 클라인의 추파를 거절한 것은 단순한 혐오감 때문만은 아니었다. 자신이 매트가 가질 수 없는 무엇이 되는 것이 좋았다. 그녀는 그가 자기를 갈망하고 있다고 상상하는 것을 좋아했다. 이것은 매트 자신이 협상 테이블에서 '정보'라고 부르는 것이었다. 당신의 정보는 당신 외에 누구도 알지 못하는 것이다. 그녀는 매트가 자기를 원한다는 것을 알고 있었다. 그녀는 한 여자에 대한 남자의 욕망은 그 여자를 가질 수 없는 한 결코 사라지지 않는다는 것을 알고 있었다. 그것은 욕망 그 자체 외에도 남자의 자존심 문제가 되기도 했다.

("허." 토비가 침실에서 말했다.)

그러나 냉정하지만 만족스러운 눈으로 그녀를 지켜보고 있던 매트 앞에 서서, 그녀는 그가 긴 게임을 하고 있는 것인지도 모른다고 생각했다. 그때까지의 그녀의 빠른 승진의 진실은 그녀의 능력이나 알레한드라의 발굴보다는 만약 그가 그녀를 해고한다면 그녀가 과거의 일을 들어 고소할 것이라는 걱정과 더 관련이 있었다. 그녀도 그러리라 의심했지만, 그녀 역시 에이전시에서 일하는 사람이었기에, 어찌되었건 기회는 기회일 뿐이라고 생각을 했었다. 하지만 지금 그녀는 보복을 당하고 있었다.

"해리는 열심히 일하는 사람이에요." 매트가 그녀에게 말했다. "그가 승진을 한 것은 회사에 들인 시간에 대한 보상이에요."

"열심히 일하는 거라면 나도 누구한테 뒤지지 않아요." 그녀가 말했다. 그녀는 한 사이즈 큰 흰 셔츠를 입고 있었는데, 만약 그녀가 임신하지 않았다면 셔츠 자락을 바지에 집어넣었을 것이다. 하지만 그녀는 적어도 아직은 임부복을 입을 수 없었다. 임부복은 그녀가 승진을 하지 못한 데 대한 그럴듯한 이유가 되기에는 부족했다. "LA에서 있었던 일 때문이에요? 그 일은 끝난 줄 알았는데요?"

그는 의자에 몸을 기대고 책상 앞에 서 있는 그녀를 훑어보았다. 그는 그녀의 말에 뭐라고 대꾸를 할 만큼 멍청하지는 않았다.

"내 임신 때문이죠." 그녀가 말했다.

"아니요~" 하고 그가 기분 좋은 듯 말했다. "임신 때문이 아니에요. 뭐, 꼭 그렇지는 않아요."

"무슨 말이죠?"

"잘 들어요. 당신 상사가 아니라 친구로서 이 말을 하는 거예요. 인사부에 말을 하겠다고 엄포를 놓는 짓거리일랑 생각도 말아요, 씨알도 먹히지 않을 테니. 당신의 성장을 위해서 하는 말이에요. 당신이 승진을 하지 못한 이유는 임신했다는 사실을 우리에게 **말하지** 않았다는 거예요. 당신이 임신한 게 누구에게나 명백한데도 우리에게 한마디도 하지 않았어요. 당신이 우리를 바보 취급하는데—"

"미안하지만, 임신 사실을 알려야 하는 의무적인 기한이 있어요? 내 몸에서 벌어지는 일이 회사의 재산인가요?"

"아니요. 전혀 그렇지 않아요. 진정해요, 레이철." 매트는 잔인하게 굴 때 옅은 회색 눈이 반짝였다.

진정하라는 말을 들어본 적이 있는 이 세상의 다른 모든 여자들처럼, 레이철은 어떻게 행동을 해야 할지 전혀 알 수 없었다.

"당신은 우리가 당신을 존중하는 것만큼 우리를 존중하지 않았어요. 존중심은 양방향이어야 해요, 레이철. 당신은 훌륭한 직원이에요. 당신은 여기서 **소중한** 사람이죠. 하지만 파트너는 단순한 직원이 아니에요. 파트너는 가족이에요."

"버지니아가 임신했을 때 당신은 말 안 했잖아요." 그는 첫 번째 부인과 이혼했고, 오스카 시상식에서 남편에게 감사하는 것을 잊은 후 사이가 나빠져 이혼한 여배우와 다시 결혼했다.

"그것이 왜 다른 문제인지 알 텐데." 그는 여전히 미소를 띠었다. "잘 들어요. 또 다른 자리가 생길 거예요. 우리는 당신을 **소중하게** 생각해요. 그런데 왜 이런 얘기를 해야 하죠? 무엇보다도, 우리는 당신이 임신을 해서 너무 **기뻐요.** 우리는 당신의 아기를 빨리 **보고** 싶어요. 당신 아기도 **우리** 가족의 일원이에요."

토비는 침실을 배회하기 시작했다. "그 사람은 나를 **만났었잖아?** 그는 당신이 결혼했다는 것을 알고 있어. 우리는 그들 부부와 함께 저녁에 외식을 하러 간 적도 있고."

"그래, 그게 쓰레기들이 행동하는 방식이야, 토비."

"내가 그를 알고 있다는 것을 그에게 말했어?"

"미안해, 토비, 아니, 말하지 않았어. 정말이지 그때는 그게 당신과도 관련된 일이라는 생각이 안 났어."

하지만 그것은 토비 자신의 문제이기도 했다. 이 여인은 그의 아내였다! 남편이 누구인지 모르는 여자에게 추근거리는 것과는 다른 문제였다. 그는 엄연히 존재하는 사람이었다. 매트 클라인은 레이철에게 집적대면서 토비를 위협적인 존재로 여기지도 않았다. 매트는 토비의 존재를 거의 의식하지도 않았다. 매트는 토비의 분노를 두려워하지 않았다.

토비는 처음부터 그가 싫었다. 토비도 참석한 시사회 행사에서 매트는 그에게로 와서 몸을 기울여 토비와 힘껏 악수를 하고는, "우리 여자"에 대해 뭐라 떠들어댄 후 레이철을 "잠깐만 빌려도 좋겠"냐며 레이철의 허리에 손을 얹고 어디론가 데려갔다. 그녀는 펄쩍 뛰기는 커녕 몸을 움츠리지도 않았다. 그녀는 심지어 그것에 익숙해질 것 같은 태세였다. 토비는 이 세상의 매트 클라인 같은 인간들을 많이 알고 있었다. 그들은 남편 같은 존재들에 전혀 구애됨이 없이 자기가 하고 싶은 대로 행동했다. 어쩌면, 그가 토비를 알고 있었기 때문에, 그를 장애물로 보지 않았을 수도 있었다. 만약 레이철이 키가 크고 건장한 금융계 사람과 결혼했다면, 그는 그녀 곁에 얼씬거리지도 못했을 것이다. 이 세상의 매트 클라인들은 금융계 인사들에게 꼬리를 사린다는 것을 토비는 확실히 알고 있었다. 그는 이런 부류의 인간들을 로스앤젤레스에서 자라면서부터 알고 있었다. 그곳에는 매트 클라인으로 씨를 틔우고 성장할 수 있는 특정한 계층의 남자들이 있었다. 매트 클라인 같은 인물이 되는 것을 **목표**로 여기는 사람들이 있었다.

"그 일이 벌어졌을 때 왜 내게 말하지 않았어?"

그녀는 그 일을 그리 심각하게 받아들이지 않았다거나, 토비의 마음이 상하는 것을 원치 않았거나, 남편에 대한 사랑으로 가득 차 있어서 그런 일이 벌어질 때 자신도 미처 무슨 일이 벌어지고 있는 것인지 잘 깨닫지 못했다는 등, 몇 가지 토비가 받아들일 수 있을 만한, 심지어 만족스러울 대답들을 할 수도 있었다. 하지만 그녀의 대답은 그게 아니었다. "이야기할 필요가 없었어. 그건 그저 회사에서 일어난 일이야. 당신은 당신 직장에서 일어나는 모든 일을 나한테 말해? 대답하지 마. 어쩌면 당신은 그럴지도 모르지."

그는 자신이 이 이야기와 상관이 없다는 말이 마음에 들지 않았다. 그는 단지 그날 일어난 일에 대한 관련 정보로 이런 이야기를 들어야만 하는 것이 싫었다. 자신이 결혼했다는 사실과 이 모든 일은 아무 관련이 없다고 레이철이 생각하는 것이 언짢았다.

"나는 당신이 결혼했다는 사실을 존중하지 않는 사람 밑에서 일하고 있는 것을 좀 생각해봐야 할 것 같아."

"하지만 이건 우리 **결혼**에 관한 것이 아니야, 토비. 이건 **나**에 관한 문제야. 내가 임신했다는 말을 하지 않았기 때문에 그들은 나를 승진시키지 않았다고."

"그건 헛소리야. 그들은 당신이 매트 클라인과 잠을 자지 않았기 때문에, 그들이 근본적으로 당신을 존중하지 않기 때문에 파트너로 승진시키지 않은 거야."

그녀의 반응은 즉각적이었다. "토비, 내 앞에서 꺼져."

그녀가 언제부터 변하기 시작했는지 정확히 지적하는 것은 어려웠다. 그녀는 부하들을 개똥처럼 취급했지만 그것은 알푸즈 앤 릭턴 스타인 에이전시의 기업 문화였다. 그것이 그곳에서 직원들에게 살아남는 기술을 가르치는 방법이었다. 토비는 그녀가 인턴이나 보조와 통화하는 것을 들을 때마다 놀라곤 했다. 그녀의 팀원 중 한 명은 특히 회사에 적응을 하지 못하는 것 같았다. 종종 레이철은 그가 걸어온 전화에 대고, '넌 지금 누구와 통화를 하는 건지 잊은 것 같은데"라거나 "미안하지만 넌 지금 내가 바보라고 생각하는 거야?", "솔직히 지금 네 헛소리를 듣고 있자니 믿을 수 없을 정도다", "화나라고 하는 얘기는 아냐, 하지만 예일 대학 채용박람회에서 너를 채용할 때, 나는 약간 생각할 줄 아는 사람을 뽑은 줄 알았어", "네가 보도 자료라고 만들어놓은 것을 보고 나는 길거리 노숙자가 만든 줄 알았어"라는 말들을 하곤 했다. 그는 일에서 오는 스트레스가 그녀를 과잉반응으로 몰아넣는 것이라고 생각했다. 하지만 그녀는 고객들에게는 "오 세상에, 우리가 전생에서는 같은 사람이었을까요?", "당신은 너무 완벽해요", "정말 경이롭군요"라는 말들을 남발했다. 그녀가 그런 말들을 할 줄 알면서도 집에서는 그러지 않는다는 사실이 더 토비를 견디기 힘들게 만들었다.

그는 어느 순간 모든 상황들을 고려해볼 때, 레이철이 자신을 의뢰인이나 고객이 아니라 직원처럼 대하고 있다는 것을 깨달았다. 그는 그녀에게 묻곤 했다. "당신은 내가 마치 당신 마음에 들지 않는 직원인 것처럼 내게 말하는 걸 알아? 고객들에게는 정말 친절하면서도?" 그러면 그녀는 "맙소사, 토비, 당신도 내가 당신을 위해 쇼를 하기를 원해?"라고 말하고는 마치 토비가 원하는 모습이 그것이기라도 하듯 전형적인 1950년대 현모양처 흉내를 내곤 했다. "우리 낭군님이 퇴근하셔서 정말 행복해요! 마티니 한 잔 갖다드릴까요?" 그녀의 목소리가 아주 경쾌하고 명랑해서 토비로 하여금 처음으로 그녀를 죽이고 싶은 마음이 들게 만들었다.

"나는 이 수프를 먹고 싶지 않아." 그녀가 말했다. "파스타하고 조개 소스가 당기네. 토니스 레스토랑에 가고 싶어."

"좋아, 알았어." 하지만 그가 만들어놓은 것도 맛있는 수프였다.

그들은 건물 밖에 서 있었다. 비는 어느덧 그쳐 있었고 토비는 레스토랑까지 걸어가자고 말했다.

"나는 걷지 않을래." 레이철이 택시를 잡기 위해 팔을 들어 올리면서 말했다. "난 충분히 걸었어." 식당까지는 아홉 블록밖에 되지 않았지만 토비는 아무 말 하지 않았다. 그녀는 임신한 몸이었다. 상관없었다. 그녀가 그에게로 몸을 돌려 말했다. "난 긴 산책을 하는 데 지쳤다는 얘기야. 난 긴 산책이 언제나 싫었어. 나는 걷는 게 싫어. 시간 낭비야."

그는 아무 말도 하지 않았다. 그녀는 짜증이 나 있었고 그럴 때는 폭발하기 쉬웠다. 그는 아파트 도어맨 앞에서 레이철이 그에게 소리 지르는 모습을 보이고 싶지 않았다. 그녀는 택시를 불렀다. 그들은 다시는 긴 산책을 하지 않았다. 택시를 잡을 수 없고 지하철이 닿지 않는 곳을 갈 때를 제외하고는 일부러 함께 도시를 배회하는 일은 없었다. 그때부터 그들은 서로 마주 보거나 혹은 등을 지고 앉았을 뿐, 결코 나란히 있을 때가 없었다.

그날 밤의 일은, 4개월 후 레이철이 고혈압 때문에 병원에 이송된 후 그녀의 산부인과 의사가 유도 분만을 시작했을 때 먼 기억처럼 느껴졌다. 처음에는 괜찮았다. 그들은 주사위 놀이를 했고, 그녀는 미리 준비한 휴대용 DVD 플레이어로 고아들을 주제로 한 10대 드라마를 보았다. 토비는 그것이 병적인 선택이라고 느꼈지만, 어쩌면 그녀는 자신이 부모 없이 자랐다는 사실을 극복하지 않고서는 진정한 부모가 될 수 없다고 생각하는지도 몰랐다.

분만은 지루한 기다림에서 공포영화로 바뀌었다. 그들은 그녀의 담당 산부인과 의사를 찾을 수 없었다. 레이철은 토비에게 소리를 질렀다. "당신, 여기서 아무 힘도 쓸 수 없어? 여기가 당신 **직장**이잖아!" 하지만 그녀의 합병증은 심했고 진행을 예측할 수 없었다. 분만은 순조롭게 진행되지 않았고 혈압은 계속 올라갔으며 태아 모니터에서도 일관된 자료를 읽을 수 없었다. 알고 보니 이제까지 그녀를 담당했던 의사는 하와이에 휴가를 가 있었다.

마침내, 겨우겨우 다른 산부인과 의사를 찾았지만, 레이철과 토비 둘 다 처음 보는 사람이었다. 그는 산부인과에 새로 온 의사였다. 흰 머리에 선탠한 피부, 흰 치아에 안경을 낀 이탈리아 억양의 사내는 차가운 시선으로 토비와 레이철을 바라보았다. 분만실에서 유도 분만제에 의한 수축으로 생긴 진통 때문에 레이철이 비명을 지르며 몸부림치자, 그는 "자, 자, 아기를 낳을 거예요, 아니면 아기가 될 거예요?"라고 말했다.

"잠깐만요. 환자에게 그런 식으로 말하면 안 되죠." 토비가 말했다.

레이철은 믿을 수 없다는 듯이 토비를 쳐다보았다. "그게 지금 할 말이야? 지금 그를 **가르치는** 거야?"

토비의 동료 레지던트들은 토비와 레이철이 산부인과에 있다는 소식을 듣고 아래층으로 내려왔다. 그들이 풍선과 꽃을 들고 들어왔을 때 레이철은 **토비**에게 "당신은 여기 지켜보러 온 거야? 뭔가 해줄 수 있는 일이 없어? 병원에서 당신의 가치가 이것밖에 안 돼?" 하고 소리를 지르고 있었다. 토비는 그들을 방에서 데리고 나와 아내에게 새로 배정된 산부인과 의사 때문에 일이 생겼다고 설명을 했고, 동료들은 무슨 일인지 알겠다고 고개를 끄덕였지만 역시 불편한 기색을 숨길 수는 없었다. 그는 차라리 분만 중인 여자들에 관한 흔한 농담을 하는 것이 나을 뻔했다고 생각했다.

꼬박 하루가 지난 후 혈압이 안정되면서 그녀는 마취제를 맞고 잠이 들었다. 아니, 적어도 그렇게 보였다. 하지만 사실 그녀는 환각의 악몽 같은 지옥 풍경 속으로 빠져들고 있었다. 어린 시절의 초등학교에서 그네를 타고 있던 그녀가 앞으로 흔들릴 때마다 학교가 점점 더 커졌다. 하지만 토비는 이런 사실을 몰랐다. 그는 그녀가 마침내 휴식을 취하고 있다고 생각하고 그녀의 창백하고 차가운 이마에 키스를 한 후 "곧 돌아올게"라고 속삭였다.

그는 그 산부인과 의사를 어떻게 처리해야 할지 물어보기 위해 도널드 바턱을 찾아갔다. 바턱은 사무실에서 "로말리노 말인가?"라고 물었다. 토비가 맞다고 말하자 바턱은 말했다. "나는 그를 잘 알고 있네. 훌륭한 의사야, 아주 냉철하지. 제왕절개수술을 좋아해." 토비는 아래층으로 내려가서 다른 의사를 구할 수 있는지 알아보았다. 추수 감사절 때이지만 분명 다른 의사가 더 있어야만 했다. 하지만 다른 의사는 없었다. 어느 순간 그는 레이철의 방에서 간호사의 호출 버튼이 쉴 새 없이 울리고 있는 것을 알아차렸고 즉시 방으로 다시 달려갔다. 방에서는 동물처럼 비명을 지르는 레이철 앞에서 로말리노가 마치 강도를 만나기라도 한 듯 두 손을 치켜들고는 "정신과 의사를 불러와야 할지도 모르겠네요"라고 말하고 있었다.

토비는 레이철이 **"그를 끌어내, 그를 끌어내"**라고 소리 지르고 있다는 것을 간신히 알아들을 수 있었다. 다른 사람은 병실에 없었고 그는 레이철의 시트에 피가 묻어 있는 것을 그때 알아차렸다. 토비는 "도대체 어떻게 된 거야?"라고 물었다. 몸을 떨면서 악을 쓰며 울던 레이철은 마침내 딸꾹질을 하며 그에게 말했다.

토비가 바턱과 이야기를 나누고 있는 동안, 한 친절해 보이는 간호사가 레이철을 진찰한 후 분만을 위해서는 별 진전이 없지만 혈압은 안정되어 가는 것 같다고 말했다. 그녀는 "내게서 들었다고는 말하지 마세요. 하지만 만약 제가 당신이라면, 저는 이 유도 분만이 분명 제대로 되고 있지 않다고 생각할 거예요. 제왕절개를 피하려면 로말리노 박사에게 이것을 그만두어도 되느냐고 물어봐야 해요. 입원은 하겠지만 유도 분만을 계속하고 싶지는 않다고 말하세요"라고 말해주었다. 몇 분 후에 로말리노가 들어왔을 때 레이철은 남편이 있을 때 다시 와달라고 부탁을 했지만, 그녀를 진찰하는 것 외에도 자기 환자들을 치료해야 하므로 언제 다시 돌아올 수 있을지 모르겠다고 말했다. 레이철이 간호사가 시킨 대로 그에게 말하자, 로말리노는 그것도 합리적인 방법이라고 생각하는 것 같았다. 그는 "이렇게 하죠. 제가 먼저 검사를 해보고, 아직 아무 진척이 없으면 오늘 아기를 낳지 않는 방안에 대해 의논을 해봐요"라고 말했다. 로말리노가 간호사를 부르자 그녀에게 조언을 해주었던 간호사가 다시 방으로 들어왔다. "남편을 기다리면 안 돼요? 그가 곧 돌아올 거예요." 레이철이 물었다. 로말리노는 다시, "잠깐 진찰해보는 것뿐이에요"라고 말하고는 장갑을 끼고 그녀의 다리 사이 질 속으로 손을 뻗었다. 그는 그녀의 확장 정도를 측정하는 대신, 흔히 진찰하던 부위를 지난 곳에서 뭔가를 하기 시작했다.

"지금 뭐 하는 거예요?" 그녀가 비명을 질렀다. "이 사람 지금 뭐 하는 거예요?" 간호사는 그녀의 손을 잡은 채 머리를 쓰다듬었지만 그녀의 눈길을 피했다. **"이 사람 뭐 하는 거예요? 그는 날 진찰하는 게 아니라 뭔가를 하고 있어요!!"** 그녀는 몸을 찢는 것 같은 번개 같은 통증에 비명을 질렀지만, 그는 여전히 그녀의 안쪽에서 무엇인가를 찌르고 만지작거리다가 마침내 손을 빼냈다. 레이철은 간호사가 여전히 자신의 손을 잡고 있다는 것을 깨달았고, 자신이 마치 폭행을 당하는 것처럼 비명을 질러도 간호사가 자신을 돕기 위해 아무것도 하지 않은 것이 이해가 되지 않았다.

토비는 무슨 일이 일어났는지 즉시 알 수 있었다. 로말리노는 그녀의 자궁 안에 있는, 양수가 터지는 것을 막는 막을 파열시켰다. 막이 파열된 여성들은 병원 정책상 병원을 떠날 수 없었고, 유도 분만도 멈출 수 없었다.

나머지 출산 과정은 바턱이 예상한 대로 진행되었다. 그녀는 분만까지 몇 시간이 주어졌고, 일정 시간 안에 분만에 필요한 경과를 보여야 한다는 압박감은 마치 그것이 그녀의 책임인 것처럼 더욱 움츠러들게 만들었다.

자정쯤, 여자 아기가 그녀의 몸에서 꺼내어졌다. 레이철은 배 위에 펼쳐진 자신의 장기를 볼 수 없도록 쳐진 파란 커튼 뒤에서 아기를 받았지만, 그녀는 가슴 아래쪽이 마비된 채 누운 자세로 아기를 안고 있는 것이 너무 불안정하다고 말했다. 하지만 수술이 끝난 후 30분이 지나도 그녀는 아기를 안으려고 하지 않았다. 그녀는 자신의 발 감각이 다시 돌아올 때까지 기다리고 싶다고 말했다. 간호사가 아기를 안아보면 기분이 좋을 거라고 말하자 레이철은 울음을 터뜨리며 "방금 내가 무슨 일을 겪었는지 봤어요? 그런데도 아기를 안아보라는 거예요?"라고 항의를 했다. 토비가 어떻게 해야 할지 몰라 아내와 아이 사이에 서 있는 동안 간호사가 아기를 안고 있었다. 그들 가족에게 새싹이 생겼다. 그들은 이제 셋이 되었다. 세 번째 가족의 책임은 그에게 있었다. 레이철은 스스로를 잘 감당할 수 있지만 갓난아기는 스스로를 돌볼 수 없었다. 간호사는 토비가 아기를 데려갈 때까지 아기를 흔들어주고 있었다.

"이제 당신이 그녀를 안아줄 시간이에요." 간호사가 레이철에게 말했다.

"당신이 그 말을 한 지 1분밖에 안 지났어요! 나는 아직도 다리가 안 느껴져요! 다리가 안 느껴지는데 어떻게 아기를 안아요?" 그녀는 토비에게서 간호사로 눈을 돌렸고 다시 토비를 쳐다보고는 뭔가 걱정스러운 눈길을 느꼈다. 그녀는 그들의 눈에서 자신이 정상적으로 행동을 하지 않는다는 불안감을 읽었고, 만약 지금이라도 제대로 행동을 하지 않으면 나쁜 일이 일어날 것 같아 아기를 향해 두 팔을 내밀었다.

"아기를 내게 줘요."

해나는 태어난 지 90분이 지나서야 엄마 품에 안겼다. 그 후 몇 년 동안 레이철은 토비에게 해나의 정상적이지 않은 모든 행동들—그게 무엇을 말하는 것인지는 분명치 않았다. 가끔 짜증을 부리는 것? 야채를 올린 피자는 안 먹겠다고 하는 것? 레이철이 원하는 것만큼 발레를 좋아하지 않는 것?—은 해나가 태어났을 때 자신이 즉시 아이와 유대감을 형성하지 못한 결과라고 자책을 하곤 했다. 생모가 자신의 아기를 안아주길 거부하다니, 도대체 어떤 사람이 그런 일을 한단 말인가? 그 첫날 밤, 레이철은 좀처럼 잠에 들지 못하고 옆에 있는 플라스틱 요람에 담겨 있는 아기를 쳐다보고 있었다. 토비는 침대 끝에 있는 간이침대에서 잠들어 있었다. 한밤중에 잠에서 깬 그의 귀에 그녀가 요람의 아기에게 "미안해, 정말 미안해"라고 속삭이는 소리가 들렸다.

나중에 레이철은 자신의 분만 이야기를 사람들에게 반복해 말하곤 했다. 자신에게 일어난 일을 이해하기 위해서, 동시에 그녀가 가장 취약할 때 자신을 홀로 남겨두었던 남편을 벌주기 위해서였다. 하지만 그녀는 세부 사항을 하나 덧붙이곤 했다. 의사가 그의 손을 뗄 때, 그녀가 그의 가슴을 발로 차서 뒷벽에 나가떨어지게 만들었다는 것이다. 이것은 사실이 아니었다. 그런 일은 있을 수 없었다. 그런데도 그녀는 그 말을 토비 앞에서도 태연히 할 정도로 자신의 이야기를 정말로 믿는 것 같았다. 비록 토비는 진실—그녀가 전사로 변한 것이 아니라 한 줌의 재로 변했다는 것—을 알고 있는데도 말이다. 그녀가 덧붙인 이야기는 그날 일어난 일이 그녀 안의 무언가를 망가뜨렸다는 것을 토비에게 상기시키곤 했다. 어쩌면 영원히 고칠 수 없는 어떤 것일지도 몰랐다. 토비는 그녀가 원상태로 회복할 수 없을까 봐 걱정을 하곤 했다.

토비는 병원 내에 공식적으로 불만을 제기했다. 그는 아내를 돌보기 위해 육아휴직을 연장했다. 그들은 정신과 의사들과 심리학자들을 찾았다. 그녀는 산후 우울증 모임에도 참석했지만 그녀에 의하면 그 모임은 그녀가 어떤 공감대도 형성할 수 없는 슬프고 맥 빠진 여인들, 신기하게 슬픔이 새로 생기는 것 외에는 아무 일도 일어나지 않는 여인들로 가득했다. 병원에서 일하는 다섯 번째 정신과 의사를 찾아갔을 때, 그녀는 외상 후 스트레스 장애를 가지고 있다는 진단을 받았다. 이것은 그녀를 매우 부끄럽게 만들었다. 그녀가 한 일은 전쟁에 나간 것이 아니라 아이를 낳은 것뿐이었다. **모든 사람이** 아기를 낳았고 **모든 사람이** 태어났다. 왜 **그녀는** 그것에 의해 정신적 충격을 받았다는 것일까? 그녀는 정신적 충격을 받는 타입이 아니라 충격을 주는 타입이었다. 그녀의 원래 담당 의사(그녀는 그에게 아주 화가 났다)와 6주째 건강검진을 마친 후 병원 로비를 지나갈 때 레이철은 '강간 외상 상담소는 5층으로 옮겼습니다'라고 쓰인 표지판을 지나쳤다. 그녀는 토비에게 집에 먼저 가라고 말하고 해나를 데리고 모임에 가서 앉았다.

"하지만 당신은 강간당한 게 아니잖아." 토비는 레이철이 집에 돌아왔을 때 말했다. "끔찍한 경험이긴 했지만 **강간**은 아니었어."

"강간을 당했다고 생각하지는 않아." 그녀는 말했다. "하지만 이 남자는 나한테 끔찍한 짓을 저질렀어. 그들은 그것을 이해해. 그들은 나를 이해해주었어. 다른 사람은 아무도 날 이해해주지 않아."

그들은 보모를 고용하기 위해 약 92명의 여자와 한 명의 남자(그것은 토비의 제안이었다)를 면접 봤다. 누구도 만족스럽지 않았고 레이철은 보모가 되고 싶어 하는 남자는 변태라고 확신했다. 그러던 어느 날, 길고 고르지 않은 머릿결에 머리 한가운데에 가르마를 탄 40세의 에콰도르 여성 모나가 면접을 보기 위해 찾아왔다. 그녀는 알렉산더 슈미츠가 은행을 경영하기 위해 스위스로 이사를 하는 바람에 일자리를 잃었었다. 레이철은 처음에는 직업소개소를 통해 사람을 구했지만, 부유층들이 거주하는 어퍼이스트사이드에서는 자동차, 별도의 스위트룸, 신용카드와 기타 선물을 제공하지 않는 이상 최고의 보모를 구할 수 없을 것 같았다.

모나에게는 에콰도르에 열두 살인 아들이 있었는데, 고국에 돌아가 아들을 만날 수 있도록 1년에 2주의 휴가만 달라고 했다. 레이철은 모나의 전 고용주였던 라라 슈미츠를 발레 교실에서 만난 적이 있었는데 여간내기가 아니었다. 모나는 좀 굼떴고 말을 할 때도 약간 엉성했다. 하지만 해나를 안아볼 수 있냐고 물어본 사람은 그녀가 유일했다. 그녀는 땅딸막하고 벨벳 같은 몸으로 해나를 안았고, 아직 뚜렷하게 사물을 볼 수 없는 해나는 그녀와 눈을 맞추려는 것 같았다. 어쩌면 다른 사람의 품에 편안히 안겨 있는 자신의 아기를 보았기 때문인지, 혹은 모나에게서 느껴지는 자신감과 자연스러움 때문인지 레이철이 흐느껴 울기 시작했다. 그런 모습을 이제까지 본 적이 없던 토비는 그녀의 등에 손을 얹었다. 레이철이 고개를 끄덕였다.

"일자리를 얻으신 것 같네요." 토비가 모나에게 말했다.

레이철은 곧 사무실로 돌아갈 예정이 아니었지만, 모나는 즉시 일을 시작했다. 그녀는 며칠 동안 아파트에서 젖병을 닦으면서 레이철과 해나와 친해졌다. 그녀는 레이철을 제왕절개술로 아기를 낳은 엄마들의 산후 요가 수업에 보냈다. 모나는 그녀의 보모 네트워크 안에 있는 누군가로부터 그 수업에 대해 들어 알고 있었는데, 보모들의 네트워크는 겉으로 보기에는 차분하고 점잖은 이스트사이드 여성들의 모든 비밀을 알고 있는 그림자 같은 집단이었다. 수업에 다녀온 레이철은 토비에게 그녀가 수업 중 내내 울었다며, 아기를 안고 있지 않으면 중력을 느끼지 못하는 것 같다고 말했다. 하지만 그런 느낌은 조금씩 나아졌고 계속 수업에 참석하면서 그녀는 줄곧 울지 않게 되었다.

어느 수요일 저녁 퇴근해 집에 돌아온 토비가 레이철에게 하루를 어떻게 보냈느냐고 묻자 그녀가 강간 피해자 모임에 가는 것을 그만 두기로 결정했다고 말했다.

"나는 이제 괜찮아."

그는 탁자 끝에서 그녀의 작고 촘촘한 글씨로 가득 찬 수첩을 발견했다. 그녀는 몇 주 만에 처음으로 평온하고 침착해 보였다. 그는 아무 질문도 하지 않기로 했다.

병원에 복귀한 지 2주째 되는 날 저녁, 토비는 레이철과 해나를 보기 위해 서둘러 집으로 달려갔다. 혈색소 침착증 환자에 대해 긴급 자문을 하느라 퇴근이 늦어졌기 때문이었다. 그가 문 안에 들어왔을 때는 8시였다. 집에는 해나와 모나만 있고 레이철은 보이지 않았다.

"레이철은 어디 있죠?" 그가 손을 씻고 모나의 품에서 해나를 건네받으면서 물었다. 모나는 어떤 모유보다 더 진하고 하얀 액체가 든 병을 해나에게 먹이고 있었다.

"저녁에 외출했어요. 자정이 되면 집에 온다고 하던데요."

"그거 분유인가요?" 그는 레이철이 모유 수유를 그만둔 것을 알지 못했다.

토비는 모나를 방으로 들여보내고 레이철의 글라이더에 앉아 해나를 흔들어주며 TV에서 리얼리티 쇼 〈캅스〉의 연속 방영을 보았다.

그날 아침, 토비가 출근을 한 후 레이철은 알레한드라 로페즈에게 전화를 걸어 부탁할 게 있으니 그녀의 아파트에 들러주겠느냐고 물었다. 그다음 레이철은 두 명의 팀원들과 그녀 밑에서 일하는 다른 네 명의 직원들에게 전화를 걸어 아무도 그들을 볼 수 없는 1번가의 그린 키친 식당에서 저녁을 먹자고 했다. 그녀는 그들에게 자신이 관리하는 고객들—알레한드라 로페즈도 그들 중 한 명이었다—을 데리고 나와 독립해서 회사를 차릴 것이라며 슈퍼 듀퍼 크리에이티브 에이전시에서 같이 일을 하겠느냐고 물었다. 그녀는 그날 밤 늦게까지 그들과 술을 마시고 새로운 장정을 축하했다. 새벽 4시에 그녀가 까치발로 현관문 안에 들어섰을 때, 그녀는 자신을 기다리고 있던 토비를 발견했다.

토비는 땅콩버터가 든 병을 아기처럼 붙들고 그의 집 한가운데 서 있었다. 홀푸드에서 윈도쇼핑만 하는 정신병자처럼 보이지 않으려고 미리엄과 신디와 헤어지자마자 그는 땅콩버터를 집어 들었다. 그는 누가 그것을 빼앗아 가기라도 할 것처럼 땅콩버터를 양손으로 가슴에 안고 있었다. 그는 자신의 얼굴에서 살을 뜯어내고 옷을 갈가리 찢고 싶었다. 그는 땅콩버터 병을 맨손으로 깨부수고 싶었지만 사실 그것은 딱딱한 플라스틱 용기였다.

집중하자, 플라이시먼. 그는 부엌에 있는 그의 컴퓨터 앞으로 갔다. 그는 페이스북에서 샘 로스버그의 이름을 찾았다. 그의 마지막 포스팅들은 모두 10년 전에 유행했던 코미디 비디오였다. 그는 지난 게시물들을 훑어 내려갔다. 토니 키텐이 나오는 짤방들, 몇몇 수제 맥주에 관한 게시물들, 학교 행사에서 잭과 함께 찍은 사진, 미리엄의 어머니가 코너 하나를 샀던, 피부 경화증 환자들을 위한 모금행사에 참석한 그와 미리엄의 사진. 가장 최근에 올린 글은 바바 루이라는 피자집 사진에 '바바 부이(유명한 라디오 프로듀서-옮긴이)처럼 들리지 않나요?'라는 설명에 [웃으며 눈물을 흘리는 이모티콘]들을 달아놓은 것이었다. 토비는 인터넷 검색창에 레스토랑 이름을 입력했다. 매사추세츠주 그레이트 배링턴에 있는 식당이었다. 그는 다시 크리팔루를 찾아보았다. 식당과 요가원은 불과 약 19킬로미터 떨어져 있었다. 정말 어처구니없도록 웃기는 일이군. 레이철은 라디오 쇼 〈하워드 스턴〉을 듣는 남자와 통정을 하고 있었다. 그는 의자에 다시 앉아 화면을 응시했다. 크리팔루라는 요가원 이름은 '당신을 불구로 만들어줄게'라는 말과 이상하리만치 발음이 똑같았다.

지난해, 토비와 레이철은 금요일 저녁 식사에 헤르츠와 레퍼 가족을 집으로 초대했다. 토비는 전날 밤 내내 요리를 해서 상을 차렸고, 여자들은 감탄을 하며 남편한테 시중을 받는다는 것, 남편이 가사에 **동참하는 것**이 얼마나 좋은 일인지 그 자리의 남자들을 향해 뾰족한 농담을 했다. 참석한 사람들은 요리는 레이철이 하고, 그에 대한 감사 표시로 토비가 식사 내내 서빙을 하며 그녀를 앉혀놓은 것으로 알고 있었다. 하지만 그것은 사실이 아니었다. 토비는 그가 가장 좋아하는 요리 중 하나인 치킨 밀라네즈를 만들었고, 신디가 그 음식에 대해 질문을 하자—"음, 저게 꽃박하인가요?"—그는 "아니, 사철쑥이에요"라고 대답을 했다. 그는 순간 레이철의 표정이 어두워지는 것을 보았고, 자신이 무슨 실수를 저질렀는지 의아했다. 그녀의 멍청한 친구들에게 깊은 인상을 줄 수 있도록 그가 그렇게 열심히 요리를 해주었는데도 무엇이 그녀를 저렇게 실망시킬 수 있는 것일까?

나중에 그가 부엌에서 헤르츠네가 가져온 디저트를 접시에 담고 있을 때, 따라 들어온 레이철은 그가 요리를 만들었다는 것을 모든 사람들이 확실히 알게 하는 것보다 더 자존심을 가질 수는 없느냐고 그의 귀에 대고 퍼부어댔다. "나도 주야로 일하지만 않으면 요리를 만들 수 있어."

그녀에게 대꾸할 수 있는 말들이 너무나 많다고 토비는 생각했다. 신디가 물었을 때 그는 그런 것에 대해 생각조차 하지 않았다. 신디는 그저 대화를 이어가기 위한 의미 없는 질문을 한 것뿐이고 누가 요리를 한 것인지에는 관심도 없었을 것이다. 그보다는 식탁에 손님들을 남겨둔 채 그를 따라와서 모든 사람이 들을 수 있도록 짜증을 내는 바보짓을 레이철은 하고 있었다.

"거기, 도움이 필요한가요?" 록산느가 식당에서 소리쳐 물었다.

"알아? 이 모든 게 지긋지긋해." 레이철이 말했다.

토비는 그녀를 바라보며 쾅 하고 접시를 내려놓았다. "그럼 **당신이** 이걸 해. **당신이** 이걸로 가사에 동참하면 되잖아."

그는 아무 일도 없는 척 표정을 유지하려고 애쓰면서 식당 안으로 걸어가 앉았다. 그는 그 자리에 있는 사람들에 대해 전혀 신경 쓰지 않았다. 하지만 레이철은 달랐다. 이것이 그가 그녀를 벌할 수 있는 방법이었다. 그는 그녀에게 이 모든 것이 자신에게 아무 의미도 없다는 것을, 그가 이 일을 하는 것은 절대적으로, 헌신적으로 그녀를 위해서라는 것을 상기시킴으로써 그녀를 벌줄 수 있었다. 그날 그는 그녀를 정박해놓은 줄을 자르고 그녀가 어디로 흘러가는지 보고 싶었다. 그렇다, 그는 그 자리를 떠남으로써 그녀에게 벌을 줄 수 있었다. 다시는 그런 일을 하지 않도록.

그가 자리에 앉자 록산느는 말했다. "우린 프리 패스에 대해 얘기하는 중이에요. 리치와 나는 결혼 생활을 유지하면서도 각각 다섯 명씩 다른 사람을 만나도 좋다고 허락을 했어요." 록산느의 남편은 헤지펀드 매니저였고 그의 이름은 문자 그대로 리치였다.

"아, 우리는 오직 한 명밖에 없어요"라고 신디는 말했다. "나는 조지 스테파노풀로스를 택했고 저 사람은 나오미 캠벨이에요."

"와, 아직도요? 그녀는 아마 지금은 60대일 텐데." 토드가 말했다.

"40대 후반이에요. 경험이 많다는 것은 좋은 거죠." 리치가 말하자 그들은 모두 웃었다.

"나는 마크 월버그예요." 신디가 물어보지도 않았는데 말을 했다.

"으, 정말요? 그런 역겨운 인간을?" 록산느가 말했다.

"내가 얼마나 어려운 상대와 살고 있는지 아시겠죠?" 토드가 말했다. "그 사람한테서는 내가 뭔가 그를 도울 수 있는 게 있을 것처럼 느껴져요."

"나는 아리아나 그란데요. 섹시하고 매력적인 타입이 좋더라고요." 리치가 말했다.

토비는 웃었다. "섹시한 게, 글래머 타입을 말하는 건가요?"

"모르겠어요. 저한테는 좀 과분해 보이는 사람이랄까? 물론 여기 있는 내 아름다운 아내처럼 말이죠."

록산느는 화난 척했다. "당신은 당신이 고른 여자가 아이가 있다는 것을 내가 잊게 하기 위해 그런 말을 하는 거예요."

"딸이 아마 적어도 20대는 됐을걸!"

그때 레이철이 준비된 디저트 접시를 들고 걸어 들어왔다.

"레이철, 자기 프리 패스는 누구야?" 록산느가 말했다.

레이철은 자리에 앉았다. "무슨 말이에요?"

"다른 남자와 자도 좋다고 토비가 허락을 해준다면 누구랑 자겠냐고요."

"그런 이야기를 하고 있었던 거예요?" 레이철이 물었다.

"자, 어서. 우리는 이미 모두 대답했어요." 리치가 말했다.

그녀는 반초 동안 생각했다. "샘 로스버그요."

"샘 로스버그?" 록산느는 거의 뒤로 넘어질 뻔했다. 토드는 마시던

술이 코로 들어갔다. 신디의 눈이 토비가 그녀의 두개골 안을 볼 수 있을 정도로 크게 떠졌다. 토비는 눈을 감았다.

테이블 위에 침묵이 흘렀다. 리치와 토드는 토비를 쳐다봤다. 방금 레이철이 한 말이 자신을 그렇게 무참하게 만들지만 않았다면 토비는 아내가 그렇게 당황하는 모습을 보고 안타까워했을 것이다.

"왜요? 내가 무슨 잘못된 대답을 한 거예요?" 레이철이 물었다.

"당신이 아는 사람을 뽑으면 안 돼요, 레이철." 신디가 말했다. "연예인 중에서 뽑아야죠."

방 안의 분위기가 너무 불편해지자 리치는 다시 학교 선생님들을 대상으로 자고 싶은 상대를 고르려고 했지만 록산느는 즉시 그의 말을 끊었다. 토비가 눈을 뜨고 바라보자 레이철이 살짝 미간을 찌푸리고 앉아 있는 모습이 눈에 들어왔다. 그들이 부엌에서 막 다투고 있었다는 것을 그 자리에 있는 사람들이 몰랐다면 미처 알아차릴 수 없을 정도였다. 그들은 테이블의 반대쪽 끝에 앉아서 손님들이 중립적인 주제를 찾으려 필사적으로 애쓰는 동안 서로를 응시했다.

샘 로스버그는 레이철이 토비에게서 원했던 모든 것이었다. 그는 야망이 있었고, 성공했고, 키도 훤칠하고, 부유층과 어울릴 때도 아주 편안하게 행동했다. 하지만 그는 동시에 허영심이 많고, 지적이지 못했고, 피상적이고, 허세가 있고, 미식축구 도박게임을 하는 멍청이이기도 했다. 토비는 샘 로스버그 같은 존재들로부터 자신의 가족을 보호해야 한다고 생각했다. 솔리가 골프 캠프에 가고 싶다고 말했을 때 토비가 상상했던 사람이 바로 샘 로스버그였다. 골프는 지금 그가 속해 살고 있지만 언제나 이질감을 느껴온 바로 이곳을 의미했고 그것이 그의 피를 얼어붙게 만들었다. 하지만 그의 아이들은 이곳에 속했다. 그는 지금 그것을 깨달았다. 그들은 결코 이곳을 벗어날 수 없을 것이다. 이제껏 그는 무슨 생각을 하고 있었던 것일까?

토비가 이 부드럽고 멍청한 삶의 끌어당기는 힘과 싸우는 동안 레이철은 모든 면에서 그것을 선택했다. 그는 이 한심한 인간의 페이스북 페이지를 보고 레이철이 토비에게서 원했던 것은 더 많은 돈과 더 많은 성공만이 아니라는 것을 깨달았다. 그녀는 그가 다른 사람이 되길 원했다. 그녀는 자신보다 커졌다. 그녀는 더 위로 올라갈 준비가 되어 있었다. 그녀는 72번가의 아파트를 리모델링하는 것을 원치 않았다. 그녀는 그보다 위로 올라가기를 원했다. 그녀는 75번가에 살기를 원했다. 그녀는 골든 아파트를 원했다.

그녀는 줄곧 그에게 눈을 주고 있었어, 토비는 생각했다. 그녀는 단지 이혼을 하기 위한 목적으로 일부러 그들의 삶을 그렇게 끔찍하게 만들어온 것일까? 아니면 잠깐만. **설마**, 설마, 설마, 설마, 설마. 이게 이미 한참 전에 시작된 일일지도? 설마 그럴 리는 없겠지. 하지만 펜던트에서 일하지 않겠느냐는 그의 권유는 무슨 의미였을까? 도대체 왜? 왜 어떤 인간이 자기 애인의 남편을 자기 회사에 취직시키려고 할까? 왜 그녀는 그가 자기 남자친구를 위해 일하기를 원한 것일까? 어떤 가학적인 사고방식이 그런 일들을 하게 만든 것이었을까? 아니면 그들은 그런 계획을 세우다가 눈이 맞은 것일까? 혹시 그들이 살 새 아파트를 찾을 때 둘은 사랑에 빠졌을까? 아니면 그들이 이미 눈이 맞았기 때문에 그가 레이철에게 아파트를 찾아준 것일까? 그는 노트북을 닫았다. 그렇게 하면 모든 질문들을 멈추게 할 수 있다는 듯이.

토비와 레이철은 애초에 제대로 결혼 생활을 할 수 있는 사람들이 아니었다. 그의 아름답고 똑똑하고 성공한 아내는 세상에 저항하기에는 너무 많이 그것에 관여되어 있었다. 그녀는 수영장에 뛰어든 후 왜 자신이 그렇게 젖었는지 의아해했다. 아니! 그녀는 의아해하지 않았다. 더 이상 의아해하지 않았다. **수년간 조금도 의아해하지 않았다.** 그들 중 한 명이 되길 바라지 않았다면 아이들을 사립학교에 보내지 않았을 것이다. 햄튼에 집을 사놓은 후 자신의 정체성에 대해 고민을 하지는 않을 것이다. 그녀는 그들 중 하나였다. 어떻게 그는 이 모든 걸 깨닫지 못했을까? 맙소사, 그는 얼마나 멍청했던가.

하지만 샘은 유부남이었다. 그렇다. 샘은 결혼한 사람이었다. 홀푸드에서 만났을 때 미리엄은 그를 전남편이라고 부르지 않았다. 미리엄은 현재의 남편과 토비를 같은 요가 프로그램에 등록시키려 하고 있었다. 도대체 어떤 멍청이가 유부남을 사귄단 말인가? 레이철, 그 데이팅 앱은 여자들도 사용할 수 있어. 당신은 남의 결혼을 망치지 않고도 다른 사람을 찾을 수 있다고. 이 도시에는 대학 축구장에 깔린 인조잔디처럼 많은 금융계 인사들이 있고 그녀는 여전히 예쁘고 날씬했기 때문에 그들 중 누구라도 만날 수 있었다.

"환자의 말을 들어라, 이 썩을 놈아." 그는 차양을 치지 않은 창문을 통해 황혼이 내려앉는 거실에서 큰소리로 자신에게 혼잣말을 했다. 그녀가 네게 빌어먹을 진단을 내리고 있잖아. 그의 뇌는 항상 그녀의 행동을 옹호하려고 노력했다. 더 이상 그럴 필요가 없었다. 그들은 끝났다. 게다가 이런 행동에는 어떠한 변명도, 가능한 이유도 없었다. 맙소사, 왜 그는 그냥 그것을 직시하지 않은 것일까? 그는 무슨 짓을 한 걸까? 어째서 그는 이런 사람과 일생을 나란히 같이 걸으려 한 것이었을까? 닥쳐, 제발 좀 닥치라고, 그가 뇌에게 말했다.

레이철이 아이들을 집에 데려다놓은 지 거의 2주가 다 되어가고 있었다. 그녀가 아이들을 데리고 가야 했을 시간은 이미 열흘이 지났다. 레이철은 그에게서 사라졌다. 토비는 교체를 당했고 그녀는 업그레이드되었다. 이제 그녀는 **자유롭고 여유로웠다.** 이전에 그녀가 비웃으며 쳐다봤던 사람들 중 한 명이 될 만큼 안정되고 편안해진 그녀는 **빌어먹을 공원에서 낮잠을 자고 있었다.** 이제 그녀는 자유로웠다.

그가 산 땅콩버터는 쓸모없었다. 그것에는 설탕이 첨가되어 있었다. 그는 절대 그것을 먹지 않을 것이다. 그는 **아이들에게 절대 그것**을 먹이지 않을 것이다. 그는 이제 아이들이 가지고 있는 유일한 기회이다. 그 외의 다른 모든 것, 모든 사람들은 **영원히** 망가졌다.

그는 땅콩버터를 내려놓고 아파트를 나왔다. 시간이 얼마나 되었는지도 알 수 없었다. 그가 아파트에 들어갔을 때는 날이 훤했지만 지금은 하늘이 보랏빛 황혼이었다. 그는 걷다가 달리기 시작했다. 그는 75번가로 향했다. 건널목에서 잠시 멈춰 선 그는 낯이 익은 여자가 3번가를 건너는 것을 보았다. 그녀는 예쁘고 어렸다. 그는 숨을 헐떡이며 그녀의 얼굴을 뚫어지게 쳐다보았다. 자신을 향한 시선을 느꼈는지 그녀가 그를 돌아보았다. 그들은 정확히 같은 순간에 서로를 알아봤다. 그는 그녀를 한참 전에 Hr 앱에서 만났었다. 그녀가 영상 통화로 서로의 얼굴을 보며 자위를 하자고 제안했었다. 둘은 어떤 신체 부위도 보여주지 않고, 말도 하지 않고 서로의 얼굴만 쳐다보았고, 절정을 느끼자마자, 마치 이런 짓을 하는 사람과 더 이상 연결되어 있는 것을 참을 수 없다는 듯 그녀는 전화를 끊었다. 이제 모든 게 기억이 났다. 그녀는 그를 쳐다보고 있었지만 그는 걸음을 멈추지 않았다. 로런, 그녀의 이름은 로런이었다. 그는 다시 달리기 시작했다.

그는 인터넷을 견딜 수 없었다. 그는 그것이 진짜가 아닌 것처럼 취급되면서도 그와 같은 거리를 걸을 수 있는 살과 피가 있는 사람들로 가득하다는 것을 참을 수 없었다. 그는 바로 그 순간 자신이 너무 싫어서 차라리 죽고 싶었다. 자, 로런, 이게 온라인 데이팅 앱에 상호 자위를 즐기는 커뮤니티에서 네가 기대할 수 있는 거야. 당신은 이전 자위 파트너가 그의 전처를 찾기 위해 눈을 휘둥그레 뜬 채 거리를 뛰어다니는 것을 기대할 수 있어. 자위를 하면서 전화를 들여다보는 당신 같은 사람이 상대할 수 있는 사람이란 게 그런 정도지.

그는 골든 아파트—레이철의 집이자 그의 예전 집, 아이들의 집에 도착했다. 토비는 그가 좋아하던 도어맨 조지를 지날 때 속도를 늦추어 손을 들어 인사를 하고는 열려 있는 엘리베이터에 뛰어들어 급히 닫힘 버튼을 눌렀다. 그는 두려움과 분노, 불안으로 뒤범벅이 된 채 9층에 도착했다. 그는 자신의 얼굴에서 맥박이 뛰는 것을 느꼈다. 어쩌면 그는 당장 죽을지도 모르고 그의 죽음은 끔찍한 비극으로 보일 테지만 적어도 그는 현관문 안에서 무슨 일이 벌어지든 그것을 알게 되지는 않을 것이다.

어쩌면 그는 나약한 것인지도 모른다. 어쩌면 그는 그녀의 말처럼 나약해 빠졌을지도 모른다. 그는 열쇠를 구멍에 끼웠다. 아직 열쇠를 바꾸지는 않았는지 그는 집 안으로 들어갈 수 있었다. 그는 동물적인 차원에서 그곳에 사람이 있든 없든 그곳의 소리와 느낌을 알고 있었다. 그는 집 안이 비어 있다는 것을 느꼈다. 집에는 아무도 없었다. 그는 마음이 놓였다. 넌 왜 그렇게 겁쟁이니? 그는 자신에게 물었다.

한 달쯤 전, 해나의 하프타라 수업 장소가 토비의 집으로 바뀌었기 때문에 교재를 가지러 집에 들른 적이 있었다. 그때까지는 그곳이 그가 한때 살았던 곳처럼 느껴졌었다. 그는 잠깐 멈춰 서서, 그가 얼마나 멋진 아파트에 살고 있었는지 깨달았었다. 그곳에 살고 있을 때는 물질주의에 대한 경멸감이 그 모든 것을 보지 못하게 만들었다. 그는 그 아파트를 자신이 살고 있는 아파트와 비교했다. 그의 아파트를 떠올리면 가장 먼저 생각나는 것은 더 이상 르크루제 그릇들이 아니라 금속 블라인드와 창틀에 올려진, 흔들거리는 간이 에어컨, 팝콘 천장(석면을 사용해 오돌토돌하게 마감한 천장—옮긴이)이었다. 그날 그는 자신의 뇌가 항상 하던 대로—실제로 상황이 확실히 나쁠 때도 그렇게 나쁘지 않다고 가정하는—일하도록 허락한 것에 대해 자신에게 화가 난 채로 레이철의 아파트를 떠났었다.

그럼에도 불구하고, 그 허식(虛飾)의 아래에는 그들의 역사가 있었다. 이곳은 지난 4년 동안 그의 삶이 진행되던 곳이었다. 이곳은 그의 결혼 생활이 파탄 난 곳이지만, 또한 그가 아이들과 숙제를 하고 아이들에게 〈스타워즈〉 영화를 보여주며 아내와 잠을 잔 곳이기도 했다. 여기서 그들은 싸움도 했지만, 화해도 했고 함께 웃었고, 해나가 플루트를 연습하는 것을 듣거나, 솔리가 잠깐 연기에 빠져 있을 때 대사를 연습하는 것을 들었다. 솔리는 YMCA에서 아동들을 위해 각색한 〈사운드 오브 뮤직〉에서 폰 트랩 대령의 큰아들 역을 맡았었는데 결과는 참혹했다. 이곳에서 그는 해나의 3학년 과학 박람회 출품작인 지문을 사용한 범죄 현장을 만들었고, 솔리의 출품작으로는 실제로 모터 회전 장치가 달린 태양계 모델을 만들었다. 그는 이곳을 싫어할 수 없었다. 이곳을 암울하게 바라보는 것은 이미 많은 고통을 겪은 아이들에 대한 배신처럼 느껴졌다.

그는 침묵을 뚫고 집 안을 걸었다. 비록 소소하지만 그가 집을 떠난 이후로 바뀐 것들도 있었다. 방 건너편에 있는 20세기 중반 모던 디자인풍의 안락의자, 1년 전에 해나가 넘어뜨려 깨뜨린 것 대신 사온 듯한 스탠딩 램프, 그것들은 모두 그를 혼란스럽게 만들었다. 그가 떠나기 전에 전구 12개를 사놓았지만 샹들리에의 전구들은 성한 게 이제 두 개밖에 남아 있지 않았다. 한 달 전 레이철에게 알려주었건만 부엌 싱크대 수도꼭지는 여전히 물이 새고 있었다. 왜 그는 자신이 사라지면 그녀가 일을 처리할 줄 알게 될 거라고 생각한 걸까?

그는 냉장고를 열었다. 중국 음식 용기 여섯 개가 줄지어 있었다. 그는 하나를 열었다. 소고기 로메인이었다. 그녀는 면을 먹지 않았다. 그녀는 바닷가재 소스를 뿌린 새우를 먹었다. 솔리는 로메인을 먹었지만 소고기는 좋아하지 않았다. 상자 안의 냄새를 맡았지만 특별히 톡 쏘는 냄새는 나지 않았다. 아마 다른 사람의 로메인일 수도 있었고, 아이들이 무엇을 좋아하는지 깜빡 잊고 레이철이 엉뚱한 로메인을 산 것일 수도 있었다. 아니면 레이철이 로메인을 먹기 시작했거나 로메인을 좋아하는 남자랑 잠을 잤을 수도 있었다. 두 가지 가능성은 모두 상당히 불가능해 보였지만 동시에 아주 가능성이 높아 보였다.

그는 두 번째 상자를 열었다. 절반은 먹었지만 그것도 소고기 로메인이었다. 그는 공포영화를 보는 것처럼 두려움으로 가득 차 다음 두 상자를 열었다. 모두 소고기 로메인이었다. 아무리 생각해도 납득을 할 수가 없었다.

잠시, 마음속으로, 그는 장면을 그려보았다. 레이철과 샘이 소파에 앉아 있다. 그녀는 이제 마음이 느긋해져 센트럴파크에서 낮잠까지 자는 여인이었으므로 누워서, 앉아 있는 샘의 다리 위에 아무렇게나 그녀의 다리를 걸치고 있다. 둘 다 소고기 로메인 통을 들고 돼지새끼들처럼 먹고 있다. 그녀는 한 손에 휴대폰을 들고 문자를 보내고 있다. 왜냐하면 그녀에게 있어 휴대폰은 진정한 사랑의 대상이었기 때문이다. 로스버그. 네가 그녀의 진정한 사랑인 줄 알았다면 오산이야. 샘이 〈내셔널 리뷰즈〉지를 한 무더기 쌓아놓고 읽고 있다. 그녀는 고개를 들어 샘을 바라보며 말한다. '새로운 것을 시도해보니 참 좋네요. 토비는 절대로 소고기 로메인 같은 것은 주문할 생각을 하지 않았죠. 정말 맛있어요.'

그는 거기에 서서 무엇을 하고 있는 것일까? 그는 도대체 무엇을 상상하고 있는 것일까? 그것은 그에게 아무 도움이 되지 않는다. 그는 그것을 알고 있었다. 그는 침실로 걸어 들어갔다. 침대는 흐트러져 있었다. 그는 두 개의 베개에 눌린 자국이 있는지 살펴보았다. 베개들에는 눌린 자국이 있었지만, 누가 알겠는가? 그가 없어졌으니 그녀가 침대 위에 몸을 큰대자로 펼친 채 잠을 자고 있었는지도. 그는 가만히 서서 그곳의 에너지를 느껴보려 했다. 여기서 섹스를 했을까? 그는 그 침대가 그리웠다. 그 침대는 매우 편안했다. 그는 그것을 간절한 눈으로 바라보았다. 에라, 모르겠다. 그는 자기가 눕던 자리에 누워 몸을 돌려 그녀가 눕던 곳을 바라보았다. 토비는 여전히 신발을 신은 채 침대 가운데로 몸을 옮긴 후 팔다리를 대자로 뻗었다. 그것은 아마도 그가 사랑했던 침대에 대한 사랑 고백일 수도 있었고, 어쩌면 그의 체취를 남겨 이 침대를 쓰는 새로운 남자에게 그가 이 자리에 처음 눕는 것이 아니라는 것을 상기시키기 위해서일 수도 있었다. 그, 토비가 이 침대에 맨 처음 누운 남자였다. 그는 베개에 머리를 기댔다. 아직도 레이철의 냄새가 났다. 아니, 어쩌면 그녀의 냄새가 아닐 수도 있었다. 아마 그녀와 샘 로스버그의 냄새일 수도 있을 것이다.

아마도 여기가 그들이 로메인을 먹으며 미래를 계획했던 곳일지도 모른다. 토비는 이제 막 섹스를 마친 두 사람이 땀투성이로 헐떡이면서 서로를 바라보며 모로 누워 팔꿈치로 몸을 지탱한 채 탐욕스럽게 로메인을 퍼먹는 모습을 볼 수 있었다.

'맙소사, 나는 지금까지 바닷가재 소스를 뿌린 새우만 먹고 있었어요. 완전히 병신이었던 거죠.' 그녀가 샘에게 말한다.

'자기는 더 좋은 것들에 대해 잘 몰랐을 뿐이야.' 그가 대꾸한다.

'당신에게는 배울 게 너무 많아요.'

이것은 나쁜 공상이었다. 토비는 침대에서 일어났다.

안방 욕실 문이 열려 있었다. 아마도 그는 남자의 음모를 그곳에서 찾을 수 있을지도 몰랐다. 최근 몇 년 동안 레이철은 음모가 없었다. 그녀의 칫솔은 말라 있었다. 그녀의 칫솔 옆에는 칫솔이 하나 더 있었다. 아이들 중 하나의 칫솔이었을 수도 있고, 어쩌면 그의 오래전 칫솔일 수도 있을 것이다. 그는 기억을 할 수 없었다. 그는 약장 캐비닛을 열었다. 졸피뎀 한 병이 있었다. 샘 로스버그에게 처방된 것이었다.

"아아!" 토비가 큰 소리로 외쳤다. 그는 이 모든 것을 알아낸 것에 대해 순간적으로 우쭐했지만 이 시나리오에서 패배자는 바로 자신이라는 것을 곧 기억했다. 그는 졸피뎀을 열두 알 먹고 반수면 상태에서 광란의 섹스를 벌였던 타이거 우즈가 떠올랐다. 사람들은 졸피뎀을 먹고 미친 짓들을 했다. 그들은 사람들을 죽이고, 기억하지도 못하면서 다섯 코스짜리 저녁 식사를 만들고, 창문에서 뛰어내리기도 했다. 자기 아이들의 엄마가 그런 짓을.

오, 맙소사, 이제 그의 눈에는 레이철이 완전히 벌거벗은 채로 식당 테이블 위에 엎드려서 한 손으로는 몸을 지탱하고 다른 한 손으로는 로메인을 먹고 있는 동안, 샘이 그녀의 뒤에서 역시 소고기 로메인 통을 들고 손으로 면을 퍼먹으면서 행위에 몰두하고 있는 모습이 보였다.

그는 다시 부엌으로 돌아갔다. 이제야 그의 눈에 카운터에 놓여 있는 여섯 개의 낯선 브랜드의 차들이 보였다. 레이철은 차를 싫어했다. 그녀는 커피를 마셨다. 차는 물을 마시는 너무 복잡한 방법이라고 그녀는 말했다. 그런 것은 쓸모없었고 그녀는 그런 것을 참을 수 없었다. 정황을 볼 때 샘은 불면증 환자였다. 심지어 반사회적 인격 장애자들도 그들이 내린 결정들 때문에 잠을 이루지 못한다는 것은 좋은 일이었다.

그는 바닥을 내려다보았다. 그곳에는 '내가 하는 요가는 핫한 요가'라는 문구가 파란 바탕에 분홍 글씨로 쓰인 그가 가장 싫어하던 운동용 탱크톱이 있었다. 그 밑에는 여러 가지 색의 번개 무늬가 있는 그녀의 레깅스가 놓여 있었다. 그는 탱크톱을 집어 들어 냄새를 맡았다. 그녀였다. 바로 거기 레이철이 있었다. 그는 탱크톱을 먹어 없애버리고 싶었다. 옷이 왜 따뜻하지? 그것이 따뜻하다고 느껴지는 것은 그의 상상일까?

그의 머릿속에 모든 질문에 대한 대답이 들려왔다. 그녀는 최근에 여기에 있었다. 그녀가 여기 살기 때문이다. 그녀는 최근에 다른 사람과 함께 여기에 있었다. 차를 마시는 사람. 로메인을 먹는 사람과 함께. 몇 주 동안 그가 아이들에게 엄마는 그들을 여전히 사랑한다고 믿게 하기 위해 온갖 노력을 다하는 동안 그녀는 여기에서 열심히 운동을 하고 있었다. 그녀는 침대에서 유부남인 개자식하고 섹스를 하고 있었다. 그녀는 여기 있었다. 토비, 너만 빼고 모든 사람들은 이미 그런 사실을 다 알고 있었어. 이 미친놈아!

아이들이 캠프에서 돌아오면 밤에 아이들을 이곳에 데려다놓을 수도 있을 것이다. 그러면 할 수 없이 그녀가 아이들을 맡아야 할 것이다. 하지만 아이들에 대해 양면적인 태도를 취하는 엄마에게 아이들을 맡겨놓을 수는 없었다. 그리고 그녀는 그 아이들을 데리고 있을 자격이 없었다. 그녀가 아이들을 원하지 않는다는 것은 문제가 되지 않았다. 그 전에, 그녀는 그들을 데리고 있을 자격이 없었다.

그는 수화기를 들었다. 그는 그녀의 휴대폰으로 전화를 걸었다. 전화는 음성 메일로 바로 넘어갔다. 그는 다시 그녀의 사무실로 전화를 걸었다.

"레이철 플라이시먼의 사무실입니다." 시몬은 첫 번째 신호에 전화를 받았지만 그녀의 목소리에는 주저하는 기색이 느껴졌다. "레이철이에요?!"

"토비예요. 그 여자 거기 없어요?"

"아! 토비, 안녕하세요!" 그녀의 목소리에는 겁에 질린 듯한 느낌이 느껴졌다. "레이철 집에서 전화하시는 거군요. 그녀랑 같이 있으세요?"

"그녀는 여기 없어요. 애들한테 줄 물건 좀 가지러 왔어요."

"레이철을 만났어요? 당신이 그곳에 도착했을 때 그녀가 거기 있었나요?"

"내가 모든 걸 다 안다고 그녀에게 말해요. 그녀는 그냥 꺼져도 된다고요. 그리고 나를 그 일과 조금이라도 관련시킨다면 다시는 아이들을 볼 수 없을 거라고요. 우리는 그녀가 필요 없어요. 전혀요."

아파트에서 나올 때 그는 양탄자가 바뀐 것을 알아차렸다. 아마도 그가 언젠가 잡지의 스타일 코너에서 읽었던 적이 있는 백만 달러짜리 맞춤 터키 양탄자 같은 것으로 펭귄 같던 실내 장식가가 바꾼 것일 것이다. 그는 문을 잠그지 않고 떠났다. 한번 놀라보라지, 그는 생각했다. 그는 아직도 집 냄새의 일부처럼 느껴지는 엘리베이터에 올랐다. 장소에도 영혼이 깃들어 있을까? 살아 있는 여자가 혼이 될 수 있을까?

"안녕히 가세요, 플라이시먼 박사님." 조지가 쾌활하게 인사했다. 토비는 거수경례로 그의 인사를 맞받아주고 아무 문제도 없다는 듯 바로 걸어 나갔다.

그는 마지막으로 식사를 한 게 언제인지 기억할 수 없었다. 자신이 살던 골든 아파트를 떠난 그가 문득 정신을 차려보니, 살기 위한 본능의 힘이었는지, 막 운동을 마친 젊은 여자들과 함께 자신이 80번가의 샐러드 가게에 줄을 서 있는 것을 깨달았다. 그곳에 있던 모든 사람들처럼 그도 휴대폰을 들여다보는 시늉을 하고 있었다. 몇 분 지나지 않아, 그의 샐러드가 나오기도 전에, 그는 캐런 쿠퍼의 간이 준비되었다는 문자를 받았다.

병원에서는 데이비드 쿠퍼가 아내의 빈 침대 곁에 서서 외과의사인 마르코 린츠로부터 설명을 듣고 있었다. 토비와 마르코의 전임의들도 필리파와 함께 그곳에 있었다. 필리파가 여기서 뭘 하고 있는 거지? 그녀는 틀림없이 바턱에게 그가 병원에 있지 않은 것을 고자질했을 것이다. 하지만 그는 지금 여기 나타났다.

"닥터 플라이시먼, 당신이 올 때까지 그냥 자리를 지키고 있었어요." 필리파가 말했다. 그것은 비난처럼 들렸다. 간이 들어올 때를 기다리며 토비는 항상 병원을 지키고 있어야 했다는 뜻이었을까? 필리파는 너무 진지하고 가혹했다. 그녀는 수도승 같은 생활을 했다. 일주일에 사흘은 라켓볼을, 이틀은 수영을 한 후 아침 7시까지는 반드시 병원에 나왔다. 토비가 견디고 있는 것 같은 위기를 그녀는 도저히 이해할 수 없을 것이다. 토비는 그것에 감탄했고 또 분개했다. 그리고 코웃음을 쳤다. 자신의 삶을 완벽히 통제하는 이 사람을 보라. 그녀가 자기 삶을 얼마나 통제할 수 있는지, 그리고 모든 것을 그렇게 완벽하게 통제하는 괴물 같은 인간이 얼마나 슬픈 삶을 살고 있는지.

예쁘장하게 생긴 린츠가 데이비드 쿠퍼에게 설명을 하는 동안 주위 사람들은 모두 메모를 했다. 그는 언젠가 조니가 클레이에게 린츠의 눈을 "녹인 커피콩처럼" 생겼다고 묘사하는 것을 들은 적이 있다. 그는 왜 이 말이 기억으로 남았는지, 왜 그녀가 그냥 초콜릿 같다고 말하지 않은 것인지 알 수 없었다. 사실 린츠는 그렇게 잘생기지도 않았다.

"그녀도 지금 자신이 무슨 일을 겪고 있는지 알고 있나요?" 구석에서, 토비가 전에 본 적이 없는 여자가 질문을 했다. 그녀는 캐런의 나이쯤 돼 보였고, 똑같이 부유층의 분위기가 느껴졌다. 곧게 편 그녀의 금발 머리의 아래쪽은 바랜 빛을 띠고 있었다.

"그녀는 아무것도 모릅니다." 마르코가 말하자 그 여자는 얼굴을 일그러뜨리며 눈물을 쏟았다.

토비는 데이비드를 그 여자와 함께 가족 대기실로 데려갔다. 그녀의 이름은 에이미였다. 대기실에서는 쿠퍼의 쌍둥이 아들들이 게임을 하고 있었다. 재스퍼는 게임을 하면서도 울고 있었다. 데이비드는 저녁으로 무엇을 먹을지 의논하러 아이들에게 갔다.

"나는 그녀가 여기 입원하기 전에 함께 라스베이거스에 갔었어요." 에이미가 말했다.

"그래요? 그녀는 어땠어요? 그러니까, 어떤 기분이었죠?" 토비가 물었다.

에이미는 잠시 생각하다가 미소를 지었다. "자유로웠어요." 그녀가 잠시 후 다시 말을 이었다. "우리는 술을 엄청 마셨죠."

"그랬군요. 보통 이런 병은 드러나지 않고 있다가 과음을 하면 모습을 드러내죠." 그가 말했다.

에이미는 고통스러워 보였다. "술을 마셔서 이렇게 됐다는 말인가요? 그냥 한 번만 그렇게 술을 마셨어요. 라스베이거스에서 보낸 주말이었죠. 그 외에 무슨 다른 일을 할 수 있었겠어요?"

"아니요, 어쨌든 언젠가 드러날 병이었어요."

에이미는 휴대폰을 꺼내서 사진을 보여주었다. 캐런 쿠퍼의 사진이었다. 마담 투소의 밀랍 인형 박물관에서 캐런 쿠퍼가 머틀리 크루의 멤버 한 명의 밀랍으로 만든 다리에 그녀의 다리를 두르고 있었다. 그녀는 밀랍으로 만들어진 해리 왕자의 얼굴을 핥는 시늉을 하기도 했다.

의식이 없는 환자를 치료하는 것은 사람들을 직접 만나기 전에 몇 시간 동안 전화 통화를 하는 것과 같았다. 당신이 상상했던 모습과 실제의 모습이 같지 않다는 것은 쉽게 받아들이기 어려웠다. 당신의 뇌는 당신이 원하는 대로 그들의 모습을 바꾸어놓았다. 토비는 이유를 알 수는 없었지만 캐런이 총명하고 생각이 복잡한 사람이리라고 상상했었다. 혀를 늘어뜨린 채 음란한 포즈로 사진을 찍는 여인은 상상하지 않았다. 하지만 에이미의 화면 위에서 그녀는 살아 있었다. 자신만의 생각과 의견, 취향, 그리고 생기를 지닌 채. 마치 그녀에게 숨이 불어넣어져서 지각을 되찾게 된 것처럼. 하지만 실제로 일어난 일은 그녀에게서 호흡이 빠져나왔고 그녀는 단지 생물학적 부분들의 합에 불과하게 되었다. 그는 그녀가 바에서 잔을 들고 있는 사진을 보았다. 반항적으로 카메라를 쳐다보는 그녀의 모습은 정말 섹시했다. 그 사진은 충분히 Hr 앱에 올릴 프로필 사진으로 사용할 수 있을 것 같았다. 그는 그녀를 사람, 환자로 되돌리기 위해 휴대폰에서 눈을 돌려야 했다. 그는 자신이 데이트하던 여자들을 사람으로 제대로 생각하지 못했던 것은 아닐까, 잠시 생각했다.

다음 날 아침, 토비는 새벽 5시에 잠이 깨었고, 그래서 어슬렁어슬렁 산책을 하러 나갔다. 6시쯤 그는 결정을 내리고 바버라 힐러의 법률사무소에 전화를 걸어 자신의 양육권에 긴급한 문제가 발생했다고 말했다. 그녀의 비서는 8시쯤 전화를 해서 그녀가 아침 법정 증언을 하러 가기 전에 그를 만날 수 있다고 알려줬다. 토비는 변호사가 테니스 치마에 남색 폴로셔츠를 입고 나타났을 때 문이 잠겨 있는 사무실 앞에서 기다리고 있었다.

바버라 힐러는 〈스타워즈〉에 나오는 쓰레기 압축기에 눌린 사람처럼 보였다. 그녀의 옆모습은 정상이었지만 앞 얼굴은 너무 좁아서 두 눈이 모두 들어갈 수 있다는 것이 믿기지 않을 정도였다. 앞으로 돌출한 코 때문에 그녀는 큰부리새 같은 인상을 주었다.

그녀의 사무실은 부드러운 장밋빛과 회갈색으로 장식되어 차분하고 안정된 분위기를 풍기고 있었는데, 레이철의 실내 장식가가 봤다면 '80년대 장례식장' 분위기라고 말했을 것이다. 그녀의 책상 위쪽에는, 그의 부모님의 주방 테이블에 놓여 있던 여배우 크리스티 맥니콜의 사진을 떠올리게 만드는 추상화 한 점이 놓여 있었다.

"말해보세요." 바버라는 깨끗한 노트 위에 연필을 들고 책상 뒤에서 침착하게 말했다. 그는 레이철이 어디에 있는지 전혀 알 수가 없다고 말했다. 레이철의 비서에게서 그녀가 괜찮다는 낌새를 눈치채기는 했지만, 그녀는 자신과 아이들의 삶에서 손을 뗀 것 같다고 말했다. 토비는 두 사람의 이혼 합의와 양육권 계약에 대해 그녀에게 말했다. 그는 격주마다 주말에 아이들을 집에 데리고 있을 수 있지만 매일 학교나 캠프가 끝난 후에도 레이철이 퇴근할 때까지 아이들과 함께 있을 수 있었다.

"와, 그녀가 당신 목에 줄을 매어놓았군요." 바버라가 말했다.

"그렇게 생각할 수도 있죠."

"나라도 화가 났을 거예요."

"화가 나지는 않았어요. 다만 어떻게 처리를 해야 할지 방법을 찾아야 해요. 그녀가 제 전화를 받은 지 2주가 지났어요. 그녀는 학교 학부모 모임에서 만난 아빠들 중 한 명과 눈이 맞았어요."

"와우."

"그녀는 집에 있어요. 제가 그녀의 아파트로 갔……"

"절대로 그러시면 안 돼요."

"……그리고 아내가 그치와 동거를 하고 있다는 증거가 있어요. 그런데 그건 말도 안 되거든요. 그의 부인은 무슨 일이 벌어지고 있는지 전혀 알지 못해요."

"좀 천천히요." 바버라가 노트에 글을 쓰며 말했다. "좋아요, 그럼 당신은 아이들의 완전한 양육권을 주장할 준비가 되어 있나요?"

"이미 되어 있습니다. 그게 제가 하고 싶은 말이에요. 저는 이미 혼자서 모든 것을 하고 있어요. 그녀는 우리 삶에 있어서 전혀 문제가 되지 않는 존재예요. 마치 특별 초대 손님같이 말이죠."

"무슨 일을 하고 계시죠?" 그녀는 눈을 가늘게 떴다. "직장이 있으시죠?"

"성 다대오 병원에서 간장학 전문의로 일하고 있어요."

"폐라고 하셨나요?"

"간이요."

"저희 아버지도 몇 년 전 그 병원의 환자였지만, 심혈관 센터에서 치료를 받으셨었죠."

토비는 무슨 말을 해야 할지 알 수 없어서, 그녀가 그런 말을 하는 동안에도 시간당 상담료가 적용되는지 알지 못한 채 고개를 끄덕였다. "그쪽에서 일하는 분들은 아주 훌륭한 의사들이죠."

"네, 지금은 퇴원해서 집에 계세요. 지금은 괜찮아요. 깜짝 놀랐었어요."

토비는 그녀의 말이 끝나기를 기다렸다.

"죄송합니다. 그럼 아이들 양육에 관해 어떻게 조정이 되어 있죠?"

"저는 대부분 아이들을 데리고 있죠. 레이철은 그럴 수 있을 때만 아이들을 데리고 있고요. 제가… 제가 아이들의 주 보호자예요. 하지만, 좀 전에 말했듯이, 그녀는 그냥 사라져버렸어요. 저는 아이들을 숙박 캠프에 보냈죠. 그 여자는 그것도 몰라요."

"그러면 그 부분도 합의의 일환으로 마무리되겠군요."

"누가 아이들을 언제 맡을지는 대략적인 틀이 잡혀 있죠. 공휴일의 반, 격주로 주말에 제가 아이들을 데리고 있는 거죠."

"그녀가 이 합의를 지켜왔나요?"

"전혀. 이제 두 달 정도밖에 안 됐지만, 그동안 공휴일이 현충일과 독립기념일, 두 번이 있었는데, 제가 현충일에 아이들을 데리고 있었기 때문에 그녀가 독립기념일에 아이들을 데려가기로 되어 있었죠. 하지만 자기는 파이어아일랜드에 가고 싶다고 일요일과 월요일에만 아이들을 데리고 있었어요."

바버라 힐러가 고개를 들어 그를 쳐다봤다. "하지만 아이들을 데리고 있긴 했네요?"

"합의된 것의 절반 정도쯤이요."

"합의서를 작성할 때는 좀 더 시간을 들여서 제대로 작성해야 하죠. 어떤 사람들은, 보통은 아빠들이죠, 아주 미꾸라지 같거든요. 특히 중재자에게 보이기 위해 양쪽이 쇼를 할 때는 더욱 그렇죠. 당신은 왜 이혼 절차로 중재 조정을 택한 거죠?"

토비는 눈을 껌뻑였다. "자문을 구하러 왔을 때 변호사님이 그렇게 하라고 했는데요?"

"맞아요. 그랬죠. 중재 조정의 문제는 총격전에 칼을 가져가는 것과 같다는 거예요." 그녀는 잠깐 시선을 돌리고 생각을 했다. "그녀가 돈을 다 차지했죠? 그녀의 직업이…… 변호사였나요?"

"에이전트예요."

"에이전트라. 그녀는 큰 에이전시에서 일하나요?"

"그녀 회사예요."

"맞아요, 맞아. 이제 기억이 나네요. 알레한드라 로페즈의 소속사 맞죠?"

"맞아요."

"맞아요, 저와 제 아내는 밤낮으로 〈프레지던트릭스〉 사운드트랙을 흥얼거리죠. 정말 장관이었어요. 믿을 수가 없을 정도였죠. 눈물이 났어요. 저는 절대 울지 않는 타입이거든요." 그녀는 창밖을 내다보았고, 고객을 바로 앞에 앉혀놓은 채 터무니없이 과거의 멋진 기억 속에 빠져 있었다.

"그럼 어떻게 하면 좋을까요?"

바버라 힐러는 만족스러운 듯 명치에서부터 호흡을 끌어올려 숨을 내뿜으며 의자에 몸을 기대었다. "이거, 상황이 좀 어렵네요. 최종 서류에 서명하지 않고 단독 양육권을 요청할 수 있지만, 그러면 그녀는 재정 지원을 철회할 수도 있어요. 내 기억에 의하면 그녀가 모든 비용을 지불하기로 했었죠?"

"아이들에 관해서만요."

"하지만 사립학교, 캠프, 교습, 과외, 그런 것들을 모두 포함하고 있었죠?"

"네, 그녀가 지불하기로 했어요."

"그러면 이 모든 비용들을 당신 월급으로 감당할 수 있나요?"

"글쎄요, 아이들을 공립학교로 전학시킬 수도 있겠죠……."

"그러니까 부모가 이혼한 직후 애들을 몇 년 동안 다니던 학교에서 데리고 나오겠다는 거군요."

토비는 아무 말도 하지 않았다. 그는 해나가 더 이상 친구들과 함께 학교에 다닐 수 없게 되는 것을 생각해봤다.

바버라는 자기 노트를 내려다보고는 다시 그를 쳐다봤다. 그녀는 몸을 앞으로 내밀고 두 손을 깍지 낀 후 마치 비밀을 말하듯 입을 열었다.

"제가 부인들에게 뭐라고 하는지 아세요?" 그녀가 물었다.

토비는 그녀의 말을 기다렸다.

"당신들이 통제를 할 수 있는 것은 얼마 되지 않는다고, 시스템은 남편들에게 유리하게 되어 있다고 말하곤 하죠."

"저는 이 제도가 나에게 유리하게 되어 있는 것 같지는 않은데요."

바버라는 눈을 가늘게 뜨고 고개를 저었다. "아니요, 지금 같은 경우에는 당신이 부인이에요."

○

토비는 침실 창문을 통해 습기로 가득한 바깥을 응시하고 있었다. 모든 사람과 사물들이 열기 속에서 아지랑이처럼 물결치고 있었다. 너무 더웠다. 그의 방은 왜 이렇게 더운 것일까? 에어컨을 켜려던 그는 이미 그것이 켜져 있는 것을 보았다. 아마도 아침에 아파트 건물 관리인을 불러야 할지도 몰랐다. 하지만 그러면 그가 올 때까지 아파트에서 기다리고 있어야 할 것이고 그러자면 출근을 하지 못하거나 다른 뭔가를 놓치게 될 것이다.

어떻게 이럴 수가 있는 거지? 그는 의아했다. 그는 자신의 삶을 회복하기 위해 극도로 어렵지만 건전한 수순을 밟았다. 하지만 결과적으로는 자신이 간신히 떼어낸 사람이 오히려 이전보다 자신의 행복을 더 좌지우지하고 있었다.

그는 침대에 다시 누워서 천장을 응시했다. 그곳에는 갈색 얼룩이 있었다. 어떻게 천장에 얼룩이 생긴 것일까?

그때 마치 하늘에서 답신을 보내기라도 한 듯 휴대폰에서 문자 도착음이 울렸다. 그는 휴대폰을 들여다보았다. 캐런 쿠퍼가 무사히 수술을 마쳤다는 메시지였다. 지금 그녀는 인공호흡기를 달고 중환자실에 있었다. 토비는 밤새 그녀를 지켜본 클레이에게 전화를 걸었다.

"수술은 잘 된 것 같아요. 환자는 내일 깨어날 겁니다." 클레이가 말했다.

"환자가 아니라 쿠퍼 부인."

"네, 쿠퍼 부인은 내일 의식을 찾을 거예요."

"정말 내가 거기 없어도 되겠나?"

"괜찮을 것 같아요. 중환자실에서 그녀를 잘 지켜보고 있어요."

"좋아. 내가 들어가야 한다고 생각하면 문자 줘. 항상 준비하고 있을게."

그는 전화를 끊었다. 그의 자존감이 새로 바닥을 치는 느낌이었다. 그는 자기 전임의에게 자신을 병원으로 불러달라고 간청을 하다시피 했다. 그는 세스에게 전화를 걸었지만 받지 않았다. 그것은 잘된 일이었다. 제대로 된 사람과 결혼을 했거나 아예 결혼을 하지 않았더라면 얼마나 쉬운 삶을 살 수 있었을지를 보여주는 것 외에는 세스가 지금 자신에게 무엇을 해줄 수 있을까? 그런 가능성들을 지금 새삼 생각하는 것은 어리석은 짓이었다. 그는 아이들이 그리웠다. 해나는 지금 두 번째로 여름 숙박 캠프에 갔지만, 솔리, 어떻게 그는 그 아이를 그곳에 버려둔 것일까? 캠프는 첫 주 동안 아이들과의 면회를 금지했다. 그는 솔리가 아무 동정심도 없는 10대 진행 보조원에게 제발 아빠에게 전화하게 해달라고 간청하고 있는 것은 아닐지 걱정이 되었다. 그의 아파트는 너무 텅 빈 느낌이었고 너무 조용했다. 토비는 너무 외로웠다.

옆에 놓아둔 휴대폰이 진동을 했다. 그는 갑자기 그것이 견딜 수 없을 정도로 싫어졌다. 그는 그것을 창밖으로 던져버리고 싶었다. 모든 것을 끝내고 싶었다. 하지만 그는 고개를 돌려 전화를 건 사람의 이름을 보았다.

나히드였다.

오 세상에, 나히드가 전화를 한 것이다!

몇 분도 지나지 않아, 그는 택시 뒤에 앉아서 택시가 빛의 속도로 달리기를 원하고 있었다. 그의 심장이 건너편 거리의 '건너지 마시오' 신호등 점멸에 맞추어 두근거렸다. 갑자기 이런 전개라니! 그것도 많고 많은 날들 중에서 오늘! 섹스! 토비! 섹스 파트너가 전화를 했다고! 외국어 억양에 놀라운 몸매를 지닌 아름다운 여자가 말이야. 한 여인이 그에게 손을 내밀고 있었다. 택시 뒷좌석의 TV에서는 심야 토크쇼 진행자가 나이 든 영국 여배우와 립싱크 게임을 하고 있었다. 화면 아래의 자막은 폭염이 당분간 계속될 것이라고 알려줬다. "이제 좀 더우신가요?" 기상 캐스터가 그에게 물었다. 기상 캐스터맨! 그는 그것이 얼마나 힘든 일인지 생각해본 적이 있었던가? 좋은 날씨, 나쁜 날씨 등 다른 사람들의 가치에 근거해 날씨를 평가해야 한다는 것은 얼마나 끔찍하게 힘든 일일까? 택시 운전사는 전화로 누군가와 소리를 지르며 싸우고 있었다. 기상 캐스터, 운전사, 그들은 죄수였다. 반면에 그, 토비는 자유로웠다.

그녀의 건물에 도착한 후, 그는 나히드를 보러 왔다고 당당하게 말했다. 도어맨이 들어가라고 손짓했다. 도어맨과 잠시 교환한 시선을 토비는 해석하려고 했다. 그는 그녀의 집 문전에 나타난 많은 사람들 중 하나였을까? 색에 굶주려 헐떡이는 남자라면 그녀에게 가도록 놔두는 것일까? 그렇다 하더라도 그게 무슨 문제가 될까?

그가 그녀의 층에 도착했을 때, 그녀는 그를 기다리고 있었다. 조용히, 그들은 그녀의 집 안에 들어갔다. 그녀는 그의 손을 잡아 치마 밑으로 넣고 그가 그녀의 의도를 알아차릴 때까지 몸을 앞뒤로 흔들었다. 갑자기 그는 자신의 상황이 지금과 조금도 다르지 않기를 바라고 있었다. 레이철, 캠프, 아이들. 만약 그것들의 상황이 조금이라도 달랐다면 그는 여기에 있지 못했을 것이다. 그는 바로 지금 이 자리에, 살아서, 손을 이 여자의 스커트 밑에 넣고 있기를 바랐다.

그들은 거실 바닥에서 섹스를 했다. 섹스가 끝난 후, 그녀는 머리를 그의 가슴에 얹었고, 그는 뺨을 그녀의 거칠고 마구 뻗친 머리카락의 궁전에 갖다 대었다. 그녀는 이 사이에 틈이 있었다. 그것은 그의 마음을 녹게 만든 최초의 신체적 특징들 중 하나였는데, 초등학교 4학년 때 글을 쓰는 동안 이 사이의 틈으로 혀를 내밀곤 했던 알리사라는 소녀와 사귄 적이 있었다. 그녀가 6학년 때 치열 교정기를 끼었을 때 그가 얼마나 상심을 했는지 모른다.

그들은 그녀의 거실 카펫 위에 누워서 홑이불만 덮고 천장을 바라보며 이야기를 나누었다. 그녀의 부모는 그녀가 태어나기 직전에 이란에서 파리로 이민을 갔다가 그녀가 열두 살 때 다시 미국으로 이주했다. 그녀가 열아홉 살이었을 때 가족은 퀸스로 이사했고, 그녀의 아버지는 큐가든스힐스에서 블라인드 장사를 했다. 보석이 든 보물상자 없이 샤에게서 도망 나온 이란 사람은 자기 가족밖에 없는 것 같다고 그녀는 말했다. 바로 옆 동네인 포레스트힐스에는 조각상들로 가득 찬 집에서 부를 누리는 페르시아 여성들이 살고 있었다. 나히드는 어땠느냐고? 방마다 블라인드가 있었다는 것이 그녀가 누리던 유일한 사치였을까?

그녀는 바루크 대학을 다녔는데 회계학 수업에서 전남편을 만났다. 그녀는 의상 디자인을 전공해 사업을 하고 싶었기 때문에 경영학과 수업을 몇 개 들었다. 거기서 만난 그는 똑똑하고 잘생기고 야망이 있었다. 그는 기독교인이었는데 그가 자기 마음대로 할 수 없는 단 한 가지는 비기독교인과 결혼을 하는 것이었다. 그녀의 부모는 유대인이었지만, 그녀는 종교에 별 관심이 없었기에 기독교로 개종했다. 그가 그녀를 너무 아끼는 나머지 그녀가 죽은 다음의 세상까지 걱정을 한다는 생각은 로맨틱하기까지 했다. 그녀는 세례를 받았고 성찬식을 했다. 그녀의 부모는 그녀와 연락을 끊었지만 어쩌겠는가? 그녀는 사랑에 빠졌다.

그들은 애를 써도 아이가 생기지 않았지만, 그녀는 어쩌면 그것이

자기를 위해 최선의 결정이 내려진 것일지도 모른다고 느꼈다. 그녀는 아이가 생기기를 기다리는 타입이 아니었다. 그녀는 자기에게도 그 순간이 올 것이라고 생각했지만, 시간이 흐르고 친구들의 베이비 샤워에 참석을 하면서도 아무런 초조함을 느끼지 않았다. 매달 생리를 할 때마다 그녀는 안도감과 아주 비슷한 느낌을 느꼈다.

그녀의 남편은 달랐다. 그는 그것이 비극이라고 생각했다. 아내, 아이들, 세상을 구원할 보수적 가치들을 위한 봉사 등, 그는 자신의 삶에 대한 아주 분명한 그림을 가지고 있었다. 그녀는 아이가 없는 것의 이점에 대해 그에게 설명하려고 노력했다. 그들은 마음대로 여행을 할 수도 있고, 자식들에 소원한 아버지가 될 염려 없이 부모가 되지 않고 공직에 출마할 수 있을 것이다. 그는 그의 선거구민들을 자신의 자식들, 즉 양 떼로 생각할 수 있을 것이다. 그들은 자식들의 무게에 눌려 무너져가는 것 같은 친구들의 결혼 생활의 모든 긴장감을 배제한 채 좋은 삶을 살 수 있을 것이다.

하지만 그는 너무 슬퍼했고, 그녀는 그를 사랑했다. 그래서 그들은 열심히 노력하고 노력했다. 그녀의 몸에 독성 호르몬을 주입하고, 그녀의 몸에 이식을 하고, 그녀의 기관들을 자극했다. 그래도 아무 소용이 없자 그녀는 안도하며 이것은 분명 원래 가망이 없던 일이라고 생각했다. 그녀는 어릴 때부터 하느님에 대해 그리고 그가 어떻게 인간의 모든 일들을 관장하고 계신지에 대해 들었다. 그녀는 이것이 신의 개입이라고 생각하지 않을 수 없었다. 하느님은 그녀가 간절하게 원하지 않는 이상 아이를 주지 않으실 것이었다.

그는 슬퍼했다. 그녀는 그에게 손을 뻗어 위로하려 했지만 그는 위로받으려 하지 않았다. 그녀는 그에게 위로받고 싶다고 말했다. 그러자 그는 "당신은 지나치게 섹스를 밝힌다고 생각하지 않아?"라고 말했다. 그녀는 당황했다. 그녀는 그것에 대해 생각해본 적이 없었다. 그녀의 친구들은 자신들은 별로 내키지 **않는데** 남편들이 항상 섹스를 원한다고 끊임없이 불평하고 있었다. "그건 좀 볼썽사나워. 숙녀답지 않다고." 그녀의 남편은 말했다. 그녀는 아내가 남편과 섹스를 하고 싶은 것은 정상이라고 계속 설득하려 했지만, 그는 번번이 화제를 바꾸려고 했다. 그럴 때면 그녀는 화장실로 가서 거울을 들여다보며 무엇이 문제인지 알아내려고 애를 쓰곤 했다.

어느 순간, 그들은 섹스를 완전히 중단했다. 남편은 입양을 하고 싶어 했다. 그녀는 절대 그러고 싶지 않았다. 그는 대리모를 고용하고 싶어 했다. 그것도 그녀는 원치 않았다. 어느샌가 이런 얘기가 아니면 그들은 아무 대화도 하지 않게 되었다. 그칠 줄 모르는 슬픔이 그들의 집 안으로 살금살금 들어왔다. 그는 점점 더 밖으로 나돌기 시작했다. 그는 사향 냄새가 나는 향수 냄새를 풍기며 집으로 돌아오기 시작했다. 그러던 어느 날 밤, 그녀가 하이라인 공원을 가로질러 산책을 마치고 집에 돌아왔을 때, 남편이 무릎을 꿇은 채 그의 비서의 페니스를 입에 넣고 있는 것을 발견했다. 아이를 입양하는 것만큼이나 참을 수 없는 일이었다.

"그가 당신을 멀리하게 된 이유를 알 것 같네요. 나로서는 상상이 안 됐거든요." 토비는 말했다.

"이제는 당신에 대해 말해봐요." 그녀가 말했다.

그는 그녀의 아파트 천장을 올려다보았다. 그곳에는 얼룩이 없었다. 그는 그녀가 자신에게 벌어지고 있는 비상사태를 알기 원하는가? 그의 이야기가 사실 일주일 전에 그녀에게 했던 이야기와 약간 다르다는 것도?

"내 아내는 엄마로서는 부적합한 여자였어요." 그는 말했다. "하지만 그녀는 아이들을 원했죠. 그녀는 아이들을 어떻게 사랑해야 할지, 혹은 우리를 어떻게 사랑해야 할지 도저히 알지 못했어요."

그녀는 그가 계속 말하기를 기다렸다. 그는 다른 어떤 것에 관해서든 말하고 싶지 않았다. 왜냐하면 이제껏 그에게 이야기를 들려준 모든 여자들처럼 보이지 않기 위해서는 어떻게 말을 해야 할지 알 수 없었기 때문이다. 그녀들은 항상 자신들이 피해자인 것처럼 말했다. 배신으로 상처를 입은 후 강렬한 증오가 어떻게 무관심으로 바뀌어 갔는지를 이야기하곤 했다. 그들의 이야기를 듣다 보면 토비는 과연 그들의 남편들은 어떻게 다른 이야기들을 할지 궁금해지곤 했다. 그는, 손에 로메인을 들고 있는 레이철과 샘이 떠올랐다. 그녀는 토비에 대해 뭐라고 말했을까? 분명 '어느 날, 같이 사는 사람에게 아무 경고도 없이, 나는 내가 누구이고 무엇을 원하는 사람인지를 바꿨어요'는 아니었을 것이다. 대신 '그는 게을렀고 내가 야망을 가졌다고 나를 힘들게 했어요'라고 말했을 것이다.

"언젠가 함께 저녁을 먹으러 나가면 어때요?" 그가 물었다.

그녀가 농염한 미소를 지었다. "주문해서 집에서 먹어요."

"아니, 진지하게 하는 말이에요. 당신을 알고 싶어요. 당신과 데이트하러 나가고 싶어요."

"그럴 수 없어요. 지금도 남편과의 관계를 정리 중이고 지금 당장은 다른 남자와 데이트하러 나가고 싶지 않아요."

"그의 마음이 아플 것 같기 때문인가요?" 그녀는 대답을 하지 않았다. "하지만 당신은 더 이상 그와 결혼 생활을 하지 않잖아요."

그녀가 그를 비웃었다. "이혼도 결혼 생활 못지않아요."

그의 꿈이 너무 현실적이었거나, 아니면 그는 사실 잠들지 않았는지도 모른다. 왜냐하면 그가 토요일에 깨어났을 때, 마치 눈을 뜨기 위해 기다리고 있던 것 같은 느낌이 들었기 때문이다. 그는 밤새도록 박명 속에서 잠과 환각 사이에서 뒤척였다. 차양을 내리는 것을 잊어서 방이 너무 환했다. 에어컨이 작동하고 있었지만 이상한 소음을 내고 있었다. 그는 여전히 침대 한쪽에서만 잠을 자고 있었는데, 매일 아침 그것을 깨닫고는 자신이 한심스러웠다. 그는 눈을 감고 머릿속에서 무엇이 자신을 불편하게 만드는지 찾아보려 해도 아무것도 찾을 수 없었다. 아파트는 생각에 방해가 될 정도로 조용했다.

왜 삶은 그를 그렇게 불안하게 만드는 것일까? 혐오감이 치밀어 올랐다. 그는 이렇게 자신을 꾸짖는 기분으로 하루를 버틸 수 없다는 것을 알고 있었다. 그는 세스에게 문자를 보냈지만 아무 대답도 오지 않았다. 아마 전날 밤에 먹은 엑스터시와 코카인의 여파로 기진맥진해 있을 것이다. 조금 두려운 마음으로, 그는 나에게 문자를 보냈다.

오늘 뭐 할 거야?

오늘 우리 가족은 수영장 클럽에 간다고 말했다. **같이 가! 바비큐 파티도 할 거야.** 그는 밖을 내다보았다. 나무들은 미동도 없었다. 오전 7시였지만 창 아래 길가의 사람들은 부채질을 하고 있었다. 택시에서 봤던 TV 기상 캐스터의 말이 맞았다. 더웠다. 그는 답장을 썼다.

어떤 기차를 타야 하는지 알려줘, 갈게.

펜 역에서 기차가 출발할 때, 그의 휴대폰에서 문자 수신음이 울렸다. 세스에게서 문자로 답장이 왔다. 우리는 네 아파트 근처에 있어.

뉴저지로 리비 보러 가는 중이야. 풀장에 간대. 너도 와.

다음에 갈게.

바비큐 파티도 한대.

어떤 바비큐 파티나 풀장도 나를 교외 주택가로 가고 싶은 마음이 들게 할 수 없을 거야.

알았어.

오늘 저녁 식사 어때? 버네사가 널 만나고 싶어 해.

좋아.

그는 창밖을 통해 기차가 어두운 펜 역 터널로 진입하는 것을 내다봤다. 오전 10시였고, 통로 건너편에 앉은 남자는 셔츠를 벗은 채 술에 취해 있었다. 토비는 오늘 하루를 버텨낼 것이다.

우리 집에서, 토비는 내가 비키니를 입고 싶어 하는 여덟 살짜리 딸 사샤와 싸우는 것을 지켜봤다.

"이렇게 말싸름해봐야 소용이 없어." 나는 사샤에게 말했다. "우린 옷 가게에 와 있는 게 아냐. 넌 비키니도 없고. 지금 당장 너에게 비키니를 줄 수 있는 방법이 없다고."

"난 엄마가 미워요." 사샤가 말했다.

키가 크고 차분한 애덤은 부엌에서 커다란 비치백을 싸고 있었다. "당신에게도 친숙한 노래겠죠?" 에덤이 토비에게 말했다.

"그럼요." 토비가 대답했다.

내가 애덤에게 눈총을 주는 것을 토비가 봤다. 애덤은 내게, 왜? 뭐가 문제야?라는 표정을 지어 보였다. 나는 머리를 젓고 여섯 살짜리 마일스에게 자외선 차단제를 뿌렸다. 토비는 내가 수영복을 입은 우리 가족을 지켜보는 것을 보았다. 모든 가족들은 우리 가족과 비슷했다. 통통하고 지배적인 엄마, 아무 생각이 없고 비굴한 아빠, 출발하기 전부터 염증을 느끼는 아이, 워터슬라이드가 열려 있는지만 알고 싶은, 아무 생각 없이 행복한 아이가 구성원들이었다. 때로는 통통하고 지배적인 엄마와 비굴한 아빠가 충분히 일찍 아이를 낳기 시작했다면 셋째 아이도 끼어 있었다.

토비의 눈을 통해서 보자면, 다른 모든 엄마들이 실제로 얼마나 나와 비슷한지 심란할 정도일 것이다. 내가 사는 곳이 짜증 나는 이유가 바로 이것이다. 맨해튼에서 오랜 시간 하늘하늘한 생머리와 곧은 코를 가진 마른 금발들을 보며 자괴감을 느끼다가 이곳에 오니 모든 사람들이 나와 똑같았다. 아니면, 나는 다른 사람들과 똑같아 보이는 것이 싫은 것일까? 아니면 이렇게 때로 몰려나온 그들을 보니 마침내 내 모습을 선명하게 볼 수 있게 되었고 그 결과가 마뜩지 않은 것일까? 우리들이 입는 감청색 탱키니는 강철로 몸통이 강화되어 있어 우리 몸을 으깨어 모래시계 모양으로 만들어주지만, 우리의 팔다리는 우리의 무절제와 신진대사의 한계에 대한 실상을 보여주었다.

다른 아이들의 아빠들 앞에서는 나는 아무런 행동의 거리낌도 없었다. 이것이 그들이 아는 내 모습이니까. 하지만 토비 앞에서는? 나는 찌그러진 내 모습을 의식할 수밖에 없었다. 나는 그의 휴대폰을 본 적이 있다. 이제 그에게 여자들의 몸은 상품과 같았다. 그는 단지 그것들이 얼마나 탐이 나는지, 흠이 있거나 흠이 없는지만 살펴보았다. 다리들, 놀라운 가슴골들, 히프, 히프, 히프들. 나는 그의 눈에 내가 어떻게 비칠지 알고 있었다. 분명히 말하건대, 나는 토비에게 어떤 성적이거나 로맨틱한 마음은 없었다. 나는 단지 그가 나에 대한 기억을 갖고 있는 것이 마음에 들지 않았을 뿐이다. 나의 처음, 그러니까 내가 모든 잠재력과 운동에너지를 갖고 있을 때부터 나를 기억하는 누군가와 함께 지금 이렇게 이 꼴로 있는 것이 싫었다. 여기 있는 다른 사람들은 모두 나를 카풀 파트너나 아이들의 놀이 데이트 날짜들을 잘 기억하는 사람으로만 알고 있었다. 그 지표로 보자면 나는 스타였다. 하지만 토비의 기준에 의하면, 나는 아무것도 아니었다.

나는 수영을 가르치기 위해 마일스를 풀장으로 데려갔다. 마일스는 물을 무서워했기 때문에 나는 물속에 다리를 담근 채 수영장 한편에 앉아 있어야 했다. 내 접혀진 뱃살을 보고 가슴 앞에 팔짱을 꼈다. 여성용 수영복은 불공평했다. 토비와 애덤은 긴 의자에 나란히 앉았다. 한쪽은 키가 너무 작고 한쪽은 너무 커서 토비와 애덤이 함께 있으면 우스꽝스러워 보였다. 애덤은 부드러운 갈색 눈을 가졌고 흰머리가 섞인 머리칼이 전체적으로 고르게 빠지고 있어 보기 흉하지 않았다. 그들은 무엇인가에 대해 열중해서 대화를 나누고 있었다.

나는 나를 쳐다보는 애덤을 포착했다. 그는 최근에 부쩍 나를 많이 쳐다보았지만, 한 번도 질문을 하지는 않았다. 나는 밤에 밖에 나가 해먹 위에 눕기 시작했다. 애덤은 그것을 싫어했다. 그는 직선적이고 한 번의 행동에서 규칙을 찾아낸다. 그게 나를 미치게 만들었다. "당신은 원래 밖에 나가는 걸 싫어하잖아"라고 그는 말하곤 했다. 그럼에도 나는 밖에 나가 있었다. 그와의 계약이야 어떻든. 그는 다시 들어가서 아이들을 재우고 나는 하늘을 쳐다보곤 했다. 내가 사는 곳에서는 별들을 볼 수 있었다. 맨해튼에서는 절대로 별들을 볼 수 없었다. 그게 이곳에 사는 장점 중 하나일 것이다.

나는 아빠를 피해 전화를 하는 10대처럼, 아이들이 잠들었을 때에도 애덤을 피해 밖으로 나와 토비와 전화 통화를 하며 시간을 보냈다. 때로는 가끔 애덤이 진짜 아빠인 것 같았다. 토비가 말을 할 때는 내 휴대폰의 음소거 버튼을 눌렀다. 세스가 회사 메신저 서비스를 통해 우리 집으로 배달해준 액상 마리화나 파이프를 내가 길게 빨아들이는 소리를 그가 못 듣게 하기 위해서였다. 세스는 우리가 같이 점심 식사를 한 다음에 그것을 보냈었다. 그때 나는 그에게 마리화나를 거의 끊었다고 말했다. 세스는 그 말을 들으니 섭섭하다고 말했다. "너는 마리화나를 피워야 해. 너는 마리화나에 관해서는 **챔피언**이었어." 몇 시간 후 집 초인종이 울렸다. 액상 마리화나 파이프에는 '이것은 험볼트 카운티에서 만든 것인데 이걸 사기 위해 문자 그대로 3000명이 대기하고 있는 새로운 유전자 변형 종을 담고 있어. 내 친구가 특별히 나를 위해 먼저 빼준 거야'라고 쓰인 쪽지가 있었다.

딱 한 번 예외적인 상황을 빼면 나는 몇 년 동안 마리화나를 피우지 않고 있었다. 1년 전쯤, 애덤과 나는 아이들의 학교에서 알게 된 어느 애 아빠의 마흔 번째 생일파티에 갔었는데 누군가가 마리화나를 돌렸다. 마리화나에 도취한 채 나는 생일을 맞은 아빠의 형제들이 노래방 기기 반주로 톰 페티의 노래를 (이상하게도 뉴저지에서는 톰 페티의 노래들이 항상 주 레퍼토리였다) 부르는 것과 다른 엄마들 사이에 오가는 대화를 들었다. 일반적으로 우리는 우리 아이들에 대해서만 이야기를 나누었다. 나는 그들이 내가 없을 때는 더 재미있는 대화를 나누는 것인지, 아니면 아이들에 관한 이야기만이 우리 대화의 전부인지 알 수 없었다. 파티에서 나는 그들이 마리화나에 취해가는 것을 지켜보았다. 그들의 목소리는 커졌고 열정을 띤 대화는 모든 방향으로 흘러갔다. 헌터는 연극을 하기엔 충분히 외향적이지는 않지만 여전히 그것을 하고 싶어 했고, 롤리는 너무 감각적으로 예민한 아이였다. 학교가 그렇게 잘 대처했다고 생각하진 않지만 오스카는 특별히 철이 든 아이는 아니었다. 그런데 그건…… 아니 그것은 수학에 있어 특정 학습 장애라고 불리는 것이다. 하지만 수학이 특정한 부분이지 수학에서 그것이 특정한—

목소리는 점점 더 커졌고 여자들은 점점 다른 사람의 이야기를 무시하고 자기 말을 하기 시작했지만, 그들이 아무리 취해도 주제는 언제나 똑같았다. 그들의 대화에 다른 층은 없었다. 어떤 갈망이나 동경 같은 것은 없었다. "이곳이 뉴저지여서가 아냐." 애덤은 말했다. "그게 인생이야. 40대의 삶인 거지. 우리는 이제 부모야. 우리들이 세상에 대해 할 말은 이미 다 한 거지." 나는 울기 시작했다. 그는 내 머리를 쓰다듬으며, "괜찮아, 괜찮아. 그게 세상의 이치야. 이제 아이들이 우리의 중심이야. 나이가 들면서 우리는 농익어가는 거지. 이젠 우리 차례가 아냐"라고 말했다. 나는 대답하려고 노력했지만 대신 흐느낌만 나왔다. 그는 "집에 가는 게 어때?"라고 말했다.

애덤과 나는 파티를 떠나 집으로 돌아왔고, 우리는 침대에 누워서 즐겨보던 마약 카르텔에 관한 드라마의 새 에피소드를 보려고 했다. 모든 사람들은 그 드라마가 세 번째 시즌이 끝날 무렵 정말 더 흥미진진해진다고 말했지만 우리는 겨우 두 번째 시즌을 보고 있었고,

우리는 단지 재미있어질 거라는 언질만 있을 뿐 아직 재미있지 않은 드라마를 계속 봐야 할 것인지 실존적 고민을 해야 했다. 우리는 결국 보기로 했다. 희망은 좋은 것이었다. 그리고 그런 순간들—우리가 견뎌낸, 우리가 동의한, 동의하기보다는 상대의 주장이 너무 터무니없이 멍청해서 비웃었던, 아무 이유도 없었지만 부엌에서 배경 음악도 없이 이미 우리에게 익숙한 웨딩 댄스를 추기로 그가 동의했던, 그가 나보다 얼마나 똑똑한지 언뜻 깨닫게 된, 그럼에도 그가 그것을 내게 과시하지 않는다는 것을 보여준, 다른 모든 사람들이 얼마나 멍청한지에 대해 우리가 어처구니없어한, 그가 나의 비참한 순간들로부터 나를 피신시키고, 내가 마리화나에 도취되어 뭔가 따뜻하고 부드러운 것이 필요했기 때문에 내게 치즈 오믈렛을 만들어준—에 나는 애덤과 나에 관한 가장 본질적인 것을 상기했다. 그것은 내가 애덤과 함께 사는 것에 대해 한 번도 회의를 느껴본 적이 없다는 것이었다.

그렇다면 나는 왜 나만의 비밀이 필요한 것일까? 요 며칠 동안, 나는 아침에 마리화나를 피우고 있었다. 애덤이 집에 도착할 즈음에는 액상 마리화나 파이프를 숨겨놓았다. 마리화나에 취해서 아이들을 돌보는 것을 보고 애덤이 뭐라고 할지 듣기도 싫었지만, 그것을 나만의 비밀로 간직하는 것도 좋았다. (대부분의 경우, 어느 순간, 그는 직장에서 누군가가 문서를 검토해달라고 부탁을 했기 때문에 그의 컴퓨터를 열어야 했다. 그는 짜증을 내고 투덜거렸다. 나는 그에게 계속 "나한테 화났어요? 내가 무슨 잘못을 한 건가?" 하고 물었고, 그가 마침내 "당신 왜 그래?"라고 말하면 나는 방을 나와 아이들을 목욕시키러 갔다.)

아이들이 잠자리에 든 후에 나는 토비에게 전화를 걸곤 했다. 내가 통화하는 동안 애덤은 밖으로 나를 찾으러 나오곤 했다. "여기서 뭐 해?" 그는 물었다. 나는 다리 밑에 마리화나 파이프를 감추고 눈을 감곤 했다. 우리가 결혼했을 때 나는 마리화나 피우는 것을 그만뒀었다. 우리가 마흔이 되었을 때 애덤은 붉은 고기를 먹지 않겠다고 선언했지만, 지금 그는 모든 사람들이 보는 곳에서 아무런 변명도 하지 않고 일주일에 두 번 정도 고기를 먹었다.

"토비와 통화하고 있어요." 나는 대답하곤 했다.

그는 한참을 기다리다가 돌아서서 안으로 들어가곤 했다.

"그만 끊어야겠어." 나는 휴대폰에 대고 속삭이곤 했다.

집으로 들어간 나는 계단 꼭대기에 앉아 거실 소파에 앉아 있는 그를 바라보곤 했다. 하루가 끝날 무렵이지만 문서들과 법 조항들을 서로 맞추고 있는 그는 여전히 깎아놓은 연필 끝 같았다. "아하! 그럴 줄 알았어!" 그는 만화 캐릭터처럼 혼잣말을 하고는, 의기양양하게 몸을 좌우로 흔들면서, 언제나 그랬듯이 그가 답을 알아냈다는, 문제를 해결했다는 이메일을 모든 사람들에게 보냈다.

그 토요일, 집으로 돌아와서 애덤은 양고기를 구웠다. 3시가 되자 토비는 가려고 일어섰다. 나는 남은 주말 동안 뭘 할 거냐고 물었다.

"오늘 밤 세스를 만날 거야. 저녁을 먹으려고. 버네사도 만나. 나보고 클럽에 가자는 말만 하지 않으면 좋으련만. 두 사람은 클럽 출입을 자주 하나 봐."

"젊으니까." 내가 말했다.

"비꼬지 말고. 괜찮으면 두 사람도 같이 오라고 했어."

"아이들을 맡길 사람이 없어요." 애덤이 말했다. "역까지 태워다줄까요?"

"괜찮으시다면요." 토비는 화장실에 갔다.

"나도 같이 가도 돼요?" 나는 애덤에게 물었다. "요새 토비가 마음고생이 심해요." 주말은 너무 길었다. 애덤과 내가 가장 다른 점들 중 하나는 그는 주말을 좋아했지만 나는 그렇지 않았다는 것이다. 나는 질서와 정해진 일상이 좋았다. 주말은 내게 깊이를 알 수 없는 나락이었다.

"같이 〈라따뚜이〉를 보기로 했잖아?" 애덤은 나를 뚫어지게 바라보았다. 나도 그를 쳐다봤지만 짐짓 아무것도 보이지 않는 척했다.

"같이 볼 수 있어요. 몇 시간만 있다 돌아올게요."

"몇 시간 후면 아이들이 잘 거야."

"그럼 내일 봐요. 어제도 봤잖아요."

애덤은 그릴 접시를 내려다보다가 다시 나를 올려다보았다. "그래, 재미있게 놀다 와."

"괜찮죠?" 나는 애덤의 볼에 뽀뽀를 하고, 방금 자동차를 써도 좋다고 허락을 받은 10대처럼 문밖으로 뛰어나갔다.

기차에 탄 토비와 나는 네 명이 앉는 좌석에 서로 마주 보고 자리를 잡았다. 1분쯤 지났을까? 토비는 내게 "애덤에게 잘 좀 대해줘. 정말 괜찮은 친구야"라고 말했다.

나는 나도 알고 있다고 대답했다.

"진심이야. 너 그 사람한테 잘 대해줘야 해. 좋은 사람이야."

"왜? 날 버리지 않아서? 그가 오히려 내게 고마워하고 있을지 네가 어떻게 알아?" 나는 호주머니에서 마리화나 파이프를 꺼냈다. 나는 토비에게 한 모금 피워보라고 권했다.

"나는 안 할게." 그가 말했다.

"왜?" 내가 물었다.

"지금 열차 안이잖아."

하지만 아무도 우리를 지켜보고 있지 않았다. 사람들은 더 이상 나를 쳐다보지 않았다. 나는 지금 시내 어디에서든 손님용 화장실에 들어갈 수 있었다. 원하면 물건을 훔칠 수도 있었다. 그만큼 사람들은 나란 존재를 눈여겨보지 않았다. 마흔 살이 되던 주에 나는 뉴욕 자이언츠 팀을 인터뷰하러 그들의 라커룸에 들어간 적이 있었다. 라커룸 출입은 원래 허락되지 않았다. 내가 목에 걸고 있던, 밝은 노란색 글씨로 '라커룸 출입 금지'라고 쓰여 있는 출입증은 내 상체의 거의 절반 크기였다. 하지만 나는 라커룸에 들어가 나체로 성기들을 드러내놓고 있는 그들 사이에 섰다. 마침, 내게 출입 금지 출입증을 발급해줬던 바로 그 사람들이 옆을 지나갔지만, 마치 내가 그곳에 과자 판매대를 차리고 있기라도 하듯 아무 관심도 주지 않았다.

토비는 기차 안에서 나에게 아무 관심도 주지 않았다. 그는 요즘 같이 잠을 자고 있는 여자와 문자를 주고받고 있었다. 그는 자신의 위기에 깊이 몰입해 있었기 때문에 자신이 주제가 아닌 대화는 견딜 수 없었다. 그는 더 이상 레이철에 대해 말하고 싶지 않았다. 그는 그녀에 대해 생각하고 싶지도 않았다. 하지만 나에 관한 얘기도 하고 싶지 않았다.

"너는 너에 관한 것이 아니면 내가 무슨 말을 해도 절대로 아무 반응도 하지 않는다는 걸 알아?" 내가 물었다.

"무슨 말이야?"

"내 말은, 난 영혼이 있는 진짜 사람이고 친구도 필요하다는 거야."

"왜 필요한데?"

토비는 항상 이런 식이었던가? 나는 그 자리에 앉아서 그가 휴대폰을 들여다보며 발기를 참고 있는 것을 지켜보았다. 그가 내 말을 들어주던 때가 아득하게 느껴졌다. 그때에도 우리의 대화는 오직 그와 그의 불안감에 관한 것이었다. 나는 항상 그들의 말을 들어주며 선택받은 느낌을 느꼈고, 내가 맡은 역할은 그와 똑같이 상실감을 느끼는 것이라고 생각했다. 하지만 지금 생각해보니 나는 그저 피가 도는 마네킹 역할을 맡은 것일 수도 있었다.

우리는 기차에서 내렸고 토비는 세스를 만나러 가기 위해서는 E 전철로 갈아타야 한다고 말했지만, 나는 갑자기 그에게 분노가 치밀었다. 왜 나는 아이들과 〈라따뚜이〉를 보면서 집에 있지 않았던 것일까? 나는 여기서 뭘 하고 있는 걸까?

"있잖아. 난 영화 보러 갈래." 나는 그렇게 말하고는 그의 대답을 기다리지 않고 펜 역을 떠났다.

○

시내로 가는 전철에 탄 토비는 아이가 셋인 가족을 보았다. 해나와 솔리 또래인 두 명의 여자애들과 갓난 사내아이. 갓난아기는 엄마의 가슴에 기대어 잠을 자고 있었다. 3년 전, 토비는 자신과 레이철이 아이를 하나 더 가져야 할지도 모른다고 생각했다. 솔리는 여섯 살이었고, 토비는 결혼에 스트레스를 주는 요인들이 문제가 아니라 결혼 자체가 문제일지도 모른다는 생각은 아직 하지 않았다.

둘 다 세 명의 아이를 원했다. 레이철이 들려주었던 외로운 어린 시절 이야기들에서는 공허함이 느껴졌었다. "숙제를 하면서 〈스리즈 컴퍼니〉(1980년대에 방송된 미국 시트콤 - 옮긴이)를 보는 게 정말 좋았어" 같은 이야기들 말이다. 그녀는 약혼 후 토비에게 말했었다. "아이 셋을 낳을 거야. 아니면 넷? 우리한테 무슨 일이 생기더라도 아이들이 절대로 혼자 있을 일이 없게 말이야." 하지만 솔리는 다섯 살, 여섯 살, 일곱 살이 되어갔지만, 그들은 싸우지 않고는 아무 말도 할 수 없는 사이가 되었다. 셋째 아이에 대한 논의는 그들이 잠시 낭만적인 감정이나 만족감에 휩싸여 있을 때, 또는 그들의 현재 삶이 계속 유지되기를 바라도록 만드는 어떤 일이 일어났을 때처럼 최상의 조건하에서만 가능한 일이었다. 즉, 그들에게는 거의 불가능한 일이었다.

저번 유월절에 그들은 토비의 가족을 보러 로스앤젤레스에 갔었다. 그들은 아직 누구에게도 이혼할 거라는 말은 하지 않은 채 이별의 허니문을 보내고 있었다. 유월절 전날 저녁에 작고 통통한 몸매에 부푼 머리 스타일을 한 토비의 어머니와, 그런 어머니의 모습을 따라가기 시작한 누이 일라나가 그녀의 집 테라스에서 저녁상을 차리고 있었다. 일라나의 집은 유대교 규율에 따라 지어졌기 때문에 그곳에서만 명절 식사를 할 수 있었다. 아이들은 많은 사촌들과 어울려 놀고 있었고, 토비와 레이철은 소파에서 그의 여동생의 독선적인 전통주의와 부모님이 그것에 비위를 맞추는 것에 대한 혐오감으로 모처럼 뜻이 맞아서 소파에 앉아 있었다. 그의 여동생은 소파에 앉아 있는 그들을 계속 곁눈으로 쳐다보다가 어머니에게 뭔가를 속삭였다. 아마도 그들이 일을 돕지 않고 앉아만 있다는 내용이었을 것이다. 그의 여동생은 레이철을 게으르다고 생각했다. 레이철은 게을러! 레이철을 설명하는 많은 말들이 있겠지만 게으름은 절대로 그들 중 하나가 아니었고, 그녀가 식사 준비를 돕지 않는 이유는 게으름보다는 다른 이유에서였다는 것을 그의 여동생은 알 수 없었을 것이다.

레이철이 토비에게 말했다. "그럼 이번이 마지막으로 같이 유월절을 보내는 거네?" 토비가 고개를 끄덕이자 그녀의 얼굴에는 만감이 교차했다. "아, 토비, 이런 날이 오리라고 누가 상상을 했겠어?"

그는 그녀의 이런 감정에 익숙하지 않았다. 그는 지난 10년 동안 그녀가 한 번도 보여주지 않던 모습을 왜 지금 보이는지 이해할 수 없었다. 지난 시절에 그녀가 그들의 과거, 한때 그들 사이에 존재했던 열정을 되돌아보는 말을 했더라면 정말 반가웠을 것이다. 그는 스스로에게 말했다. 지금 이런 감정은 아무 의미도 없어, 이것에 반응할 필요도 없고.

"우리는 친한 친구로 지냈어야 할 운명이었나 봐." 그녀가 말을 이었다. "거기서부터 잘못된 거야."

그는 그녀의 말에 진지하게 동의하는 것처럼 고개를 끄덕였지만, 솔직히 말하면 이해를 할 수 없었다. 우정은 그들이 절대로 갖지 못했던 것이었다. 만약 우정이 존재했더라면 그 모든 싸움들이 그나마 견딜 만했을 것이다. 그가 확실하게 알고 있는 한 가지가 있다면 그녀는 그의 친구가 아니라는 것이었다. 하지만 그는 이것이 또 다른 다툼으로 발전하지 않도록 말조심을 했고, 그녀의 망상이 그를 견디기 힘든 지경까지 이르게 하지 않기를 바라며 침묵을 지켰다.

하지만 그녀는 거기에서 멈추지 않았다. 그녀는 돌아서서 그를 마주 보았다. "희망적인 것은 우리가 아직 또 다른 충실한 삶을 살 수 있을 만큼 충분히 젊다는 거야. 이 모든 것들이"—그녀는 그들의 삶 전반을 가리키기 위해 허공으로 손을 펼쳤다—"우리가 누구인지 정의할 필요는 없는 거야."

"우리 결혼과 아이들도? 그것들이 우리를 정의할 필요가 없어?"

"당신이 지금 코웃음을 치고 있다는 걸 알아. 왜냐하면 분노는, 당신의 유일한 감정이니까. 하지만 생각해봐. 제대로 시작할 또 다른 기회가 우리에게 올 수도 있다는 것을 말이야."

그는 아직 미래에 대한 계획을 세울 만큼 멀리 가지는 못했다. 미래에 대한 그의 유일한 생각은 그의 아이들이 겪어온 지긋지긋한 증오와 불행, 그들이 지켜본 모든 싸움들, 그녀에게 화가 난 그가 아이들에게 소리를 지르고, 물건을 던지거나 벽을 치는 모습을 보여준 것에 어떻게 보상해야 할 것인지 생각하는 것이 다였다. 그는 자신을 좋은 아빠로 새로이 자리매김하고, 모름지기 어떤 사람이 되어야 하는지, 어떤 가정을 이루어야 하는지에 대한 역할 모델로 자신을 재정의하는 방법을 생각하고 있었다. 그가 아이들에게서 얼마나 많은 것을 빼앗았는지, 얼마나 악의에 찬 부모의 모습만 보여왔는지, 그것이 그가 최근에 생각해왔던 것이다.

"나는 계속 생각하고 있었어." 그녀가 말을 이었다. "아이가 더 있었더라면 어땠을까? 내가 아이를 더 낳았다면?"

이 말에 대한 그의 반응은 너무나 본능적이고 즉각적이어서 심지어 자신도 깜짝 놀랐을 정도였다. 그의 입에서 정체를 알 수 없는 소리가 튀어나왔다.

"뭐라고? 내가 뭐라고 했기에?" 그녀가 물었다.

"지금 나하고 빌어먹을 장난을 하는 거야? 자식을 더 원한다고?" 그가 물었다.

그녀의 얼굴은 언제나 그런 표정이었던 듯 전투 모드로 바뀌었다. "왜 내가 더 많은 아이들을 원하면 안 되지?"

그는 팔을 들어 올리고 천장을 향해 소리쳤다. "당신은 지금 있는 아이들도 완전히 방치하고 있잖아!"

그의 고함에 놀란 어머니가 놀라서 그들을 향해 몸을 돌리는 것을 본 그가 목소리를 낮추었다. "지금 있는 애들도 당신이 필요해. 당신의 이미 태어난 진짜 아이들도 당신이 필요하다고. 당신이 아이를 더 갖는 것에 관심이 있다니까 하는 말인데, 나는 당신이 엄마 노릇을 할 더할 나위 없이 훌륭한 두 아이를 이미 당신에게 안겨주었다고."

E 열차 안에서 세 아이의 부모가 다음 정류장에서 내리기 위해 일어났다. 토비는 누가 아기를 안고 갈지, 누가 유모차를 밀고 갈지 의논을 하고, 그에 맞게 아이들에게 채비를 시키는 부부의 얼굴을 지켜봤다. 그들의 결혼과 아이들이 그들 사이에 자라게 만든 증오의 기미를 부부에게서 찾아보고 싶었다. 그들에게서 적개심과 후회를 발견하면 그의 갈증을 채우는 한 잔의 물과 같을 것이었다. 하지만 그는 아무것도 찾을 수 없었다. 그들은 평화롭게 기차에서 내렸고, 토비는 그가 내릴 역까지 앉아 Hr 앱의 광고를 응시했다. 그것은 흥분이나 우유부단함 또는 성적 기대감에 아랫입술을 물고 있는 25세 여자의 얼굴 하관 사진이었다.

세스와 그의 동료들은 타고난 제국주의자들이었다. 그들은 작고, 현금만 받는 라면집이나 부엌 안쪽에 숨겨진, 그곳에서 직원들이 식사를 하는, 이국적인 분위기가 느껴지는 내실이 있는 태국 식당을 찾아 자신들도 그곳에서 식사를 하겠다고 고집했다. 그곳들은 찾아보기 어려운 최고의 식당들이었다. 그곳의 요리사는 전쟁 포로로 베이루트에서 훈련을 받았고, 웨이터들은 촉감의 즐거움이 어떤 것인지 이해할 수 있도록 스쿠버다이빙 훈련을 받기도 했다. 식당 건물 자체는 예전에 교회나 일루미나티의 비밀 집회 장소, 혹은 가장 열렬하고 총애를 받는 티베트인들만 초대를 받았던 티베트 수도원 건물이었던 곳들이다. 그것은 단지 도시를 소유하고자 하는 그들의 욕망의 표현만은 아니었다. 그것은 도시 위와 아래, 그리고 배후에 있는 모든 것을 소유하려는 그들의 욕망이기도 했다. 금융계에 근무하는 인간들은 최악이었다.

세스는 토비에게 어느 초라한 한국 상점 다락방 문을 통해 사다리를 타고 올라가야 하는 옥상 바에서 만나자고 했다. 시간은 이제 겨우 오후 6시였다. 세스와 버네사는 테이블에 앉아 있는 유일한 사람들이었다. 토비와 인사하기 위해 일어선 버네사는 토비보다 족히 10센티미터는 더 컸다. 그녀는 그에게 금발 미녀의 포옹을 하기 위해 두 팔을 벌렸다. "마침내 당신을 **만나게** 되어 정말 기뻐요." 그녀가 말했다. 그녀는 포옹을 풀지 않았다. 그녀의 온기가 토비를 약간 어지럽게 만들었다. "나는 이제껏 세스의 회사 동료들밖에 만나지 못했어요. 왜 옛날 친구들은 보여주지 않을까 궁금하던 참이었어요!"

토비는 그녀에게 "당신에 대해 좋은 얘기들을 많이 들었어요"라고 말했다. "우리에게 소개를 해줄 만큼 세스가 오랫동안 여자를 사귄 것은 정말 오랜만이에요."

"그건 사실이 아냐." 세스가 말했다. 그는 버네사에게 "토비하고는 한동안 연락이 끊겼었거든"이라고 해명했다.

그녀의 얼굴이 갑자기 걱정으로 어두워졌다. "당신 이혼 때문이었겠죠?" 버네사가 말했다.

"글쎄요, 아마 제 결혼 때문이었을걸요." 토비가 말했다. 그녀는 친절했다. 매력적이고 섹시했다. 그녀는 머리털이 달린 오스카상처럼 황금빛으로 탄 피부를 가지고 있었다. 그녀는 정말 섹시했다.

그녀는 레스토랑 그룹의 홍보담당자였다. 그녀는 일 때문에 거의 매일 밤 외출해야 했다.

"그렇게 해서 세스를 만났어요"라고 그녀가 말했다.

"어떻게요? 쟤가 밥을 먹고 있었어요?"

그녀는 깔깔대고 웃었다. "세스가 당신은 아주 재미있는 분이라고 했어요! 아니요, 우리는 웨스트 3번가에 있는 저희 레스토랑 중 하나인 루폰트에서 시식을 하고 있었어요." 그녀는 마치 지금 처음으로 중력을 발견한 사람 같은 표정으로 세스를 쳐다봤다. "알아요! 우리 모두 언제 한번 그곳에 가야 해요!"

"버네사는 어느 식당에나 자리를 마련할 수 있어." 세스가 말했다. "그녀가 일하지 않는 레스토랑까지. 그녀는 종업원들을 마음대로 가지고 놀지. 놀라울 정도야. 그녀의 회사 매장은 포브스 순위에도 올랐었어."

버네사의 드레스는 대부분 불투명했지만 모든 부분이 그렇지는 않았다. 그녀는 그에게 사진을 보낸 많은 여자들이 차고 있던, 유두 바로 위까지만 가리고 나머지는 노출을 시킨 브래지어를 착용하고 있었다. 10대 때 자위행위의 소재로 쓴 여동생의 빅토리아 시크릿 카탈로그에 의하면 데미브라라고 불렸던 것이었다. 레이철은 그런 브래지어를 입지 않았다. 레이철은 3인치 너비의 끈에 네 개의 훅을 사용해 걸쇠에 묶는 실용적인 브래지어를 착용했다. "수유 때문에 젖가슴이 망가졌어"라고 그녀는 말했었다. "가슴 생각일랑 그만해, 토비."

"일은 마음에 드세요?" 토비가 물었다.

"그럼요. 셰프들은 분명히 우리 시대의 예술가들이죠." 그녀가 대답했다.

"허허." 토비는 그 말에 무슨 말을 해야 할지 몰랐다. 10대 아이들은 지루했다. 그는 해나와 보내는 모든 시간을 통해 이것을 알고 있었다. 하지만 그가 비교적 최근에 데이팅 앱을 통해 어린 연령대의 여자들을 잠시 만나본 결과 알게 된 것은 20대 여자들도 지루하기는 마찬가지라는 것이었다. 20대들끼리는 지루해하지 않는 것 같았다.

그들은 서로 잘 지냈다. 50대들도 40대가 지루하다고 생각할까? 10년 후면 알게 될 것이다. 토비의 전임의들은 20대였는데 자신들이 다른 사람의 생명을 좌지우지할 수 있는 의사가 될 수 있다고 믿는 근거라고는 그들 또래 특유의 생각 없음, 시건방이 전부라는 것을 그는 여러 차례 깨달았다. 그래서 30~40대인 사람들이 로스쿨에 진학을 하지만 의대는 안 간다는 얘기를 자주 듣게 되는 것이다. 그 이유는 의사 면허를 받기까지 오랜 시간이 걸리기 때문만은 아니었다. 우리는 나이를 먹어가면서 우리가 인생의 모든 면에서 얼마나 실수를 저지를 수 있는지 깨닫기 때문이다.

토비는 세스와 버네사를 바라보았다. 그들은 역겨웠다. 그녀의 섹시함도 역겹게 느껴졌다.

버네사의 휴대폰에서 문자 도착음이 들렸다. 그녀는 휴대폰을 집어 들어 답장을 쓰기 시작했다. 그녀는 휴대폰을 내려놓고 일어섰다. "곧 돌아올게요." 그녀는 화장실 쪽으로 향했다.

"좋은 사람이네." 토비가 말했다.

세스는 잠시 시선을 돌린 후 눈을 감았다. "나 회사에서 잘렸어."

"뭐라고? 정말이야?"

"아직 버네사에게는 말하지 않았어. 내 상사 미치가 한낮에 직장에서 코카인을 했어. 완전히 난리도 아니었지. 그의 비서가 인사부에다 미치가 자신을 계속 "달콤한 젖꼭지"라고 부른다고 항의를 하는 바람에 들통이 나서 전격적으로 해고를 당했어. 그가 고용한 우리 모두도 같이 말이야. 우리 모두 오늘 밤 늦게, 11시쯤 같이 술 마시러 나갈 거야. 혹시 내가 만나는 창녀와 일시적으로 사랑에 빠지는 일이 없도록 기도해줘. 미치가 호텔방을 잡아서 창녀들을 부르곤 하거든."

"그래, 그건 그렇고, 레이철이 학교에서 만난 놈이랑 잠을 자고 다

넜더군."

"맙소사, 몇 학년짜리 하고?"

"아니, 학부형하고."

"이혼남이야?"

"아니! 그치는 그녀의 가장 친한 친구의 남편이야!"

"농담하는 거야? 그런 놈하고 같이 지낸다고? 그럼 그가 곧 아내를 떠나는 건가?"

"아직 안 떠났어! 정말이지, 친구, 넌 옳은 선택을 했어. 결혼하지 않은 거 말이야."

버네사가 갑자기 나타났다. "뭐가 이렇게 심각해요?"

세스가 자세를 바로 하며 말했다. "내가 토비를 좀 괴롭히던 중이었어."

버네사는 그들의 미래에 대해 이야기하기 시작했다. 두 사람은 다음 달에 아스펜에서 주말을 보낸 후 그녀의 옛 룸메이트가 리우데자네이루에서 올리는 결혼식에 참석할 예정이었다. 세스는 버네사에게 팔을 두르고 있었다. 그러나 토비에겐 더 이상 그녀의 이야기가 들리지 않았다. 그때 그의 휴대폰이 울렸다. 병원에서 온 전화를 받자 온몸에 안도감이 느껴졌다. 그는 세스가 실업자가 아닌 척하는 것을 지켜보며 곁에 있고 싶지 않았다. 그는 세스와 미래 계획을 짜는 이 가엾고 아름다운 젊은 여자애를 계속 쳐다보고 싶지 않았다. 세스는 그날 밤 창녀와 자는 일이 없게 되기를 바라고 있었지만 장담할 수 없는 일이었다.

"환자 때문에 가봐야겠어요. 시내로 가야 해요. 정말 미안합니다."

버네사는 놀라서 세스를 쳐다보았다.

"너에게 소개해줄 사람이 있어." 세스가 말했다.

"내 직장 친구 타마라예요. 그녀는 정말 똑똑하고 재미있어요. 세스는 두 사람이 잘 맞을 거라고 했죠." 버네사가 말했다.

토비는 일어서서 휴대폰을 주머니에 넣었다.

"돈은 내지 않아도 돼." 세스가 말했다.

"낼 생각도 없었어, 아무것도 주문하지 않았거든."

버네사는 일어서서 그의 몸에 자신의 젖가슴을 기댔다. "정말 잠깐만 더 있으면 안 돼요?"

바로 그때, 버네사가 문쪽을 향해 손을 흔들기 시작했다. "그녀가 왔어요! 잠깐만 남아서 그녀를 만나봐요!" 버네사가 반갑게 맞이한, 여름 드레스에 샌들을 신은 작은 찻잔 같은 여자가 그들에게 걸어왔다. 그녀는 키만 작은 것이 아니었다. 그녀는 어린아이처럼 보였다. 아마도 150센티미터 정도의 키에 마른 체형이어서 몸매라 할 것도 없었다. 그녀의 얼굴은 열네 살 아니면 스물다섯 살, 둘 중 하나로만 보였다.

토비는 그녀와 악수를 했다. "정말 유감입니다." 그는 자신이 잘못한 것이 없는데도 사과를 해야 하는 것에 짜증이 났다. 그는 더 이상 결혼한 사람이 아니었다. 그럴 마음이 없는데도 끊임없이 사과할 이유가 이젠 그에게 없었다. 만약 그가 이게 데이트를 위한 만남인 줄 알았다면 허락하지 않았을 것이다. 그는 여자를 소개받고 싶지 않았다. 그는 친구들이 자신을 얼마만큼이나 가치가 있다고 생각하는지 알고 싶지 않았다. 그가 처한 이 모든 상황이 너무나 새롭기 때문에 그가 유일하게 참을 수 있었던 것은 데이팅 앱의 얼음처럼 차가운 민주주의였다. 그의 앞에 나타난 타마라를 보라. 친구들이 그를 어떻게 생각하는지 그녀가 확인해주지 않는가? 친구들은 그가 완전히 자란 성인 여자를 가질 자격이 없다고 생각하는 것이다. 그들은 그가 버네사처럼 수영장 같은 가슴을 가진 여자를 만날 자격이 없다고 생각하는 것이다. 그의 친구 세스는 자기가 가진 모든 것에 대한 권리를 토비는 가지고 있지 않다고 생각하는 것이다.

토비는 제대로 작별 인사도 없이 그곳을 걸어 나왔다. 로건이 보낸 문자에는 캐런 쿠퍼가 깨어날 때가 되었다고 쓰여 있었다. 토비는 그때 그곳에 있기를 원했다. 그는 가서 그의 환자를 만나고 싶었다. 그는 그런 좋은 순간을 놓치고 싶지 않았다.

캐런 쿠퍼를 인공호흡기에서 떼어낼 시간이 되었다.

조니와 로건, 클레이는 복도를 따라 그를 향해 걸어왔다. 조니는 어쩐지 뭔가 달라 보였다. 좀 더 원숙하고 느긋해 보인달까? 자신감? 그런데 왜 갑자기? 그는 이유를 설명할 수 없었다. 그녀가 아주 친숙해 보이는 것, 머리를 땋은 것까지도 모두 그의 신경에 거슬렸다.

그는 조니를 대동하고 갔더라면 세스와 버네사가 어떻게 나왔을지 잠시 궁금했다. 점심을 먹고 난 후 세스 일행과 헤어진 두 사람은 아마 첼시에서 밤을 보내거나, 미트패킹 구역을 돌아다니면서 버네사를 흉보았을 것이다. 조니도 비록 버네사와 동년배이긴 하지만 그녀는 자의식과 지성을 가지고 있었다. 그리고 그녀는 타마라와는 달리 실제 사람의 크기였다. 게다가, 그녀는 똑똑했고 그것에 대해 허세를 부리지 않았다. 물론 그녀도 자신만의 별난 모습들을 가지고 있었다. 하지만 조니 같은 여인이 그의 곁에 있다면 토비는 자랑스러울 것이다. 그녀는 세스에게 토비가 이 세상에서 진짜 어떤 사람인지를 보여줄 것이다.

"자, 시작합시다." 토비가 말했다.

토비와 마르코를 포함해 여러 명의 전임의들은 마취과 의사가 캐런 쿠퍼에게서 기계들을 떼어내는 것을 지켜봤다. 토비는 자신도 모르게 환자를 따라 숨을 참았고, 그녀가 스스로 호흡을 할 수 있는 것을 확인하고서야 숨을 내쉬었다.

눈을 뜬 캐런이 눈을 깜박거렸다. 토비는 그녀의 시야로 들어서서 말했다. "쿠퍼 부인, 저는 플라이시먼 박사입니다. 당신은 병원에 있어요. 방금 수술을 받았고요." 그녀는 초점을 맞추려고 애쓰면서 그의 눈을 바라봤다. 그녀 눈의 구릿빛 고리는 영롱했고, 푸른 홍채가 구리 위에 떠올랐다. 정말 아름다운 병이었다. "부인을 보고 싶어 하는 분들이 많이 있어요."

한 시간 뒤, 조니는 데이비드를 그의 아내에게 데려왔다. 데이비드는 손을 씻고 수술 가운과 모자와 안면 마스크를 썼다. 전임의들이 모니터 근처에 서 있는 동안 토비는 침대 발치에 서서 그녀의 차트에 기록을 했다. 캐런 쿠퍼는 가벼운 정신착란 속에서 고개를 저으며 눈을 떴다 감았다. 그녀의 남편은 침대 옆에 있는 의자에 앉아 그녀의 손에 얼굴을 대고 울었다. 바로 그 부분이 그가 놓치지 않으려던 순간이었다. 토비가 자신을 향한 시선을 느끼고 고개를 드니, 조니가 감정에 복받친 얼굴로 그를 뚫어지게 바라보고 있는 것을 보았다.

그날, 토비와 헤어졌을 때 나는 영화 상영표를 확인했지만, 내가 영화라고 부를 만한 것은 아무것도 상영되지 않았고, 단지 한여름에 인기를 끌었던 만화들을 각색한 것들만이 영화관에 걸려 있었다. 나는 센트럴파크 쪽으로 천천히 걸어갔다. 지갑과 마리화나 파이프를 가지고 있었고 그것은 내가 필요한 전부였다. 나는 쉽메도우에서 풀밭에 등을 대고 누워 있었다. 푸른 하늘을 배경으로 나무의 초록색이 펼쳐졌다. 계절의 냄새가 났다. 근처 어딘가 무선 스피커에서 비스티 보이즈의 음악이 흘러나왔다. 이런 호사를 누려본 게 언제가 마지막이었는지 생각했다. 갑자기 애덤이 그리웠다. 적어도 추상적인 애덤이 그리웠다. 나를 알고, 사랑하고, 나를 원하고, 내 이야기를 듣고 싶어 하는 사람. 하지만 나는 더 이상 그와 대화를 할 수 없었다.

담배를 꺼내어 필터가 있는 데까지 피웠다. 이스라엘에서는 '타임'이라는 이스라엘 상표의 담배를 피웠었다. 어느 날 밤 세스는 그것이 두문자라고 말했다. '이게 나의 즐거움이다'의 약자였다. 갑자기 지금 그의 말이 생각났다. 나는 연기를 들이마시고 내뿜으며 생각했다. 그래, 이게 나의 즐거움이지.

2년 전, 아처 실반이 죽었다는 소식을 알게 되었을 때, 나는 우리 잡지의 편집장과 애기를 나누고 있었다. 우리는 내가 기사를 쓰도록 배정받은, 게이라고 소문이 난 한 배우에 대해서, 그리고 어떻게 그 논란을 "다루어야" 할지에 대해 이야기하고 있었다. 그들이 내게 그 이야기를 쓰도록 한 이유는 억압된 소수자가 다른 억압된 소수자를 다루는 것이 좋을 것 같다는 이유에서였다. 그때 편집장의 비서가 들어와 방금 아처의 첫 부인에게서 부고를 들었다고 알려줬다. 그는 그날 아침 일찍 숨진 채 발견됐다. 그는 그 다운 방식으로, 라스베이거스의 한 호텔 방에서 스스로 목을 조르며 성행위를 하다가 죽었다. 당시 그와 함께 있던 젊은 여자 두 명은 창녀들이었다.

어쨌든, 그가 죽은 날, 우리 편집장은 일찍 사무실 문을 닫았다. 우리는 모두 그릴 레스토랑으로 갔다. 아처는 여행을 가지 않는 한 매주 금요일 저녁 5시면 그곳에서 맨해튼을 마셨다. 이전 편집장 시절부터 내려온 유습이었다. 그와 그의 오랜 작가 친구들—그들은 곰

사냥을 하는 등 호방한 삶을 살았다—은 편집장과 함께 모두 정신을 잃을 때까지 스카치위스키를 마셨다. 아처를 상대하던 편집장의 자리를 물려받았던 우리 편집장은 그를 기리기 위해 모든 직원들에게 맨해튼을 한 잔씩 돌렸다. 베르무트*는 역겨웠지만 나도 세 잔이나 마셨다. 우리는 그를 위해 건배하고 그가 얼마나 사자 같은 사람이었는지, 그가 어떻게 우리의 모든 이야기들의 배경에 존재하면서 우리가 좀 더 완벽한 존재가 되기를 채찍질하는지에 대해 이야기했다.

편집장은 잡지의 몇 가지 기사들에 대해 이야기하면서 그것들에서 아처의 영향력을 실제로 볼 수 있다고 말했다. 그는 내가 쓴 글은 언급하지 않았다. 나는 생각에 잠긴 듯 고개를 끄덕이며 그의 말을 이해한다는 식으로 곁눈으로 바라봤다. 하지만 사실 내가 내내 생각하고 있던 것은 더 이상 나와 아무 공통점도 없는 사람들과 어울리기 위해 맨해튼을 마시면서 내가 거기서 뭘 하고 있는 것일까 하는 것이었다. 지금 나는 아이들이 있었고 뉴저지에 살고 있었다. 아마도 나는 그들과 어떤 공통점도 가지고 있지 않았지만 그럼에도 여전히 노력하고 있었고, 그러다 갑자기 어느 순간 나는 그것을 놓아버렸다.

남성 잡지에서 여성 직원으로 일하는 것은 매우 구체적인 일을 하는 것이다. 순응하고 지내든지 시끄러운 소음을 내는 것, 그 둘 중 한 부류가 되는 것이다. 정치적 올바름(political correctness)이 점점 힘을 얻고 있는 때였기 때문에 남자들이 할 수 없는 질문을 대신하거나, 아니면 취재 대상과 섹스를 한 겁먹은 새끼 고양이가 되는 것이다. 사샤를 낳고 난 후, 나는 두 부류 중 어디에 속하는지 알 수 없었다. 물론 나는 과거에 두 가지 입장에 다 처해봤지만, 문제는 내가 어떤 여

---

* 포도주에 향료를 넣어 우려 만든 술로 흔히 다른 음료와 섞어 칵테일로 마심.

자이든 간에 나는 여전히 여자일 뿐, 즉 언제나 남자보다 약간 모자라는 존재일 뿐이었다는 것이다.

모든 신문들은 아처가 죽은 후 아처와 그가 남긴 정신적 유산에 대한 특집들을 게재했다. 나는 모든 기사들을 다 읽었다. 하루 뒤 인터넷에서는 그에 대한 반발이 일어났는데, 20대 젊은 여성들로 구성된 무리들은 명백히 여성 혐오주의자인 이 남자를 왜 모두가 숭배하는지에 대해 항의를 했다. 아처의 아주 어린 세 번째 전처는 그와 살면서 견뎌야 했던 신체적, 감정적 학대에 대한 회고록을 썼지만, 그 후 그녀는 자신의 두 번째 남편에 대해서도 똑같은 주장을 했기 때문에 그녀의 말은 신빙성을 잃었다. 그녀들은 그가 여성을 싫어했다고 주장했다. 하지만 나는 그의 글들에서 그가 여성을 어떻게 숭배했는지 백 가지도 넘는 예를 들 수 있었다. 젊은 여성들은 그것이 마치 숭배처럼 보였을지라도 실제로는 더 추악한 것이었다고 말했다. 그것은 섹스에 대한 강박증이었고 그가 섹스의 조건, 혹은 그것의 장벽, 또는 그 전달 장치로 여겼던 존재, 즉 실제 여성들에 대한 전반적인 경멸에 불과했다고 말했다. 그에게는 실제 여성들은 진정한 사람이 아니었다. 그들은 단지 이론에 불과했다. 그는 베트남에 대해 그가 서술했던 방식으로, 즉 추하고 낭만적이며, 통렬하지만 결코 얻을 수 없는 존재들로 여성들을 묘사했다.

나는 그것에 대해 생각해봤다. 나는 주로 남자들에 대해 글을 썼다. 나는 여자들은 많이 인터뷰하지 않았다. 여자들을 인터뷰할 때마다 나오는 이야기들은 항상 인터뷰 대상이 될 만한 여자가 되기 위해 그들이 싸워온 투쟁에 관한 것이었다. 무시당하던 여성 작가들, 비서로 오인되곤 하던 여성 정치가들, 너무 뚱뚱하다는, 키가 크다는, 키가 작다는, 말랐다는, 못생겼다는, 예쁘다는 말을 면전에서 들었던 여배우들 말이다. 그것이 중요하지 않다고는 말할 수 없지만 모두 같은 이야기였고 지루했다. 내가 처음 한 남자를 인터뷰했을 때, 나는 우리가 영혼 비슷한 것에 대해 이야기하고 있다는 것을 깨달았다.

남자들은 어떠한 외부적인 문제도 겪지 않았다. 그들은 자신들이 어느 곳에 속하지 못할 것이라는 두려움이 없었다. 그들은 어떠한 장애물도 가지고 있지 않았다. 그들은 소속감을 가지고 태어났고, 혹시라도 잊어버릴까 봐 매번 다시 확인받았다. 하지만 그들은 여전히 창의적이고 조용한 사람들이었고, 그들은 예술적인 갈망 때문에 문제에 손을 댔다. 그들의 문제는 진짜가 아니었다. 그들은 정체성의 갈등도, 질병도, 돈 걱정도 없었다. 대신, 그들은 그들의, 아니 우리 모두의 영혼에 관한 진정한 문제, 모든 생존과 상황의 아래에 있는 상처를 발견했다.

나는 몇 시간 동안이고 그들의 말을 들을 수 있었다. 너무 많은 질문을 하지 않고 그냥 말하게 내버려두면 그들은 무슨 생각을 하고 있는지 말해줄 것이다. 그들의 독백에서, 나는 나 자신의 불만을 발견할 수 있었다. 내가 따돌림을 당한다고 느끼는 것처럼 그들도 따돌림을 당한다고 느꼈다. 내가 무시당하는 것처럼 그들도 무시당한다고 느꼈고 실패했다고 느꼈다. 그들은 후회했고, 불안해했다. 그들은 자신들이 남길 유산에 대해 걱정했다. 그들은 내가 소리 내어 말할 수 없었던 모든 것들을 너무 거창하게 보이거나 자기중심적이거나 자만하거나 자아도취적으로 보일까 염려하지 않고 말했다. 인체의 뼈 사진 위에 근골 사진을 올려놓을 수 있는 생물학 교과서처럼, 나는 내 이야기를 그들의 이야기에 실었다. 나는 그들의 문제들을 통해 내 문제에 대해 썼다.

남자의 이야기를 통해 한 여자의 이야기를 들려주는 것, 이것이 사람들에게 여자의 이야기를 들려주는 유일한 방법이라는 것을 나는 확실히 알고 있었다. 너 자신을 남자 안에 트로이의 목마처럼 집어넣어라, 그러면 사람들은 그나마 너에 대해 신경을 쓸 것이다. 그래서 나는 남자들의 삶에 대해 진심 어린 이야기를 썼다. 그들이 내게 들려준 것을 추론해서 확장하고, 내가 인간으로서 이미 알고 있는 것들을 덧보태서 글을 썼다. 그들은 아무도 나처럼 그들을 이해해준 사람이 이제까지 없었다고 내게 문자나 꽃을 보냈다. 나는 모든 인간은 본질적으로 동일하다는 것을 깨달았다. 하지만 우리 중 일부, 즉 남자들만이 변명할 필요 없이 그럴 수 있었다. 남자들의 인간성은 섹시하고 복잡했다. 우리들(나)의 이야기는 그들의 이야기의 밑바닥에 어둠 속에 깔려 있어야 했고, 남자들의 인간다움을 드러나게 하기 위해서만 흥미로웠다.

하지만 그곳에 앉아 있을 때 나는 내 문제가 이제 다르다는 것을 깨달았다. 여성이라는 문제는 너무나 독특했기 때문에 더 이상 남자들의 문제에 덧붙일 수 없었다. 내가 그 잡지를 떠날 시간이었다.

그날 밤 나는 아처의 작품을 몇 권 다시 읽었다. 나는 조금 울었다. 칠레에 가보기도 전에 그쯤에서 내 일을 끝내는 것이 고통스러웠기 때문이다. 하지만 아마도 그때 처음으로, 내가 칠레로 가서 맨손으로 염소의 뇌를 먹는 일은 결코 없을 것이라는 것을 깨달았다. 사람들은 내 이야기를 좋아할 수도 있었고, 나는 어느 곳이든 멀리까지 가서 무슨 일이든 할 수 있었지만, 나는 결코 남자가 될 수는 없었다. 또, 기회가 주어지더라도, 염소의 머리를 잡고 턱을 부러뜨려 골을 꺼내 먹는 일은 할 수 없었을 것이다. 죽은 염소에게 어떻게 그런 짓을 할 수 있단 말인가? 어쩌면 그런 식으로 시스템이 작동하는 것일지도 몰랐다.

나는 애덤에게 일을 그만둬야겠다고 말했다. 사샤와 더 함께 있고 싶기 때문이라고 말했다. 그것도 사실이긴 했지만, 더 깊은 진실은 나는 굴욕감을 느꼈고 그곳에서 나오고 싶었지만 어디로 가야 할지 알 수 없었기 때문이다. 사무실에 돌아간 나는 편집장에게 사표를 냈다. 내 에이전트는 내가 더 똑똑하게 처신을 했어야 했다고 말했다. "게임판에 머물러 있을 수 있으려면" 1년에 특집 기사 한 개는 쓸 수 있도록 계약서를 요구했어야 했다는 것이다. 그는 내가 게임판에 참가한 적이 없다는 것을 이해하지 못했다. 나는 그에게 소설을 쓰고 싶다고 말했다. 나는 부모님이 스파이라는 것을 알게 된 자매들에 대한 청소년 소설을 써보았다. 상속권을 잃은 세 아들의 이야기를 다룬 성인 소설도 썼다. 또 다른 작품에서는 한 여자가 교외 주택가로 이사한 후 학교에서 만난 다른 엄마들과 갱단을 만들었다. 나는 내 에이전트에게 두 장, 열 장, 마흔 장씩 완성된 글들을 보냈고, 그는 언제나 등장인물들이 하나도 호감이 가지 않는다고 말했다. 나는 아처 생각이 났다. 그의 등장인물도 호감이 가지 않았다. 그도 호감이 가는 인물이 아니었다. 나는 독자에게 호감을 얻기 위해 내가 얼마나 열심히 노력했는지 생각해봤다. 나는 대학에서 들었던 창의적인 글쓰기 수업을 기억했다. 그때, 달랑 영화 한 편의 시나리오를 쓴 게 다였던 냉소적인 교수는 우리들의 등장인물이 호감이 가지 않을 때에는 그들에게 만곡족(날 때부터 기형으로 굽은 발─옮긴이)을 주거나 개를 주어서 고칠 수 있다고 말했다. 갱단 중 한 명에게 만곡족을 주었더니 에이전트가 원고의 여백에 '이건 도대체 왜?'라고 적어 보냈었다. 그는 내게 좀 더 진실에 가까운 것을 써야 한다고 말했다. 그래서 나는 이 청소년 소설을 몇 달 전부터 쓰기 시작했다. 그것은 내 유년에 관한 이야기, 아무 종착도 없는 이야기였다. 그리고 약 4개월 전 에이전트에게 처음 10페이지를 보냈지만 아무런 답장도 받지 못했다. 내가 그 페이지들을 다시 읽어보았을 때 나는 문제가 무엇인지 깨달을 수 있었다. 내 목소리는 다른 사람에 대해 말할 때만 살아났다. 진실을 발견하고 내가 듣고 본 것들을 바탕으로 인간의 감정을 추론할 수 있는 능력은 나 자신에게까지는 미치지 않았다.

나는 공원에서 깜빡 잠이 들었고 몇 분인지 몇 시간인지 어설프게 선잠을 자며 시간을 보냈다. 잠에서 깨어 일어나 앉았을 때는 내 마리화나 파이프는 어디에도 없었다.

○

아직도 8월인가? 겨울까지는 얼마나 더 남은 것일까? 아이들이 돌아올 때까지는? 얼마나 많은 밤들을 그는 홀로 보내야 하는 걸까? 아이들이 숙박 캠프에 있다는 사실조차 모르는 레이철은 여전히 아무 연락도 없었다. 아이들이 죽었다 하더라도 그녀는 모를 것이다.

집에서는 더위를 견딜 수 없었다. 더위는 오후가 되어도 사라지지 않았다. 그의 휴대폰에는 여자들이 있었지만 그를 짜증 나게 할 뿐이었다. 그는 조니에게 전화를 걸어볼까 생각했지만, 무슨 핑계로? 그는 그녀에게 무엇을 원하는 것일까? 그는 파병에서 돌아온 군인들이 아이들과 재회하는 모습을 담은 영상을 몇 개 보았다. 어떤 것도 그의 기분을 나아지게 만들지 못했다. 이 빌어먹을 하루는 영원히 끝나지 않을 것 같았다.

그는 요가 스튜디오 홈페이지에서 일정을 찾아봤다. 요가 수업은 없었고 요가와 춤, 그리고 '영적인 내면의 훈련'을 결합한 내구력 훈련이라고 불리는 강좌가 하나 있었다. 아무려면 어때, 그는 생각하고 반바지와 티셔츠로 갈아입었다.

그는 그곳에 있는 유일한 남자였다. 그는 강좌 설명에서 자신이 놓친 것이 있었는지 생각해내려 애썼다. 하지만 아무도 그를 보고 충격을 받은 것 같지 않았기에 그는 요가용 받침을 꺼내들고 방을 가로질러 갔다.

"토비."

그가 돌아서자 보라색 스판덱스를 입은 나히드가 바닥에 앉아 있었다.

"여기가 여자를 낚으러 오는 곳이에요?" 그녀가 물었다.

"아니요, 여기는 내가 꼬시고 싶은 여자를 만나러 오는 곳이에요." 그가 웃으며 말했다. 그렇게 만족스러운 대답은 아니었지만 그가 어떤 일주일을 보냈는지 감안하면 그 정도도 괜찮았다. "옆에 앉아도 돼요?"

"날 스토킹하는 거예요?"

"난 여기서 요가를 해요."

"아주 세련된 남자군요. 내가 이 수업에서 처음 보는 남자일지도 몰라요."

"여기서 뭐 해요? 집에서 꽤 멀잖아요."

"여기 다니는 친구가 있었는데 같이 등록을 하자고 한 후 그녀는 수강을 못했어요."

"자신의 남성성에 아주 확신을 가진 사람만이 이런 곳에 올 수 있다는 사실은 알고 있죠?"

수업이 시작되었다. 강사는 징을 울리고 연설을 시작했다. 강사는 새로 배운 산스크리트어 단어 스판다에 대해 말하고 싶어 했다. "세계의 들숨과 날숨, 세계의 팽창과 수축을 의미해요. 여러분 주위를 잘 둘러보면 사방에서 리듬을 찾을 수 있을 거예요. 지금 안 보이는 분도 어느 순간 그것을 볼 수 있을 겁니다. 그때, 당신의 호흡이 조화라는 것을 깨닫게 되죠. 들숨, 날숨, 들숨, 날숨."

토비는 나히드 쪽으로 몸을 기울였다. "사실 우주는 팽창만 해요. 물리학적 사실이죠."

나히드는 자신을 바라보고 있는 두 여자를 눈치채고는 손가락을 입술에 갖다 대어 그를 조용히 시켰다.

나히드의 냄새가 희미하게 그에게 풍겨왔다. 플루메리아 샴푸 혹은 오이 데오도런트? 냄새를 맡자 그는 파블로프의 개처럼 갈증을 느끼기 시작했다. 단순히 냄새 때문이 아니라 그 저변에 깔려 있는 것들 때문이었다. 그는 용암처럼 솟구쳐 오르는 발기를 막기 위해 감염된 외과 상처의 이미지들을 마음속으로 떠올렸다.

그가 참석한 요가 교실은 눈을 감은 채 조용하게 정신적으로 행해지는 고에너지 운동이었다. 고맙게도 엉덩이를 흔들거나 비비꼬고 흔드는 동작들을 필요로 하는 어떤 춤도 포함되지 않았다. 마지막에 스트레칭을 좀 길게 하는 게 특징인 미용체조에 가까운 수업이었다. 그는 곁눈으로 사랑스러운 엉덩이를 하늘을 향한 채 하향 개 포즈를 취하고 있는 나히드의 아름답고 풍만한 몸매를 훔쳐보았다.

그가 열네 살이었을 때 뚱뚱하고 키가 작은 것이 부끄럽다고 어머니에게 말했다. 어머니는 그를 체중 감량을 위한 모임에 데려갔고, 그곳에서 그는 방 안 가득 모인 슬픈 여자들이 얼마나 자신들이 사랑스럽지 못한지 그리고 그들의 몸이 얼마나 자기 몸으로 느껴지지 않는지 말하는 것을 들었다.

"당신의 삶은 현재예요." 리더인 샌디가 말했다. 그녀는 데님 스커트와 밝은 색깔의 셔츠, 그에 어울리는 타이츠를 입었고, 크고 요란스러운 귀걸이를 했다. "인생이 이미 진전을 보이는 것처럼 살아야 합니다."

어린 토비는 그게 무슨 말인지 이해할 수 없었다. 물론 인생은 현재였다. 적어도 어른들에게는 그랬다. 그는 왜 음식이 위로가 되고 맛있고 좋다는 것을 넘어서 식단 자체에 정서적인 장벽을 가져야 하는 것인지 이해할 수 없었다. 하지만 이제 그에게 모든 것이 완벽하게 이해되었다. 음식은 위로가 되고 맛도 좋지만 훌륭한 것은 아니었다. 사람들은 그럴지도 모른다는 생각에 유혹되어서는 안 되었다.

알았어. 그는 체중 감량을 위한 계획을 따랐고, 첫 주에 약 2킬로그램을 줄였다. 그러고는 더, 더 많이 몸무게를 줄여갔다. 여자들은 그의 체중 감량에 대해 볼멘소리를 하곤 했다. 그는 아직 소년이고 10대잖아요. 그의 신진대사는 이상적이에요. 그의 어머니는 그를 집까지 태워오면서 말하곤 했다. "알았니? 그들은 네가 몸무게를 성공적으로 줄이는 걸 질투하고 있어." 어머니는 그것을 좋아했다. 그녀는 전보다 더 그를 사랑했다. 그는 스물네 살이 될 때까지 체중 감량 계획을 어기지 않았고 탄수화물을 완전히 끊었다. 그는 결코 그 여자들 중 한 명처럼 끝나지 않을 것이었다.

그는 어머니에게 운동을 하고 싶다고 말했고, 어머니는 아주 기뻐했다. 그녀는 수소문을 한 후에 웨스트 할리우드의 꼭대기 층에 있는 스텝 에어로빅 교실로 그를 데려갔다. 그때도 그는 그 교실의 유일한 소년이었지만, 모든 긴 다리의 금발 소녀들, 그녀들의 곧고 날씬한 다리와 자신들의 아름다움에 대한 그녀들의 무심한 태도에 너무 현혹되어 그는 다른 생각을 할 수 없었다. 그들은 체중 감량을 위한 모임에 나온 슬픈 포대자루 같은 여자들보다 훨씬 더 친절했다. 그 소녀들은 결코 불평하지 않았다. 그 소녀들은 자신들이 존재함으로써 세상이 더 나아진다는 것을 알고 있었다. 그는 수업 시간에 거울에 비친 그녀들을 보며 자신이 그들과 함께 있지 않고 TV 반대편에서 그들을 지켜보고 있다고 상상했다. 만약 그들이 에어로빅 비디오에 나오고 있다면, 그리고 그가 그것을 보고 있다면, 그는 그녀들 곁에서 자신이 어떤—뚱뚱하고, 유대인이고, 서툴고, 작은, 아주 작은—모습인지 무시할 수 있을 것이다. 도대체 염병할 급성장기는 언제나 오는 것일까? 그는 틀림없이 급성장기를 맞을 것이라는 다짐을 받았었다.

수업이 끝날 때쯤, 할리우드 힐스 위에 내려앉는 황혼이 스튜디오의 긴 창문을 통해 들어오면, 선생님은 실내 불빛을 어둡게 했고, 그들은 높은 플랫폼 위에 배를 깔고 엎드려 느린 노래에 맞추어 스트레칭을 하곤 했다. 스텝 플랫폼 위에서 얼굴을 바닥에 대고 그는 지시를 받은 대로 동작을 했다. '한 팔을 뻗은 다음 다른 팔을 뻗어요.' 소녀들 중 한 명이 그녀의 플랫폼 위에서 배를 깔고 그가 있는 쪽으로 몸을 돌리면 그녀와 토비는 머리와 머리가 맞닿는 형국이 되어 마치 두 사람이 뗏목을 붙잡고 있는 것 같은, 생존을 위한 아름다운 발레에서 서로를 향해 손을 뻗는 것 같은 모습이 만들어졌다. CD 플레이어에서 느린 노래가 연주되었다.

때로는 6월에 눈이 내리기도 해요,

때로는 태양이 달 주위를 돌기도 해요.

"왼쪽 스트레치." 선생님이 말했다.

우리 사랑의 기회가 모두 사라졌다고 생각했던 바로 그 순간,

그대는 마지막까지 기다릴 나를 위해 가장 소중한 사랑을 아껴두었어요.

"오른쪽 스트레치."

그가 조용히, 서먹하게, 나히드―스판덱스로 뒤덮인 몸이 알몸만큼이나 유혹적인 여자, 그러나 그가 잘 알지도 못하는 여자―옆에서 운동을 할 때 그는 그런 기분이었다. 그들은 어디에선가 나타난 돗자리 위에 누웠고 그는 그녀 쪽으로, 그녀는 그를 향해 몸을 뻗었다. 해나가 좋아하던 노래가 느린 버전으로 흘러나오고 있었다. *당신이 그녀에게 키스하는 걸 구석에서 지켜보고 있어요, 오, 오.* 그는 발라드로 만들어진 팝송이 좋았다.

레이철은 그의 삶에서 사라졌다. 그는 이것을 나쁜 일처럼 생각하고 있었다. 그것은 나쁜 일이었다. 아이들이 언젠가 알게 되면 큰 상처를 받을 것이다. 하지만 새로운 삶을 시작할 수 있을 만큼 그가 젊다는 것도 여전히 사실이었다. 그것에 관한 한 레이철은 옳았다.

요가 스튜디오는 18층짜리 주거용 건물의 펜트하우스에 있었는데 건물 거주자들에게는 특전이었다. 맑은 날에는 공원을 볼 수 있을 정도로 창문이 크고 높았다. 해가 지고 있었다. 겨울을 겪어본, 거리에 나설 수 없는 혹독한 날들을 오랫동안 겪어본 사람들로 북적이는 황혼, 특히 여름의 푸르스름한 황혼을 그는 좋아했다. 하늘은 빛나는 보랏빛 푸른색이었다. 이제까지 제대로 황혼을 감상할 시간을 가져본 적이 있었던가? 그는 황혼이 좋았다. 그 순간 그는 모든 것을 사랑했다. 그는 세상을 내다보았고 앞으로 그가 볼 수 있을 많은 어스름에 흥분했다. 그는 그들 하나하나를 잘 사용하고 싶었다. 그는 그들 하나하나를 사랑하는 사람들과 함께 보내고 싶었다. 그는 지금 당장 아이들의 캠프로 달려가 아이들을 침대에서 끌어낸 후 이제까지 그들과 함께 지켜보지 않은 많은 황혼에 대해 사과하고 싶었다. 그는 아이들의 손을 잡고 빙빙 돌려주고 싶었다. 만약 아이들이 황혼을 놓친다면, '걱정하지 마, 그건 언제나 다시 돌아오니까'라고 말해주고 싶었다. 최근에 아이들이 지켜본 시무룩하고, 잠재력과 흥분과 놀라움에 대한 믿음을 포기한 얼간이가 아니라, 그런 모습이 자신의 진짜 모습이라는 것을 보여주고 싶었다. 그는 이 순간을 기억하고 다시 그 자신이 될 것이다. 다른 모든 블록 우주의 딱한 토비들. 가엾게도 그들은 여전히 답을 찾고 있었다. 하지만 지금 이 토비는 알고 있었다. 이 토비는 자신의 엄청난 행운을 믿을 수 없었다. 그의 앞에는 수많은 아름다운 황혼들이 놓여 있었고, 모든 나쁜 것들은 이미 그의 뒤로 지나갔다.

다음 날 아침, 그는 공황 상태로 깨어났다. 아마도 이제까지 한 번도 자본 적이 없던 낯선 나히드의 침대에서 잠을 잔 것이 부분적인 이유였을 것이다. 그들은 지금까지 바닥과 거실 커피 테이블에서만 섹스를 했었다. 그가 다른 여자의 집에서 꼬박 밤을 보낸 게 처음이라는 것도 이유였을 것이다. 하지만 그의 공황은 부모라는 책임감에서 나온 것이기도 했다. 그는 이제 아이들의 유일한 부모이지만 그의 근처에 아이들이 없다는 것이 계속해서 반복적으로 생각났다. 그는 커피 냄새를 맡았다.

어젯밤의 기억이 돌아왔다.

"깜짝 선물이 있어요." 그녀가 말했다.

그녀는 그의 몸 위에 걸터앉아 등에 다양한 향기를 풍기는 기름들을 붓고, 둥글게, 때로는 간지럽게 손으로 마사지를 했다. 그녀는 등에다가 글자를 써서 그가 맞추도록 했고, 정답을 맞히면 몸을 기울여 그의 목에 키스를 했고, 틀리면 그의 귀를 깨물었다. 마사지는 한 시간 동안 계속되었고, 그것이 끝났을 때 그는 마사지를 받는 동안 자신이 진정으로 긴장을 푼 적이 없었다는 것을 깨달았다. 그는 내내 그녀가 도대체 왜 그런 일을 하는 것인지 궁금해했다. 누군가 아무 이유 없이 그저 자신을 기분 좋게 해주기 위해 무언가를 해준 기억이 없었기에, 막상 그런 일이 일어나자 그는 무슨 일이 벌어지고 있는 것인지 거의 이해할 수가 없었다.

토비가 밖으로 나왔을 때 나히드는 식탁에서 차이나 잔으로 커피를 마시며 〈데일리 뉴스〉를 읽고 있었다. 아침 햇살 속에서 화장을 하지 않은 그녀의 얼굴을 토비는 처음으로 볼 수 있었다.

"몇 살이에요?" 그가 그녀에게 물었다.

"그건 무례한 질문 아니에요?"

"미안해요. 좋아요, 그럼 몸무게가 얼마죠?"

그녀가 웃었다.

"아침 먹으러 나가요." 그가 말했다.

"집에서 아침 차려줄게요."

"난 당신을 데리고 나가고 싶어요."

그녀는 얼굴을 돌려 왼쪽 눈썹을 추켜세우며 무언가를 결정하려는 듯 곁눈으로 그를 바라보았다. "나는 당신과 밖에서 데이트를 할 수 없어요. 설명해줄게요."

그녀의 남편은 이혼을 원하지 않았다. 그는 그녀를 사랑했고, 그들은 함께 많은 일을 겪었다. 남편은 그들의 상황을 현재 그대로 유지하고 싶다고 말했다. 그녀는 그에게 그들의 결혼이 "상황"이라는 것을 알지 못했다고 말했다. 그는 너무 잘생기고 친절하고 부드럽게 말을 했기 때문에 그녀는 여전히 그에게 증오를 느끼지 않았다. 하지만 그녀는 여전히 거절받은 느낌이었다. 그가 왜 그녀를 거절했는지 이제 이유를 알게 되었다는 것은 중요하지 않았다. 자신의 무엇인가가 그를 밀어내고 있다는 느낌이 사라지지 않았다.

하지만 그의 일부가 여전히 그녀를 사랑한다고 해서 그가 여전히 그녀를 원한다는 것은 아니었다. 그가 보수적인 뉴스 방송국의 변호사로 일하고 있는 것이 그 이유였다. 그의 재계약이 검토되고 있는 시기였고, 최근 그의 상사는 직원들에게 보낸 메모를 통해 조직의 '긍정적이고 경건한 가치관'을 존중해줄 것을 부탁했다. 그의 이혼은 회사에서 재계약시 문제가 될 것이다. 그는 그녀에게 재계약 협상이 끝날 때까지 결혼을 유지해줄 수 있는지 물었다. 만약 그렇게 해준다면 그는 그녀가 평생 동안 경제적으로 걱정하지 않고 살 수 있도록 해줄 것이다. 계약이 체결된 후엔 그는 그녀가 유대교로 되돌아가기를 원하기 때문에 그녀와 결혼 생활을 유지할 수 없다고 회사에 말할 것이다. 그녀는 어떻게 그가 그렇게 그들의 삶을 지워버릴 수 있을지 이해할 수 없었지만, 그는 그녀의 이해 따위는 신경 쓰지 않았다. 그는 항상 상황을 통제하고 설득하는 능력이 있었다. 그는, 그녀의 의사는 물어보지도 않고, 아기를 가지기 위해 그녀에게 호르몬 치료를 받도록 강요한 사람이었다.

그녀는 화가 나서 거절을 했다. 그녀는 그냥 각자의 길을 가자고 말했다. 그는 그녀가 동의하지 않는 한 조금의 위자료도 주지 않겠다고 말했다. 그녀는 자신의 변호사가 위자료를 받아낼 것이라고 말했지만, 그것은 사실이 아니었다. 그녀의 변호사는 그녀가 회계학 학위가 있으니 직업이 있는 것과 마찬가지라고 말했다. 이제껏 일을 한 적이 없다고 해서 일을 할 수 없는 것은 아니며, 돌봐야 할 아이들이 있는 것도 아니었다. 그녀는 거처를 옮겨야 했다. 물가가 비싸지 않은 어느 도시에서 새로운 삶을 시작해야 했다. 그녀는 마흔다섯 살이었지만 최근에 대학을 졸업한 사람처럼 살아야 할 것이고, 임시직 일자리라도 얻을 수 있기를 희망해야 할 것이다.

결국 그는 그녀를 설득했다. 그는 만약 그녀가 아파트에 있고, 두 사람이 헤어졌다고 아무에게도 말하지 않으면, 만약 그녀가 1월까지 이혼을 보류한다면, 만약 그때까지 그녀가 남자들과 함께 있는 모습을 세상에 노출시키거나 기타 회사 임원의 눈에 비기독교적이라고 여겨질 만한 어떤 짓도 하지 않겠다고 약속하면, 집세를 지불하기로 동의했다. 항상 이런 것을 집요하게 파고드는 진보적인 언론들이 있었다. 그녀로서 가장 견디기 힘든 것은—정말 최악이었다—그녀가 여전히 그와 행사나 만찬에 참석해야 한다는 것이었다. 그녀는 그의 손을 잡고 있어야만 했다. 그녀는 남편이 펠라치오를 해주었던 그의 비서로부터 어느 모임에 가야 할지 통보를 받아야 했다.

토비는 귀를 기울였다. 그는 그녀가 말할 때 손을 내려다보는 게 마음에 들었다. 그는 그녀가 그의 말을 들을 때 입을 약간 벌리고 눈썹을 찌푸리는 게 좋았다. 아무 때나 와서 아름다운 여자와 섹스를 해도 되지만, 그녀는 그와 함께 밖에서 아침을 먹는 것조차 거부하는 이런 상황을 누군가는 이상적이라고 생각할지도 몰랐다. 하지만 토비는? 그는 사람을 원했다. 그는 그냥 밀회를 즐기고 그 자리를 떠나고 싶지는 않았다. 그는 세스가 아니었다.

"글쎄요." 토비가 말했다. "지금도 아주 즐겁기는 하지만 난 당신이 좋아요. 당신을 좀 더 알고 싶어요."

"나도 당신이 좋아요. 하지만 내가 주변 사람들의 눈에 띄기라도 하면—" 그녀는 일어서서 커피 잔을 부엌으로 가져갔다. 그녀는 새틴 가운을 입고 있었다. "솔직히 말하면, 이런 얘기를 하는 것만으로도 충분히 굴욕적이에요. 누구에게도 이런 말을 한 적이 없어요."

그녀는 지금까지 몇 명의 남자와 잤다고 말했다. 그녀는 이런 일들이 있기 전에는 다른 남자와 잔 적이 없었다. 부모는 그녀에게 섹스에 대해 이야기해주지 않았었다. 이제 그들은 그녀와 연락을 끊었다. 여동생은 그녀가 개종을 했기 때문에 이교도라고 생각했다. 그녀는 친구들과 섹스에 대해 이야기하는 것이 부끄러웠고, 게다가 그녀는 아무에게도 자신에게 벌어지고 있는 일을 말할 수 없었기 때문에 그나마 있던 친구들마저 떨어져 나갔다. 그래서 그녀는 남자들의 아파트에 가서 한 번 성관계를 가진 다음에는 앱과 전화를 차단했다. 그녀는 그들의 손길을 참을 수 없었다. 그것은 너무 은밀했고, 너무 부드러웠다. 그녀를 원했던 남자들은 그녀의 성적으로 민감한 영역뿐만 아니라 온몸을 철저하게 만졌다. 그들은 정말로 그녀를 원하는 사람처럼 보이기를 희망했다. 그들은 그녀의 허리와 얼굴을 만졌다. 그녀의 무릎과 발바닥의 오목한 곳을 만졌다. 그녀의 솜털로 덮인 허리쪽 엉덩이를 손으로 만졌다. 그들의 손길은 좀처럼 떠날 줄 몰랐다. 그들은 그녀가 숨이 멎을 정도로 만들었다. 그들의 은밀함을 그녀는 견딜 수 없었다.

하지만 그녀는 이제 토비에게 익숙해지고 있었다. 그들은 그녀의 공간에 있었고, 그녀의 몸은 더 이상 만졌을 때 경련을 일으키지 않았다. 그녀는 자신을 원하는 남자와 함께 있을 때 어떻게 편안할 수 있는지 알아가는 단계에 있었다. 그녀는 뒤처질세라 부지런히 따라잡고 있었다.

"뭔가 일이 생겨서 나는 지금 꼼짝도 못하고 있는 거예요." 그녀가 말했다. "하지만 나는 그것을 받아들였어요. 나는 더 이상 상황을 바꾸고 싶지 않아요. 나는 요가를 하러 가고 집에 돌아오면 당신과 같이 자요. 그것으로 충분해요. 남자들은 이해하기 힘들 거예요."

잠시 후, 토비는 그곳을 나와 자기 집에서 샤워를 했다. 실외 온도는 1000도는 되는 것 같았고, 그의 집 에어컨은 고양이 하품 정도의 냉기를 뿜어내고 있었다. 그는 출근길에 신경과학에 관한 팟캐스트를 들었지만 집중할 수 없었다. 그가 사무실에 들어서자 그의 이메일 편지함에 들어 있던 아이들의—강요에 의해 보내진—이메일들이 동시에 튀어나왔다. 솔리의 메일은 꽤 내용이 충실했다. 그는 생활지도 선생님이 마음에 든다고 했고 S.B.(누가 그의 메일을 읽을 경우를 대비해 약자로 적었다—스텔스 버니)도 잃어버리지 않았다고 썼다. 맥스는 새로운 친구들과 어울리지만 그는 이해할 수 있고, 자신도 아키 바라는 새로운 친구와 친하게 지내고 있다고 했다. 해나는 솔리를 만났을 때 못 본 척했다고 썼다. 해나의 메일에는 '부모 초청의 날에 봐요'라고만 간단히 적혀 있었다. 그는 마치 자신이 지켜보고 있으면 이메일의 내용이 길어지기라도 할 것처럼, 휴대폰 화면이 시간과 날짜를 보여주는 잠금 화면으로 바뀔 때까지 물끄러미 바라보았다.

문득 그는 그날이 어떤 날인지 생각났다. 아이들 양육비가 자신의 통장에 직접 입금되는 날이었다. 아이들을 돌보는 데 집중하느라, 레이철이 어디에 있는지 알아내는 데 집중하느라 이 모든 것 위에 맴돌던 중요한 질문을 제대로 바라보지 못했다. 돈도 사라진 것일까? 맙소사, 만약 돈마저 없어졌다면?

그는 책상 의자에 앉았다. 그는 자신이 알게 될 어떤 정보라도 남자처럼 맞고 싶었다. 그는 두 번의 시도 끝에 자기 은행 계좌에 로그인했다. 마침내 비밀번호를 제대로 다 입력한 그는 '잠시만 기다려주세요'라는 메시지와 함께 그의 계좌 정보가 수집되는 동안 바퀴 엠블럼이 돌아가는 것을 끝없이 지켜보고 앉아 있었다. 그는 마음을 진정시키려 했다. 그는 마음의 소리를 들으려 했다. 너는 할 수 있어. 하지만 그의 마음은 수년 동안 그에게 많은 것을 말해왔다. 그의 마음은 그다지 신뢰할 수 없었다. 그는 그 돈이 필요했다. 비록 자신이 돈을 싫어하는 척하긴 했지만 그는 돈이 필요했고 돈을 원했다.

아니면, 제기랄, 어쩌면 그는 돈이 필요 없을지도 모른다. 어쩌면 그는 짐을 싸서 다른 곳으로 이사해야 할지도 모른다. 그는 이사 가는 주소를 알리지 않을 것이다. 그는 일리노이, 켄터키, 사우스캐롤라이나 같은 곳, 어쩌면 필라델피아처럼 유대인들에게 더 호의적인 곳에 집을 살 것이다. 그는 내슈빌에 간 전문의가 필요하다는 말을 들었지만, 남부에서 살고 싶지는 않았다. 어쩌면 뉴저지로 이사를 갈 수도 있을 것이다. 아니, 거긴 너무 가까웠다. 그곳은 그녀가 아이들의 삶으로 돌아오기로 결심한다면, 정기적으로 방문을 할 수 있을 정도로 충분히 가까웠다. 아니, 그렇게 할 순 없지, 나쁜 인간. 당신은 스스로 그런 결정을 내렸어. 그리고 만약 당신이 그것을 후회한다면, 당신은 당신이 사랑하는 이곳을 포기해야 할 거야. 이곳으로부터의 유배는 당신에게는 평생에 걸친 참회가 되겠지.

화면에 팝업 메시지가 나타났다. **요청 시간이 초과되었습니다. 잠시 후 다시 시도해주세요. "젠장!"** 하고 그가 소리쳤다. 사무실 밖의 간호조무사가 카트에서 고개를 들고 쳐다봤다.

그는 다시 비밀번호를 입력했다. 바퀴가 몇 번이고 다시 돌아갔다. 그는 몸이 쑤셨다. 그는 아이들이 너무 보고 싶어서 몸이 쑤셨다. 이 모든 것은 고통이었다. 이게 당신이 원한 거야, 레이철? 아침에 일어나도 아무도 당신 눈에 띄지 않는 것이?

마침내 바퀴가 사라지고 숫자가 나타났다. 전날보다 잔고가 7500달러가 더 많았다. 그는 안도감조차 느낄 수 없었다. 그는 참을 수 없을 정도로 자신이 미웠다. 그는 숨을 한 번 들이마시고 앉아서 숫자를 물끄러미 바라보다가 창밖을 내다보았다. 아침이면 그의 사무실로 쏟아져 들어오는 햇빛을 그는 고스란히 맞아야 했고 그것이 그를 우울하게 만들었다. 그는 로스앤젤레스에서 자랐다. 그곳에서는 모든 사람들이 마치 자신들이 그것을 발명하기라도 한 것처럼 햇빛을 자랑했다. 하지만 그가 생각할 수 있는 것이라고는, 어떻게 병원 주위에 높은 빌딩들조차 변변히 없어서 뜨고 지는 태양이 온전히 그의 눈으로 들어오는가 하는 것이었다. 그의 책상과 유리 벽 문설주의 스테인리스강에 반사되는 햇살은 그를 언짢게 만들었다.

그는 여기서 나가야 했다. 그는 점심을 먹을 것이다. 시간을 보니 10시 30분이었지만 몇 시부터 점심시간이라고 누가 정해놓은 것도 없었다. 병원을 나와 걷던 그의 걸음이 멈춘 곳은 자연사 박물관 앞이었다. 솔리를 향한 그리움이 그를 그곳으로 끌어당긴 것이었을까? 실험실에서 만든 물질로 99.6%의 빛을 흡수하는, 현존하는 가장 어두운 검은색이라고 불리는 반타블랙(가장 완벽한 검은색—옮긴이)을 중심으로 색에 대한 전시회가 열리고 있었다. 그가 〈타임스〉에서 읽은 기사에 의하면 반타블랙을 본 사람들은 공포감을 느낀 나머지 발작을 할 것처럼 느꼈다. 그는 회원 전용 출입구를 통과해서 바로 전시장으로 들어갔다. 검은색 샘플은 관객들이 무엇을 바라보고 있는 것인지 쉽게 알 수 있도록 틴호일로 주위를 둘러싸놓았다. 토비는 전시물 앞에 서서 쓰러질 것 같은 기분이 들 때까지 검은색을 응시했다. 그는 그곳에 꼬박 한 시간 동안 서 있었다.

그가 레이철을 생각조차 하지 않기로 한 것은 아니었다. 그는 더 이상 이 이야기에서 자신의 위치를 찾을 수 없었고 그 사실이 그를 당황하게 만들었다. 그는 규칙들을 이해했었다. 그는 그녀의 무관심과 경솔한 행동의 직접적인 대상이었다. 하지만 이제 그는 어떤 존재인가? 아이들은? 그녀는 더 이상 그들과 대척해 있지 않았다. 그녀는 사라졌다. 이제 그는 어떻게 행동을 해야 하는 것일까? 어떻게 생각을 해야 할까?

그는 자주 공황 속에 빠졌다. 그는 제대로 식사도 하지 않았다. 그는 아이들이 길에서 레이철과 마주칠까 걱정했다. 그는 레이철이 용서받을 수 없을 정도로 항구에서 멀리 떠나갔다는 것이 학교 엄마들에게 명백해졌을 때 아이들이 따돌림을 당할까 걱정했다.

다음 날인 화요일, 그는 젊은 법대생에게 초음파 검사를 했다. 그녀의 간에는 흉터가 없어서 10월에 후속 치료 일정을 잡을 수 있었다. 그는 10월이 얼마 멀지 않았다는 것, 해나의 바트미츠바가 바로 코앞이라는 것을 깨달았다. 지난주에 초대장을 보냈어야 했는데, 초대장을 맡은 건 레이철이었다. 그녀는 시몬에게 그 모든 일들을 맡겼다. 요리사, DJ, 연설자, 파티에서 손님들에게 나눠줄 선물, 파티 장소. 토비는 해나가 대사를 확실히 외우도록 하는 일만 맡았다. 지금이라도 취소를 해야 할까? 엄마에게 버림받은 소녀에게 바트미츠바를 열어주는 게 가당키나 한 일일까? 하지만 어떻게 소녀의 바트미츠바를 취소한단 말인가?

그가 퇴근 후 거리로 나갔을 때, 남은 하루의 시간이 그의 앞에 길게 뻗어 있었다. 그는 Hr 앱을 확인하고 싶지 않았다. 그보다는, 와서 같이 저녁을 먹겠냐는 나히드의 문자를 기대했다. 그는 혼자 보내는 저녁을 견딜 수 없었다. 그는 그 이유를 설명할 수도, 그것에 대해 말할 수도 없었다. 그는 영화관에서 무엇을 상영하는지 보기 위해 휴대폰을 보았지만 로딩이 되지 않았다. 아무튼, 그는 시내 쪽으로 걷기 시작했다. 그는 영화를 볼 것이다. 사람들은 보통 아이들이 집에 없을 때 영화를 보러 가니까.

60번가에 도착한 그의 눈에 그날 저녁 입양 행사가 벌어지고 있는 큰 애완동물 가게가 눈에 띄었다. 안으로 들어가 냄새에 적응되는 동안 짧은 털을 지닌, 작은 외눈박이 닥스훈트가 그의 눈길을 끌었다.

"좀 쓰다듬어도 돼요?" 그가 직원에게 물었다.

직원은 떨고 있는 강아지를 그에게 넘겨주었다. 토비의 품에 안긴 개는 갓난아기만 한 크기였다. 토비는 개를 안고서 배를 긁어주었다. 지난주 토비 안에 딱딱하게 뭉쳤던 덩어리들이 누그러지기 시작했다. 개! 개를 키워야 해! 그의 아이들은 오랫동안 개를 원했지만, 골든 아파트는 그것을 허락하지 않았다. 그는 작은 동물들을 키울 수 있느냐를 근거로 자신의 새집을 선택했다는 사실을 잊고 있었다. 개는 모든 것을 되돌릴 것이다. 뭔가 충실한 존재, 가족들을 하나로 모으고 그들이 잃어버린 것을 대신할 존재. 그는 직원을 쳐다봤다.

"얘를 데려갈 수 있을까요?"

그는 개 사료 2킬로그램, 줄 두 개, 물그릇, 밥그릇, 씹는 장난감 일곱 개, 그리고 입양 서류에 '버블스'라고 이름을 써넣은, 약 3.6킬로그램짜리 닥스훈트를 데리고 90분 후에 가게를 걸어 나왔다. 해나는 1학년 때 버블스라는 이름의 치와와를 기르고 싶다고 말하곤 했다. 레이철은 절대 허락하지 않으려 했다. 누가 개를 산책시킬 시간이 있는지, 누가 개를 쫓아다니며 정리를 할 것인지, 개가 망쳐놓는 가구는 어떻게 할 것인지 그녀는 물었다.

조그만 개와 함께 가는 자신이 실제보다 더 커 보일지 아니면 더 작아 보일지 궁금해하며 그는 버블스와 함께 집쪽으로 걸었다. 개와 함께 그의 아파트에 들어서자 두 명의 10대 소녀들이 강아지를 보고 "와우~!" 하고 소리를 질렀다. 그는 조니에게 전화해서 강아지에 대한 조언을 구해야 할지 생각했다. 그녀의 여동생이 수의사라고 말했던 것이 기억났다. 제발, 조니에게 전화할 이유를 찾는 짓일랑 그만둬, 그는 스스로에게 말했다.

그는 버블스를 데리고 올라가서 현관문을 열고 "도착했어, 꼬마야. 이제 여기가 네 집이야"라고 말했다. 이유를 말할 순 없었지만, 그는 그 개를 10분 동안 껴안고 눈물을 흘렸다.

그는 꿈속에서 폭포가 있는 이스라엘 북쪽 지역에서 수영을 하고 있었다. 그는 폭포 아래에 서서 머리로 물을 맞고 있었지만 그로 인해 익사하지는 않을 거라고 생각했다. 그 순간 그는 잠에서 깨어났고 강아지가 자신의 머리에 오줌을 싸고 있다는 것을 깨달았다.

"아니, 버블스, 안 돼!" 그는 외치고는 서둘러 개를 데리고 엘리베이터를 타고 밖으로 뛰쳐나갔다. 버블스는 똥을 쌌지만 토비는 미처 비닐봉지를 챙겨 나오지 못했다. 출근을 하던 30대 여자가 소변으로 뒤덮인 토비를 향해 "더러운 인간!"이라고 하며 비웃고 지나갔다. 토비는 아무 거라도 똥을 줍는 데 사용할 수 있는 것을 찾아 미친 듯이 주위를 둘러보았다. 이것은 그가 상상했던 것과는 달랐다. 그는 개를 데리고 어퍼이스트사이드 거리를 걸어가는 것을 상상했었다. 그들은 마치 걸어 다니는 화학 공장처럼 여인들이 저항할 수 없는 페로몬을 내뿜을 것이었다. 여인들은 그를 멈춰 세우고 개를 쓰다듬으며 그에게 다정하게 말을 걸어올 것이었다.

집으로 올라와 막 샤워기를 튼 순간 전화벨이 울렸다. 그는 발신자 번호를 확인했다. 주 북쪽 지역의 번호였다. 캠프에서 걸려 온 전화였다. 그의 입이 즉시 타들어갔다.

"네, 무슨 일이시죠?"

"플라이시먼 씨, 이렇게 일찍 폐를 끼쳐 대단히 죄송합니다."

그는 등줄기를 타고 냉기가 내려가는 것을 느꼈다. "무슨 일이라도 있나요?"

"선생님의 아이들은 안전합니다. 그런데 일이 생겼어요. 이리로 해나를 데리러 오셔야겠습니다."

"왜요? 무슨 일입니까?"

"직접 뵙고 말씀드리는 게 좋겠습니다."

"염병할, 도대체 왜 그러는지 말해봐요."

캠프 책임자는 잠시 말을 멈췄다. "성적인 일탈 행위가 좀 있었어요. 캠프에 도착하면 더 자세히 말씀드리죠."

성적인 일탈 행위라고? "해나는 괜찮아요? 애에게 무슨 일이라도 생겼나요?"

"해나는 괜찮아요. 저와 함께 여기 사무실에 있어요. 다치지 않았어요."

그는 샤워기를 틀고 버블스를 잠깐 쳐다보면서 왜 모든 사람들이 개를 키우지 않는지 깨달았다. 그는 세스에게 전화를 했다.

"어, 친구, 해뜨기도 전에 웬일이야?" 세스가 말했다.

"8시야. 부탁이 있어."

그는 해나에게 무슨 일이 생겨 가봐야 하는데 돌봐줘야 할 개가 생겼다고 말했다. 그는 미안했지만 세스 외에는 부탁할 사람이 없었다.

"마침 버네사와 하루 쉬기로 했어."

"도어맨에게 열쇠를 맡길게. 고마워. 뭐라고 감사를 해야 할지 모르겠어."

"너무 걱정 마. 아이들은 회복하는 힘이 있으니까."

"그렇지도 않아. 왜 사람들은 늘 그런 말을 하지?"

"내 말은, 우리 부모님이 이혼했지만 나는 괜찮다는 얘기야."

그는 왜 아이들을 캠프에 보낸 것일까? 지금 아이들에게는 그가 필요했다. 대신에, 그는 맨해튼 전체를 돌아다니며 난봉질을 하면서 사랑하는 아이들을 가장 싼 가격에 맡아주겠다는 입찰자에게 보냈다. 그는 정말 패배자처럼 느껴졌다. 고속도로로 렌터카를 끌고 가면서(레이철의 물건은 더 이상 사용하지 않기로 했다) 그가 생각한 것은 이것이었다. 부부 상담을 단 한 번이라도 받아본 사람은 누구나 자신의 관점이 끝나는 곳에 불길이 치솟아 오르는 심연이 있다는 것, 그 심연 바로 너머에 배우자의 관점이 있다는 것을 알 수 있을 것이다. 만약 그가 진정으로 객관적인 위치에 선다면 레이철의 주장에 일리가 있다는 경험적 증거를 찾을 수 있을까? 레이철이 이 정도로 그를 미워하는 데에는 정당한 이유가 있다고? 그때, 처음으로 그는 그것을 볼 수 있었다. 그는 심연을 가로질러 갈 수 있었고, 아주 잠깐이었지만, 자신이, 언제나 그래왔듯, 비열하고, 뚱뚱하고, 애정에 주린 개자식이라는 것을 알 수 있었다.

맙소사, 그는 자신을 증오했다. 그는 1분이라도 더 이상 자기 자신을 견딜 수 없었다. 차 안의 블루투스를 조작할 수 없었던 그는 자신의 뇌가 진행하는 팟캐스트를 듣는 대신, 라디오를 틀어 팝송을 들었다. 북쪽으로 올라갈수록 팝송은 컨트리음악을 거쳐 크리스천 록으로 바뀌었다. 자신의 생각을 들을 수 없는 한 토비에게는 아무 음악이나 상관없었다.

그는 휴대폰을 집어 들고 "레이철의 직장으로 전화를 해줘"라고 말했다. 신호가 다섯 번 울린 후 그는 전화를 끊었다. 대체 내가 무슨 짓을 하는 거지?

두 시간 뒤 그는 캠프장 정문을 지난 후 흙 언덕을 올라 행정 건물이 있는 곳까지 차를 몰았다. 지난해 레이철과 함께 해나를 만나러 방문했던 이후로 처음이었다. 그들은 그곳까지 오는 내내 차에서 싸웠었지만 무엇 때문이었는지는 기억나지 않았다. 다만 차에서 내릴 때 그녀가 "표정 관리해"라고 말한 것만 기억났다.

폴로셔츠를 입은 나이 든 켄 인형(바비 인형의 남자친구 인형—옮긴이)처럼 생긴 캠프 책임자는 토비가 차를 세우는 것을 보고 그에게 뛰어왔다. 그는 동정과 두려움이 섞인 얼굴을 하고 있었다.

"어떻게 된 거예요?"

책임자는 엄숙한 표정으로 휴대폰—해나의 휴대폰을 꺼냈다. 그는 입술을 오므리고 눈을 가늘게 뜨면서 적당한 말을 찾으려 했다. "몇 시간 전에 해나가 한 소년에게 보낸 개인적이고 비밀스러운 사진이 캠프 전체에 널리 유포된 것을 발견했어요."

"어디 좀 봅시다."

"보고 싶으실지 모르겠군요."

"어디 좀 봐요."

그는 토비에게 휴대폰을 건네주었다. 토비는 휴대폰을 켜서 브래지어만 입은 해나의 사진처럼 보이는 이미지를 보았다. 이미지 속의 소녀는 작은 젖가슴 하나를 젖꼭지까지 노출하고 있었다. 해나는 아이 엄마가 결혼 초에 그에게 보여주곤 했던 도발적인 표정을 짓고 있었다. 지난 두 달 동안 그가 데이팅 앱에서 본 모든 사진들이 떠올랐다. 해나는 직접 그런 사진을 찍었다. 구토가 밀려왔다.

몇 년 전, 레이철은 그녀의 컴퓨터에서 누군가 '섹스'를 검색어로 사용한 것을 발견하고는 해나에게 소리를 질렀었다. 그녀는 해나의 문제 행동 때문에 학교 상담 선생님에게 전화를 하겠다고 협박했다.

해나의 눈은 두려움으로 가득했다. 마침 그때 퇴근해서 집에 온 토비는 그 일을 목격했고, 그날 밤 해나를 재우면서 그는 아이에게 호기심이 많은 것은 정상이고 학교 상담 선생님에게는 절대로 전화하지 않을 거라고 말하며 안심시켰다. 토비는 레이철에게 "도대체 무슨 생각을 하고 있는 거야? 여자애한테 섹스에 대해 관심을 가졌다고 소리를 지르다니. 당신은 평생 아이에게 트라우마를 주게 될 거야"라고 말했지만, 레이철은 구태여 그런 말에는 대답할 필요도 없다는 듯 들은 척도 하지 않았다. 레이철과의 대화는 처음에는 문을 닫고 숨죽인 대화로 시작되었지만, 결국에는 소리를 지르고 문을 부서져라 닫고 나오는 것으로 끝나곤 했다.

"플라이시먼 씨, 마음이 복잡하시리라는 것은 알고 있습니다." 책임자가 말하고 있었다.

토비는 고개를 들었다. "그래서, 해나가 이걸 누구에게 보냈단 말인가요?"

"한 소년에게 보냈는데 그 아이가 사진을 다시 친구들 몇 명에게 보냈대요. 그 아이들은 그걸 다시 주변에 뿌렸고요. 부적절한 자료를 보내는 것은 캠프에서 즉각적인 퇴소 대상입니다. 우리는 그런 일에 대해서는 조금도 관용을 베풀지 않는 정책을 가지고 있죠. 해나는 집으로 돌아가야 할 것 같습니다."

그는 인기 있는 소년이 자기 딸의 젖꼭지를 상업적으로 이용하는 것을 상상하자 속이 메스꺼렸다. 그는 딸의 얼굴 모습을 머릿속에서 지울 수 없었다. 해나는 이게 무슨 뜻인지 알기나 할까? 그 애는 누군가를 흉내 내고 있던 것일까? 그는 딸의 무엇을 놓치고 있던 것일까? 딸애는 아직 아이가 아니었던가? 그는 방금 아이의 휴대폰을 확인했다. 캠프에서 일주일을 보냈다고 아이가 새로운 사람으로 변화

될 수는 없었을 것이다. (그럴 수 있나?)

"아이에게 데려다주세요."

"그 애는 양호실에 있습니다. 이쪽으로 오시죠."

그들은 의자들이 놓여 있는 대기실을 지났다. 그곳에는 해나 또래의 소년이 있었는데 어디에선가 본 얼굴이었다. 해나와 같은 학교 학생이었을까? 아니, 아니, 다른 곳이었다. 그 순간 떠오르는 기억이 있었다. 언젠가 길거리에서 만났던, 해나가 너무 당황해서 바로 쳐다보지도 못했던 소년이었다. 그 아이는 햄튼에서 해나를 친구들에게 데려다줄 때도 그곳에 있었다.

그는 멈춰 섰다.

"이 아이가 그 소년인가요?"

"플라이시먼 씨, 우리는 어느 소년인지는 말해드릴 수 없어요. 우리는 그 소년의 집에다 이미 전화를—"

"쟤도 이제 집에 가야 하나요? 쟤도 모든 사람들 앞에서 망신을 당하게 되는 겁니까?"

"아이 부모님한테 전화했어요."

"쟤도 집에 가냐고요."

"이쪽으로 오셔서 말씀을—"

"쟤도 집에 보내질지 묻고 있잖아요."

책임자는 체념한 것처럼 보였다. "쟤는 아니에요. 부모님이 스위스에 계시고, 게다가 쟤는 사진을 보낸 사람이 아니잖아요."

"하지만 쟤는 사진을 뿌렸잖아요." 그는 웅크리고 앉아 아이의 눈을 바라보았다. "아동 포르노를 인터넷에 퍼뜨리면 나이가 몇 살이든 무거운 징역형이 따른다는 거 알아?" 소년은 다른 곳을 쳐다봤다. 토비는 몸을 숙여 얼굴을 더 가까이 갖다 댔다. "어느 날, 너는 너 자신이 얼마나 쓰레기 같은 놈인지 확실하게 깨닫게 될 거다. 언젠가 너는 자신이 먼지 같은 존재라는 것을 깨닫게 될 거야. 그때 네 마음이 아프면 좋겠어."

책임자가 "플라이시먼 씨—"라고 만류해서 토비는 몸을 뒤로 젖혔지만, 아이의 표정을 자세히 살펴보면 분명 그곳에는 특권의식에 젖은 능글맞은 웃음이 맴돌고 있었다. 이런 인간들 사이에서 아이들을 키우려 했다니, 그는 도대체 무슨 생각을 하고 있었던 것일까? 그는 삶에서 필수적인 것을 잊고 있었다. 그것은 자기 아이들이 그의 가치관을 이해하도록 키우는 것이었다. 아무리 그가 아이들의 귀에 24시간 자신의 가치관을 속삭였다 하더라도, 그가 자신의 시간과 자원을 가지고 무엇을 했는가가 아이들에게는 더 큰 목소리로 들렸을 것이다. 그는 어퍼이스트사이드를, 500만 달러짜리 아파트를, 한 아이당 연간 4만 달러 가까이 드는 사립학교를 겉으로는 싫어하는 척했지만, 그 모든 것을 수용하고 받아들였기 때문에 아이들은 절대 그의 속마음을 알 수 없을 것이다. 그는 선택했었다. 아이들에게 그의 삶의 주석사항에 대해서, 겉모습에도 불구하고 그가 사실 내면적으로는 그가 몸담고 있는 세상보다 얼마나 더 나은 사람인지 아이들에게 말하지 않았다. 그는 조금은 그런 세상의 일부여도 좋다고 생각했다. 그는 그것에서 좋은 것은 얻고 나쁜 것은 버릴 수 있다고 생각했지만, 그것은 너무 복잡한 일이었다. 아이들을 데리고 콘서트에 가서 그곳에서 듣는 음악 중 일부는 그들에게 적당하지 않다고 속삭여봤자 아이들에게 아무것도 기대할 수 없다. 아이는 휴대폰을 사용한 지 일주일—단지 일주일—밖에 되지 않았지만, 6학년이 되어서도 유일하게 민 가슴인 것이 창피할까 봐 엄마가 사줬던 브래지어를 제 손으로 내리고 포르노 사진을 찍어 공유하는 것이다.

토비는 정신을 가다듬고 양호실로 걸어 들어갔다. 해나는 두 팔로 배를 감싼 채 접의자에 앉아 있었고, 얼마나 울었는지 얼굴이 퉁퉁 부어 있었다.

"잠깐만 둘이 있게 해주시겠어요?" 토비가 책임자에게 부탁했다. "그런데 저 남자애를 저렇게 문밖 복도에 앉혀둘 필요가 있나요?"

책임자가 문을 닫고 나갔다. 토비는 딸애 옆에 쪼그리고 앉았다. 해나는 그를 쳐다보려 하지 않았다.

"해나야." 아이를 이렇게 만든 것은 그의 책임이었다.

아이는 아무 반응도 없었다.

"휴대폰을 사용하면 아주 어른스러운 결정을 내려야 한다고 말했지. 아직 휴대폰을 사용할 때가 아니라고 했잖아."

해나는 그를 쳐다보지 않았다. "그 애가 사진을 보내달라고 했어요. 내 생각은 아니었어요."

토비는 아이의 어깨에 손을 얹었다. "그건 지금 아무 의미가 없어."

아이는 그에게서 물러났다. "엄마가 보고 싶어요. 엄마는 어디 있어요?"

토비는 어깨를 으쓱했다. "지금 여기 있는 사람은 나야. 미안하다."

한동안 울던 딸애가 진정하는 기미가 보이자 그는 솔리를 데리고 곧 돌아오겠다고 말했다.

양호실 문 밖에는 책임자가 서성거리고 있었다. "내 아들은 어딨죠?" 토비가 물었다.

책임자는 일부러 낡아 보이도록 만들어진 건물들로 이루어진 캠프로 그를 안내했다. 이층 침대들은 통나무 오두막 형태로 만들어져 있었다. 아이들에게 생존 기술을 가르치고 평소보다 좀 불편한 환경에 처하게 하기 위해 캠프에 보내야 한다고 생각했던 세대들은 이제 사라지고 없었다.

그들은 얼룩다람쥐라고 이름 붙여진 숙소로 들어갔다. 아홉 살짜리 소년 12명이 이층 침대에 누워 책을 읽거나 이야기를 나누고 있었다. 그 안에서는 12가지의 다양한 종류의 더러운 양말과 12명의 다양한 사내아이들이 내뿜는 냄새가 뒤섞인 역겨운 냄새가 났다.

"아빠!" 토비가 미처 보기도 전에 솔리가 팔로 달려드는 바람에 그는 뒤로 쓰러졌다.

토비는 솔리의 머리에 코를 박았다. 두피 냄새가 나고 끈적끈적한 느낌이 들었지만, 그의 코는 그 아래에서 자신의 피붙이 냄새를 확인했다.

"여기서 뭐 해요?"

"누나를 집에 데려가려고. 같이 가지 않을래?"

솔리는 어리둥절했다. "내가 뭘 잘못했어요?"

"아니야. 우리 모두 한 가족이니까 함께 있는 게 좋을 것 같아서."

"아빠, 여기 너무 재미있어요. 정말 좋아요. 아빠가 옳았어요. 엄마 말이 맞았어요."

"내년 여름에 또 오자. 약속할게."

"엄마는 집에 있어요?"

토비는 솔리의 여행 가방을 찾기 위해 둘러보았다. "짐을 싸자."

책임자는 토비가 두 아이의 가방을 끄는 것을 보았다. "솔리는 정말 멋진 여름을 보내고 있었어요." 그가 말했다. "사실, 솔리는 떠날 필요가 없어요. 플라이시먼 씨, 제가 권하고 싶은 것은—"

토비는 차 트렁크를 열고 짐을 실은 다음 트렁크를 닫고 책임자에게 시선을 돌려 말했다.

"사실, 닥터 플라이시먼이라고 불러주세요."

집으로 돌아가는 길에 해나는 앞자리에 앉으려 하지 않았다. 딸애는 솔리와 함께 뒤에 앉고 싶어 했고, 얼마 뒤 솔리의 무릎에 머리를 기대고 누웠다. 토비는 솔리가 마치 손위 어른처럼 누나의 책임을 함께 지고 누나의 머리를 쓰다듬으며 엄숙하게 창밖을 바라보고 있는 것을 보았다. 엿 먹어, 레이철.

위쪽 지방의 더위는 시내만큼 심하지 않았다. 나무들은 푸르고 울창했다. 그는 노동절 주말 동안 아이들을 데리고 북쪽에 있는 플라시드 호수나 새러토가로 가야겠다고 생각했다. 한 시간 정도 운전을 하자 휴게소가 나왔고, 그들은 모두 차에서 내려 방금 전쟁을 겪은 것처럼 초췌한 모습으로 느릿느릿 화장실에 갔다.

"차로 돌아가기 전에 잠깐 밖에 앉아 있자." 토비가 말했다. 그들은 근처에 있는 피크닉 테이블에 앉았다. "너희에게 할 얘기가 있어."

해나는 얼어붙었다. "뭔데요?"

"엄마 얘기야."

솔리가 몸을 잔뜩 웅크린 채 가냘프게 비명을 질렀다. "엄마가 죽었죠? 그럴 줄 알았어요. 난 엄마가 죽은 줄 알고 있었어요."

"닥쳐, 솔리!" 해나가 소리 질렀다.

"둘 다 그만해." 토비가 말했다. "엄마는 죽지 않았어. 아무 일 없어. 하지만 엄마 마음에 어떤 문제가 있는 것 같아. 진작 말해줬어야 했는데."

해나의 눈이 휘둥그레졌다. "엄마가 정신병원에 있어요?"

"아니." 토비가 말했다. "하지만 모든 것이 좀 힘에 부쳐서 엄마가 힘들어하는 것 같아. 일, 책임 같은 것들 말이야. 엄마는…… 어떻게 표현해야 할지 모르겠구나. 엄마는 잠시 쉬고 있어."

"왜 엄마가 우리에게서 휴식이 필요한 거예요?" 해나가 물었다.

그의 머릿속이 열기와 경계심으로 흔들리기 시작했다. 그는 아이들과 말하기 전에 심리 치료사와 상담을 했어야 했다. 학교 상담 선생에게 전화를 했어야 했다. 그의 심리 치료사인 칼라에게 전화를 했어야 했다. 지금 그는 즉흥적으로 일을 벌여서 이미 상처받은 아이들을 더 심하게 다치게 하고 있었다.

"가끔은, 사람들은 이혼이 해결할 수 있는 것보다 더 큰 문제를 가지고 있어. 엄마는 무엇보다도 너희를 사랑해." 그가 말했다. 아이들의 기분을 낫게 하려고 한 말이었지만 그 말을 하는 순간 그는 그것이 사실인 것처럼 느껴졌다. 그것은 사실일 수밖에 없었다. 어떻게 그게 사실이 아닐 수 있을까? 어떻게 이 아이들을 사랑하지 않을 수 있을까? 어떻게 아이들과 지내는 매일매일이 축복이 아니라고 느낄 수 있을까? "엄마는 너희를 낳기 위해 큰 고생을 했어. 두 번 모두 병원에서 문제가 있었지. 그 일로 엄마는 약간 제정신이 아니었는데, 그것을 극복했는지 잘 모르겠구나. 엄마가 자기 사업과 가정생활을 함께 잘 해내는 법을 배웠는지도 잘 모르겠어. 엄마는 나에게 그런 것들을 설명해주지 않았기 때문에, 지금부터 너희에게 말하는 것은 모두 아빠의 추측일 뿐이야."

솔리가 먼저 말했다. "엄마는 돌아올까요? 어디로 갔을까요?"

"너희에게 솔직히 말할게. 엄마가 어디 있는지 나도 모르겠어. 다만 엄마가 안전하다는 것만 알아. 엄마는 안전하고 건강해. 엄마가 앞으로 어떻게 할 건지 몰라서 물어봤지만 아직 아무 대답도 듣지는 못했어. 더 이상 너희에게 거짓말하고 싶지 않아. 너희 마음이 아프리라는 것은 알지만 어쩔 수 없이 말하는 거야."

그는 레이철과 함께 아이들에게 이혼한다고 말해주었던 5월의 그날을 기억했다. 지금도 그때와 거의 같은 방식으로 일이 진행되고 있었다.

"우리는 어디에서 살아요?" 그때처럼 해나가 물었다.

"지금처럼 나와 함께. 이제 한군데서만 살게 될 거야."

"엄마가 아빠를 싫어하기 때문에 그런 거예요. 엄마는 아빠 곁에 있는 것을 참을 수 없어했어요." 해나가 말했다.

"어쩌면 그럴지도 모르지." 토비가 말했다. 다른 가능성보다는 이 게 더 나았다. "다른 사람들처럼 그냥 평범하게 이혼을 할 수 없었던 게 아쉽구나. 하지만 우리는 플라이시먼 집안이야. 우리는 다른 사람들과 달라."

아이들은 오래도록 울었다. 어느 순간, 솔리는 토비의 무릎 위에 앉아 목을 붙잡고 울었고, 해나는 일어서서 주위를 서성였다.

아이들은 자신들에게 가장 필요한 순서로 새로운 생활에 관한 구체적인 질문을 했다. 학부모-교사 간담회와 콘서트 그리고 오케스트라 연주회에는 누가 올 것인가? 그는 아이들에게 그가 지금까지 한 번도 그런 행사를 놓친 적이 없었다는 것을 상기시켰다. 어머닌날에는 무엇을 해야 해요? 그건 아직 한참 후야. 아이들은 답이 없는 질문들을 했고, 그는 아이들에게 너무 많은 정보를 주거나 거짓말을 하지 않으려고 노력했다. 그는 자신의 피부가 산 채로 벗겨지는 것 같았다. 어디에 있든지, 그는 그녀가 고통받고 있기를 바랐다. 그녀가 다시는 한순간도 평화롭지 않기를 바랐다.

"하고 싶은 말이 있다. 무슨 일이 있어도 나는 절대로 너희를 떠나지 않을 거야. 단 하루도. 한 시간도."

"그럼 아빠가 다시는 **놀이 데이트**하러 가지 않겠다는 거예요?" 해나가 물었다.

"가끔은 놀이 데이트에 가겠지. 하지만 항상 집에 돌아올 거야. 너희는 학교에 갔다가 집으로 돌아올 거야. 우리는 항상 한 지붕 아래서 같이 잘 거야. 어때?"

한 시간 후, 그들은 다시 차에 올라탔다. 토비가 도로에 진입한 순간, 아이들은 다시 울기 시작했고 멈췄다가는 다시 울었다. 해나는 그가 레이철에 대해 거짓말을 하고 있는 건 아닌지, 그녀가 실제로 죽은 것은 아닌지 다시 물었다. 해나의 말은 솔리를 더 울게 만들었고, 결국 둘 다 소리를 내며 울다가는 멍하니 창밖을 내다봤다.

한 시간 후 그들은 집에 도착했다. 벌써 저녁 식사 시간인 7시였다. 엘리베이터에 탄 그들은 모두 지칠 대로 지쳐 벽에 기대었다.

문득 생각이 떠오른 듯 해나가 말했다. "저쪽 집에서 제 물건을 가져올 수 있어요?"

"그래. 필요한 것을 말하면 내가 가지러 갈게."

"좋아요. 거기에 가고 싶지 않아요." 해나가 말했다.

엘리베이터 밖으로 나와, 그들은 개가 짖는 소리를 들었다. 그들이 현관문 가까이 다가갈수록 개 짖는 소리는 더 커졌다. 솔리와 해나는 서로를 바라보았고, 순간 해나의 얼굴에 깃들어 있던 불안한 예감과 슬픔이 환하고 행복한 표정으로 바뀌었다. 어떻게 해나는 이렇게 잠깐 동안에 전혀 다른 사람이 될 수 있는 것일까? 그는 의아했다. 아버지가 된 이후 그는 거듭 아이들의 단순함에 경탄을 해야 했다. 그들의 단순함은 나이가 들면서 점차 사라졌다. 불과 몇 시간 전만 해도 온 세상의 굴욕은 혼자 다 당한 듯했고, 그다음에는 엄마가 자신을 버렸다는 사실을 알게 됐지만, 새 강아지를 본 순간 모든 걱정을 잊고 무릎을 꿇는 것은 쉬운 일이 아니었다. 몇 년 동안 해나는 양쪽 모두에 걸쳐 있었고 그것은 최악이었다. 해나의 입장에서는 한 몸으로 순수함과 성숙함을 견뎌야 하는 것이, 토비의 입장에서는 아이의 순수함이 방울방울 떨어져 사라지는 것을 지켜보는 것이 큰 고통이었다.

세스와 버네사는 뒤로 물러섰다. 토비가 손짓으로 아이들을 불렀다.

"얘들아, 이분들은 아빠의 오랜 친구인 세스 아저씨와 새 친구인 버네사야." 그가 말했다. 버네사는 아이들과 함께 개를 쓰다듬기 위해 무릎을 꿇었다.

"아빠가 말한 대로 아주 귀엽구나." 버네사가 솔리에게 말했다. "그리고 너는—" 그녀는 해나를 바라보았다. "사진만큼이나 예쁘네. 나는 항상 너 같은 생머리를 부러워했어."

해나는 즉시 버네사에게 넋을 잃었다. "언니 머리도 곧은데요."

"아니야. 나는 매일 아침 한 시간이나 드라이를 해야 해." 버네사가 말했다.

"정말이야." 세스가 끼어들었다. "아침에 일어날 때는 머리가 메두사 같거든." 버네사는 장난스럽게 그를 때렸다.

해나는 개의 귀 뒤를 긁어주었다. "버블스라고 이름 지었죠?" 아이가 토비에게 물었다.

"너는 아빠를 너무 잘 아는구나."

"나는 1학년 때도 그 이름이 마음에 들었어요."

"그래, 나도 그 뒤로 더 좋은 이름은 들어보지 못했어." 버블스가 해나의 상기된 얼굴을 핥았다.

"얘는 눈이 하나밖에 없어요?" 솔리가 물었다.

"으으~" 해나가 역겹다는 듯 말했다.

솔리는 울기 시작했다. "내가 더 사랑해줄 거예요."

"캠프를 저주하자." 세스가 말했다. "수두가 발생한 다음에 흰개미 떼가 캠프를 덮치기를. 무너진 건물들에 깔린 사람들이 차라리 그 편이 낫다고 생각하게 되기를." 토비는 웃을 수가 없었다.

세스는 이어서 말했다. "아이들의 생일 케이크를 만들기 위해 꺼냈다가 실수로 햇볕에 놓아둔 달걀에서 살모넬라균이 나와 그것을 먹은 캠프 책임자의 아이들이 탈이 나기를."

토비의 어머니는 오래전에 그에게 인생에 있어 모든 나쁜 일은 결국 축복이 된다고 말했다. 우리는 단지 신의 계획을 이해하지 못할 뿐이라는 것이다. 그는 키였는지 몸무게 때문이었는지—아니, 키가 맞다—울고 있었다. 초등학교 5학년 때였다. 반에서 가장 비열한 여학생 세 명이 여자친구가 없을 가능성이 가장 높은 아이로 그를 뽑았다는 것을 알게 되었다. 바보 같은 짓거리였고 그도 그걸 알고 있었다. 하지만 그래도 속이 상하는 것은 어쩔 수 없었다. 어머니는 언젠가 그가 부유하고 성공한 의사가 되면 그 여자애들은 자신들이 했던 말을 후회할 것이라고, 하느님은 우리가 감당할 수 없는 것을 우리에게 주시지 않는다고 말했다. 토비는 그 후 '하느님은 우리가 감당할 수 없는 것을 우리에게 주시지 않는다'는 격언으로부터 아무 위로도 받지 못했다. 어떤 것을 감당한다는 것의 기준이 무엇인가? 자살하지 않는 것? 토비는 갑자기 아파트에서 뛰쳐나와, 엘리베이터를 탄 후 정신없이 로비 버튼을 누르고 문을 뛰쳐나가 공원을 가로질러 나히드의 집으로 들어가 그녀의 엄청난 젖가슴 사이에 얼굴을 묻고 모든 감각을 상실시키는 그녀의 육체라는 수용소에 삼켜지고 싶은 충동을 느꼈다. 그는 아이들을 바라보았다. 그가 그렇게 할 수 있기까지는 시간이 좀 걸릴 것이었다.

버네사와 세스는 저녁 식사를 만들어주기 위해 머물렀다. 토비가 아이들 짐을 풀어 산처럼 밀린 빨래를 하는 동안 버네사는 스파게티를 만들었다. 토비는 아이들에게 이혼 이야기를 하기 전에 지난 5월에 상담을 했던 아동 심리학자와 연락하려고 노력했지만 허사였다. 그는 아이들을 일찍 재우고 나서, 주머니에서 해나의 휴대폰을 꺼냈다. 그는 아이의 페이스북과 인스타그램을 뒤졌다. 그는 해나가 자신의 모습을 찍은 사진들을 삭제했다. 그는 아이의 휴대폰에서 같은 인터페이스 안에 두 개의 계정을 가질 수 있도록 해주는 미러링 프로그램인 앱을 발견했다. 그것을 이용해서 해나는 겉으로 보기에 순수한 인스타그램 계정과, 화장을 잔뜩 한 자신의 사진을 올리거나, 학교 친구를 놀리거나, 자신의 옷 중 어떤 옷이 '더 섹시하냐'고 묻는 데 사용하는 계정을 따로 가지고 있었다.

그는 자크라는 소년에게서 온 메시지들을 삭제했다. 그것들은 토비가 Hr에서 만난 여자들과 교환했던 문자들의 어린이 버전이었다. 그들 중 몇몇 문자들은 숨을 멈추게 할 정도였다. 그는 해나가 어떻게 그런 식으로 말을 할 수 있는지 상상조차 할 수 없었다. 그 애는 아직 생리조차 시작하지 않았다.

자란다는 것은 정말 끔찍하게 추한 것이라고 그는 생각했다. 성장한다는 것은 포로들과 사상자를 낳았고, 부수적인 피해를 입혔다. 그랬다, 자란다는 것은 역겨웠다. 그것은 그에게 혐오감으로 깊숙이 자리 잡아서 외과의사도 그것을 끄집어낼 수 없었다.

"나 Y 캠프로 돌아가지 않을 거예요." 다음 날 아침 해나는 침실에서 나오며 선언을 했다. 솔리는 아직 자고 있었다. 해나의 눈은 거의 감겨질 정도로 부어 있었고, 토비는 막 마라톤을 마친 기분이었다. 그는 전화를 할 배짱이 없어서 이메일로 바턱에게 하루 더 휴가를 냈다. 그는 솔리를 위한 캠프를 알아봐야 했는데 이제 해나까지 자리를 알아봐야 했다.

"저 여기 혼자 있을 수 있어요." 해나가 말했다.

"허." 토비가 말했다.

"LA에 있는 버비 캠프에 가도 돼요?"

"나는 네가 집에서 좀 더 가까이 있으면 좋겠다. 그리고 버블스도 네가 필요하고."

"브레이버맨 캠프는 어때요? 거기도 애들이 많이 가요."

"다시는 널 집에서 떠나보내지 않을 거야."

"날 다시 Y 캠프로 보낼 수는 없어요!"

"그래야 할 것 같아."

"내가 아니라 걔가 쫓겨났어야 했어요."

"남자아이들은 서로 잘난 척하기 위해 바보 같은 짓을 한다는 것을 알아야 해. 그 애들은 생각이 없어. 이 세상에서는 누구를 신뢰할 수 있을지 조심해서 선택을 해야 한단다. 마음이든 우정이든 몸이든 그 것을 잘 돌보지 않을 사람에게 주어서는 안 돼."

"제발 그만하세요."

"애야, 나도 앞으로 3년 동안은 너와 이런 대화를 하지 않았으면 좋았을 거야. 하지만 우리는 이미 이런 대화를 하게 됐구나." 그는 아이들과 함께 식탁에 앉았다.

토비는 아이들에게 번갈아 버블스의 목줄을 잡게 하며 Y 캠프로 끌고 갔다.

그들이 캠프에서 한 블록 떨어진 곳에 이르렀을 때 해나는 "나는 아빠가 미워요"라고 말했다.

"미워해도 어쩔 수 없어. 아니면 언제든지 나와 함께 병원으로 가도 좋아."

"아뇨, 됐어요. 이젠 휴대폰도 없는데요."

"글쎄, 책을 읽으면 어떨까? 기억나? 준비해야 할 바트미츠바가 있다는 거?"

"엄마가 없으면 바트미츠바를 하지 않을 거예요."

"알았다."

Y 캠프에서, 토비는 주 북쪽 캠프에 있던 책임자보다 훨씬 친절한 책임자와 이야기를 나누었다. 아이들이 어떻게 엄마에게 버림받았는지 토비가 이야기를 쏟아내자 캠프 책임자는 공감한다는 듯 고개를 끄덕였다.

"모두들 힘드시겠군요. 정말 악몽이네요." 그가 말했다.

토비는 용감한 표정을 지었다. 그가 얼마나 빌어먹을 괴물과 결혼했는지 마침내 다른 사람에게 말하자 기분이 좋았다. 그는 더 이상 그녀의 평판을, 아니 그가 그녀의 입장에서도 정확한 이야기를 하고 있는지에 대해서 걱정할 필요가 없었다. 그는 더 이상 어떤 상황에서 자신의 역할에 대해 스스로에게 어려운 질문을 할 필요가 없었다. 사실만 이야기하면 그뿐이었다. 그녀는 거의 3주 동안 아이들과 연락을 하지 않았다. 그 여자는 미친 인간이었다. 더 이상 미화할 필요가 없었다.

그는 91번가 건물의 계단에 앉았다. 아직 너무 덥지도 않았고 가능한 한 오랫동안 개를 밖에 두고 싶었다. 그는 내게 전화를 했다.

"피곤한 것 같네." 그가 말했다.

"그냥 해먹에 누워 있어."

그는 나에게 아이들에 대해 말해주었다.

"나는 레이철이 마음에 들지 않았어." 내가 그에게 말했다. "내가 그런 말을 한 적이 있었니?"

"말했었어."

그는 바턱에게 불가피하게 하루 더 휴가를 내야 했다고 다시 한 번 해명하는 이메일을 보냈다. 그것은 사실이었다. 그는 아직 개를 봐줄 사람도 고용하지 못했다. 게다가 창문 차양과 에어컨도 손을 봐야 했다. 그는 부모님에게 전화를 했다. 여동생에게도 전화를 걸었고, 퀸스에 사는 사촌 누나 체리에게도 전화를 했다. 그녀는 그에게 벌어지고 있는 상황을 듣고 울었고, 주말 동안 아이들을 데리고 있겠다고 말했다.

"아직 그 정도는 아니야. 그리고, 아이들은 나와 함께 있어야 한다고 생각해."

"그럼 우리가 한번 가도 돼? 시내에서 저녁 식사나 같이 하게."

"그건 환영이야."

그는 그들의 동정심 속에서 마음껏 뒹굴었다. 그것은 또한 페이스북에 이혼하는 사람들이 가끔 올리는, 공동으로 작성한 이혼 발표문을 읽는 사람들의 마음속 질문—도대체 누가 잘못을 한 거야?—에 대한 답이기도 했다. 누구의 잘못이냐고? 제길, 자, 이제는 알았지?

그의 휴대폰에서 문자 도착음이 울렸다. 병원이 아니었다. 나히드가 보낸 문자였다.

여기서 저녁 식사할래요?

뭐라고 대답을 해야 하지? 그는 그녀를 놓아주기로 결심했었다. '아뇨, 미안해요, 나는 사람들 앞에 함께 나설 수 있는 여인이 필요해요. 최근에 꽤 많은 일들을 겪어서 꽤 예민한 상태예요'라고 말하면서 자존심을 지키기로 결심했었다.

하지만 이것이 모두 그에게 최선이라면? 어쩌면 이 상황은 그에게 괜찮은 것일지도 몰랐다. 어쩌면 이게 지금 그가 감당할 수 있는 한계일지도 몰랐다. 그는 지금 남자친구 역할을 맡을 수 없었다. 그에게는 실종된 아내, 그가 가까이서 돌봐야 할 아이들이 있었고, 서서히 연인이 될지 모를 전임의가 한 명 있었다. 그는 무언가 구체적인 것이 필요했고 다시 앱으로 돌아가고 싶지 않았다. 그 앱은 이제 그에게 소돔과 고모라의 현장처럼 보였다. 소돔과 고모라 사람들은 모두 소금으로 변하기 전, 멸망당하기 전에 정확히 그가 하던 일들을 저지르고 있었다. 지금 당장은 앱을 사용하지 않을 것이다. 오늘 밤에는 앱에 가까이 가지 않을 것이다. 탑에 갇힌 여인과의 성적이면서도 연애 비슷한 관계는 정상이 아니었지만, 지금껏 그가 살아온 정상적인 삶이 그에게 무엇을 가져다주었던가? 그는 취약한 상태에 있었지만, 그녀도 마찬가지였다. 그녀도 친구가 필요했다. 그리고 그는, 몇 차례 샤워를 한 뒤에도, 아직도 언뜻언뜻 자기 몸에서 그녀의 체취를 맡았다.

그는 답장을 썼다. 좋아요, 저녁 식사.

점심은 어떻게 할 거예요?

친구와 약속이 있어요.

저녁에 집으로 와요.

○

세스는 양복을 입고 있었다. 그는 새 직장을 구하려고 면접을 봤지만, 이제 막 창업한 회사였고 여성들이 경영자였다. 점심쯤 되었을 때는 그는 염증이 나서 더 이상 정치적 올바름에 관해 떠벌릴 수가 없을 정도였다.

"그녀들은 회사 안에서 교차점을 만드는 데 내가 어떻게 기여할 수 있는지 말해보라고 하더군." 토비가 자리에 앉자 그가 말했다. "그게 도대체 무슨 뜻이야? 무슨 교차점? 돈과 돈이 만나는? 그런 거라면 내가 할 수 있지."

"어쩌면 너한테 어울리지 않는 회사인지도 모르지."

세스는 잠시 멍하니 앉아 있다가 화제를 바꾸었다. "나 프러포즈를 할 거야." 마치 연극을 위해 대사를 연습하는 것처럼 눈을 감고 세스가 말했다. 그는 눈을 떴다. "러시아에 다이아몬드 광산을 소유하고 있는 사람이 있는데 블러드 다이아몬드*를 취급하지. 하지만 품질은 최고야. 여기서는 파는 것도 불법이야." 그는 손뼉을 치듯 자신의 두 손을 맞잡았다. "버네사를 본 느낌이 어때?"

토비는 무슨 말을 해야 할지 알 수 없었다. "사랑스럽더군. **어리고.** 세대 차이를 느끼지는 않아?"

"**사랑스럽다,** 그녀에게 어울리는 말이네." 세스의 손은 어느새 테이블 위에 있었다. 그의 손톱은 꽤 안쪽까지 물어뜯겨 있었다. 원래 그랬었던 것인지 토비는 기억을 할 수 없었다.

"정말 결혼하고 싶어?" 토비는 지금까지 이번 여름에 자신이 겪은

---

* 총기 및 군수품 구입을 위해 전쟁 지역에서 채굴해 판매되는 다이아몬드.

일을 옆에서 목격한 사람이 결혼을 하겠다고 나선다니, 믿을 수 없었다. 레이철이 어떤 짓을 했는지 듣고, 그와 내가 세스에게 강의한 결혼의 진실을 듣고서도 말이다. 사실, 그는 자신이 아마도 두어 번 완전한 결혼들을 깨는 계기가 될 것이라고 생각했었다.

"꼭 그렇지는 않아. 하지만 어느 나이까지 결혼하지 않은 남자는 이 세상에 설 자리가 없는 것 같아. 세상은 가족을 가질 것을 요구해. 아니면 유부남들이 즐거운 시간을 보내려고 불러내는 총각 친구로 남는 거지. 본인에게는 아무것도 남는 것이 없이 말이야." 무시하는 것은 아니지만, 토비는 세스가 이 세상에서 자신의 위치에 대해 그렇게 깊은 이해를 하고 있을 줄 몰랐다. "부모님이 돌아가시고 나면 추수감사절에도 갈 곳이 없잖아?"

"분명히 리비가 초대해줄 거야." 토비가 말했다. 휴일에 무엇을 할 것인지에 대해서는 그는 아직 생각조차 하지 않았다. "나는 요리는 할 줄 알아."

"아니, 오라는 곳은 얼마든지 있어. 하지만 그러려면 나는 항상 그들에게 매력이 있어야 해. 내 말은 그건 어딘가에 **소속되어 있는 것**과는 같지 않다는 거야. 내 인생에 무조건적인 초대는 없어."

세스가 옳았다. 세상은 이혼한 남자를 어떻게 대우해야 할지 알고 있었다. 이혼한 남자도 갈 곳, 함께 어울릴 사람들이 있었다. 그에 대해서는 묻고 자시고 할 것도 없었다. 결혼을 한 적이 없는 남자들에 대해서는 궁금한 질문들이 있었다. 금융업에 종사하는 사지 멀쩡한 남자가 아직까지 누군가와 자리를 잡지 못했다는 것은 사람들의 의심 어린 시선을 사기에 충분했다.

토비는 친구의 청혼 계획 소식을 듣고 행복해 보이려고 애썼다. 토비가 대기권에 재진입했을 때, 세스가, 비록 머리털은 옛날 같지 않앉지만, 이전 그대로 색광의 모습으로 남아 있었던 것은 그에게 큰 위안이 되었다. 세스의 독신에는 순수하고 변하지 않는 무언가가 있었다. 그는 파티를 사랑하고, 여자들을 사랑하고, 섹스를 사랑했다. 토비가 이혼을 고려하고 있을 때, 그것은 다른 어떤 것보다 그를 더 안정시켜주었다. 하지만 지금 그는 자신이 세스를 무시하고 있었다는 것을 깨달았다. 최근에만 그런 게 아니었다. 아마도 그들의 우정이 지속되는 동안 계속 그랬을 것이다. 세스는 현실적인 사람이었다. 그는 토비가 다시 어울릴 준비가 될 때까지 그를 기다리며 시간 속에 얼어붙어 있던 사람이 아니었다. 물론 그에게도 몇 번의 기회가 있었다. 하지만 사실은, 그는 자신이 자라온 방식을 넘어서지 못했다. 그의 부모님은 그가 정통파 유대교 신자가 아닌 사람과 결혼할까 봐 매우 걱정을 했었다. 이제 그들은 그가 유대인이 아닌 여성과 결혼할까 봐 심려하고 있었다. 그는 자신이 유대인 여성과 결혼하게 될까 봐, 어떤 종류의 타성이 그를 독립적인 삶을 포기하고 신을 두려워하는 우울한 부모로 만들어버릴까 봐 두려워했다.

대학 졸업 후, 세스가 가장 좋아하던 일은 윌리엄스버그에 있는 그의 꼭대기 층 아파트에서 테마 파티를 여는 것이었다. 그는 슈퍼볼 파티(그는 멍이 든 눈 화장을 했었다)와 부활절 달걀 찾기(세스가 토끼를 맡았었다), 시트콤 캐릭터 분장 파티(그렉 브래디가 그의 캐릭터였다)를 열곤 했다. 그는 어느 날 밤 70년대식 파티를 열었는데 열쇠 파티* 요소를 가미했다. 그는 파마를 한 것처럼 머리를 말고 앞이 트인 셔츠를 입었는데 그의 카리스마와 매력, 에너지는 파티를 성공적으로 만들기에 충분했다. 참석했던 여자들 중 절반이 어항 안에 열

---

* 파티에 참석한 사람들이 자동차 키를 그릇에 넣은 후 이성 참석자들이 임의로 키를 집어 파트너를 정하는 방식.

쇠를 넣었지만, 나머지 절반의 여자들 때문에 수치심을 느끼며 열쇠를 다시 거둬갈 수밖에 없었다. 토비는 어항에서 열쇠가 사라지는 것을 깊은 실망감과 안도감을 동시에 느끼며 지켜보았다. 세스는 다음 날 아침 두 여자와 잠에서 깨어났는데, 그 후 두 번 다시 그녀들을 만나지 못했다.

후에 그의 파티들은 새로운 형태를 띠기 시작했다. 그는 이제 그것들을 '클럽'이라고 불렀다. 예술 클럽과 영화 클럽, 음악 클럽이 있었고 과학 클럽도 있었다. 심지어 섹스 클럽도 있었다. 그는 열쇠 파티에서 겪었던 파행을 피하기 위해 결혼 심리학자를 초대해서("누구에게 이 말을 들었다고 말하지는 마세요, 하지만 사실 그가 클린턴의 결혼 생활을 구했어요!") 자유로운 사랑을 되찾자는 주제에 대해 연설하도록 만들었고, 그것을 들은 모든 참석자들을 흥분하도록 만들었다. 영화 클럽에서는 여러 개의 학위를 가진 뉴욕대학교 종신교수이자 가장 많은 상들을 수상해온 여성 영화가("아마도 이분은 5년 안에 전체 학교의 학장이 될 거예요")가 레이건의 경제 정책이 〈로보캅〉과 〈비디오드롬〉과 같은 80년대 영화에 어떤 영향을 미쳤는지에 대해 설명했다. 음악 클럽은 〈업저버〉의 클래식 음악 평론가("퓰리처상 수상자")를 초청해 '유대인이 바그너를 들어도 괜찮은 걸까?' 같은 주제로 강연을 하게 했다. 각 클럽마다 '회원'들이 달랐는데, 이 '회원'들에는 겹치는 사람들이 있었다. 예를 들어, 토비는 모든 클럽에 초대되었다. 대부분 초대자 명단들에는 세스의 남자 친구들이 고르게 분포되어 있었지만, 그와 동시에 세스는 자신과 잠을 자고 있던 몇 명의 여자들이 겹치지 않도록 정교하게 조정해놓았다.

토비가 좋아한 클럽은 과학 클럽이었고, 특히 그것에서 갈라져 나온 물리학 클럽이 가장 마음에 들었다. 세스는 풀브라이트 학자를 고용해서("풀브라이트 학자들이 지금까지 가장 큰 관심을 받았던 기간에 그는 장학금을 받았어요") 끈 이론이나 도플러 효과나 에렌페스트 정리를 토론하게 했다. 아이비리그 출신인 회원들은 모두 질문을 던지거나 입술을 오므리고 생각에 잠겨 고개를 끄덕였고, 그 후 강의 중 꾸준히 제공된 술과 마리화나가 갑자기 그곳의 모든 사람들의 혈류 속에서 작용을 시작하면 그때부터는 모임이 조용하고 질펀한 짝 짓기 축제로 변해갔다.

그때쯤 토비는 레이철과 약혼을 한 상태였는데, 갑자기 레이철의 일정이 클럽의 모임 시간과 어긋나기 시작했다. 토비는 세스의 초대에 참석하기 어렵다고 대답했지만, 세스는 꼭 와야 한다고 강권을 했다. 레이철은 계속해서 직장 동료들과 저녁 식사나 이웃들과의 저녁 식사 등 변명을 늘어놓았다. (토비는 자신이 전에 이런 저녁 식사들에 동의한 적이 있었는지, 아니면 그녀가 그냥 있지도 않은 약속들을 꾸며낸 것이었는지 알 수가 없었다.) 마침내 그들은 모임에 참석할 수밖에 없는 상황이 생겼었는데, 아주 한참 전에 초대를 받았기 때문에 허를 찔린 레이철은 다른 핑계를 댈 수가 없었다. 결국 그녀는 클럽에 가겠다고 동의했지만 너무 오랫동안 아파트 밖에서 꿈지럭대느라 두 사람은 모임에 늦게 도착했다. 그들이 아파트에 들어갔을 때엔 남녀들이 침침한 조명 아래 서로의 몸을 더듬거나 춤을 추고 있었고 레이철은 그런 분위기가 불편하다는 뜻을 분명히 표시했다. "세상에, 여긴 마치 플라톤의 휴게소* 같아." 그녀가 말했다.

"**물리학** 강의 모임이야." 토비가 대답했다. "우리가 두 시간 늦기 전에는 그랬을 거야."

---

* 1977~1985년 뉴욕 맨해튼에 있던, 서로 섹스 상대를 바꿔 즐기는 부부 및 연인들 클럽으로 이성애 커플과 양성애자 여성을 위한 클럽이었다.

세스는 문 앞에 있는 그들을 보고 달려왔다. "드디어 왔군!"

"그래. 잘 지냈어? 레이철 기억하지?"

"정말 오랜만이에요." 레이철이 말했다.

"물론 기억하지." 그는 그녀의 볼에 뽀뽀했다. "잠깐만요, 분위기가 좀 가라앉고 있어서 가서 좀 띄우고 와야겠어요." 그는 탁자 위에 놓여 있던 아프리카 가면을 쓴 후 소리를 질렀다. "나는 성교의 신이다. 모두 내게 기도하라!"

"봤지? 쟤는 즐거움을 위해서는 못할 게 없는 사람이야." 토비가 말했다.

그녀는 세스가 방을 가로질러 젊은 여자들로 이루어진 작은 기차 줄을 자신의 뒤에 형성하기 시작하는 것을 보았다. "세스는 만성적으로 우울한 거야, 아니면 오늘 밤만 그래?"

자신의 친구들을 그렇게 증오하다니, 레이철이 못돼먹었다고 생각했었지만—"난 그들을 **싫어하지는** 않아, 단지 당신이 왜 그들을 그렇게 좋아하는지 모르겠어! 설명해봐!"—지금 그는 그날 밤을 다시 떠올렸다. 그는 마침내 지금에서야 그것을 똑똑히 볼 수 있었다. 세스는 그 방에서 가장 술에 취한 남자이고, 그 방에서 가장 넘치게 섹스를 하는 남자로서 모든 것에서 도피하고 있었다. 그는 엄청나게 즐거워하는 척함으로써 자신을 다른 사람들의 이드(id), 그들의 좋은 시간, 그들의 인습적이고 만족스러운 삶이 장애물에 부딪힐 때 그들이 같이 한잔하러 나갈 수 있는 친구로 기능했다. 토비는 그의 카리스마와 키, 외모를 부러워했었지만, 이제야 그것을 보았다. 세스는 그것들 외에는 다른 아무것도 가지고 있지 않았다. 그는 친구도, 가까운 사람들도 없었다. 토비와 내가 떨어져 나가자 아무도 우리 자리를 대신하지 않았다. 애초에 우리도 그에게 좋은 친구들은 아니었을 것이다. 자신의 전임의들에게는 환자의 말을 잘 들으라고 하면서 왜 토비는 이 사실을 진즉 깨닫지 못했을까?

"버네사에게 무슨 일이 있었는지 얘기했어?" 토비가 물었다.

"그녀를 걱정시키고 싶지 않아. 곧 다른 일을 찾을 테니까. 오늘 아침에 옛 상사가 전화를 걸어서 새 일자리 이야기가 있다고, 우리 모두를 데리고 가겠다고 했어."

"전에 결혼을 해봤던 사람으로서 한마디 하자면, 너는 엉망으로 출발을 하는 것 같은데." 토비가 말했다. "아무런 위험이 없는 지금 거짓말을 하고 있으면, 앞으로 5년 후 그녀가 뚱뚱해지거나 아기를 유산했을 때 네가 어떤 짓을 할지 그려보는 것만으로도 무섭다."

"하지만 나는 그녀를 사랑해. 정말로. 그녀는 온화하고 착하지. 그리고 이제 때도 되었고. 모르겠어. 결혼하고 싶은 마음이 들어야 하는 거야? 아니면 결혼할 때가 되었다고 생각할 때 사랑에 빠져 있는 사람과 결혼하면 되는 거야?"

"묻지 마. 나는 제대로 결혼하지 못했어. 그녀가 네 프러포즈를 승낙할 것 같아?"

"내 생각에 그녀는 승낙할 것 같아." 세스가 대답했다. 그는 점점 화가 나는 것 같았다. "더 궁금한 거 있어? 내 말은, 우리가 사랑에 빠졌냐고? 그녀는 괜찮은 사람이냐고? 그게 좋은 이유냐고? 넌 내가 행복한데도 좋아하는 것 같지 않아. 난 항상 너 때문에 행복했는데."

여종업원이 마침내 그들의 주문을 받으러 왔다. 토비는 쌀이 들어가지 않은 야채수프를 주문했지만 이미 수프에는 쌀이 들어 있다는 말을 듣고는, 달걀 노른자나 블루치즈나 베이컨이 들어 있지 않은 콥 샐러드를 주문했다. ("여기 내 친구를 위한 다이어트용 얼음은 없어요?" 세스가 물었다. 여종업원이 혼란스러운 표정을 짓자 세스가 웃음을 떠뜨렸고, 더욱 혼란스러워진 그녀는 주문 받는 걸 포기하고 가버렸다.)

"너 때문에 기뻐." 토비가 말했다. "미안해, 난 그냥, 내가 정신과 사람들이 '제정신'이라고 부를 만한 입장이 아니어서 그래. 자, 내가 축복을 해줄게. 그녀의 자궁이 생산적이어서 금융업에 종사할 아기들을 많이 낳기를, 그들이 상승장에서 번창하기를." 세스가 피식 웃었다. "그녀의 지참금에는 여러 가지 다양한 종류의 마리화나 파이프와 약간의 엑스터시가 포함되기를, 네 눈이 그녀의 훨씬 어린 사촌들을 향해 배회해도 눈치채지 못할 정도로 그녀가 항상 취해 있기를."

"같이 축하하자." 세스가 말했다. "리비는 어디 있지?"

"리비는 디즈니 월드에 있대. 피터 팬 놀이기구를 타다가 나한테 사진을 보냈어."

"상상이 안 돼. 그 애는 행복한 사람들이 옆에 있으면 녹아서 사라질걸?"

"나는 그 애와 함께 있는 사람들이 환불을 해달라고 걔한테 요구해야 한다고 생각해."

그들이 헤어지기 전에 세스가 토비에게 말했다. "네가 그렇게 사정이 안 좋았다니 믿을 수가 없어. 나는 늘 레이철이 맘에 들었어. 나는 그녀가 섹시하고 착하다고 생각했지. 너도 행복해 보였고. 그런데 어느 날 갑자기 그게 아니었다고?" 친한 친구들과 함께 있을 때도 그들의 질문들은 결코 토비에 관한 것이 아니었다.

"그래." 어쨌든 토비는 그 질문들에 대답했다. "그것은 마치 로마의 멸망같이 천천히, 그러다가 갑자기 한 번에 파멸했어."

세스는 동정심의 표시로 고개를 끄덕였다. 토비는 '도대체 넌 내 얘기를 듣고 있었던 거야?'라는 생각밖에 들지 않았다.

토비는 심리 치료사 칼라에게 전화를 했다. 그가 앱에 관심과 시간을 쏟아부으면서 그녀를 만나는 일을 등한시하게 되었다. 때는 8월이었고 그녀는 여름이면 정신건강 전문가들이 사라지는 섬으로 갔다. 학교에서 일하는 무능한 사회복지사는 가족들과 함께 2주 동안 애디론댁산맥에서 캠핑을 하고 있는 중이어서 평소보다 더 쓸모가 없었다. 그는 병원의 정신건강 서비스 파트에 전화를 걸었지만, 모든 청소년, 소아 정신과 의사들이 9월까지 휴가를 갔다는 대답을 들었다. 이것은 정신과라는 의학 분야 전체가 경시될 때 벌어지는 일이었다. 그들은 그들만의 규칙을 만들었고, 그중 하나는 아무도 8월 한 달 동안 정신적인 문제를 겪어서는 안 된다는 것이었다.

부부 상담사들은 휴가를 가지 않을지도 몰랐다. 그는 자신과 레이철이 독설로 거의 질식사시킬 뻔했던 상담사가 아직도 일하고 있는지 궁금했다. 그에게 전화해서 환자한테 무슨 일이 생기고 있는지 알려줘야 할 것 같았다. 조 박사? 그게 그의 이름이었나? 그래, 바로 2년 전이었다. 토비는 레이철에게 상담을 받아보자고 애원했었는데, 당연히 레이철은 그의 그런 요청을 그녀에 대한 개인적인 공격이라고 생각했다. 그러던 어느 날 그녀는 갑자기 그의 요구를 받아들였다. 그때까지만 해도 그는 만약 레이철이 중립적인 시야를 통해 그녀의 분노와 나태함을 볼 수만 있다면 그녀는 도움을 받을 수 있고, 그런 문제들을 극복할 수 있을 것이라고 확신하고 있었다. 하지만 그는 또한 그것이 고칠 수 있는 것이 아니라는 것을 깨닫기 전의 마지막 노력일지도 모른다는 생각을 이미 암암리에 하고 있었다.

레이철은 똑같은 헛소리를 지껄였었다. "나는 내가 생계를 유지한다는 이유로 벌을 받는 것 같아요." 그리고 "나는 성공을 했지만 항상 조심조심 발끝으로 걷는 기분이에요. 그는 돈이 가져다주는 것을 사랑하지만 그것을 가져온 나는 미워해요." 그리고 "나는 그에게 꽤 상냥하게 말을 하지만 그는 화가 나면 소리를 지르고 물건을 던져요. 그럴 때면 나는 흥분하지 않으려고 최선을 다하죠. 아이들 때문에요. 그도 그랬으면 좋겠어요." 그는 그녀의 비난과 거짓말 때문에 육체적으로 진이 빠졌다. 그녀는 뻔한 거짓말을 하고 있었나? 아니면 그녀는 그 모든 것을 실제로 믿었던 것일까? 토비가 아무리 노력을 해도 부부 상담 치료의 이익은 냉정함을 유지할 수 있는 사람에게 생긴다는 것이 분명해졌다. 그는 울고 싶었고, 그녀에게 주먹을 들어 보이며 그녀가 그의 말을 듣게 하고 싶었다. 그들이 상담을 받으러 다니는 동안 토비는 그러면 안 되는 줄 알면서도 레이철의 말이 끝나기도 전에 반박하려고 했고, 그러면서 점차 자신의 여지가 좁아지는 것을 느낄 수 있었다. 조 박사는 안경을 벗고 피곤함을 숨기려는 듯 손의 엄지기부를 사용하여 눈을 문질렀다.

'레이철!' 그는 말하고 싶었다. '우리가 부부 상담사를 힘들게 했어! 그만큼 우리 상황이 나쁘다는 뜻이야! 그냥 나를 보내줘!'

토비는 여러 가지 이유로 레이철과 결혼을 했는데 그중 중요한 이유는 그녀가 미치지 않았다는 것이었다. 그녀는 예쁘고, 착하고(당시에는), 똑똑하고(그는 그렇게 생각했었다), 그를 사랑한다고 생각했다. 하지만 가장 큰 이유는 그녀가 미치지 않았다는 점이었다. 미쳤다는 말은 그가 사용하는 한에서 모욕이 아니라고—특히 나를 몇 번 그렇게 부른 후에—토비는 맹세를 했었다. 그것은 단지 하나의 이름, 범주였다. 맞다, 그는 나의 별난 기행과 엉뚱함을 좋아했다. 물론 그는 항상 그런 것에 노출되어 살고 싶지는 않았다. 그는 미친 사람들로 가득한 저녁 파티를 즐거워할 것이다. 그러나 그는 미친 사람과 사는 것은 원하지 않았다. 하지만 지금 그가 무슨 일들을 겪고 있는지 보라.

아마 그는 광기에 대한 자신의 입장을 재고했어야 했다. 그는 미친 여자들은 끊임없이 불합리함을 발산하고 있다고 생각했다. 레이철은 까다롭고 고집이 셌지만, 그녀는 항상 타당했고, 그는 그것에 대해 매우 고마워했다. 하지만 지금 그는 그녀가 그동안 모든 것을 꾹 참고 있었는지, 그래서 일단 댐이 무너지자 홍수가 나게 된 것인지 알 수 없었다. 대립의 법칙에서는 말이 되었다. 그는 너무 신중하고 (그의 말에 따르면) 이성적이었기 때문에, 그가 결국 사귀게 된 사람은 미친 사람이었다. 그게 아니라면 그녀가 어떻게 이렇게 사라질 수가 있단 말인가?

한번은 내가 단편소설을 쓴 적이 있었는데—이것은 내가 소설을 쓸지도 모른다는 생각을 처음 했던 때로 거슬러 올라간다—그것은 결국 어느 선집에 실렸다. 선집에 실린 글을 쓴 작가 세 사람은 어퍼웨스트사이드에 있는 반스앤노블 서점에서 독자들을 상대로 각자가 쓴 단편을 읽어달라고 요청을 받았다. 행사에 온 토비는 아무도 오지 않을까 봐 걱정된다고 말했는데, 결국 그의 말대로 아무도 오지 않았다.

행사가 끝난 후 토비가 내게 한잔하고 싶은지 물었다. 나는 당시 그리니치빌리지의 블리커가에 있는 멋진 원룸에서 살았다. 우리는 지하철역을 향해 걷기 시작했지만, 그곳을 지나쳐 계속 걸었다. 64번 가로 빠진 후 적갈색 건물의 문간 출입구에서 나는 마리화나에 불을 붙였다. 당시 나는 일하고 있던 잡지사에서 교열 편집자의 여자친구가 되기를 기대하면서 그와 잠을 자고 있었는데, 그가 내 집에 마리화나를 계속 놓고 다니는 바람에 난생처음으로 마리화나를 자주 피웠었다.

"맙소사, 엘리자베스." 토비가 말했다.

"이게 나의 즐거움이야, 토비." 우리는 잠시 더 조용히 걸었다.

"그 이야기는 좋았어." 토비가 말했다. "나는 항상 네가 나의 가장 재미있고 똑똑한 친구라고 생각했던 기억이 나. 네가 결코 네 잠재력을 충분히 살리지 못할 거라고도 생각했었지."

"고마워." 내가 말했다.

"아니, 그냥 네가 정말 자랑스럽다는 것뿐이야. 너는 언젠가 큰일을 할 거야."

나는 담배를 꺼냈다. 그는 자기도 하나 피우고 싶다는 눈치를 보내고는 내 가방에서 스웨터를 꺼내 베두인족처럼 머리에 감쌌다.

"레이철이 너한테서 담배 냄새를 맡을까 봐 그러는 거야?" 내가 물었다.

"네 눈에 차는 남자가 없기를." 그는 거지 여인의 목소리로 말했다.

우리는 걸음을 멈추었다.

"내가 그렇게 미치광이라서?" 내가 물었다.

"뭐라고?" 그가 말했다.

"난 정말 미치광이야." 내가 대답했다.

"와, 넌 절대 아무것도 잊지 않는구나. 나는 술에 취해 있었어. 그건 10년 전 일이야. 다른 뜻으로 한 말이었어."

"무슨 뜻?"

"그냥 네 널뛰는 기분을 참을 수 없다는 거였어. 그게 내 책임은 아니라는 뜻이었어."

"너는 내 기분이 어떻든, 나에 대한 어떤 것도 책임질 필요가 없었어. 우린 그냥 친구였어."

토비는 조용했다.

"토비, 네가 그렇게 제정신인 사람과 만나게 되어서 기뻐"라고 내가 말했다. "네가 원하던 모든 것을 얻게 된 것도 기쁘고. 출세가도를 달리는 아내도 있고, 멋진 직장도 있고, 큰 아파트도 있고, 정말 끝내주잖아. 난 너 때문에 행복해. 그러나 언젠가는 광기에 대한 너의 지나친 알레르기 때문에 지루하고 뻔하고 우둔하고 서서히 목을 조여오는 어떤 것에 네가 익사하고 있다는 것을 깨닫게 될 거야."

나는 택시를 부르고 손을 흔들어 작별 인사를 했다. 그는 미친 사람과 살게 될까 봐 너무 걱정한 나머지 실수로 잔인하고 사랑스럽지 않은 사람과 살게 된 것이었다. 그의 최선의 노력에도 불구하고 레이철은 돌아온 토비에게서 담배 냄새를 맡았지만, 그가 다른 여자의 스웨터를 들고 있다는 것이 먼저 그녀의 눈에 들어왔다. 그녀는 그것이 누구의 스웨터인지, 그가 누구와 함께 담배를 피웠는지 묻지 않았다.

다음 날 그들은 레이철이 해나를 임신했다는 것을 알게 되었다.

문득 시간이 벌써 4시라는 것을 깨달은 그는 아이들을 데려오기 위해 Y 캠프의 로비로 서둘러 갔다. 그는 선글라스를 끼고 '세계를 달려라', '그럼에도 그녀는 땀을 흘렸다' 같은 글귀가 쓰인 탱크톱을 입은 채 삼삼오오 모여서 떠들고 있는 엄마들 사이에 끼어 서 있는 유일한 아빠였다. 곧 요청과 요구로 가득한 아이들이 아래층으로 달려내려왔고, 그들 속에 방금 장례식에 갔다 온 듯한 해나와 솔리도 끼어 있었다. 그의 불쌍한 자식들. 토비는 아이들의 주의를 끌기 위해 손을 흔들었다. 마침내 그를 본 솔리는 달려와 20초 동안 그를 꼭 껴

안았다. 해나는 그를 쳐다보지도 않았다.

솔리는 아빠의 손을 꼭 잡았고 그들은 두 블록을 묵묵히 걸었다. 마침내 토비는 해나에게 말을 걸었다. "나는 네가 그곳에 있고 싶지 않다는 것을 알고 있어. 하지만 그 외에는 다른 방법이 없구나."

"내가 왜 캠프에서 쫓겨났는지 사람들이 다들 알고 있어요." 해나가 말했다.

버블스는 그들이 없는 동안 토비의 침대 위와 욕실 바닥에 똥을 싸놓았다. "최소한 한 번은 화장실에 갔어요, 아빠." 솔리가 말했다. "개를 돌려보낼 건 아니죠?" 버블스에게는 뭔가 사람의 마음을 짠하게 만드는 구석이 있었다. 녀석은 끊임없이 몸을 떨었다. 토비는 개가 추워서 그러는 것인지 인터넷을 검색해봤지만 그가 발견한 수의학 포럼에서는 닥스훈트가 불안해하는 경향이 있다는 것만 알 수 있었다. 너한테 딱 맞는 가족에 온 걸 환영해, 친구, 토비는 생각했다.

저녁 식사 후, 토비가 솔리와 우노 게임을 하면서 4연승을 하고 있을 때 병원에서 전화가 왔다. 클레이였다. 캐런 쿠퍼가 다시 의식을 잃었다고 했다. 그녀는 아이들과 이야기를 하다가 갑자기 의식을 잃었다. 지금은 CT 촬영을 하고 있다고 했다.

"뇌졸중인 것 같아요. 뇌 활동이 거의 없어요." 그가 말했다.

토비는 눈을 비볐다. "남편에게는 소식을 전했나?"

"린츠 박사가 전했습니다."

토비는 귓불을 잡아당겼다. 그는 하루 더 쉬지 말았어야 했다. 그는 승진을 며칠 앞두고 있었고 아무에게도 그것을 거절할 빌미를 주고 싶지 않았다. 게다가 그는 캐런 쿠퍼의 주치의였고, 가족에게 병의 경과를 알리는 것은 그의 의무였다. 그도 어려움을 겪고 있었지만 의사로서의 책임도 감당해야 했다. 그는 그들에게 희망을 주었었다.

이제 그것을 빼앗을 시간이었다.

그는 해나와 솔리에게 한 시간 동안 병원에 다녀와도 괜찮겠느냐고 물었다. "죽어가고 있는 환자가 있단다. 그녀의 가족들과 얘기를 좀 해야 해."

"왜 그녀가 죽지 않도록 막지 않았어요?" 솔리가 물었다.

"항상 내 마음대로 되는 건 아냐."

토비는 머리를 빗고 현관문을 나와 엘리베이터를 기다리는 동안―150세대가 있는 건물이었지만 엘리베이터는 두 대밖에 없었다―솔리가 그를 부르며 나왔다.

"무슨 일이니?" 토비가 물었다.

"우리도 아빠랑 함께 갈래요."

엘리베이터 문이 열렸지만 그는 타지 않았다. "좋아, 빨리 준비해. 책도 가져오고."

병원에 도착했을 때 캐런의 침대는 여전히 비어 있었지만 데이비드 쿠퍼는 방에 있었다. "이게 무슨 뜻이죠?" 그는 두 손을 머리칼에 묻으며 물었다. "나는 수술이 효과가 있는 줄 알았어요."

토비는 클레이에게 쿠퍼 씨에게 물을 좀 가져다드리라고 부탁했지만 그는 팔을 옆으로 저어 거절했다. "어떻게 이런 일이 일어날 수 있어요? 나는 그녀가 괜찮다고 생각했어요."

토비는 그에게 수술은 성공적이었다고 말했다. 간을 떼어내자 뇌병증이 해소되었다. 간은 이식을 받은 상태였다. 그러나 그들은 캐런이 출혈성 뇌졸중―아주 경과가 좋지 않은―을 겪고 있다고 의심했는데, 그것은 어떤 수술 후에도 생길 수 있는 일이었다. 피가 뇌 속으로 스며드는 것은 의학으로도 예견할 수 없는 많은 일들 중 하나였다. 확인을 위해 CT 촬영을 하고 있었지만 그럴 필요도 없었다. 그녀는 레지던트가 시행한 반사작용 테스트에 아무런 반응도 보이지 않았었다.

"유감입니다. 아직 검사를 해봐야겠지만 좋아 보이지 않는군요." 토비가 말했다.

"언제쯤 확실히 알 수 있죠?"

"몇 시간 걸릴 거예요. 우선 집에 가셔서 아이들과 함께 저녁 식사를 하시는 게 어때요? 결과가 나오는 대로 저희가 전화를 드리겠습니다."

데이비드는 빈 침대를 바라보았다. "여기 그녀를 혼자 내버려둘 수는 없어요."

"그건 아니에요. 캐런은 저희가 맡고 있는 거죠."

데이비드는 믿을 수 없는 상황을 받아들일 시간이 필요했다. 토비는 가난한 고객들과 함께 일하는 다른 의사들로부터 불우한 사람들은 나쁜 소식들을 좀 더 잘 받아들인다는 말을 들었었다. 하지만 부유한 사람들은 그렇지 않았다. 그들은 돈이, 그들의 직책들과 클럽 회원권과 지위가 아무 도움이 안 된다는 것을 믿을 수 없었다. 그들은 아무도 자신들을 구하러 오지 않는다는 것을 믿을 수 없었다. 하지만 아무도 그들을 구하러 오지 않았다.

데이비드는 토비의 권유대로 방을 나갔고, 토비는 방사선과로 확인을 하러 갔다. 그들이 옳았다. 그것은 출혈성 뇌졸중이었다. 수술팀이 들어와서 그들이 할 수 있는 일은 아무것도 없다고 말했다. 불쌍한 여자. 그녀는 막 의식을 회복한 참이었다. 그녀는 말을 하기 시작했었다. 그녀가 마침내 병을 이겨냈을지도 모른다는 느낌이 들었었다. 그들은 모든 것을 아주 주의 깊게 지켜봤었다. 희귀한 병에서 살아남았지만 결국 외과적 뇌졸중처럼 진부한 것으로 죽어가다니—

그것은 마치 몹쓸 농담 같았다. 복도를 따라 걸어가다가 계단통으로 들어가기 위해 모퉁이를 돌아서자 복도에서 캐런의 친구인 에이미와 이야기를 나누는 데이비드가 보였다. 그는 데이비드가 그녀에게 그 소식을 전하고 그녀를 포옹하는 것을 지켜보았다. 데이비드는 엘리베이터를 타고 떠났고, 에이미는 어떻게 해야 할지 모르겠는 듯 휴대폰만 응시했다. 그녀는 고개를 들어 토비를 발견했다.

"플라이시먼 박사님, 정말이에요?"

"유감이에요. 아주 운이 나쁜 경우입니다."

"그녀는 죽게 될까요?" 에이미가 물었다.

"글쎄요. 그녀는 지금 테스트를 받고 있어요. 별로 좋아 보이지 않아요."

에이미는 울기 시작했다. 토비는 그녀를 가족 휴게실 쪽으로 안내했지만 그들이 그곳에 도착하기 전에 그녀는 그에게 다시 시선을 돌렸다.

"그녀는 정말 행복하지 않았어요." 에이미가 말했다. "그녀는 아주 오랫동안 불행했지만, 아이들 때문에 어쩌고저쩌고, 뻔한 얘기죠. 박사님도 그게 어떤 것인지 아실 거예요."

"잘 압니다."

"캐런은 데이비드를 떠나려 하고 있었어요."

토비는 믿을 수 없다는 듯 고개를 저었다. "뭐라고요?"

"그는 바람을 피웠어요. 돈도 못 쓰게 했고요. 그녀에게 용돈을 주었죠. 상상이 가세요? 그녀는 아이들을 키우고 살림을 하고 포커 나이트에 모이는 그의 개자식 같은 친구들을 즐겁게 해주는 것이 일이었죠. 그녀는 **변호사**였는데도 말이에요."

토비는 놀라서 자리에 앉았다. 토비는 자신의 인생에서 가장 큰 문제는 저런 진부하고 평범한 이야기—사물이 겉보기와는 다르다는 것—를 듣고 아직도 망연자실해한다는 것임을 깨달았다.

토비는 하마터면 '하지만 그들은 잘 지내온 것처럼 보이던데요'라고 말할 뻔했지만 자신은 캐런 쿠퍼가 의식이 있을 때 그녀를 만난 적이 없다는 것을 기억해냈다. 그는 대신, "쿠퍼 씨는 매우 헌신적인 남편 같던데요?"라고 말했다.

"물론 그랬죠. 결혼해본 적 있어요?"

"저는— 네." 그녀는 그의 나머지 말을 기다렸다. "이혼 수속 중이 에요."

그녀는 믿을 수 없다는 듯이 웃었다. "이제 그녀는 죽을 거예요. 이 제 그녀가 죽다니 염병할, 믿을 수가 없어요. 사람들은 그런 젊은 여 자에게 이런 일이 일어나다니, 참 안됐군, 하고 생각할 거예요. 그러 나 그들은 진짜 안된 일이 무언지, 그녀가 이제야 그에게서 막 벗어 나려던 참이라는 것을 알지 못할 거예요."

너무 더웠다. 토비는 집의 에어컨을 고치기 위해 필요하다는 미지 의 부품을 건물 관리인이 주문해놓고 기다리는 동안—맨해튼 전 지 역에서도 그것을 구하기 어렵다고 했다—창문을 모두 열어놓았다. 사각팬티 차림으로 침대 위 담요에 누운 그는 앱을 열어볼까 생각을 하고 있었다. 해나가 방에 들어와서 솔리가 한 시간 동안이나 화장실 에서 나오지 않는다고 투덜거렸다. 토비가 가서 보니 솔리는 타일 바 닥이 시원하다고 화장실에 누워 있었다.

밤 9시에 초인종이 울렸다. 관리인일지도 모른다고 생각하며 문을 열었지만 오토바이 헬멧을 쓴 남자였다.

"토빈 플라이시먼 씹니까?"

그 남자는 그에게 법률사무소의 반송 주소가 적힌 우편 봉투를 건네주었다. 뉴욕주가 그에게 보내온 이혼 서류였다. 그의 결혼을 영원히 끝내기 위해 그의 서명이 필요한 곳에 두 개의 노란색 포스트잇을 붙여놓았다. 그는 웃음을 터뜨렸다. 어떻게 그의 결혼 생활이 지금보다 더 끝날 수 있을까?

칼라가 곁에 있었다면 그는 자신의 복수 망상에 대해 말했을 것이다. 서류에 서명하는 것을 거절하고 '미리엄 로스버그의 집에 사는 샘 로스버그' 앞으로 서류를 돌려보내는 것을 상상해봤다. 다른 생각은 할 수가 없었다. 너무 더워서 복수를 하는 상상도 시큰둥했다. 세상이 너무나 참을 수 없게 느껴졌다.

레이철은 두 달 전 분할 재산 목록을 제출한 뒤 변호사 사무실을 나서면서 "이혼 서류가 체결된 뒤에도 같이 점심을 먹는 그런 사람들이 됐으면 해"라고 말했었다. "이런 일 후에도 기품을 지키자고."

"새로운 요가 수업이라도 듣고 있는 거야?" 그가 물었다.

"당신의 적개심과 비아냥거림은 항상 당신이 얼마나 편협한지 보여줘, 토비." 그녀는 말했다. "당신은 분노를 제대로 표현하지 못해. 당신한테 안 어울린다고." 그는 그녀를 따돌리고 걷기 시작했지만 그녀가 따라잡았다. "언젠가는, 당신을 위해서, 특히 아이들을 위해서, 당신이 얼마나 화가 나 있는지 깨닫기를 바라. 그렇게 화내는 것을 그만두면 세상이 달라질 거야. 당신의 문제들이 해결될 거라고."

"아니, 일단 당신과 끝내면 내 문제는 해결될 거야."

"봐, 여전하잖아?"

"진짜 문제는 내가 당신을 영원히 내 인생에서 끝낼 수 없을 거라는 거야." 토비가 말했다. "우리 둘 다 살아 있는 한, 당신은 내 자식들에게 형편없기는 하지만 여전히 엄마일 테니까. 내 자식들이 마땅히 가져야 할 적절한 어머니를 가지는 날을 나는 결코 볼 수 없을 테니까."

"어떻게 나한테 그런 말을 할 수 있어? 내가 해야 할 일을 하는 것에 대해서 어떻게 그렇게 계속 벌을 줄 수 있어?"

"아무도 강요하지 않았어. 당신이 원해서 한 거지."

"알아, 내가 남자였다면—"

"제발, '내가 남자였다면'이란 소리 좀 집어치워. 진짜로. 만약 당신이 남자였다면 여전히 엿 같은 아빠가 됐을 거야."

그는 이혼 서류를 베개 옆에 둔 채 잠이 들었다. 그는 레이철과 섹스를 하는 꿈을 꿨다. 그들 인생의 어느쯤이었는지는 확인할 수 없었다. 그들의 연애 초기였는지, 아니면 형식적인 잠자리를 하던 산후 시기였는지, 혹은 분노로 가득한 잠자리를 하던 때였는지.

'왜 내게 이러는 거야?' 그는 꿈속에서 계속 물었다.

그녀는 대답하지 않았다.

'나는 세상에서 당신을 변호했어!' 그는 그녀에게 소리쳤다. '내가 당신을 변호했다고!'

그녀는 무슨 말을 하느냐는 듯 그를 바라보다가 마침내 눈을 감고 비명을 질렀다.

그는 어떤 흥분을 느끼면서 깨어나 침대에 누워 있었다. 발기한 상태로 천장을 응시하고 있는 그의 전신을 가벼운 땀이 덮고 있었다. 비록 그가 섹스하는 동안 결코 그녀에게 소리를 지른 적이 없었고 그녀도 결코 그런 식으로 비명을 지르지 않았다고 확신했지만, 왠지 그

꿈은 기억의 일부인 것처럼 느껴졌다. 꿈속에 나온 장소들을 곰곰이 생각해보니 아마도 그들이 결혼식 직후 산타크루스에서 휴가를 보낸 때였던 것 같았다. 그들의 신혼여행은 아니었다. 그들은 레이철과 토비가 각자 회사와 병원에서 휴가를 낼 수 있었던 1년 후 하와이로 신혼여행을 갔었다. 그러나 결혼식 직후인 다음 날 아침, 그의 지긋지긋한 가족과 더 이상 시간을 보내기 싫었던 토비는 레이철과 함께 LA에서 북쪽으로 차를 몰고 산타크루스의 모텔로 갔었다. 그때만 해도 그녀는 모텔에 묵는 것을 개의치 않았다.

모텔은 바로 해변에 있었는데, 그들의 테라스는 거대한 절벽에서 아래 해변 쪽으로 매달려 있는 콘크리트 조각이었다. 그들의 방에서는 곰팡내가 나고, 낡은 침대 시트에서는 삼나무 냄새가 아니라 방충제를 집어넣은 벽장에 보관되어 있던 것 같은 냄새가 났다.

그들은 히피들을 조롱하며 매일 시내를 거닐었다. 그들은 미스터리 스폿으로 갔고, 토비는 지구의 자력에 대한 신기한 이야기로 그녀를 현혹시켰다. (그는 자석 바위들 중 하나를 지날 때, "사람들 말로는 저 바위의 자력은 열네 살 이전에 처녀성을 잃은 사람들에게만 효과가 있대"라고 그녀에게 속삭였다. 그녀는 마치 자신이 바위로 끌려가는 것처럼 양팔을 저으며 퍼덕였다. 그들은 10분 뒤 그곳에서 쫓겨났다.)

밤이 다가오고 해가 질 무렵이면 그들은 모텔 아래 매일 약 백 명쯤 나타나던 서퍼들을 지켜봤고, 모텔은 마치 그곳이 호텔이기라도 한 양 저녁 칵테일 시간에 값싼 포도주와 허접한 치즈를 제공했다. 토비 플라이시먼 부부는 냉소적인 자신들이 좋았다.

"내가 보기엔 틀림없이 바다는 사람들이 파도타기를 하지 않기를 바라고 있어. 만약 바다가 사람들을 원했다면, 더 오래 이어지는 파도를 주었을 거야." 그녀가 말했다.

"맞는 말이야." 그는 대답했다. 그들은 발코니에 있는 벤치에 앉아 있었다. 그녀는 똑바로 서 있었고, 그는 누워서 다리로 그녀의 무릎 위를 감싸고 있었다.

"도대체 저게 무슨 소용이야. 저 사람들 좀 봐. 서핑 보드 위로 올라갔다가는 바로 떨어져. 너무 슬프잖아. 조금 더 오래 파도를 탄다 해도 그게 무슨 소용이지?"

"그들은 단지 그것을 하는 즐거움 때문에 하고 있어."

"단지 어떤 일을 하는 즐거움만으로 무슨 일을 하는 것은 난 상상도 할 수 없어."

"아, 어젯밤은 거기에서 예외인 것 같은데? 하하."

"그건, 남편과 무엇인가를 공고히 하기 위해 섹스를 하는 거지. 하기 위해서만 하는 게 아니라 뭔가를 증명하기 위해서, 또는 친밀감을 쌓기 위해서 말이야."

"난 안 그래. 나는 당신을 사랑하니까 하는 거야."

그녀는 잠시 그 말에 대해 생각하며 가볍게 그의 다리털을 앞뒤로 쓰다듬으며 말했다. "당신 종아리는 정말 마음에 들어."

"나를 사물화시키지 마." 그가 말했다.

"당신 종아리는, 뭐랄까, 남자다워. 나를 흥분시켜."

"저기 침실로 나와 함께 다시 들어갈 이유를 찾은 것 같은데?"

"더 좋은 이유를 생각해볼게."

그는 꿈의 여운에 잠겨, 그들에게 무슨 일이 일어났는지도 잊고 몇 분 동안 침대에 누워 있었다. 잠시 동안 그는 그들의 관계가 엉망진창이 되어 있는 것을 잊고 있었다. 그는 나쁜 순간들을 기억하는 것을 좋아하지 않았지만, 좋았던 순간들을 기억하는 것도 좋아하지 않았다. 그는 모든 기억에서, 심지어 좋은 기억에서도, 그녀가 자신이 어떤 사람인지 그에게 보여주었던 것을 깨닫는 것을 좋아했다. 그런 것을 기억하는 한 그는 다시는 똑같은 실수를 하지 않을 것이다. 그는 빠르게, 너무 빨리, 자위를 한 후 침대에서 일어났고, 다음 한 시간 동안 그녀를 꿈꿀 정도로 멍청하게 경계심을 늦추었던 자신을 증오했다.

토비의 사촌 체리는 그가 가장 좋아하던 사촌으로, 다른 사촌들과는 달리 뉴욕에 살았다. 토비의 아버지가 그녀의 어머니와 연락을 끊기 전에 그들은 두세 번 토비네를 방문했었고, 토비는 나중에 체리처럼 살고 싶다고 그녀에게 말하곤 했다. 전철을 타고 길가에서 프레첼을 사 먹고 밤늦게 거리에서 사람들이 키스하는 것을 보고 싶었다. 체리는 그보다 일곱 살 위였고, 토비가 대학을 다니기 위해 뉴욕으로 이사할 무렵에는 학교 교사였다. 그녀는 레이철을 보여준 첫 번째 친척이었다. 레이철은 그녀에게 싹싹하게 대했다. 적어도 그가 보기에는 그랬다. 토비가 올해 체리에게 전화를 걸어 이혼 소식을 전했을 때 체리는 적어도 그를 위해 슬퍼하는 척이라도 했다.

체리는 하룻밤이라도 아이들에게서 벗어나 쉬고 싶지 않으냐고 전화를 했다. 토비는 잠시 생각을 했다. 내 대학 룸메이트인 소니아는 다음 날인 토요일 밤 연례 파티를 열 예정이었는데, 나는 그와 세스를 초대했었다. 토비와 세스는 소니아의 스물세 살 생일 파티 이후로 그녀가 여는 파티에 가본 적이 없었다. "그러면 누나, 혹시 대신 내일 와줄 수 있어요? 가기로 한 파티가 있는데 애들을 베이비시터에게 맡기고 싶지는 않아서……."

다음 날 밤, 체리는 10대인 두 딸과 함께 아이들을 데리고 시내에서 식사를 하기 위해 찾아왔다. "아이들을 무사히 집에 데려다놓을 테니까 걱정 마. 약속할게." 체리가 말했다.

"몇 시까지 집에 와야 해요?" 토비가 물었다.

"아빠, 어디 가요?" 솔리가 놀란 표정으로 물었다.

"그냥 생일 파티야. 오늘 밤에 들어올 거야."

"걱정하지 마." 체리가 말했다. "하룻밤 마음 놓고 놀려. 우리는 저녁 먹으러 나갔다가 네가 집에 올 때까지 TV 보고 있을게. 즐겁게 보내. 정말이야, 약속해."

누나와 아이들은 떠났고, 토비는 거의 똑같은 두 개의 셔츠 중 어느 것을 입을지 고르기 위해 옷방으로 갔다. 초인종이 울렸다. 세스였다.

"가기 전에 목 좀 축이자!" 세스가 말했다. 그는 맥주 팩을 들고 있었다.

"그건 탄수화물이잖아. 냉동실에 보드카가 있을 거야. 냉장고에는 스파클링 로제도 한 병 있고."

"스파클링 로제?"

"한 달 전 데이트 때 산 거야." 토비는 잠시 생각했다. "아, 잠깐, 별로 들을 만한 이야기는 아니야."

"말해봐."

"앱에서 그녀를 만났고, 우리는 전에 늘 하던 섹스팅을 하다가 직접 만나기로 했어. 우린 2번가에 있는 바에 가서 술도 마시고, 재밌는 시간을 보냈지. 돌아오는 길에 그녀는 스파클링 로제 두 병을 사겠다고 우기더군. 내가 누구의 의견을 막을 사람인가?"

"아니지."

"그래서 우리는 다시 이곳으로 돌아왔고, 그녀는 내내 웃으면서 내가 보는 앞에서 옷을 하나씩 벗었지."

"그거 꽤 섹시하군."

"우리가 침실에 갔을 때는 나는 너무 취해서 발기가 되지 않았어. 엄청 스트레스가 쌓이더군. 그녀는 괜찮다고, 그런 일은 누구에게나 일어날 수 있다고 일장연설을 했지."

"비타민V는 없었나?"

"비아그라? 아니! 난 이제 겨우 마흔한 살이야."

"그래? 난 항상 하나씩 들고 다니는데."

"너한테도 그런 일이 생기니?"

"아니. 하지만 덤보의 마법 깃털처럼 가지고 다니는 거야. 그러면 아무 일도 일어나지 않아."

"그렇군."

"그녀를 붙잡았어야지." 세스가 말했다. "진짜 남자에게 잘해주는 여자만 그런 말을 할 수 있는 거야."

"어쩌면 거지 여인의 저주가 실현된 것이었을지도 몰라."

"그런 건 기억 안 나. '스파클링 로제를 트림하는 음탕한 변호사가 너한테 누드 춤을 춰줄 때 네 물건이 제대로 일을 하지 못하기를', 이런 거?"

토비는 거울을 들여다보며 옷깃을 바로 세우고 세스를 따라 밖으로 나갔다.

다시 말하지만, 인생은 사람들을 모았다가 필요 없으면 쳐내버리는 과정이다. 그 규칙의 유일한 예외는 대학 때 사귄 친구들이다.

애덤과 나는 밤 11시가 다 되어서야 시 외곽에 새로 문을 연 술집에서 벌어진 소니아의 파티에 도착했다. 우리는 지난 3일을 디즈니월드에서 보낸 후 막 비행기에서 내려 아이들을 베이비시터에게 데려다준 다음, 다시 도시로 차를 몰았다. 우리 비행기는 네 시간이나 연착을 했었다. 애덤은 차 안에서 내내 짜증을 냈다.

"이 파티는 좋았던 적이 한 번도 없었어. 난 지쳤다고. 왜 이걸 그냥 건너뛰면 안 되지?"

그러나 나는 이미 다시 스무 살 때로 돌아간 기분이었고, 친구들이 모두 한자리에 모여 있는데 내가 거기에 없는 것은 견딜 수가 없었다. 내가 도착했을 때 가장 먼저 눈에 들어온 것은 이스라엘에 있을 때 한때 세스의 열정의 대상이었고 최근에 다시 만나 5루까지 진출했다는 제니퍼 알콘이 대니엘과 깊은 대화를 나누고 있는 모습이었다. 그다음은 우리를 향해 다가오고 있는 세스였다.

"이 사람이 리비 엡스타인의 마음을 녹인 사람이야?" 세스가 물었다. "세스 모리스입니다." 애덤은 그가 누구인지 전혀 깨닫지 못하는 것 같았다. "마침내 이렇게 만나서 반가워요."

애덤은 마침내 그를 만난 것이 왜 반가운 것인지 확신하지 못한 채 고개를 끄덕였다. 아마도 나는 전에 애덤에게 세스에 대해 말했던 적이 없을지도 모른다. 아니, 나는 이들 중 누구에 대해서도 그에게 말한 적이 거의 없었다.

토비가 우릴 발견하고 물었다. "디즈니는 어땠어? 우리는 몇 년 전에 애들하고 갔었어."

애덤은 고개를 끄덕였다. "정말 좋았어요. 좋은 곳이에요. 만나는 사람들마다 반가이 맞아주고 아이들을 부를 때는 꼭 이름으로 불러주죠. 깨끗하고 또 안전하고. 리비는 정말 따분하다고 했지만."

"왜요?"

"아내는 즐거움을 싫어하니까요." 그는 여전히 웃고 있었지만 피곤에 찌든 미소였다. "술 한 잔 갖다줄까?" 그는 우리 곁을 떠났다.

"그는 정말 너를 확실하게 파악한 것 같군." 토비가 내게 말했다.

"내가 너무 불평이 많긴 하지." 나는 말했다. 나는 소파 중 하나에 다리를 벌리고 지친 척 앉아 있었다. 사실 지친 척할 필요도 없었다. 아이들은 내내 내 심장을 갉아먹었다. 출발 전 디즈니에 관해 읽은 그 바보 같은 블로그들은 모두 내게 크리스털 궁전에서 캐릭터들과 점심 식사를 하는 이벤트가 빨리 자리가 찬다고 일찌감치 오전 11시에 예약을 하라고 경고했지만, 그들은 그곳에 가서 앉아 있을 때 내가 느낄 실존적인 두려움에 대해서는 경고하지 않았다. 나를 꼭 닮은 다른 여자들 사이에 앉아 있어보니, 내가 마침내 어떤 존재가 된 것인지 알 수 있을 것 같았다. 나는 아이들에게 소리를 질러대다가는, 아이들이 즐거워하는 것을 지켜보며 진심으로 기뻐하는, 그 두 상태를 번갈아 오가는 고급 주택가 엄마가 되었다는 사실을 참을 수 없었다. 나는 우리 주변의 사람들—열변을 토하는 엄마들과 무기력한 아빠들—보다 내가 더 나은 점을 찾으려 노력했지만, 계속 깨달은 것은 내가 바로 그들의 공통분모라는 사실이었다.

애덤은 맥주 두 잔을 들고 돌아왔다.

"안이 너무 시끄러워!" 애덤이 큰 소리로 말했다.

"바잖아요!" 나는 소리쳐 대꾸했다. "토요일 밤의 맨해튼의 술집이라고요! 이제 기억 안 나요?!"

누군가 내게 샴페인 한 잔을 건네주었다. 나는 길게 샴페인을 들이마셨다. 너무 시끄러워서 이야기를 하려면 소리를 질러야 했고, 그래서 나는 디즈니에 대해, 어떻게 그곳이 하나도 즐겁지 않았는지에 대해 소리를 질렀다. 디즈니에서 머물렀던 숙소는 정말 좋았다. 우리는 클럽 레벨 숙소에서 묵었고, 라운지에는 끝없이 음식과 오락거리들이 제공되었다. 호텔은 범죄자들과 매춘부들만 없을 뿐 애틀랜틱 시티 보드워크처럼 꾸며져 있었다. 보드워크에는 마술사와 카드 놀이꾼들이 있었다. 휴가를 흥미롭게 만드는 것들—즉 당신과 다른 사람들과 낯선 장소들—은 전혀 없었지만, 동시에 극도로 편안하게 만들어주었다. 나는 그것들을 하나도 즐길 수 없었다.

"우리는 줄을 설 필요가 없는 패스트 패스를 가지고 있었어." 나는 말했다. "우리는 6분 안에 모든 놀이기구를 탈 수 있었지. 하지만 우리는 그러기 위해서 차례를 기다리고 있는 사람들의 줄을 지나 빈 줄을 통해 놀이기구에 들어갔어. 새치기를 하고 있던 셈이었지. 우리처럼 클럽 레벨 숙소에 머물지 못하는 사람들에 대해 공정성을 뒤엎은 거야."

"제 아내에 대해 한 가지 말하자면 그녀는 줄에 서서 기다리는 것이나 새치기를 하는 것, 둘 다 불행하다고 생각하는 거예요. 굉장하지 않아요?" 애덤이 말했다.

"아침 일찍 공원에 가면 패스트 패스를 받는 것과 마찬가지야." 토비가 말했다. "일찍 도착하는 것은 엘리트주의가 아니거든."

"물론 그렇겠지. 하지만 넌 내 말의 요점을 놓치고 있어. 내게 유리하도록 세상이 공정하지 않을 때도 나는 그걸 받아들일 수 없다는 거야. 나는 끔찍한 사람이지만, 그것이 항상 사실이었는지, 아니면 내가 이렇게 바뀐 것인지 모르겠어."

"나도 아이들을 디즈니 월드에 데려가고 싶어. 어렸을 때 너무 좋았거든." 세스가 말했다.

"노인 할인도 꽤 괜찮다고 들었어." 토비가 말했다.

그러나 나는 거기서 멈출 수가 없었다. "아니. 세스. 우리가 어렸을 때랑은 달라. 가서 보면 모든 사람들이 얼마나 끔찍한지, 여자들이 얼마나 모두 똑같은 모습인지, 모든 사람들이 얼마나 멍청한지 생각하게 될 거야. 여자들은 평범한 바지가 아니라 요가 바지들을 입고 아이들에게 소리를 지르지. 그런데 문득 나도 요가 바지를 입고 있다는 것을 깨닫게 되는 거야."

"이해할 수 없어. 왜 그냥 평범한 바지를 입지 그랬니?" 세스가 말했다.

우리는 술을 마시고 또 마셨고, 마침내 대학 시절의 특별했던 밤들을 모두 기억하는 사람들만 둥그렇게 주저앉아 옛일을 회상하며 웃었다. 애덤이 소파 쪽으로 와서 내 주의를 끌기 위해 손을 흔들며 그의 손목시계를 가리킬 때까지는 시간이 얼마나 흘렀는지 나는 깨닫지 못했다. "아침에 축구도 있고, 베이비시터도 집까지 차로 데려다 줘야 해."

"어머! 그녀에게 12시까지는 집에 갈 수 있을 거라고 말했는데."

"우리 그만 가는 게 좋겠어."

"난 꽤 취했어요." 나는 말했다. "나는 좀 더 있다 가도 돼요?"

"그럼 계속 있어." 그는 피곤해 보였다.

"조금만 더 있다 갈게요. 나는 얘네들 정말 오랜만에 보는 거예요. 내 청춘의 전성기를 다시 느끼고 있어요."

"얘는 학교 다닐 때 굉장했었어요." 몹시 취한 소니아가 허공에 대고 소리쳤다.

그는 나를 빤히 쳐다보았다.

"나는 차를 잡아 집에 갈게요. 괜찮을 거야." 내가 말했다.

"잠깐 이 문제에 대해 얘기 좀 할 수 있을까?"

"제발, 아빠!" 나는 그렇게 말하고 웃었지만, 그가 따라 웃지 않는 것을 보고 일부러 과장된 동작으로 자리에서 일어났다. 우리는 구석에서 이야기를 나누었다.

"이거 언제나 끝나?" 그는 물었다.

나는 그의 질문을 무시했다. "괜찮을 거예요. 나는 차를 잡아 집에 갈게요." 나는 그렇게 말하고는 그의 입에 열정적으로 키스를 하고 다시 친구들에게 갔다. 한참 있다가 그가 있던 곳을 돌아보자 그는 가고 없었다.

버네사는 세스에게 문자메시지를 보내, 자기가 참석한 처녀 파티에서 일이 **좋은 쪽으로** 감당할 수 없이 크게 벌어졌다고, 소니아의 파티에 오지 못할 것 같다고 했다. 세스는 답장을 보냈다. **오, 버네사. 말도 안 돼.** 그녀는 화면에 하트 이모티콘을 깔아 보냈다. 나는 그의 어깨 너머로 그들의 문자를 지켜보았다. "나는 남편을 집에 보냈는데 너는 여자친구 없이 하룻밤도 보낼 수 없어?"

"네가 남편을 좋아하는 것보다 내가 버네사를 더 좋아한다고 생각해본 적 있어?"

"뭐라고?" 나는 음악 소리 때문에 못 들은 척 크게 소리를 질렀지만, 그의 말을 똑똑히 들었다.

우리는 바의 소음에도 불구하고 한 시간 더 이야기를 나누었다. 우리는 이스라엘과 대학과 대학원에 대해 이야기했고, 그들이 90년대에 가지고 있었던 부동산이 최고의 부동산이었다는 것, 사랑니, 등록금, 너바나, 문신, 비타민A에 대해 얘기했다. 그때 우리는 빛나는 금발 머리에 커다란 눈을 가진 아름다운 젊은 여자가 미소를 지으며 우리를 향해 걸어오는 것을 보았다. 세스는 몸을 돌려 벌떡 일어났다. 버네사는 너무나 환한 빛을 뿌리고 있었고 그래서 한층 더 사람들의 관심을 받는 것 같았다. 우리의 대화 주제는 전혀 어색함을 느끼지 않는 요새의 20대로 옮겨갔다. 그녀가 말을 할 때 모든 것은 우연이나 마법을 중심으로 한 일종의 자기 보고였다. "그런 일은 나에게만 일어날 거예요!" 그녀는 적어도 두 개의 이야기를 그 문장으로 끝냈다. 토비와 세스는 헐떡이는 개들처럼 그녀를 지켜보았다. 나는 그들이 그녀를 지켜보는 것을 보고 내가 너무 취했다는 것을 깨달았다. "뭐 좀 먹으러 가자." 내가 말했다.

우리가 마침내 식당 하나를 발견했을 때는 새벽 2시였다. 나는 빵을 먹지 않을 척하지 않을 정도로 취했고, 토비는 아무것도 먹지 않겠다는 뜻을 조금도 거리낌 없이 얘기할 정도로 취했다.

"여기 화장실이 있어요?" 버네사가 물었다.

누군가가 뒤쪽을 가리켰는데, 말 그대로 화장실이 있을 만한 유일한 곳이었다.

"그녀는 아주 좋은 사람 같아." 내가 세스에게 말했다.

"엘리자베스." 토비는 내 말을 멈출 수 없었다.

"정말 그녀와 결혼할 거야?"

세스는 괴로운 표정을 지었다. "애한테 말했어?" 그가 토비에게 물었다.

"물론 토비는 내게 말했어. 난 결혼에 반대하지 않아, 세스. 나는 남편을 사랑해. 하지만, 넌 결혼이 전적으로 배우자에 대한 문제만은 아니라는 걸 잘 모르는 것 같아."

그는 나를 빤히 쳐다보았다. 하지만 나는 말을 멈출 수 없었다.

"매슬로의 욕구 단계설이라고 들어봤어? 식량과 거처를 찾는 것이

제일 중요하지. 그러나 일단 어디서나 음식을 얻는 것이 가능하다는 것을 알게 되면, 무엇을 먹고 싶은지, 얼마나 먹고 싶은지 궁금해하겠지. 일단 거처가 생기면 그다음엔 어디에 살고 싶은지, 그리고 어떻게 그것을 꾸미고 싶은지 스스로에게 묻기 시작할 거야. 만약 우리가 결코 이해하지 못한 필요성 중 하나가 사랑과 결혼에 관한 것이라면? 즉, 우리가 절대적으로 우리에게만 헌신하는 누군가를 가질 만큼 사랑스럽고 가치 있는 사람인지 알고 싶어 한다면, 그것을 확인할 수 있는 유일한 방법은 누군가가 우리와 결혼하고 싶어 하느냐, 그거겠지. 누군가가 '그래, 나는 너만 사랑할 거야. 너는 그럴 자격이 있어'라고 말하는 거지. 그러고 나서, 실제로 결혼을 하고 난 후에야, 일단 이 욕구가 충족되면, 너는 애초에 결혼을 하고 싶었던 것인지 아닌지 궁금해할 수 있어. 단 한 가지 문제는 네가 사랑을 할 수 있다는 것을 깨달을 때쯤이면 이미 넌 결혼한 상태라는 것이지. 처음 결혼을 할 때 네가 그것을 원하는지 몰랐기 때문에 그것을 되돌리려면 끔찍할 정도로 많은 고통과 서류 작업이 기다리고 있고 말이야."

"매슬로의 욕구 단계설을 들먹이면 사람들이 취했다는 뜻이지." 세스가 말했다.

나는 그의 말을 무시했다. 여기 세스가 결혼할 사람이 있었다. 하지만 여기 그가 몰랐던 것, 그가 앞으로 배우게 될 것이 있다고 말했다. 아내는 최고의 애인이나 영원한 애인이 아니다. 그녀는 완전히 새로운 사람이다. 그녀는 네가 너 자신을 재료로 해서 함께 만든 존재다. 그녀는 너 없이는 아내가 될 수 없고, 그래서 그녀를 미워하거나 배반하거나, 네가 그녀와 겪고 있는 고민에 대해 친구들에게 이야기하는 것은 너의 괴사(壞死)한 손가락을 욕하는 것과 같다. 너는 그것으로부터 분리될 수 없다. 너는 아내를 보고 있는 것이지 네가 증오하는 사람을 보고 있는 것이 아니다. 그녀를 보고 자신의 장애와 상처를 보고 있는 것이다. 너는 스스로 만든 창작물을 싫어하고 있는 것이고, 스스로를 증오하고 있는 것이다.

"버네사를 봐." 내가 말했다. "그녀는 네 곁에 있어서 너무 행복해. 너를 거의 숭배하지. 그녀는 네가 입는 옷과 네 친구들을 모두 좋아하지. 나도 그랬어. 레이철도 그랬지. 안 그래, 토비?"

"잠깐 그랬을지도 모르지. 하지만 겉으로만 그랬을까 싶기도 하고. 결국 그녀는 계속 연기를 할 수 없었던 것 같아."

세스는 숟가락을 내려놓고는 뒤로 물러앉아 내게서 눈을 떼지 않았다.

"진정해, 엘리자베스." 토비가 말했다.

"난 미치지 않았어. 난 그저 짓눌려 있을 뿐이야." 내가 말했다.

"하지만 애덤은 너를 사랑해. 그는 너를 짓누르지 않아." 토비가 말했다.

"아니, 그는 나를 짓눌러. 그럴 의도는 없겠지만 사실이야. 특별히 그가 그런 것만은 아니야. 애들도 그래. 모든 것이 그래. 민첩하고 가벼운 것이 어떤 기분인지 아직도 기억하고 있을 때는 이런 감정이 너무 힘들어."

버네사가 테이블로 돌아왔다. "미안해요, 타마라에게서 전화가 왔어요. 그녀가 여러분을 만나도 될지 알고 싶어 해요." 그녀는 주위를 둘러보았다. "왜 다들 이렇게 심각해요?"

나는 잠시 그녀를 바라보았다. 나는 그녀의 온몸을 만지며 그녀처럼 푸르렀던 시절의 느낌이 어떤 것인지 다시 기억하고 싶었다. 할 수만 있다면 그녀의 심장을 먹거나 피라도 마셨을 것이다. 하지만 그녀에게도 이런 때가 올 것이다.

"난 가야 해." 토비가 재빨리 말했다. "내 사촌이 내가 집에 올 때만 기다리고 있어."

그가 일어섰고, 나도 따라 일어섰다. 내가 그를 그때 떠나게 내버려두면 그는 다시는 나에게 말을 걸지 않을 것 같았다. 정오의 날씨만큼이나 날이 뜨거웠다. 나는 그를 아파트까지 바래다준 후에도, 집 안으로 말없이 계속 따라 들어갔다. 집 안에는 체리와 딸들이 소파에 앉아 HBO의 스포츠 에이전트에 관한 쇼를 보고 있었다. 체리는 잠들어 있었다. "일어나세요, 엄마." 큰딸이 말했다. 체리는 어리둥절한 눈으로 주위를 둘러보다가 토비와 나를 보았다.

"리비! 너 맞니?"

"체리 언니!" 우리는 포옹을 했다.

"넌 하나도 변하지 않았구나. 난 네가 이혼한 줄 몰랐어." 체리가 말했다.

"아, 난 안 했어요. 우린 아직 뉴저지에 살아요. 애가 둘이고, 남편도 아직 나랑 살아요."

체리는 내게 이상하다는 표정을 지으며 딸들을 향해 돌아서서 말했다. "이분은 토비 삼촌의 친구인 리비 아줌마야."

체리는 내가 거기서 뭘 하는 것인지 잘 이해할 수 없는 듯 잠시 서성거렸지만, 나는 상관하지 않았다. 그녀는 뭔가 따뜻하고 사무적인 미소를 지으며 말했다. "정말 반갑다. 그런데 이 시간에 집에 갈 수 있겠니?" 그녀는 마치 그 집의 안주인처럼 말했다.

"괜찮아요, 갈 수 있어요." 내가 대답했다.

체리는 토비를 바라보았지만 그는 주머니에서 지갑과 휴대폰을 꺼내며 바삐 움직이고 있었다. 그녀는 작별 인사를 했다.

20분 후, 나는 그의 침실 창가에 앉아 세스가 파티에서 내게 준 마리화나를 피우고 있었고, 그 뒤에 계속 담배 한 대를 피웠는데, 잘 기억이 나지는 않지만 그날 밤 어디에선가 나는 담배 한 갑을 샀다. 토비는 침대 위에 앉아 있었다. "벌써 새벽 3시야. 내일 피곤하지 않겠어?" 그가 물었다.

"그래, 하지만 낮에 할 일이 없어." 내가 대답했다. "그나저나 여긴 너무 더워, 토비. 왜 이렇게 더운 거야?"

내가 거기서 뭘 하고 있던 거지? 나는 이스라엘에서 보낸 어느 부림절 날 밤이 생각났다. 나는 아비라는 개자식에게 차였고, 세스도 제니퍼 알콘에게 받은 실연의 상처를 보듬고 있던 어느 밤, 우리는 예루살렘의 다른 모든 학생들과 마찬가지로 술에 취해 있었다. 우리는 거지 여인에게 갔다가 통곡의 벽으로 갔고, 성벽에서 세스는 제니퍼 알콘의 촌스럽고 비타협적인 절친 베서니를 만나, 그녀가 술을 사겠다고 해서 결국 그녀의 숙소로 따라갔다. 토비와 나는 거지 여인을 지나치지 않고 숙소로 돌아갈 수 있는 길을 찾지 못한 채 계속 걸었다. 우리는 술에 취해서 그녀를 피해야 한다며 수선을 떨었지만, 결국 우리는 그녀를 다시 지나쳤다. 우리 둘 다 우리 자신에 대해 뭔가 진실된 말을 듣고 싶었다. 그녀는 우리를 기억하지 못했다. 그녀를 지나갈 때 우리는 현금이 부족하다는 것을 깨달았고, 그녀는 우리에게 적선을 하라고 소리 질렀다. 토비는 멍청하게도 그녀와 눈을 마주치고 히브리어로 미안하다고, 자신은 이미 그녀에게 마지막 동전까지 다 주었다고 말하는 실수를 범했다. 물론 그녀는 토비의 말에 이성적으로 반응하지 않았다. 그녀는 그에게 저주를 퍼부었다.

"네 자식들이 네 사랑의 깊이를 결코 알지 못하기를. 네 자식들은 절대로 철이 들지 않기를." 그 여인은 이 대목에서 나를 가리켰다.

"네 아내의 너를 향한 사랑과 욕망이 네 고환처럼 썩어버리기를."

나는 히브리어로 그 여인에게 "나는 그의 아내가 아니야!"라고 소리쳤다.

토비는 내 팔을 잡고 끌고 갔다. 우리는 전력 질주로 벽 뒤로 가서 숨어서 술에 취한 채 소리를 지르며 웃었고, 웅크리고 앉아 있던 우리는 처음 만났던 밤처럼 얼굴을 가까이한 채 앉아 있었다. 순간 갑자기 토비가 내게 완벽해 보였다. 그는 내내 내 코밑에 있었다. 말 그대로 내 코밑에 말이다. 왜냐하면 그의 키가 거기까지밖에 올라오지 않았기 때문이다. 이렇게 가까이 쉽게 가질 수 있는 것이 있는데 왜 나는 어려운 걸 원했을까? 나는 세상의 토비들에게, 바로 여기 나와 함께 있는 토비에게 나를 맡길 수도 있었다. 그해 나는 자신이 게이인 것을 알았든 몰랐든 분명 게이였던 한 남자애에게 실연을 당했고, 당시 내가 살이 좀 빠졌기 때문에 관심을 보이던 덩치들과도 몇 번 데이트를 했었다. 내가 원했던 것은 평범한 남자친구였지만, 아마 나는 그런 남자친구를 만날 운명이 아니었는지도 몰랐다. 토비가 내 짝이었을지도 몰랐다. 나는 그에게 키스하려고 몸을 앞으로 내밀었다. 그는 나를 밀어내고는 말했다. "난 술 취한 여자를 이용할 생각이 없어." 다음 날 그는 전날 밤 일은 미안했다고 말했지만, 나는 아무것도 기억나지 않는 척했다.

창문을 열어놓은 그의 침실에서 나는 침대까지 다리를 뻗고 나서 그 위로 몸을 끌어올렸다. 나는 그의 옆에 있는 베개에 머리를 얹고, 몸을 옆으로 돌려 그를 마주 보았다. 나는 그의 질문을 피하기 위해 눈을 감았고, 눈을 떴을 때 토비는 잠들어 있었다. 그 오랜 세월이 지난 후에도 우정은 여전히 그곳에 있었다. 그런 고통을 겪고도 그것이 살아 있는 것은 기적이었다. 우리가 많은 것들을 그저 과거로 돌리고, 각자의 인생을 치러가는 것을 지켜본 후에도 여전히 서로를 향한 사랑이 있다는 것은 기적이었다. 나는 그의 얼굴을 바라보았다. 나한 테서는 느껴지는 세월의 흔적이 그에게서는 보이지 않았다. 그는 내가 오래전에 그를 남겨두었던 그대로였고, 나는 썩어가고 있었다. 나는 그의 감긴 눈꺼풀을 손가락으로 만져보았다.

○

얼마 후 날이 밝았고 우리는 솔리가 우는 소리에 깼다. 아이에게 달려간 토비는 솔리가 침대에 오줌을 싼 것을 보았다. "걱정 마, 시트만 갈면 돼." 그러나 솔리는 울음을 멈출 수가 없었다. "수건 좀 가지고 곧 돌아올게."

토비는 침실로 뛰어 들어와 나를 흔들어 깨우며 말했다. "이제 가야지." 여기가 어딘지 알지 못한 채 일어나 잠시 동안 앉아 있던 나는, 신발을 신고 살금살금 집 밖으로 나왔다. 아침 8시였다. 조깅하는 사람들, 주말에 아내에게 휴식 시간을 주기 위해 유모차를 밀고 나온 아빠들이 거리를 지나갔다. 베이글과 커피 냄새가 났다. 간이 상점 주인들이 장사할 채비를 하고 있었다. 모든 사람들은 다 괜찮아 보였다. 모두 충분히 만족하거나 느긋해 보였다. 한 남자가 〈타임스〉지를 읽으며 길을 건너고 있었다. 그들의 공공연한 만족감은 믿기 어려울 정도였다. 애덤은 새벽 2시에 문자를 보낸 후 다시 문자를 보내지 않았다. 나는 그에게 뭐라고 말을 해야 할지 몰랐다. 잠시 걷기로 한 것이 어느덧 세 시간이 지났다.

그 무렵 토비는 미안하다는 문자를 보냈지만, 나는 레이철과 함께 있었기 때문에 문자를 보지 못했다.

3부

레이철 플라이시먼은
이제 큰일 났다

그가 옳았음을 증명하는 시간이 다가오고 있었다. 만약 당신이 레이철의 존재나 그녀가 사라진 3주, 그들 결혼의 역사, 겉으로는 명랑한 척하지만 밤에 침대에 오줌을 싸는 등 스트레스를 겪고 있는 솔리, 점점 침울해지고 늦게 잠드는 해나, 혹은 정신적 외상이 어떻게 상황으로 굳어져 가는지 등은 다루지 않는 이례적인 지표들로부터만 토비의 삶을 살펴본다면, 그는 괜찮게 지낸다고 볼 수 있었다. 아이들은 건강했고 그는 경제적인 여유도 있었다. 게다가 그는 오늘 승진할 예정이었다. 그는 아름다운 섹스 파트너도 있었다. 역시 그의 선택이 옳았다.

그랬다. 그날은 모든 것이 바뀔 날이었다. 그는 흰 셔츠와 남색 넥타이를 꺼냈다. 그는 한참 전부터 넥타이를 매지 않았었다. 그는 욕실 거울로 넥타이를 매는 자신의 모습을 지켜보면서 야망에 대해 생각했다.

"야망은 삶 전체를 희생시키지 않고도 성취할 수 있어, 레이철." 그는 거울에 대고 말했다. "뛰어난 사람은 야망이 필요 없어. 성공이 와서 그들을 찾아내니까. 알겠어? 능력 있고 뛰어난 사람들은 그것으로 보상을 받게 되지."

그저 성실하고 진실하면 언젠가 성공에 이른 자신을 볼 수 있는 거야. 일약 혜성처럼 출세가도를 달리지 않아도 언젠가 꿈을 이룬 자신을 발견할 수 있다고. 다른 사람의 무릎을 꺾지 않아도, 자기 자식들을 잡아먹지 않아도 돼. 그저 조용히 제대로 일을 할 수 있어. 시스템은 여전히 제대로 한 일을 선호하거든. 토비는 자긍심과 결국 자신이 옳았다는 만족감 도취된 나머지, 자기 삶의 어떤 것도 현재와 다르길 바라지 않았다. 조금도.

그는 아이들을 깨웠지만 해나는 침대에서 일어나려 하지 않았다. "제발 그곳에 다시 가게 하지 말아줘요." 이불 속에서 딸애가 말했다.

"오늘은 꿈지럭거릴 수 없어. 아빠에겐 아주 중요한 날이야."

"왜요? 아빠의 환자가 죽어가고 있어서요?"

"왜냐하면, 뭐, 이런 얘기를 너한테는 안 해주었지만." 해나가 이불 위로 빼꼼히 내다보았다. "오늘은 내가 과장이 되는 날이란다."

그는 해나가 무표정을 유지하려고 애쓰다가 결국 얼굴이 환해지는 것을 보았다. "아빠가 보스가 되는 거예요?"

"그래, 보스가 될 거야."

아침 식사 때 해나가 솔리에게 말했다. "아빠가 오늘 보스가 될 거야. 그들이 아빠를 보스로 승진시킬 거야."

"그냥 보스들 중의 한 사람이야. 원장 말고. 하지만 그건 좋은 일이야. 왜냐하면 원장은 더 이상 환자를 치료하지 않기 때문이지. 그래도 나는 환자들을 볼 거란다." 토비는 평생 그때보다 더 큰 자부심을 느껴본 적이 없었다.

"또 배가 아파요." 솔리가 말했다.

"오늘은 긴 하루가 될 거야." 토비가 해나에게 말했다. "Y 캠프에 가기 싫으면 불평하지 말고 회의실에 앉아 있어야 해."

"좋아요!" 아이들이 동시에 외쳤다.

병원에 도착한 토비는 이제는 거의 그들 가족의 회의실이라고 여겨지는 방에 아이들을 데려다놓고 전임의들과 회진을 돌았다. 그는 세 명의 환자를 보았고, 각각의 환자를 만날 때마다 그가 그들의 의사라는 것이 그들에게 행운이라고 생각했다. 능력이면 능력! 전문지식이면 전문지식! 당신들의 의사 토비는 모자라는 구석이 없다고. 바로 내가 당신들의 닥터 플라이시먼이라고.

그가 간호사실 컴퓨터로 차트를 업데이트하고 있을 때 전화기가 울렸다. 올 것이 왔군. 그는 전임의들에게 잠시 쉬라고 말한 뒤 바턱의 사무실로 향했다.

"환자들은 둘러봤나?" 바턱이 그에게 물으며 턱으로 앉으라는 표시를 했다.

"데이비드 쿠퍼는 기적이 일어나길 바라고 있어요."

"그녀는 뇌사 상태야. 기적이 일어나려면 진작 일어났어야지."

"네, 원장님. 그래도 우리는 그녀의 남편에게 하루 더 현실을 받아들일 시간을 주자고 결정했어요."

"사랑하는 사람들의 상태를 잘 알지 못하는 게 가족들에게는 더 큰 고통일 수 있어. 그것을 기억하라고." 바턱은 책상 위에 두 손을 포갰다. 그는 눈을 가늘게 뜨고 말했다. "더 쉬운 방법이 없기 때문에 그냥 말하겠네."

"아뇨, 제가 그에게 말했습니다. 마르코도 이미 그에게 말한 것 같고요. 시간이 좀 더 필요할 뿐이에요."

"아니, 그 말이 아니라, 자네 승진에 관한 말이야." 토비는 갑자기 순간이 무한히 길어지는 것 같은 느낌을 느꼈다. 그는 갑자기 오한을 느꼈다. 그는 바턱의 말을 들었지만, 그의 머릿속에서 바턱이 말한 단어들의 순서가 헝클어졌다. "누군가, 택했어, 맡을, 다른, 그 일을, 사람을, 우리는."

토비는 불가능한 일이 눈앞에서 현실화되는 것을 지켜보았다. 그는 입을 벌리고 있었다.

"미안해네, 토비, 나는."

"뭐라고요? 누구를?"

"밖에서, 여기서, 사람을, 고용했는데, 그들은, 우리가, 새 피를, 좀, 넣기를, 원했어."

"내 상사가 될 사람을 외부에서 고용했다고요?"

"과장을, 그래, 시키려고."

토비는 바턱의 사무실 창밖을 내다보았다. 이스트사이드까지 쭉 공원이 내다보였다. 그는 천장 얼룩에 대해 건물 관리인에게 다시 전화해야 하는 것을 잊었다. 그는 고개를 저었다. "이미 다 결정된 줄로만 알았네요."

"자네의 능력을 의심하는 사람은 아무도 없어." 바턱이 말하고 있었다. "하지만 사람들은 자네가 병원을 자주 비운다고 생각하는 것 같더군."

"병원을 비웠다고요? 쿠퍼 부인 때문에 매일 밤낮을 여기 있었어요. 얼마나 더 시간을 내야 하는 거죠?"

"지난 3주 동안 휴가를 얼마나 사용했지?"

"그게 이유예요? 전 이제 여기서 절대 승진을 못하는 거예요? 전 이곳에서 14년 동안 근무했어요. 안 좋은 일을 겪고 있어서 두 주 동안 좀 시간이 필요했던 것뿐이라고요."

"자네는 훌륭한 의사야." 바턱이 말했다. "그건 모두가 동의해. 하지만 연구에 전혀 관심을 보이지 않고, 지급받은 연구비도 별 성과를 내지 못했고, 정확히 근무시간만 채우고 있다는 일부의 우려는 있었지만……." 나머지 얘기는 별로 듣고 싶지도 않았다. 필리파가 토비의 임명에 반대했다. 별일이 없더라도 가능한 한 병원에 가장 오래 남아 있는 사람이 되기 위해 시계만 지켜보는 필리파! "'절대'라는 말 같은 건 하지 않았네. 병원에 얼굴을 비치는 시간을 더 늘리기 시작하면 어떤 일이 일어날지 누가 알겠나?"

"필리파는 9년 동안 그 자리에 있었어요, 원장님. 저는 승진을 위해 9년이란 세월을 더 기다릴 수는 없어요."

바턱은 일어서서 책상 앞으로 돌아가 그 위에 앉았다. "오늘 밤에 슈워츠 박사를 축하하기 위한 술자리에 꼭 참석하리라고 믿겠네."

토비는 고개를 저었다. "물론입니다, 원장님." 그는 자신이 그 자리를 박차고 뛰쳐나올 타입의 남자였다면 승진을 했을 거라는 생각이 들었다. "슈워츠라고요?"

"에런 슈워츠."

염병할 에런 슈워츠. 이제 그가 그의 상사다. "제 의대 동기죠."

"그래? 이 병원의 사정을 잘 아는 사람이 친구라니, 그에게 잘된 일이군."

토비는 고개를 끄덕이고 일어서서 방을 나왔다.

토비는 화장실 칸에서 25분 동안 머리를 양 무릎 사이에 묻은 채 앉아 있었다. 그렇게 앉아 있는 동안 두 명의 레지던트들이 질펀하게 구강성교를 벌이는 것과, 병원 잡역부 한 명이 요란하게 설사하는 소리를 들어야 했다.

그는 인생을 망쳤다. 그는 모든 것을 제대로 하지 못했다. 변기칸에서 나온 그는 세면대에서 손을 씻었다. 전기 손 건조기에는 손을 갖다 대는 곳을 향해 화살표 표시와 함께 **힘을 느껴 보세요**라는 사용 설명이 적혀 있었다. 그는 거울을 들여다보았다. 그는 아주 왜소한 개자식이었다. 힘을 느껴보라고? **무슨** 힘을 느껴보란 말인가? 레이철의 말이 맞았다. 제기랄, 레이철이 결국 옳았다. 토비는 마음속의 슬픔과 억울함 때문에 쓰러질 것 같다고 생각했다. 1초도 더 이상 견딜 수가 없었다. 24시간 교대근무 후 처음으로 눈을 붙이려는 불쌍한 클레이가 그를 발견할 것이다. 클레이는 그의 심장과 폐, 눈물샘, 여기저기서 흐르는 출혈을 봉합하기 위해 간호사를 부를 것이다.

하지만 그들은 그를 구할 수 없을 것이다. 언젠가 이것은 이미 이런 개똥 같은 일을 잔뜩 담고 있는 블록 우주에서 또 하나의 사건에 불과할 텐데, 이게 뭐 중요한 일이나 될까?

그가 방에 돌아온 지 얼마 되지 않아 조니가 머리를 들이밀었다. 조니. **조니.** "방금 응급실에서 CT실로 사람을 보냈어요. 20분쯤 후에 아래층에서 선생님 자문을 좀 부탁한대요."

"알았어. 잠깐 들어와."

그녀는 그의 책상 맞은편에 앉았다.

"조니, 잘 지내고 있어?"

"여기서 말씀인가요?"

"그래, 전체적으로."

"잘 지내고 있어요. 배운 것들도 많고요. 제가 윌슨병을 봤다는 것도 믿기지 않아요. 그 여자가 죽을 것 같아서 슬프긴 하지만요."

"그래." 그는 일어서서 책상 앞으로 돌아가 그 위에 앉았다. "내 생각엔, 자네는 정말 재능이 있는 것 같아."

그녀는 불안한 미소를 지었다. "제게 뭔가 나쁜 소식을 전해주실 건가요?"

그녀는 매우 친절하고 특별했다. 그녀는 그를 **좋아했다**—단지 그만을. 그녀는 그를 고맙게 여기고 존경했다. 이게 그가 원하는 것이었다. 그는 세스가 가진 것을 원했다. 그는 내가 가진 것을 원했다. 아니, 그는 우리가 가진 것보다 더 나은 것을 원했고, 더 구체적인 것을 원했다. 그렇다, 그는 마침내 자신이 원하는 사람이 어떤 사람인지 정확히 범위를 좁힐 수 있었다. 그의 사랑에 화답해주는, 튀지 않고 평범한 사람. 누군가 자신을 응원해줄 수 있는 사람. 그는 한 번만이라도 이성 관계에서 스타가 되고 싶었다.

토비가 어렵게 말문을 뗐다. "혹시, 오늘 밤 우리 아이들과 함께 저녁 식사 하러 올래?"

그녀는 어리둥절한 듯 그를 올려다보았다. "저요……? 아이들을 봐줄 사람이 필요하세요?"

"아니, 우리와 함께. 오늘 밤은 조니도 근무가 없으니까, 우리 애들이 좋아하는 이탈리아 식당이 하나 있는데 같이 가면 어떨까 해서."

이 말을 하는 데 어떻게 그렇게 오랜 시간이 필요했지? 그는 부하 직원들과 바람이 난 바턱 같은 인간들에게 냉소적이었다. 하지만 그에게 어떤 대안이 있을까? 끝없이 그냥 아무 여자하고 섹스를 한다? 이렇게 분명하고 아름다운 기회, 품위 있는 해결책이 있는데?

아이들은 조니를 좋아할 것이다. 그녀는 해나를 안정시키는 영향력을 끼칠 것이다. 조니는 레이철이 해나의 혈관에 주입한 모든 독을 해독할 수 있을 것이다. 노티 나게 옷을 입고 이상한 빈티지한 성향을 가졌지만, 조니는 해나에게 자신을 편하게 받아들이는 것이 어떤 것인지 보여줄 것이다. 그리고 솔리. 솔리는 인생에서 그 애의 흥미들을 인정하고 응원해주는, 좀 특이하지만 멋진 존재가 되게 해주는 사람을 갖게 될 것이다. 그와 함께 우주에 대해 이야기할 수 있는 사람—그래, 물리학을 배운 사람. 솔리가 다른 아이들과 좀 다르지만 바로 그게 그 애를 훌륭한 존재로 만든다는 것을 이해하는 사람.

물론 병원에서는 좀 어색하겠지만, 이 관계가 꼭 다른 사람들의 관계처럼 되지는 않을 것이다. 그는 자신의 파트너를 동등한 사람으로, 다만 조금 뒤처진 사람으로 받아들일 것이다. 부하 직원도, 간호사도 아니고, 레스토랑 예약을 해주는 사람도 아닌, 그와 동등한 사람으로 생각할 것이다. 그는 레이철처럼 하지는 않을 것이다. 정말로 그는 그의 수준에 맞는 누군가를, 그의 진가를 알아보고 그가 변하기를 원치 않는 사람을 찾을 것이다. 그와 레이철은 잘 맞지 않았다. 그녀가 떠나기 훨씬 전부터 일이 잘 풀리지 않았다. 한때는 잘 맞았지만 이제는 더 이상 그렇지 않았다. 이제 그들은 완전한 성인으로서 자신이 무엇을 원하는지, 무엇을 필요로 하는지 알고 있었다. 그는 자신이 하는 일을 사실 그대로, 믿을 수 없이 훌륭하다고 생각하는 사람을 원했다. 조니. 조니! 조니!

도대체 누가 벽을 유리로 만든 것일까? 그는 조니에게 걸어가서 그녀의 얼굴을 보듬고 '너야말로 내가 지금까지 기다려온 사람이야'라고 말할 수 있어야 했다.

하지만 그는 거리를 유지하며 말했다. "조니. 자네도 알듯이 나는 최근에 힘든 일을 겪었어. 너도 역시 그랬다는 것도 알고. 하지만 하루라도 더 이상 이렇게 살아서는 안 될 것 같아……. 내가 말하려는 것은 네가 줄곧 바로 여기 있었는데도 너를 알아보지 못했다는 거야." 갑자기 그는 자신이 하는 말을 들을 수 있었고, 그것은 감동적이면서도 그를 두렵게 만들었다. 그는 말끝을 흐렸다. 그는 생각했다. 그래, 이게 맞는 길이야.

그녀는 잠시 그를 바라보았다. "아뇨, 어, 고맙긴 하지만." 그녀는 일어섰다. "그래도, 초대해주서서 감사합니다." 그녀는 한 걸음 뒤로 물러섰다. "자문해달라고 했던 것 다시 확인해볼게요." 그녀는 대답을 기다리지 않고 나갔다.

제길.

그는 사무실 유리 벽 너머에서 길다가 자신을 쳐다보고 있는 것을 보았다. 그는 에런 슈워츠의 파티에 가지 않을 것이다. 그가 거기에 참석하기를 바라는 것 자체가 웃긴 일이었다. 그는 아이들을 집으로 데려가야 했다. 만약 세상이 그를 아버지라는 이유로 박해하려 한다 해도 그는 아버지를 선택할 것이다.

그는 회의실로 가서 아이들에게 말했다. "짐 챙겨. 집에 가자."

"축하하려고요?" 솔리가 물었다.

"축하 파티는 취소야. 파스타 먹으러 갈 거야."

"토비." 다음 날, 마르코가 그를 불러 세웠다.

"좋은 아침이야." 토비가 말했다.

"새 친구 만나봤어?"

"전부터 알던 사람이야."

"꽤 좋은 사람 같더군. 왜 밖에서 사람을 들여와야 했는지는 잘 모르겠지만."

토비는 하마터면 이것을 자신에 대한 칭찬으로 받아들일 뻔했지만, 마르코는 자기 자신에 대해 이야기하는 것임을 깨달았다. 토비처럼 공격을 받지는 않았지만 마르코도 진급을 바라기는 힘들었다. 그는 메스처럼 냉정했고 전임의들을 성희롱했었다.

토비는 캐런 쿠퍼의 방으로 갔다. 그의 전임의들이 그곳에 있었다. 그는 조니를 보지 않으려고, 더 구체적으로 말하면 조니가 자신을 어떻게 바라보는지 보지 않으려고 환자를 주시했다. 그는 조니에게 사과를 해야 할지, 아니면 인사팀의 전화를 기다려야 할지 알 수 없었다. 데이비드 쿠퍼는 캐런의 손을 잡고 그녀의 생기 없는 얼굴을 쳐다보고 있었다. 그는 다시는 아내가 눈을 뜨는 것을 볼 수 없을 것이었다. 토비는 복잡한 심정으로 그를 지켜보았다. 그는 쓰레기 같은 인간에 불과할까, 혹은 아직도 아내를 사랑하는 것일까? 남편과 헤어지라고 캐런을 부추겼던 그녀의 친구와 바람을 피우고 있을까?

그는 데이비드를 병실 밖으로 데리고 나갔다. 의식이 없는 환자 앞에서 임박한 죽음에 대해 논하지 않는 것이 예의였다. 그것은 어쩐지 무례한 것처럼 느껴졌다.

"결국 이런 상황을 맞게 되어 유감입니다." 토비는 말했다.

그래도 데이비드 쿠퍼는 운이 좋았다고 할 수 있었다. 그는 아내와 작별 인사를 할 기회가 있었고, 그렇게 그녀의 죽음을 서서히 받아들일 수 있었다. 하지만 토비는 그렇게 말하지 않았다. 그는 일어난 일이 데이비드에게 불공평하다고 말할 것이다. 하지만 세상의 데이비드 쿠퍼들은 공평한 게 무엇인지 알기나 할까? 마치 그들이 정말로 공정한 시스템의 일부가 되기를 원하기라도 하는 것처럼 말이다. 하지만 그런 것은 상관없었다. 왜냐하면 세상일은 어느 것도 공평하지 않았기 때문이다. 엄마라는 존재가 곁에 없어 불안한 그의 아들은 침대에 오줌을 싸고 있었고, 딸은 공개적으로 망신을 당해야 했다. 그동안 그들의 엄마라는 인간은, 일요일이면 줄무늬가 있는 나일론 아디다스 바지나 입고 다니면서, 3월 농구 시즌이 시작되면 미친 듯 팀들의 순위에 내기 도박을 하기 바쁜 샘 로스버그 같은 쓰레기와 함께 섹스 파티나 벌이고 있었다. 이게 공평하다고? 그들의 아이들에게 평화롭고 원만한 변화를 제공하기 위해 애써 미소를 지으며 이혼 조정에 임했지만, 그것이 끝나자마자 그녀는 자신이 할 수 있는 최악의 일, 이전에 그녀가 저질러온 끔찍한 일들의 목록과는 비교도 되지 못할 일을 저질렀다는 사실은? **그게** 공평한가? 만약 그게 공평하다면, 그리고 토비가 지은 죄를 그가 지금 받고 있는 형벌에 견주어본다면, 당신은 토비가 얼마나 불공평한 일을 당하고 있는지 알게 될 것이다. 그가 가정에 헌신적이었던 것이 그렇게 큰 잘못이었을까? 그가 가정을 위해 노력하고 사랑하려 한 것이, 퇴근하면 바로 집에 돌아온 것이 그렇게 큰 잘못이었을까? 그가 아내를 동반자로 생각하듯 그녀도 그를 동반자로 여겨주기를 바랐던 것은? 유리 컵 몇 개를 던지고, 하지 말아야 할 말을 몇 마디 한 것이 그리 큰 잘못이었을까?

맙소사, 그는 왜 모든 일들이 잘못되었는지, 레이철이 그를 떠나가게 만든 자신의 찌질함이 무엇이었는지 생각하는 것에 너무나 지쳐 있었다. 그녀는 그를 버렸다. 그녀는 그에게 잔인했다. 그녀는 그를 사랑하지도 존경하지도 않았고 자존심을 짓밟았다. 그녀는 그를 누군가의 애정 어린 손길만 느껴도 의심으로 분해되거나 슬픔에 잠기는 사람으로 전락시켰다. 그녀는 아이들에게 잔인했다. 그들의 아이들! 그녀는 아이들을 떠났다! 그녀는 부모가 없는 것이 어떤 것인지 잘 알고 있었지만 그럼에도 아이들을 떠났다!

그리고 그때 그는 깨달았다. 그렇다, 그는 분노하고 있었다. 그는 정말 화가 났다. 결혼 생활 내내 레이철은 그가 분노에 쌓여 있다고 비난을 퍼부었고 그때마다 그는 그것을 부인했지만 지금은 그럴 이유가 없었다. 분노하지 않은 척하는 것이 무슨 소용이 있을까? 화내는 게 뭐가 잘못이지? 왜 그것이 인간의 기본적인 감정으로 허락을 받지 못하는 거지? 그는 너무 화가 나서 무릎이 휘청거릴 것 같았다. 그는 화가 났고, 왜 그렇지 않은 척하는 것이 더 나은 처세인지 알 수 없었다. 그는 화가 나서 데이비드 쿠퍼의 얼굴에 대고 소리 지르고 싶었다. 그다음에는 조니와 클레이와 로건, 그다음에는 바턱의 얼굴에 대고, 그다음에는 나와 세스의 얼굴에 대고, 그러고 나서, 이 모든 흥분감을 가지고 레이철을 찾아서 그의 분노를 터뜨려 그녀가 존재하지 않게 만들 것이다. 그의 분노는 그녀가 증발하기 전에 몇 분 동안만 역시 자신이 옳았다는 짧은 만족감을 레이철에게 주겠지만, 그것이 그녀의 마지막 생각이 될 것이다. 분노는 그의 귀에 종소리처럼, 아니, 사이렌 소리처럼 울렸다. 그는 그것을 들을 수 있었다. 그는 그것을 정말로 들을 수 있었다. 그의 분노는 **소리**를 냈고 그것은 **사이렌 소리**였다.

아니다. 그 소리는 캐런 쿠퍼의 방에서 들려오고 있었다. 간호사가 안으로 뛰어 들어갔다. 토비와 데이비드가 서둘러 간호사를 따라 방으로 들어갔다. 캐런은 폐색전증으로 죽어가고 있었다. 심장을 마사지하기 위한 장비가 들어갔다. 로건과 클레이는 최선을 다했다. 몇 분 후 그는 클레이에게 고개를 끄덕여 사망 시간을 기록하라고 지시했다.

슬금슬금 방을 떠나려 하는 전임의들을 그가 손으로 막았다. 이 직업에 있어서 가장 힘든 부분을 겪기 위해 그 자리에 남는 것이 중요했다. 죽음을 이해할 수 없다면, 아직도 그 때문에 그렇게 동요된다면 어떻게 훌륭한 의사가 될 수 있을까, 토비는 생각하곤 했다. 그러나 지난 5년 중 언제쯤인가부터 살아 있는 것과 죽는 것에 대해 점점 더 많은 생각을 하게 되면서, 그는 아직도 자신이 죽음 앞에서 그렇게 흔들린다는 사실이 훌륭한 의사가 되는 열쇠라고 생각하기 시작했다. 우리는 결코 끝을, 죽음을 이해할 수 없다. 그 층의 사회복지사가 들어왔고, 토비는 남은 쿠퍼 가족들을 따라 유족실로 가서 그들이 사랑하는 사람을 잃은 것에 대해 심심한 위로를 표했다.

○

내가 뉴저지로 이사하기 전에 맨해튼에서 마지막으로 살았던 곳은 어퍼이스트사이드에 있었다. 애덤과 내가 결혼했을 때 그는 79번가에 큰 집을 소유하고 있었고, 나는 그리니치빌리지에 있는 작고 축축하고 곰팡내가 나지만 내겐 완벽한 원룸을 빌려 살고 있었다. 토요일 아침이면 애덤은 라켓볼을 치러 가곤 했고, 나는 77번가의 커피가 맛있는 베이글 가게로 가서 버터를 바른 포피시드 베이글을 주문한 채 혼자 앉아 있곤 했다. 토비의 아파트를 나온 일요일 아침, 나는 그곳에 가서 전날부터 입은 옷차림으로 가게 바깥쪽에 앉아 커피와 베이글을 먹고 담배를 피웠다. 내가 최근에 지금보다 더 행복했던 적이 있었나? 나는 궁금했다. 한편으로는 지난밤에 입고 잠들었던 옷을 그대로 걸친 채 일요일 아침에 맨해튼에서 내가 무슨 짓을 하고 있는 것인지 어이가 없었지만, 나는 그것이 궁금했다.

그때 나는 그녀를 보았다.

그녀는 인도의 내 옆 테이블에 앉아 있었다. 몇 년 동안 그녀를 보지 못했기 때문에 좀 달라 보였지만, 적어도 같은 머리 색깔, 날씬한 몸의 그녀가 그곳에서 베이글을 먹고 있었다.

나는 몸이 얼어붙었지만 너무 늦었다. 그녀는 나를 보고 눈을 가늘게 떴다. 나는 여기서 내가 어떤 입장을 취해야 하는지에 대해 확신이 서지 않은 채 반쯤 손을 흔들었다. 여름 내내 강박적일 정도로 내가 관심을 기울였던 대상과 마주쳤을 때 막상 무엇을 해야 하는가? 그것은 정말 미리 생각할 수 있는 일이 아니다.

"리비?" 그녀가 다가오며 물었다.

"레이철. 안녕하세요." 내가 대답했다.

"정말 오랜만이에요. 해나가 태어난 후로는 못 본 것 같죠?" 그렇게 말한 그녀는 머릿속에서 수학 방정식을 풀려고 하는 것 같았다.

가까이에서 보니 그녀는 달라 보였다. 그녀를 마지막으로 봤을 때보다 더 늙었을 뿐만 아니라, 행색도 어수선했다. 그녀는 가랑이 쪽이 늘어난 추리닝 바지에 '나 마 스테이 인 베드'('침대에서 안녕한가요'라는 뜻-옮긴이)라고 쓰인 운동용 탱크톱을 입고 있었다.

그녀는 빨간 립스틱 외에는 화장을 하지 않았는데 그 때문에 눈 밑의 다크서클이 오히려 더 두드러져 보였다. 헝클어진 머리는 짧게 잘려 있었는데 설령 빗질로 잘 정리를 한다 하더라도 중년 여성들에게나 어울릴 법한 스타일이었다. 그녀는 파운데이션으로 눈과 입 주위의 주름을 가려보려 했지만, 주름 안으로 떡이 져 있었고 피부에도 잘 스며들지 않아 마치 여러 가지 빛깔의 가면을 쓴 것 같았다.

"무슨 일 있으세요?" 내가 물었다.

그녀는 눈을 감았다. "난 괜찮아요." 그녀가 눈을 뜨고 말했다. "어떻게 지냈어요? 여긴 웬일이에요?"

"난…… 어젯밤에 시내에 있었어요. 이제 곧 집으로 돌아가려고요." 나는 무슨 말을 해야 할지 생각이 나지 않았다. "레이철, 무슨 일이에요?"

"뭐가요?"

"난…… 토비와 연락하고 있었어요. 그는 당신을 걱정하고 있어요. 당신의 아이들은……" 나는 말을 맺을 수 없었다.

그녀는 혼란스러워 보였다. "애들을 봤어요? 당신과 토비가 아직도 연락하는 줄 몰랐어요."

솔리가 침실에서 토비를 부르던 것이 생각났다. "네. 아이들이 많이 힘들어해요." 그녀는 내 오른쪽 어깨 너머를 바라보았다. 나는 그녀가 무엇을 보는지 뒤돌아봤지만 아무것도 없었다. 나는 그녀를 다시 쳐다봤다. 그녀는 약에 취한 것 같았다. "어디 데려다줄까요?"

"피트니스센터에 갔는데 엉뚱한 날에 갔어요."

"커피 좀 마실래요?" 나는 그녀의 베이글을 바라보았다. 그것은 온전한 상태였다. 그녀는 한 입도 먹지 않았다. 아무것도 발라져 있지 않았고 반으로 자르지도 않았다. 그녀는 먹을 생각은 전혀 없이 그 큰 베이글을 들고만 있었다.

마침내 나는 "레이철. 어떻게 된 거예요? 괜찮아요? 토비한테 전화해도 돼요?"라고 물었다.

그녀는 나를 쳐다보며 눈을 가늘게 떴다. 그녀는 정신을 집중하려고 고개를 흔들었다. "전화하지 마요. 토비에게 전화하면 안 돼요."

"왜요? 그럼 다른 사람은? 친구나?"

"난 친구가 없어요."

"말도 안 돼요." 하지만 어쩌면 그녀는 정말 친구가 없는지도 몰랐다. 내가 그녀에 대해 뭘 알고 있겠는가?

레이철은 자신의 베이글을 응시했다. 이따금씩, 그녀는 작은 소음에도 놀라 펄쩍 뛰고 그것이 무엇인지 확인하기 위해 주위를 둘러보고는, 그렇게 많은 소음들이 들리면 뭔가 이상한 게 아니냐고 확인을 바라는 것처럼 나를 보곤 했다.

"아이들은 잘 있어요?" 그녀가 물었다. "계속 전화를 하려고는 했어요."

"전화를 하려고 했다고요? 3주 전에 아이들을 데리러 오기로 했었 잖아요. 아이들은 당신이 그들을 버렸다고 생각하고 있어요."

그녀는 다시 내 어깨 너머로 시선을 돌렸지만 나는 돌아보지 않았 다. 나는 그녀의 얼굴을 빤히 쳐다보았다. 그녀는 너무 수척해 보였 다. 누구든 불러야 했다.

"토비는 내가 왜 그곳에 나타나지 않는지 알고 있어요. 뭐라고 꾸 며댈지는 몰라도 그는 알아요."

"그렇지 않아요. 내가 확신하는데 그는 몰라요."

그녀는 베이글 가게에 있는 다른 사람들을 물끄러미 바라보았다. 눈을 깜빡일 때마다 그녀는 꼬박 2초 동안 눈을 감았다.

그녀는 자신에게 무슨 일이 있었는지 내게 말했다.

아마 2년 전쯤, 샘 로스버그는 브로드웨이의 배우가 되고 싶어 하 는 조카가 있다며 레이철에게 아무 때라도 그들과 함께 저녁을 먹지 않겠느냐고 물었다. 그때는 레이철이 아직 토비와 함께 있었을 때였 다. 물론이죠, 그녀는 말했다. 그녀는 항상 '네'라고 대답했다. 그녀는 자신이 도움을 줄 수 있는 세상의 샘 로스버그들과 아이들이 다니던 사립학교 학부형들에게 봉사하고 있었다. 미리엄 로스버그는 아이들 의 학교에서 가장 왕족과 비슷한 존재였다. 미리엄은 학부형회에서 일할 필요도 없었다. 그녀는 학교의 거의 모든 계획에 자금을 지원했 고, 모든 위원회에서 고문 역할을 맡았다. 그녀는 바너드 칼리지의 교육학 박사를 고용해 만든 300페이지 분량의 방과 후 숙제의 비용 편익 분석을 소심하고 생기 없는 교장에게 읽게 한 후 저학년 학생들의 숙제를 없애자고 "권고"함으로써 그것들을 완전히 없앴을 정도로 막강한 권력을 지녔다.

해나가 유치원에 등록할 무렵, 레이철은 자기 인생에서 많은 것을 성취했었다. 그녀는 말 그대로 부모 없는 양육 환경에서 살아남았고, 할머니의 무관심에도 불구하고 성공했으며, 두 번 출산을 했고(한 번은 아주 위험한 상황이었다), 노산의 위험을 겪지 않게 합리적인 나이에 멋진 남자와 결혼했고, 뉴욕에서 가장 오래되고 가장 큰 크리에이티브 에이전시 중 하나를 빈 껍질로 만들며 자신의 성공적인 에이전시를 차렸다. 그녀는 업계 신문의 인물 동정란에 자주 이름이 오르내렸고, 그녀가 어렸을 때 자주 읽던 여성 잡지의 관심 인물 코너에 그녀의 프로필이 실리기까지 했다. 그녀는 주요 언론인들의 고위 소식통이었다. 그녀는 여성 기업가 상을 받았고, 다른 사람도 아닌 **알레한드라 로페즈**를 발굴했다. 그녀는 〈프레지던트릭스〉를 일인극이 아닌 뮤지컬로 각색해서 단원 한 사람의 컨디션에 따라 흥행이 영향을 받지 않는 브로드웨이 쇼로 만드는 데 일조했다. 처음에 그녀는 직장 상사인 매트 클라인을 끌고 가 알레한드라의 쇼를 보여주었지만 그는 알레한드라를 "아무 재능도 없는 떠버리"라고 혹평했고, 그래서 그녀가 알레한드라를 대행하게 되었다. 그녀는 당신이 분명히 이름을 들어봤을 정도의 탤런트들을 대행했다. 하지만 해나가 1학년을 마칠 무렵, 레이철은 자기 인생에서 가장 큰 업적은 자신의 사무실 근처 연습실에서 필라테스를 매주 같이 할 정도로 미리엄 로스버그의 관심을 끈 것이라고 솔직히 말할 것이다.

"이건 아주 효율적인 운동이기도 해요." 운동이 끝난 후 스무디를 마시러 갔을 때 레이철은 그녀에게 말했다.

미리엄은 같이 운동을 하자고 쾌히 승낙하고 나서 그녀의 집사—

그녀의 집사—에게 레이철과 상의해서 매주 개인 운동 일정을 잡게 했다. 레이철은 그녀와의 운동 시간을 마치 가장 중요한 일처럼 생각 했다. 아이들 사이의 모든 놀이 데이트들은 미리엄 로스버그를 통해 이루어졌고, 모든 기금 모금들과, 그녀의 아이들을 위한 사교와 인정 의 기회가 미리엄의 권좌로부터 흘러나왔다. 그녀와 샘 로스버그는 해나와 같은 학년인 쌍둥이 사내아이들과, 솔리와 동갑인 셋째 잭이 있었다. 잭은 그녀의 아들인 솔리의 반만큼도 똑똑하거나 호기심이 없었고 두 눈이 서로 너무 가깝게 붙어 있었지만, 단지 좋은 부모 밑 에 태어났다는 이유만으로 더 나은 삶을 살 것이다. 그들은 샘 로스 버그의 정자에서 여자아이를 만들어내기 위해 수백만 달러를 지불한 후 넷째인 딸을 얻었다. 그들은 딸을 샀다! 그들은 심지어 아이의 성 별까지 돈으로 통제했다!

미리엄은 몸집이 작았고 약간 멍하면서 산만한 타입이었지만, 레 이철이 그때까지 만난 여자들 중 유일하게 진정으로 자유로운 사람 이었다. 그녀는 아무 짐이 없었다. 물론 그녀도 자신의 재산, 사회적 책임감, 수십 명이 달라붙어 키워주기는 하지만 자식들 등 자신이 맡 은 짐이 많다고 생각했지만, 금수저를 물고 태어난 사람은 아무리 자 신은 다르다고 주장해도 결코 짐이나 살아남기 위한 투쟁에 대해서 알지 못한다. 하지만 **노력해서** 부자가 된 사람들은 바닥이 얼마나 가 까운지, 얼마나 쉽게 그곳으로 돌아갈 수 있는지 결코 잊지 않는다. 미리엄은 생존 투쟁이나 짐에 대해서는 아무것도 몰랐다. 심지어 그 녀는 자기를 위해 일하는 많은 사람들을 감독해야 하는 부담도 없었 다. 그녀의 집사와 비서실장—**비서실장**—이 그녀와 샘이 급료를 지 불하는 수십 명의 사람들, 즉 여행 갈 때도 대동하는 가정부들과 비 서들, 보모들, 그리고 집 네 채—아니, 세 채의 집과 **빌라** 한 채—를 유지하기 위한 가정부들과 관리인 등 수십 명의 사람들을 감독했다.

이 모든 것이 미리엄에게 조언하는 삶을 살게 해주었다. 학교가 겨울 기금 모금을 위해 무엇을 해야 하는지(그녀에게 수표를 부탁하는 것 외에), 아이들이 방과 후에 무엇을 해야 하는지("서로 같이 연습을 하면 훨씬 더 효과적일 텐데, 해나도 우리 아이들이 학교 점심시간에 받고 있는 중국어 개인 과외 수업에 참여하게 하지 그래요?"), 누가 뉴욕시 공직에 출마해야 하는지 그녀는 조언을 아끼지 않았다. 그렇다, 그녀는 실제로 공직을 위한 후보들을 지명해 출마시켰다. 남성 지배적 세상의 위험들—세상에 존재하는 매트 클라인들, 여성에 대한 낮은 기대감, 여성의 존재에 당황하거나 당황스럽다고 말하는 방식, '여성들이여, 힘내세요'라는 선심을 쓰는 듯한 말들, 절대로 그렇지 않다는 것을 알기 때문에 남편들이 '우리 집에서는 아내가 모든 걸 결정해요'라고 말하는 것 등—을 실제로는 한 번도 경험해본 적이 없음에도 불구하고, 그녀의 돈은 페미니스트적인 성향을 가질 수 있게 해주었다. 성비 불균형에 대해서도 그녀는 **들어만** 봤을 뿐이다. 그녀가 어떻게 그것을 경험할 수 있었겠는가? 그녀는 일을 하지 않았다. 그녀는 기부하고 운동하고, 기부하고 운동하고, 기부하고 운동하는 것 외에는 아무것도 하지 않았다. 페미니즘 운동들을 위해 돈을 기부할 때 그녀는 사실 자신이 들었던 가부장제에 관한 **소문들**을 다루고 있을 뿐이었다.

하지만 그녀는 그렇게 할 수 있었다. 그녀는 자신의 관심사를 고를 수 있었다. 미리엄 로스버그의 돈은 그녀가 명쾌하게 생각하고 책을 읽게 해주었고, 누구에게 투표할지, 남편의 성적인 접근에 응할지를 자주적으로 결정할 수 있게 해주었다. 돈은 그녀에게 일상적인 삶과 평행하게 이어지는 추가적인 삶을 가능하게 했고, 그 두 삶 사이에서 그녀의 목표들은 어떻게든 달성되었고 그녀 주위의 모든 사람들은 그것에 만족했다. 틀림없이 멋진 삶일 거야, 레이철은 생각했다.

"난 당신이 어떻게 해내는지 모르겠어요, 레이철." 수업이 끝난 후 슈퍼푸드*를 먹으면서 미리엄은 말하곤 했다. 록산느와 신디는 공감하는 듯한 콧소리를 낼 것이다. "이렇게 바쁘게 뛰어다니면서 말이에요. 아이들은 따로 떼어두고요!" 그녀는 마치 자신은 자식들을 항상 지켜보고 있기라도 한 듯 말했다. 레이철에게는 모나가 있었다. 그리고, 감사하게도, 아이들의 삶에 관심을 가지고 관여하는 토비가 있었다. 게다가 레이철은 미리엄으로서는 불가능한 방식으로 아이들의 삶에 관여하고 있었다. 그녀와 모나는 하루에 열 번은 연락했다. 레이철이 모든 결정을 내렸다. 그녀는 아이들이 어디에 있는지 24시간 알고 있었다.

솔리와 잭이 세 살이었을 무렵, 어느 날 미리엄이 보모들을 한 시간 동안 쉬게 하고 아이들과 함께 뮤직 앤 미 음악 교실에 가지 않겠느냐고 문자를 보내자, 레이철은 비서를 뽑기 위한 인터뷰를 하다가 중간에 취소하고 즉시 회사를 나섰다. 그녀는 미리엄에게 "좋아요!"라고 말했다. 마치 보모를 한 시간 쉬게 하는 일을 그녀가 전에 해봤다는 듯이. 그녀는 새로운 비서가 필요했다. 그러나 미리엄의 궤도에 머물기 위해서는 그녀가 부를 때는 언제나 응해야 했고, 그것이 자신의 아이들을 위한 큰 투자라고 생각했다. 그녀는 또한 시시한 부탁으로 미리엄이 자신을 부담스럽게 생각하지 않도록 해야 한다는 것도 알고 있었다. ("오는 길에 해나를 좀 데리고 와줄 수 있어요? 회의가 늦어져서요.") 그래서 그녀는 수업에 갔고, 가는 길에서 미리엄을 만

---

* 활성산소들을 제거하고 체내에 필요한 영양소를 많이 함유하고 있는 웰빙 식품.

나 건물 안에 같이 들어갔다. 그들은 함께 음악 수업을 받는 장소에 들어갔고 아이들은 둘 다 그들을 향해 뛰어왔다. 똑같이. 솔리와 잭 둘 다 똑같이, 마치 레이철과 미리엄이 엄마로서 정확히 똑같은 노력을 기울이고 있는 것처럼 말이다. 마치 미리엄의 헌신의 깊이가 레이철의 헌신에 비교라도 되는 것처럼 말이다. 레이철은 방과 후 프로그램을 살펴보느라 밤을 새웠고, 아이들에게 무엇을 먹이고 있는지 모나의 영수증을 확인했고, 그녀가 어떤 동네로 아이들을 데리고 산책을 다니는지 확인했다. 레이철은 자신이 좋아하는 운동인 조깅보다는 아이들의 장래를 위해 미리엄과 필라테스를 했다. 하지만 아이들이 그들에게 달려드는 모습을 보라. 아무 차이도 없었고, 엄마에 대한 유대감도 어느 쪽이 덜하지 않았다. 그것이 그녀를 분노하게 만들었다. 그녀는 얼빠진 음악 교실 선생의 지시에 따라 손뼉을 치며 드럼을 두드리며 나무 딸랑이를 흔들었지만, 솔리가 자신을 사랑하는 만큼 잭 로스버그가 미리엄 로스버그를 사랑한다면 이 모든 것이 도대체 무슨 의미가 있는 것일까 궁금했다. 그녀는 아이들의 사랑이 부모의 사랑과 같다는 것을 아직 깨닫지 못하고 있었다. 그것은 이해와 인내였고, 약간은 엉망으로 끝날 것이었다.

레이철은 침묵과 체념, 원망만으로 이루어진 감정을 느끼며 자랐다. 할머니는 그녀를 사랑하지 않았지만 할머니는 원래 사랑을 모르는 사람이었기에 괜찮았다. 할머니는 냉정했지만 적어도 자신의 의무에는 충실했다. 할머니는 의무와 사랑이 같은 것이라고 생각했지만, 의무와 사랑은 서로 완전히 달랐다. 그것들은 서로 다른 두 영화였다. 의무는 사랑이나 존경이나 위안으로 해석될 수 없었다. 의무는 그녀가 해야 할 일의 가장 낮은 공통분모에 불과했고, 고아원의 수녀들도 그런 식으로 고아들을 대했을 것이다. 레이철은 할머니가 어머

니를 키운 뒤 이제 다시 손녀를 키워야 한다는 것이 꽤 공평하지 않
다는 것을 이해했다. 그녀의 딸이 일찍 죽었다는 것도 불공평한 일이
었다.

할머니의 냉기가 그들의 삶 모든 면에 스며들었다. 집에는 장식이
란 거의 없었고 외풍이 심했다. 그녀는 레이철이 하루를 어떻게 보냈
는지 이야기하지 못하도록 TV 앞에서 식사를 하게 했다. 할머니는
몇 년 동안 똑같은 실용적인 옷을 입었다. 전날 입었던 옷과 거의 다
를 바 없는 블라우스와 바지가 그녀의 옷차림이었다. 그녀는 장신구
도 하지 않았고 웃지도 않았다. 돈을 많이 쓴다는 것은 쓸데없는 감
정에 빠지는 것이었고, 할머니는 가능한 한 언제나 감정 표현을 피했
다. 그나마 그녀가 가장 많이 표현한 감정이 있다면 그것은 분노였
다. 레이철이 게으름을 피우거나 질문을 할 때, 가볍게 행동하거나
어린아이처럼 굴 때, 그녀에게 하루 세 끼를 꼬박꼬박 챙겨줘야 하는
것 등에 화를 냈다. 레이철이 농구를 하겠다거나 치어리더에 가입하
고 싶다거나 학교 연극반에 끼고 싶어 할 때 할머니는 화를 냈다. 할
머니의 지독한 분노가 너무 무서워서 레이철은 다른 아이들과 비슷
한 어린 시절을 바라는 대신에 사랑 비슷한 것, 즉 적개심과 분노를
드러내지 않는 상태에 만족하기로 마음을 굳혔다.

만약 레이철이 불평을 하더라도 할머니는 그녀가 무슨 말을 하는
지 이해하지 못했을 것이다. 할머니는 레이철이 집에 돌아올 때 맞춰
매일 집에 있었다. 그녀는 매 끼니마다 요리를 했다. "넌 맨발로 다니
지는 않았어." 할머니는 말하곤 했다. 그녀는 자신의 저축과 노후연
금에 엄청난 부담이었지만 레이철을 아주 비싼 사립학교에 보냈다.
자신들이 유대인이었음에도 불구하고, 워싱턴의 외교관들과 명문가
자녀들이 다니는 가톨릭 학교에 다니게 했다. 할머니는 레이철이 좋

은 교육을 받는 것이 이제껏 그녀가 인생에서 빼앗긴 모든 것들을 어느 정도 보완해줄 것이라고 생각했다. 그렇게 할머니는 완전히 **괴물**은 아니었다는 것을 증명했다. 다만 **사람**답게 처신을 하는 것이 어떤 것인지 잘 몰랐다는 쪽에 가까웠다.

그러나 레이철은 비참했다. 그녀는 중산층 유대인들이 사는 마운트위싱턴에 살았지만, 같은 반 아이들은 유대인이 아니었고, 럭스턴이나 그린 스프링 밸리 같은 부촌이나 아나폴리스 부근의 개인 섬에 사는 부유층 아이들이었다. 그들은 아기 때부터 그들을 위해 일해온 기사들이 운전하는 검은색이나 어두운 은색 승용차에 실려 다녔다. 그녀가 엿들은 친구들의 부는 특권과 통로, 가능한 모든 것들의 가능성의 새로운 차원을 열어주는 것이었다. 그녀의 반 여학생들은 클랜시와 데번, 애터레이, 웨스터레이, 본레이, 플럼, 파피, 캐서린 같은 성을 가지고 있었다. 특히 캐서린이란 성은 발에 차일 만큼 흔했다. 그들은 크리스마스 방학이 시작되기 일주일 전에 애스펀으로 스키를 타러 갔고, 아프리카로 사파리 여행을 갔다. 그들은 피지의 개인 섬을 방문하거나, 나일강을 따라 내려가는 개인 유람선을 타거나, 갈라파고스에서 개인 관광을 하거나, 베니스에 있는 개인 호텔이나, 브라질에 있는 **개인 숲**에 머물렀다. 그들은 콘서트와 오페라에 갔고, 학교 밖에서 프랑스어 수업을 받았고, 그러고 나서 실제로 프랑스에 갔으며, 그녀는 할 수 없는 방식으로 세련되어져 갔다. 왜냐하면 세련됨이란 당신의 모국어이어야 하고, 외국어로 배울 때는 항상 억양이 생기기 때문이다.

7학년 때 친구가 별로 없던 캐서린 H라는 수줍은 소녀가 레이철에게 테니스 교습을 같이 받겠느냐고 물었다. 테니스를 배우기 위해서는 교습료만 필요한 게 아니었으므로 레이철은 그런 것은 할머니에게 물어봐야 소용이 없다는 것을 알았다. 옷과 교통편, 대회들과 연습 일정에도 새로운 혼란을 야기할 것이다. 레이철은 캐서린에게 할 수 없다고 말했지만 캐서린은 그 이유를 이해할 수 없었다.

"하기 싫어?" 그녀가 물었다.

"솔직히 말해? 좀 지루해 보여서." 레이철이 대답했다.

하지만 사실은 그렇지 않았다. 그것은 재미있어 보였고, 그녀가 좋아하는, 아무 때라도 전화할 수 있는 친구들, 집으로 놀러 갈 수 있고 자신들의 비밀을 알려줄 그런 친구들을 사귈 수 있는 기회 같았다. 그녀는 언젠가 마침내 기회가 왔을 때를 대비해 보통 사람들이 자연스럽게 행동하는 모습을 대충 알 수 있도록 집에서 항상 TV를 보았다. 케이블 TV에 친한 친구 두 명이 서로 머리를 빗어주거나, 한 명이 화장실에 앉아 있을 때도 이야기를 나누는 프로가 있었다. 머리를 빗어주거나 소변을 보면서 이야기를 나누는 장면은 그녀의 머리를 떠나지 않았다. 누군가가 내 머리를 만지면 어떤 기분일까? 다른 사람 앞에서 자유롭게 소변을 보는 것은 어떤 기분일까? 테니스를 치는 소녀들은 서로 머리를 빗어주고 친구 앞에서 소변을 볼 것 같았다. 캐서린 H는 테니스 교습을 받았고 테니스 치는 소녀들과 친해졌다. 그 후 그녀는 테니스 캠프에 갔고, 그곳에서 그들은 아마도 매일 밤 서로의 머리를 빗어주었을지도 모르고, 어쩌면 화장실에는 문조차 없었을지도 모른다. 어느 날 그녀는 캠프에서 레이철에게 전화를 걸었다. 그들은 친한 사이는 아니었지만 레이철은 그해 여름 너무 외로웠기 때문에 아무 의심 없이 전화를 받았다. 캐서린 H는 자기에게 트레이라는 새로운 남자친구가 생겼다며 그와 한번 통화를 하고 싶냐고 물었다. 레이철은 선선히 그러겠다고 말했다. 캐서린의 남자친구는 5분 동안 레이철과 통화를 하다가 "우리는 네가 남자들의 거기를 빼는 것을 좋아한다고 들었어……"라고 말했고, 그의 뒤에서 여자애들이 일제히 웃음을 터뜨리는 소리가 들렸다. 무슨 일이 일어난 건지 레이철이 깨닫는 데 1분이 걸렸지만, 그때쯤 그들은 전화를 끊었고 레이철은 멍하니 손에 든 수화기를 바라보았다.

그녀는 더 이상 다른 아이들과 다르고 싶지 않았다. 그녀는 7학년 때부터 매우 비싼 옷을 훔치기 시작했다. 할머니는 레이철에게 옷을 사 입히기 위해 화이트 마쉬 몰에 있는 우디스에만 데려갔는데, 그곳은 학교 동급생들은 절대로 가지 않을 형편없는 옷 가게였다. 그녀는 어느 여름, 보모로 일을 하고 받은 60달러를 가지고 컬럼비아 몰의 노드스트롬에 갔다. 학교에는 교복이 있었다. 흰색 단추가 달린 버튼다운 셔츠와 학교에서 배부하는 격자무늬 치마였다. 셔츠는 학교에서도 살 수 있었지만, 대부분의 소녀들은 랄프로렌 남성복 셔츠 코너에서 파는 작은 폴로 심볼이 가슴에 붙어 있는 것을 샀다. 그들은 흉골 가까이의 아주 야한 란제리가 엿보이도록 셔츠 단추를 열어두거나, 한 치수 작은 셔츠들을 입었다. 나도 저런 옷을 입을 수 있으면 얼마나 좋을까, 다른 애들처럼 보일 수만 있다면, 그녀는 생각했다.

하지만 그 셔츠는 90달러나 했다. 그녀는 가게에서 그것을 한번 입어봤다. 그것은 그녀에게 아주 잘 어울렸다. 그녀는 다른 학생들 중 한 명처럼 보였다. 그녀는 그 셔츠 없이 가게를 나올 수 없었다. 그녀는 다른 소녀들이 좀도둑질을 한다는 것을 알고 있었다. 그녀들은 그것에 대해 이야기했다. 그들은 많은 돈을 가지고 있었기 때문에 그들의 도둑질은 이상하고 병적인 것이었다. 하지만 레이철—레이철은 그렇게 할 필요가 있었다. 그것이 그녀에게는 실제적으로 살아남기 위한 수단이었다. 그날 그녀는 셔츠를 가지고 가게 밖으로 걸어 나왔다. 고급 옷들을 파는 가게에서는 90달러는 비싼 가격이 아니었기 때문에 셔츠에는 알람을 울리는 태그가 부착되어 있지 않았다. 그녀는 검은 레이스가 달린 데미 푸시업 브라도 훔쳤는데, 마치 그것만 착용해도 황홀경에 빠질 것처럼 자신의 얼굴을 만지는 여자 사진이 붙어 있었다. 레이철은 다음 날 브래지어를 셔츠 아래에 입고 학교에 갔지만 아무 도움이 되지 않았다. 그때는 너무 늦었다. 그녀의 판결문은 이미 쓰여 있었다. 그녀는 대학에 가서 새 출발을 할 수 있을 때까지 기다려야만 했다. 그리고 그녀는 그렇게 했다.

그러다가 그녀는 토비를 만났다. 마침내 한 남자가 그녀를 사랑했고 그녀를 선택했다. 그가 그녀를 바라보는 눈길, 그녀에게 주는 안정되고 흔들리지 않는 느낌. 그녀는 그가 자란 집을 방문했고 그곳에서 혼란과 안정을 보았다. 그녀는 이 남자가 이 모든 것을 내면에 담고 있다는 것을 알았고 그녀도 그럴 수 있다고 생각했다. 그들은 결혼했다.

그녀는 시내에서 가장 오래되고 가장 큰 크리에이티브 에이전시인 알푸즈 앤 릭턴스타인의 우편물실에서 일을 시작했으며, 마침내 자신의 마음속에서 용솟음치는 에너지를 쏟을 수 있는 장소를 그곳에서 찾았다. 상사가 그녀에게 추근댄 적도 있었고, 임신으로 인해 승진할 기회를 잃기도 했다. 이것은 임신의 끔찍한 것들 중 하나일 뿐이었다. 임신 직전엔 사람 취급을 받았지만, 또 다른 삶을 위한 인큐베이터가 된 순간 당신은 신체 부위로 전락했다. 엄청난 모욕이었지만 아주 은근한 것이기도 했다. 임신 기간 내내 사람들은 그녀가 **귀엽**다고 했다. 그들은 그녀가 **사랑스럽**다고 말했다.

그녀의 부하 직원들은 베이비 샤워를 베풀어주었고, 유리와 금속으로 이루어진 딱딱하고 차가운 그녀의 사무실을 파스텔 색 색종이들의 쓰레기장으로 바꾸어놓았다. 얼마나 색종이들을 많이 사용했는지 몇 주가 지나도 계속 눈에 띄었다. 이것은 파티가 아니라고 그녀는 생각했다. 그것은 그녀의 장래를 엿볼 수 있는 행사였다. 그녀는 어머니와 모성에 대해 자신이 어떻게 여겨왔는지 생각했다. 그녀는 자신이 알고 있는 모든 어머니들이 마치 진정한 사람들이 아닌 것처럼, 거세된 사람들처럼 보이는 이유에 대해 생각했다. 그녀 자신이 거의 참기 어려운 클럽에 가입하고 있다는 것을 왜 깨닫지 못했을까? 엄마가 됨으로써 약하고 우스꽝스러운 존재로 바뀌는 것을 극복한 사람이 누가 있었던가? 전에는 사람들이 자신을 완벽하다고 생각하지 않았다. 하지만 이제 그녀는 그저 평범한 사람으로라도 여겨지기 위해서 싸워야 할 판이었다.

게다가, 어떤 남자가 말 그대로 그녀가 살아 있는 유일한 이유를 꺼내기 위해 그녀의 배를 갈랐다.

토비는 해나가 태어난 지 6주 만에 다시 일터로 돌아갔지만, 레이철은 그렇지 않았다. 6주가 되었을 때 그녀는 모나가 해나를 산책에 데리고 가기를 기다렸다가 거실로 갔다. 오전 11시쯤이면 햇빛이 창문으로 흘러 들어왔고, 그녀는 따뜻한 양지에서 처음에는 무릎을 꿇고 앉아 있다가 다음에는 기도하는 이슬람교도처럼 몸을 구부리고 울곤 했다. 어떻게 이럴 수 있을까, 그녀는 이해할 수 없었다. 아이를 낳는 단순한 행동이 어떻게 나에게 이런 결과를 가져온 것인가? 세상의 모든 출생이 세상의 모든 여성을 망쳐놓았을까? 이게 세상이 감추고 있던 비밀이었을까, 아니면 그녀가 그냥 흘려들었던 것일까? 임신 말기에 그녀를 본 여성들은 그녀에게 충고를 해주었는데, 그것들의 대부분은 미리 잠을 충분히 자두라거나 그 귀중한 순간들은 너무 빨리 지나가버리므로 순간순간을 소중히 여기라는 것들이었다. 하지만 사실 그들은 그녀의 얼마 남지 않은 인간으로서의 시간을 유념하라고 말하고 싶었던 것일까?

산전 요가 수업의 다른 여자들은 서로 이메일 연락망을 유지해왔다. 레이철은 그녀들의 메시지에서 겁에 질렸거나 폭행을 당했거나 슬프거나 망가진 느낌을 찾아보려고 노력했지만 헛수고였다. 그들은 전혀 그렇지 않았다. 그들은 항상 피곤한 것에 대해 농담을 했고, 그들 중 한 명이 무통분만을 하게 되자 그것을 비극으로 여겼고, 또 다른 여인이 아기를 위해 충분한 모유가 나오지 않아서 분유를 사용해야만 하자 그것을 비극으로 생각했다. 그녀는 그들에게 이메일을 써서 거울에 비친 자신의 몰골을 바라볼 수가 없다고 말하고 싶었다. 그녀는 자신이 지금 얼마나 왜소한지 누군가 알아주길 원했다. 그녀는 그들 중 한 명에게 이것이 진짜 그녀인지, 그날 병원에서 갑자기 그녀가 자신의 본모습을 깨달은 것인지, 어떻게든 다시 원래의 모습으로 돌아갈 수 있을 것인지 묻고 싶었다. 원래의 모습으로 돌아간다는 것은 그들이 이해할 수 있는 언어였다. 그들의 질은 원래의 모습으로 돌아가야 하고, 그들의 젖가슴도 원래의 모습으로 돌아가야 하며, 늘어진 복부도 원래의 모습으로 돌아가야 했다. 몇 가지 작은 적응만 마치면 이 여인들은 삶에 합류할 수 있을 것이다. 그들은 자신들을 알아볼 것이다. 하지만 레이철은? **레이철**은 원래의 모습으로 돌아갈 수 있을까? '원래의 모습으로 돌아가다'라는 말 자체가 그녀를 놀리기 위해 존재하는 것처럼 보였다. 원래의 모습도, 다시 돌아가는 일도 불가능해 보였다.

그래서 그녀는 빌어먹을 강간 피해 여성들의 모임에 앉아 있었고, 사람들은 어떻게 그들이 총과 칼에 의해 붙들려 있었는지, 혹은 남자친구가 어느 날 밤 어떻게 폭력적이고 무시무시하게 변했는지, 어떻게 그들이 의식을 회복하고도 그곳이 어디인지, 어떻게 그곳에 온 것인지 알 수 없었는지, 그들은 팬티도 입지 않은 상태였고 나중에 그들이 임신을 했다거나 성병에 걸렸다는 것을 알게 되었는지를 말했다. 그녀는 아기를 안고 그곳에 앉아 있었고, 자신이 말할 차례가 될 때마다 울기 시작했다. 그녀는 조용히 울지 않았다. 그녀가 울부짖으면 그들은 그녀를 그냥 내버려두었다. 5분이 지나도 그녀가 그치지 않자 여인들이 그녀 주위에 모여들어서 앞에 쪼그리고 앉아 그녀가 울음을 멈출 때까지 어깨와 무릎을 토닥였다.

어느 날, 병원에서 모임을 떠나던 그녀는 로말리노와 함께 엘리베이터에 타게 되었는데, 그는 그녀를 못 알아봤다. 그녀는 그와 단둘이서 네 층을 같이 이동했다. 그녀는 네 층을 이동하는 동안 그에게 **'이봐, 당신이 멀쩡했던 사람에게 해놓은 짓을 봐. 너는 날 망쳤어'**라고 말할 기회가 있었다. 하지만 그녀는 그렇게 할 수 없었다. 대신 그녀는 방망이질치는 가슴으로 해나를 감싸 안고 그에게서 돌아서서 엘리베이터 벽을 마주하고 서 있었다. 진정이 된 후에도 그녀는 빙충맞게도 여전히 엘리베이터의 거울을 쳐다볼 수가 없었다. 그녀는 자신이 생각했던 그런 사람이 아니었다. 매트 클라인이 생각했던 사람이었다. 그녀는 이 의사가 생각했던 사람이었다. 그녀는 아무것도 아니었다. 그녀는 단지 여자였다. 그녀에게 모성이란 이런 것들이었다.

그녀는 여자들이 강간당한 경험에 대해 이야기하는 것을 들었다. 그들 중 한 명은 자신이 강간당한 것을 기억하지 못했다. 어느 날 아침 잠에서 깨어나 보니 사방에 증거가 있었지만 정작 그 일에 대한 기억은 없었다. 경찰관은 그녀에게 강간당한 사실을 기억하지 못하면 신고하는 것이 거의 불가능하다고 말했다. 레이철은 자신도 그 사실을 통보만 받고 의식적으로 경험하지 않았다면, 로말리노가 어떻게 했든 이렇게 계속 신경이 쓰이는 일은 없지 않았을까 생각했다.

그녀는 알 수 없었다. 그 여자는 다른 여자들처럼 똑같이 분노한 것 같았지만, 레이철은 그녀와 똑같은 생각을 하게 될 것 같지는 않았다. 레이철을 괴롭혔던 것은 기억들이었다. 등을 대고 누우면 기억이 계속 떠올라서 그녀는 모로 누워 잠을 잤다. 아니, 어떻게 해도 제대로 잠을 잘 수 없었다.

강간 피해 여성들의 모임에 네 번째 방문했을 때, 여인들 중 한 명이 그녀에게 차를 마시러 가자고 청했고 레이철은 자신이 사기극을 저지르고 있다는 것을 깨달았다. 만약 그들이 모든 것을 알게 된다면? 만약 그녀가 자신의 정체를 드러냈을 때 그들이 그녀를 공격하기 시작하고 자신들의 고통을 가지고 장난했다고 소리를 지른다면? 그녀는 미안하지만 차를 마시러 갈 수 없다고 말했다. 다른 곳에 가봐야 할 곳이 있다고 말했다. 그 이후 다시는 그 모임에 가지 않았다. 그녀는 강간당한 적이 없었다. 그녀는 건강한 아기를 낳았다. 그녀는 단지 좀 힘들게 분만을 한 것뿐이었다. 토비가 옳았다. **그녀는 강간당한 적이 없었다.** 정신 차려, 플라이시먼.

그녀는 자신이 그녀들과 또 다른 어떤 공통점을 가지고 있을지 생각할 수밖에 없었다. 그녀들 또한 자신들이 목표물로 태어났는지, 아니면 그들이 존재하는 이유만으로 이런 일들이 자신들에게 벌어진 것인지 알지 못했다. 세상에는 여자로 존재하는 방법이 너무나 많았지만, 그 모든 것들은 여전히 그녀를 단지 여자, 즉 목표물로 만들 뿐이었다. 로말리노는 무엇 때문에 자신이 그 일을 찬성할 만한 사람이라고 생각했을까? 매트 클라인이 그녀에게 손을 댔을 때 그녀가 그의 얼굴을 주먹으로 갈기지 않았던 것과 똑같은 이유였을까? ("잠깐, 그가 당신한테 손을 댔다고? 그냥 말로만 그런 줄 알았는데?", "지금 그게 중요한 게 아니야.")

그녀는 그것이 무엇인지 알아내서 자신에게서 그것을 제거해야 했지만 이 여인들과 더 많은 시간을 보내면 그들을 더 닮게 될 것이었다. 왜냐하면 그녀는 이 모든 여인들처럼 피해자가 아니었기 때문이다. 그녀는 권력자였다. 그녀는 남들에게 정신적 충격을 주는 존재였다. 그녀는 결코 다른 존재로는 오인되지 않을 것이다.

그다음 주, 그녀는 강간 피해자 모임에 가는 대신에 해나와 함께 공원으로 갔다가 72번가의 놀이터 쪽으로 건너갔다. 자리에 앉은 그녀의 눈이 다른 벤치들로 향했다. 한 벤치에서는 한 무리의 보모들이 모여 아이들을 돌보며 이야기를 나누고 있었다. 다른 쪽 벤치에는 엄마들의 무리가 있었는데, 그중 세 명은 그녀가 참석했던 산전 요가 수업 멤버들이었다. 그녀는 유모차에 아기를 태우고 공원을 방문하는 것처럼 평범한 일을 하는 자신이 기뻤고, 아는 얼굴들을 만나게 되어 기뻐하며 그들 쪽으로 걸어갔다. 그러나 그들 중 한 명이 그녀가 자신들에게 걸어오는 것을 보고 같이 있는 사람들에게 무언가를 은밀하게 속삭인 뒤 그녀를 향해 웃는 얼굴로 "레이철"이라고 부르는 것을 보았다. 그녀는 전혀 몰랐었다. 그들은 계속 연락을 주고받고 모임을 같이 해왔다. 그들의 아이들은 서로 친구가 될 것이었다. 그녀는 또 한 번 따돌림을 당하고 있었다. 그녀는 서서히, 그러다 일순간 갑자기 이것을 깨달았다. 아이를 갖는 것은 그녀의 어린 시절 전체를 다시 한 번 살아내겠다고 동의하는 것이다. 어떻게 아무도 그녀에게 그것을 말해주지 않았을까?

하지만, 그게 사실이라면 그녀는 이번에는 제대로 할 작정이었다. 토비가 말한, 그녀의 '사회적 상승'도 그녀와 그녀의 어린 시절이 아니라, 이제 그녀의 아이들을 위한 것이었다. 레이철이 자라온 삶에 특징이 있다면, 그녀가 싫든 좋든 상관없이, 외로움이 그녀가 머무는 곳, 출발점이 되었다는 것이다. 즉 그녀는 **친구**를 원하지 않았다. 그녀는 미리엄과 록산느, 신디를 좋아하지 않았다. 아니, 그들은 그녀가 원하는 친구가 아니었다. 그녀가 원하는 친구는 **토비**였다. 토비는 그녀가 평생을 함께할 친구였다. 토비는 그녀가 단둘이 있을 수 있는 사람이었다. 도저히 알 수 없는 이유로 어린 시절 전체를 거부당한 사람은 미래에 어떤 일이 생기더라도 역시 거부당했다는 기분을 느낄 수밖에 없다. 미리엄이 그녀를 정말로 좋아한다면 왜 그레이트존스가의 마사지에 초대하지 않았을까? 록산느는 레이철의 아이들이 그녀의 아이들과 파자마 파티를 하는 날 저녁 먹으러 오겠느냐고 물으며, 하루 종일 신디와 함께 쇼핑을 했다고 말했다. 레이철은 두 여인과 쇼핑을 같이 하러 가고 싶었던 게 아니라, **초대받고** 싶었을 뿐이다. 그녀는 자신이 그들의 삶에 필수적인 부분으로 여겨지고 싶었다. 그녀는 그들이 자신과 아이들을 **선택사항**으로 보기를 원치 않았다. 토비는 그녀가 왜 그런 것에 신경을 쓰는지, 중요하게 생각하는지 이해하지 못했다. 그에게는 그가 너무 당연시하던 여동생이 있었다. 그에게는 부모님이 있었고, 자신의 형편없는 자아상이 그녀 때문이라고 탓할 어머니도 있었다. 그와 대화를 나누는 상대는 그런 어머니를 가질 수만 있다면 목숨이라도 바쳤을 것이라는 것을 그는 전혀 생각하지 못했다. 그는 어렸을 때부터 인생을 함께할 친구들을 가지고 있었다. 그는 세스, 그리고 나를 친구로 두고 있었다. 친구들은 그를 때로는 성가시게 보채는 한심한 친구로 생각했지만, 그 때문에 한순간도 그를 덜 사랑하지는 않았다.

다른 문제는 말로 표현하기가 더 어려웠다. 토비는 좋은 직업을 가졌다. 그는 자신의 좋은 직업을 좋아했다. 그는 일을 잘했다. 그건 좋았다. 하지만 그들 둘 다 원한다고 동의한 인생은 토비의 좋은 직업만으로는 얻을 수 없었다. 그것도 좋았다. 그녀는 그들이 데이트를 할 때 이런 생각을 하지 않았었다. 그들이 사귀기 시작했을 때, 그녀는 이타적이고 똑똑하고 아픈 사람들을 치료해주고 싶어 하는 사람과 사랑에 빠진 것이 행운이라고 생각했다. 하지만 그들은 서로 동의한 가치관을 가지고 있었다. 레이철은 어느 날 밤 그녀의 작은 기숙사 침대 이불 속에서 토비에게 그녀가 다녔던 학교와 캐서린 H와 테니스, 캐서린이 걸어 온 전화에 대해 모두 말했다. 그녀는 결코 자신의 아이들이 그런 일을 겪게 하고 싶지 않다고 말했다. 토비는 "절대로 그런 일이 일어나지 않도록 할게"라고 말했다. 그녀는 재정적인 지원에 대해 말하고 있었지만, 그는 감정적인 지지에 대해 이야기하고 있었다. 어쩌면 그들은 결국 같은 가치관에 동의한 게 아니었는지도 모른다.

그녀는 오랫동안 그가 승진을 원하도록, 더 많은 것을 원하도록 만들려고 노력했지만, 그는 들은 척도 하지 않았다. 그는 물론 돈을 더 많이 벌 수 있으면 좋긴 하겠지만 그녀가 그에게 부탁하는 것은 그가 하고 있는 일, 즉 '병든 사람을 고치는 것'(이런 대화에서 그의 독선은 만만한 협상의 대상이 아니었다)과는 전혀 다른 일을 하라는 것이라고 주장했다. 그렇지 않다고 그녀는 말했다. 그는 자신이 지금 하는 일과 조금이라도 다른 것은 부패한 것이고 그것에 도덕적 혐오감을 느낀다고 말했다. 그러면 그녀는 이렇게 대답하곤 했다. 그래, 나도 세상에서 친절하고 멋진 일만 하고 싶지만, 우선 아이들을 위해 그런 일들을 하는 것은 어때?

"다른 곳으로 이사를 하면 그럴 수 있어." 그는 말했다.

하지만 그녀가 하던 일은 다른 곳에서는 할 수 없을 것이다. 물론 그들이 펜실베이니아주의 시골로 이사를 가면 그의 월급만으로도 왕처럼 살 수 있겠지만, 그것은 그녀의 경력에 사형선고를 내리는 것과 같았다.

"나는 결코 나 자신에 대해 잘못 설명한 적 없어." 그는 걸핏하면 그렇게 말하곤 했다.

그 말은 사람들이 진화하고 변화할 수 없다는, 서로에게 양보하고 성숙해지고 대범해져 달라고 요청해서는 안 된다는 것처럼 들렸다.

어느 순간, 그녀는 그것을 받아들였다. 그들이 원하는 삶을 사는 것은 그녀에게 달려 있었다. 그도 그것을 받아들였다. 그는 돈에 대해 무관심한 척했지만, 당신은 그가 그 고급 자동차를 얼마나 좋아했는지 봤어야 했다. 당신은 그가 고급 수영 클럽을—은유적으로, 또 실제로 도시 위 옥상에 있는 수영장을—얼마나 좋아했는지 봤어야 했다. 그래서 토비는 보모 모나를 일찍 쉬게 하기 위해 조금 일찍 집에 오도록 스케줄을 조정했다. 그는 뒤로 물러서서 그녀가 하고 싶은 모험을 시도하도록 허락했다. 그녀는 용감해서가 아니라 다른 대안이 없었기 때문에, 매트 클라인을 다시 보는 것은 돌이킬 수 없는 실수를 저지르는 것일 수 있기 때문에 일을 벌였다.

그래서 그녀는 자기 사업을 시작했고 토비는 요란하게 그녀를 위해 후선으로 물러나는 시늉을 했지만, 실제로 그렇게 하지는 않았다. 물론 그는 제시간에 집에 왔고 모나가 없을 때는 저녁도 만들었다. 그러나 그는 그녀에 대한 자신의 기대를 조정하지도, 그녀가 얼마나 피곤할지, 얼마나 정신이 없고 바쁠지 배려하지도 않았다. 그는 긴 산책을 좋아했다. 아무리 늦은 시간이더라도 그는 그녀와 걷고 싶어 했다. 공원을 가로질러, 도시를 가로질러. 그녀는 그에게 자신의 시간이 분 단위로 작동한다고 설명하려고 애썼지만, 물리학을 그렇게 좋아한다면서도 그는 레이철의 말을 제대로 이해하지 못했다. 만약 택시를 타고 가면서 이메일을 보내는 대신 35블록 떨어진 식당까지 걸어가는 데 시간을 사용한다면, 나는 테이블에서 이메일을 끝내야 할 거야. 이메일은 내게 선택사항이 아니야. 이메일은 내 일의 **전부**라고.

그런 그녀의 호소에 대한 그의 대답은 "세상에 미루지 못할 일은 없어"였다.

그는 그녀가 해야 하는 일의 **양**을 이해하지 못했다. 그는 신디가 웃자고 올린 글에 록산느가 눈알을 굴리는 이모티콘을 달면 레이철도 뭔가 반응을 해야 한다는 것을, 신디에게 아이들의 파자마 파티가 언제인지 알려주어야 한다는 것을, 미리엄은 몇 달 전부터 계획을 세우기 때문에 솔리의 생일이 5월 5일이라는 것을 미리 알려주어야 한다는 것을, 그렇지 않으면 솔리의 생일에 잭이 참석하지 못할 것이고 그건 잭과 솔리, 미리엄과 그녀의 우정에 큰 파국을 초래할 거라는 사실을 이해하지 못했다. 그는 자신이 실제로 볼 수 없는 것은 결코 인식할 수 없었다. 만약 그가 레이철과 모나가 대화하는 것을 보지 못했다면, 그는 레이철이 그녀와 대화를 하지 않았다고 생각했다. 그녀와 미리엄 사이의 모멸적인 대화를 보지 못했기에 그는 그녀가 어떤 희생을 하고 있는지 이해하지 못했다. 만약 그가 잠든 시간에 그녀가 어떤 유치원이 올바른 육아 철학을 가지고 있는지 알아내려 밤새워 조사를 하면 그것은 그에게는 일어나지 않은 일이었다. 그녀의 모든 기여는 마법처럼 하늘에서 떨어졌거나, 아니면 여성인 그녀의 몸에서 저절로 생겨나는 어떤 것이었다. 그는 그녀가 파리에 출장을 갔을 때 하루 더 머물겠다고 하자 그것을 마치 전쟁 범죄처럼 생각했다. 그녀는 자신이 관리하는 고객들이 세 명이나 수상 후보에 오른 토니상 시상식에 가야 했지만, 같은 날 열린 병원 파티에 참석하지 못했다는 이유로 남편 직장 파티가 아닌 토니상 시상식을 선택한 몹쓸 사람이 되었다. 그는 업무량이 그녀를 짓누르는 것을 보지 못했다.

토비도 환자와 약속이 있었다. 그도 따라야 할 절차가 있었다. 하지만 정해진 시간이 있었고, 끝나면 끝나는 일이었다. 그의 일은 최소한 몸이 두 개여야 할 만큼 정신없지는 않았다. 그가 해야 할 모든 일은 라스베이거스 카지노에서처럼 시계나 창문, 출구 표시가 눈에 띄지 않는 시간의 벽들 사이에서 수행되었다. 각본이 경매에 나왔기 때문에 테이블 아래 놓아둔 휴대폰에 신경 쓸 필요도 없었다. 전속배우가 그가 맞은 위기 상황을 도와줄 홍보담당자를 급히 수배해달라고 부탁하는 일도 없었다. 물론, 그도 응급상황이 있었지만, 그가 올 수 없을 때 그를 위해 뛰어들 사람 열 명이 진을 치고 있었다. 그가 병원에 없을 경우를 대비해 자신처럼 훈련시킨 사람들이었다.

그건 괜찮았다. 그녀는 밤낮으로 일했지만 그건 괜찮았다. 그녀는 마감일들을 맞췄고 매일매일 발등의 불을 껐다. 그녀는 열 명, 스무 명, 쉰 명, 백 명, 늘어나는 직원들을 관리했다. 그녀는 200명 이상의 배우, 작가, 제작자, 감독들에게 서비스를 제공했다. 〈프레지던트릭스〉는 영화로 만들어질 예정이었고, 그녀는 그 작품을 영화 에이전트에게 넘기지 않고 직접 처리하고 싶었다. 그녀는 그렇게 할 완벽한 능력이 있었다. 아웃소싱은 이제 그만. 시너지 효과를 창출한다는 제휴도 그만. 슈퍼 듀퍼 크리에이티브사는 이제 풀서비스를 제공했다. 그녀의 회사는 성장하고 번창했으며 확장에 한계가 없어 보였다. 그것은 부모로서의 일의 반대였지만, 은밀히는 그것을 위해 필요한 보완이었다. 그것은 부모 된 사람으로서는 절대 얻을 수 없는 성취였다. 해나와 솔리는 성장했고, 레이철은 아이들의 학습 과정이 잘 짜인 것인지, 그렇지 않은지 초조해했다. 아이들도 레퍼네 아이들처럼 독일어를 배워야 할까? 렘수면에 들기 전 상태에서 죽은 어머니가 그녀에게 와서는 '솔리는 왜 아직도 코딩을 못 하니?' 하고 물었다. 며칠 동안 그녀의 귀에 이 질문은 쟁쟁히 울렸다. 한 배우와의 전속 계약은 1, 2주면 성사되었고 그것이 다였다. 하지만 해나와 솔리에 관한 모든 일은 그녀가 죽을 때까지 다 잘 풀 수 있을지 알 수 없지만, 아직까지 나쁜 일은 생기지 않았다.

그녀는 매일 밤 집에 돌아왔다. 비록 일이 끝나지 않았더라도 부엌에서 일을 마치겠다는 생각으로, 대부분 아이들이 깨어 있을 때 돌아왔다. 하지만 그것은 거의 불가능한 일이었다. 해나는 왜 자신만 휴대폰이 없는지 따졌고, 솔리는 우노 게임을 같이 하자고 졸랐고, 토비는 레이철이 그를 그윽한 눈으로 바라보면서 그가 끝도 없이 늘어놓는 간 질환에 관한 이야기를 들어주길 원했다. 그녀는 이미 그 염병할 신체 기관에 대해 너무나 많이 알고 있었고, 적어도 네다섯 개의 위중하고도 희귀한 질병을 진단할 수 있을 정도였다. 매일 밤 이런 대화가 벌어지곤 했다.

그녀: 나 왔어!

그: 　오늘 무슨 일이 있었는지, 내가 얼마나 일을 망쳤는지, 무시
　　　당했는지 당신은 절대 믿지 못할 거야.

그녀: 무슨 일 있었어? 잠깐, 아이들에게 엄마 왔다고 이야기하고,
　　　오늘 밤 시사회가 있어서 급한 문자들에 먼저 답부터 하고.

그: 　당신은 절대 나한테는 신경을 안 쓰지.

그녀: 뭐라고? 어떻게 그런 말을 할 수 있어?

그: 　당신은 집에도 거의 없고, 엄마 노릇도 거의 하지 않잖아.

그녀: 내가 오늘 시사회가 있다고 한 얘기 들었어? 내가 아이들 먼

저 보고 오겠다고 한 얘기 들었냐고?

그: 난 당신이 화내는 것을 더 이상 참을 수가 없어.

그녀가 무슨 말을 할라치면 토비는 그녀가 화를 낸다고 비난했다. 그녀 자신의 집임에도 그곳에서 그녀의 모든 행동에는 모욕이 따랐다. 아침에 그녀가 토비와 아이들과 함께 아파트를 나설 때면, 도어맨은 아이들을 직접 학교에 데려다주는 보기 드문 아빠라고 토비를 칭찬했다. 학교에서 선생님들을 만나도 "남편이 매일 아침 아이들을 데려다주는 것이 정말 놀랍다"는 말을 들었다. 그녀는 '그 빌어먹을 주택 대출을 내가 어떻게 갚아나가고 있는지는 놀랍지 않아요? 우리 아이들이 대통령보다 더 복잡한 일정을 갖고 있고, 초등학교를 졸업할 즈음에는 대학원 학위가 있어야 얻을 수 있을 일자리들에서도 일할 준비가 되어 있을 거라는 건요? 내가 아이들에게 어떤 본보기인지는요?'라고 말하고 싶었다. 교사들은 그녀를 직장인 엄마라고 부르곤 했는데, 비록 사실이지만 어쩐지 모욕적으로 들렸다. 학교에서는 보기 드문 존재였기 때문일까? 그 말은 그녀의 이름에 주석처럼 붙여졌고, 왜 그녀가 부족한지 설명하는 것 같았다.

그들은 새해 파티를 위해 로스버그 가족으로부터 주 북부에 있는 그들의 고향집으로 초대받았다. 샘 로스버그와 토비가 남자아이들을 볼링장으로 데려간 동안 딸이 자신에게 기어 오자 미리엄은 "맙소사, 일이 해도 해도 끝나지를 않네"라고 말했다. 레이철은 정말 그런 것 같다고 진심으로 동의했다. 하지만 레이철은 "그래도 아기를 낳으신 건 행운이에요. 저는 셋째가 없어서 아쉽거든요"라고 덧붙였다. 미리엄은 그녀에게 왜 셋째를 안 낳았는지 물었고, 레이철은 그저 "내가 일이 좀 너무 많은 것 같아서요"라고 대답했다. 그녀는 별로 자세한 이야기를 하고 싶지 않았기 때문이었다. 그녀는 셋째 아이를 낳으면 토비에게 더 많은 일이 돌아갈 것이고, 그러면 그는 자신이 얼마나 불행한지 떠들어대며 그녀를 비난할 것이기 때문이라는 이야기는 하고 싶지 않았다.

그녀의 대답을 들은 미리엄은 터무니없는 말을 했다. 레이철은 미리엄의 이야기에 고개를 끄덕이고 미소를 지으며 문제라고는 눈곱만큼도 없는 그녀의 삶에 존재한다는 문제를 이해하려고 노력했지만, 미리엄은 레이철의 대답에 그런 반응을 보이지 않았다. 대신 그녀는 "음, 우리는 모두 **일하잖아요**"라고 말했다.

레이철은 혼란스러웠다.

미리엄과 록산느는 서로 눈빛을 교환했다. 그들은 전에도 이런 얘기를 했던 것 같았다. 미리엄은 "레이철이라고 우리보다 더 열심히 일하는 것은 아니에요"라고 말했다.

"맞아요, 물론이죠." 레이철은 대답하고 나서 거기서 입을 다문 자신을 미워했다. 미리엄이 일을 하지 않는 것보다 더 불쾌한 것은 그녀가 일을 하고 있다고 생각하는 것이었다. 그러나 미리엄은 결코 진정한 성공을 알지 못할 것이다. 그녀는 결코 성취를 알지 못할 것이다. 그녀는 무언가를 만들고 그것을 손에 쥐는 것이 어떤 것인지 결코 모를 것이다. 그녀는 결코 문제를 해결하거나 자신이 관리하는 연예인들 중 세 명이 함께 노래를 부르는 쇼를 보며 '이 사람들은 내 자식들이야'라고 생각할 수 없을 것이다.

그 전주에 그녀는 샘 로스버그와 그의 조카와 저녁을 먹으며 연기 코치들을 추천해주었다. 그녀의 이름을 대면 훈련을 받을 수 있을 것이고, 훈련이 끝나고 에이전트가 필요하면 다시 자신에게 오라고 조언해주었다. 저녁 식사 후, 샘은 그녀에게 고맙다고 인사를 하고 걸어서 그녀의 아파트로 바래다주었다. 그녀는 좀 어색했지만 샘은 문 앞까지 바래다주겠다고 고집했다. 하지만 생각해보면 샘 로스버그는 언제나 그녀에게 친절했었다. 그는 자기 회사에 의사가 일할 수 있는 자리가 났는데 보수가 엄청나다고 말했다. 그는 토비가 그 자리를 고려해볼지 알고 싶어 했다. 레이철은 자신은 잘 모르겠다고, 직접 한번 물어보라고 말했다.

그녀는 로스버그네 초대를 받은 주말 동안 샘이 토비에게 접촉하게 했고 토비는 분노해서 길길이 날뛰었다. 레이철과 토비는 그 후에 부부 상담을 시도했지만 그는 그녀의 말을 들으려 하지 않았다. 그녀는 일밖에 모르고 자신과 아이들을 내팽개쳐둔다는 것이 그가 할 수 있는 말의 전부였다. 그는 그녀가 하는 말, 그녀가 자기 일을 좋아한다는 말을 듣지 못했다. 그렇다, 어쩌면 그녀는 좀 속도를 늦춰야 할지도 몰랐다. 하지만 그녀는 어떻게 그렇게 할 수 있는지 몰랐다. 그녀는 자기가 고용한 사람들을 믿을 수 없었다. 들으려고만 했다면, 조금이라도 들을 마음이 있었다면, 토비는 그녀의 말을 들을 수 있었다. 그녀는 자기 삶의 속도를 어떻게 늦출 수 있을지 알아내기 위해 도움이 필요했다.

만약 자신이 남자라면 그녀의 배우자는 그녀가 열심히 일한 성과를 감사히 받을 것이라고 생각했다. 그녀가 퇴근하면, 그녀의 배우자는 자신의 삶이 얼마나 끔찍하고 아무도 그를 존경하지 않으며 선생님들은 에런 슈워츠만 예뻐하고 필리파 런던이 어떻게 그에게 비열하게 굴었는지 퍼붓기 전에, 그녀가 먼저 탁자에 발을 올리고 얼마 동안 쉬도록 해줄 것이다.

토비는 자신의 일이 너무나 마음에 들었다. 적어도 그는 그렇다고 말했다. 그러나 어느 때부턴가 그는 자신이 하고 싶은 일을 할 수 있는 것이 그녀 덕분이라는 사실을 잊었다. 그는 그들의 일이 공생관계에 있다는 것을 잊고, 대신 그들의 비참함만을 공생관계로 만들었다. 그에 의하면, 그녀의 성공은 그의 실패의 원인이었다. 그가 실제 실패자라는 것은 아니지만, 그는 분명 가능한 만큼 멀리까지 가지 못했다. 그의 마음속 어딘가 깊은 곳에서, 그녀를 선택하면 그가 원하는 대로 자신의 삶을 살 수 있을 것이고, 돈만을 위해 어떤 것도 의무적으로 할 필요가 없을 거라고 생각했을 것이다. 그녀 역시 마음속 어딘가 깊은 곳에서, 그처럼 굶주림을 모르는 사람과 함께 살면, 그녀는 굶주린 야수 같은 자신의 본모습으로 살 수 있을 것이기에 그를 선택했을 것이다.

하지만 그는 "당신은 항상 화가 나 있어"라고 그녀에게 말하곤 했다. 결국 그녀는, 상담소에 있어야만 하는 것에 대해 짜증을 부린 후 토비와 상담사 둘 다 얼마나 질려 하는지 본 후에, 자신이 실제로 그렇다는 것을 인정할 수밖에 없었다. 하지만 부부 상담을 받으러 가는 것이 기쁜 일은 아니지 않은가! 상황을 더 좋게 하기 위해서가 아니라, 견딜 만하게 하기 위해 시간과 돈을 쓰는 것이 기쁠 수는 없지 않은가. 그녀의 분노가 상담 치료보다는 상담 치료 행위 자체에 기인한다는 것은 언제나 아이러니했다. 그렇게 비난을 한 후에도 토비는 그녀가 **왜** 화가 났는지 전혀 궁금해하지 않았다. 그는 단지 그녀가 화내는 것을 싫어했다. 그에게 그녀의 분노는 그녀가 가꾸는 정원이었고, 거기엔 그녀가 통제할 수 없는 독성 잡초들이 가득했다. 그는 자신도 그 정원의 정원사라는 것을 이해하지 못했다. 그들 둘 다 거기에 씨앗을 뿌렸다는 것을 이해하지 못했다.

마흔 살이 되었을 때, 그녀는 이 모든 것에 대해 화나지 않은 척하는 것을 포기했다. 아이들을 힘들게 하고 싶지는 않았지만, 그녀가 아직도 토비를 예전처럼 좋아하는 척하는 것이 얼마나 지치는 일인지 깨달았다. 그녀는 그를 좋아했었다! 그녀는 그를 사랑했었다. 정말, 그를 사랑했었다. 그는 그녀를 기쁘게 한 첫 번째 사람이었고, 그녀를 따뜻하게 해주었고, 안심시켰고, 그녀가 무언가 붙잡을 수 있게 해준 사람이었다. 그는 똑똑했고 그의 신랄함은 달콤하고 다루기 쉬웠고 재미있었다. 그는 정직했다―그녀와 자신에게. 적어도 그녀는 그가 그렇다고 생각했다. 비누나 미국처럼 그에게는 좋은 냄새가 났었다. 하지만 이제 그가 원하는 것이라고는 상담을 받으러 가자는 것뿐이었다. 그녀는 그와 함께 상담 치료를 받은 적이 있었다. 소리를 지르고 물건을 집어던지던 그가 상담을 받으러 가서는 이성적으로 행동을 하는 것이 우스웠다. 그녀는 알고 싶었다. 애초에 그렇게 이성적으로 행동할 수 있다면 왜 굳이 부부 상담을 받지 않아도 되도록 항상 이성적으로 행동할 수 없는 거지?

그러던 어느 날, 토비가 이혼 얘기를 꺼냈다. 그것은 그녀에게 충격이었다. 그녀는 그들의 접근 방식이 다르다는 것은 알고 있었다. 그녀는 단지 살아남기 위해 노력했을 뿐이고, 그는 훌륭한 결혼 생활을 하는 것이 목표였다. 하지만 이혼? 그 후 그는 이혼이란 말을 거듭 꺼냈다. 레이철은 그에게 자신의 말을 좀 들어보라고 애원을 하며 문제를 해결하려고 애썼다. 그녀는 그들의 문제는 어린 자녀들, 한참 노력을 기울여야 하는 단계에 있는 사업 등으로 각자 삶의 어려운 시기를 겪고 있는 데 기인하는 것으로, 그녀는 그의 연구비 문제가 잘 풀리지 않아 그가 슬프다는 것을 다 이해하며, 그럼에도 결국 다 잘될 것이라고 그에게 말했다. "당신은 상담 받으러 가는 것조차 싫어하잖아. 그리고 내 연구비 얘기는 그만해." 그는 말하곤 했다.

그녀는 이혼을 고려하기를 거부했다. 지난여름 해나가 브리지햄튼에 있는 레스토랑에서 그들의 싸움에 질려 자리를 떠났을 때도 그녀는 그것을 거부하고 있었다. 레이철이 계약을 맺으려던 감독과의 저녁 식사 때 토비가 너무 취해서, 집으로 돌아오는 택시 안에서 내내 싸울 때도 그녀는 그것을 거부했다. 샘에게 일자리를 제의받았다는 이유로 그가 분통을 터뜨릴 때도 그녀는 그것을 거절했다. 그녀는 한 번도 자신이 행복을 누릴 자격이 있다고 생각한 적이 없었다. 그녀는 세상에 더 나은 삶이 있을지 궁금해한 적이 한 번도 없었다. 이것이 그들의 결혼이었고, 가족이었다. 그건 그들의 것이었고, 그들은 그것을 소유했고, 그것을 만들었다. 만약 그녀가 할머니로부터 배운 것이 하나 있다면, 삶은 항상 우리가 원하는 대로 되는 것은 아니라는 것, 의무는 결국 지켜야 할 의무일 뿐이라는 것이다.

"나는 내 인생을 이렇게 살고 싶지 않아." 그는 말하곤 했다.

"토비, 나는 이혼할 시간조차 없다는 걸 이해하겠어?" 그녀는 관자놀이를 문지르며 말하곤 했다.

하지만 그는 이해하지 못했다. 그는 단지 그가 원하는 것을 그녀가 주지 않고 있다고, 다시 한번 세상이 그에게 등을 돌렸다고 생각했다. 그 이유는 이제까지 그녀가 그의 요구에 묵종을 해왔거나, 전통적인 가정에서는 여자가 어떻게 처신을 해야 한다는 헛소리를 그가 믿고 있기 때문이었을 것이다. 혹은 의사들이 아직 존경받을 수 있던 시기에 그가 의사가 되었기 때문일지도 몰랐다. 아니면 다른 사람들이 더 나은 삶을 살고 있다거나, 자기보다 키가 더 큰 사람들은 여자들과 섹스할 기회를 더 많이 가진다고 생각했기 때문일지도 몰랐다. 혹은 그의 친구들이 너무 자유분방한 사람들이었기에, 실제보다 자신이 더 책임감 있고 정직하며 따라서 더 정의롭다고 착각을 하고 있었을지도 모른다. 또는 자신에게 연구비가 다시 주어지지 않았고 이제까지 그의 연구가 대체로 돈과 시간의 낭비일 뿐 아무 성과도 없는 것으로 여겨지고 있으며, 그 모든 상황에 대해 후회의 감정보다는 분노를 드러내는 것이 자신의 능력과 핵심 역량에 대한 의문을 봉쇄하는 길임을 알고 있었기 때문일지도 모른다.

학교로, 직장으로, 가족들이 각자의 생활로 돌아간 1월 어느 날, 샘 로스버그가 약속도 없이 불쑥 꽃을 들고 그녀의 사무실에 나타났다. 그는 그녀가 조카를 도와준 것에 대해 감사하고, 새러토가에서 보낸 주말 동안 그녀와 토비 사이에 긴장을 일으킨 것에 대해 사과하고 싶었다. 그에게 꽃을 받고 그녀는 울음을 터뜨렸다. 샘 로스버그는 그녀에게 친구가 필요할 것 같은데 저녁 식사를 같이 하겠느냐고 물었다. 식사를 하면서 레이철은 미리엄조차 그녀에게 물어볼 수 없었던 내밀한 이야기들—토비가 그녀의 추진력과 성공 때문에 그녀를 싫어한다는 것, 매일 밤 똑같은 내용의 끝없는 싸움을 하고 있다는 것—을 그에게 말했다.

"설마요. 지금 거짓말하는 거죠?" 샘 로스버그는 믿기지 않는 척하며 물었다.

"네? 내가 왜 거짓말을 하겠어요?"

"추진력이 있는 여자는 섹시하죠. 사실 그에 관해서 나도 한 가지 불만이 있다면……" 그는 얼굴을 돌렸다. "관두죠." 그는 다시 그녀의 얼굴을 쳐다봤다. "그냥, 나는 미리엄이 조금만 추진력이 있으면 좋겠어요."

"별말씀을 다 하세요." 레이철은 그의 이야기에 흥미가 돋았다. "미리엄이 얼마나 바쁜데요!"

"돈을 쓰느라 바쁜 것은 세상에 무언가를 만들어내느라 바쁜 것과는 다르죠." 그는 마치 얼굴로 질문을 하는 것처럼 얼굴을 앞으로 내밀고 눈썹을 추켜올렸다. "당신이 이제껏 이루어온 것을 보고 섹시하다는 생각이 들지 않는다면 그게 거짓말이겠지."

샘 로스버그는 레이철에게 그녀의 추진력과 성공이 그녀를 향한 갈망을 더욱 간절하게 만들었다고 말했다. 그는 게으른 상속녀와 결혼했다. 그는 레이철의 독창성과 진취성을 좋아했다. 그들은 아무도 그들을 찾을 수 없는 브루클린의 작고 촛불이 켜진 식당에서 식사를 하고 있었다.

레이철은 당황스러웠다. 승리를 감지하는 그녀의 몸속 깊은 곳의 기관은 깊은 경련을 일으켰다. 그녀는 토비 몰래 바람을 피우고 싶지도, 가엾은 미리엄을 배신하고 싶지도 않았다. 하지만 그러고 싶지 않았다고 해서 지금 그녀의 승리가 덜 현실적인 것은 아니었다.

저녁을 먹으면서, 그는 그녀에게 너무 친밀한, 은밀한 표정을 지어 보였다. 그것은 한 남자가 그녀를 원한다는 것을 의미하는 표정이었다. 그녀의 감은 좀 녹슬었지만 장님은 아니었다. 그녀는 흥분으로 숨을 쉴 수 없었다.

하지만 그녀는 유부녀였다. 내가 여기서 뭘 하고 있는 거지? 하지만, 남편은 그녀에게 이혼을 요구하고 있었다. 갑자기, 그녀는 자기 몸 밖에서 자신을 내려다볼 수 있었다. 그녀는 샘과 저녁 식사를 하고 있는 자신을 보았다. 그녀는 아직 젊었다. 그녀의 몸매는 괜찮았다. 그녀는 여전히 예뻤다. 그녀는 이 예쁘고 젊은 몸매의 여인을 향한 그의 욕구를 보았고, 그것이 그녀를 흥분시켰다. 마치 누가 그녀를 뚫어지게 쳐다보고 있기라도 하듯—그건 사실이었다—그녀의 일거수일투족이 깊은 의미로 다가왔다. 마지막으로 이런 감정을 느껴본 게 언제였을까?

그녀가 이혼하고 싶지 않은 많은 이유들 중 하나는, 마흔이 넘고 독신인 여자에게는 세상이 끝없는 암흑의 공간일 것이라고 느꼈기 때문이었다. 토비는 아직도 좋아하는 여자들이 생길 것이고 잠자리도 갖게 되겠지만, 그녀는 친구들이 주선한, 머리도 빠지고 무좀이 있는 그들의 이혼한 사촌들과 데이트를 하는 것이 전부일 것이다. 사실 나이도 문제는 아니었다. 요새 데이트하는 방식은 그녀로서는 따라가기 힘들었다. 그녀의 비서 시몬은 스물아홉 살이었는데 앱과 컴퓨터와 휴대폰을 통해 데이트를 했다. 요새의 만남은 으레 색정으로 헐떡이는 여자가 관계를 위해 나타나고, 일단 욕구가 만족되면 윙크와 킥킥거리는 이모티콘의 배경 속으로 물러나서 모든 게 괜찮은 척, 그 은밀한 만남은 그녀가 가졌던 육체적 욕구였을 뿐 다시는 그녀에게 전화를 하지 않아도 좋은 것으로 바뀌었다. 레이철로서는 그런 것을 견딜 수 없을 것이다.

그러나 여기 그녀 앞에 샘 로스버그가 있었고, 그녀는 그의 뜨거운 시선, 마치 그가 그녀를 갖기로 결정했으므로 이제 그녀가 할 수 있는 일은 아무것도 없다는 듯한 거부하기 힘든 힘을 느꼈다. 그녀의 발가락이 구두 안에서 오그라들었다. 그녀의 숨결이 얕아졌고 자신의 침 삼키는 소리가 들렸다. 그녀가 이렇게 누군가를 간절하게 원해본 적은 근래에 없었다. 아니, 그녀가 누군가와 잠자리를 갖고 싶은 마음이 든 건 꽤 오래전 일이었다.

그의 차가 그들을 그녀의 건물로 데려갔다. 사무실에 도착한 그녀는 샘을 거칠게 방 안으로 밀쳐 시몬의 책상을 지나 자기 책상 쪽으로 갔다. 33층에 있는 슈퍼 듀퍼 크리에이티브의 사무실 한쪽 벽은 통유리였다. 그녀는 건물 밖으로 눈을 돌렸고 도시와 그 모든 불빛들의 헤아릴 수 없는 섹시함을 믿을 수 없었다. 그곳에 반사된 그녀를 보라! 그녀 앞에 무릎을 꿇고 있는 그의 모습도! 그는 그녀를 유리 벽으로 밀어올리고 있었다. 그 남자는 그녀를 자기 위로 끌어올리고 있었다. 그들이 함께 절정에 이르렀을 때, 아! 탄성이 흘러나왔다. 아! 그것은 깨달음이었다. 이게 그동안 내가 해야 했던 일이었어! 바로 이 사람과!

잠시 후, 그녀가 샘 위에 누운 채 그들은 가죽 소파에 누워 있었다.

"그러니까 여기가 당신 사무실이군." 그가 말했다.

"그건 분명하죠." 그녀가 그의 가슴 털에 얼굴을 기댄 채 대답했다.

"아무도 안 들어오나?"

그녀는 웃었다. "누구 기다려요?"

그녀는 스커트를 다시 입었지만 스타킹이나 속옷은 입지 않았다. 그녀는 그것들을 쓰레기통에 버렸다. 샘 로스버그는 그의 운전사를 시켜 그녀를 집에 데려다주겠다고 했지만, 그녀는 거절했다. 걷고 싶다고 말했다.

그들은 일주일 동안 호텔에서 매일 밤 만났다. 그들은 음식을 주문했고 바닥과 침대, 샤워실에서 섹스를 했다. 그들은 일시적인 관계에 빠졌지만, 어느 날, 샘은 레이철과 영원히 함께할 수 있으면 좋겠다고 말했다.

"나는 당신과 함께 있을 때만 행복해." 그가 알몸으로 초밥을 먹으며 말했다. "방법을 같이 생각해내면 좋겠어."

레이철은 오랫동안 그 가능성에 대해 생각을 해봤다. 여기 정말 그녀를 원하는 한 남자가 있었다. 강하고 똑똑하며 추진력이 있고 성공했고, 역시 같은 자질을 갖춘 그녀를 위협으로 여기지 않는 사람이 있었다. 그들이 함께 시간을 보내면 보낼수록, 그동안 그녀에 대한 토비의 비난이 서서히 그녀의 모공 속으로 스며들어 그녀 스스로도 자신을 그렇게 비난하게 되었다는 것을 더욱 깨닫게 되었다. 하지만 그녀가 더 이상 그렇게 살 필요가 없다면?

"그게 어떻게 가능하겠어요?" 그녀는 그게 이루어질 수 없는 환상이라는 듯, 자신은 계획이라고는 전혀 할 수 없는 사람인 척하며 묻곤 했다.

"그냥 하면 돼. 모두 엿 먹으라지, 가끔은 인생이 이런 식으로 흘러가는 거야." 그는 말했다.

그녀는 그것을 상상해보려 계속 노력했다. 그것은 학교에서 큰 스캔들이 될 것이다. 그들은 아이들을 데리고 나와서 다른 학교에 보내야 할 것이다. 아니, 그럴 필요가 없을지도 모른다. 아이들은 알아서 살아남을 수도 있을 것이다. 이런 일들은 전에도 일어난 적이 있을 것이다! 그렇지 않나? 그녀는 실제로 그런 일을 겪은 사람들을 본 적은 없지만 그런 일들은 틀림없이 일어난 적이 있을 것이다. 그녀는 학교로 가는 길에 미리엄과 록산느, 신디가 옹기종기 모여 자신을 응시하며 독기를 내뿜는 것을 상상하고는 몸을 떨었다.

바로 그즈음, 여덟 개의 대본과 세 명의 감독을 거친 알레한드라의 영화가 마침내 승인을 받아 촬영에 들어갔고, 그녀는 또 상당한 수익을 얻게 되었다. 그녀는 건물의 다른 층까지 회사를 늘리는 데 그 돈을 사용할까 생각했지만 더 좋은 용도가 생각났다. 그녀는 요즘 일주일에 한 번씩 로스앤젤레스에 가고 있었다. 1년 전만 해도 한 달에 한 번이면 족했다. 요즘 그녀의 고객들은 할리우드에 더 관심이 있었고, 새로운 스트리밍 시장의 가능성은 끝이 없었기 때문에 그곳의 모든 작가들과 배우들을 고용해도 부족할 것 같았다. 그녀는 LA를 사랑했다. 그녀는 어느 곳보다 그곳에 있을 때 숙면을 취할 수 있었다. 그곳이라면 건강을 지키는 데도 도움이 될 것 같았다. 그곳에서는 몸에 좋은 것은 무엇이든 주스로 만들어지고, 24시간 내내 요가 수업을 받을 수 있다. 그곳에서는 **서두르는 일도** 거의 없었다. 그곳에서는 시간도 늘어나는 것 같았다. LA에 사무소를 열면 어떨까? 만약 그녀가 LA에 사무소를 열고 직원들을 믿고 일하기 시작하면서 느긋한 삶을 산다면?

"내가 LA에 사무소를 열면 어떨까요?" 그녀는 샘과 월도프 호텔이나 그의 회사에 딸린 아파트, 혹은 북쪽 그의 집 미리엄의 침대에서 밀회를 할 때 물어보곤 했다. 바로 얼마 전에 그 침실의 바로 아래층에서, 미리엄은 모든 엄마들이 일하지 않냐고 말했고 레이철은 그 말에 맞장구를 쳤었다.

"내가 사무소를 열면 어때?" 샘은 되묻곤 했다. 그의 제약회사는 뉴저지에 있었고 통근은 끔찍했다. 그들이 암 치료제를 만드는 실험실은 캘리포니아의 맨해튼비치에 있었는데 누군가 감독을 해야 할 필요성이 제기되고 있었다.

레이철은 그동안 머물러온 세상에서 완전히 철수하는 것을 생각해봤다. 엿 먹어, 신디 레퍼. 너도 마찬가지야, 록산느 헤르츠. 그리고 특히 너, 미리엄 로스버그. 원한다면 토비도 그곳으로 이사할 수 있었다. 어쨌든 그는 뉴욕을 싫어했고, LA 출신이었고, 항상 아이들이 그의 집안 친척들과 더 왕래하기를 원했었다.

그녀는 모든 것을 상상할 수 있었다. 그녀는 아이들과 함께 비행기에 탑승하는 자신을 볼 수 있었다. 그녀는 요가를 하고 자신을 위해 일하는 사람들을 신뢰하는 방법을 가르쳐줄 명상 코치를 만날 것이다. 그녀는 제시간에 집에 돌아오고 아이들에게 관심을 기울일 것이다. 그녀는 자신이 세운 삶을 세상에 자랑할 것이고 그것의 결실을 누릴 것이다. 그녀는 자잘한 고객들은 자기 밑에 있는 직원들에게 넘겨주고 큰 고객들만 관리할 것이다. 그녀는 자신의 시간을 만들어낼 것이다.

어느 겨울밤, 이스트햄튼에 있는 집에서, 그녀는 마침내 토비에게 몸을 돌리고 이혼을 허락했다. 그들은 토비가 짐을 싸서 집을 나가기 직전에 아이들에게 말했다. 일단 그가 집에서 나가자 그녀는 자기 아파트에 혼자였다. 그녀는 아이들과 함께 두 주 동안 집에 머물며 아이들이 새로운 삶에 적응하도록 도왔다. 솔리는 매일 밤 그녀와 잤다. 그녀는 캠프가 끝난 후엔 해나를 데리고 요가 교실에 갔다.

그리고 밤에, 아이들이 잠자리에 들면, 그녀는 자유로웠다. 그녀는 더 이상 아무에게도 신경을 쓰지 않아도 되었다. 그녀는 속옷과 브래지어만 입고 리얼리티 쇼를 보고, 턱에 코 팩을 붙이고 코를 팠다. 설거지를 쌓아놓아도 더 이상 다른 사람에게 그것을 끝내라는 무언의 압박으로 여겨지지 않았다. 이혼하고 나면 우울하고 비참해지는 것이 일반적인 상황이라면 레이철은 그렇지 않았다. 레이철은 모든 실패를 옆으로 제쳐놓았다. 그녀는 고통의 시간을 다 치렀다. 그녀에게는 자신이 원하는 모습을 강요하지 않고, 있는 그대로의 모습을 사랑하는 사람이 있었다. 그녀에게는 자기를 이해해주는 사람이 있었다. 그녀는 단지 자신들이 그것을 세웠다고 해서 그들의 삶에 대한 충성의 끈을 놓지 않는 모든 사람들이 안쓰러웠다. 그녀에게는 두 아이, 따뜻하고 재치 있고 씩씩한 해나와, 성실하고 똑똑하고 호기심 많은 솔리가 있었다. 그녀는 남편의 자존심을 생각하지 않고 마음껏 아이들에게 관심을 줄 수 있었다.

그러다가 토드 레퍼로부터 토비가 어떤 여자와 밤에 외출하는 것을 봤다는 말을 들은 후, 그녀는 토비에게도 말할 때가 되었다는 것을 깨달았다. 그녀는 모든 직원들이 퇴근한 사무실에서 토비에게 전화를 걸어 할 말이 있다고 말했다.

"또 뭘?" 그가 물었다.

그녀는 그에게 로스앤젤레스에 사무소를 열고 싶다고 말했다.

"지금 무슨 헛소리를 하는 거야?" 그가 말했다.

그녀는 그것이 자신이 굴욕감을 피할 수 있는 좋은 방법이라고, 그녀에 대한 학교에서의 압박과 요구를 더 이상 견딜 수 없다고 설명했지만, 토비는 내내 침묵을 지켰다. 그녀는 차마 이제부터는 그녀가 원하는 삶을 살 것이고 아이들에게도 자신감을 키워줄 것이라는 말은 하지 못했다. 하지만 그것은 그에게도 좋은 일이 아닌가? 그는 직장과 집을 반복하는 컨베이어 같은 삶을 멈출 수 있을 것이다. 그는 그의 부모, 누이 근처에 살 수 있고 아이들도 그들을 더 잘 알게 될 것—

"나를 당신 고객들처럼 대하지 마." 그는 말했다. 그녀는 그가 술에 취했을지도 모른다는 것을 그때에야 깨달았다. 그의 뒤에서 사람들의 말소리가 들렸다. 그는 집 밖이었다. 젠장.

"지금 이런 얘기를 하기 불편하면……" 그녀가 말했다.

"이제는 내 삶의 모든 빌어먹을 부분까지 망치려는 거야?" 그가 그녀에게 물었다.

그녀는 사과했다. 그녀는 그가 밖에 나온 것을 몰랐다고 말했다. 그가 다른 사람과 함께 있는 것을 생각하니 슬펐다. 그녀의 일부분은 결혼 생활이 잘 풀리지 않았다는 것을 여전히 견딜 수 없었다. 그녀의 일부분은 더 이상 토비가 자기 곁에 없다는 것을 여전히 견딜 수 없었다. 물론, 그녀는 새로 얻은 자유를 좋아했다. 물론, 이혼은 옳은 조치였다. 그녀는 항상 이혼이 증오 때문에 생기는 것이라고 생각했었지만, 그녀의 분노는 결코 증오에서 비롯된 것이 아니었다. 사랑하는 사람이 그녀를 그렇게 깊이 오해하는 것에 대한 실망이 그녀를 분노하게 만들었을 뿐이다. 그들은 너무 달랐지만, 함께 어른이 되었다. 그는 그녀의 첫 번째 진정한 사랑이었다.

"당신은 항상 사과를 하는군." 그는 말했다. "내가 애들을 키우고 그러면서 당신에게 어떻게 사람답게 살아야 하는지를 보여주려고 한 게 그렇게 큰 요구였던 건가? 캘리포니아로 가. 하지만 애들을 데려갈 순 없어. 가버려, 진짜야. 당신이 사라져도 애들은 알아채지도 못할 거야."

그는 전화를 끊었다.

그날 밤, 샘은 그녀에게 크리팔루에 간신히 두 자리를 얻었다고 문자를 보냈다. 다음 날 일찍 출발하면 주말 동안 가 있을 수 있다고 말했다. 그녀는 토비가 얼마나 잔인해졌는지 떨쳐버릴 수가 없었다. 그녀는 전혀 잠을 잘 수가 없었다. 너무 많은 일들이 벌어지고 있었고, 그녀는 흥분한 나머지 잠을 거의 자지 못하고 있었다. 첫째로, 그녀를 비난할 사람이 아무도 없는 상태에서 늦게까지 잠을 자지 않고 TV를 시청하는 것이 그녀의 즐거움이었다. 그러나 서서히, 그녀는 자기가 자고 싶지 않다는 것을 깨달았다. 아니, 그녀는 잘 수 없었다. 그녀는 잠드는 법을 기억할 수 없었다. 바로 코앞에 있는 것처럼 보였지만, 개 경주에서 사용하는 토끼 로봇처럼 잡힐 듯 잡힐 듯 손에 잡히지 않았다.

그녀는 크리팔루에 가기 위해 짐을 꾸렸다. 토비를 보고 싶지 않았기 때문에 그가 아직 잠들어 있을 시간에 아이들을 그의 집에 데려다 놓았다. 샘은 한 시간 후에 그녀를 데리러 왔다. 그들은 말없이 매사추세츠로 차를 타고 갔다. 그녀는 울지 않으려고 했지만 너무 피곤했고, 피곤할 때는 눈물이 났다. 샘은 그녀에게 "아침부터 기분 다 망치는군"이라고 말했다. 그녀는 그를 흘어보았다. 그는 농담으로 한 말이었을 거야, 그렇지? 그녀는 너무 피곤해서 판단할 수 없었다.

그들이 그곳에 도착했을 때 섹스를 했지만, 그녀는 거의 아무 느낌도 들지 않았다. 그리고 나서 그들은 20분 내에 두 번 더 섹스를 했다. 토비는 섹스에 관한 한 아직 청년 같았지만, 그도 어느 정도 회복 시간이 필요했다. 그들은 마사지를 예약했고 레이철은 일대일 명상 호흡 수업에 등록했다. 긴 붉은 머리칼에 눈썹이 없는 남자가 그녀의 호흡을 지도했는데, 호흡이 그녀의 폐나 기관지에 걸렸을 때 그것이 어디에 있는지 잘 살펴보고 그것을 뚫고 비명을 질러야 한다고 말했다.

"비명을요?" 그녀가 물었다.

"절 믿으세요." 남자가 말했다.

그녀는 숨을 깊이 들이마셨고, 그녀의 숨결은 거의 모든 곳에 다 걸렸다. 처음에는 끽끽거리기만 했지만, 나중에는 비명을 질렀다. 처음에는 높고 가늘게 비명이 나왔지만, 그 후 남자가 그녀의 비명이 목구멍 너머 흉골과 명치에서 나와야 한다는 것을 알려주기 위해 두 손을 이리저리 움직이자, 그녀는 더 깊은 곳에서 나오는 크고 역겨운 후두음을 내기 시작했다. 그 비명들 중 하나는 토비를 향한 것이었다. 다른 하나는 사랑과 인정에 항상 목말라하는 해나를 향한 것이었다. 다른 하나는 자기 모습 그대로 세상을 살아도 좋다고 생각하는 솔리를 향한 것이었다. 가장 큰 비명은 그녀 자신을 향한 것, 그녀가 평생 견뎌내야 했던 모든 것—아무런 기회도 얻지 못했고 진정한 사랑도 받지 못했던 것—을 향한 것이었다. 그녀는 한 번도 진정으로 사랑받은 적이 없었다. 그녀의 부모도, 할머니도, 토비도, 아무도 진정한 사랑을 주지 않았다.

수업은 반 정도 진도가 나간 상태에서 끝났다. 그녀는 이제 흐느

끼면서 딸꾹질을 하고 있었다. 그녀는 비명 치료사의 다음 날 수업을
마저 예약했다.

그녀는 저녁 식사를 하기 위해 샘을 찾았다. 그녀는 신기했던 경험
에 대해 그에게 빨리 말하고 싶었지만, 그녀에게 짜증이 난 그는 휴
대폰만 들여다봤다.

"왜 그래요?" 그녀가 물었다.

"우리, 여기 즐기러 온 거 아니야?" 그가 말했다. "좀 더 당신과 시
간을 보낼 줄 알았어. 당신이 세 시간 동안이나 비명을 지르는 수업
을 들을 줄은 몰랐다고. 이게 둘이 느긋하게 쉬는 거야?"

그녀는 그에게 그 수업이 어땠는지, 모든 것이 얼마나 카타르시스
를 주었는지, 수업을 받은 후에 그녀가 얼마나 달라진 느낌을 받았는
지 말하려고 애썼다. "나는 이제까지 사랑을 받아본 적이 없어요." 그
녀는 말했다. "내 모든 문제는 내가 사랑을 받은 적이 없기 때문이라
는 걸 깨달았어요."

그는 휴대폰에서 고개를 떼지 않았다. 그는 그녀의 말에 아무 흥미
를 보이지 않았다. 그녀가 사업에 대해 이야기할 때, 그는 그것이 그
를 흥분시킨다고 말하곤 했다. 그러나 지금 그녀는 그의 눈에서 경멸
비슷한 것을 보았다. 그녀는 두려웠다. 그녀는 자리에서 일어나 방으
로 돌아갔다.

샘이 방으로 들어와 그녀의 허리에 두 손을 얹었다. 그는 옷을 입
은 채로 그녀의 몸에 자신을 비벼대기 시작하더니 침대 위로 구부리
게 하고 레깅스를 끌어내렸다. 그녀는 비명을 지르는 수업 때문에 피
곤했지만 그를 실망시키는 것이 두려웠다. 잠시 후, 그는 침대에 대
자로 누워 잠이 들었고 그녀는 침대 가장자리에 걸터앉았다. 그녀는
잠을 잘 수가 없었다. 그녀는 그를 돌아보았고 그가 코를 고는 소리

에서 무엇인가 불길한 예감이 느껴졌다. 그녀는 흔들어 깨우려 했지만 그는 잠에서 깨어나지 않았다. 그때 그녀는 그가 수면제를 복용했다는 것을 깨달았다.

그녀는 일어서서 발끝으로 살금살금 그의 휴대용 가방 쪽으로 갔다. 그녀는 비아그라(오!) 한 병과 졸피뎀 한 병을 발견했다. 그녀는 그것들을 화장실로 가져가 변기에 앉은 채 응시했다. 그녀의 손에서 그것들은 아주 심각하게 느껴졌다. 처방을 받은 약들이었다. 그것을 먹으면 약에 빠져 죽을 것 같은 기분이 들었다. 만약 그녀가 졸피뎀을 먹고 무의식중에 누군가를 죽인다면? 그녀는 그것을 세면대에 놓고 침대에 누우러 갔다.

언제인지 모르겠지만, 그녀는 그런 적이 없다고 맹세를 할 수도 있지만, 그녀는 깜빡 잠이 들었을 수도 있었다. 언제나 그렇듯 6시에 일어난 샘은 그녀의 허벅지를 쓰다듬고 있었다. 그녀는 그에게 잠을 자지 못했다고 말했다. 그는 "나는 얼마 안 되는 휴가를 아껴서 온 거야"라고 말했다. (하지만 그건 사실이 아니었다. 그와 미리엄은 지난 18개월 동안만 해도 마드리드, 리스본, 아프리카에 다녀왔다. 그의 말은 미리엄 곁을 떠나는 휴가를 뜻하는 것이었다.)

그녀가 항상 잘하는 것이 하나 있다면 추측이었다. 다른 사람들의 행동을 살펴본 후 그것이 무엇으로 귀결될지 생각하는 것이었다. 그녀는 오랜 세월 동안 자신과 소통하지 않는 세상을 보면서 이것을 배웠다. 그녀는 전날 밤 토비가 한 말을 생각했다. 그녀는 지금 샘에 대해 생각했다.

그리고 그녀는 자신의 아이들을 생각했다.

솔리는 아니었다. 솔리는 그녀를 사랑했다. 그 애는 그녀의 얼굴을 쓰다듬고 그녀의 목에 얼굴을 파묻었고, 걸어가면서 그녀의 바지를 꼭 붙잡았다. 솔리는 그녀에게 자기가 입은 옷이 마음에 드는지, 어른이 되면 어떤 기분인지 물었다. 솔리는 그녀를 비판하지 않았지만 아직 어렸다. 아니, 그녀가 자신의 삶에 대한 전면적인 평가를 할 때 생각나는 것은 해나였다. 해나는 그녀에게 일일 교사나 점심시간 자원봉사자가 되어달라고 애원하곤 했는데, 그녀가 어떻게 그런 일을 할 수 있었겠는가? 단 하루도 안 돼요? 그녀는 워싱턴으로 가는 하룻밤의 아이들 여행에도 보호자로 동행할 수 없었다. 하룻밤도 안 돼요? 그녀는 아이들이 소풍을 갈 때 도시락조차 싸줄 수 없었다. "내가 도시락을 싸줄 수는 없어." 그녀는 해나에게 말하곤 했다. "하지만 네가 꼭 그것을 가지고 가도록 해줄게." "나는 엄마가 싸줬으면 좋겠어." 해나는 말하곤 했다. 레이철은 그 말이 무슨 뜻인지 알고 있었기 때문에 그게 무슨 차이가 있느냐고 말하지 않았다. 레이철에겐 엄마가 없었다.

그녀는 토비가 언젠가 그녀를 위로한답시고 했던 말을 기억했다. 그녀는 자신이 일하는 여자라는 이유로 학교에서 특이한 존재로 여겨지는 것이 슬프다고 말했었다. 그러자 토비는 (아마도) 좋은 의도로 이렇게 말했었다. "그들도 할 수만 있다면 일을 할 거야. 하지만 그들은 돈이 너무 많아서 그것을 합리화할 수 없을 뿐이지." 그녀는 그를 째려봤지만 그는 자기가 한 말의 의미, 즉 일하는 것은 분명 아이들 입장에서는 안 좋은 일이라는 의미도 깨닫지 못했다.

이 모든 것에 대한 그녀의 선명한 이해는 층층이 다가왔다. 그렇다, 확실히 샘은 그녀가 그에게 최고의 환상과 같은 존재, 아무런 감정의 소비 없이 파워 섹스를 할 수 있는 대상으로 남아 있기를 바랐다. 그렇다, 그는 결코 그녀 곁에 머무르지 않을 것이다. 이렇게 야심이 있는 여자와 같이 있는 남자는 어떤 꼴을 당할지 아무도 알 수 없기 때문이다. 당연히 그녀 같은 여자는 결혼 생활을 지속할 수 없었을 것이다. 세상 사람들은 그녀가 어떤 사람인지—넌 그저 여자일 뿐이야—그녀에게 알려주기 위해 이런 식으로 대해온 것이다. 그리고 여자들은, 그들은 비열했다. 남자들은 예의범절의 정도를 조정해서 그들의 실제 감정을 세상에 숨겼지만 예의범절은 궁극적으로 지속될 수 없는 것이다. 그래서 그 의사는 그녀를 능욕했다. 그리고 그 강간범들은 그 여인들을 욕보였다. 그리고 여기 샘은 그녀가 몸을 굽히고 자신을 받아들이는 것 외에는 어떤 것도 견딜 수가 없었다.

어쩌면 그녀는 쓸모없는 존재일지도 모른다. 그게 그들이 그녀에게 말하고 있던 것이었다. 어쩌면 결국 그게 그들이 말하고자 했던 전부였을지도 모른다. 내가 말했듯이, 그녀는 추측에 능했다.

그녀는 지압요법을 받은 샘이 나무 밑에서 휴대폰을 눌러대는 것을 발견했다. 그는 고개를 들어 그녀를 봤지만 방해를 받아 짜증이 난 표정이었고, 그녀가 울고 있는 것을 보고는 더욱 짜증을 냈다.

"이번엔 또 뭐야?" 그가 말했다.

그녀는 흐느껴 울고 있었고, 자신이 울고 있는 것이 부끄러워 대답을 할 수 없었다.

그들은 방으로 돌아갔고 그는 짐을 싸기 시작했다. 그는 말했다. "이건 실수였어. 당신도 그건 알겠지?"

물론 그녀는 알고 있었다. 그녀는 도대체 무슨 생각을 하고 있던 것일까? 그녀는 미리엄 로스버그의 자리를 차지할 수 없었다. 그녀는 그런 존재로 사라질 수가 없었다. 그녀는 그녀 자신이었다. 그녀는 용납될 수 없는 부류의 여자였다. 그녀의 성공을 용서할 수 없었던 토비 같은 남자에게는 용납될 수 없었다. 샘도 그녀를 받아들일 수 없었다. 그는 그녀의 비범함을 좋아하는 척할 수는 있었지만, 실제로 그것을 그의 삶에 수용할 수는 없었다. 그는 자신의 의무만큼이나 중요하고 타협할 수 없는 의무를 가진 사람을 그의 곁에 둘 수 없었다.

그것은 공인된 사실이었다. 그녀는 받아들여질 수 없는, 사생아 같은 존재였다. 그녀의 성공은 그녀를 독으로 만들었다. 그녀의 취약함이 그녀를 독으로 만들었다. 그녀에게는 아무도 없었다. 그녀의 남편은 그녀를 거절했다. 이제 그녀의 남자친구도 마찬가지였다. 어쩌면 토비가 옳았는지도 모른다. 그녀가 사라져도 그들은 절대 알아채지도 못할 것이다. 이제 그녀는 갈 곳이 없었다.

그래서 그녀는 크리팔루에 머물렀다. 그녀는 아직도 잠을 잘 수 없었지만, 이 감정, 이 불면증은 그녀의 새로운 호흡법에 의해 야기된 과정의 일부임이 틀림없다고 생각했다. 그녀는 침대에 누워서 매일 밤 몸을 뒤척였고, 어느 순간 잠이 오지 않는 것에 대해 신경을 쓰지 않기로 결심했다. 그녀는 비명 수업을 다시 받으러 갔다. 그녀는 더 비명을 질렀고 요가를 했다. 그녀는 시몬에게 전화를 걸어 며칠 더 머무르겠다고 말하고, 고객들에게 어떤 긴급 상황이 생겨도 제발 그녀에게 연락을 하지 말고 며칠 동안 벤이나 할이나 론다에게 넘기라고 얘기했다. 그녀는 토비의 전화도 받지 않겠다고 말했다. 시몬이 다시 전화를 걸었을 때 그녀는 '전화하지 마!'라고 소리를 질렀고, 정말 전화를 받고 싶지 않다고 했다.

"하지만, 토비가 아이들을 데려가라고 전화를 했어요."

레이첼은 "한 마디만 더 하면 너는 일자리를 잃게 될 거야"라고 말한 후, 다시 좀 더 부드럽게 말했다. "시몬, 나는 단지 좀 쉬는 거야. 나는 몇 년 동안 휴가를 갖지 못했어. 진짜 휴가 말이야. 잠깐 내게 시간을 좀 줘. 할 수 있는 한 빨리 돌아갈게, 완전 새사람이 되어서."

"알았어요, 하지만 론다는 약간 걱정을 하고 있는데, 제작자들 중한 명이—"

"시몬, 넌 정말 내가 하는 말을 듣지 않는구나. 내 팀에 얼마나 오래 있었지?"

"4년요."

"지금이 네가 내 팀을 넘어 그 위로 올라갈 수 있는 사람인지 증명할 수 있는 시간이야."

하지만 이메일과 문자는 여전히 그녀의 휴대폰으로 들어왔다. 어디 있어요? 고객 한 명에게 이 이벤트를 주최해달라고 부탁해줄 수 있어요? 이 대본을 좀 봐주세요. 이 계약은요? 이 이메일도 검토를 부탁드려요. 답장을 좀 해주시겠어요? 답장을, 답장을, 답장을……. 시간은 꼬리에 꼬리를 물었다. 온 세상은 꼬리에 꼬리를 물다가 스스로를 지워가기 시작했다.

그녀는 침묵 휴양 프로그램 전단지를 보고 신청을 했다. 침묵 속에서 그녀는 토비와의 모든 싸움들이 머릿속에서 다시 재생되도록 놔두었다. 그녀는 잠을 자지 않고 더 많은 밤들을 침대에 누워 있었고, 이따금 목구멍 뒤쪽에서 웅얼거리는 소리를 내어 다시 그것을 사용하게 될 때 목소리를 낼 수 있을지 확인했다. 샘의 졸피뎀은 욕실 카운터에 놓여 있었지만 그녀는 그것을 만지려 하지 않았다.

하지만 그녀는 너무 피곤했다. 그녀는 침대에 누워서 천장을 응시했다. 시간이 가고 있다는 사실에 공포를 느끼다가는 그것이 더 빨리 지나지 않는 것에 화가 났다. 아침에 일어나는 것은 당연한 일이겠지만 그녀는 한밤중에도 일어나 앉았고 그러다 뭔가를 깨달았다. 그녀가 잠들지 못하게 만드는 것이 그녀의 휴대폰이라는 것이었다. 그녀는 그것을 꺼놓았었다. 하지만 그녀는 휴대폰과 너무 혼연일체가 된

461

나머지 그것이 자신을 원할 때는 비록 꺼져 있어도 그것의 존재가 느껴지는 것인지도 몰랐다. 전화는 차고 또 찼지만 결코 가득 차지 않았다. 그것은 타서 없어지지 않고 영원히 불타오르는 덤불 같았다.

그녀는 휴대폰을 없애야만 했다. 그게 그녀가 다시 잠들 수 있는 유일한 방법이었다. 한밤중에 그녀는 오솔길을 따라 2킬로미터쯤 걸어가서 휴대폰을 산 채로 묻어버렸다. 그녀는 이제는 푹 잘 수 있을 거라고 확신을 하며 방으로 되돌아갔지만 물론 그러지 못했다.

침묵 휴양 프로그램이 끝났지만 그녀는 그곳을 떠나지 않았다. 그녀는 다시 비명을 지르는 수업으로 돌아가 토비와의 남은 싸움을 토해냈다. 그녀는 자신이 무시당했다고 느꼈던 것들을 비명으로 질러냈다. 그녀는 속을 다 비워냈고, 젖은 걸레처럼 쳐졌다. 그녀는 집으로 돌아갈 준비가 되어 있었다. 며칠 늦었지만, 토비에게 모든 것을 설명할 것이다. 그녀는 사과를 할 것이다. 그녀는 자신이 혼자가 될 운명이라는 것을 이제 이해했다고 말할 것이다. 그녀는 자신이 용납받을 수 없는 존재라는 것을 이제 이해했다고 그에게 말할 것이다.

그녀는 숲으로 가서 휴대폰을 찾아보았지만 찾을 수 없었다. 그녀가 그것을 묻었을 때는 밤이었고 아무런 표시도 해놓지 않았다. 2킬로미터 떨어진 곳에 그것을 묻었던 것일까? 1킬로미터? 100미터? 그녀는 기억이 나지 않았다. 휴대폰은 사라져버렸다.

그녀는 프런트에 있는 전화기로 시몬에게 전화를 걸어 운전기사를 불러달라고 했다.

"토비가—"

"내게 온 메시지들은 지금 알고 싶지 않아!" 레이철은 소리쳤다. "그 사람 얘기는 듣고 싶지 않고, 나에 대해 그에게 아무것도 얘기하지 않았길 바라."

도착한 차는 몇 시간을 달려 그녀를 집에 데려다주었다. 그녀는 뒷좌석에 앉아 창밖을 응시했다. 그녀는 얼마나 집을 떠나 있었던 것일까? 하루? 일주일? 아파트에 도착한 그녀는 거실에 우뚝 선 채 이제 무엇을 해야 할지 생각할 수 없었다. 그녀는 지난 며칠 동안 채식 쪼가리들만 먹었다. 그녀는 고기가 든 음식을 먹어야 했다. 그녀는 평소에 먹던 대로 바닷가재 소스를 뿌린 새우를 주문하려다가 헌터 대학 시절의 룸메이트가 떠올랐다. 그 룸메이트는 섭식장애가 있어서 어느 때든 파스타만 먹을 수 있었다. 그들이 중국 음식을 주문할 때면 그녀는 찐 닭고기와 채소를 주문하려고 노력했지만, 때로는 그저 "나는 포기할래"라고 말하고는 소고기 로메인을 주문하곤 했다. 레이철은 절대 그러지 않을 것이다. 그녀는 포기하지 않았고, 절대 포기하지 않을 것이다. 하지만 그 로메인에서는 언제나 좋은 냄새가 났고, 그것을 먹는 룸메이트는 특별한 행복감으로 가득 차는 것 같았다. 그녀의 몸속에 흐르는 어떤 세로토닌 호르몬이 파스타를 기적의 음식으로 만드는 것인지는 모르지만 "아~~" 하고 감탄을 발하곤 했다.

　그래서 레이철은, 제길, 나라고 못 시킬 게 뭐람, 하고 생각하며 로메인을 주문했다. 모두 엿 먹으라지. 내 몸도, 내 영혼도. 나는 포기했어! 그녀는 소고기 로메인을 먹은 다음 잠을 좀 잘 수 있을 것이다. 그녀는 집 안을 둘러보았다. 마치 그녀가 특수 효과 영화에 나오는 모션 캡처를 부착한 사람이기라도 하듯 그녀의 집 안은 초록색 화면처럼 느껴졌다. 그녀가 고개를 돌리자 휙- 하는 소리가 들렸다. 그녀가 발걸음을 내딛자 울리는 소리가 들렸다. 그녀가 자리에 앉자 뭔가가 부서지는 소리가 났다. 그것은 모두 그녀 근처에서 일어나고 있었다. 그녀에게는 아무 일도 일어나지 않았다.

　초인종이 울렸고 그녀는 여전히 이 집에서 어떻게 처신해야 할지 생각하고 있었다. 그녀는 배달원에게 팁을 주고, 미술 컨설턴트가 골라준 베이지색 그림 아래 바닥에 앉아 먹기 시작했다. 그녀는 왜 이 그림을 좋아했을까? 이 그림은 무엇일까? 이 그림이 방금 움직였나?

그녀는 상자 안에 로메인을 뱉었다. 역겨웠다. 그녀는 왜 중국집에서 스파게티를 시키려고 한 것이었을까? 어쩌면 그녀는 그저 피곤한 것인지도 몰랐다. 그녀는 그것을 냉장고에 넣어놓고 자리에 눕기로 결심했다. 하지만 그녀가 침대에 누웠을 때 너무 큰 위험이 느껴졌다. 바로 그 자리에서 잠들지 못하면 왠지 다시는 잠을 잘 수 없을 것 같았다.

그녀는 아이들에게 전화해야 할 것 같았지만 걱정이 앞섰다. 잠도 한숨 못 잤는데 어떻게 아이들한테 전화를 할 수 있지? 어쩐지 위험한 일 같았다. 그녀는 아파트를 나왔다. 그녀는 3번가에 있는 건강식품 가게에 갔고 그곳에서 한 늙은 히피가 그녀에게 잠을 자는 데 도움이 될 만한 모든 차들을 소개해줬다. 그녀는 여섯 가지 종류의 차들을 모두 샀다. 아파트로 돌아온 그녀는 그것들을 모두 마셨지만, 그녀가 할 수 있었던 것은 화장실에 가는 것뿐이었다.

이건 소용이 없어. 그녀는 당황하기 시작했다. 아파트 벽이 들락날락 숨을 쉬는 것 같았다. 그녀는 거기서 나와야 했다. 그녀는 적극적으로 기분을 바꾸어야 했다. 아무도 레이철 플라이시먼을 위해 아무것도 하지 않았다. 그녀는 모든 것을 스스로 해야만 했다. 그래서 그녀는 버그도프 백화점에 가서 금과 옥으로 만든 샹들리에 귀걸이 한 쌍을 훔쳤다. 그녀는 그것들을 착용하고 바로 걸어 나왔지만 거기에서 생긴 아드레날린조차 아무 효과가 없었다. 그녀가 돌아왔을 때 도어맨은 "플라이시먼 부인! 1분 만에 돌아오시네요!"라고 알은체를 했다. 그녀는 마치 현장에서 들킨 범죄자처럼 얼어붙었다. 하지만 그녀는 범인이 아니었다. 여긴 그녀의 집이었다.

그녀는 서재에서 TV를 보려고 했다. 라이프타임 채널에서 드라마 〈30대(Thirtysomething)〉를 연속 방영하고 있었다. 그녀는 앉아서 TV를 시청하면서 그들의 결혼 생활은 어떻게 그렇게 순조로울 수 있는지, 모든 사람들이 어쩌면 그렇게 단조롭고 성실하고 좋을 수 있는지 알아내려고 애썼다. 그녀는 어디서 잘못된 거지? 그녀는 뭐가 그렇게 나쁜 거지?

그녀는 밤이 지난 것을 전혀 깨닫지 못했는데 웬일인지 다시 아침이었다. 그녀는 소파에서 벌떡 일어섰다. 그녀의 신경계가 조율해낸 무의식적인 충동이었다. 그녀는 여기서 나가야 했다. 맙소사, 그녀는 여기서 나가야 했다.

그녀는 집 전화로 시몬에게 전화를 걸어 볼티모어로 가는 차를 수배해달라고 했다. 그녀는 잠을 잘 수 있는 곳으로 가야만 했다. 그녀는 볼티모어에서 단 한 번도 잠 못 이루는 밤을 보낸 적이 없었다. 그녀는 6개월 넘게 보지 못했던 할머니를 보러 갈 것이다. 괜찮을 거야. 이렇게 하는 것은 완전히 정상적인 일이었다.

다섯 시간 후, 그녀는 오래전에 살던 집 앞에서 내렸다. 그녀의 할머니는 이제 늙었지만, 시간도 할머니를 감상적으로 만들지는 못했다. 무엇도 할머니의 모진 성격을 누그러뜨리지 못했다. 할머니는 문을 열고 누가 레이철을 여기로 태워왔는지 보려고 그녀의 어깨 너머를 바라보았다.

"택시 서비스 회사예요"라고 레이철은 말했다. 그녀의 눈 밑 피부는 보라색이었고, 너무 피곤했다.

"불쑥 이게 웬일이니." 할머니가 물었다.

"놀라게 해드리려고요." 레이철은 말하면서 집 안으로 들어갔다.

그녀는 할머니에게 사업차 시내에 왔다가 호텔에 묵고 싶지 않아서 왔다고 말했다. 그녀는 잠을 좀 자고 싶은데 괜찮겠느냐고 물었다.

할머니는 문 쪽을 바라보며 말했다. "나는 아무것도 준비하지 않았어. 식사는 차려줄 수 없어."

"괜찮아요, 그냥 자고 싶어요. 긴 하루였어요. 회의가 수없이 많았어요."

그녀는 위층으로 올라가서 천 소파와 오래된 목제 시골 가구들을 지나 낡은 침대에 누웠다. 그 집은 정말 엉성했다. 할머니의 삶은 너무나 작았다. 하지만 그곳에는 그녀의 침대가 있었다. 그 침대는 그녀에게 즐거운 잠자리를 제공했다. 그녀는 그것을 느낄 수 있었다. 그녀는 옷을 벗고 이불 속으로 들어갔다.

어느 순간, 그녀는 자신이 꿈의 고요함 가운데 있다는 것을 알았다. 꿈속에서 그녀는 그날이 무슨 요일인지 알아내려 하고 있었다. 그녀는 자신이 정말로 잠들지는 않았다는 것을 깨달았다. 자면서 일정을 확인할 수는 없으니까. 그녀는 일어나 앉아 거울이 뒤쪽에도 있어 백 개의 거울처럼 보이는 낡은 거울을 바라보았다. 할머니는 본조비 포스터와 학급 사진 등 그녀의 옛날 물건들을 모두 버렸다. 할머니도 그녀를 사랑하지 않았다. 이곳은 좋지 않은 곳이었다. 할머니는 그녀를 반가워하지 않았다. 스리랑카의 유니콘 깃털로 만든 최고급 매트리스 위에서 자는 게 익숙한 그녀에게 이 침대는 쓰레기였다.

그녀는 오래전 자기 침실의 프린세스 전화기로 시몬에게 전화를 걸어 이번에는 공항으로 가는 다른 차와 로스앤젤레스행 비행기 티켓을 준비해달라고 했다. 비행기에서 그녀는 눈을 깜박거릴 때마다 메스꺼운 느낌을 느끼며 거의 잠에 들었지만 그것을 잠이라고 할 수는 없었다. 옆에 앉은 남자는 곧바로 잠이 들어 코를 골았고, 그 때문에 그녀는 더욱 잠을 잘 수 없었다. 그녀는 그곳에 도착하면 완전히 녹초가 되어 있기를 바랐기 때문에 그것이 최선이었을 것이다.

호텔 건물은 선셋 대로에서 떨어진 숲이 우거진 곳에 자리 잡고 있었다. "플라이시먼 부인. 오늘은 짐이 없으신가요?" 호텔의 특별 VIP 담당 안내원이 인사를 했다. 그녀가 묵을 빌라로 안내되었다. 아, 바로 여기야, 그녀는 생각했다. 그곳에는 베개들이 수도 없이 많았다. 방 안의 냄새가 파블로프 효과를 불러일으켰다. 그녀는 LA에 출장을 올 때면 아이들이 너무 보고 싶어서 호텔의 안락함을 마음껏 즐기지 못했었다. 그랬어, 그랬지. 하지만 여길 좀 봐, 세상에. 그녀의 빌라 밖에는 수영장이 있었다. 아침에 그녀가 다시 정상 상태로 돌아오면 그녀는 수영을 할 것이다.

하지만 그녀는 다시 걱정을 하고 있었다. 만약 그녀가 잠들었다가 정신이 혼미한 상태로 밖으로 나가 익사를 하면 어쩌지? 그녀가 익사할 가능성이 그렇게 가까운 곳에 있는 데 어떻게 잠을 잘 수 있을까? 그건 너무 위험했다. 그녀는 계속 꾸벅꾸벅 졸다가 다시 벌떡 깨어 일어나곤 했다. 신경 끝이 칼날처럼 일어서고 눈이 휘둥그레진 그녀는 숨이 가빠지며 겁에 질렸다.

그녀는 호텔의 온갖 종류의 사치에 둘러싸인 채 침대에 누워 있었다. 그녀는 선셋 대로로 나가 마리화나 판매소를 찾았다. 그녀는 그곳에서 기분을 누그러뜨려 줄 것이라고 권한 마리화나 사탕 두 개를 샀고, 그다음 세 시간을 방에서 서성거리며 보냈다.

마침내 자정이 가까워지자 그녀는 사탕 두 개를 다 먹고, 직원이 마실 것을 원하는지 물을 때까지 수영장 옆에 앉아 있었다. 술과 마리화나를 섞는 것은 좋지 않다는 것을 알고 있었기에 그녀는 대신 치즈버거와 콥 샐러드, 스무디 세 개와 프렌치 양파 수프를 주문했다.

그녀는 음식들을 차근차근 먹었고—마리화나에 취해본 지 몇 년 만이었다—음식을 다 먹은 후 배가 터질 것 같았지만 입은 더 많은 음식을 원했다. 수치심을 견딜 수 없던 그녀는 방으로 돌아가 소파에 누웠다.

나는 여기서 뭘 하고 있는 거지? 그날 아침 5시가 되자 그녀는 공항으로 출발했다.

"벌써 가시게요?" 레이철이 문을 나서자 VIP 담당 안내원이 물었다. 차 뒷좌석에서 보는 로스앤젤레스는 불길하고 끔찍해 보였다. 건물들이 숨을 쉬는 것 같았다. 야자수들은 그녀를 속이기 위해 그곳에 있었다. 그녀는 여기서 살 수 없었다. 그녀는 여기에 다시는 방문하러 오지도 않을 것이다. 그녀는 핸드백에서 펜과 종이를 찾아서는 자신에게 **'로스앤젤레스로 절대 이사하지 말 것'**이라고 쪽지를 썼다.

그녀는 어떻게 비행기에 올라탔는지 기억도 나지 않았지만 비즈니스 클래스에 빌어먹을 아기가 하나 타고 있었다. 그것은 미친 짓거리였다. 비즈니스 클래스는 사업가들을 위한 곳이고 아기들은 사업을 하지 않는다. 그녀는 화장실로 가면서 아기 엄마에게 질책을 하는 표정을 지었다. 그녀는 화장실 거울에 비친 자기 모습이 마녀의 몰골 같음을 깨달았다. 그녀는 거울에 사자 얼굴을 하고 으르렁거렸다.

그녀는 다시 자기 집, 골든 아파트에 도착했다. 그녀의 집은 너무 크고 공허했고 그 안에 있는 자신이 유령처럼 느껴졌다. 그녀는 무언가 먹을 것이 필요했다. 그녀는 중국 음식점에 전화를 걸었다. 그녀는 평소에 먹던 대로 바닷가재 소스를 뿌린 새우를 주문하려다가 헌터 대학 시절의 룸메이트가 떠올랐다. 그 룸메이트는 섭식장애가 있어서 어느 때든 파스타만 먹을 수 있었다. 그들이 중국 음식을 주문할 때면 그녀는 찐 닭고기와 채소를 주문하려고 노력했지만, 때로는 그저 "나는 포기할래"라고 말하고는 소고기 로메인을 주문하곤 했다. 레이철은 절대 그러지 않을 것이다. 그녀는 포기하지 않았고, 절대 포기하지 않을 것이다. 하지만 그 로메인에서는 언제나 좋은 냄새가 났고, 그것을 먹는 룸메이트는 특별한 행복감으로 가득 차는 것 같았다. 그녀의 몸속에 흐르는 어떤 세로토닌 호르몬이 파스타를 기적의 음식으로 만드는 것인지는 모르지만 "아~~" 하고 감탄을 발하곤 했다.

그래서 레이철은, 제길, 나라고 못 시킬 게 뭐람, 하고 생각하며 로메인을 주문했다. 모두 엿 먹으라지. 내 몸도, 내 영혼도. 나는 포기했어! 그녀는 소고기 로메인을 먹은 다음 잠을 좀 잘 수 있을 것이다. 초인종이 울렸고 그녀는 배달원에게 팁을 주고, 최근에 산 양탄자 위에 앉아서 음식을 먹기 시작했다. 벌써 풀어지기 시작한 양탄자 올이 팬티 아래로 느껴졌다. 그녀는 자신이 왜 그것을 샀었는지 알 수 없었다.

그녀는 상자 안에 로메인을 뱉었다. 역겨웠다. 그녀는 왜 중국집에서 스파게티를 시키려고 한 것이었을까? 어쩌면 그녀는 그저 피곤한 것인지도 몰랐다. 그녀는 그것을 냉장고에 넣어놓았다.

그녀는 아이들에게 전화해야 할 것 같았지만 걱정이 앞섰다. 잠도 한숨 못 자는데 어떻게 아이들한테 전화를 할 수 있지? 어쩐지 위험한 일 같았다. 아이들을 본 지 벌써 일주일이 지났다. 어쩌면 두 주인지도 몰랐다. 아니, 어쩌면 4일밖에 지나지 않은 것인지도 몰랐다. 그녀는 알 수 없었다. 그녀는 단지 아이들을 보고 싶다는 것, 하지만 몇 시간이라도 잠을 자지 않고는 아이들을 볼 수 없다는 것을 알고 있었다. 그녀는 타이즈를 얼굴에 둘렀다. 어쩌면 어둡지 않은 것이 문제일지도 몰랐다. 집 안은 충분히 어둡지 않았다. 그녀가 그 아파트를 산 이유는 채광이 좋아서였는데 지금 그녀가 원하는 것은 어둠 뿐이었다.

젠장, 그녀는 오늘이 금요일이라는 것을 깨달았다. 금요일 오후 3시였다. 그녀는 한 시간 안에 소울사이클 피트니스센터에 가야 했다. 샘하고는 일이 잘 풀리지 않았다. 그녀는 분명히 LA로 이사를 해서는 안 되었다. 누군가 그녀에게 그런 쪽지를 써서 핸드백 속에 넣어놓기까지 했다. 그녀는 지역사회에서 자신의 위상을 유지해야만 했다. 그녀는 한 시간 동안은 정상적이어야만 했다. 피트니스센터에 다녀온 후 그녀는 천천히 그리고 서서히 다시 정신 줄을 놓을 것이다. 그래야 그녀가 다시 정상으로 돌아왔을 때 친구들이 여전히 그곳에서 그녀를 기다리고 있을 것이었다.

그녀는 운동복을 꺼내 입고 나갔지만, 소울사이클에 도착하니 자전거가 예약되어 있지 않은 것을 발견했다. 시간도 오후 4시가 아니었고, 오늘은 금요일이 아니라 수요일이었다.

"괜찮으세요?" 안내 데스크의 여자가 물었다. 레이철은 운동을 하고 있는 다른 여자들의 스트레이트파마를 한 머리, 보톡스와 가짜 탠을 바라보았다. 왜 그녀들은 이렇게 보여야만 하는 걸까? 너무 심했다. 이 모든 여자들은 너무 많은 것을 요구받고 있었다.

그녀는 문밖으로 나와 거리를 걷다가 슈퍼컷츠 미용실을 발견했다. 그녀는 한 가족 뒤에 줄을 서서 기다렸다. 그녀는 갑자기 자신의 문제가 판에 박힌 일상을 유지하는 데 노력을 기울여온 것이라는 것을 깨달았다. 그것은 그녀를 산 채로 집어삼키고 있었다. 그녀가 의자에 앉자 푸에르토리코인 미용사가 물었다. "머리 다듬으시게요?" 레이철은 "아니, 아뇨. 그보다는 더 파격적인 거. 틸다 스윈튼처럼 보이고 싶어요."

"뭐 하는 남자죠?"

"남자가 아니에요. 휴대폰 가지고 있죠? 검색해봐요." 그녀는 미용사가 자신의 머리를 만질 때마다, 거울 속 의자에 앉아 있는 어떤 여자의 머리가 똑같이 만져지는 것을 응시했다. 참 불가사의한 일이군, 그녀는 생각했다.

그녀는 마침내 숨을 쉴 수 있을 것 같은 기분으로 미용실을 나왔다. 새로운 헤어스타일! 왜 그녀는 마치 그것이 종교이기라도 하듯 이전의 헤어스타일을 고수했을까? 그녀가 절대 변하지 않는 것이 중요했기 때문에? 그녀는 마음이 너무 가벼워서 날아갈 것 같았다. 그녀는 2가에 서서 다음에 무엇을 해야 할지 궁리했다. 그녀는 해변용 의자를 등에 이고 서쪽으로 걸어가는 여자를 보았다. 공원이었다. 그녀는 갑자기 토비와 함께 흉보곤 했던, 공원에서 추리닝 바지들을 입고 자던 사람들이 생각났다. 혹시 그들은 그녀가 알지 못하는 뭔가를 알고 있는 것이 아닐까? 그녀는 집에 가서 있지도 않은 추리닝 바지 한 벌을 찾기 위해 온 집 안을 뒤졌다.

그녀는 다시 집을 나와 갭(Gap) 매장으로 갔고, 아무도 보지 않을 때 옛날을 기념하는 의미로 바지 한 벌을 훔쳤다. 그녀는 옷을 훔치기 위해 탈의실도 이용하지 않았다. 그녀는 구석에서 레깅스를 벗어 핸드백에 넣은 다음 추리닝 바지를 입었다.

추리닝 바지! 이건 새로운 경험이었다. 그녀는 항상 추리닝을 무시해왔지만, 실제로는 한 번도 입어보지 않고 그랬었다. 추리닝 바지는 걸을 때 다리를 따뜻하게 감싸주었다. 다리에 부딪치는 바지의 느낌이 걸음을 느긋하게 만들었다. 레깅스는 움직임을 가능하게 해줄 뿐이었다. 마치 진흙을 통해 걷는 것 같은 이 느낌을 사람들이 좋아한다는 것을 누가 생각이나 해봤겠는가?

그녀는 다리를 감싸 안는 추리닝 바지의 느낌을 즐기며 공원으로 갔다. 하지만 날이 너무 더웠다. 얼마나 이 더위가 지속된 것일까? 오늘이 최고로 더운 날일까?

그나마 공원의 열기는 적어도 맥락은 있었다. 그녀는 풀밭에 누웠다. 그녀는 팔로 눈을 가렸다. 이렇게 하는 것이 뭘 그렇게 흉볼 만한 짓이었을까? 정말 좋은 기분이었다. 날은 화창하고 더웠다. 이건 효과가 있을지도 몰라. 그녀의 의식은 점점 표류하기 시작했다. 그녀는 거의 잠들기 직전이었다고 맹세할 수 있는데······.

"레이철. 플라이시먼."

눈에서 팔을 떼고 보니 신디와 미리엄이 서서 그녀를 내려다보며 웃고 있었다.

신디가 "우리는 틀림없이 당신이라고 생각했어요"라고 말했다.

"누군가가 필라테스 수업을 자주 빼먹던데?" 스무디를 들고 있던 미리엄이 말했다. 레이철을 자세히 들여다본 그녀는 "머리는 어떻게 된 거예요?" 하고 물었다.

신디가 웃었다. "로베르토가 머리를 그렇게 해준 거예요?"

레이철은 팔꿈치로 몸을 일으켰다. "그냥······" 그녀는 머리를 만졌다. 그녀는 어떻게 말끝을 맺어야 할지 몰랐다.

"소울에 가지 않을래요? 비욘세하고 리한나가 나온대요."

"오 네, 갈게요. 곧."

미리엄과 신디는 서로를 바라보았다. "괜찮아요, 레이철?" 미리엄이 물었다.

"하, 그래요, 물론이죠. 나만의 시간을 좀 가지는 거예요."

그들은 나만의 시간이라는 말을 듣고 이해하는 것 같았다. 그들은 늦었다고 떠들어대며 공원 밖으로 향했다.

레이철은 집으로 돌아갔다. 그녀는 무언가 먹을 것이 필요하다는

472

것을 깨달았다. 그녀는 중국 음식점에 전화를 걸었다. 그녀는 평소에 먹던 대로 바닷가재 소스를 뿌린 새우를 주문하려다가 헌터 대학 시절의 룸메이트가 떠올랐다. 그 룸메이트는 섭식장애가 있어서 어느 때든 파스타만 먹을 수 있었다. 그들이 중국 음식을 주문할 때면 그녀는 찐 닭고기와 채소를 주문하려고 노력했지만, 때로는 그저 "나는 포기할래"라고 말하고는 소고기 로메인을 주문하곤 했다. 레이철은 절대 그러지 않을 것이다. 그녀는 포기하지 않았고, 절대 포기하지 않을 것이다. 하지만 그 로메인에서는 언제나 좋은 냄새가 났고, 그 것을 먹는 룸메이트는 특별한 행복감으로 가득 차는 것 같았다. 그녀의 몸속에 흐르는 어떤 세로토닌 호르몬이 파스타를 기적의 음식으로 만드는 것인지는 모르지만 "아~~" 하고 감탄을 발하곤 했다.

그래서 레이철은, 제길, 나라고 못 시킬 게 뭐람, 하고 생각하며 로메인을 주문했다. 모두 엿 먹으라지. 내 몸도, 내 영혼도. 나는 포기했어! 그녀는 소고기 로메인을 먹은 다음 잠을 좀 잘 수 있을 것이다. 초인종이 울렸고 그녀는 배달원에게 팁을 주고, 커다란 스웨덴제 식탁에 앉아 먹기 시작했다. 식탁의 목재는 주위에 습기가 있으면 얼룩이 졌다.

그녀는 상자 안에 로메인을 뱉었다. 역겨웠다. 그녀는 왜 중국집에서 스파게티를 시키려고 한 것이었을까? 어쩌면 그녀는 그저 피곤한 것인지도 몰랐다. 그녀는 그것을 냉장고에 넣어놓고 자리에 눕기로 결정했다. 하지만 그녀가 침대에 누웠을 때 너무 큰 위험이 느껴졌다. 바로 그 자리에서 잠들지 못하면 왠지 다시는 잠을 잘 수 없을 것 같았다.

열흘이 더 흘렀다. 그녀는 그 시간들을 설명할 수 없었다. 그녀는 며칠이나 지났는지 정확히 기억하지 못했다. 아니, 지난날들이 마치 모두 하루처럼 느껴졌다. 오후 중반에 시트콤 〈보이 미츠 월드〉 연속 방송을 보다가 밖을 내다보면 여전히 날이 밝았다. 그녀가 꼬박 하룻밤을 새웠다는 뜻일까? 시트콤을 본 지 12시간이 지나긴 했지만 정말 밤을 새운 걸까? 이런 식이었다.

내가 그녀를 본 날 아침, 그녀는 새벽 4시에 잠자는 것을 포기하고 산책을 나갔다. 그녀는 어느새 자신이 시내, 알레한드라 로페즈의 아파트 근처에 있다는 것을 깨달았다. 그녀는 이왕에 여기까지 왔으니 한번 들러야겠다는 생각이 들었다. 며칠 동안 그녀와 연락을 하지 못했다. 고객 관리에 개인적인 접촉만큼 좋은 건 없지.

그래, 그게 문제일 수도 있을 것이다. 그녀는 일을 하지 않는 것에 익숙하지 않았다. 그녀가 조금만 더 일을 하면 잠을 잘 수 있을지도 몰랐다. 로비에 도착한 그녀는 빈손으로 고객의 집을 너무 편하게 방문하는 것 같은 기분이 들었다. 그녀는 근처의 가판대로 가서 살 만한 물건이 있는지 둘러보았다. 하지만 그 순간에 딱 맞는 것은 보이지 않았다. 그래서 그녀는 칠면조 샌드위치와 4리터짜리 물 한 병을 샀다. 언젠가 알레한드라가 점심으로 칠면조 샌드위치를 주문했던 것을 그녀는 기억했다. 훌륭한 전속사 직원이라면 그런 것들을 기억해야 했다. 그녀는 아파트로 돌아가, 도어맨이 바쁜 것을 보고 손을 흔들어주고 지나쳤다. 그녀는 알레한드라의 집으로 올라가 벨을 눌렀다.

알레한드라의 아내 소피아가 문을 열었다. 소피아는 어퍼웨스트사이드 출신의 앵글로·색슨계 백인 개신교도로 그들의 세 딸을 돌보기 위해 직장을 그만두었었다. 그녀는 레이철을 한번 쳐다보았다.

"알렉스." 그녀가 옆방으로 소리치고는, 레이철에게 물었다. "어디 불편한 거 아니에요? 괜찮아요?"

"그럼요, 괜찮아요." 레이철은 활짝 웃으며 말했다. "근처에서 회의를 했는데 1분 만에 끝났어요. 애들을 본 지 한참 된 것 같아서요."

"이제 겨우 아침 6시인데요?"

그녀는 그렇게 이른 시간인지 몰랐다. 알레한드라가 잠옷을 입고 문으로 왔다. 그녀의 몸은 나무둥치 같았다. 굵은 목과 발목, 넓은 허리를 지닌 그녀는 아직 잠이 깨지 않은 모습이었다. 그녀는 화장을 하지 않았지만 항상 윗쪽 눈꺼풀은 리퀴드 라이너를 바르고 있는 것처럼 보였다. "마침 근처에 올 일이 있었어요."

"레이철. 와, 머리를 잘랐네요."

레이철은 칠면조 샌드위치를 들어 올렸다. 이렇게 찾아온 것도 나쁘지 않은 것 같았다. 뭐가 그렇게 큰 문제겠어? 고객과 관계를 새롭게 하는 일은 잘 진행되고 있었다.

"이렇게 찾아올 줄은 전혀 몰랐어요." 알레한드라가 말했다.

"내가 좋아하는 고객을 찾아오는데 따로 시간이 있나요?" 그녀는 연락도 없이 집에 있는 고객을 방문한 적이 한 번도 없었다.

"몇 주째 아무 소식도 없었잖아요." 알레한드라가 말했다.

"나는 너무 고객에게 압박감을 주지 않으려고 해요."

"이건 너무 공격적인 것 같은데요."

레이철은 그녀의 말을 이해할 수 없었다. "무슨 말씀이에요? 진작에 전화를 했어야 했는데 시내에 없었고 휴대폰을 잃어버렸어요. 나중에 다시 올까요? 이리로 오는 게 싫으면 안 올게요. 나중에 그냥 점심이나 함께 해요."

알레한드라와 소피아는 서로를 바라보았다. 소피아는 아이들을 옆방으로 데리고 갔고, 알레한드라는 레이철을 소파로 데리고 가서 괜찮냐고 물었다.

"물론 괜찮아요."

"우리는 여기서 꽤 힘든 한 주를 보냈어요." 알레한드라가 말했다.

"저런, 무슨 일이라도 있었어요?"

알레한드라는 레이철의 얼굴을 살폈다. "내가 지금 무슨 말을 하는지 알고는 있어요?"

레이철은 자신의 머리를 뒤져봤다. 그녀는 여기 있어서는 안 되었다. 그녀는 아무 준비도 되어 있지 않았다. 그녀는 미소를 지었다.

"난 그동안 회사를 좀 떠나 있었어요." 레이철이 말했다. "집안에 비상사태가 생겼었거든요."

알레한드라는 레이철에게서 눈을 떼지 않고 몸을 뒤로 젖혔다.

"난 영화를 잃었어요. 그건 알아요?" 알레한드라의 시나리오 작성 계약이 그 주에 무산되었는데, 레이철은 한참 전에 시몬에게 그 일을 할에게 맡기라고 지시했었다. 시몬은 그것을 론다에게 넘겼지만 론다는 제작사와 감정싸움을 벌였고, 결국 어느 날 아침, 알레한드라는 그녀의 연극이 영화화되지 않게 되었다는 소식을 들었다.

레이철은 눈을 감았다. "내가 해결할게요."

"그럴 필요 없어요."

그녀는 눈을 떴다. "무슨 말이에요?"

"당신은 할 수 없으니까."

"날 믿어요. 더 심한 문제들도 해결해봤어요."

"아니, **당신은 할 수 없어요.** 당신은 더 이상 내 대리인이 아니에요."

레이철은 갑자기 현기증을 느끼며 눈을 깜박거렸다. "뭐라고요? 알레한드라." 이미 어떤 대답이 나올지 알면서도, 그 대답을 견디기 힘들 것을 알면서도 그녀는 다음 질문을 하지 않을 수 없었다. "도대체 누구에게?"

그러나 그녀는 알레한드라에게 질문할 필요조차 없었다.

"매트 클라인이 이제 내 에이전트예요. 난 매트가 날 도울 준비가 더 잘 되어 있다고 생각해요. 레이철이 그동안 내게 해준 모든 것에 감사해요. 당신이 아니었으면 난 아무것도 이루지 못했을 거예요."

"이건 감사를 표하는 방법 같지는 않은데요, 알렉스?"

알레한드라는 걱정스러운 눈으로 그녀를 바라보았다. "시몬한테 전화를 해줄까요?"

"매트 클라인은 뱀 같은 인간이에요."

그러나 더 이상 할 말이 없었다. 평상시라면 레이철은 지금보다 훨씬 유능해야 했다. 그녀는 전문가처럼 이 일을 처리해야 했다. 하지만 그게 다였다. 그녀는 알레한드라의 집을 나섰다.

이제 그것이 공인된 사실이었다. 아무도 그녀의 편을 들어주는 사람이 없었다. 12년 만에 그녀는 일주일간 휴가를 얻었다. 좋다, 2주, 아니 3주라 치자. 그동안 그녀는 **연락을 끊었다.** 하지만 그건 록산느도 늘 하던 일 아니었나? "우리는 〔이 자리에 전용 섬을 삽입할 것〕에 가서 정말로 세상과 **연락을 끊을** 거예요." 물론 그녀는 그렇게 하지 않았다. 그 대신 그녀는 인스타그램에 바보 같은 여성용 중절모를 쓰고 비키니를 입고 지나치게 노력한 복근을 노출한 사진들을 올렸다. 레이철은 정말로 플러그를 뽑았었다. 그녀는 자기 휴대폰을 냉혹하게 살해했다! 그리고 그녀는 마침내 모든 것을 몸 밖으로 쏟아내었다. 그녀는 비명을 질렀다. 그녀는 잠시 동안 가속페달에서 발을 뗐었다. 그러나 그것은 그녀에게는 허락되지 않는 일이었다. 그것은 용납될 수 없는 일이었다. 그녀는 용납될 수 없었다.

그녀는 택시를 탔다. 시간을 확인했다. 그녀가 지금 일요일이라고 추측하고 있는 날 오전 8시였다. 그녀에게 생각이 하나 떠올랐다.

토비의 병원에서 열리던 강간 피해자 지원 모임은 1층으로 자리를 옮겼다. 그것은 그녀에게는 다행이었는데 토비의 동료들의 눈에 뜨일 염려 없이 모임에 드나들 수 있기 때문이었다. 그녀는 15분 늦게 모임에 들어갔다. 모임에 모인 사람들은 잠시 멈추고 그녀를 반겼다.

누군가가 막 이야기를 마친 참이었다. 그 그룹의 리더는 레이철을 바라보았다.

"새로운 손님이 온 것 같군요." 그녀가 말했다.

"전 레이철이라고 해요." 그녀가 사람들에게 말했다.

"저는 글리니스예요." 여자가 말했다. "수련의예요. 원래 모임을 이끄는 분은 휴가 중이죠." 맞아, 레이철은 기억했다. 8월. 8월에는 정신병에 걸리면 안 돼. 8월에 병원에 남아 있는 사람들은 모두 수련의뿐이었다. "당신이 겪은 일을 이야기해보시겠어요?"

그녀가 자리에 앉자 파블로프 반응이 덮쳤고 그녀는 울기 시작했다. 기분이 좋았다. 그녀는 5일 전, 아니 12주 전? 샘이 크리팔루에서 떠나는 것을 지켜본 후 한 번도 울지 않았다.

레이철은 해나가 태어난 후 모임에 참석했을 때부터 모임에서 말을 한 적이 한 번도 없었다. 어쩌면 그게 문제였을지도 모른다. 아마도 그녀는 모임에 충분히 참여하지 않았기 때문에 치유될 여지를 얻지 못했을지도 모른다. 어쩌면 토비가 그녀의 육아에 대해 한 말— "단지 매일 아이들 앞에 나타나는 것만으로는 충분하지 않아"—이 사실이었는지도 모른다. 참여만이 진정한 의미를 가질 수 있는 유일한 방법이었다. 그랬다. 그랬다.

이번에는 정말로 참여를 하기로 그녀는 작정했다. 그녀는 말하기 시작했다. 그녀는 그들에게 해나의 출생에 대해, 그리고 그녀가 항상 이 모임에 참석했던 것에 대해 말했다. 그녀는 자신의 결혼에 대해,

자신의 사업과 샘 로스버그, 그리고 비명 수업에 대해 말했다. 그녀는 비록 실명을 얘기하지는 않았지만 알레한드라에 대해 말했고, 토비와 그녀의 아이들에 대해 말했다. 그녀는 갈 곳이 없고 아무도 자신을 사랑하지 않는다고 말했다. 세상이 어떻게 그녀를 받아들이지 않는지 말했다. 그녀는 말하고 또 말했다. 그녀는 살아오면서 누구도 그녀가 그렇게 많이 이야기를 하도록 내버려둔 적이 없었다고 생각했다.

그녀가 말을 마치자 숨이 찼다. 그녀는 코로 오랫동안 숨을 들이마셨고, 그녀의 비명 치료사가 딸꾹질이라고 했던 것을 더 이상 느끼지 못했다. 그녀는 곤경에 처해 있었다. 몇 주째 아이들을 못 봤다. 아니, 며칠이었을까? 그녀는 가장 큰 고객을 잃었다. 하지만 그녀는 괜찮아질 것이다.

마침내 글리니스가 천천히 말했다. "여기는 강간 피해 여성들의 모임이에요."

"알아요." 레이철이 대답했다.

"강간을 당하셨나요?" 글리니스가 말했다.

그녀의 말은 레이철을 혼란스럽게 했다. "글쎄요, 엄밀하게 말하면, 그런 식으로는—"

"여기는 강간 피해자 모임이에요." 그녀가 다시 말했다. "미안하지만 여기서 나가주셔야 할 것 같군요."

봤지? 역시 그녀는 받아들여질 수 없는 존재였다.

그녀는 택시를 잡아타고 어퍼이스트사이드로 갔다. 그녀는 토비의 아파트에 도착했다. 그녀는 열쇠를 꺼냈지만 사용할 용기가 나지 않았다. 그녀는 다시 자기 집으로 걸어갔다. 그녀는 집에 들어갈 수조차 없었다. 그녀는 베이글을 사 가지고 메트로폴리탄 미술관에 가는 게 좋겠다고 생각했다. 아마도 인상파 화가들은 그녀를 지루하게 만들어 잠이 오게 할지도 몰랐다. 그녀는 이제는 수면유도제를 먹을 수 있을 것 같았다. 하지만 너무 이른 시간이었고 밤이 될 때까지 기다려야 했다.

"내 생각엔 당신은 도움이 좀 필요한 것 같아요." 나는 그녀에게 말했다. "아무래도 내가 토비한테 전화해야 할 것 같네요."

"토비는 내 소식을 듣고 싶어 하지 않아요."

"아니에요, 그건 내가 약속할 수 있어요."

"그에게 지금 내 꼴을 보일 수는 없어요. 그러면 내게서 아이들을 빼앗아 갈 거예요. 그게 그가 하는 일이에요. 내게서 빼앗아 가는 거."

나는 그녀에게 집까지 바래다줄지 물었다. 그녀는 승낙도 거절도 하지 않았다. 그녀의 아파트에 도착한 우리는 그녀의 집으로 올라갔고, 나는 그녀를 침실로 데려다주었다. 그녀는 침대에 모로 누웠고 나는 그녀의 머리를 쓰다듬어주었다. 내가 물을 가지러 일어나자 그녀가 나를 끌어 앉혔다. "나를 지켜봐줘요." 그녀는 말했다. 나는 마침내, 마침내 그녀가 잠들 때까지 침대 가장자리에 앉아 있었다.

토비는 내가 일요일 아침 그의 아파트를 떠난 후 아이들을 자연사박물관으로 데려갔다. 그는 반타블랙을 다시 보고 싶었다. 그는 방향감각을 잃는 것에 빠져들고 있었다.

"난 이게 왜 그렇게 유명한지 모르겠어요." 해나가 말했다. 그러나 솔리는 눈물을 흘리며 넋을 잃고 그것을 바라보았다.

박물관을 나온 그들은 버블스를 산책시키기 위해 시내를 가로지르는 버스를 타고 집으로 돌아왔다. 해나는 평소처럼 버스 타는 것을 반대하지 않았다. 그것은 자신이 버스를 탄다는 것을 보이면 창피할 사람이 주위에 없다는 것을 알았거나, 아니면 아빠가 더 이상 아무것도 감내할 수 없다는 것을 알았기 때문일 것이다. 아이들은 영화 〈페리스의 해방〉을 다시 보았다. 토비는 저녁 식사를 미처 생각해두지 않았다. 앞으로 10년 동안 그의 삶은 이런 식으로 진행될 것이었다. 일, 저녁 식사, 〈페리스의 해방〉.

"〈풋볼 대소동〉(막스 브라더스의 코미디 영화─옮긴이)을 다시 봐도 돼요?" 솔리가 묻자 토비는 가슴이 철렁했다. 막스 브라더스는 조니를 떠오르게 했고, 그것은 토비에게 그리움과 인사팀에서 연락이 올지도 모른다는 공포심의 뒤섞인 감정으로 다가왔다.

그는 솔리에게 재워주러 올 때까지 혼자 책을 읽고 있으라고 말했다. 그는 솔리가 책을 읽다가 스스로 잠들기를 바랐지만, 아이는 잠들지 않았다. 토비는 솔리의 방으로 들어가서, 아이가 캠프로 떠나기 전에 읽기 시작한 《호빗》을 읽어주기 시작했다. 그는 내용에 집중하지 않고 아무 억양도 없이 건성으로 책을 읽었기 때문에 솔리의 질문들을 전혀 이해하지 못했고 읽었던 문장들을 다시 읽어야 했다.

"있지, 내가 오늘 좀 피곤하구나." 토비가 말했다. "이 책은 내일 다시 읽을까?"

그는 해나도 책을 읽으라고 침대로 보냈다. 딸애는 즉시 몸을 저항의 자세로 만들었지만 그는 받아줄 여유가 없었다. "아빠는 오늘 정말 힘든 하루를 보냈어." 아빠가 안쓰러웠을까? 그 애는 말없이 그의 말을 따랐다. 어쩌면 해나가 지금 그와 함께 있게 된 것이 다행이었는지도 모른다. 그는 딸애를 좋은 사람으로 기를 수 있었다.

그는 침대에 누워서 얼룩진 천장을 올려다보았다. 박물관에서 그들은 천체투영관 쇼를 보러 갔었다. 그것은 과학자들도 아직 이해하지 못하는 지구 너머 우주의 모든 것에 관한 것이었다. 해설자의 우렁차게 울려 퍼지는 목소리는 암흑 물질에 대해 이야기했는데, 그것에 관해서는 알려진 것이 거의 없지만 그것은 우주의 천체들을 서로의 어떤 리듬 안으로 묶는 것 같았다. 물체는 볼 수 있지만 암흑 물질은 눈에 보이지 않는다. 암흑 물질은 미스터리이지만, 그럼에도 불구하고 모든 것이 그것에 의존한다. 보이지 않는 것이 모든 것을 움직인다.

"아빠, 어느 부분이 제일 좋았어요?" 박물관을 나서면서 솔리가 물었다.

"난 우주 어디든 네가 있는 곳이 우주의 중심에 있는 것처럼 느껴진다는 말이 마음에 들었어. 나는 그게 무슨 말인지 알 것 같더라."

"행성처럼요?"

토비는 웃었다.

솔리는 "가장 중요한 것조차 볼 수 없다는 게 좋았어요"라고 말했다. "정말 엄청나잖아요."

"해나야, 너는 뭐가 좋았니?"

"끝났을 때 좋았어요."

"그러지 말고." 토비가 말했다.

"나는 암흑 물질 부분이 마음에 들지 않았어요. 모든 것이 그것에 반응하고 있기 때문에 뭔가가 존재한다고 단정할 수는 없을 것 같아요. 무조건 그것에 이름을 붙이고는 그게 사실인 것처럼 생각을 하면 안 되죠.

"어쩌면 물질들은 우리가 이해할 수 없는 자기들만의 방식으로 움직이고 있는지도 몰라요. 자기 자신들 외에는 아무것도 그들을 그런 식으로 움직이게 하는 게 아닐지도 모르죠."

그 주 일요일에, 나는 레이철을 집에 데려다준 후 토비에게 전화를 걸었지만, 그가 아이들과 박물관에 있었기 때문에 전화는 음성 메일로 넘어갔다. 그가 내게 전화를 했을 무렵엔 나는 해먹에 누워 마리화나에 취해 있었다.

그는 잠자코 앉아서 자초지종을 들었다. 나는 마리화나를 피우지 말 것을, 하고 후회했다.

"그게 다야?" 내가 이야기를 마쳤을 때 그가 물었다.

"그녀는 완전히 신경쇠약에 걸린 것 같았어."

그는 다시 말이 없었다.

"그녀를 위해 네가 뭔가를 해야 해, 토비."

여전히 아무 말도 없었다. 마침내 그가 말했다. "나는 그녀를 위해 아무것도 할 필요가 없어."

토비는 나히드를 만나러 그녀의 아파트에 갔지만 그가 그곳에 도착했을 때 뭔가 분위기가 달랐다.

"토비." 그녀는 그의 입술에 강하게 키스했다. 그녀가 헤어스타일을 바꾼 것일까?

"이렇게 해요. 우리 점심을 먹어요." 그녀가 말했다.

"주문할까요?" 그가 물었다. 아니면, 평소보다 화장을 더 많이 한 걸까?

"아니, 바깥에서 말이에요. 이제 지쳤어요. 난 내 인생을 살고 싶어." 그녀는 이것이 그에게 어떤 선물일지 그의 표정을 살피며 미소를 지었다.

아, 그게 달랐던 거군. 그녀는 완전히 외출 차림의 옷을 입고 있었다. 청바지와 하이힐 부츠, 민소매 데님 셔츠와 묵직한 금 장신구들.

"정말이에요?" 그가 물었다.

어디든 그들이 바깥을 함께 걸은 것은 이번이 처음이었다. 그녀는 그보다 2.5센티미터는 더 컸다. 그는 그것을 깨닫지 못했었다. 그녀는 천천히 걸었다. 그녀의 아파트가 그들의 시야에서 벗어났을 때 그녀는 그의 손을 부드럽게 잡았다. 그들은 집으로 주문했던 적이 있는 태국 음식점에 갔다. 1시였고 내부는 예약이 꽉 차 있었다. 그들은 야외 테이블에서 식사를 했다.

"어렸을 때 의대에 들어가기로 결정한 거예요?"

그는 그녀의 질문에 대답했지만, 도대체 그게 얼마나 바보 같은 질문인지 생각을 떨쳐버릴 수가 없었다. 1992년의 데이트 같았다. 쓸데없는 잡담과 겉치레 예의. 이제는 마치 서로 낯선 사람들 같았다.

그는 그녀가 메뉴를 고르는 것을 지켜보았다. 그는 하마터면 그녀에게 메뉴들을 설명할 뻔했지만 스스로를 멈췄다. 그는 사실 이번이 그녀가 세상에 처음 나온 것이 아니라는 것을 계속해서 자신에게 상기시켜야 했다. 그녀의 이마에는 그가 전에는 전혀 눈치채지 못한 주름이 세 개 있었다. 아마도 그녀의 침실 조명은 최상의 상태가 아니었을 것이다. 아니, 이런 일에 관한 한 그게 최상이었는지도 모른다. 자세히 보면 관자놀이에 흰머리가 2센티미터쯤 자라 있었다. 그녀는 45세라고 말했다. 그녀는 사실 48세일 수도 있었다. 그러면 거의 50이 다 되었다는 뜻이다.

그는 그녀에게 일해본 적이 있느냐고 물었다. 그녀는 그런 적이 없다고 말했다. 왜냐하면 그녀는 일하고 싶은 마음이 없었으니까. 그녀의 전공은 회계학이었고, 그것은 지루했다. 그녀는 의상 디자인을 좋아했지만 그 분야에 끼어들기는 힘들어 보였다. 그는 뭐라고 얘기를 해야 할지 몰랐다.

"흥미나 관심 있는 분야가 있어요? 예를 들면 취미?"

그녀는 웃었다. "물론이에요, 흥미 없는 사람이 어디 있어요? 나는 책을 많이 읽어요. 취미들도 있어요. 나는 지난해 메트로폴리탄 미술관에서 데생 수업을 들었어요. 흥미로웠죠. 거의 명암에 관한 이야기가 다였어요. 유화 수업도 들을까 생각했죠."

그는 일부러 그녀의 수준에 맞추는 것처럼 들리지 않을 다른 질문들을 떠올릴 수가 없었다. 솔직히 말하면, 그는 그렇게 느꼈다. 그는 그녀를 위해 일부러 수준을 낮춰야 할 필요를 느꼈다.

"음, 이건 뭔가 색달라요." 그녀가 말했다.

"기분이 어때요?" 그가 물었다.

"약간 두렵지만 옳은 일 같아요."

그녀는 탁자를 가로질러 손을 뻗어 그의 손을 잡았다. 그도 그녀의 손을 꼭 쥐어주었다. 그는 그녀의 팔에 그렇게 털이 많은지 몰랐다. 남자의 팔처럼 검고 굵은 털들이 다소 뻣뻣하게 손목 쪽으로 자라 있었다.

그는 그녀의 눈을 다시 쳐다보려고 했지만, 갑자기 그녀를 견딜 수가 없었다. 그는 여기서 뭘 하고 있는 것일까? 그는 그녀의 어떤 부분을 그렇게 좋아한다고 생각한 것일까? 그녀는 내용도 없는 허튼소리를 늘어놓았다. 파리, 그녀가 받으려 했던 댄스 강습. 그는 고개를 끄덕이며 밥을 먹었지만, 남은 식사 시간 동안은 조용했고, 그녀도 마찬가지였다. 그녀는 갑자기 수줍어했고 혼란스러워 보였으며, 그가 짜증이 나 있는 것을 느꼈다. 그는 그것이 기분 나빴지만, 그게 가끔 햇빛이 하는 일이었다. 햇빛은 당신이 어둠 속에서 잘 볼 수 없던 것을 보게 해주었다.

그들이 작별 인사를 할 때 그는 그렇게 생각했다. 그들은 보도에서 있었고 그는 그녀와 악수를 하고 병원에 급히 연락을 해야 하는 척 휴대폰을 꺼냈다. 그는 그녀의 아파트 반대편 방향으로 빠르게 걸어갔고, 모퉁이를 돌 때까지 걸음을 멈추지 않았다.

○

"그래서?" 나는 토비에게 전화로 물었다. 나는 나히드 이야기를 좋아했었다. 자기 아파트에서 닥치는 대로 남자들과 몰래 자는 것을 통해 스스로 자유를 얻으려 하던 죄수. 그것은 마치 더러운 동화 이야기 같았다.

"그녀는 내가 생각했던 사람이 아니었어." 그가 말했다.

"그녀의 본모습은 어땠는데?"

"그녀는 그저 평범했어."

나는 시내로 향하고 있었다. 내가 탄 기차가 막 터널로 들어가려던 참이었다. "끊어야 해." 나는 그에게 말했다.

"좋아, 나중에 얘기해."

"네가 못된 놈이라고 생각해본 적 있니?"

하지만 그는 내 말을 듣지 못했다. 레이철을 만난 다음 날, 나는 다시 시내로 와서 그녀를 의사에게 데려갔다. 의사는 그녀가 괜찮다고, 다만 탈수증세와 함께 지쳤을 뿐이라고 말했다. 그는 그녀에게 정맥주사를 놓아준 다음 항우울제와 수면제를 처방해주었다.

"그러면 이제 아무 문제 없는 건가요?" 나는 의사에게 물었다.

"음, 아마 좋은 심리 치료사를 만나야 할 것 같아요."라고 의사가 말했다. "하지만 그것 빼고는 그녀는 건강해요."

나는 그녀를 다시 아파트로 데리고 왔고 다시 침대에 앉았다. 그녀의 컴퓨터에는 로스앤젤레스의 부동산 목록이 있었다.

초인종이 울렸다. 지친 듯한 젊은 여자, 레이철의 비서인 시몬이 서류 봉투들을 한 아름 들고 집으로 들어와 말했다.

"이 서류들에 다 사인하셔야 해요. 그리고 앞으로 일주일 스케줄도 잡아야 하고요."

레이철은 행운의 서명용 펜을 찾기 위해 일어났다.

"레이철 없이 어떻게 지냈어요?" 내가 시몬에게 물었다.

"난리 통이었어요. 레이철의 가족에게 비상 상황이 닥쳐서 연락을 할 수 없다고 사람들을 납득시켜야 했어요."

"하지만 그건 아니었잖아요?"

"그렇죠, 하지만 사람들이 용납할 수 있는 이유는 그것뿐이에요."

"시몬이 얼마나 충성스러운 직원인지 레이철이 알았으면 좋겠네요." 나는 말했다.

"그녀가 사람들을 그렇게 귀중히 여기는지는 잘 모르겠어요." 그녀가 대답했다. "그녀는 항상 눈앞에 닥친 것만 생각하는 것 같아요."

시몬은 서명된 서류들을 가지고 떠났다. 레이철은 내가 좀 더 자기 곁에 머물 수 있는지 물었다. 그녀는 오랫동안 휴가를 보냈으니 다시 일하러 갈 생각이라고 내게 말했다. 그녀는 모든 고객들과 다시 연락을 해야 했다. 하지만 먼저 일주일 동안 밀린 잠을 자야만 그녀의 세계로 다시 돌아가 피해 복구를 할 수 있을 거라고 말했다. 그녀는 알레한드라가 알푸즈로 돌아간다는 내용의 〈버라이어티〉 기사를 읽었다. 다시는 그런 일이 일어나도록 내버려둘 수 없었다. "우선 회사 일을 좀 수습하고 난 후 아이들에게 전화를 해야겠어요." 그녀는 아이들에 대해 아무것도 듣고 싶어 하지 않았다. 그녀는 아이들이 어디에 있는지, 무엇을 하고 있는지 듣고 싶어 하지 않았다. "내가 우선 괜찮 아질 때까지는 알고 싶지 않아요." 그녀는 낮잠을 자는 동안 내가 곁 에 머물러줄 수 있는지 물었다. "당신이 지켜봐주면 나는 잠을 잘 수 있어요." 그녀는 말했다. 나는 그녀의 발에 손을 얹었다. 그녀는 잠에 빠져들면서 속삭였다. "나는 항상 당신이 좋았어요."

난 그 주의 남은 날들을 시내에서 영화를 보며 보냈다. 필름 포럼 에서는 다이앤 키튼 회고 영화를 상영하고 있었다. 티켓을 받는 사람 은 나처럼 헌신적인 다이앤 키튼 팬을 본 적이 없다고 말했다. 영화 가 끝나면 나는 간호사 겸 돌보미인 사람과 함께 집에 있는 레이첼을 확인하러 갔다. 그녀는 계속 자신이 몇 시간만 더 잘 수 있다면 아이 들에게 전화를 해야겠다고 말했다.

〈베이비 붐〉을 보고 있을 때 세스에게서 문자가 왔다. 그는 내게 토비와 함께 토요일 밤에 자기 아파트로 와달라고 했다. 중요한 일이 라고 했다.

토요일이 되자 애덤은 아이들과 함께 집에 있고 싶다고 말했다. "아이들은 이번 주에 보모랑 너무 오래 같이 있었어." 이것이 그가 내 게 불만을 표현하는 방식이었다. 토비가 같이 가고 싶냐고 물어서 가 는 길에 그를 택시에 태웠다. 우리는 며칠 동안 말을 하지 않았었다.

"오늘따라 말이 없네." 토비가 말했다.

"그냥 피곤해."

그는 약간 짜증을 냈다. "너는 왜 항상 그렇게 불행한 표정이야?"

나는 어깨를 으쓱했다. "정말 피곤할 뿐이야."

세스는 여전히 윌리엄스버그에 살고 있었다. 그가 1999년에 산 그 집은 그가 치렀던 가격의 수만 배쯤은 올랐을 것이다. 가구는 모두 세련된 1980년대 가죽 제품이었고 식탁은 덴마크와 스웨덴에서 수입한 것이었다. 구석에는 수면 의자와 벨벳으로 덮은 빈 백 의자들이 있었고, 내가 마지막으로 그곳을 보았을 때는 없었던 들보들이 천장을 받치고 있었다. 재활용 쓰레기로 만들어진 '날개 달린 승리의 여신상'(사모트라케의 니케 조각상-옮긴이) 그림과 뒤틀어진 거울에 비친 코니아일랜드 인어 사진 그림 등 세스의 예술 작품들은 전시회에서 구매한 것들이었다. 증축으로 침실 두 개와 두 번째 화장실을 더 만들었고, 실내 온도 조절을 위해 스스로 작동하는 전동식 창문 블라인드가 설치되어 있었다.

그곳에 참석한 사람들은 이상한 조합이었다. 은행에서 온 세스의 친구들, 그의 부모님과 자매들도 그들 가운데 섞여 있었는데, 모든 사람들이 평소보다 20퍼센트 정도 더 잘 차려입은 것 같았다. 그들은 마치 바르미츠바에라도 참석한 것 같았다.

"TV는 저쪽에 있지 않았어? 아직도 옛날 방 모양이 생각나." 내가 말했다.

세스는 우릴 발견했다. 그는 양복을 입고 있었다. "여~~!" 하고 인사하는 그는 긴장한 것 같았다.

"오, 하느님." 토비가 말했다.

"왜?" 세스가 물었다.

"너 오늘 밤에 프러포즈하려는 거지? 이 사람들 앞에서? 야, 이 미친놈아."

나는 주위를 둘러보았다. 그의 말이 맞았다. 정장들, 세스의 부모님. 사실이었다. 우리는 깜짝 약혼 파티에 온 것이었다.

나는 구석에서 사람들을 맞고 있는 버네사를 보았다. "그녀도 알고 있어?"

"아직은 아니야. 뭐 조언이라도?"

"우리는 이미 충고해줬다." 토비가 말했다. "우리는 네가 그것을 무시해서 기쁘다."

세스는 우리의 팔을 꼭 쥐었다. "자, 시작이야." 그가 수저로 잔을 울렸다.

"잠깐만 주목해주시겠어요?" 세스가 말했다. 그는 모두가 조용해질 때까지 기다렸다. "몇 년 동안 파티를 많이 해왔어요. 이곳에서는 토가 파티부터 수학 강좌까지 모든 종류의 파티들이 열려왔습니다. 이번 파티의 주인공은 내가 만나온 이 놀라운 여인입니다. 우리가 여기 예술 클럽과 물리학 클럽에서 하던 모든 강의들은, 기억하시는 분들은 아시겠지만, 모두 우리가 이해하지 못하는 것들을 기념하기 위한 것이었습니다. 오늘 우리는 내가 아직도 이해하지 못하는 것, 사랑이라는 것을 기념하기 위해 여기에 모였습니다."

"너 울고 있는 거야?" 토비가 내게 물었다.

나는 버네사가 세스를 지켜보고 있는 것을 보았다. 그녀의 사랑스러운 얼굴은 혼란스러워 보였지만, 마침내 무슨 일이 일어나고 있는지 알아차리자 피아노 건반 같은 이를 드러내고 웃었다. 세스―어느 때였든 이 방에 있는 모든 여자들에게 손을 댔을지도 모르는 아름다운 세스―는 빌어먹을 멍청한 자식처럼 버네사 앞에 무릎을 꿇었다. "버네사, 당신의 여생 동안 내가 이해하지 못하는 것들을 배우게 도와줘." 그녀가 두 손을 들어 입을 막자 세스가 그중 한 손을 잡았다. 그가 그녀의 손가락에 반지를 끼우자 그녀는 고개를 끄덕였다. 그들이 키스를 하자 그곳은 박수갈채로 떠나갈 것 같았다.

그들의 부모님과 친구들이 그들을 껴안고 환호를 하며 샴페인을 딴 후에 세스는 우리 쪽으로 왔다. "내가 멍청해 보이니?" 세스가 물었다.

"결혼이라는 말을 들으면 민주주의에 대한 격언 하나가 생각나." 나는 그에게 말했다. "민주주의는 최악의 정부 형태다. 다른 모든 형태의 정부를 제외한다면."

"네 행운을 위해 저주를 해줄까?" 토비가 물었다.

"알다시피, 거지 여인이 한 말은 모두 사실이었어." 세스가 말했다. "토비, 그 여자는 네가 좋은 사람이라고 말했지? 리비에게는 결코 행복하지 않을 거라고 말했고." 이 자리가 그의 약혼 파티라는 사실 때문에 예의를 차리는 차원에서 우리는 거지 여인이 그에게 한 말을 상기시켜주지 않았다. 그 여자는 그가 진정한 사랑을 갖지 못할 거라고 말했었다.

"그 여자는 네가 세상을 더 좋은 곳으로 만들 거라고 했어." 내가 토비에게 말했다.

"하지만 그건 내가 그녀에게 줄 돈이 있을 때 한 말이야."

○

나중에, 사람들은 파티를 떠났고 그곳에는 토비와 나만 남았다. 우리는 오래전 이스라엘에서 그랬던 것처럼 바닥에 앉아 있었지만, 우리의 관절은 더 이상 옛날 같지 않았기 때문에 앉은 자세를 계속 바꾸어야 했다. 우리는 지나간 모든 시간의 하루하루를 다 느낄 수 있었다.

"나는 그냥 길을 잃었을 뿐이야. 미안해. 어떻게 살아야 할지 모르겠어." 나는 말했다.

"네 집에 널 사랑하는 사람이 있잖아." 토비가 말했다. "누군가 날 사랑해주는 사람을 얻을 수만 있다면 나는 살인이라도 했을 거야. **넌 사랑받고 있어, 엘리자베스.** 그게 얼마나 특별한지 알아?" 그는 잠시 말을 끊었다. "그리고 넌 재능이 있어. 넌 책을 써야 해."

"쓸 거야. 아마 우리들에 대한 책을 쓸 거야." 나는 말했다.

"우리들에 대해서 뭘?"

"이 모든 것에 대해서. 우리가 겪어온 일. 우리의 여름."

"그래도 되겠다. 하지만 책을 어떻게 끝내게? 레이철은 아직 소식이 없다. 이야기는 아직 결말이 나지 않았다, 이렇게?"

"어쩌면 이게 결말일지도." 나는 대답했다.

"맙소사." 그가 말했다. "상상을 해봐. 여기서 끝내는 것은 안 돼. 그건 나쁜 결말이야. 약혼식으로 끝나는 것은 나쁜 결말이라고."

"아니면 어쩌면 레이철이 생각을 정리하고 아이들한테 돌아오기를 기다릴 수도 있겠지만, 잘 모르겠어. 그녀가 집으로 돌아오는 것이 무슨 의미일지. 그렇다고 집을 떠났던 사실이 없어지지는 않아."

"좋군. 모호한 결말이 좋아." 그는 레이철이나, 내가 그녀와 어떻게 시간을 보냈는지 듣고 싶어 하지 않았다.

"아니면 그녀가 돌아오는 것으로 끝날지도 몰라." 나는 말했다. "그게 더 좋은 것 같아."

"그럼 그녀가 그냥 돌아온다고?" 그는 물었다.

"아마도."

"그녀가 돌아오면 어떻게 되는데? 그녀가 뭐라고 말을 하지? 무슨 일이 생기는데?"

"모르겠어. 그녀는 그냥 나타나는 거야. 밖에는 비가 내릴 거야. 열쇠로 문을 열고 경첩이 삐걱거리는 소리가 들려서 네가 돌아보면 갑자기 그녀가 문간에 서 있는 거야."

"그러고 나서는?"

"그렇게 책은 끝나는 거야."

"그 후에는 어떻게 되는 건데?"

"모르겠어"라고 대답한 후 나는 다시 울고 있었다. "내겐 그다음을 위한 상상력이 없어. 하지만 나는 더 이상 그녀를 기다릴 수가 없어."

토비는 무슨 말을 할 것처럼 몸을 앞으로 기울였지만, 그때 갑자기 그의 입술이 내 입술에 닿았고 우리의 벌어진 입은 뜨겁고 건조했다. 우리는 서로 입을 벌리고 앉아, 움직이지도 않고, 키스도 하지 않고, 마치 서로를 소생시키는 듯, 눈을 감고 코를 맞대고 있었다. 마침내 토비가 얼굴을 뒤로 젖혔을 때, 내 입은 여전히 열려 있었고 눈은 여전히 감겨 있었다.

"넌 여전히 너야." 그가 말했다. "넌 아직도 미친 것 같고 어둡고 착해. 나는 그것을 알 수 있어. 너는 네가 생각하는 것만큼 변하지 않았어." 나는 입을 다물고, 눈물이 볼을 타고 흘러내리는 것을 느꼈다. 한참 후에 그는 "하느님께서 그들에게 행복을 주시기를"이라고 말했다.

나는 눈을 떴다. "하느님께서 그들의 적들의 아이들에게 소화불량과 평균보다 큰 모공들을 주시기를."

"그래"라고 그가 말했다. "하느님께서 그들을 축복하는 사람들에게 너무 부족하지도, 너무 풍족하지도 않게 현찰의 축복을 내려주시기를."

그는 일어서서 내게 손을 내밀었고 나는 그 손을 잡았다. 그는 나를 일으켜 세웠고, 나는 몇 년 전처럼 그의 키보다 높이 일어섰다.

나는 그에게 물었다. "너는 다시 결혼할 것 같니?"

그는 세스와 버네사가 춤추는 것을 바라보았다. 그는 아무 생각 없이 즉시 대답했다. "그러길 바라." 그는 자신의 대답에 놀라서 눈을 깜박거렸다.

토비는 화장실에 가야 했기에 내게 밖에서 보자고 말했다. 우리는 옛날처럼 다리를 지나고 시내를 같이 걸을 것이다. 나는 그를 기다리기 위해 밖으로 나갔다가 핸드백 밑바닥에서 마지막 담배 한 개비를 발견하고는 세스의 건물 현관에 기대어 불을 붙였다.

나는 밥 딜런의 앨범 재킷에 나온 커플처럼 서로를 부여안은 채 마주 보며 걸어가는 커플을 지켜보았다. 나는 그들이 딱해 보였다. 스물네 살도 안 되어 보이는 여자는 몇 년만 지나면 어떤 남자의 아내일 것이다. 그녀는, 남편이 항상 화만 내는—화내고 뚱하고 잔소리를 하는—여자라고 말하는 사람이 되어 있을 것이다. 그는 자기만 바라보던 여인이 어디로 갔는지 궁금할 것이다. 그는 그녀의 미소가 어디로 사라졌는지 궁금할 것이다. 그는 그녀가 왜 결코 웃음을 터뜨리지 않는지, 왜 란제리를 입지 않는지, 한때 레이스로 된 야한 속옷을 입었던 그녀가 왜 지금은 흰색 면제품만 입는지, 왜 더 이상 후배위를 좋아하지 않는지, 더 이상 여성 상위를 하지 않는지 궁금해할 것이다. 결혼의 신성한 유대, 즉 그가 결혼 생활의 고민에 대해 친구들에게 속마음을 털어놓지 못하게 했던 유대가 제일 마지막에 사라질 것이다. 그들의 비밀을 지키던 요새는 금이 가기 시작하고, 그가 친구들에게 자신의 속마음을 털어놓기 시작할 때 성채의 틈새로 물이 밀려들 것이다. 친구들로부터 충분한 공감과 이해를 받은 그는 그렇게 불쾌한 사람, 그를 본모습대로 인정하지 않는 사람과 계속 함께 살면서 무엇을 얻을 수 있을지 고민하기 시작할 것이다. 인생은 짧아, 인생은 너무 짧아, 하고 되뇌며, 그는 그녀와 이혼할 것이다. 하지만 따지고 보면 그런 이혼은 결국 용서하지 못하는 데서 기인한 것일 것이다. 자신의 예민함 속에 살며 그녀가 이룬 업적에 감명받지 못하는 그를 그녀는 용서하지 않을 것이다. 그는 그대로 거울에 비친 자신의 모습을 더 이상 볼 수 없을 정도로 옆에서 환하게 빛나는 그녀를 용서하지 않을 것이다. 그러나 또한 이혼은 건망증의 문제이기도 하다. 즉, 그런 모든 혼란이 있기 이전의 순간들을 기억하지 못하는 것이며, 사랑에 빠진 순간들을, 떨어져 있는 것보다 함께 있는 것이 더 특별하다고 깨달은 순간들을 망각하는 것이다. 결혼은 그런 순간들을 기억하며 봉사하며 살아간다. 하지만 이혼하는 사람들의 결혼은 자신들이 늙어가는 것을 용서하지 않을 것이고, 그들은 자신들이 늙어가는 것을 목격했기에 그 결혼을 용서하지 않을 것이다. 친구들과 함께 앉아 있는 남자는 이 모든 일이 어떻게 그렇게 잘못 돌아가게 된 것인지 알 수 없을 것이다. 하지만 그 여자는 알 것이다. 나는 알 것이다.

레이철과 내가 어린 소녀였을 때, 우리는 남녀평등 헌법 수정안을 거의 비준한 해방된 사회로부터 우리가 원하는 것은 무엇이든 할 수 있다는 약속을 받았었다. 우리는 성공할 수 있고, 우리는 특별하고 고유한 존재이며, 무엇이든 성취할 수 있다는 말을 들었다. 불과 중학교 1학년이었지만 나는 선생님과 부모님들이 아무렇지도 않게 그런 말을 할 수 있다는 것이 이상해 보였고, 그들이 그런 말들을 남자아이들 앞에서 하는 것도 이상했다. 소년들은 개의치 않는 것 같았다. 그때에도 나는 소년들이 그것이 너무 사실이 아닌 게 명백했기에 용인했다는 것을 알았다. 그것은 마치 내 딸의 친구들이 학교에 입고 오는, 큰 블록 글자로 '미래는 여성의 것이다'라고 쓰인 티셔츠 같았다. 어떻게 저런 글이 쓰인 셔츠를 입고 백주 대낮에 돌아다닐 수 있는 것일까? 그것이 용인되는 유일한 이유는 모든 사람들은 그것이 여자

아이들로 하여금 주변인으로서의 한계를 견딜 수 있게 해주는 거짓말이라는 것을 알고 있기 때문이다. 사람들은 결국 소녀들이 미래에 여자라는 이유로 벌을 받을 것이라는 것을 알고 있기에, 지금 소녀들이 멍청한 메시지가 쓰인 셔츠를 입고 돌아다니도록 내버려두는 것이다.

레이철과 나는 우리가 하고 싶은 일을 하도록 길러졌고, 우리는 성공했고, 모든 사람들에게 그것을 보여주었다. 우리는 이미 그 비밀을 알고 있었기 때문에 거짓말이 쓰인 티셔츠를 입을 필요가 없었다. 즉, 성공을 하더라도, 더 많이 배우고 기대를 넘어섰을 때도, 주위에는 어떤 변화도 실제로 일어나지 않는다는 것이다. 우리는 여전히 남자들이 자존심에 상처를 받지 않도록 발끝을 들고 살금살금 다녀야 했다. 그것은 하루 종일 쇼핑이나 하고 마티니를 마시며 시간을 보내는 여자들에게는 괜찮았다. 그것은 그녀들에게 주어진 보상이었다. 그들은 협상을 한 것이다. 그러나 밖에 나가 일하고 존경받고 그들 주위를 **다른 사람들**이 발끝으로 다녀야 하는 사람들에게는 절대 용납할 수 없는 일이었다. 남자들이 그렇게 연약해질 수 있다는 것, 아내들이 왜 밤마다 열정적인 구강성교로 그들의 자존심을 세워주려 하지 않는지나 고민할 줄 알았지 진정한 자기 성찰이 부족하다는 것— 이것이 우리가 참을 수 없는 것이었다.

내겐 다른 불만도 있었다. 나는 후회와 동요의 안갯속에서 계속 살아야 했다. 안갯속에서 방향감각을 잃고 헤매던 어느 날, 나는 바보같은 페이스북을 스크롤하고 있었다. 그곳에 올려진 게시물들을 수동적으로 바라보며, 나는 내 인생이 의무의 홍수가 아니라 끝없는 선택의 연속이었던 때로 되돌아갈 수 있을까? 생각하고 있었다. 나는 그 각각의 선택들을 통해 존재와 세상에 대해 무언가를 배울 것이다.

어느 때인지 정확히 기억은 나지 않지만, 나는 내 자유와 독립을 애덤과의 포커 테이블에 올려놓고 그쪽으로 밀며 말했었다. '자, 내 판돈을 받아요. 다 가져요. 난 더 이상 필요 없어요. 절대로 후회하지 않을 거예요.'

나는 막 페이스북을 닫으려고 했다. 내가 알던 사람들도 모두 나처럼 교외 주택가에서 지루하고 뻔한 삶을 사는 비만한 인간들이 되었다는 것을 알게 되어, 그들이 어떤 삶을 살고 있는지 더 이상 궁금해할 여지가 없어지는 것은 너무 우울했다. 내가 빌어먹을 페이스북 계정을 막 삭제하려는 순간, 갑자기 8학년 때 첫 남자친구였던 래리 펠드먼에게서 친구 요청 통지가 왔다.

그 역시 나의 첫 번째 집착의 대상이었다. 아이들과 파티 중 7분간 키스 게임에서 지목된 우리 둘은 불 꺼진 옷방으로 들어갔고 그는 내 온몸을 더듬었다. 나는 그날과 그 후 몇 주 동안 욕정에 미쳐 지냈다. 그가 내 교실을 지나 화장실을 가는 것을 본 나는 늑대처럼 그를 추적했지만 그를 찾을 수 없었다. 주말에 같은 파티나 같은 영화관에 나타난 그를 보면 내 눈꺼풀은 게슴츠레 감기고 호흡이 얕아지곤 했다. 모든 것이 너무 순식간에 일어났다. 래리는 부끄럽고 두려워하게 만들며 나를 어른의 세상으로 빠르게 통과시켰다. 내가 키스에 익숙해지기도 전에 그의 손이 내 셔츠 위에 있었다. 그것에 익숙해지기도 전에 브래지어 안으로 손이 들어왔고, 그다음에는 바지로 손이 내려갔다. 그는 내 바지 안으로 손을 넣으려 했지만 그때는 여자아이들이 바지 밑에 레깅스를 입는 것이 유행하던 때였다. 그는 마음대로 손을 움직일 수 없었다. 그는 부모 중 한 분이 들어오기 전의 짧은 시간 안에 팬티와 속옷을 구별할 수 없었고, 그래서 나는 집으로 돌아와 호르몬의 소용돌이에 빠져버렸다.

나는 컴퓨터 앞에 앉아 친구 요청 아이콘을 쳐다보고 있었다. 조금 전까지만 해도 그곳에 없던 불안함과 간질간질한 무엇인가가 내 안에 살아 있는 것을 느꼈다. 넓은 공간과 가족 모두를 위한 욕실이 있는 이 빌어먹을 교외의 삶보다는 그 외의 다른 모든 것이 더 좋아 보였다. 나는 수락 버튼을 클릭했고, 거의 즉시 새 메시지가 도착했다. 내 온몸의 세포에 흥분이 일었다. 나는 최근에, 페이스북에서 재회를 한 대학 시절 남자친구에게 돌아가기 위해 남편을 떠난 내 고등학교 친구가 생각났다. 남편의 말에 의하면 그는 전혀 무슨 일이 다가오는지 눈치채지 못했다고 한다. "나는 다시 내가 된 것 같아." 그녀는 내게 말했다. 다시 내가 된 것 같은 게 어떤 느낌일지 나는 생각해보았다.

나는 메시지를 클릭했다.

래리: 날 기억할지 모르겠지만, 우리 같이 학교에 다니지 않았니? 8학년 때?

그래서 이렇게 나온다 이거군. 내 순결한 몸을 만져놓고도 내가 너를 기억하냐고?

나: 물론 기억하지.
래리: 난 네 생각을 많이 해.

우와. 나는 막 나가는 10대들의 역겨운 분위기를 배경으로 깔더라도 체면치레 예의와 숨은 뜻이 담긴 대화를 하길 바랐다. 그는 그딴 것은 다 생략하고 바로 본론으로 들어갔다.

나: 그래? 그거 이상하네.

래리: 난 네 봉지가 얼마나 따뜻했었는지 생각해.

나는 노트북을 확 닫고 마른 딸꾹질이 나오는 걸 억누르려 했다.

그날 오후 늦게, 아이들이 집에 오기 전에, 나는 마치 그것이 세균에 오염되기라도 한 것처럼 손가락 하나만 사용해 노트북을 다시 열었다. 나는 래리 펠드먼의 페이지를 둘러보았다. 그에게는 딸이 하나 있는 것처럼 보였다. 그는 여전히 내 아버지가 살던 롱아일랜드 교외에 살고 있었다. 결혼한 것 같지는 않았지만 페이스북만으로는 확실히 알기가 어려웠다. 그의 사진들은 대부분 자동차에서 찍은 셀카들이었고, 휴대폰의 촬영 기능을 막 알아낸 듯한 사람의 멍한 표정들이 어떤 조율의 과정도 없이 포스팅되어 있었다. 나는 그와 친구 맺기를 끊었고, 남자라는 존재, 나이 들어가는 것, 인간성, 나의 역겨운 욕구에 즉각적으로 정나미가 떨어지는 것을 느꼈다.

아이들이 집에 돌아왔을 때도, 애덤이 퇴근해 집에 왔을 때도 나는 그런 기분이었고, 그날 밤 늦게 전화벨이 울렸을 때도, 휴대폰 액정에서 토비 플라이시먼의 이름을 보고 전화를 받았을 때도 그런 기분이었다. 그는 내게 너무 오래 연락을 안 해서 미안하다고 말했다. 그는 레이철과 이혼 수속 중이라고 말했다. 그는 내가 보고 싶다고 했다. 그래, 나는 생각했다. 그래, 이게 내 청춘이지, 그 얼간이 래리가 아니야. 나는 8학년 때의 내가 아니었다. 대학 시절의 내가 나였다.

나는 토비를 만나러 갔다. 그리고 또. 그리고 다시. 그리고 세스를 다시 만났다. 내가 누구인지 설명할 필요가 없는 것은 너무 좋았다. 그들이 내가 될 것이라고 기대했던 보통 사람보다 더 나은 모습이 되어 있는 것은 너무 좋았다. 나는 그들과 함께 점점 더 많은 시간을 보냈고, 그때마다 나는 조금 더 표류하는 기분으로 집으로 돌아오곤 했다. 그런 밤들에는 항상 수동적이고 순종적인 애덤은 내가 옷을 벗는 것을 보며 정확히 누가 침대 속에 들어오는 것인지 알아보려고 했다—자기 아내인지, 아니면 지난 몇 달 동안 내가 보여온 낯선 존재인지.

그 여름, 나는 불쌍한 애덤을 룸메이트처럼 대했다. 나는 집에 늦게 왔다. 나는 저녁으로 중국 음식을 계속 주문했다. 한번은 내가 중국 음식을 너무 많이 주문한다고 그가 말했고 그래서 나는 태국 음식을 주문했다. 나는 아침마다 그가 내게 질문을 하기를 바랐다. 그러면 나는 내가 어떻게 살아야 할지 더 이상 알 수 없다고 말할 수 있을 것이다. 맙소사, 난 정말 말하고 싶었다. 아무에게도 설명하거나 책임질 필요 없이 살던 내가, 어떻게 이렇게 살아야 하는 거지? 이것이 우리가 성공적인 삶이라고 설정한 삶의 궤적이란 말인가? 하지만 그는 절대 이해하지 못할 것이다. 그는 자신이 원한 삶을 살고 있었다. 나도 그랬다. 하지만, 그렇지만, 그럼에도 불구하고.

나는 뭘 어떻게 하려고 그런 걸까? 남편이 나를 이해하고 사랑하며 영원히 나를 위해 응원을 해줄 사람이라는 것을 알았기에 결혼하려고 한 것이 아니었나? 내가 끔찍이 사랑하고 그래서 모든 부수적인 피해(시간, 몸, 명랑함, 우울함)를 꺼리지 않았기에 자식들을 낳은 것이 아닌가? 어차피 시간은 계속 흐를 것이다. 난 다시는 젊어지지 않을 것이다. 나는 지금 이 순간이 더 이상 좋을 수 없는 순간이라는 것을, 지금의 내가 앞으로의 모든 나보다 가장 젊다는 것을 기억하지 못하는 위험에 처해 있을 뿐이다.

그렇다면 어떻게 결혼을 비난하지 않을 수 있을까? 당신 존재의 다른 모든 순간들에 걸쳐 끊임없이 작동하는 유일한 제도 중 하나로서 그것은 당신 삶의 질과 너무나 얽혀 있기 때문에, 당신이 결혼한 사람은 어떤 개인적인 영향도 끼치지 못한다. 행복할 때는 두 사람이 손을 잡고 길을 걸어가고, 그렇지 않을 때는 차창 밖을 응시하며 차갑게 돌아앉았지만, 둘 중 어느 것도 당신이 결혼한 사람의 태도와는 관련이 없다. 그것은 당신이 스스로에 대해 느끼는 감정과 관련이 있을 뿐이다. 그렇지만 당신은 가장 가까운 사람이 그 상황에 대해 책임이 있는 것처럼 오해하고, '이 사람을 내 인생에서 떨구어내면 나는 다시 나 자신이 될 수 있을 거야'라고 생각한다. 그것은 오산이다. 당신은 더 이상 당신이 아니다. 그렇게 된 지 꽤 오래되었다. 그의 잘못도 아니다. 그냥 그렇게 된 것이다. 그것은 언제고 일어날 일이었다.

토비의 말은 사실이었다. 나는 사랑받고 있었다. 나는 나에 대해서는 아무런 의문도 없는 남자에게 사랑받고 있었다. 애덤의 첫 번째 특징이 수동적인 성격이라고 해도, 그의 두 번째 특징은 친절하다는 것이다. 그게 우리가 다른 점이었다. 애덤이 원했던 것은 그의 독립을 빼앗기는 것이었다. 그가 원한 것은 나의 사랑에 보답하는 것뿐이었다. 하지만 그 대신에 내가 원한 것은 무엇이었을까? 안정과 당신을 응원하는 좋은 사람의 사랑보다 더 나은 것이 무엇일까? 우리는 사랑에 빠지고 그 믿을 수 없는 멋진 순간, 결혼하기로 결심한다. 하지만 그 이후에 일어나는 일들이 결국 모두 그 순간을 기억하려는 것에 불과하다면? 우리는 자신과 배우자가 변하는 것을 지켜보며, 우리가 애초에 여기에 이르게 된 이유들을 끊임없이 되새겨본다. 우리가 기억하기 위해 끊임없이 열심히 노력하는 그 순간을 위해 사는 것, 그것이 그렇게 가치 있는 일인가?

난 결혼을 **원했다**. 아니, 결혼의 거의 대부분을 원했다. 나는 그것을 배경으로 삼고 싶어 했거나, 아니면 그것에 권태를 느꼈다. 어쩌면 나의 욕구 단계가 안정된 결혼의 필요성에 의문을 품게 되어서 이제 거기에서 내려가는 길밖에 없을 정도로 진전되어 있었던 것인지도 모른다. 아니면 내가 결혼의 어떤 상태에 있든지 나는 비참하게만 느낄 운명이었는지도 모른다. 아니면 뉴저지는 사람들이 뉴욕보다 더 선호하는 곳이므로 나는 그냥 극복해야 할지도 모른다. 아니면 그저 내가 원하는 TV 프로그램을 남들의 평가를 받지 않고 볼 수 있는 혼자만의 시간을 갖고 싶은 것일지도 모른다. 아니면 내 복부가 사라예보의 지형도보다 덜 닮았으면 하는 것일지도, 아니면 어떻게 해야 내가 스타가 아닌 삶을 살 수 있을지, 그렇게 배경 속으로 물러날 수 있을지를 배우고 싶은지도, 그렇게 아이들이 필요로 하는 사람이 되는 법을 배우고 싶은 것인지도 몰랐다. 하지만 나는 그런 존재에 가까워질 때마다 아득한 심연을 느끼고 반대 방향으로 도망쳤었다. 아니면 내가 중요하고 필요한 존재처럼 느끼고 싶은 것인지도 모른다. 아니면 젊은 날에 들었던 U2 노래를 듣고 담배 한 개비를 피운 뒤, 아마도 현재만큼이나 보잘것없었을 과거의 한때에 대한 그리움으로 자기 인생을 잃지 않을 수 있기 때문인지도 몰랐다. 어쩌면 내가 겪고 있는 것은 레이철이 겪고 있는 것과 별로 다르지 않은 잠깐의 중년의 위기일 뿐일지도 몰랐다. 하지만 우리 중년의 위기조차도 한계가 있었다. 레이철은 하룻밤 잠을 잘 자는 것과 그녀의 존재에 위협을 받지 않는 남자를 찾는 것, 나는 옛 친구에게 도움을 준답시고 사실은 그것을 통해 내 불행의 원인을 찾으려 하며 내가 자발적으로 선택한 가족을 사실상 방치하고 있었다.

나는 이걸 고칠 수 없다는 것을 깨달았다. 우리들의 위기조차 작고 예의를 지켜야 했다. 내가 한 일은 용서받을 수 있었지만 레이철이 한 일은 용납될 수 없었다. 그러나 결국 우리는 둘 다 마찬가지였다. 세상은 성적으로 이용할 수 없는 순간부터 여자의 중요성을 깎아내렸고, 우리는 그것을 받아들이고 나이를 먹는 것 외에는 할 일이 없었다.

나는 담배를 피우며 생각했다. 토비의 문제는 그가 제정신인 사람을 간절히 원했기 때문에 결국 레이철과 함께 살게 된 것이었다. 그것은 그의 인생 목표였다. 그는 항상 그 말을 외우고 다녔다. 그는 제정신이 아닌 것 같은 여자들에게 알레르기가 있었다. 심지어는 내게도. 내게도 말이다! 나는 20대의 젊은 토비가 전적으로 전통적이지 않은 모든 여자들에게 거부반응을 보이는 것을 지켜보았다. 그래서 그는 제 눈에 평범해 보였던 레이철과 맺어지게 되었다. 그리고 지금 그의 말을 믿자면, 그녀는 몸서리쳐지는 전처였다. 그러나 그녀 역시 상황에 몰려 제정신을 잃었을 뿐이었다. 어쩌면 그것은 출산할 때 당했던 모욕 때문이었을지도 모른다. 어쩌면 그것은 일단 엄마가 되면 문화 속에서 여성의 지위와 신체, 직책에 벌어지는 압도적인 불공평 때문일지도 모른다. 당신이 똑똑한 사람이라면 그 모든 것들이 미치게 만들 수 있다. 똑똑한 여자라면 이 세상이 여성들에게 가하는 제약을 완전히 이해한 후에도 그것을 수수방관하며 제정신으로 남을 수 없다. 나는 견딜 수 없었다. 나는 그것을 너무 똑똑히 보았고 그래서 세상에서 물러났다. 레이철, 그녀는 그것을 견뎌냈다. 그녀는 노력했고 그래서 벌을 받았다.

그러나 그것은 중요치 않았다. 그건 내 문제가 아니었다. 나는 세스의 아파트 건물에 기대어 맛있는 니코틴을 길게 내뿜으며 깨달았다. 이 중 어느 것도 내 문제는 아니었다. 내 가족이 내 문제였다. 나의 방황—그것은 내 가족들이 안전하고 사랑받는다고 느끼게 하

위해서는 뒷전으로 밀려나야 할 것이다. 내 가족들은 사랑받았다. 그들은 나와 함께 있으면 안전했다. 내가 지금 여기서 뭘 하고 있는 거지? 건물에 기대어 담배를 피우면서 친구를 기다린다고? 이제는 집에 갈 시간이었다.

나는 애덤을 생각했다. 그의 얼굴. 손. 어떤 종류의 정원에 난 이름 모를 잡초나 특별한 종류의 비행기 같은 멍청한 것들에 대한 토끼굴 같은 정보의 미로 속에 몇 시간씩 틀어박혀 있을 수 있는 사람. 믿을 수 없을 정도로 결함이 많은 시스템에서 내가 건질 수 있었던 최고의 시나리오. 갑자기 내 얼굴이 따뜻해졌다. 나는 애덤이 보내고 있는 여름을 질투했다. 나는 모든 순간을 그와 함께 보내기를 원했다. 너무 늦은 건 아니겠지? 난 결혼식 때 이것을 바랐다, 그랬다! 토비가 말한 대로 나는 사랑받았다. **나는 사랑받았다.** 난 **여전히** 이것을 선택할 것이다. 내가 우리 요새에 만들어놓은 균열은 다른 많은 것들이 새어 들어오기 전에 수리될 수 있었다.

나는 집으로 돌아가 내 삶에 다시 나를 끼어 넣을 것이다. 나는 본질적으로 그렇게 행복하면서도 어떻게 그렇게 필사적으로 불행해할 수 있었는지 의아해할 것이다. 나는 다시 시도할 것이다. 나는 아이들이 바보 같은 TV 프로를 볼 때 옆에 앉아 아이들의 머리 냄새를 맡고 모성애에 내재된 호르몬에 휩쓸릴 것이다. 나는 평범한 생활 속에서 평화를 찾으려고 노력할 것이다. 언젠가는 그 평범함이 사실 상당히 특별하다는 것을 알게 될지도 모른다. 나는 노력할 것이다. 내가 좀 더 자족하는 사람이 되려면 정확히 무엇이 필요할까 궁금해할 것이다. 그들도 역시 40대고 이제는 더 이상 자신들을 유의미한 존재로 느끼지 못하는 이웃의 다른 여인들과 어울리면서 거기서 작은 기쁨을 찾았다는 것을 인정할 것이다. 나는 애덤에게 좋은 아내가 되도록 노력할 것이다. 결혼 생활에서 최악인 순간들—두 사람 중 한 사람은 정말 기분이 좋지만 다른 한 사람은 그것을 알아채지 못할 때, 혹은 같이 처해 있는 상황에서 한 사람만 유연하게 대처를 하고 다른 사람은 그렇지 못해 외로움에 빠질 때, 한쪽이 상대방의 말을 꼬치꼬치 따지면서 정말로 이해하지 못하는 척할 때—에 너무 많은 무게를 두지 않으려고 노력할 것이다.

나는 어쩌면 요리하는 법도 배울 것이다. 케이크 장식 수업을 들을 수도 있을 것이다. 나는 나 자신을 조금 더 거세되도록 허락할 것이다. 난 모든 것과 싸우는 걸 멈출 것이다. 마침내 원숙해지는 게 무슨 그리 큰 문제일까? 나는 무엇에 매달리고 있었던 것일까? 나는 헬스클럽에 가서 다른 학부형 엄마들이 듣고 있는 댄스 강습을 받을 것이다. 거기에서 우리는 오래전 우리 마음을 아프게 하거나 불을 질렀던 노래에 맞춰 춤을 출 것이다. 그 노래들은 우리가 한때 젊었다는 것을, 춤추기 위해 20달러를 지불할 필요가 없었다는 것을, 어떻게 춤을 추는지 배울 필요도 없었다는 것을 생각나게 해주었다. 옛날에는 우리는 어떻게 춤을 추는지 배우지 않아도 알았다. 이제 우리는 모든 섹스와 희망, 모든 미완의 것들을 차차차, 또는 엉덩이를 돌리는 동작에 채워 넣을 것이다. 댄스 강사는 우리가 고등학교와 대학교에 다닐 때 제일 인기 있었던 노래들을 화려하게 리메이크한 곡들을 틀어주고 우리는 모두 웃음을 터뜨리곤 할 것이다. 하지만 그 노래들은 우리의 젊은 시절을 떠오르게 하고, 그래서 수업 마지막쯤 강사가 이글 아이 체리나 샤데이의 노래를 틀어주면 우리들의 몸은 납덩이가 된 것처럼 더 느리고 둔하게 움직이고, 우리는 무언가를 기억하려고 노력하지만 그렇게 할 수 없는 자신의 모습을 뼈저리게 자각할 것이다.

애덤. 그는 집에서 나를 기다리고 있을 것이다. 이 모든 일을 겪고도 그는 나를 기다리고 있을 것이다. 그는 내가 아직도 혼란에 빠져 있는지 주의 깊게 지켜볼 것이고, 나는 나를 지켜보는 그를 보며 내가 그에게 겪게 한 일들을 생각하며 죄책감과 슬픔의 바위에 눌릴 것이다. 그는 밤에 잠들어 있는 나를 바라보며 내가 더 이상 혼돈 속에 있지 않기를 기도할 것이다. 그리고 나는 그에게 작게나마 보상을 할 것이다. 그의 성적인 요구에 더욱 기꺼이 응하고, 그의 까칠한 여동생을 친절하게 대해주고, 그가 보고 싶어 했던 공상과학 프로를 아무 말 없이 같이 볼 것이다. 오늘 밤, 나는 남편이 자고 있는 침대로 기어 들어가서 마치 내가 그의 새로운 피부인 것처럼 그를 덮을 것이다. 나는 그의 등에 대고 '늦어서 미안해요'라고 속삭일 것이다. 그리고 그는 깨어 있었든 내 말을 듣고 깨어났든 '당신은 항상 돌아오잖아'라고 속삭일 것이다. 나는 바로 그때 그를 너무나 사랑해서 몇 시간 동안 눈물을 흘릴 것이고, 그는 늘 그랬듯이 어리둥절해서 나를 쓰다듬어줄 것이다.

레이철, 나도 당신처럼 어디에도 속하지 않았어. 나도 역경을 이겨 내려고 노력했었어. 남성 잡지사에서 일하면서 자랑스러울 만한 일을 하려고 노력했지만, 남성 잡지사에서 일하는 여자는 세상의 여자들과 같다는 것, 기껏해야 남자들이 원하지 않는 불편한 자리들을 채우기 위해 거기 있는, 반갑지 않은, 부수적인 존재라는 것을 알게 되었어. 나는 결코 아처 실반 같은 작가는 되지 못할 거야. 하지만 나는 내 책을 쓸 거야. 그리고 거기엔 아처는 쓸 수 없었을 무언가가 들어 있을 거야. 이야기의 모든 측면들, 심지어 똑바로 쳐다보면 상처받을 것들, 들으면 너무 화가 나서 차마 듣고 싶지 않은 이야기들까지.

나는 다 피우지 않은 담배를 발로 비벼 껐다. 그것은 나를 구역질

나게 만들고 있었다. 나는 더 이상 담배를 피우지 말아야 한다. 담배도 피우지 말아야 하고 여기에도 있으면 안 된다. 이것은 더 이상 나의 즐거움이 아니다. 나는 택시를 잡아서 기사에게 내가 사는 뉴저지로 데려다달라고 했다.

나와 함께 바닥에 앉아 있던 토비는 내 계획을 듣고 공황 상태가 다시 자기 안에서 머리를 들기를 기다렸다. 지난 몇 주 동안 그가 미래를 생각할 때마다 매번 땀에 젖게 만들었던 바로 그 공황 말이다. 그러나 이번에는 그렇지 않았다. 그는 새로운 상황에 익숙해지고 있는 것일까? 그는 치유되고 있는 것일까?

만약 그가 치유되고 있다면? 만약 그가 레이철을 새로운 방식으로 바라볼 수 있다면? 만약 그녀와 자신을 비교하는 습관에서 자신을 떼어낼 수 있게 되었다면 어떨까? 만약 그가 좋은 사람을 만나 다시 결혼한다면? 그래서 레이철이 그저 그의 첫 아내로 남는다면? 언젠가는 이 결혼의 어스름이 지나가고 슬픔의 연기는 사라질 것이다. 어쩌면 이미 그랬는지도 모른다.

토비는 화장실에서 나온 후 세스에게 한눈을 팔고 있었다. 세스는 약혼 파티에서 마리화나를 피웠다는 이유로 구석에서 버네사에게 잔소리를 듣고 있었다. 버네사는 남들의 눈을 피하기 위해 얼어붙은 미소를 띤 채 목소리를 죽여 세스에게 바가지를 퍼붓고 있었다. 세스는 완전히 당황한 표정이었다. 토비가 밖으로 나왔을 때 나는 사라지고 없었고 그는 밤의 열기를 뚫고 집으로 걸어갔다. 그가 유니언 광장에 도착했을 때쯤 비가 내리기 시작했고 그는 기차를 탔다.

사례비를 받은 베이비시터가 간 후에 그는 거실에서 잠시 동안 버블스를 쓰다듬었다. 그는 아이들이 깨어날 때 대마초 냄새가 나지 않도록 젖은 옷을 벗었다. 이렇게까지 한참 인생을 살았는데도 어떻게 자신은 안정을 하지 못하고 있는 것일까? 어떻게 그렇게 많은 것을 알면서도 여전히 이 모든 것에 당황을 하는 것일까? 삶은 서서히 전이되는 암이고 그래서 우리는 자신의 죽음에 대해 간헐적으로 막연한 느낌만 가질 수 있을 뿐이라는 깨달음, 그것이 이런 느낌일까? 서서히 죽어가고 있어서 당신이 그것에 적응하고 있는 느낌? 어쩌면 그것은 삶과는 상관이 없을지도 모른다. 어쩌면 그것은 그저 중년이라는 것에 불과할지도 모른다.

그리고 그 순간에도 그는 세상이 점차 살금살금 흘러간다는 사실, 그래서 변화를 바로 알아차리기 어렵다는 것을 생각했다. 그의 이혼은 확정될 것이다. 사실, 그는 오늘 밤 이혼 서류에 서명할 것이다. 그는 레이철 없이 태어났지만 잘 살았었다. 그는 레이철과 결혼했고 살아남았다. 그리고 이제 레이철은 사라졌다. 어쩌면 영원히 사라졌을지도 모른다. 만약 그녀가 그냥 하늘로 올라가서 어떤 사람들의 눈에만 가끔 보인다는 유령으로 남아 있을지라도 그는 계속 살아갈 수 있을 것이다. 그는 계속 살아갈 것이다. 모든 사람이 규칙을 따르는 것은 아니다. 모든 것이 공평하지는 않았다. 그는 아직도 그것을 배우지 못했던가? 그의 아이들은 언젠가 이해할 것이다. 아이들은 그 교훈을 가지고 자랄 것이다. 그리고 아이들이 이 일을 겪은 후엔 삶에서 견뎌내야 할 상실들이 그렇게 많이 아프지는 않을 것이다. 그것은 아무것도 아닌 것은 아니었다. 그는 좋은 아버지가 될 것이다. 그는 아이들을 영원히 보호할 것이다. 이것이 바로 스판다라고 그는 깨달았다. 그 멍청한 요가 강사가 하던 말이 바로 이것이었다. 우주는 양방향으로 모두 수축했다. 그가 모든 것을 아는 것은 아니었다. 그

는 숨을 들이마시고, 내쉬었다. 행복했고, 슬펐다. 그것은 좋았고, 나
빴다.

비가 10분 동안 세차게 내렸고 맨해튼의 폭염이 마침내 꺾였다.
토비는 내일부터 모든 것이 잘 작동되는 새 아파트를 찾기 시작할 것
이다. 그는 그런 아파트를 가질 자격이 있었다. 그는 창밖을 내다보
았다. 그는 유리창에 비친 자신의 모습을 보았고, 그 너머에는 옆 건
물의 불이 밝혀진 창문들이 보였다. 유리에 비친 자신의 모습 안에
도시의 불빛, 창문들, 창문 안의 사람들로 가득했다. 그 창문들 속에
는 희망, 슬픔, 상실, 승리, 섹스, 배신 등 모든 것이 들어 있었다. 모
든 곳에 상처가 있었고, 섹스가 있었다. 모든 곳에 사랑이 있었고, 죽
음이 있었다. 외로움으로 죽을 수도 있지만, 낙관주의로 죽을 수도
있었다. 낙관주의도 결국은 마찬가지로 파괴적이었다. 시간은 계속
앞으로 나아갈 것이지만, 그는 자신의 블록 우주에 약간의 낙관론을
기록해놓았다. 그것은 영원히 그곳에 머물 것이다. 그는 창문에 비친
자신의 유령 같은 몸 안에서 사람들이 움직이는 것을 보았고, 그들
모두를 위한 공간이 거기에 있다고, 그들 모두가 그곳에 머물 수 있
고, 그가 그들을 모두 품고 섬길 수 있다고 생각했다. 얼마나 오랫동
안 이런 생각에 잠겨 있었던 것일까? 그는 누군가가 열쇠로 문을 여
는 소리, 경첩이 삐걱거리는 소리를 듣고 몸을 돌렸다. 문간에 레이
철이 서 있었다.

사도 바울 선생은 결혼하지 않은 사람들은 할 수 있다면 자신처럼 '그냥 지내는 것이 좋다'고, 그런 자신의 처지를 독신의 은사를 받았다고 말했다. 하지만 그 정도의 예지가 없는 대다수의 사람들은 미적미적 끌려 들어가는 척, 미필적 고의처럼 결혼을 저지르고 난 후, 뒤늦게 그 실상을 알았노라 한탄을 하곤 한다. 그래서 요즘 널리 회자되는 농담이 "야, 늬들은 하지 마"라는 결혼에 대한 만류다.

'나만은, 우리만은 다를 거야'라는 대담한 꿈을 품고 있는 예비 신랑, 신부들에게 백신 주사처럼 이 책을 권하고 싶다.

작품은 결혼의 그 화려한 출발 후에, 맞벌이 부부로 출산과 육아 등을 거친 뒤 세월이 지나서 어느덧 서로에 대한 배려는 사라지고, 두 사람 각자의 요구만 남은 현실, 그리고 걷잡을 수 없는 추락을 보여준다. 토비는 뉴욕의 잘나가는 간 전문의이고 레이철은 성공적인 탤런트 에이전시의 대표라는 것, 토비가 때로는 찌질하고 자기밖에 생각할 줄 모르는 이기적인 남자인 만큼 레이철은 신경쇠약에 걸릴 정도로 부와 명예, 성공을 좇는 허영심에 사로잡힌 여자라는 것은 중요치 않다. 핑계 없는 무덤이 없듯, 모든 어긋나기 시작하는 관계에는 각자의 알리바이가 있다.

시간과 관계라는 틀은 우리를 가만히 놓아두지 않는다. 당신과 가정만을 생각하겠다는 다짐은 어느덧 자신에게만 집착하는 가부장적인 무능으로 바뀌어가고, 당신의 꿈을 지켜주겠다는 다짐과 노력은 세월이 흐른 뒤 원래의 목적을 잊은 채 배우자에 대한 비난과 정죄로 바뀌어 상대방을 질식시키기도 한다. 어쩌면 우리는 처음부터 우리가 생각하는 것만큼 상대를 잘 알지 못했을지도 모른다. 혹은 아직 도래하지 않은 미래에 우리 자신의 삶이 어떻게 풀려나갈지 잘 알지도 못하면서, 그 또는 그녀가 내 위에 가련한 희망을 건설할 빌미를 주었을지도 모른다.

　어쨌거나, 결혼은 빙산의 일각이 아니라 수면 아래 잠겨 있는 전체를 알아가는 필연적인 과정일 것이다. 아무쪼록 그 위험하고도 혹독한 여정에 오른 모든 부부들에게 행운이 함께 하기를…….

오세원

사랑 이후의 부부,
플라이시먼

초판 1쇄 인쇄 2020년 9월 18일
초판 1쇄 발행 2020년 10월 5일

지은이 태피 브로데서애크너
옮긴이 오세원
발행인 박효상
편집장 김현
기획·편집 김준하 김설아
디자인 이연진
마케팅 이태호 이전희
관리 김태옥

종이 월드페이퍼 **인쇄·제본** 현문자현 │ **출판등록** 제10-1835호
펴낸 곳 사람in │ **주소** 04034 서울시 마포구 양화로11길 14-10(서교동) 3층
전화 02) 338-3555(代) **팩스** 02) 338-3545 │ E-mail saramin@netsgo.com
Homepage www.saramin.com

왼쪽주머니는 사람in의 임프린트입니다.

책값은 뒤표지에 있습니다.
파본은 바꾸어 드립니다.

ISBN 978-89-6049-863-1 03840